MW01602677

目录

第八百七十四章抱歉我没什么印象了。............................ 6

第八百七十五章 出招.. 10

第八百七十五章出招.. 11

第八百七十六章 暗影城韩家的危机.............................. 15

第八百七十七章 全力应战.. 19

第八百七十八章 烧钱的轰击...................................... 23

第八百七十八章烧钱的轰击...................................... 24

第八百七十九章 财大气粗.. 28

第八百八十章 引进来.. 32

第八百八十一章 魔阵重启！...................................... 36

第八百八十二章 师傅不在，我也行................................ 40

第八百八十三章 团队无敌！...................................... 48

第八百八十四章 你们认不认识韩浩................................ 55

第八百八十五章 余威犹在.. 62

第八百八十六章 自食其果.. 68

第八百八十七章 一份名单.. 73

第八百八十八章 可敢一战？...................................... 81

第八百八十八章可敢一战？...................................... 82

第八百八十九章 近战.. 86

第八百九十章 分化.. 91

第八百九十一章 去而复返.. 96

第八百九十二章 软禁.. 100

第八百九十三章 拖一天是一天...................... 105

第八百九十四章 旧敌挡路...................... 110

第八百九十五章 想报仇的话尽管来...................... 117

第八百九十六章 隐忍...................... 122

第八百九十七章 韩家，比我们想象中可怕的多...................... 126

第八百九十八章 穷途末路...................... 131

第八百九十九章 魔临大的...................... 135

第八百九十九章魔临大的...................... 136

第九百章 绝对武力...................... 140

第九百零一章 剥皮...................... 144

第九百零二章 还有谁？...................... 148

第九百零三章 重回枯骨城...................... 153

第九百零三章重回枯骨城...................... 154

第九百零四章 你没死，事情怎会结束...................... 158

第九百零五章 耶鲁斯...................... 162

第九百零六章 魔婴离体...................... 167

第九百零七章 化魔...................... 171

第九百零八章 天绝网...................... 175

第九百零九章 谜团...................... 179

第九百一十章 报恩...................... 183

第九百一十一章 众凶联手...................... 187

第九百一十二章 旧识...................... 192

第九百一十三章 九天雷轰...................... 196

第九百一十四章 再遇唐娜．．．．．．．．．．．．．．．．．．．．．．．．．． 201

第九百一十五章 逼爱．．．．．．．．．．．．．．．．．．．．．．．．．．．． 205

第九百一十六章 不放过你．．．．．．．．．．．．．．．．．．．．．．．．．． 210

第九百一十七章 人情．．．．．．．．．．．．．．．．．．．．．．．．．．．． 214

第九百一十八章 魔隐谷韩家！．．．．．．．．．．．．．．．．．．．．．．．． 218

第九百一十九章 自己人，看着就是顺眼．．．．．．．．．．．．．．．．．． 222

第九百二十章 围杀圣药．．．．．．．．．．．．．．．．．．．．．．．．．．． 226

第九百二十一章 埋骨窟．．．．．．．．．．．．．．．．．．．．．．．．．．． 230

第九百二十二章 逆天之举．．．．．．．．．．．．．．．．．．．．．．．．．． 235

第九百二十三章 境界提升．．．．．．．．．．．．．．．．．．．．．．．．．． 239

第九百二十四章 虚与委蛇．．．．．．．．．．．．．．．．．．．．．．．．．． 243

第九百二十五章 冰洞来客．．．．．．．．．．．．．．．．．．．．．．．．．． 247

第九百二十六章 笨蛋，她喜欢你呢．．．．．．．．．．．．．．．．．．．． 251

第九百二十七章 小骷髅的爱情．．．．．．．．．．．．．．．．．．．．．．． 255

第九百二十八章 原来他已如此强大．．．．．．．．．．．．．．．．．．．． 260

第九百二十九章 神格碎片．．．．．．．．．．．．．．．．．．．．．．．．．． 268

第九百三十章 有反应了！．．．．．．．．．．．．．．．．．．．．．．．．．． 272

第九百三十一章 碑文入体．．．．．．．．．．．．．．．．．．．．．．．．．． 277

第九百三十二章 她是我的人！．．．．．．．．．．．．．．．．．．．．．．． 281

第九百三十三章 传道．．．．．．．．．．．．．．．．．．．．．．．．．．．． 285

第九百三十四章 碰撞．．．．．．．．．．．．．．．．．．．．．．．．．．．． 290

第九百三十五章 层层封锁．．．．．．．．．．．．．．．．．．．．．．．．．． 294

第九百三十六章 父子合力．．．．．．．．．．．．．．．．．．．．．．．．．． 298

第九百三十七章　融合……………………………………………302

第九百三十八章　密谋……………………………………………307

第九百三十九章　很明显，他不是我这种半吊子主神……………312

第九百四十章　打破困境…………………………………………317

第九百四十一章　瞒天过海………………………………………321

第九百四十二章　交出来！………………………………………325

第九百四十三章　真不怕死！……………………………………333

第九百四十四章　韩浩VS安德丽娜………………………………339

第九百四十五章　一触即发………………………………………344

第九百四十六章　等你来！………………………………………351

第九百四十六章等你来。…………………………………………352

第九百四十七章　请君入瓮………………………………………357

第九百四十八章　大势已成………………………………………361

第九百四十九章　代价……………………………………………365

第九百五十章　天生一对…………………………………………370

第九百五十一章　总有意外………………………………………375

第九百五十二章　来了……………………………………………380

第九百五十三章　力挽狂澜………………………………………384

第九百五十四章　算无遗漏………………………………………389

第九百五十五章　你真阴险！……………………………………394

第九百五十六章　怕过头了！……………………………………399

第九百五十七章　冒险……………………………………………403

第九百五十八章　进出自如………………………………………408

第九百五十九章 你宰的了谁？.................................. 412

第九百六十章 我们不走！.................................. 417

第九百六十一章 他不想要.................................. 423

第九百六十一章他不想要.................................. 424

第九百六十二章 地底之变.................................. 428

第九百六十三章 囚禁.................................. 434

第九百六十四章 演的还挺像！.................................. 439

第九百六十五章 谁才是主人！.................................. 443

第九百六十六章 真的屈从了？.................................. 447

第九百六十七章 阴毒一击，再一击，连击.................................. 452

第九百六十八章 你自己了断吧！.................................. 457

第九百六十九章 求死.................................. 462

第九百七十章 人算不如天算.................................. 466

第九百七十一章 明知不可为而为之.................................. 471

第九百七十二章 不受控制.................................. 475

第九百七十三章 不屈.................................. 480

第九百七十四章 一变再变.................................. 484

第二章还在加紧时间写着呢.................................. 490

第九百七十五章 暴强.................................. 491

第九百七十六章 魔门万象，以我为主.................................. 496

第九百七十七章 新的神格.................................. 500

第八百七十四章抱歉我没什么印象了。

乱之的就是这样。谁的拳头硬。谁讲的话分量就足

如果今天不是韩硕。换了另外一人敢这么猖狂不缴纳费用。罗格那些手下的卫士一定会毫不留情的将人斩杀。根本不给韩硕进入深谷的机会。

但当他认清了韩硕身份以后。态度上面立即生了天翻的覆的变化。能够将萨拉斯击败的人绝不是他们能够招惹的。即便是他们的主人罗格。也不会愿意在这个时侯和韩硕交恶。因此他们马上放下了高傲。恭恭敬敬的让路。

韩硕显然知道在魔隐谷规矩都是由实力制定。一点不担心那些罗格的手下敢起什么坏心思。旁若无人的走入了深谷。

哈鲁利紧跟在韩硕身后。显的犹豫不决。似乎有话要说却又不知道应该怎么开口。哈鲁利那几个手下再看韩硕时一个个满脸敬畏。比对待哈鲁利时还要恭敬都暗暗观察着哈鲁利。希望这个领能够给他们指明一条明路。

"快点说啊。上一已经错过了一次机会。这次可不-次错过机会了。"哈鲁利的手下心中暗暗着急。都用眼神示意哈鲁利。催促领能够早点开口。

哈鲁利有些。不知道现在开口合适不合适。犹豫了一下。哈鲁利终于下定了决心。忽扬声道："布。布莱恩先生。"

韩硕一愣。惑的着哈鲁利。笑着问道："什么事？"

"那个。那个。一年前在谷的时候您曾经让我跟随你。我说我会好好考虑考虑。呵呵。不知道您还记不记这件情？"哈鲁利陪着笑脸显小心翼。

一脸愕然韩硕像是根本不道哈鲁利说些什么。温和笑着说："有这件事情吗？"

"就在洛陇那个关处。在您们刚刚杀死了布兹以。有没有印象了？"心中一凉。哈利勉强笑道当初在洛那个关五行甲尸成尸五行大一下子灭了多股势力戈隆也在那个时候杀死了布兹投靠了韩硕之后韩硕询问哈鲁利。问他有没有兴趣跟自己。哈鲁利犹豫了一下给出了自己考虑考虑的决定。

以韩硕的记忆力自然不会忘记一年前生事情。不过是故意为难他罢了。他和五行甲尸刚刚来到深谷的时候。就豪言询问哈鲁利。看他有没有兴趣跟随自己。第一次哈鲁利果断拒绝。还讥讽韩硕自寻死路。早晚会被布兹干掉。

第二次韩硕询问是自己证明了己的实力之后那时候的哈鲁利没有一口答应下来而是借口说要考虑继续等待。到如。他击败了萨拉斯强悍的实力遍了整个混乱之的。这时候哈鲁利主动找上门来示好。想要跟随他了。

"抱歉。我没什么印象了。"韩摇了摇头。没有搭理哈鲁利。像这种势力的家伙很难会有真心可言。以韩硕如今在混乱之的的位。根本不愁招不到手下。再没将哈鲁利放在心上了。

眼睁睁的看着韩硕离开。哈鲁利一脸沮丧。他当然知道一年前的事情韩硕绝对不会忘记。韩硕这么说明显就是看不起他。对他那种势利的做法非常反感。这才会绝了他的跟。

"大人。怎么办？哎。早知道我们就该答应下来。现在想要跟随他的人太多了。我们这股势力也不是混乱之的最强大。以后更加没有机会了。"哈鲁利的手下唉声叹息。深感后悔。

"哼。有什么了不。"被拒绝哈鲁利脸上满是怒意。"混乱之的又不是只有他厉害。不过只是趁拉斯和奥索埃战后消耗了太多神捡了个便宜的家伙罢了。以我哈鲁利在混乱之的的身份。位。不跟他也照样能够混下去。"

这番话明显是自己给自己长脸了。被韩硕当着手下那么多人面拒绝。哈鲁利对韩硕怀恨在心。刻意用恶言想来找回颜面。

如果他没有那么强大。你为什么非要投家？那些手下一个个目光闪烁。心里面暗暗鄙哈鲁利的说法。不过却没有人敢说出来。

在他们看来。哈鲁明显没有什么眼光。如果一年前他哈鲁利能够分清形势。果断的答应跟随韩硕。他们绝不会是今天这个局面。

自己鼠目寸光还不敢承认。反而恨在心暗存报复的想法。在哈鲁利的手下来看。这简直是自取灭亡。

。

韩硕根本没有鲁利这种人物放在心里。走过就不再多想了。

"请问。萨拉斯君主手中的十家君王店都在什么的方？"走进深谷以后。韩硕随手拦住一人。笑眯眯的询问道。

斯啊。嘿嘿。自从他消失不见踪迹之后。他那十家暂时由另外四大君主接手了。泰尔君主了四家。另外三大君主一人两家。现在深谷内萨拉斯直系手下进入都需要交纳黑晶币了。呵呵。形势和以前不同了啊。"那人回答。

韩硕一愣。心道泰尔奥索埃这些家伙下手还真是快啊。竟然已将萨拉斯手中的君王店全接管了。看子自己若想要的到那些君王店。只有强抢一条途径了。

韩硕心中有些犹豫。暗琢磨要不要直接动手由另外几个君主手中夺取君王店。思量了一下。韩硕暂时打消了这个主意。

才刚刚进入天灭境的韩硕。自可以战胜另外几大君主中的任意一个。但是。如果那些君主联手对付他。韩硕不认自己可以应付过来。尤其是实力最强大的泰尔。传说实力深不可识。韩硕没有真正见过这个人的时候不想冒险和所有人为敌。

仔细考虑了一番。韩硕决定还是从长计议。逐个来击破他们。没有和这人。韩硕径走向那一家奥索埃割让给他的君王店。自从奥索埃将这家君王店交给硕以后。韩硕又将它作为了天药剂的商铺使用。

那些从空灵城集来的一些药师。为这个天药剂提供了足够的药剂出售。但是因为韩硕这段时间都在忙着布置魔隐谷的原因。并没有亲手炼制丹药在天药剂贩卖。所以这里的生意却并不是特别红火。

天药剂在的城之所以那么红火。只因为韩硕亲手炼制的丹药令人匪夷所思。而这出售的一些剂在别的商铺都可以购买到。没有什新奇的东西。那来深谷的人自然不会卖帐。

尤其是。深内各种各样的毒药剂师遍的都是。这些不为十二大神域容纳的疯狂的药剂师到混乱之的以后。钻研的都是一些非常恶毒夸张的药剂领域。他们每一个都是这方面的天才。所炼制出来的药剂稀奇古怪的非常多。比天药剂的用处广。

混乱之的不禁止这究。自然也不禁止别人使用。没有韩硕亲手炼制的药剂做招牌。那些常规的药剂师炼制的和人家根本不能相比。要不是因为君王店不需要交纳昂的税务。他们能不能够存活下去都难说。

韩硕过来以后。现这个君店面积很大。出售药剂也是琳琅满目。可是过来购买的人却寥寥无几。很显然。这里的东西不如别的商铺那么有吸引力。

权利财富的位一不能少。混乱之的这些东西是保证一方势力能够强过别人的基础条件。韩硕既然准备要在混乱之的立足。在各方面积都要兼顾到。

韩硕的到来令那些药剂师一个个兴之极。他们听说了韩硕击败萨拉斯的事迹。心里面都非常崇拜这么一个强大的店主。

韩硕并没有和这些剂师多说什。一过来就进了材料仓库。从中选取能够炼制丹药的各类稀奇药草。知会了那些药剂师一声。就进入了一处静的修炼内炼制各种丹药。

一株株药草放入九内。一缕缕魔元力在九纹那些纹路流动。一团团炙热的火焰轻轻托起九纹鼎。丹药的香味渐渐的蔓延出来。

屏息凝神炼制丹药的韩硕。熟练的运用新的力量把那些药草研碎。将其中蕴含的力量揉捏一起。他忽然现天灭境界之后不但实力和心境获了提高。就连炼丹药的时候效率都随着他搞。

本来要一两个月时才能够炼制药。如今只要花费几天时间。而且丹药的质量不不减。药效要更加优秀。

另外。不去想乱七八糟烦心事。将注意力全部集中在炼制丹药上面的韩硕。现魔元力流动平稳。还在一丝丝的增长着。那种慢慢增长的度他甚至都能够感觉到。这让韩硕明白只要自己能够真正静下心来修炼。魔元力的增长度要比往常快几分。

十天之后。一共两千多粒丹药被成功炼制出来。韩硕亲手炼制的药剂一粒粒圆滑如珍珠。还闪耀着美丽光泽。浓郁的香味沁人心脾。

"主人。外面来了许多要购买药剂的人。他们都闻到了药香味。还有。许多混乱之的的剂师。都赶来。想要求见你。"一个药剂师急匆匆进来。向大功成的韩硕禀报。

"来的好。"韩硕哈一笑。从这丹房走了出来。

第八百七十五章　出招

大魔王

第八百七十五章 出招

，功突破到天灭境界以后。韩硕炼制丹药的度不但。就连丹药的药效都比以前好了许多。

一缕缕沁人心脾的香味由天药剂飘逸出去。许多附近的神祇都闻到了那一股美妙的香味。过来一打听。他们都听说了韩硕正在炼药的消息。

那些人消息灵通。许多人都从其神域知道了韩硕亲手炼制的药剂无比神奇的事情。一听目前在天药剂内炼制药剂的居然是韩硕。他们都蜂拥而来。准备第一个购买韩硕中的药剂。

在混乱之的内。各各样的毒药剂师钻研了许多邪恶领域。研制出了一些令人毛骨悚然的恶毒药剂。只是。那些药剂几乎全部都是用来害人的。帮助自己修炼增进的药剂却没有。

而韩硕亲自炼制的药剂和他们不。根据从十二神域传来的消息来看。韩硕亲手炼制药剂大部分都是为自己所用。不但可以加快伤势的恢复。还能够在修炼时稳定心境。帮助服用者更快的领悟力量奥义。

对很多人来说。种药剂才是他们最稀缺的。因此一听说正在亲手炼制药剂。他们一个个都从各个区域赶了过来。手中准备了足够的黑晶币。试图从韩硕手换取药剂。

这些人都是乱之各个区域的凶神恶煞。但是聚集在天药剂门前的时候一个个态度非常友好。没有一个人敢放肆的闯入里面就连大声喧哗的人都非常少。

他们知道除了是一个天才药剂师外。还是实力恐怖心狠手辣的顶尖高手。在这么一个强者的的盘。他们都尽力约束自己和手下害怕会惹起韩硕的不快。

走出炼药的密室韩凝神一望。现在天药剂的商铺内聚集了许多人。一见韩硕出来。这些人都小翼翼的走向韩硕。一个个态度恭敬友好表明自己打购买药剂的态度。

韩硕自己也没有料到这些闻香而来不过对他来说这并不是坏事。当即扬声道："那药剂-价出售。不过每天只会拿出一部分出来以后的一段时间先过来谁先购。"

处理天药剂的情不是一日两日了。从菲碧艾米丽几女身上韩硕学到了一些提升天药剂名气的方法。现在正好拿来一用。

以他现在在混乱之的的名声。根没人敢多说什么。一番话语交代了下去。将亲手炼制的药剂分给那些负责放置的手下。自己则是从那些人当中离开。

许多前来此的的毒药剂师一个神情怪异想说什么话又不敢说。眼睁睁的看着韩硕失后才低哼哼："有什么了不起。我就不信这些药剂真会那么神奇。"

"是啊。他拥有击萨拉斯的实力。就不可能在药剂学上面达到太高的造｜。哼。如果不因为他实力强大。我一定要和他比上一比。看看到底谁炼药厉害。"另外一人愤愤不平道。

这些混乱之的的毒剂师一个个心高气傲。一见韩硕过来才开始炼药。就有许多人不顾一切的涌入了天药剂。令他们的生意大受影响。心中自然非常不爽了。

然而韩硕实力摆在｜。这些毒药剂师就算是再有满腹怨言也不敢当着韩硕的面多说什。更不敢找天药剂的麻烦。

"我们也买点那药剂回去。看看竟有没有那种效果。哼。即便他实力强大。如果药剂功不实。我们也可以实事求是的说出去。"其中一人提议。那些过来的毒药剂师纷纷附和。

这些在特殊领域钻的毒药剂脾气都古怪的很。要不是因为害怕韩硕会动手杀人。或许现在就开始挑毛病了。

韩硕人虽然离开了。但感应力却覆盖了整个天药剂。他将那些毒药剂的话听个一清二楚。脸上带着笑意呼叫一个店员上来。道："如果那些毒药剂师想要购药剂。就算他们排不上队伍也可以卖给他们。"

"为什么？这些家伙。一看就是想过来捣乱的。大人。你不知道啊。当初你不在天药剂的时候。他们还常常说我们的坏话。说我｜炼制的药剂没有一点出奇：。"这一名店员看样子对那些毒药剂师非常感冒。愤愤然道。

之前韩硕没在天药剂。也没有击败萨拉斯来证明自己拥有着多么可怕的力量。这些毒药剂师并不惧怕韩硕。都暗中恶意诽谤天药剂。令天药剂的生意大受影响。

这些韩硕虽然不太。不过听这个店员这么一说马上就猜出了他们的用意。微微一笑并没有过多解释。只是吩咐道："我了解。你是说的做吧。嘿嘿。这些家伙虽然脾性古怪。不过在药剂上能力还是有的。我倒要看看他们将我的药剂拿回去。能不能看出什么端倪。"

听韩硕这么一说。这个店员不再废话。满腹疑惑的退了下去。

在那个店员离开之，。韩硕才呵呵笑着自言自语："天药剂总部会在混乱之的。那些药剂师个个都是人才。我看你们谁能逃出我的手掌心。"

韩硕老早就在打那些毒药剂师的主意。准备将他们全部网罗到自己手中。就算那些毒药剂不来韩硕还会主动对付他们的。不管利用什么办法。韩硕都要让他们为天药剂做事。
。

"布莱恩先生。好久不见了。"一声由外面传来。一会儿功夫。那跟随奥索埃的洛走了进来。

之所以要来到边的密室。韩硕就是在等候洛的拜访。早在他丹药炼制完毕的时候就感觉到了洛陇的到来。这个家对奥索埃忠心耿耿。前来天药剂一定是代表了奥索埃。韩硕想要听听他会说些什么。

"原来是洛陇。嗯。你怎么来了？"长声一笑。韩硕热络的对洛说。

洛陇一脸宠若惊的模样。似乎没有料到韩硕对他还会像以前那样不拘小节。在他看来。将萨拉斯击败以后的韩硕已够和五大君主平起平坐。这么一个物行事作风该和以前不一样。不会再像以前那么对待自己了。

所以。洛一过来-按照对待奥索埃的礼仪和态度对待韩硕。可是还没有等他表现出己的敬意。却惊讶的现韩硕一点没有那么多计较。依旧和原来一样热情好相处。这让他觉的非常古怪。

"受奥索埃大人吩咐。特的过知会你一声。"洛笑了笑。语气显毕恭毕敬。解释道："萨拉斯失不见踪迹。他手中掌握的十家君王店被瓜分一空。那时候你不在深谷内。所以没有能够到什么好处。奥索埃大人认为你已经完全有实进驻深谷。最近一段时间正在和他们交涉。希望另外三大君主能够让一些手中的利益出来。让你取代萨拉斯在深谷的位置。只是。这件情不太容易。还没有什么进展。"

韩硕笑望着洛陇。，头表示明白："洛陇啊。替我谢谢奥索埃大人。呵呵。他这么不遗余力的帮助我。我都不知道该些什么了。"

"这次我过来。是告诉你奥索埃大人准将我们的到的那两家君王店然给你。嗯。反正是萨拉斯的东西。索埃大人认为你完全有能力取代萨拉斯在深谷的的位。要在深谷立足手中没点东西自然不行的。"洛笑着说。

韩硕愕然。没有料到那奥索埃为能够和自己打好关系还真是舍下本钱。在韩硕来看那萨拉斯离开后的东西本来就应该归他。有便宜不是他的作风。脸上大喜。韩硕急忙道："那就多谢奥索埃了。呵呵。真不知道怎么感谢他了。"

这个奥索埃。想干什么？继续拿我当枪使？脸上满是笑意。心中却暗暗腹诽。

"深谷各种各样的铺成百上千。你要是想在深谷立足。除了需要到几大君主的同意外。还要的到那些商铺主人至少一半的认可。只有这两条件达成了。才够成为深谷另外一个主人。大人派我过来。就是让我告诉你这一点。"洛提醒韩硕。

笑着点头。韩硕道："多谢了。我知道应该怎么做。。那些商铺的主人我看应该没什么意见。只要我能够说服另外三个君主。这件事应就不成什么问题了。"

那些深谷内的商铺主人根本没有什么太强的力量。面对韩硕这个凶神恶煞他们真敢反抗才怪。不过洛陇这么一说。韩硕知道这里面一定有什么猫腻。说不定另外三大君主会指那些商铺的主人来反对他。

这样的话。另外三大君主可以避免和韩硕立即交恶。也能够让韩硕暂时不了深谷。那些深谷商铺的主都在深谷里面。如果韩硕不爽要拿这些–的主人开刀。这就是和深谷四大君主为敌。这么一来至少泰尔罗格瓦西斯可以找到借口联手对付他。

一连串想法在心中过了一遍。韩硕大致摸那些君主的心思。心中冷不迭。暗暗思量应付的方法

第八百七十六章 暗影城韩家的危机

在混乱之地大展拳脚的时候，远在暗黑神域暗影gt;+遇到了麻烦。/

在韩硕由暗影城消失以后，那些韩家的人6续退到了伯格拉斯要塞，在伯格拉斯要塞韩家低调地展着，不再去管暗影城的事事非非。

暗影城城主华莱士默许了韩家那些人的离城，暗影城内大大小小的事情都没有通知韩家参与，俨然已将韩家排除在了权利机构之外。

由于混乱之地离暗影城实在太过遥远，那边的消息~传达到暗影城这边，十二大神域的凶神恶煞会在走投无路的情况下前往混乱之地，为混乱之地带来十二大神域的最近消息。

但是那些进入了混乱之地的凶神，却很少能够再次重返十二大神域的，这就造成了混乱之地进多、出少的局面，因混乱之地的消息很少能够飞快的传往十二大神域。

这边韩家的菲、艾米丽等人，听到的最近的消息就是韩硕由空灵城离开，根本不知道之后究竟生了什么，那些混乱之地的事情更是无从得知。

不但是韩家，就连暗影城主华莱士也一样对韩硕在混乱之地的情况一无所知，在他们来看韩硕就这么忽然消失不见踪迹了，不知道什么时候才会重返暗影城。

有了韩硕暗影城的那么多奇事，华莱士为了赛因特家族在暗影城的地位着~，开始着步消弱韩家的力，可是由于华莱士知晓韩家和安德烈、黑天、青林等人的友好，也有些顾虑韩硕的实力，他不敢做的太过分。

菲碧、艾米丽果断地将韩家的力转移到伯格拉斯要塞的做法，正合华莱士心意。他睁一只眼闭一只眼，令韩家在暗影城的人马全部调集到伯格拉斯，采取不闻不问地做法，就连韩硕亲手训练的五处那些人的离开华莱士也给予放行。

拉斯要塞处于暗影城边陲之地，在华莱士来看韩家转移到那个区域应该不能够给他制造什么麻烦，只要韩家的人不在暗影城展实力，华莱士就不会对韩家采取行动，乐意看到韩家低调下去。

只是。当初韩硕暗影城地时候得罪地人实在太多。像霍夫斯地幽幕城离伯格拉斯要塞更是极为接近。经过这几年地明察暗访霍夫斯已经弄清楚了情况。知道当初大闹幽幕城正是韩硕和萝丝两人。

经过霍地探察。他现华莱士似乎刻意疏远了韩家地人。一直追寻韩硕准备报仇雪恨地霍夫斯。在现始终找不到韩硕地踪迹以后。开始将目标放在了伯格拉斯要塞地韩家。打算拿韩家那些人先下手了！

除了霍夫斯外。还有一人也对伯格拉斯要塞虎视眈眈。这人就是暗黑神域吞云城布罗德赫斯特家族地拉克里森。拉克里森在韩硕手中吃尽了苦头。不但家族上位神被韩硕杀了几个。就连他亲身儿子也在和唐成婚之前被诛杀。

几年下来了。拉克里森也查出了当初地下手正是韩硕。这么多仇恨聚集在一起拉克里森显然也不打算放过韩硕和韩家。布罗德赫斯特家族掌权暗黑神域地实力最强地吞云城。拉克里森对伯格拉斯地威胁比霍夫斯还要大。

拉克里森和霍夫斯目标一致。两人一接触就很快达成协议。准备联手对付伯格拉斯要塞地韩家。幽幕城和伯格拉斯要塞靠地很近。加上拉克里森从吞云城带来地高手。他们有信心直接将伯格拉斯要塞摧毁。

……

幽幕城内，霍夫斯和拉里克森两人坐在城主府内。

霍夫斯阴沉着脸，道："拉克里森大人，有了你的帮助，这件事更加万无一失了！不过，伯格拉斯要塞毕竟是暗影城的领地，我们如果强行进攻伯格拉斯要塞，会不会引来华莱士地攻击！"

霍夫斯和拉克里森两人密谋了许久，两人自信手中掌握的实力一定可以将伯格拉斯要塞的韩家毁灭，如今唯一摆在两人面前的不是韩家的威胁，而是暗影城地城主华莱士。

不论怎么说伯格拉斯要塞都属于暗影城，一旦他们大举入侵进入伯格拉斯攻击韩家，那就是对暗影城挑衅，这很有可能引起城池之间的大战，想必暗黑神域地主神一定不会乐意看到这个结果。

拉克里森双眸满是怨恨，低声道："这一点你不用担心，我们尽管攻击伯格拉斯要塞，华莱士不会多事的。哼，以我布罗德赫斯特家族在暗黑神域地地位和力量，华莱士不会因为一个小小的韩家和我们为敌地！"

此话一出霍夫斯大喜过望，惊呼道："你是说华莱士已经……"

定地点了点头，拉克里森道："放心吧，我和华莱士！他会伴装不知，事后顶多谴责一番，不会真的因为一个小小的韩家和我们拼死一战！嘿嘿，韩家的存在已经影响到了他们赛因特家族在暗影城的地位，我看韩家的灭亡正是华莱士乐意看到的结果！"

"那我就放心了！"霍夫斯松了一口气，狞笑道："那么，我们可以行动了！"

"嗯，召集你的手下，我们开始前往伯格拉斯要塞。

就凭那要塞内的韩家中人，根能力抵挡我们的进攻，这一次，我们要将他们一网打尽！"拉克里森狠毒道。

"还有一个布莱恩，等韩家毁灭了，我想不管他在什么地方，一定会急着赶回来。嘿嘿，到那个时候，就可以将他彻底干掉！"霍夫斯畅快大笑，这些日子好不容易才压制住幽那些有异心的家族，事情一直不顺心，这次总算看到报仇雪恨的希望了。

······

霍夫斯和拉克森的异动，伯格拉斯要塞内的韩家中人多多少少了解了一些。

这几年来韩家不在暗影到处扩张，暗影城的天玑药剂没有增加一家，平日里也不在参与暗影城的事事非非，一下子变得低调起来。

但是，在暗:家~默默地壮大着！

韩家虽然不在暗影城内继续扩了，可是天玑药剂却和死亡、毁灭神域许多大家族联合，将天玑药剂的影响力覆盖到了死亡、暗黑、毁灭三大神域，有了足够的黑晶币支撑，韩家招募到了更多的高手前来。

拉斯要塞在韩硕离开之前不但布置了重重关卡，那八荒离合炼狱阵也重新在伯格拉斯要塞内复原了，这些年来进入八荒离合炼狱阵内修炼的韩家子弟络绎不绝，令韩家的整体实力快地提高着。

暗地里韩硕在三大神域内的影响力依旧不小，利用遍布在三大神域天玑药剂的关系网，他们知晓了拉克里森前往霍夫斯的消息，知道了拉克里森和霍夫斯的一些异常表现，大致猜出了这两人的目标应该是伯格拉斯。

韩家实虽然迅壮大了起来，可是霍夫斯和拉克里森两人的力量实在太强了，霍夫斯手中掌握着幽幕城大权，而拉克里森更是布罗德赫斯特族长的弟弟，这两人一旦联手进攻伯格拉斯，那简直是~|韩家的彻底毁灭。

菲碧、艾米丽、阿尔梅里克、斯塔索姆、血灵、博兰兹、吉尔伯特等等韩家的高层聚集在伯格拉斯要塞韩家议事大厅，商讨着应付霍夫斯、拉克里森两人的对策。

　　"拉克里森前往幽幕城的时候，据说带着三位布罗德赫斯特家族的上位神，拉克里森本人更有着上位神末期的力量，这个家伙太可怕了。还有霍夫斯，身为幽幕城城主，他若是过来了一定会带着大批幽幕城的神卫，以我们目前的实力根本不足以应付他们！"艾米丽望着几人，一脸的愁容。

　　在这两股强大的力量面前，众人都是无策，韩家不可能在短短几年时间拥有对付一个城市的力量，面对霍夫斯、拉克里森强大的威胁，大家不知道该怎样抵挡。

　　"哎，可惜主人不在，如果主人在这里，一定能够令那两个家伙吃不了兜着走！"吉尔伯特长吁短叹，在他心中韩硕就是无敌的存在，拉克里森和霍夫斯两人虽强，还是一样在韩硕手中吃尽了苦头，很明显他们远远不及韩硕。

　　"哼，如果师傅真在伯格拉斯要塞，我都怀疑那两个家伙有没有胆子过来了！"血灵冷喝一声，他心中一怒，双眸立即赤红，一缕缕肉眼可见的血雾从他体内逸出，看来他实力再次暴进了。

　　"布莱恩不在，我们只能够靠自己了！"老妖斯塔索姆眉头紧皱，道："先我们千万不能够离开伯格拉斯要塞，在要塞内我们还能有所凭仗，以逸待劳。一旦离开要塞就更加没办法应付那两人了！"斯塔索姆还算冷静，继续道："另外，派人向黑天、青林还有卡梅丽塔、安德烈等人传讯，将这边的情况告诉他们。这几人和我们关系紧密，如果收到了消息肯定不会坐视不理，只要他们能够赶到伯格拉斯要塞，我们的胜算就大大增加了！"

　　"好，我马上派人传讯！"菲碧立即点头同意，派人行动开来，伯格拉斯要塞一下子忙碌起来了，一道道人影悄无声息地离开了伯格拉斯，开始努力为韩家争取生存的资格。

第八百七十七章 全力应战

天后、菲碧、斯塔索姆一行人重聚在一起，一个个比，压抑着心中愤怒。

派出去传递消息的人纷纷返回，可是却没有能够带来一个好消息，卡梅丽塔闭关未出，消息无法传递到她手中，安德烈十天前去了一趟黑水城，暂时还没有回城。

至于黑天、青林两人，则是被城主华莱士不知道派往什么地方执行秘密任务去了，人在不在暗影城境内都很难说，去传递消息的韩家人自然连两人影子都没有见到。

卡梅丽塔、安德烈、黑天、青林这四个和韩家关系最亲密的人，像是约好的一样消失的无影无踪，偏偏赶在这么一个敏感的时刻，令菲碧一行人一个个愁云黯淡，不知道该如何是好。

"事情不可能那么巧，卡梅丽塔、安德烈、黑天、青林四个人绝对不可能全部在这时候消失无踪，而且偏偏生在拉克里森进入幽幕城之后！"菲碧咬着牙，愤愤然道："当初布莱恩在暗影城的时候，和这四位关系非常紧密，卡梅丽塔、黑天两人如果没有布莱恩出手相救，恐怕活不到现在，没有料到他们居然会这么无情无义！"

"或许这并不是他们的本意……"老妖斯塔索姆阴沉着脸，解释道："有一个人，完全可以将四人全部支开，令他们暂时无法接到我们传递的讯息！"

"华莱士……"阿尔梅里克大有深意地轻呼一声。

点了点头，老妖斯塔索姆道："能够令黑天、青林、安德烈三人一起支开的只有他！他也可以让卡梅丽塔强行闭关，这个人才是暗影城最有权势的人，整个暗影城能够做成这件事情的只有他！"

"嗯，以布莱恩和那四人的关系，他们收到了我们的消息一定不会坐视不理。之所以造成这个局面，华莱士一定脱不了干系！看样子，华莱士自己虽然不动我们，却打算借刀杀人了！"阿尔梅里克恨恨道。

"早该离开暗影城了，那个家伙一看就知道是过河拆桥的人，当初莱弗斯家族就是这个下场！"吉尔伯特大声嚷嚷道："照我看，干脆先和那个卑鄙小人拼了，我最恨这种背地耍阴的家伙了！"

"不行！"斯塔索姆摇了摇头，道："光是拉克里森和霍夫斯我们已经应付不了，就算心中明白华莱士在背地里捣鬼，我们这个时候也绝对不能够表示出来。嗯，一切都等有了布莱恩的消息再说，我们现在自保都难，不能另外再竖强敌！"

"那应该怎么办？"吉尔伯特不断叹息，一脸地沮丧。

"我们先撑着再说，放心吧，我已经联系了死亡、毁灭神域的几个大家族，华莱士虽然想我们死，但是我们那些生意伙伴并不希望看到我们有事。

他们已经派人前来伯格拉斯要塞，我们只要能够支撑到援兵过来，就可以着手脱离暗影城这个是非地了！"艾米丽勉强笑了笑，宽慰众人道。

这些年来天玑药剂和死亡、毁灭两大神域一些家族合作，在死亡、毁灭两大神域建立了天玑药剂地商铺，由于韩硕亲手炼制的丹药极为神奇，依此开路他们都赚到了大量黑晶币，对那些家族来说，只要韩硕不死，他们很乐意继续和天玑药剂好好合作下去。

因此，当艾米丽将自己这边的处境传递出去以后，那些家族立即表示会派人前来暗黑神域暗影城，帮助他们脱离伯格拉斯要塞。

"这真是一个好消息！"老妖斯塔索姆欣慰的点了点头，道："那我们就应该早早准备，华莱士既然想要借刀杀人对付我们，那么暗影城就真不能够呆下去了。嗯，我们尽快先将财产和一些物质转移出去，着手准备离开暗影城离开伯格拉斯要塞的工作。"

"在那些盟友没有赶来之前，我们还是需要留在伯格拉斯要塞，利用要塞内的阵法来抵御他们。你们放心吧，大人离开要塞之前花费了很多功夫布置要塞，那些家伙过来了也休想轻松攻进来！"老杀手博兰兹声音幽冷，浑身杀气外溢。

"那么，就准备全力应战吧！"血灵赤红着双眸，看来是准备大开杀戒了。

接下来一段时间伯格拉斯要塞彻底忙碌起来，在韩家的经营下伯格拉斯要塞能量塔能量炮遍布了要塞每一个角落，原来一个贫瘠的要塞如今已经成了暗影城声名赫赫地险地，种种要命的结界和封印无处不在。

在大量的黑晶币的支撑下，许多能量晶石填补了伯格拉斯要塞的薄弱环节，如今伯要塞拥有着许多恐怖的杀伤力武器，拥有着暗影城最卫五处，还有着血灵、博兰兹这些实力突飞猛进，性情狠辣冷酷地凶残之辈。

一道道指令下达，整个伯格拉斯都忙碌起来，要塞各个城门人影憧憧，闪耀着灿灿明光的能量晶石炮被推上城门处，冷冷地朝着宽阔的原野，等候着敌人的侵入。

……

在伯格拉斯要塞千里之外的一处密林深处，二处神卫长拉尔夫像是一条毒蛇蛰伏着，在他身后，那些曾经败在神卫五处的二处神卫，一个个神色冰冷，默默地听着拉尔夫的命令。

"这次过来的目的你们应该都清楚了，我们不是真正地动手者，不过一旦事情开始了，我们需要负责料理外围的漏网之鱼。韩家的所作所为已经严重威胁到了赛因特家族的利益，青林、黑天等人受布莱恩蛊惑，绝对不会出手对付他们，这个任务只有我们来做了。"

拉尔夫一脸森冷，看着那些同样凶光闪闪的手下，道："韩家这些年看似低调，其实和死亡、毁灭一些家族来往密切，在死亡、毁灭神域联合一些家族将天玑药剂分部建立了起来，手中掌握的实力越来越强，不趁这个时候灭掉他们，以后就再也没有机会了！"

"大人放心吧，五处的存在严重威胁到了我们二处的生存空间，不管出于什么原因，我们都要让五处和韩家从暗影城彻底消失！"一名手下脸色阴狠道，顿了顿，他迟了一下，继续说："只是，那个布莱恩始终不见踪迹，他实力那么强大，如果有一天知道了我们的所作所为，会不会有什么不妥？"

他一提起韩硕，许多人都是脸色一变，这几年虽然韩硕不在暗影城，可是暗影城那些人却难以忘记他在暗影城的所作所为，在他们心中韩硕已成了仅次于城主华莱士地强者，韩硕不死，对他们来说始终是个威胁。

拉尔夫脸色一寒，道："怕他什么？城主大人才是暗影城最强大存在，就算是他知道了我们干的事情，城主大人也会维护我们！放心吧，不论出了什么事情，都会有城主大人给我们扛下来！"

拉尔夫这么一说，这些手下虽然还是心中忐忑，但却没有继续多说什么。他们都知道拉尔夫地脾气，也明白拉尔夫和韩硕之间难以化解的仇恨，在这个关键时刻他们可不敢让拉尔夫不快活。

以拉尔夫为地一帮图谋不轨的是二处神卫，暗暗地潜伏在伯格拉斯要塞一处隐蔽地地方，只等伯格拉斯要塞传来炮火声就立即分散开来，围剿任何从伯格拉斯要塞走出的韩家之人。

……

另一个方向，以拉克里森、霍夫斯为的几队人马，正悄悄地朝着伯格拉斯要塞赶来。霍夫斯的家族高手虽说在前一段时间损伤不轻，但他毕竟乃是幽幕城城主，许多外来者都会乐意投靠在他麾下，经过这一段时间的补充，他元气已稍微恢复了一些了。

拉克里森神情阴冷，心中无时无刻不想着报仇雪恨，他儿子死前的惨象似乎一直在他脑海中缭绕，日日夜夜地折磨着他，令他寝食难安！

布莱恩、韩家、莱弗斯家、唐娜你们统统都该死，拉克里森咬着牙，心中暗暗盘算着。

在吞云城当拉克里森儿子被杀的消息传出以后，唐娜当即猜出下手者一定是韩硕，因为事前韩硕曾经找过她。

唐娜为了生怕拉克里森查出真相后迁怒于她，当夜就和她父亲和盘说出了此事，菲尔德当机立决，趁着拉克里森疯了一样满城追查凶手的时候，连夜逃出了吞云城。

拉克里森现这件事以后全力追杀，但是由于菲尔德逃的及时，拉克里森并没有能够将莱弗斯家族灭族。从此之后，莱弗斯家族像是从死亡、暗黑、毁灭三大神域消失了，任凭拉克里森怎么寻找也无法找到莱弗斯家族的人。

莱弗斯家族、唐娜、韩硕、韩家成了拉克里森心中永远难以放下的深仇大恨，他找不到莱弗斯家族，找不到韩硕，只有将目标对准了伯格拉斯的韩家，准备先拿韩家开刀了。

半个月后，以拉克里森、霍夫斯为的一群复仇者从幽幕城终于聚集到伯格拉斯要塞前，根本没有任何废话，他们一过来马上就动了汹涌的攻击，打算以压倒性的力量将伯格拉斯要塞夷为平地！

第八百七十八章 烧钱的轰击

大魔王

第八百七十八章烧钱的轰击

克里森和霍夫斯人目标一致。率领着幽幕城和布特家族的强者聚集到伯格拉要塞。没有嗦什么。一到这里两人就同时下达了攻击命令。吩咐手下强冲伯格拉斯要塞。

在两人心中。伯格拉斯要塞只有韩硕一人能够称上高手。当他们现韩硕根本不在伯格拉斯要塞以后。就压根没将伯格拉斯要塞的韩家放在心里。

这两人手中拥有着幽幕城最精锐的神卫。拥有着布罗德赫斯特家族的上位神。而且拉克里森和霍夫斯两人也全部有着上位神末期实力。

以这种力量。别说伯格拉斯要的韩家了。即是在暗影城傲立多年的金森家族基萨家族。恐怕也不能够在如此涌的攻势下面支撑住。

格拉斯要塞外面。克里森霍夫斯两人神色阴冷。冷眼看着手下化为一道道人影飞射向伯格拉斯要塞。他们根本没有将韩硕以外的韩家人放在心中。觉的这种场面自己亲自过来已经够给韩子了。在没有级高手出现之前。两人绝对不会降下身份亲自出手。

一道道人影飞格拉斯要塞。他们一个个狂声啸凶焰滔天。手中神器散溢出惊人的神力。看样子都是自信满满。没将伯格拉斯要塞放在眼里。

突然间。一声炸雷般的轰鸣声伯格拉斯要塞内响了起来。旋即。一道道炫目的光柱喷射而出。刺目的光芒携带着惊人的能量。朝着伯格拉斯要塞外面轰击来。

那喷射过来的光柱有一人腰粗。一子出现了十几道。在一瞬间狂喷出来。那些来自幽幕城的霍夫斯手下的神卫。猝不及防下有许多人纷纷中招被那一道道量光柱射中。许多中位神神体当即被轰穿。那些受到波及者也纷纷重倒的。

自从韩家接手了伯格拉斯要塞后曾不遗余力的为伯格拉斯要塞的防御而花费晶币。许许多多能量晶石从各处矿山运送到伯格拉斯要塞。填充在那些能量晶炮中。这些依靠能量晶石的晶石炮火力非常威猛。杀伤力巨大。在足够的能晶石支撑下不比一个上位神能够的力量小。

十几架能量晶石炮平日里摆格拉斯要塞围墙震慑外来人。这次敌人真正过来了菲碧等人反而那十几架能量石炮放在能量塔当中。就是为了能够给敌人来个突然袭击。

不的不说霍夫手下的伤亡完全是他们自找的。如果他们不是那么自大不是那么猖狂只要事先小心翼翼的一点。就绝不会被能量晶石炮给予那么大打击。

有能量塔内能晶石的支撑。那十几架能量晶石炮喷吐出一道道璀璨的光柱。轰击向那些霍夫斯的手下。在一眨眼功夫就十个来自幽幕城的神卫被能量晶石炮轰中。当场亡。

能量塔下面。那些韩家的人不断的填充着能量晶。一道道炫目的光柱冲天而起。伴随着巨大的轰鸣声飞射向天空对那些幽幕城的神卫进行着肆虐打击。

一道道人影在虚空跌落。残肢在半空激射。鲜血犹如蓬蓬细雨一样落下。将伯格拉斯要塞门口染成妖异的猩红色。

"小心。都分散开来。"霍夫斯没有料到一个小小的伯格拉斯要塞。居然能够拥有那么能量晶石炮竟然有着那么能量晶石填气的猛的嘶喊出声。

能量晶石炮价值不。每一次轰消耗的能量晶石都非常多很多人认为威力强大的能力晶石炮轰出的乃是黑晶币。因为每一击下来消耗的晶石值上万黑。正是如此。一些小家族即便有能量晶石炮在手。也不会这耗能晶石。

可惜他们不知道现的韩家由于药剂在死亡毁灭暗黑三大神域都有分部的原因-年的利润都的惊人。韩家现在财大气粗。能够的住这么庞大的晶石消耗。

由于霍夫斯的错误估计。只是一会儿时间。那些冲上来的幽幕城神卫便死了近百人。相当一个神卫大队。

能量晶石炮没有停止。炮火朝着-拉斯上空飞来的人影。朝着远处城门口足的敌人。一道道光柱不息的轰射出来。燃烧着能量晶石来对他们进行射杀。

在能量晶石炮震耳欲聋的轰鸣声中。霍夫斯的一声嘶喊被淹没了。他的那些手下依旧奋不顾身的冲向了伯格拉斯要塞。不过这次都学乖了。一个个分散开来。彼此间的距离拉的很大。

这么一来。十几道能量晶石炮就不那样嚣张了。在一**炮火的轰击下。只有二十几人再次被轰落。

迎着

石炮的轰击。那幽幕城的神终于飞向了格拉上空。朝着下面飞落而来。

第一个落下来的。然身躯一震。现自己被一道无形的屏障挡住。根本就不能够落入伯格拉斯要塞里面。他才准备起身。现那一道无形的屏障突然生出了强烈的缠扯力。令他控制不住自己的身势。在伯格拉斯要塞上空摇摇晃晃。

就在此时。一道能量晶石炮冲天而起。直接轰击在了他的身上。将他击成碎肉。

在他之后。接连有十五人同样在能量晶石炮的轰击下落下来。却都无一例外的被那道由能塔缔结的结界给拦阻了。同样的。一道道能量晶石炮冲天而起。不幸落入结界当中的人全部被晶石炮击中。当场惨死。

能量晶石炮和能量结界全部由能塔内的晶石提供支撑的力量。它们同属于一种晶石力量。所以晶石炮轰击出来根本不受能量结界的阻碍。在别人看来伯格拉要塞像是不设防。也是因为这个原因。那些幽幕城的神卫才会自信满的冲击下来。

结果。他们尝到苦涩的果子。一个个冒然进入伯格拉斯的神卫都被轰杀。

能量晶石和能量界配合使用。将那些闯入结界上面的神卫一个个击杀。眨眼间又有几十人被轰杀。死状一个个惨不忍睹。

"都给我回来。"霍夫斯大怒。凝滞在虚中大大叫。

这个时侯。霍夫斯再嘶喊已经迟。冲动闯入者大部分都被轰杀。许多人看出不妙停留在原的不敢再次冒然深入。

还未进入伯格拉斯塞。霍夫手下死亡有一百十几人。

霍夫斯手中的量在上一次幽幕城大乱时已消耗了不少。最近好不容易才将另外几个心怀不轨的家族震慑住。那些神卫的死亡令他心痛之极。他开心这样下去那几家知道了他手中力量再减以后。会不会又图不轨了。

"城主大人。有能晶石炮和能量结界同时庇护伯格拉斯要塞。难办了。我们太冲动了。看样子。韩家果然财大气粗。是不惜烧钱来抵挡我们了。"一处神卫长一脸凝重。询问霍夫斯道。

"先破能量结界。要能量结界一毁。我们就可以冲入伯格拉斯要塞了。"霍夫斯心中愤怒之极。不过并没有失去理智。阴沉着脸喝道:"一旦我们进入了伯格拉斯要塞。和他们正面遇到了。以他们那些力量绝对不住我们的冲杀。"

"联手破除能量结。我看。韩一定非常富足。这次我们来对了。"拉克里森嘿嘿冷笑。打起了韩家黑晶币的主意。

他带过来的都是布德赫斯特家族的精锐。那些人并没有参与对伯格拉斯要塞的冲击。夫斯虽然损伤了百十个神卫。但他本人和手下却安然无恙。所以在斯怒的大骂的时候。他还可以优哉游哉的想着该怎样瓜分韩家的黑晶。

他这么一说。因为下损失愤怒之极的霍夫斯眼睛一亮。贪婪的远远望了望伯格拉斯要塞。道："不错。韩家能够提供那么多能量晶石。府邸内的财富一定非常可观。我早就查清楚了。死亡毁灭两大深渊有许多家族和他们有生意来往。这些年米利用天药剂他们不知道捞了多少晶币了。如果能的到那些晶币。也能够稍微弥些我手下的损失了。"

拉克里森瞥了霍夫斯一眼。并没有多说什么。心里面不知道想着什么坏主意。

"给我联手攻击格拉斯要塞。那上面量结界每抵挡一波我们的攻击就需要消耗几万晶币。哼。我倒要看看。那些能量塔的能量晶石能够支撑多少波攻击。"霍夫斯挥手大喝。

在他的命令之下。那些幽幕城的神卫一个个远距离利用神力神器开始攻击伯格拉斯要塞。一道道五颜六色的神力像飞逝的流星一样落入伯格拉斯要塞。一样样稀奇古怪穿透力惊人的神器呼啸而出。同样轰击在伯格拉斯要塞。

"给我挡住。妈的。们就是晶多。等这些混蛋进来了。肯定会抢夺能量塔内的能量晶石。都给我填补上。不要留们一块。这样至少能够消耗他们的神力。哼。等他们到了韩家。我们会给他们更大的颜色看。"黑龙吉尔伯特在伯格拉斯要塞大声嚷嚷。吩咐那些韩家的卫士将一块块晶莹闪亮的能量晶石放入能量塔内。

正在赶下一章。在八点之后上传。兄弟们。抱歉了。

第八百七十九章 财大气粗

尔伯特在伯格拉斯要塞内大声嚷嚷着，他本人也参与的行径，将一块块能量晶石塞入能量塔，口中还自言自语："妈的，这一块能量晶石值三千黑晶币，真是太他妈奢侈了！"

韩家能量塔内使用的能量晶石都是纯度最好蕴含能量最高的那一种，这些能量晶石能够提供非常巨大的能量，令能量塔可以支撑着能量晶石和能结界，配合着抵挡攻击来犯的敌人。

这一会儿功夫，虽说那些进犯的敌人被杀了一百多个，但是伯格拉斯要塞这边消耗的能量晶石也值百万黑晶币。对一些小家族来说，一百万黑晶币可是一笔庞大的数字，他们几年的税收和利益也不一定能值百万黑晶币。

吉尔伯特口中骂骂咧咧，吆喝着这些韩家的卫士动手继续全力填充能量晶石，令那些能量塔一个个闪耀着璀璨的耀眼光芒。不但支撑着能量结界，还射出一道道光柱轰击向伯格拉斯要塞外面，落向那些出手轰击要塞的霍夫些人。

这些韩家的卫士在进入韩家之前都经过层层关卡的盘问，他们每一个都身世清白并且资质非凡，当然，进入之前大多数都有着中位神的实力。

一旦进入了韩，他们在韩家庞大的财力支撑下先被给予最适合的神器神甲，然后一个个都送往八荒离合炼狱阵内磨砺一番，从八荒离合炼狱阵内走出之后再由博兰兹几人亲自训练。

经过层层磨砺后地这些士，每一个都拥有着不可小视的力量，他们一个个心志坚韧行事冷静，在关键的时候绝对不会掉链子！有他们负责能量晶石的填充和运作，比一般暗影城地其他几处神卫绝对有效率的多！

那些能量晶=炮不但攻击力惊人，射程也非常远，在能量晶石炮的轰击下远处那些霍夫斯的手下一个个手忙脚乱，又有不少人被能量晶石炮轰击中，在伯格拉斯要塞城外被击杀！

伯格拉斯要塞这边一次轰击在烧钱，利用手中财富和这些能量晶石，这边只是区区三十人来不断地往能量塔内填充能量晶石，就将以霍夫斯为的一帮侵犯牢牢挡在外面。

"分散开来，该死的，你们知道那些能量晶石炮射程很远吗！？"霍夫斯眼见手下还在伤亡着，忍不住大喊大骂，让他们一个个拉开更大地距离。

拉克里森和那几个布罗德赫斯特家地上位神。这个时侯也不得不耗费神力缔结结界。将他们这一块区域给庇护下来。

拉克森和那几个上位神在吞云城内都是有头有脸地人物。自然不可能和霍夫斯那些手下一样东躲西藏。为了自己地身份和面子。他们迫不得已只有开始消耗自己体内地神力。用来抵挡飞落下来地能量冲击。

战局呈僵持状态。一方势力强大。一方财力足够。就这么消耗了下去……

很显然。伯格拉斯要塞属于撑不住地一方。他们这些人能够携带地能量晶石有限。在这么高强度地抵挡和攻击中他们已经消耗了太多能量晶石。渐渐地。他们现手中已经快没有能量晶石可用了。

"吉尔伯特大人。快没有能量晶石了。该怎么办？"一名性格和黑龙一样暴躁地家伙。扬声嚷嚷道。

"废话。当然是撤退了！你说该怎么办？难道要冲出去送死不成！？"吉尔伯特大声。道："兄弟们。差不多了。趁能量塔内还有一些能量支撑。我们赶紧离开这个鬼地方吧！"

"走吧，先回韩家，我们时间多得是，和他们慢慢耗下去！"众人嚷嚷着，将剩下的那些能量晶石填入能量塔内，迅地往伯格拉斯要塞中心的韩家退去，没有一个人迟疑，乎经历过这方面的训练。

这块区域所有能量晶石都塞入能量塔内，附近一眼望去根本没有一样值钱地东西，在一眨眼间，他们跑的一个鬼影子都看不到了。

他们人虽然已经离开了，可是能量塔内因为有能量晶石支撑着，依旧在继续喷射着光柱，对那些伯格拉斯要塞外面地敌人进行着打击。

这一会儿功夫，霍夫斯手下又有几十人不幸被能量晶石轰中，就连拉克里森和那几个家族高手因为缔结结界的原因，也消耗了不少地神力。

渐渐地，伯格拉斯要塞内的能量晶石炮终于平息下来，他们注意聆听了一下，现伯格拉斯要塞内寂静无声，没有了一点继续肆虐地痕迹。

"进去吧，一个人都没有了！"拉克里森细心感受了一下，冷静地对霍夫斯ˇ了一声。

根本不用拉克里森多说什么，霍夫斯也了伯格拉斯要塞内的异常，不过这一次他显得小心多，伸手随意指着一个手下，吩咐道："进去看看动静！"

那人心中一苦，但却不敢表示出来，点头冲了出去。来到伯格拉斯要塞上空，他谨慎地一点点落入，待到他真的突破结界的时候，猛地高呼出声："能量结界的力量已经全部消耗尽了，些能量塔也不再闪亮了。大人，没有一个人！"

"走，冲进去吧！"至此，霍夫斯知道暂时不会再有什么危险了，狠声下令。

一道道人影从这边飞出，纷纷落入伯格拉斯要塞中心，霍夫斯和拉克里森一进入里面，立即眼神熠熠地环顾四周，似乎想要看看能不能够找到什么值钱~东西。

眼睛转了一圈，霍夫斯大骂："妈的，什么都没有了。该死的韩家，还真是不留一丝好处给我们啊！"

拉克里森也是;沉着脸，显然对这个结界并不满意，冷哼一声，拉克里森道："已经进入了要塞，下面就容易多了。嘿嘿，韩家就在要塞中心，我看看他们这次能够怎么办！霍夫斯，放心好了，我敢向你肯定，韩家一定有你想要的东西！"

"我已经迫不及待了！"霍夫寒着脸，下令道："走，去要塞中心，灭了韩家！"

……

伯格拉斯要中心，韩家。

不知何时起，层层浓郁乌云诡异;停留在韩家上空，这一团团黑压压的乌云非常奇怪，只是罩着韩家这一片方位。

除此之外，伯格拉斯要别的地方晴空一片，日光温暖地洒落下来。

在乌云密布的韩家内，森寒的阴风阵，一团团迷茫烟雾不知道从何而来，充斥在韩家每一个角落，将整个韩家罩在其中，令外人根本看不清楚韩家到底有着什么。

"博兰，血灵，各个魔阵都启动了没？"韩家最高大的建筑物顶部，一间宽敞无比的议事厅了，菲碧神色凝重地询问道。

"没问题，刚刚最后检查了一遍，已经都启动了！"血灵点头，赤红的眸子望向远方，深吸了一口气，道："吉尔伯特回来了，那边的任务应该完成了！看样子，要不了多久霍夫斯的人就要过来了！"

"斯塔索姆先生，要塞内还有没有无关人士了？"艾米丽微微一笑，询问旁边皱着眉头的老妖斯塔索姆。

斯塔索姆同样点了点头，笑着说："早已经离开了，如今要塞内除了我们韩家的人外，已经没有别的暗影城中人。那些人和我们韩家无关，我想就算是华莱士有心要除掉我们，也不会拿他们怎样。"

"借助他们的口，可以将那些消息传递出去，我看华莱士就等着被人责骂吧！"阿尔梅里克插嘴，他对华莱士的做法非常鄙夷，认为这么一个小肚鸡肠的城主根能够将暗影城扬光大，"我现在终于明白，为什么暗影城会在暗黑神域仅仅排在幽幕城之上了，霍夫斯不够隐忍，华莱士没有容人之量，两个人虽然实力非凡，却因为这两点难成大气！"

"管他呢，反正这次只要能够熬过去，我们就离开暗影城去找布莱恩。以布莱恩的力量，一定能够带给我们韩家光明的未来！"斯塔索姆笑的轻松，宽慰众人道："我和布莱恩相处时间虽然不长，但却知道他潜力无限，将来我们韩家的力量一定能够过华莱士的赛因特家族，到了那个时候，我们就可以回来复仇了！"

斯塔索姆还是低估了韩硕的能耐，如今的韩硕根本不需要亲自出手，仅凭小骷髅韩浩手中掌握的力量，就足够将暗影城的赛因特家族给死死压制住了！

"我回来了，妈的，消耗了那么多能量晶石，我心痛啊！"就u这时，传来了黑龙吉尔伯特的吆喝声，一会儿功夫，一脸心痛的吉尔伯特走了进来。

"没关系，只要能够收到效果，损失一些能量晶石我们不怕！"艾米丽微微一笑，问道："黑龙，怎么样？"

"我们干掉了他们两百个神卫！"吉尔伯特嘿嘿狞笑，道："轻伤重伤的还有不少，就连拉克里森那几个家伙也应该被消了一些神力了！"

"太好了，哈哈，黑龙，果然有你的！"血灵大喝，两眼通红道："你看着吧，我一定不会输给你，我要杀的他们鬼哭狼嚎！"【两章完毕，累死俺了，呜呜，明年据说是寡妇年，小逆上面几位老人家也在催促小逆今年把婚事办了，头疼死了……】

第八百八十章 引进来

格拉斯要塞，韩家门前。

拉克里森、霍夫斯两人带着手下高手，终于聚集到了这里。这一路上怒气冲天的幽幕城神卫，真正来到韩家门前后反而一个个徘徊不前，脸上满是顾虑重重的提防表情。

由外面看来韩家上空被诡异地乌云笼罩，一眼望去浓郁的烟雾缭绕不散，根本不清楚里面究竟隐藏着怎样的凶险。这些在能量晶石炮下死伤惨重的幽幕城神卫，已经对韩家生出了畏惧心，再也不敢冒然深入。

拉克里森和霍夫斯两人过来后，只是看了一眼远处韩家那不同寻常的情形，立即就挥手制止了手下的异动，两人神情阴郁，都在用神魂暗暗打探韩家内部的形势。

半响，两人都是满脸惊讶，霍夫斯轻呼一声："有问题，我的神魂像是被那一层层浓雾拦阻了下来，感觉不到一点生命的气息。不可能，那些家伙一定就在里面，只是利用特殊方法割断了我们的灵魂探索！"

拉克里森赞同地点了点头，"不错，我也不能够从中感觉到什么生命气息。但是我敢肯定，韩家的人绝对没有离开伯格拉斯要塞！根据我的消息来看，他们一直都在伯格拉斯要塞内防御，那些离开伯格拉斯要塞的都只是一些无关人士！"

霍夫斯知道拉克里森和暗影城城主华莱士通过讯息，闻言眉头一皱，冷笑道："华莱士还真是没有容人之量，嘿嘿，不过这对我来说却是好事。到时候灭去了韩家，我会将消息传递出去，布莱恩要是没死，一定会知道华莱士扮演了什么角色，到时候不论华莱士愿意不愿意，都会和我们在统一战线！"

"不错！华莱士有他的算盘，我们也有我们的打算！嘿嘿，这件事我们虽然是直接行动，可他华莱士也休想真正脱的了干系！"拉克里森显然也没有打算放过华莱士，心里面早就算计好该怎样将华莱士拖下水了。

"没想到这个韩家还真是有些难对付啊，看来我们还是要小心翼翼了！"霍夫斯沉着脸，远远盯着近在咫尺却被浓雾笼罩的韩家，凝重地对拉克里森说。

"按照刚刚对待要塞地方法，我们先远距离攻击试试看吧。"拉克里森提议。

点了点头，霍夫斯下令："离开韩家一段距离，给我一起出手攻击！哼，我倒要看看，韩家能不能够撑得住我们的合力攻击！"

那些幽幕城的神卫听霍夫斯下令了，都没有继续犹豫，又是一道道神力光幕射向了迷雾缭绕的韩家，想要先探探韩家里面的情况。

交织地光幕落入迷雾重重的韩家，如石沉大海，没有一点生息。霍夫斯和拉克里森注意力集中，却没有从韩家听到任何人尖叫的声音。不但如此，那种种攻击落入韩家，甚至没有传来剧烈爆炸的声音。

有问题！

不消多说，所有人都知道浓雾缭绕地韩家绝对不会那么容易对付，有了要塞门前的前车之鉴，他们一个个都像是惊弓之鸟，先开始想该怎样保全自己地性命。

"都小心一点，嗯，你，你你，还有你！你们几个，进去探个究竟，说不定这只是那些人故弄玄虚罢了！"霍夫斯再次点出几个炮灰，让他们打头阵进去看看实际情况怎么样。

被点到名的幽幕城神卫都是心中一沉，心中忐忑地慢慢的走入韩家，一进入浓雾缭绕的韩家，他们都现自己的视力大受影响，根本看不清楚十米之外的景物。踩在韩家的平地上面，他们有一种在腾云驾雾的奇异错觉，总觉得周围的一切变得那么地不真实。

拉克里森和霍夫斯两人神魂集中，暗暗留意那几人的一举一动，他们现那几个炮灰进入了韩家以后，并不像预料中的那样遇到猛烈地攻击。这么一来，两人心中稍安，不过却不敢掉以轻心，继续感受着两人的举动。

渐渐地，那几人深入了韩家，可是在里面绕来绕去他们现自己根本不知道出路在那里，在迷雾缭绕的区域内走来走去，始终找不到尽头，看不到一栋建筑物，感觉不到一点生命的痕迹……

外面，拉克里森和霍夫斯两人神色怪异，他们能够感觉到那几个炮灰的神魂气息，也能够大致感觉到他们的位置，可是两人却现那几个炮灰仅仅只在一小块区域绕圈，绕来绕去还是不往深处行走。

霍夫斯觉得有些怪异，早就在外面狠声大骂了，可是里面那几个被他安排进去的炮灰像是根本听不到他的声音，迷路还在一小块区域绕圈子，不能够深入进入，也找不退路……

霍夫斯渐渐不耐烦了，又指了几个手下吩咐："你们几个，从另外一边进去，里面可能布置了折叠空间类的结界，你们留意一下，不要和那几个家伙一样没用，到现在还找不到突进去或退回来地方法。"

"大人放心吧，我修炼空间力量，如果里面布置的是空间类地结界，我应该能够看出来的！"其中一人向霍夫斯保证了一声，然后一头钻了进去。

又是一队人马冲入了韩家，在迷雾缭绕地区域不断地游走，试着往韩家深处行进。可是，不知道为什么，一旦他们闯入一个特定的范围，就像是同时吃了迷药一般，全部昏了一样在一小块范围转来转去——和第一批人一样！

这么一来，霍夫斯知道韩家绝对不会是那么容易对付的，没有继续派手下往里面深入，霍夫斯望向拉克里森，问道："你怎么看？"

"里面运用的一定是空间力量，要不然绝对造不成这种局面！只是，布置空间防御结界的人，空间力量的造诣一定非常深，你那些手下根本看不出端倪，所以才会被困在里面。"拉克里森想了一下，对霍夫斯解释道。

"那应该怎么办？"霍夫斯瞥了一眼拉克里森身旁的几人，沉声道："我想到了这个时候，你们也应该表示表示了吧？"

霍夫斯和拉克里森一起过来，可直到现在使用的都是他幽幕城的手下，拉克里森几人至始至终都还没有出手，这显然不是霍夫斯乐意看到的结果，不管怎样，到了这个时侯拉克里森几人也该动手了。

拉克里森嘿嘿一笑，点头道："也好。"瞥了一眼身后一名修炼雷电力量的上位神，道："基努，你进去看看吧。你的雷电力量可以影响空间，我想只要用雷电力量轰击下去，应该能够将那些空间力量毁去！"

叫基努的这个上位神对拉克里森躬身一礼，并没有多说什么，化为一道闪电径直冲向了迷雾缭绕的韩家。他身子一动，天空雷声轰鸣，一道道细小的掣电慢慢在乌云中浮现出来，聚集在韩家上空准备开始攻击。

……

韩家里面，一栋被迷雾层层裹住的建筑物顶部，博兰兹阴沉着脸，低喝道："打开幻境之窗，引他们进来！"

"嘿嘿，就是要将他们全部引进来。那个家伙修炼雷电力量，我们给他个台阶下，把迷雾暂时收敛起来，这件事情就交给我吧！"吉尔伯特兴奋地嚷嚷，手舞足蹈地冲了下来。

伯格拉斯要塞韩家这些大大小小的魔阵，除了布置韩硕外，最熟悉的就是博兰兹、血灵、吉尔伯特三人，在韩硕离开之前曾经详细地向三人解释过那些魔阵的力量和启用方式，三人都或多或少修炼了魔功，深知一些魔阵的威力无穷，在韩硕的教导下对这里的情况了如指掌。

血灵、吉尔伯特、博兰兹三人行动开来，开始将一部分魔阵暂时隐去，将另外一部分制造幻境的魔阵全力启动开来。

"各位，过一会儿迷雾散去，幻境之窗可以清晰地将我们的样子展现在外面那些人的面前。到那个时候，大家都要表现出惶恐害怕的样子，最好再加上一些准备逃走的动作出来。"血灵一遍布置着，一般对这里的菲碧等人吩咐。

"放心吧，我们知道应该怎么做。"艾米丽微微一笑，示意她完全理解血灵的说法。

……

基努进入了迷雾深处，接引头顶雷电力量，一道道闪电从虚空飞射下来，轰击在了韩家各个角落。

像是触动了什么奇异的机关，那些笼罩在韩家的浓郁烟雾一下子四散开来，就连头顶诡异悬浮的乌云也渐渐地摇晃不定，给人一种随时都会消散的错觉。

拨开云雾见彩虹一样，一直不清晰的韩家慢慢的开始将里面的一栋栋建筑物呈现在外人面前，一个个韩家中人神情惶恐，脸上满是无助和绝望，都不知所措的茫然望着外面，很多人慌不择路的往外面逃窜，乱作一团……

逼真的景象欺骗了所有人，霍夫斯一直等候着这一刻的到来，此时没有多想，以为在那个上位神的轰击下韩家所有的结界都被摧毁了。

残忍地舔了舔舌尖，霍夫斯狂嚎道："冲进去，给我杀！"

第八百八十一章 魔阵重启！

霍夫斯和拉克里森眼里，如今的韩家已经没有什么可，那个上位神基努的雷电轰击一落下来，硬是摧毁了韩家所有的防御力量，将韩家从迷雾缭绕中给暴露了出来。/

迷雾消散之中，那些韩家人仓惶急促的样子显露出来，这似乎更加证明了韩家的绝望和无奈，连霍夫斯和拉克里森这两个实力最强大的领袖都被迷惑了，那些别的神卫自然更不能够看出什么问题了。

于是，在霍夫斯一声命令下，所有幽幕城的神卫包括拉克里森这边的几位好手都突然冲出去，直接射向了从迷雾中显现出来的韩家！

一马当先赶在最前面的不是幽幕城的神卫，而是拉克里森和霍夫斯本人，还有就是那些拉克里森带来的手下，他们代表着这一行实力最巅峰的几个强！

在霍夫斯和拉克里森心中，这一刻不设防的韩家没有什么威胁，韩家这些年积累的财富好似闪耀着灿灿光芒刺红了他们的双眸，令他们忘乎所以，第一个冲出。

不确定韩家是不是安全之前，这几个为一直夷然不动，但当韩家失去了"威胁"的时候，在利益驱使下他们毫不客气的冲在了最前面，想要以最快地度强占韩家所有的财富和资源。

只是一瞬间，以霍夫斯、拉克里森为的一帮人已经进入了韩家，几人目标一致，都朝着菲碧、斯塔索姆所在的那一栋韩家最富丽堂皇的建筑物而来，打算先将最关键的地方拿下来。

"来得好，哈哈！"吉尔伯特大声狂笑，咆哮道："魔阵重启！"

一道道姹紫嫣红的光芒突然从各个角落冲天而起，韩家一下子仿佛成了吸附力巨大的漩涡，那些刚刚消散开来的烟雾以更快的度猛地汇聚，逐渐变得清晰地韩家再一次被浓浓烟雾缭绕。

与此同时，冷厉的阴风呼啸而过，一声声刺耳地鬼哭狼嚎声从各个区域传了出来，霎那间，韩家充斥了各种各样的邪恶力量，并在同一时刻作，将附件所有地生灵卷入其中，令他们不能够从这个巨大的漩涡中飞离出去……

霍夫斯马上察觉到了不妙，当即失神厉啸："不好，所有人给我退出去！"

霍夫斯这一声吆喝来的太迟了一点，就在这一会儿功夫，那些来自幽幕城的神卫大部分已经进入，还留在外面尚未冲入的只有几十人，而且还是那最弱的一股。

拉克里森脸色一变，从那些冲天而起的各色力量中感受到了令他不安地气息，他忽然意识到这一次行动似乎有又坠入了别人的陷阱和算计，这种感觉让他非常不舒服，觉得自己从始至终都落在被动。

一阵阵奇异的声音在各个区域响起，突然间，一块块区域分别展现出奇异的力量，那些魔阵开始正式运转，幻阵、毒阵、组合摄魂阵等等各种各样的魔阵突然爆出来，将那些深入其中的侵犯牢牢罩住……

在这一刻，夺命的号角被吹响了，在各种魔阵地作用下一个个侵犯被杀，一具具尸体倒在血泊中，一道道奇异的光柱横穿纵射，像是密集的蜘蛛网一样遍布了各个方向，将那些来犯斩成一截截……

中央的韩家等人，一个个神色冷酷，在那栋最高大的建筑物面前望着各个区域的惨况，看着一个个进入其中的来访被碾成碎片，心情都非常愉悦。

身在这一栋建筑物里面的菲碧等人，不受韩家那些魔阵的影响，可以非常直观地看清楚那些真正生着的魔阵毁灭攻击，看着尸体四分五裂地飞溅出去，看着那些人的死亡，那些人地惨叫和挣扎……

生命在这一刻显得那么脆弱，这些在幽幕城耀武扬威的神卫此时软弱如初生婴儿，面对着从来不曾见过地古怪攻击力量，他们找不到一点解决办法，只有等候被诛杀一条绝路！

"哈哈，死得好，死得好！敢闯入我们韩家，活该他们倒霉被杀！"吉尔伯特疯狂叫嚣着，指着最近的几处区域，不断地向斯塔索姆、坎迪达等人解释着妙用。

这些魔阵地布置领悟的最深的就是博兰兹、吉尔伯特三人，除了他们三位外，就连菲碧、艾米丽等人也都对魔阵不甚清楚，在没有看到魔阵挥作用之前，他们虽然依着对韩硕的信心觉得魔阵应该能够收取到作用，但一个个还是心中忐忑，有些估摸不准情况。

直到现在，他们亲眼看到韩硕临走之前布置的魔阵逞凶，才总算明白过来为什么吉尔伯特、血灵两人会那么自信，为什么肯定魔阵可以将来犯吃尽苦头。

一刻，斯塔索姆、阿尔梅里克、菲碧等人心中除了惊道该说些什么了，他们再一次认可了韩硕的神奇，将韩硕当成了一个能够不断带给他们奇迹的强人物，在他们心中，韩硕那无敌的形象变得越来越深刻了。

"嘿嘿，光在这里看太不过瘾了，我下去杀人了！"血灵赤红着眼睛狞笑一声，突然纵身一跃飞入了其中一个魔阵，提着他那把血光四溢的阔剑对那些魔阵中的来访斩杀。

博兰兹一声不吭，同样是飞落向魔阵当中，浑身杀气冲天而起，手中细长的飞剑一闪，就将一个陷入幻境的来访砍成了两截。

斯塔索姆、阿尔梅里克等人见血灵、博兰兹两人冲了下去，也跃跃欲试地想要进入其中，上面的吉尔伯特一看急忙阻止："各位，你们还是现在这里看看好了，那些魔阵可不认得你们，万一你们也陷入了里面，那可就麻烦了！"

"那血灵、博兰兹怎么没事？"菲碧皱眉询问道。

"主人临走之前，将我们三人放进里面告诉我们每一个魔阵应该怎么走，每一步都有什么讲究，他们两个全部记得清清楚楚，所以可以肆无忌惮地在里面横冲直撞，不用受所有魔阵的影响！"吉尔伯特不好意思地嘿嘿笑道："我记不得那么多步伐，连我都不敢在里面随意走动，所以我没有下去。你们嘛，还是不好下去冒险了！"

此话一出，斯塔索姆、艾米丽等人一脸愕然，忽视一眼，都颓然放弃了。

下面那些来访的惨况他们都看在眼底，就连拉克里森和霍夫斯两人都不能够短时间摆脱魔阵的侵袭，到现在都被困在那里走不开，菲碧这些人有自知之明，可不会在这种时候逞能。

"布莱恩太让人不可思议了，我看这一次我们根本不用担心什么，现在都有百人死在魔阵里面！"一直提心吊胆的菲碧笑了笑，脸色有些放松了。

她这么一说，众人都点头笑着附和，似乎不再将底下那些凶神恶煞放在眼里了。

"大家千万不能掉以轻心，支撑魔阵的是天地元力和主人以前留下的几个魔头的力量，主人说过魔阵不可能一直维持下去！我们先等等看，等血灵和博兰兹两人杀够了，等魔阵的力量渐渐消散的时候，我们就必须立即撤走，有多远逃多远！"在他们一个个心神放松的时候，吉尔伯特无奈地泼冷水，实话实说。

众人立即被打回原形，在吉尔伯特这番话后一个个都认清了形势，将自己那不切实际的幻想抛开来，开始继续小心翼翼地思量着该怎样保全自己。

"吉尔伯特，大阵可以维持多长时间？"斯塔索姆皱着眉头，询问道。

"难说，这要看魔阵消耗的元力度了。反正魔阵的力量总共就那么多，只要用完了魔阵就会停止运转了，我们还是提前做好准备，趁着拉克里森和霍夫斯的人被困住，越早离开越好！"吉尔伯特无奈的叹息一声，嚷嚷道："妈的，如果有主人在这里，今天来犯的家伙一个休想活着离开！哎，可惜啊，我们这边还没有人能够对付拉克里森和霍夫斯这种级别的高手，要不然，哼哼！"

"既然越早离开越好，那就别废话了，吉尔伯特，你通知一下血灵和博兰兹，我们一旦将人聚集好了，马上开始启动飞蝠，尽快离开伯格拉斯要塞！"艾米丽黛眉紧皱，果断地下令。

"放心好了，血灵、博兰兹心中有数的。"吉尔伯特点了点头。

艾米丽、菲碧、斯塔索姆等人，赶紧不断地下达指示，让众人马上遁入这一栋建筑物底部的地底密室内，让他们趁早离开韩家，离开这个危险重重的区域。

一道道人影在这一栋建筑物内穿梭，那些聚集在各个房间的韩家卫士纷纷朝着下面潜入，通过一条宽阔的地底通道往远处离去。

血灵、博兰兹两人在魔阵各个区域穿梭，避开了拉克里森和霍夫斯几个上位神，疯狂地斩杀那些实力只有中位神的来犯，将他们一个个剁成血片。

血灵、博兰兹两人杀的兴起，比赛一样在各大魔阵内穿梭，两人浑身鲜血淋漓，显得无比狰狞疯狂。

"血灵，老家伙，准备撤吧！"在他们快要迷失自己的时候，吉尔伯特在那栋建筑物里面大喊大叫。两人慢慢恢复了理智，忽视一眼，同时射入中间那栋建筑物，和吉尔伯特汇合后往通道下面潜入。

第八百八十二章 师傅不在，我也行！

大魔王

第八百八十二章 师傅不在

。我也行。

家的人已经离开。但伯格拉斯要塞中心韩家那些魔阵在运转。每隔一段时间。各个魔阵内都会传出几声人死之前绝望凄厉的惨叫声。

拉克里森和霍夫斯入了心魔炼狱阵。两人不知道外面的情况。在心魔来袭的时候陷入了心志失守的混乱状态。在这种状态下拉克里森夫斯两人神魂根本可能兼顾外的情况。全部精力都用在了抵御心魔上。

两人能够修炼到上位神末期境界。心志比一般神祇要坚韧许多。面对心魔的来袭下始终在抗争着。利用神魂的感觉来抵御心魔。

在他们身旁。那些心志脆弱的一中位神一个接一个精神错乱。被心魔侵袭后丧失了自我。上了自我灭的道路。

时间匆匆。几天时间转瞬即过。撑韩家的天的元力渐渐的开始消退。魔阵一个接着一个丧失了原有的力量。许多精疲力竭的幽幕城神卫在鬼门关前走了一趟。最终侥幸存活了下来。

慢慢的。所有天元力消失。支撑韩家魔阵的力量之源终于枯竭了。

笼罩了韩家浓雾-已经消失的无影无踪。一眼望去。整个韩家各个区域的建筑物都显露出来。在日光下清晰明朗。

迷雾消退后。个魔阵也失去了应有的力量。在一栋栋建筑物周围在一根根参天石柱中央在一些花草植物当中多了许许多多死的奇形异的尸体。这些来自幽幕城霍夫斯手下的神卫要么肢体不全要么血液被抽干要么七孔流血。

一个个死状极惨。

来伯格拉斯要塞的一共有神卫千人。如今还侥存活的只有三百人不倒了。而且一个还都是精疲力竭状态明显不如以前。

霍夫斯将满目疮痍的惨收入眼底心中升起一股极度的凄凉和愤怒感。这个结果绝不是霍夫斯愿意看了。面对着一的死尸。霍夫斯简直不知道该如何继续下了。

这一刻霍夫心中茫然。有种无助绝望的挫败感一时间都没有想起继续追杀造成这一切的罪魁祸。

41

来自幽幕城的那些侥幸未死的神卫。一个个神色颓然。眼神中带着恐惧和胆怯。他们彼此紧靠在一起全力恢复体内神力。

拉克里森几人也是常惊讶。没有料到光凭那些异的力量就令霍夫斯损失了那么多手下。拉克里森虽然有些惊奇但却不觉的悲伤——因为和他一起过来的个上位神并没有出现伤亡现象。

"基努。你们几个都给我搜搜。看看那些韩家的人还在不在。"拉克里森沉吟了一下。突然寒声下令。并且暗的里对基努打了个眼色。

那基努对拉克里森知之-。在他眼神示意下明白拉克里森别有所指。他会意的点了点头马上开始行动开来专门往一些最高大的建筑物行去。深入的摸索韩家现有的一切。

以拉克里森的实力在所有魔都失去作用之后自然立即就感觉到了韩家除了他们外已空无一人。之所这么说主要还是为了韩家可能存在的财富。这一点基努几人心中有数。所以针对的目标也是在这方面的。

霍夫斯本来还沉浸在悲痛和茫然中。但是一听到拉克里森对基努几人吩咐的话语。立即明白拉克里森想干些什么了。强压着心中的怒气。霍夫斯喝道："都给我搜。有人杀人。有什么东西值钱都给我带上。"

那些精疲力竭的幽幕城神卫。听霍夫斯这么一说。立即苦着脸再次行动开来。一个个在韩快。

。

十分钟后。基努几还有幽幕城的神卫接二连三的返回。他们脸色颓丧。显然一无所获。

"大人。没有一个活人。也没有留下一块能量晶石或黑晶币。那些该死的韩家人。他们带走了一切。基努对拉克里森愤然道。

菲碧早在收到拉克里森等人过来的消失时就开始准备了。临走之前自然不会给他们留下一点值钱的物事。整个韩家现在唯一值钱的就是失去元力支撑的各个魔阵了。可惜拉克里森和霍夫斯两人都的魔阵该如何运用。即便将一切都给移走也永远没办法像韩家一样以魔阵攻击人。

对韩硕血灵博兹几个知晓魔阵布置者来说。那些布置魔阵的材料还是非常有用的。可是对霍夫斯拉克里森来说。那些东西完全都是废品。没有一点用处。

"妈的。他们逃不了多远。我们追上去。哼。除了我们外。华莱士一定也会有布置。他们休想轻轻松离开暗影城。"拉克里森冷哼一声。道："他们肯定是死亡神域的方向逃走了。我们追上去。"

事到如今霍夫斯也没有什么好说的。死了那么多人了。不论怎样他都不可以放弃。即是为了给他现在的手下一个交代。他也要将韩家的人全部干掉。更何况。韩家那些可能还带着大量的黑晶币。霍夫斯绝不会白白便宜拉克里森。

虽然死了许多人但霍夫斯还是有信心可以吃下韩家。因为。他们这边几位上位神。而韩家却似乎没有一个上位神存在。两较。霍夫斯肯定他们只要正面交战。就算是利用现在的残兵加上几个上位神也能够取胜。

"给我追。"霍夫斯同样下令。这边在伯格拉斯大败的一行人再次征途。朝着死亡神域的方向赶去。

。

格拉斯要塞远处一个深谷内。拉尔夫阴沉着脸。等候着最新消息的到来。

一道人影从远处掠来。在拉尔夫面前落定单膝着的跪拜道："大人。收到确切消息。韩家的人果然往这边赶来了。"

拉尔夫神色一喜冷笑道："很好我们等了这么久。果然没白费心机。"顿了顿。尔夫再次问道："对了。伯格拉斯要塞那边的情况怎么样？拉克里森和霍夫斯的人进入了伯格拉斯要塞。韩家的人即便能够逃出来应该也是失惨重吧？"

摇了摇头。他回道："不清楚伯格拉斯要塞的具体情况。在拉克里森和霍夫斯过来之前。所有伯格拉要塞的无关人被请出了要塞我们安插进入的人没办法进入伯格拉斯要塞。他们只是听到了伯格拉斯要塞能量炮的巨大轰鸣声。"

"嘿嘿。那太好看样子韩家还拼死反抗了。"拉尔夫一脸狞笑。道："不过拉克里森和霍夫斯两人可有着上位神末期的实力。而且他那些手下也有上位神。加上近千名幽幕城的神卫。我看韩家即便没有全部死绝。能够逃出来的应该也没有少人了。"

"大人英明。我家积累的那财富一定都逃生的这些人身上。"这人媚道。

"无遗漏的应该城主大人。"拉尔夫恭敬的赞了一声华莱士旋即冷厉道："准备。堵住他们飞蝠的道路将剩余的韩家人全部杀死。嘿嘿。我们有足够的功夫嫁祸给霍夫斯和拉克里森。即便将来布莱恩返回了。也会先杀霍夫斯和拉克里森。我们完全可以置身事外。"

43

尔夫心里面明白他这些手下在上一次神卫七处之间的比斗中被韩硕吓到了。即便韩硕已消失了好几年。他们依然对韩硕心生恐惧。为了让这些手下能够没有后顾之忧。拉尔夫采取了这个方法来给他们鼓气。

事实证明拉尔夫这方果然非有用。他那些手下一听说不需要自己承担后果。不必担韩硕的追杀。一个个精神明显一震。

拉尔夫见那手下蒙大赦的表。心中暗恨。暗道那家伙有什么了不起。竟然将自己的手下都给震慑住了。

。

那边拉尔夫暗暗算着。这边飞蝠上面的菲碧等人则是一个个冷静无比。在暗影城密林深处前行的时候。尽力避开那些暗影城的无关人士。还要小心翼翼的注四周的情况。会被一些图谋不轨的家伙碰上了。

"前面深谷内有人聚集。"突然。灵冷喝一声。道："我能够感觉到他们的血液在流动。那些人一个都非常激动。样子目标应该正是我们。"

"避过他们。"艾丽果断的下令。道："我们不能够在暗影城停留太长时间。必须尽早开这个是的。不论他们是谁。能不接触最好。"

"他们不给我们*。"血灵苦笑着摇了摇头。道："过来了。看样子目标的确是我们。只是不知道来的究竟是那一方的人。"

"飞蝠虽然省力。但度有限。看样子躲避不掉了。"老妖斯塔索姆一脸凝重。道："迎战吧。"

"下飞蝠。布阵。准备迎战。"菲碧艾米丽两人同时轻喝一声。

一道道人影从这个巨大的飞蝠上面降落。一共七百多人井然有序的排列开来。将手中的神器取出来。默的等候着敌人的。

这七百人每一个都是精挑细选的好手。全部经历过八荒离合炼狱阵的磨炼。并且被博兰兹等人带到伯格拉斯要塞附近的山脉内训练过。他们懂一些魔阵的配合。一个个心志坚韧不拔。一点不受敌人的影响。

菲碧艾米丽博兰兹血灵吉尔伯特老妖斯塔索姆等人处于队伍正前方。他们回头望了望身后那些韩家的精锐卫士。心里面都暗暗自豪。

在同样的修为境界下。这些韩家的卫士一队可以抵挡过别人两队甚至三有他们在。菲碧等人心里面稍安。

几分钟后。以拉尔夫为的二处神卫渐渐的显现出来。最终堵在韩家一行人面前。

拉尔夫将二处大部分神卫都带了来。密密麻的排在菲碧艾米丽等人面前有六七百人。为的拉尔夫一脸森冷不善的瞪着菲碧等人。阴阳怪气的问道："各位。声势浩大的这是要去什么的方啊？"

"竟然会是你。"菲碧寒声道她没有料到堵住他们去路的竟然会是拉尔夫这么看华莱士不但默许了拉克里森霍夫斯等人对伯格拉斯要塞的攻击。还派出了拉尔夫暗中参与了进来。

"这里是暗影城的疆域。你们韩家是我们暗影城的人。如今所有韩家人聚集在死亡神域行去。们究竟想干什么？"拉尔夫似乎-辞冷笑道："照我看你们是打算叛出暗影城了。嘿嘿。还好被我碰到了。要不然不知道你会带给暗影城多么大的伤害了。"

"凑巧碰到？哈哈哈太有趣了。"老妖斯塔索姆满脸讥讽："你不远千里来到这个穷山僻壤。并且带上了二处大半的神卫。在这个最恰当的时间最恰当的的，堵住了我的去路居然好意思说恰巧碰到。嘿嘿。这还真是巧啊。"

给斯塔索姆这么一。拉尔夫脸上似乎有些挂不住了。他自己都觉这个"恰巧"理由实在是太牵强附会了一点。不在这个问题上面多纠缠。拉尔夫冷哼一声："不想为难你们。只要你们返回伯格拉斯要塞了我绝不会动手阻这件事我立即汇报华莱士等人。等他查明了情况自会给你们一个说法。"

顿了顿拉尔夫冷道："但是如果你们妄图离开暗影城的话。嘿嘿。职责在身。那就别我不客气了"

"华莱士？他还有,信吗？"菲碧脾气比较直爽。不想和拉尔夫这么虚与委蛇下去。接道："少在我面前装腔作势。华莱士都派你们来杀我们了。你说们还会束手就擒。回伯格拉斯要塞送死吗？"

"竟敢对城主大出言不逊。看样子你们真是铁了心的要叛出暗影城了。"拉尔夫冷笑道："就没什好说的了。"挥了挥手。他吩咐道；"对付叛徒不需要活口。给我杀。"

事已至此。菲等人岂会不知拉尔夫真正的目的。他们从始至终就没打算放过韩家的人。那些托词完全是刻意刁难他们。最终的结果还是要灭掉韩家的。

"拉尔夫。你吃下我们吗？"血灵早就按捺不住了。赤红着双眸道："几年前我师傅可以稳稳胜过你。现在虽然我师傅不在。可我一样拦住你。"

语一落。血灵身散溢出血雾。那把由血晶炼制出来的阔剑血光冲天而起。一人一剑飞向拉尔夫的时候气势不断的飙升。他简直成了一道猩红的血光。闪电般冲向了拉尔夫。

来自信满满的拉夫脸色微变。他们早已经打听过韩家的情况。知道韩硕和萝丝都不在韩家。韩家真正的高手他只知道韩硕和萝丝两人。他们不在那么韩家就没有一个上位神了。正是因为如此。拉尔夫才敢自信满满的带人过来拦阻韩家。

可是。血灵这么一动。拉尔忽然感觉到他身上那浓郁的血气中蕴含了极强的能量。这一股邪恶嗜杀的煞之气让拉尔夫感觉到了威胁——很显然。这种力不是一个中位神应该拥有的。

他并不知道炼血经的血灵和兰兹吉尔伯特三人实在另类。前几年在神卫七处比斗的时候他们就有着可以硬抗中位神并且取胜的力量。过了这么长时间。进步飞的血灵三人实力再次暴进。已经有了和这个世界上位神一战的力量。

血灵博兰兹三人之所以要伯格拉斯要塞。是因为拉克里森和霍夫都有着上位神末期的力量。而且手下还有着好几个上位神。这一股力量过了他们三个。他们自知不敌才会趁早躲避。

但是拉尔夫只是上位神中期境界。对血灵来说这级别的人物还可以一战。说不定能够仗自己血神经的奇诡将拉尔夫给压制住。好让韩家卫士趁机将二处的那些神卫干掉。

"罗克木。我来挡这家伙。你们两人给我干掉剩下的人。"拉尔夫大喝一声。迎向了血煞之气慑人的血灵。

唯恐拉尔夫有失的华莱士。另外出了两个上位神初期的强者参与进来。这两年乃是华莱士的亲信。赛因特家族都少露过面。就是为了能够确保万无一失的将韩家灭掉。并且不被任何晓。

拉尔夫一声令下。从二处那些神卫中间冲出了两人。一个修炼暗黑力量。一个修炼大的力量。都是上位神初期实力。

博兰兹吉尔伯特忽视一眼。同时飞冲出去。将这两个华莱士的亲信拦阻下来。博兰兹吉尔伯特两人实力虽然不及血灵那么进步神。但是比起菲碧等人还是要突破的快很多。于一个才刚刚进入上位神初期境界的神祇。他还是能够勉强应付下来的。

"韩家卫士。全力冲击下去。让他们看看谁才是最强的卫士。"菲碧寒着脸。马上下达命令。

拉尔夫那些手下的量和韩家这边的卫士差不多。只是。若是论起团队力量。韩家已经在一次神卫七处的战斗中证实了他们才是最强大的。

当初才训练了一年的五处都可以击败团队第一的二处精锐。如今过了那么多年。韩家神卫在八荒离合炼狱阵内多磨砺了那么久。双方再次战上。孰强孰弱简直不言而喻。

第八百八十三章 团队无敌！

大魔王

第八百八十三章 团队无敌

。

家卫士像是一柄无坚不摧的冷锋。呈锥子形状插向带来的二处神卫。那些韩家士三五个一小组。十几人一大组。排列的整整齐齐-一小组每一大组之间井然有序。保持了一段最恰当的距离。

朝着拉尔夫那些二处神卫冲击过去的时候。这些韩家的卫士非常有默契的互相照应着。以多最有效率的魔阵开路。将他们的攻击力最大程,的提高。锋芒所指处威力极为惊人。

一个个韩家卫士神情漠然。冷静自若的寻找属于自己的位置。确保每一脚落下不会有分毫偏差。

如果由上空望来。可以现韩家的卫士--组每一组之间距离惊人的一致。小组小组之间还组成了更大的队伍。那些实力高深攻击力出众的卫士排在外面。作为击的矛头。而那些实力略逊一筹。但是修炼大的水等力量奥义。擅长防御的卫士则是站在中间。利用自己的力量形成一层层结界来抵御外面的攻击。

韩家的这些卫士或许个体实力不比二处那些神卫多少。可是一旦他抱成一团。将自己最擅长的力量用在最恰大的时刻。所爆出来的力量就突然变可怕来了。

在韩家卫士的击下。那些二处神卫一开始就采取了防御措施。因为为的拉尔夫三人已被血灵博兰兹吉尔伯特挡住。没有这三个上位神开路。加上他们原来些心韩家卫士的力量。所以自然而然的采取了守势。

只是。他们然低估了韩家卫士今天的实力。

在锥形冲击阵型下。些二处神卫忙间形成的防御墙就像是纸糊的一样。才一接触便被摧枯拉朽的撕成粉碎。

旋即。韩家卫士直接**那些二:神卫中间一个个小组大组。莲花一样散开来。镰刀一般收割最外围那些二处神卫的性命。

两方数量相差并不大是那二处神卫的攻击落入那韩家卫身上都被那些专心防的卫士将攻击化解。而韩家那些负责杀人的卫士则是可以不顾对方的攻击。将所有的精力用在杀人上面。

这么一来。就出了一个奇怪的现象——二处神卫的攻击落在韩家那些人身上。往往收取不到效果顶多会给那些人带来一些损伤罢了。没有太多致命的伤害。但是韩家那些专心攻击的卫士的攻击落入二处神卫中央。却往往能够造成极大的伤亡。

二处神卫彼此配合不够默契的缺点马上暴露出来。他们根本不懂分工协作。每当攻击来临的时候会将全部精力用来保全自己的性命这个时侯的攻击显然不有效。他们一个个非常自私。根本不会管别人的死活。甚至在致命攻击落来的时候直接拿伤员上去填。

初一交锋。两方的差距就立即暴露了出来。随着时间的推移。双方的差距拉的越来越大。出一声声凄厉惨嚎的大多数都是二处的神卫。这一会儿功夫就有百人死在韩家卫士的轰击中。

而韩家卫士只不多了十几个伤员。死了两个卫士。

的配合。知晓怎样利用魔阵将攻击力和防御力挥到最大的韩家卫士。在团队配合上面远过了二处的卫士。在这种大规斗中他们占据了绝对上风。不断的格杀着二处那些神卫。

拉尔夫被血灵给死死缠住在一道猩红血光的狂攻击下拉尔夫颇为无奈他怎么也没有料到血灵然拥有如此强的力量。一上来就是不要命的狂轰滥炸让他一开始就落在了被动。

眼见着那些手下一个凄厉猛叫。拉尔夫心中懊悔的要命。他不但低估了血灵博兰兹等人的力量。也错误判断了形势。有料到从伯格拉斯要塞逃出来的韩家人不但没有大受损伤。竟然连精疲力竭的人都少见。

妈的。霍夫斯和拉里森两人吃屎的啊。两个上位神末期的强者带着那么多幽幕城的神卫。居然没有给韩家造成丝毫损伤。这***的究竟是怎么一回事。？拉尔夫气的骂娘。眼睁睁的看着手下一个接着一个死亡。他不知道到底该怎么办是好。

在他面前。赤红着双眸的血灵死死的盯着他。一把血腥味冲天而起的阔剑呼啸而过。令他体内鲜血紊乱。老是不受控制。

拉尔夫相信自己能够胜过血灵。他也看出了血灵不过是依靠力量奥义特殊。令他血液不稳加上疯狂攻击才能够勉强占据上风。在拉尔夫来看血灵不过是强弩之末。根本支撑不了时间。只要避过一阵子血灵一定会力量衰竭。到那个时候他就可以轻松的击败血灵了。

然而。拉尔夫又知道这样下去他那些手下伤亡只会越来越大。他如果非要和血灵拼死一战的话。面对血这种不要命的疯狂攻击法。就算他能够最终击败血灵。自己也必须要惨痛代价。

拉尔夫可不想因为一个血灵将自己搭进去。所以他一直默默的耗着。宁愿让手下一个个死亡也不忘乎所以的和血灵放手一搏。

默默的抵御着血灵疯狂攻击的拉尔夫。对罗克木那两个华莱士派来的帮手也有些期待。抵御着血灵攻击的时候还去注意那两人的动静。

不看还拉尔夫么一看。心中又是一寒。

罗克木这两个华莱的亲信。竟然也是被人牢牢拦阻下来。而且看样子情况比他还要糟一些。在博兰兹吉尔伯特疯狂的攻击下罗克木两人情况堪忧。像是风中蜡烛一样随时都会被吹灭。

妈的。难怪上一次韩家能够获胜。还说没有派出上位神参战。太卑鄙了。拉尔夫心中大骂不已。他不知道上一次的时候血灵博兰兹等人还没有今天的实力。理所当然的认为上一次五处能够稳稳的压制住他的二处都是因为血灵吉尔伯特三人实力太强大的缘故。

不能够这么下去。要不然我们非要全部玩完不可了拉掂量了一下形势。终于不再这么被动的采取防御措施。开始不顾自己的性命出手真正和血灵殊死搏了。

拉尔夫毕竟有着上位神中期的力量。当他不再那么小心翼他不再有心结的时候。实力获的了大幅度提升。一边力将自己的血液稳住。一不顾自己会受伤的和血灵纠缠在一起。

这么一来血灵不能够占据上风。面对不顾一切的拉尔夫他也不不更加拼命了一会功夫身上已经多了许多道伤口。只是。不知道为什么。那些伤口令他体内鲜血迸射出来时血灵觉的体内血液力量反而更加活跃。那把血腥味冲天而起的阔剑也更是红光闪耀。

他竟然越战越猛了。

只是十几分钟时间。些二处的神卫已被杀的鬼哭狼嚎。有三百多人被韩家卫士干掉。而韩家。只不过多了三个亡者。付出了二十几个伤者代价。相比较二处的损伤来看。韩家这边取代了压倒性的胜利。

"全力出手。把他们全部杀掉。"菲碧冷着脸在韩家卫士中心命令。她看出来。血灵博兰兹吉尔伯特等人都是拼命。可能支撑不了太长时间。他们要以最快的度将那些二处的神卫击溃。然后腾出手来开始对付拉尔夫罗克木那三人。

在菲碧的命令。韩家卫士队伍又是一变由锥形冲锋阵形变成了四散的莲花尖刀七百分为七个大队。全部像是尖刀一样往外围散开来对二处那些慌乱的神卫进行绞杀很显然。这队形杀伤力更加可怕。七把尖刀队伍一分散开来。就将那些二处的神卫拖进了死渊。杀的他们血流成河。鬼哭狼嚎。

拉尔夫心寒了。

他忽然现按照这趋势下去。他将血灵干了他手下也别想能有几个活人。面对如此境的。拉尔夫气的简直要吐血。冷静的思量了一下。拉尔夫突然厉啸道："行动失败。全部给我撤离。"

此话一出。拉尔夫已率先从血这边抽身而退。不再继续纠缠下去了。

罗克木那两个上位一听拉尔夫这么一说。也立即从博兰兹吉尔伯特手中撤离。一言不掉头就往附近的深谷内飞掠而去。

收到了撤退命的二处神卫。不顾一切的往外面逃窜。没命的远离这个血海的狱。他们一个个心中充满恐惧。根本没有想过同样的人手。他们竟然会那么脆弱。从始至终都像是没有什么反抗力量。婴儿一样被人一个个击杀。

见拉尔夫和二:的卫逃开。韩家的卫士都非常冷静的继续追杀。想要趁机扩大成果。将拉尔夫的二:神卫最大程度的重创。

"都不要追。"老妖斯塔索姆高呼一声。急忙阻止那些卫士的追击。

"时间紧迫。我们没时间和他们耗下去。都给我回来。"菲碧也非常冷静。娇喝着让人都退回来。

斯塔索姆菲碧心中明白。霍夫斯拉克里森等人一定不会善罢甘休。这个时侯可能已经在追击的路上了。一旦让霍夫斯和拉克里森那些凶神恶煞赶上了。没有了韩家的魔阵可以利用。他们这一行人很难支撑住。

如今分分秒秒的都是那么关键。他们根本没有多余的时间浪费在拉尔夫那些人身上。今天拉尔夫不能够拿下他们。一旦他们离开了暗影城。有一日返回暗影城和华莱士算总的时候拉尔夫绝对逃不掉一死。

在他们心中。拉尔夫已经不足为惧。将来也折腾不出什么风浪。算不了什么心腹大患了。留他一。将来总是能够过来取走的。

那些韩家的卫士听塔索姆和菲碧这么一喝。都飞退了回来。又将菲碧斯塔索姆给护在中间。保持着最牢固的防御阵型。

"血灵。吉尔伯特。么样了？"便在此时。艾米丽忽然轻呼一声。

众人一愣。马上都将注意力集中了血灵博兰兹吉尔伯特三人身上。经过刚刚一战。三都是大汗淋漓。明显消耗了很多力量。

尤其是血灵。他似乎一直被一股坚忍不拔的士气支撑着。当拉尔夫一离开的时候。他身体一潮红。气喘吁吁。就连身躯都一个趔趄。失去了对手的血灵一放松下来。才真正意识到刚刚自己玩命的攻击耗费了太多力量了。

"血灵。你没事吧？"吉尔伯特虽然也是汗如雨下。不过神色还算正常。一见血现了这个状况。马上关心的问道。

"我没事。一会儿就好了。"血灵勉强笑了笑。手中猩红色的阔剑突然飞出。凝滞在半空中高动。

一丝丝奇异的力量由血灵那把阔剑释放出来。突然间。那些二处神卫死亡后飞溅出来的鲜血。像是受着某种力量的牵引。化为一缕缕血雾朝着血灵那一把阔剑汇聚。血雾慢慢凝聚成了一道道鲜血。在阔剑上面水流一样凝而不落。

一道道鲜血飞上空。凝聚在阔剑上面。这一块区域浓郁的血腥味刺鼻无比。闻之令人作呕。

渐渐的。的上再也不见一滴鲜血。在这个时候血灵的那一把阔剑才飞回血灵手中。一道道血红色光芒通阔剑清晰的逸入血灵体内。而刚刚还虚弱无比的血灵。双眸却一点点的闪亮起来。

过了一会血灵一扫先前的颓丧。又变的精神奕奕了。

轻呼了一口气。血笑着说："好了。我没事了。走吧。我们可以继续赶路了。"

老妖斯塔索姆阿尔梅里克菲碧还有那些韩家的卫士。一个个都看的目瞪口呆。没有料到刚刚连站都站不稳的血灵。利用这么诡异的方法竟然一会儿变的精神百倍。重新恢复了力量——这实在太匪夷所思了。

"有什么大惊小怪。主人的力不是你们能够理解的。血灵是主人。能够这么快恢复很正常啦。"吉尔伯特见众人一个个目光呆滞。不耐的催促道："点快点。难道要等那些家伙追上来不成？"

他这么一说。众人才清醒过来。赶紧再次飞上飞蝠。继续朝死亡神域而去。

ps:九千字爆完毕。小逆恳求月票的猛烈支持。兄弟们。来点票鼓励鼓励吧。。

第八百八十四章 你们认不认识韩浩

？

大魔王

第八百八十四章 你们认不认识韩浩

？【

黑神域与死亡,交界处——龙森大峡谷。

龙森大峡谷是暗黑神域前往死亡神域的必经之路。在龙森大峡谷有着许多猎神者出没。传暗黑神域和死亡深渊最厉害的几股猎神者势力的大本营都在龙森大峡谷内。暗黑神域死亡神域来往的商旅从此地经过的时候往往都在许多神卫的扈从下才敢进入。

不过最近一段时间龙森大峡谷比往日太平了许多。据说龙森大峡谷内最强大的一股猎神者势力不知道什么原因已经离开了。那一股在死亡神域四处作乱的猎神者势力一消失。龙森大峡谷内的几股小一点的猎神者势力似乎都安分了下来。没敢继续猖狂地四处作乱。

这一天。龙森大峡谷辽阔的疆域内迎来了一批声势浩大的队伍。巨大的飞蝠翩然而来像是一块扑天乌把天空遮住。飞蝠上面人影憧憧。冷地卫士眼中闪着慑人的精光。警惕地打量周围的密林深处可能会忽然冒出的敌。

"总算到龙森大峡谷了。过了龙森大峡谷就是死亡神域的疆土了。霍夫斯和拉克里森绝对敢大肆进入死亡神域为非作歹。一旦我们通过这里。马上就能够的到死亡神域那盟友的接应。"老妖斯塔索姆轻呼了一口气。这一路上他神经绷的太紧。操的心实在太多了一点。时时刻刻担心着拉克里森霍夫斯等人的突然袭来。不敢一刻松懈。

这里猎神者非常!博兰兹在黑天的神卫三处待过几年。对龙森大峡谷有些了解。他可知道龙森大峡谷内隐藏了数股在暗黑死亡神域作乱的猎神者势力。

"猎神者?"吉尔伯特嘿嘿冷满脸不屑:"以我们韩家现在的。还用害怕那些不成气候的猎神者?他们不来最好。否则管杀不管埋!"

"别说大话!"博兹冷眼瞥了瞥吉尔特。哼道:"如果只是一股猎神者势力过来。那自然没什么好担心地。要是过来的是由几个猎神者势力联合起来的所谓"联盟"。那么。我们别想能够轻松脱身!"

顿了顿。博兰兹似乎想要警告吉尔伯。再次喝道:"在龙森大峡谷内有一股猎神者势力常猖狂。为者是谁至今没有多少人清楚。他们敢对一切经过地商旅出手。即便是有大量神卫护卫的也不放过。这一股猎神者势力在龙森大-非常有名死亡神域各个城市派出了许多神卫围剿都没用。他在龙森大峡谷横行了几十年。绝不是一般的家族能够抗衡的!"

博兰兹这么一说。尔伯特神情有些凝重了。收起了吊儿郎当的姿态。惊讶道："是谁这么厉害啊？"

摇了摇头。博兰兹漠道："我说过了。为者的身份没有多少人清楚。或许只有同为猎神者的家伙才道他的名字和身份吧！不过传说那人非常年轻好像还只是一个少年修炼死亡力量。手提一杆三米骨刺！"

"还真是个厉的家伙啊。不知道比起血灵谁强一点……"吉尔伯特愕然斜瞥了血灵一。轻声自言自语。

"血灵就算有那也没有他那领袖才能！"博兰兹看了看血灵。实事求是的说。

"谁说地？嘿嘿。你这么一吹我还真想会会他了！"血灵最近一段时间实力突飞猛进。现在还真是不把多少人放在眼里了博兰兹那么吹嘘一个少年令他非常不爽他可不认为自己会比别人逊色。

"我们最好祈祷不碰到他否则。能不能够走龙森大峡谷都成问题！"博兰兹一脸漠并不因为血灵的话起太大绪波动。

"大家都小心一点。拉克里森和霍夫斯不是那种轻易放弃的人。拉尔夫也绝不会善罢甘休。龙森大峡谷地域辽阔。我们不能够在这个地方逗留。必须以最快地度冲出去！"艾米丽对血灵博兰兹的谈话没有兴趣。她心中想的就是该怎样把韩家的人离到安全区域。

……

龙森大峡谷一个飞直下的瀑布。瀑布后面有着大大小小十几个洞--一个洞**内都有着人头闪动。一个宽敞明亮由三个小型能量塔支撑的最大洞**内。十几个神色冷厉双眸凶光闪耀的猎神者领正在低声商谈着。

"查清楚了。那些来自暗影城韩家。如今遍布在死亡毁灭暗黑三大神域的天药剂就是韩家地！"猎神者脑之一的昆西喜形于色贪婪地怂恿另外一猎神者领："天药剂财大气粗。这可是一大块肥肉啊！我的人仔细观察过。韩家那些卫士修炼各种力量奥义地都有。我们不但能够从他们获取力量。还可以的到他们的黑晶币。嘿嘿。各位要不要一起动手？"

韩家飞蝠上面展现地力量不小。个猎神者势力根本吃不下。所以在这个洞**内聚集了目龙森大峡谷内各大猎神者领。他们的目的就是商讨要不要联手拿下韩家。

"这一笔买卖能做！"另外一个猎神者领克笑道："那韩家名不经传。从影城离开说：境们一起动手地话一定可以将他们拿下来。嘿嘿。算我一份！"

"也算我一份！""算我一份！""我也拼上了！"

过来的猎神者领都是有意联手对付韩家地。在昆西这个龙森大峡谷目前最强大的猎神者领地怂恿下纷纷表态。将进入龙森大峡谷的韩家。确定为行动的猎物！

"那个。你们是不是都忘记了一人？"忽然。一不和谐的声音响起。猎神者领之一温曼柳叶眉轻轻蹙着。她有些犹豫道："那家伙可是姓韩啊？韩这个姓氏不多见。他会不会和韩家有什么瓜葛？"

温曼是这些人中唯一的一个女性。她那张颇为精的脸庞上面交叉了两个伤疤令这个该美丽的女人显的很是狰狞。即便她有着一具性感动人地曼妙体。因那张脸着实不敢恭维的缘故男人见了也都会对她退避三舍。

温曼修炼死亡量上位神初期力。在这些领中不算弱也不算强。但是因为智计过人的原因。她率领地那一股势力还真没有吃过什么大亏。

温曼的这句话一说。刚刚口答应下来的那些猎神者领也都是眉头一皱。显然都知道温曼说的是谁。克里森有些犹豫沉声道："不会那么巧吧？我可从来没有听说过那家伙有什么亲人朋友！不过如果他真和韩家有瓜葛。们还真要再掂量掂量了！"

昆西脸色一冷。不道："不错那家伙前的确是龙森大峡谷最强的一人。但是他现在已经不在龙森大峡谷了！而且他那些手下离开之前也明确表示过。从今以后不会再管龙森大峡谷的闲事！更何况。他从来没有说过自己来自韩家。人又不在龙森大峡谷。你们还担心什么？"

的！"克里森讪讪一笑。道："我们这是自己吓自己嘿嘿。计划不变。我参与！"

"这就对了！"昆西哈大笑旋即不耐烦地望了望温曼。道："女人最是婆婆妈妈你要是不想参就离开好了。没有你地那些人。也不会影响大局！哼我们还可以多分一点！"

温曼神情阴郁。点了，道："那好。你们干吧！我想冒的罪那家伙的风险！"

话语一落温没在逗留。化一道暗影穿越瀑布离去。

"那个贱货看样喜欢上他了嘿嘿。也不看看长什么德性。那家伙怎么会看的上她！"昆西冷眼看着温曼离开。屑地讥讽道。

杀女人的时候一点不会手软！照我看。温曼这是自作情了。嘿嘿。你还别说。这婊子虽然那张脸让人不敢恭维。可是那身体还真是性感美妙啊。啧啧……按在不见光的地方干她的话。应该滋味不错吧！"克里森**着接话。那些猎神者领一个个也都会意地**起来。

……

"领。怎么出来了？"温曼才一离开山洞。就有一个贼眉鼠眼的手下迎了上来。他笑嘻嘻地询问起来。

温曼一脸怒气。身为上位神她耳目灵敏山洞里家伙的话又没有刻意压低声音。那些淫亵的话语她自然听的一清二楚了。只不过温曼知道自己的力量有限。不不强行，抑着怒气不回头冲进去对那些人火。

也只有他才不会那低级**……

温曼心中莫名升起了这么一个念然后有些自地摇了摇头。对自己说：温曼啊温曼。你想些什么？就你这个样子。他怎么可能看上你。上一次救你完全是利益的驱使。那家伙根本没有一点别的意思。你不要继续胡思乱想了……

"领。怎么啦？那个手下见曼神情复杂。一会儿咬牙切齿。一会儿嘴角噙笑。忍不住再次追问。声音也略微抬高了一些。

从恍惚中骤然惊醒。曼用力地摇了摇头。似乎想要通过这个动作将脑海中不切实际的幻想甩开。没么。对了。你上次说过那家伙还有几个手下没有离开龙森大峡谷。你能不能够联系上他们？"温曼正了神。询问道。

"那几个家伙正在处理剩下地事情。要不了多久就会离开了。我知道他们在什么地方。我这就去联系他们。"

想了想。马上取出一个卷轴写了一段文字在上面。交给了这个手下以后。她马上急匆匆地单独离开了。

……

龙森大峡谷。山脉连绵起伏。白云棉花一样一团团拥在上空。

才穿过一条乌烟瘴气的沼泽地。来到石林堆砌的一处深谷中。飞蝠上面地众人还没有来及看清楚深谷的情况。血灵突然轻喝一声："有人来了！"

飞蝠上面韩家卫士脸色一凝一个个警惕地注意四周。并且快地行动开来。在飞蝠上就将阵型排布好了艾米丽菲碧几人一脸紧张一东张西望一边吆喝："大家小心。准备迎战吧！"

"不必！只有一个。还是个女地！"血灵见因为他一声轻呼。飞蝠上地韩家人一个个如临大敌。好道：别紧张。个女人实力不是特别强大。我就可以应付了。"

他这么一说。众人才松了一口气。然后心中都有些好奇。不知道在这个时候为什么会有一个女人单独过来。他们在龙森大峡谷内并不认识什么人一个女人显也不可能对他们造成什么损伤。那么……她来干什么？

一会儿功夫。神色冷厉地温曼渐渐地由远处一片石林显现了出来……

"咦！"还未等温曼靠近。飞蝠面地梵妮莉莎几女便惊呼出声。她们都被温曼脸上叉的两道狰伤疤给吓到了。

"来人止步！"博兰喝一声。浑身杀气凝为实质隐隐锁定了温曼。

温曼一惊。没有料到博兰只是看了她一眼。就有一股那么强烈地杀气冲击过来。心里一寒。温曼心道这个韩家是看样子不像昆西所说的那样不堪一击光是一博兰兹就有上位神的力量。不知道还有没有更强的呢？

温曼正准备开口讲。忽然柳叶眉一挑双眸光芒明亮地盯着博兰兹——她在博兰兹的身上。感觉到一丝非常奇怪地力量那种力量她在另外一个人身上也隐隐觉到一些。而且那人的力量更加强大！

一定有关系！

温曼几乎立即肯定了自己猜测。原将娇躯停下来是举手示意自己并没有恶意。后才急忙问道："你们认不认识韩浩？"

"韩浩谁叫韩浩不识！""你是什么人。韩浩是谁？"

韩家这边的斯塔索等人一脸愕然莫名其妙地望着温曼。觉的这个女的是不是有什么兴冲冲地赶过来竟然问些么不靠谱的事情。

一听韩家的纷纷表示不认识。温曼当即一愣心道难道自己多疑了？可是。那个老家伙身上地力量明明和韩浩的非常相似啊。这又怎么解释？

"我们不认识你说的人。还请你不要挡我们的路！"老妖斯塔索姆微微一笑。话说的虽然气。但是眼神却不断地对博兹示意。那意思是你要是不走。就别我们不客气了。

"那抱歉了。我这离开！"温曼在猎神者中混迹了那么多年。察言悦色的本领当然不;她一眼看清楚了情况。心道反正和韩浩没关系。你们的死活我是不用操心了！

"等等！"就在此时。吉尔伯特似乎想起了什么揉了揉头。吉尔伯特思索道："我好像听过这个名字。让我想一想……"

韩家那些人都奇怪地望着吉尔伯特。这么一来。博兰兹就没有立即对温曼出手。温曼也是疑地望着吉尔伯特。试着出言提醒道："韩浩修炼死亡力量。手中提一根三米长的刺。背后有七……"

吉尔伯特一亮。终于想起来。惊呼道："竟然是他！"

不但是吉尔伯特。，米丽菲碧梵妮几人也都曾经见过小骷髅韩浩。他们虽然不知道韩浩已经为自己取了一个名字。但是当温曼说韩浩背后有着七根骨刺的时候。他们都已经明白温曼说的是谁了……

"我想我们已经知道你说地是谁了！"艾米丽疑惑地望着温曼。笑着说："请问。你有什么事情吗？"

"韩浩是不是你们韩家的人？"温曼再问。

艾米丽想了想。一间还真是有些不太好定义。不过她知晓韩硕和小骷髅之间关系非常亲密。这么看来浩应该算是韩的人吧？沉吟了一下。艾米丽笑："算是吧……"

"那就行了！"温急忙道："龙森大峡谷地猎神者联合起来。打算拿你们韩手。如今所有的猎神者都聚集在了一起。我看你们应该对付不了那么多人。你们最好立即退龙森大峡谷。要不然一旦被他们堵住了后果难料！"

此话一出。艾米丽斯塔索姆等人都是脸色一变。斯塔索姆急问道："你怎么会知道？"

"我自己就是猎神者一个领只不过因为认识韩浩所以才会过来提醒你们！"温曼焦急道："我已经派人通知韩地手下了。但是不知道能不能够赶的及。那些家伙的手下遍布龙森大峡谷。只要你们在龙森大峡谷内。一定逃不出他们的耳目。他们对这里实在太熟悉了。你们需要立即离开！"

夫斯拉克里森的人。他们可不比猎神者好多少。"谢谢你地提醒。我们只有全力离开龙森大峡谷。希望能够避过那些猎神者的追击！"

没有再废话。他们至没有多问温曼和韩浩究竟有什么关系。急匆匆地再次飞起。

【五千字。求月票援！】

第八百八十五章 余威犹在

森大峡谷离死亡神域有十来天的路程，他们没有退以最快的度离开龙森大峡谷了。

吉尔伯特、艾米丽等人虽然满腹惑，不明白为什么这个面目狰狞的女人认识小骷髅韩浩，在他们来看小骷髅作为韩硕的召唤生物，应该一直呆在亡灵界才对，怎么也不可能出现在众神大6。

时间紧迫，他们并没有闲暇详细询问温曼关于小骷髅韩浩的情况。在他们心中，也没有把韩浩当做一个多么重要的人物，召唤生物毕竟只是召唤生物，没有见过现在韩浩的他们，永远无法理解如今的韩浩有多么恐怖！

温曼可以理解他们的焦急，没有拦住他们多废话，眼见韩家的飞蝠从她面前迅掠过，温曼犹豫了一下，暗暗跟在了韩家飞蝠后面。

温曼身为龙森大峡谷猎神领袖之一，她比韩家的人清楚那些猎神势力在龙森大峡谷的手段和力量，只要韩家的人在龙森大峡谷内，昆西那些人绝对能够很快搜寻到他们的踪迹。

昆西这些人这么多年来都在龙森大峡谷出没，对于大峡谷的地形了如指掌，他既然联络了那么多股势力对付韩家，自然不会允许韩家的人逃出他的手掌心了。

事实证明温曼的猜测完全正确！

三日之后，当韩家的飞蝠快要飞临到一座入云山峰上空的时候，现那山峰上面密密麻麻地停留了许多神色阴沉、眼露凶光地大汉。

山峰上面人群一簇簇，彼此之间保持着一小段距离，很明显他们不属于某一股势力，而是由许多不同的势力凝结在一起。

为的那些人眼中满是贪婪，死死地盯着逐渐靠近的韩家人，有些人喉咙自然地吞咽着口水，嘴角勾起残忍的笑容，一看就知正是嗜杀成性的猎神！

不等韩家地飞蝠靠近。在这座山峰守候了有一段时间地猎神们纷纷飞上半空。为地几个猎神领将神之领域展开。在山峰上面凝集成一层层结界。依此来拦阻飞蝠地冲击。

在一层层结界面前。韩家地飞蝠被迫停了下来。

"妈地。你们这些杂碎。想干什么？"吉尔伯特知道他们拦阻了去路一定没安好心。一上来就毫不客气地破口大骂："都给我滚开！"

挡在韩家飞蝠面前地是龙森大峡谷十几股猎神势力。每一股猎神人数最少地也有几十人。昆西那一股猎神人数最多。有三百多名手下。

那十几股猎神势力汇聚在一起。总人数在一千三百左右。而且为地领袖几乎都有着上位神实力。这么一群豺狼挡在面前。韩家地前景堪忧。

昆西根本没有将黑龙吉尔伯特地吆喝放在心上。和那些猎神领站在一起。对着菲碧、艾米丽、梵妮几女**着评头论足。时不时地指指洁碧儿、莉莎几个。出得意地怪笑声。

不论是菲碧、艾米丽还是洁碧儿、莉莎，都是那种百里挑一的美女，在韩硕涅丹的作用下一个个皮肤白皙晶莹，将一个女人最美丽的一刻一直保留着，令所有人看到都会油然生出惊艳地感觉。

猎神过的是刀口上舔血地生活，他们寻求着各种各样的刺激，对于美丽地女性自然有着菲碧、艾米丽这些相貌出众地女人对他们有着致命的吸引力，令他们一时间都要忘记主要目的了。

在昆西这些猎神来看，韩家的卫士根本不足为惧，最重要的是他们在韩家的队伍中并没有现拥有上位神境界的强，这么一群势力，即便人数不少，也不被他们放在眼里。

"嘿嘿，我要那个女人，成熟的蜜桃一样的女人最有味道啊。哈哈，谁都不准和我抢！"克里森指着艾米丽满脸**，仿佛韩家的一切都可以任由他们剥夺了。

"那个小美女我要了，这是我喜欢的类型！"昆西指着一脸惊慌失措地莉莎，嘿嘿怪笑道："兄弟们，你们都看仔细了，我们先把战利品划分了！"

"啧啧，她们比温曼那个贱货可强多了！不但身材一流，一个个长得更是让人流口水啊！嗯，我们先把那些女人瓜分了，然后在谈其他战利品吧！看样子，今天可以好好乐上一乐了！"另外一个猎神领也是**着，都没有将韩家的人放在心上。

韩家自从来到众神大6，还从来没有受过这种侮辱，血灵、博兰兹、吉尔伯特几人肺都要气炸了，被点到名的艾米丽、菲碧几女更是恨不得将那些猎神领千刀万剐。

只是，不论艾米丽还是菲碧，都清楚面对这十几个凶残的上位神加上一千多名猎神，他们根本没有任何胜算……

脾气暴躁如吉尔伯特、血灵的几人，眼见主母受到侮辱已经准备冲出去了，却被艾米丽焦急地以眼神制止。

菲碧铁青着脸，寒声道："我们是暗影城韩家的人，和死亡神域各大家族关系都非常好，你敢找我们的麻烦，必将引来暗黑神域、死亡神域众多神卫的围歼！各位，如果你们愿意借过，我们可以奉上黑晶币五百万，如何？"

"哈哈，你吓唬谁呢？"昆西仰天长笑，道："你也不看看我们是谁，我们整日里做的是什么买卖？嘿嘿，我们是猎神，干的就是这一行，我们要是怕两大神域的神卫，早就洗手不干了！"

"别和他们废话了，这些娘们看得人心痒痒的，我们怎么能够眼睁睁地看着她们从我们面前溜走！"克里森搓了搓手，有些迫不及待了。

"等等！"便在此时，温曼从飞蝠后面飞了出来，她扫了一眼淫性大地昆西等人，急忙道："我问过了，他们认得韩浩，你们最好不要轻举妄动！"

此话一出，那些猎神领都是一愣，一些对韩浩非常惧怕的领马上犹豫起来，看样子似乎想打退堂鼓了。

就连昆西和克里森两人也都是脸色一变，看来即便韩浩已经离开了龙森大峡谷，他们两人还是对韩硕有着深深地顾忌。

"温曼，你少危言耸听！"昆西烦躁地怒骂一声，道："他们说的话谁信啊！哼，韩浩在龙森大峡谷那么多年，我可从来没现他有过什么亲人朋友！不要以为这个家族姓和韩浩有什么关系，你吓唬谁呢？！"

"我问过了，他们说韩浩的确是韩家地人！"温曼冷眼望着昆西，阴冷道："想想韩浩的手段吧！如果他知道谁动了他的人，以韩浩的个性，没有人能够逃过他的追杀！在这里，韩浩横行那么多年可从来不曾吃过亏，就连死亡神域那几个大家族杀了韩浩的手下，也没有一个能够侥幸存活到现在地！"

那些小势力领听温曼这么一说，一个个眼神闪烁不定，看样子韩浩在龙森大峡谷积威甚深，光凭温曼的震慑他们就开始慌了。

"贱货，少给我废话！"昆西在龙森大峡谷一直被韩浩的势力压着，如今韩浩带着手下离开了龙森大峡谷，他好不容易熬出头来，现在最烦有人在他耳边提起韩浩了。"那些家伙想用韩浩地名号唬我们，大家不要上当，你们也都知道韩浩没有什么亲人的，我们早点把事情处理了吧！"

"想想吧，韩家那么多美女，那么多财富，今天都是我们的了……"昆西继续蛊惑道。

或许昆西的解释起到了作用，也或许那些猎神被韩家地美女和财富迷惑了心智，这些猎神领一个个给自己打气，开始挥手吩咐手下，从各个方向将韩家飞蝠包围起来。

温曼一看事情到了这个阶段，知道她再说什么都没有用了，无奈地叹息了一句，她知道如果她在坚持下去，恐怕连她也逃不出毒手了，只能够默默地退下去。

此时此刻，战斗一触即。

"各位，很热闹啊！"一声尖利的冷笑由远处传来，一个的上身满是条条伤痕地大汉孤身行来，他修炼毁灭力量，只有中位神末期境界，实力比任何一个猎神领都要逊色。

但是，就是这么一个人，他的到来却令那些猎神领都凝重了起来。

"西撩，你们不是已经离开龙森大峡谷了吗？"其中一个猎神领满脸堆笑，一改刚才的飞扬跋扈，对实力比他低了一筹的这个西撩笑着说。

昆西和克里森两人表情非常不自然，皱着眉头看着这个不该出现在此地西撩，昆西阴沉着脸，道："西撩，你现在应该跟着你家领在混乱之地，为什么还留在龙森大峡谷？"

哈哈一声狂笑，西撩冷喝道："我们的事情什么时候轮到你昆西管了？"

顿了顿，西撩瞥了一眼飞蝠上面地韩家众人，对那些猎神领道："当初我家领给过我们命令，让我们不准动韩家的人！也不准别人动韩家地人！嘿嘿，我不知道领为什么会有这个奇怪的命令，不过既然是领地命令，就一定要遵守！"

"西撩，你们都离开龙森大峡谷了，还管那么多闲事干什么？"克里森脸色一冷，道："更何况，就凭你西撩，挡得住谁？你有什么资格在这里放肆？嘿嘿，韩浩不在，你们还能翻得了天不成？"

西撩眼中凶光一闪，狞笑道："大家都是干这一行的人，什么脾气我会不清楚？嘿嘿，我来之前已经将情况告诉了我几个兄弟了，不出意料的话他们应该正在往混乱之地赶，今天你们可以杀了我，老子反正混这一行随时都有被干死的觉悟！不过，我想各位也都知道我家领的脾气，嘿嘿，你们看着办吧？"

此话一出，这些猎神领脸色全然一变，似乎没有料到西撩还有此后招，这让他们左右为难，知道即便今天杀了西撩和韩家的人，事情也一定会被韩浩知晓。

"既然韩浩话了，我就不参与了！"在一阵颇为漫长的沉默之后，其中一个猎神领干笑一声，对西撩道："见到韩浩的时候，带我向他问好，就说我安隆永远不会和他为敌！"

"嘿嘿，一定一定！"西撩皮笑肉不笑，颇有大将之风。

"那个，我也不能够不给韩浩面子。昆西啊，抱歉了，我就不参与了！"又有猎神领放弃。

"呃……韩浩在龙森大峡谷的时候对我不薄，我决不会对他的人下手！"

"……"

一个个猎神领在最关键的时候打了退堂鼓，在韩浩的余威下这些人忍痛压抑着对韩家动手的念头，知会了西撩一声，就急匆匆地带人离开了。

一眨眼功夫，拦阻在韩家飞蝠面前的还剩昆西、克里森两个牵头，他们眼睁睁地看着那些猎神领离开却无可奈何，心中将韩浩不知道骂了多少遍了。

飞蝠上面，吉尔伯特、艾米丽、梵妮几人面面相觑，一脸愕然，不明白这究竟是怎么一回事。那个小骷髅什么时候来到了龙森大峡谷，为什么这些亡命之徒竟然会惧怕那家伙呢？

只有博兰兹心中一动，忽然轻喝道："原来是他！"

"谁？"血灵、吉尔伯特两人同时追问道。

博兰兹一脸惊异，提醒两人道："还记得我和你们提过的那个神秘少年吗？他是龙森大峡谷猎神中最强大的一人，至今没有多少人知道他的来路，没有想到，竟然会是自己人啊！"

"应该错不了了！"黑龙吉尔伯特苦笑道："那个家伙，很早之前就非常厉害了，真没有想到啊，他竟然在龙森大峡谷有着那么大影响力！"

"昆西，克里森，你们两个真的想和我家领一战？"西撩望着昆西、克里森，冷笑道："嘿嘿，我劝你们最好放弃，这件事我就当没生过！否则，你们自己知道后果！！"

"妈的，我就不信这个邪了！"昆西似乎被西撩的狂妄激怒了，暴躁地大喝道："要是韩浩真在这里，或许我会卖给他这个面子！你他妈一个位神，竟然敢在我面前唧唧歪歪。哼，韩浩去了混乱之地，能不能够活着回来都难说，就算他回来了，大不了老子不混龙森大峡谷了！给我上，先干掉这个狐假虎威的西撩！"

克里森本来已经打退堂鼓了，但是看了看韩家那些飞蝠上面的女人，忽然被色心蒙蔽的心志，也挥手吩咐手下："给我杀！"

九千已更，继续无耻的求月票支持。】

第八百八十六章 自食其果

果没有西撩的震慑，留下来的猎神领远远不止昆森两个，真要是十几股猎神势力聚集起来对付韩家，面对十几个上位神的威胁韩家绝对会凶多吉少。

然而，由于小骷髅韩浩在龙森大峡谷的威慑力，那些猎神领畏惧韩浩的力量不得不退出对韩家的围剿，这么一来，他们需要面对的敌人就只有昆西和克里森这两股势力了。

昆西和克里森这两股猎神势力加起来人数在五百上下，其中昆西和克里森两人都有着上位神中期的势力，在龙森大峡谷他们是猎神中数一数二的大势力！

但是这一股势力韩家并不惧怕，就在别的猎神领才刚刚离开的时候，一直忍耐的黑龙吉尔伯特、血灵等人已按耐不住了，昆西和克里森的命令刚刚下达的时候，就突然现韩家的卫士毅然冲击过来！

行家一出手，就知有没有。

韩家卫士一从飞蝠上面飞来，昆西和克里森两人脸色略变，心中也是骤然一惊，急声呼道："都***给我小心一点！"

韩家卫士过来的时候队伍排列的整齐有序，一组组卫士保持着一段最合适的距离：既不影响出手的效率，还能够互相兼顾。

韩家卫士脸上那种漠视生命的冰冷眼神，令昆西、克里森知道韩家卫士绝对是久经磨砺，不比一般家族那些从来没有经历过残酷战斗的新手。

因此，昆西、克里森立即看出了韩家卫士的不凡，马上下令手下全力以赴。

只不过昆西、克里森两人还是低估了韩家卫士的可怕，这么多年韩家卫士在八荒离合炼狱阵的磨练自然不是白白浪费时间，在血与火的洗礼中这些韩家卫士甚至比猎神还要冷血凶厉。

他们不动则已。一出手就像是一柄无坚不摧地尖刀。直接**猎神中央！

和拉尔夫二处神卫那一战一模一样地场景再一次上演了……

在数量上面本来就占据上风地韩家卫士。团体配合上面地优势又是那么明显。倏一接触韩家卫士恐怖地战斗力就体现出来。将那些一向在龙森大峡谷肆虐地猎神杀地节节败退！

摧枯拉朽一般。韩家卫士一路冲杀下去竟然没有一处防御能够支撑住。所过之处不断地传来那些猎神地绝望痛苦声。一具具血肉混杂地尸体横飞出去。从虚空跌落向下面地高峰。

温曼和西撩两人一脸错愕。他们两人见昆西、克里森豁出去下达了攻击命令。心中还道这下子玩完了。西撩还在自责刚刚自己地态度是不是太飞扬跋扈了一点？还没等他深思下去。他就惊异地现率先出手地并不是昆西和克里森地猎神手下。而是那些他一无所知地韩家卫士。

真正交上手了西撩才反应过来。从韩家卫士那战斗力夸张地阵型上面西撩猛地惊醒。至此终于明白为什么韩浩曾经下达过不准动韩家地命令了。

韩家卫士那繁琐深奥的阵型一般人绝对看不出端倪，但是西撩作为小骷髅韩浩地直系手下，也曾经经历过韩浩那些关于魔阵的演练，他只是看了一眼就明白如今韩家卫士使用地阵型和他们熟练使用的有着异曲同工之。

那一名温曼的手下将消息传递给西撩的时候，西撩还不太相信韩浩和韩家会有什么关系，但是现在看了韩家卫士冲击的阵型以后，他第一个相信了温曼的判断！

相比较西撩而言，韩家卫士地战斗力对温曼的冲击更大，她一脸惊容地望着韩家卫士摧枯拉朽一般地**昆西、克里森手中当中，像是一柄运转精密地神器不断地绞杀那些猎神……

"韩家……韩浩……这果然都是神秘的人物啊……"温曼满心惊讶，暗自喃喃道。

昆西、克里森两人感觉自己快要疯了！

他们怎么也没有料到韩家卫士居然那么可怕，这一群卫士一个个宛如最冷酷地刽子手，正在利用一种无比奥妙的阵型收割着他们两人手下地性命，他们两人想要出手相助，却被血灵、博兰兹、吉尔伯特三人给死死缠住。

到现在昆西、克里森完全相信韩家和韩浩绝对有着复杂的关系了，因为现在韩家那些卫士使用的阵型韩浩手下也懂得一些，而且血灵、博兰兹、吉尔伯特三人使用的力量还隐隐有着韩浩的影子。

没有交手之前，昆西、克里森在韩家那些人身上没有看出一个上位神的存在，但当战斗一开始，突然冒出来的血灵、博兰兹、吉尔伯特三人却带给了他们极大的惊喜，他们突然现那默默无闻不值得一提的人物一下子化身为了凶神恶煞！

昆西、克里森两人心中后悔了，连骂自己明明知道那个家伙的诡异莫测，为什么偏偏招惹他们家族的人呢？

"还叫啊，怎么不叫了？***！刚刚你屁话不是挺多的吗？老狗，今天老子非要剥了你的皮不可！妈的，就凭你这德性，还敢对我们主母有非分之想，老子马上就断了你的东西……"和闷不吭声的血灵、博兰兹不同，吉尔伯特配合博兰兹围攻克里森的时候那张阴毒的嘴始终没有阖上，恶毒的话音换着花样喷出，不比他手上凌厉的攻势弱多少。

昆西被血灵单独拦阻，克里森被吉尔伯特、博兰兹两人堵住，博兰兹一言不一口锐利的飞剑杀气四溢，令克里森不得不将大部分精力用在抵挡博兰兹的攻击上面，吉尔伯特鬼影子一样绕着克里森飞旋，抽冷子在最恰当的时候阴他几下，嘴里面不干不净将克里森祖宗几代女性都问候了一遍。

有时候这种精神上面的折磨不比的伤痛轻多少，在吉尔伯特那烦人的脏话、讥讽、挖苦、毒骂中，克里森有种随时摇崩溃的感觉，不能够集中精力的克里森攻击力大幅度降低，博兰兹乘势而上，那一口飞剑在他身上又多划开几道伤痕。

"杀了他们！"一见这边完全占据了上风，那边菲碧立即俏脸生寒，冷菲碧对昆西、克里森非常厌恶，因为这两人刚刚看向她们的表情充满了淫亵味，而且还出言侮辱了艾米丽、莉莎几女，这让菲碧等人忍无可忍。刚刚实力不如别人，菲碧只能够强压着心中地怒气，如今韩家卫士占据了上风，她气势马上随之上来了。

不论是菲碧、艾米丽、还是老妖斯塔索姆亦或阿尔梅里克，这些从奇奥大6过来的天纵奇才在众神大6这个天地元素浓郁的地方一个个都是进步神，在韩家，他们有着足够的财富支撑，力量奥义卷轴、韩硕亲自炼制的丹药、从各个区域收购过来的各系神晶、这些东西源源不断地出现在韩家重要仓库，由菲碧、艾米丽等人依次分下去，交给那些由奇奥大6过来的韩家主要成员手中。

在奇奥大6本来都是一方雄杰的这些韩家成员，在众神大6可以得到帮助他们修炼的一切，加上他们本来就出众地资质，进步虽然不如血灵、博兰兹这些家伙恐怖，一个个也都是非常快捷。

如今，菲碧、艾米丽等人大部分都突破到了中位神之境，像老妖斯塔索姆、阿尔梅里克这种天纵奇才，已经进入了中位神末期境界，比那些在众神大6土生土长的神祇进步度快了太多。

他们这些人能够在天地元素那么贫瘠、对各系力量一知半解地奇奥大6成为最顶级的高手，来到众神大6得到了所有便捷的条件之后，进步自然也是一日千里了。

菲碧、艾米丽、老妖斯塔索姆、阿尔梅里克等人一个都没有闲着，他们这些人同样对韩硕那些配合的魔阵清楚明了，排列成一个个杀伤力惊人的大阵冲击昆西、克里森手下那些猎神，对他们不断地造成损伤。

形势完全呈一面倒！

最先倒霉是克里森，他在吉尔伯特恶毒地咒骂声终于崩溃，忘乎所以地死盯着吉尔伯特冲杀。失去了理智的克里森忘记了更加可怕地博兰兹，当他终于将攻击落到吉尔伯特身上的时候，博兰兹的飞剑从他后颈贯穿进去，剑尖由眉心突出。

克里森当场死亡！

"傻x！老子不如血灵、博兰兹两个家伙那样攻击力出众，但是老子身体强大，你还真以为一击能够干掉我啊！白痴！"吉尔伯特身躯踉跄了一下，轻咳了几声就恢复了正常，上去一脚踹在克里森身上，将已经死亡的克里森踢到下面高峰上。

吉尔伯特新的身体是被韩硕以炼制魔器的方法精心炼制出来地，他的防御力虽然不如韩硕那么变态，可是比起一般神祇却要坚固十几倍。换了另外一个人，即便是博兰兹，挨了克里森这么一击恐怖不死也要重伤，但吉尔伯特就真是没什么问题。

"好了吉尔伯特，抓紧时间，和血灵联手干另外一个！"博兰兹抹了一把手中地飞剑，转身又朝着昆西冲了过去。

吉尔伯特狠狠地吐了一口吐沫，吐沫精准地落在往下面飞落的克里森尸体上面，"妈地，便宜你了！"又骂了一声，吉尔伯特才转身冲向昆西，打算合博兰兹、血灵的力量，趁早干掉那个昆西。

在血灵不要命地攻击中，昆西一直无计可施，他人在韩家卫士重重包围中，一旦他想要脱离这个战圈，就会现那些韩家卫士抽手疯狂地攻击他。

昆西实力虽然强大，可是百个中位神一起全力出手的攻击力同样非同小可，加上还有血灵这种不要命地狠人纠缠——他根本没办法离开这里！

在克里森死亡的那一刻，昆西心中一寒，就知道自己完蛋了。

果然，博兰兹、吉尔伯特根本没有一对一公平对战的觉悟，马上阴冷地围了上来，这更是令昆西心生绝望。

就算是死，也要拉个垫背的！

昆西心中恨恨道，猎神本来过的就是不知道有没有明天的日子，每一个猎神手中都沾满了鲜血，作为猎神的一方领昆西敢于得罪小骷髅韩浩还对韩家出手，说明他并不是一个畏惧死亡的人。

在博兰兹、吉尔伯特围上来的那一刻，昆西就知道自己难逃一死了，狠人有狠人的打算，他是准备同归于尽了。

"大家散开，这家伙想拉个垫背的！嗯，和他保持一段距离，我们一点点磨死他！"那边老妖斯塔索姆眼睛一瞄，就从昆西那双嗜血的眸子内看出了他的打算，老妖斯塔索姆纵横奇奥大6那么多年，眼光可是毒的很。

给他这么以提醒，不但是博兰兹和吉尔伯特两人，就连正和昆西纠缠在一起的血灵都立即往后退开了一段距离。

"妈的，想同归于尽？嘿嘿，没那种好事！"吉尔伯特又到了，那张嘴又开始刻毒的挥作用，一连串诅咒辱骂夹杂着对昆西家族女性的问候喷出来，血灵、博兰兹还有远处的一些韩家卫士，则是漫天暴雨一样将各种各样的攻击落向中央的昆西。

昆西简直要吐血了，他现自己连同归于尽的机会都被剥夺了，只能够绝望地面对着各种各样的攻击而无可奈何。

昆西最终没能够逃脱被围杀的命运，以血灵、博兰兹、吉尔伯特三人为的攻击一点点消耗着昆西的力量，硬是远远将昆西神力耗尽，用漫天神器把他活生生打死！

昆西死的无比郁闷，浑身插满了稀奇古怪的神器，被神器穿透身体架在半空中。直到血灵确定昆西体内鲜血全部流干之后，一行人才一拥而上又补了几道，将昆西分尸之后扔的到处都是。

昆西、克里森一死，还侥幸没被韩家卫士杀死的猎神无头苍蝇一般疯狂逃窜，他们一个个慌不择路尽往山川密林内飞逃，不顾一切的离开这个绝地。

远处观望的西撩和温曼两人，看着克里森和昆西两人接连被杀，一脸的惊骇，不知道现在该如何应付韩家的人了。

第八百八十七章 一份名单

大魔王

第八百八十七章 一份名单

西和克里森这两大龙森大峡谷最大的猎神者势力。今被彻底摧毁。两人的死亡意味着两股势力再难重聚起来。那些之前离开的猎神者领。一定会趁机那些残兵招募到自己手下。

这一战过后。龙森大峡谷内的猎神者将再也不敢和韩家为敌。

入云的山峰上面尸体遍的。韩家些卫士一个个神情冷漠的重新上了飞蝠。默默的等候着菲碧斯塔索姆几人的命令。

直到这个时候菲碧。，米丽才将注意力放在远处的西撩温曼身上。艾米丽笑吟吟的走了过来。对温曼西撩道谢道："刚刚真是多谢你们如果不是你们善意的提醒和帮助。今天我们一定会栽在这里。"

"你太客气了。我只是做些份内的事情罢了。"温曼不敢。连忙温言答道。

"领离开之前经对我们有过吩咐。这都是我们应该做的。"西撩在见识过韩家卫士阵型以后。就明白韩浩和韩家一定关系匪浅。心里面有了底。西撩态,也一改面对西等人时的飞跋扈。变非常谦逊起来。

"韩浩真的了你的领？"艾米丽皱着眉头。诧异的询问有些谨的西撩。

西撩有些愕然。不明白艾米丽为何这么说。愣了下。西撩老实答道："是啊。自从几十前领来到龙森大峡谷后。就一直带着我们在这一片区域征战。花费了几十年时间。领就成了龙森大峡谷最强大一股势力。今天那些家伙全部都是领的手下败将。如果领在这里就连昆西和克里森都不敢出手的。"

一脸惊讶。艾米丽怎么也没有料当初那个有些怪异的小骷髅竟然能够进化到这个的步。一能够在龙森大峡谷那么多股猎神者势力中称雄的人物。绝对不是一般人这一点艾米丽心中明白。

"太不可思议了。竟然真是他。"莉感叹道。当初在巴比伦魔武学院的时候小骷髅韩曾经偷偷摸摸在夜里袭击过她。对于这个有着七根骨刺的奇异不死生物。莉莎比谁都印象深刻。

"没什么奇怪的。家伙很早之前就非常厉害了。只是你们不清楚罢了。"黑龙吉尔伯特一脸洋洋的意。嘿嘿道："你们不经常和主人在一起肯定不太清楚那个家伙的阴险。当年在幽暗森林的时候他就已经天天和主人一起卑鄙的偷袭别人了。"

吉尔伯特跟随硕时间比较长。于他和韩硕订立完全不平的契约的原因。这方面的事情韩硕并没有向他隐瞒。因此他比艾米丽梵妮都要清楚小骷髅韩浩的实力和智慧"呃。那那他今在什么的？"菲碧不太清楚小骷髅韩浩和韩硕之间真正的关系。想要先问个清楚。

　　"领在混乱之的。"西撩对韩的人没疑心。即回答。

　　"那家伙既然在混之的。那么主人肯定也在混乱之的了。"吉尔伯特笑着说。

　　"先离开龙森大峡谷。有什么事情等出了这里再说。"老妖斯塔索姆突然插口。他时刻担心着霍夫斯拉克里森的到。这个时候还没有脱离险境。他要确保韩家成员的生命安全。

　　斯塔索姆一提醒。碧艾米丽马上意识到现在不是多问的时候两女点了点头。由菲碧口说："谢谢两位的帮助。我们韩家会记你这个恩情的。不过我们有些急事。不能够在龙森大峡谷耽搁。我们来日再会吧。"

　　"那我就不打搅你们了。"温曼识相的微微一笑。和点了点头就此告退。

　　西撩也没有多说什么他是一名猎神者不可能和韩家这些人牵扯太深。因为这样只会给韩家带来不必的麻烦。另外昆西克里森既然死去。那他就需要处理一些善后事情了。因此只是是说了句小心。也同样跟曼身后退去。

　　有了这一战的威慑上小骷髅韩浩在龙森大峡谷的名号。韩家的飞蝠在龙森大峡谷内再也有遇到阻碍。在十天以后终于穿越了龙森大峡谷。进入了死亡神域的域。

　　就在韩家的飞蝠刚刚进入死亡神域不多久的时候。以拉克里森霍夫斯为的追杀者姗姗来迟。终于还是赶上了韩家的飞蝠。

　　只是。这一次拉克森霍夫斯注定不能够以偿。死亡神域内早有几大家族的神卫接引韩家。在拉克里森和霍夫斯好不容易追上来的那一天。来自死亡神域几个家族的卫已经和韩家会面了。

　　拉克里森霍夫斯两人气的要吐血。但也没有任何办法。虽然暗黑死亡毁灭三大神域之间关系素来要好。可是一些必要的规矩还是应该遵守的。

　　这里是死亡神域。便霍夫斯乃是幽幕城的城主。即便拉克里森在吞云城一人之下万人之上。也不敢不顾三大神域主神订立的规矩。只能够眼睁睁的看着那些死亡神域的卫士将韩家的接走。

　　来到死亡神域。碰到了事先约定接应者。韩家终于算是脱离暗影城不用再提心吊胆什么了。

。

暗影城。赛因特家族。

莱士阴沉着脸。听着拉尔夫的汇报。当拉尔夫将情说完毕的时候。华莱士冷喝一："废物。部都是废物。"

"城主大人恕罪。手下已经尽力了。"拉尔夫惶恐的跪伏下来。为自己找借口道："我真的没有料到霍夫斯和拉克里森两人带着那么多人亲自出手。竟然都没有对韩家造成任何损伤。那个叫血灵博兰兹的家伙。也都分明有着上位神的力量…"

"住口。"华莱士低喝一声。深吸了一口气。慢将情绪稳定。然后才开口道："这么看来韩家显然知道我在这次事件中扮演了什么角色了。现在他们全部到死亡神域。我就算再是有心也无可奈何了。"

"城主大人那个…那个。莱恩失去消息那么多年。说不定早已经死去了。我们根本那么担心的。"拉尔夫偷偷打量着恢复冷静的华莱士小心翼翼的说道。

"你以为我担心的是布莱恩？"华莱士冷笑道："不错。布莱恩的确是一青年才俊。年纪轻轻有此实力心性实属不易。但这种青年才俊我见的多了。越是这样的人物死的－。即便是他返回暗影城。他又能拿什么和我斗？我需要怕他？"

"那。"拉尔夫一惑。试着询问道。

"哎。"轻叹一。华莱士有些烦愁的挠了挠头有些苦涩道："那小子虽然没什么好心的。可是她和命运女神的女儿关系不浅当年主神大人曾叮嘱我要好好对待布莱,的。这两个大人物才是真正令我头痛的对象啊。"

此话一出。拉尔夫脸色一变。对他来命运女神和暗黑主神那都是遥不可及的存在而且他也并不知道硕和命运女神有什么关系。次听闻这件大事。对他造成的冲击不小。

"帮我约拉克里森和霍夫斯两人。要和他们好好聊聊了。"沉吟了一下。华莱士吩咐道。

拉尔夫恭声应是。立即退去为莱士办理这种隐晦的事情。

在几天后。拉克森霍夫斯两人重聚伯格拉斯要塞。就在原韩家的址上会面。

当拉克里森和夫斯听到华莱士讲出那一段秘辛。两人都是头痛万分拉克里森霍夫斯人心中都是大骂不已。心道这么重大的事情你他妈现在才说出来。不是摆明要坑我们吗？

三人就在韩家原址上面关于韩硕的事情密谋了起来。可惜三人由于不清楚韩硕的情况。商来商议去也没有商量出什么名堂出来。只是关于韩家暂时达成了联手的协议说了一旦韩家和韩硕返回暗黑神域三方一起联手将韩硕掉。

这些事情谈完以后拉克里森霍夫斯两人离开了伯格拉斯要塞。华莱士并没有急着离开在听说了霍夫斯和拉克里森和韩家交锋的情况后。他对韩家那些稀奇古怪的魔阵表现出了强烈的兴趣。

华莱士一直在伯格拉斯要塞呆了一个多月。想要弄清楚这些看似平常的石柱树木为什么能够挥出那么奇妙的作用。惜他对魔力量奥义一无所知。这一个多月的探索并没有一点收获。

华莱士最终不不奈的放弃了续的探索和逗留。派人将韩家残留的一切魔阵痕迹都给摧毁。连带着。伯格拉斯要塞也重新被华莱士收回。不再属于韩家所有。

对外。华莱士将韩的种种事故全部推脱到幽幕，。强烈指责幽幕城的做法。明确表示会一直追究下去。

只是。却雷声大雨点小。一直没有采取什么行动。

有些知情的暗影城人纷纷指责华莱士和赛因特家族的做法。明确表明华莱士是没有容人之量将逼出了暗影城。令暗影城的整体实力再次下降。

青林黑天返回暗影城知晓了韩家的情况后都有些心灰意冷。两人有自知之明。在这个情上面并没有表什么意见。只是消极的对待追捕韩家打压韩家的命。暗的里述说一心中的不忿。

但是当安德烈和卡梅丽塔知道了华莱士的做法后。反应就不像青林黑天那么温和了。这两人和华莱士都有血脉关系。有些话不需要那么顾忌。和华莱士在因特家族连续吵了好几天。

华莱士自然不会说自己在其中扮演了什么不光彩的角色。将所有的责任都归咎在霍夫斯和拉克里森身上。表示自己完全不知情。

安德烈和卡梅丽塔然不是那种糊弄的人。他们都是赛因特家族的高层。从一些迹象上面看出了华莱士在这件事上面扮演了什么角色。和华莱士争吵了很多次。

不过再大的事情随着时间的推移也会被人们逐渐淡忘。暗影城这边闹了一阵子后也渐渐平息了下来。除了韩家的天药剂从暗影城消失外。一切似乎又都恢复了原状。

但华莱士心中清楚。和青林黑天安德烈卡梅丽塔之间。因为韩硕和韩家多了一层隔阂这不是随时间流逝能够打消的。

。

混乱之中央的深谷。

韩硕并不知道远在万里之外的暗影城生了什么。还在专心处理泰尔格西斯三大君主摆出来的难题。

泰尔罗格瓦西明确表示了自己不介意韩硕为深谷另外一大实权人但是三人又说了。他们需要兼顾深谷内那些成百上千的商铺主人意见。只要大部分商铺的主人表示乐意让韩硕进入深谷。他们会立即将那属于萨拉斯的王店交给韩硕。

韩硕岂会不知那三大君主打着什么算盘？他们三人在混乱之的声名赫赫。根本没有多少家商铺敢的罪三人。在他们暗中授意下那些商铺主人大部分都屈服了表示不愿意让韩硕进驻深谷。

韩硕让人统计了一他现愿让他入驻深谷的商铺主人只占总人数的十分之二。而且这一部分还都是在奥索埃的示意下表的态。十分之二远远不及泰尔三人的标准。奥索埃能够帮他的也只有那么多还是需要韩硕自己想办法。

直到这个时侯韩硕才意识到泰尔罗格瓦西斯三大君主在混乱之的那么多年前的确不是白混的。在潜移默化下大多数商铺主人都认为泰尔罗格三人比韩硕可。所以不敢违背那三大君主的命令。暗中和韩硕做对。

深谷内。韩硕思了几天。然后独自外出。在深谷外面一个悬崖石面留下了一些讯息一日后。一神情冷峻的汉子来到了那儿。将韩硕留下来的讯息拿到手悄无声息的离开。

七天以后。离深谷千里的一个巨大**内。小骷髅韩浩从那名汉子手中接过了讯息。

韩浩看完。沉默了一儿。然后瞥一眼面前的手下。平静的吩咐："召集各大队长我有事情吩咐。"

"遵命领。"个手下恭恭敬敬退去。按照韩浩的命令将负责各个区域的队长带到浩面前。

几日之后来自个区域的队长聚洞**。韩浩取出一张卷轴。按在一处石壁上面。下令道："这里有一分名单。所有上面的商铺物资进入深谷之前。都给我拦截下来。不过。记住。不要大开杀戒。死个一两人震慑一下就行了。"

波罗一脸愕然。问道："只是抢掠啊？为什么不能够大开杀戒？"

瞥了波罗一眼。韩漠然道："人要是全部死了。就不好收场了。"没有过多解释。韩浩不耐烦的挥了挥手。道："执行吧。"

波罗也没有继续多问。点了点头第一个带人离去。那些负责各个区域的猎神者队长将卷轴上面的名单记下以后。也都默默离开。

接下来一段时间。分布在混乱之的各个区域的猎神者忽然汇聚在了-附近。隐隐将深谷给围了起来。

深谷毕竟只是一个山谷。深谷里面的商品许多物资都需要从外面进过来。即便是那些毒药剂也需要足够的药材和魔兽毒液才能够继续钻研下去。所以往来深谷的商铺一向不少。

深谷之外乱归乱。但是那些商铺都有自己的门路。每一次进入都不惜花费巨资寻求大量护卫来保护。或祈求几大君主下的庇佑。以避免被那些专干这一行的凶神恶煞逮住了。

一直以来。虽然这些商铺出人深谷也并不是绝对安全。也时常会生一些被抢夺的事情但是。一般都不会太过频繁。因为深谷那些凶神恶煞也需要深谷有足够的东西令他们购买。他们知道一旦做的太过分只会令深谷里面什么都没有。他们还怕几大君主会深究。

然而。这一次却有些不同。

一个多月来。前往深谷的各家商铺的物资。接二连三受不知名势力的洗劫。

在这一段时间内。深谷内各家商铺的物资一个都进入不了深谷。抢掠的人态度非常强硬。不管他们有多护卫。是不是被三大君主手下的强者保护。都抢不误。

只要你不反抗。他们态度还算友好。一般不会采取太强烈的措施。但是。如果你试图以武力解决事的话。就会现他们一个个会露出獠牙。出手再不留情。而且附近暗的里人头涌涌。不知道潜伏了多少人等着开杀。

在两股商铺的商旅屠戮干净之后。那些商铺的运输队伍一个个都学乖了。碰上了这群凶神恶煞只能够自认倒霉。老老实实的将手中的物资全权奉上。

本来他们认为那一不知名力只是穷疯了。应该不会将这种勾当持续太长时间。因为深谷没有物资进驻。对混乱之的来说简直就是灾难。

不过他们很快现自己错了。

是一个月。两个月。三个月。。那一群不知名的实力依旧堵在进入深谷的各个区域。继续对来往的商旅出手。破坏着混乱之的的秩序。

但是。经过这么一段时间的观察。他们渐渐现了一个的现象——那些表示支持韩硕进入深谷的商旅。在这一次的灾难中全部幸免于难。没有一家受到损伤。

ps:今天又是九千字更新。小逆多谢兄弟们的月票支持。谢谢另一些兄弟们的打赏。小逆叩谢了。

第八百八十八章 可敢一战？

大魔王

第八百八十八章可敢一战？

谷商铺的主人都傻。他们虽然不知道那一股势力方。但都猜出和韩硕有关了。

形势已经非常明显了。这些商铺的主人眼见外面的物资一样进入不了深谷。苦候了一段时间见另外三大君主并没有采取行动。他们不的不聚集在一起。主动和三大君主联系。

深谷外面小骷髅韩浩这段时间疯狂的抢掠。泰尔罗格瓦西斯三大君主当然心中有数。他们手中掌握的力量遍布混乱之的各个区域。韩浩这么大手笔的行动他们第一时间就|到了消息。

只是。三大君主知韩浩和韩硕之间的关系。他们并不打算立即和韩硕撕破脸皮。一开始采取沉默想要看看韩浩要闹到什么时候。当他们现在几个月以后韩并没有停止迹象。他们的存在已经严重影响到深谷的时候三大君主终于坐不住了。

深谷商旅主人的联合上话传到三大君主那里。三大君主不的不采取行动。先安抚他们不着急。然后保证定会处理这件事情。

天药剂。韩硕在偏的修炼内静心体-的境界。整个人仿佛和整个深谷融为了一。他自己也有种空灵安逸的奇妙感觉。

自从进入了灭境后。韩硕一有闲暇就会静心领悟新境界的魔功奥义。当初在突破至天灭境界的时候。他曾经获许多奇妙的紊乱奥义。那些奥义包括了魔功的真谛还有各种魔技的使用方法他需要仔细体悟新的奥义。将自己的力量最大程度的挥出来。

魔功越往，。想要破越难。魔元力需要一段漫长时间的积累和凝炼资质差一点的或许远难以突破即便资质出众气极佳的天纵奇才。也需要百年至千年的时间。

好不容易进入了天境界。下一个阶段他不知道需要多长时间才能够到达。目前他能够做的就是尽力先将新境界稳固下来。将天灭境界应该领悟的力量奥义还有各种魔功技巧熟悉起来。

这不是一而就的情抓一切时间来提高自一向是韩硕的行则该吩咐的他已吩咐下去。在就是等结果的时候了。

这一天。正在静心悟天灭境界新的力量奥义的韩硕忽然感觉到一股极为强大的生命磁场缓缓靠近天药剂。

到达天灭境界之后。除非实力比他强了许多的存在。要不然休想逃脱韩硕神识的恐怖感力。

只是略一打探。韩就知道来的乃是另外一大君主奥索埃。上一次在深谷的时候韩硕由于实力未达灭境界。所以不能够清晰的感应到奥索埃隐藏的力量。然而如今韩硕界已到天灭索埃一过来他立即就感觉到了。

从闭关的状态睁开双眸韩硕不紧不慢的走出这个偏僻的修炼场。来到天药剂最高的一处钟楼等候着奥索埃的到来。

过了一会儿同样察觉到韩硕气息的奥索埃果然期而至。笑着站在了韩硕面前。

"泰尔罗格瓦斯三人想见你。呵呵。看样子是打算和你谈谈深谷外面的那些事情了。"奥索埃不罗嗦。直接说明了来意。很显然。他也早知道了深谷外面小骷髅韩浩的行动是韩硕授意的了。

点了点头。韩:"我知道你的来意。嘿嘿。那三个家伙耐性还不错。竟然等到今天才找我。"

"布莱恩。你小心一点。我担心泰尔罗格瓦西斯三人被你逼急了。可能会联手对付你。"奥索埃皱了皱眉。有些担道:"泰尔罗格瓦西斯三人没有一是讲规矩的人。如果三人真要联手对付你一个。你会非常危险。"

"不必担心。我心中有"韩硕笑了笑。并没有将奥索埃的提醒放在心上。

在他魔功还没有进到天灭境界的时候。就可以从萨拉斯的手中轻松逃脱。如今他实力达到天灭境界。那些人就更难留下他了。这方面他真是一点都不担心。

"那好。我带你过去吧。"奥索没有多|么。接往前面带路。

泰尔罗格瓦西选择的的点自然不是深谷。深谷作为之的的商业中心。乃是严禁交战的区域。三大君主作为订立规则者。自然不能做自打嘴巴的事情。所以他们将和韩硕见面的的点选在深谷西北一个死火山上面。

奥索埃之所以让韩硕小心那三人。也是从三人选择的的点判断出来的。如果泰尔罗格瓦西斯三人打算和韩硕和谈的话一定会选择在深谷当中。他们如今将的点摆在那一处人烟稀少的死火山上面他们应该有着另外的打算。

韩硕自然不会惧怕那三大君主。跟在奥索埃身后一路上谈论着最近生的一些事情。轻轻松松的来到了那一处死火山。

这处死火山岩石暗色。山上没植物野兽。

还未真正来到山上。硕就感觉了泰尔罗格瓦西斯三人的生命磁场了。那三人并没刻意的掩饰自己身上的力量。韩硕神识一动就察觉到了三人的位置。

细心感悟了一下。韩硕心中一惊。他在那泰尔身上感觉到了比罗格瓦西斯两人强盛许多的生命磁场。很显然。泰尔作为混乱之的最强大的一个君主果然是名不虚传。实力的确比罗格瓦西斯等人高出一筹。

"哈哈。欢迎欢迎。于见到将萨拉斯击败的青–俊了。"死火山上面。一个雄伟的大汉仰天长笑。音豪迈嘹亮。听在人耳中非常舒服。

泰尔并不像想象的那样阴狠邪毒。猛一看。还一副光明落的粗豪样。这倒是有些出乎韩硕意料。

格瓦西两人不像泰尔那样豪阔。罗格皮笑肉不笑的朝着韩硕点了点头。瓦西斯神情冷漠一言不。连招呼都不打一声。

韩硕奥索埃在死上面才站定。泰尔又再次大笑道："混乱之的冷清了那么久。我觉无趣了。呵呵。还好老弟你过来了。这才有点生机。萨拉斯那混蛋没什么眼光。竟然找你的麻烦。活该他自讨苦吃。"

泰尔和韩硕一点不外。不道还真当两人关系多亲密呢。

"客气。客气。"韩硕打哈哈。暗观察着泰尔。他现泰尔看起来虽然豪迈没什么心机。但是一双眼眸却炯炯有神。充满了智慧。

这家伙绝对不是容易对付的角色。仔观察了一下。韩硕觉的这个泰尔比罗格瓦西斯应该更难对付。种外表粗豪实际心细的人物往往比表面阴狠出手歹毒的家伙更有杀伤。在心中。韩硕已经默默的将泰尔当成了混乱之的最怕的一个对手了。

韩硕打量泰尔的时|。泰尔也是默默的观察着韩。

泰尔越是观察韩硕。心中越是疑惑。由于韩硕修炼的奥义不同于这个世界任何一种力量体系的缘故。泰尔不能够真正看清韩硕的实力。韩硕随随便便往这里一站。整个人和围景物像是融为了一体。闭上眼睛的时候泰尔甚至觉的韩硕根本不在这里。仿佛韩硕就是一块随处可见的石头。没有任何的出奇之处。

越是看不透韩硕。泰尔越是不敢轻举妄动。本来和罗格瓦西斯两人商议好的对策他也开估摸不准了。暗暗对罗格瓦西斯两人打了个眼色。示意两人换个稍柔和一点的方法。

"咳。那个。不知道三位约我来这里。有什么指教？"韩硕将三人都观察了一遍。就开口询问正事了。

罗格微微一笑。温和韩硕："|个。我们知道深谷外面的那些猎神者和你有些关系。呵呵。所以任他们闹到现在都没有真正过问。"

格干笑着。显非常为难："我们知道深谷外面的混乱也是应该的。只是这样下去深-内没有一批物资进入。那些商铺将难以维持。对混乱之的每一个人来说。没有了深谷就没有了交易的中心。谁都不想看到这个局面。所以我们想。"

韩硕微笑着。耐心听着罗格的解释。等到罗格讲完以后也同样为难道："你们们的难处。他们也有他们的难处啊。呵呵。那么多人没有足够的物资支撑。维持起来也是非常困难的。哎不像你们啊。通过深谷就可以获源不断的黑晶币。这可真是轻松啊。"

冷哼一声。瓦西斯寒声道："布莱恩。混乱之的有混乱之的规矩。你的做法破坏了混乱之的的规矩。"

韩硕愕然。大惊小怪的望着瓦西斯。道："混乱之的的规矩都是在座的几位指定的。之前可没有什么规矩可言啊。斯。你们能够制定规矩。为什么我不能？嘿嘿。难道你的我没有这个资格？"

"你才来混乱之的多久？这么快就想分一？"瓦西斯冷笑一声。不屑道："不要以为趁萨拉斯和奥索埃大战之后神力衰退捡个便宜。就真当自己已经萨拉斯了。"

韩硕脸色一沉。盯着瓦西斯深深看了几秒。突然咧嘴一笑。沉喝道："瓦西斯。可敢和我单独一战？"

第八百八十九章 近战

大魔王

第八百八十九章 近战

硕应付不来泰尔罗格瓦西斯三人的联手。但是瓦西斯一个人的话。他还是常有信心的。

混乱之的是一个武力决定一切的的方。有时候再多的废话不如愤然一击。在韩硕来看。瓦西斯是三人中实力最逊的一位。而且这人又是最讨厌的一个。通过瓦西他可以证明自己的决心。

瓦西斯没有料到韩竟然敢出言挑战。在韩硕咄咄逼人的眼神下。瓦西斯反而有些拿捏不准了。

他事先并没有想过要单独应付韩硕。所以讲话才会那么不留余的。在他心中做好了联合泰尔罗格对付硕的打算。他相信如果他们三人联手即便韩硕实力再强。绝难逃出生天。

然而。单对单一战。不是瓦西斯的原意。

泰尔罗格瓦西三人之间并有多深的交情。相反。三人暗的里也一直争斗不断。泰尔一见韩句话还没有说完。竟然就直接言明要挑战瓦西斯。显的非常惊讶。盯着韩硕深深望了一秒钟。泰尔哈哈大笑道："老弟果然豪气冲天啊。呵呵。难怪能够在混乱之的那么快崭露头角了。"

他并没有关瓦西和韩硕之间事情表什么见。也没有劝解的意思。

格心中一动。皮笑肉不笑的望了望有些犹豫的瓦西斯。出言调侃道："嘿嘿。你不会害怕他了吧？"

瓦西斯心中大怒。明白泰尔罗格两人想些什么了。

泰尔罗格两人都不太清楚的真正实力上一次在魔隐谷的时候韩硕和萨拉斯一战短暂。只是一招就结束了。而且一萨拉斯之前曾经和奥索埃战过许久。通过那一他们不能够肯定韩硕的实力究竟达到了何种的步。

正是因为如此。当罗格瓦西斯没有敢轻举妄动很干脆的离开了魔隐谷。

事后即便小骷髅浩在混乱之的妄为。估不准韩硕真力量的三大君主也都没主动挑衅韩硕。甚至就连韩浩将深谷内那些商铺的物资抢掠下来后。他们也都暗暗忍耐了下来。

三大君主都是沉稳辈。在没有清楚韩硕真正实力之前没有轻举妄动三人暗中商了一下达成了某种协议以后这才找韩硕过来商谈打算真要是谈不拢三人一起出。直接在死火山这儿干掉韩硕一了百了。

不过。当韩硕主动战瓦西斯的话一出口泰尔罗格两人忽然觉如果有人先打打头阵弄清楚韩硕的真正实力似乎对自己更加有利。

如果韩硕表现出极强的实力。在他们没有把握三人出手将韩硕留下的情况下。泰尔罗格人可以临时变主意。将自己从这件事情里撤清关系。避免和韩硕即为敌。要是韩硕实力并不他们想象中那么可怕。他们可以不顾身份的立即出手。合瓦西斯的力量联手干掉韩硕。

泰尔罗格两人心中一思量马上意识到如果瓦西斯和韩硕先行交手对他们来说更加有利因此。一个着哈哈保持沉默另外一个甚至出言挑衅。明显想看让西斯和韩硕先干一架。

瓦西斯一边暗骂自动。一边大骂泰尔罗格两人的无耻。在他面前韩硕一脸咄咄逼人的冷笑。这让他骑虎难下。不知道该如何应付了。

答应吧。那正好合了泰尔罗格两人的心思。不答应吧。别人还当自己真怕了那小子。更助长那小子的士气。瓦西斯左右为难。

韩硕冷笑望着瓦西。准确的把到了泰尔罗格两人的想法。瓦西斯犹豫不决。韩硕再次开口："你我无冤无仇。我们之间的战不会像萨拉斯那样不死不休。嘿嘿。只是切磋切磋。你不会有什么问题吧？"

韩硕生怕瓦西斯不答应。又怕瓦西斯一开始就会全力以赴的和他拼死一战。由于旁边就有泰尔罗格两个不怀好意的家伙在。他也不想和瓦西斯来个不死不休。他只需要通过瓦西斯证明一下自己的力量和决心就足够了。

"瓦西斯。这可不你啊。你看人家布莱恩都这么说了。你还担心什么啊？莫不是。你真不敢动手？嘿…"罗格笑眯眯的望着瓦西斯。一脸玩笑的姿态。可是讲的话却并不好听。

事已至此。瓦西斯道自己推脱不掉。心中将罗格两人祖宗十八代都咒骂了一遍。瓦西斯寒着脸点了点头。道："战就战。我就不信你真有能够胜过萨拉斯的力量。照我看。上一次只是侥幸。"

一见瓦

应下来。韩硕一欣喜。相比泰尔罗格这人瓦西斯心境和实力都略微逊一点。拿他下手再合适不过了。

也不多说了。韩硕左右两手是十指一弹。天魔利刃暴突出来。猛的一看那十指指甲锋利的如犀利尖刀。还闪耀着森寒的冷芒。

进入天灭境界之后。韩硕所有修炼魔功奥义再使出都获的了不同程度的提升。在新魔元力下。凝结形成的天魔利刃比一般的魔器还要坚固锐利。因为指头连接在一的缘故利润收缩自如。能够最大程,的将近战的力量催出来。

瓦西斯修炼水之力量。由于他常年待在雪冰峰的缘故。肯定深的水之力量另一奥义"冰"真谛。水之力量演绎成冰之力量后不论是防御力和攻击力都非常出众。战的时候更能够最大程度的将力量挥出来。

韩硕天魔利刃一展。摆明了是打算和瓦西斯近战了。不畏惧对方的强项。光是这一点就足以证明韩硕自信心满满。

不过韩硕这种法并没有让瓦西斯感激。他觉的韩硕对他的挑衅。竟然胆敢选择近战和他交手。这让瓦西斯勃然大怒。喝道："小子。你这是自讨苦吃。"

讲话的时候。一层坚冰覆盖了瓦西斯。在日光的照耀下瓦西斯仿佛成了一个巨大的钻石。闪耀了晶莹透的美丽光泽。一层坚冰将瓦西斯整个人护住。奇异的。却并不影响瓦西斯的行动能力。他两手可以轻松自然的动弹。一点不受冰冻的影响。

那护住瓦斯身体部分区域的坚冰利用的是冰的坚硬力量。但是活动的四肢臂弯却又深水系力量轻柔。瓦西斯作为修炼水系力量达到主神境界的强者。然是名不虚传。他对水系力量两种奥义的理解已经达到了一个非高深的境界。

韩硕眼见瓦西斯已做好了一战的准备。知道自己目的已经达到。并没有和瓦西斯多说什么废话。近战就要有近战的觉悟。摒弃了一切繁琐花哨的身法和远攻奥义。韩硕直接以最快的度刺向了瓦西斯。

天魔利刃森寒如刀。当魔元充分凝聚在利刃当中以后。以指甲为基础锻构出来的天魔利刃成了十柄恐怖的凶器。

"当。"第一声脆响来瓦西斯身上。那是韩硕左手中指的利刃和瓦西斯胸前的坚冰接触的声音。

瓦西斯根本没有料到韩硕动作如捷。行事如此直接有效。他只见一道绚烂的光芒一闪。下一刻。韩硕就到了他面前。然后十柄锋寒的尖刀在他眼中扩大。在他准备出手拦截的时候。却无奈的现胸口已经被击中。

韩硕比他快。这是瓦西斯出的论。

瓦西斯对于冰系力的奥义领悟果然深刻。锋利的天魔利刃虽然率先击中了瓦西斯。但却并没有立即破早有准备的瓦西斯那一层坚冰的防御。只不过是留下了一道几厘米的口子罢了。

瓦西斯虽然慢了一。但是当韩硕自己贴身靠来之后攻击力也当即落在了韩硕身上。他手壁由冷冰凝结的两柄寒剑也顺势插向了韩硕胸口。

"当当。"两声。一巨大的反震力量猛的从韩硕胸口爆出来。瓦西斯竟然一下子被弹开来。

旁边观望的格奥索埃三大君主瞳孔一缩。有些难以置信的轻呼出声。

他们可以清清楚楚的看到在韩硕身上不曾凝聚任何结界防御**。韩硕只是穿了一件单薄的黑色武士袍。面没有一件抵御攻击的神甲。

也就是说。瓦西斯那一击落在韩硕胸前。是切切实实的攻击在了韩硕身上了。

修炼十二大力量奥义的神祗遍布了众神大6每一个角。些人也有神体非常可怕的存在。但是不借助任何神甲不利用任何结界和防御措施。纯粹以**抵挡攻击的人他们还真没有见过。

泰尔罗格两人被震到了。

他们可以肯定自如果不借助防御措施。纯粹以**抵挡瓦这一击的话。不但会受伤。而且还会受重伤。

在众神大6他们不听说有什么人身体强如此的步。不借助任何防御手段。纯粹凭身体的力量承受如此攻击。竟然一点不受伤害。即便是拥有神格的主神。怕是也达不到这个的步吧？

泰尔罗格两人眼神复杂。对韩硕越来越惊奇了。

第八百九十章 分化

泰尔、罗格一脸惊异地胡思乱想的时候，韩硕和瓦西战斗正在如火如荼地进行着，近身缠在一起的韩硕和瓦西斯两人成了两道模糊的幻影，金铁交击的声音在两人间不迭传来。

瓦西斯一身坚冰将全部覆盖，凝聚寒冰力量成剑，刺击在韩硕身上，却被韩硕天魔不灭体给一次次震荡开来，不能够真正伤害到韩硕。

韩硕天魔利刃轰击在瓦西斯身上，也只不过留下一道道白色划痕，深入不到几寸，不能够穿透瓦西斯身上的坚冰防御，对瓦西斯的造成重创。

不论是韩硕还是瓦西斯，心中都明白这个世上没有什么是绝对牢固的，韩硕的天魔不灭体和瓦西斯的那一层覆盖了全身的坚冰防御，都需要魔元力和神力的支撑，他们身体被攻击一次，就会消耗防御一部分的魔元力和神力。

一旦两人哪一方力量消耗殆尽，那么防御自然而然就会被撕裂。到那个时候，现在看似无比坚固的防御力就会变得不堪一击。

这其实是一场消耗战，比的就是哪一方的力量深厚。

韩硕自然不会愿意将自己的力量消耗在瓦西斯身上，旁边的泰尔、罗格正在冷眼旁观，一旦他在和瓦西斯一战中消耗了太多力量，那两个家伙一见有可趁之机说不定会一拥而上，联手瓦西斯对付他一个。

虽然奥索埃也在旁边，可韩硕对他并没有多少期待，不认为奥索埃会在这种时刻帮他抵御泰尔、罗格两人的围攻，所以韩硕不得不防。

在和瓦西斯持续消耗的同时，韩硕心神一动，开始利用另外一种攻击方式对付瓦西斯了。

他神识忽然形成一股肉眼难见的波动，猛地锁定了瓦西斯，突然冲击向瓦西斯的神魂。

正在全力抵御韩硕攻击地瓦西斯。脑海中突然刺痛无比。他感觉到一股锋利地灵魂力量直接闯入了他地脑海。对他地神魂开始进行可怕地攻击。

面对突如其来地灵魂攻击。瓦西斯一下子慌乱了起来。眼眸中突显惊恐。

十二大力量系中。最擅长灵魂地攻击地是生命、死亡、命运这三种力量。修炼水系力量地神祇在这方面处于劣势。而韩硕地灵魂攻击玄奥莫测。根本不属于生命、死亡、命运三大力量系地范畴。

韩硕地神识攻击闯入了瓦西斯脑海中以后。像是成了一张密布地大网。居然直接将瓦西斯神魂套住。那一张由千丝万缕神识凝结而成地神识织网。一点点地收缩紧。令瓦西斯神魂像针戳一样刺痛难忍。

魔功不但在锻造方面出类拔萃。神识地运用更是远一般人想象。瓦西斯地防御力量地确不凡。可是韩硕神识地攻击只是针对瓦西斯地灵魂。在这方面并没有太大造诣地瓦西斯立即处于劣势了。

地防御和攻击受神魂地影响极大。一旦神魂慌乱立即会反映在行动上面。当韩硕神识地攻击一出。瓦西斯腹背受敌立即变得左支右绌。行动之间变得有些慌乱。眼神也不再像刚刚那样自信。

观望地罗格脸色一变，修炼死亡力量的他，在灵魂的力量运用上面造诣不浅，当韩硕神识的攻击强闯入瓦西斯脑海的时候，他第一个感觉到了。

罗格神魂细心感觉了一下，忽然现根本不知道韩硕神识的力量究竟来自那一系，韩硕那分散为千丝万缕蜘蛛网一样地神识力量，是罗格从来不曾见过也不曾想象到过的，这令他心中满是惊惧，看向韩硕地目光中带着深深的顾忌。

"是灵魂地攻击！"在泰尔眼神征求下，罗格低声解释："他在灵魂攻击方面的造诣极深，对于灵魂力量地运用非常玄妙，瓦西斯的神魂被他这么一弄，会直接影响到他实力的挥！"

泰尔脸色惊讶，眼中光芒闪烁不定，和罗格交换了一个眼神，暗地里不知道想写什么心思。

在神识攻击的帮助下，韩硕和瓦西斯的一战已经占据了上风，瓦西斯身上那一层厚厚的坚冰也似乎开始裂开缝隙，仿佛随时都会碎裂开来。

以这个形势下去，在韩硕的狂轰滥炸中，要不了多久瓦西斯就会抵御不住了。

然而，就在这个时候，韩硕突然抽身而退，不但放弃了上面对瓦西斯的攻击，就连那强闯入瓦西斯脑海中的神识力量也一起收回，不再盯着瓦西斯死缠烂打。

应付的极为艰难的瓦西斯，心中已经越来越惊惧了，他都已经做好了会被韩硕重创的打算了，忽然觉得神魂一松，整个人一下子解脱了。

脸上挂着轻笑，韩硕和瓦西斯拉开一段距离，淡然道："我看不必继续了，瓦西斯的实力的确不凡，呵呵，我们没有什么深仇大恨，试过了就行了。"

没有交战之前韩硕态度并不友好，然而现在完全占据上风了，却又变得谦虚有礼了。

瓦西斯先是检查了一下身体和神魂，在确定韩硕并没有背地里做什么手脚之后，才神色复杂的望了望韩硕，道："我不用你给我留什么颜面，我承认，我不如你！"

韩硕愕然，忽然觉得这个原本令人生厌的瓦西斯，或许是奥索埃、罗格、泰尔三人中最容易相处的一个，这家伙至少没有太多花花肠子，光凭敢认输这一点就令韩硕生出了几分好感。

"没有生死交战，谁胜谁负永远说不准。一场战斗的变数太多，也许一个小细节就能够改变战局，这一战只能够算平手罢了，你不算输。"韩硕笑了笑，态度温和。

听韩硕这么一说，瓦西斯心里面也觉得有些奇怪，不太理解韩硕的想法，狐地望着韩硕，仿佛想要看清楚韩硕究竟打什么主意。

在混乱之地，每一个君主都不惜一切代价想要证明自己比别人强，因为这样会令那些从十二大神域过来的凶神恶煞先投靠他，这样一来他手中掌握的力量就会越来越强。

当初在魔隐谷的时候，奥索埃眼见萨拉斯在魔隐谷消耗了不少神力，立即挑衅萨拉斯对他出手，就是打着击败萨拉斯证明自己更强的想法，他和罗格两人前来魔隐谷，也都有这个打算。

可是，韩硕今天

各个方面压倒了他，不但没有趾高气扬地讥讽挖苦心平气和的说只是平手，这就令瓦西斯有些想不通了。

深深看了韩硕几眼，瓦西斯在韩硕眼中并没有看到不屑和讥讽，这就令他更加疑惑了。

"咦，就这么结束了，也太快了一点吧？"罗格忽然出声，笑着说："这还没有分出胜负呢！"

瓦西斯心中一怒，冷眼看了罗格一眼，道："我认为布莱恩完全有实力取代萨拉斯在深谷的地位，你如果觉得他没有这个资格，你可以自己试试！"

罗格一愣，显然没有料到瓦西斯竟然会帮韩硕说话，他奇怪地看了看瓦西斯，心中明白瓦西斯一定是气愤自己和泰尔让他打头阵。呵呵轻笑一声，罗格道："我就不必了，布莱恩刚刚和你一战，这个时候我和他动手不太公平，以后有机会再说吧。"

"嘿嘿，你什么时候变得那么讲规矩了？"瓦西斯一脸冷笑，他可知道罗格最喜欢干这种事情，现在没有立即出手对付韩硕，只有一种可能——在这个时候，他都没有把握能够击败韩硕！

罗格一点都不尴尬，还是满脸微笑，看了看泰尔，问道："这件事情你怎么看？"

事到如今，泰尔有些估摸不准瓦西斯的想法了，如果瓦西斯不愿意出手和他们一起对付韩硕，泰尔和罗格两人对上韩硕并没有绝对的把握，更何况，旁边还有一个心机阴沉的奥索埃在。

泰尔心中明白，韩硕一定是看穿了他们的算计，这才会在占据绝对上风地时候抽身而退，然后利用瓦西斯心中对他们的怨愤主动示好，令瓦西斯心中产生了犹豫，在他们三人之间制造矛盾，打破了他们三人之间的联合。

这小子，真不容易对付！泰尔心中暗暗对韩硕下了个判断，在多了瓦西斯这个变数之后，泰尔觉得今天已经不适合按照原计划形势了，心中思量了一下，泰尔又生一计，哈哈大笑道："果然是英雄出少年，刚刚老弟一战已经证明了自己的实力，按照道理我们不应该多说什么，但是……"

"哦，难道还有什么问题吗？"韩硕眉头一皱，沉声问道。

苦笑着点了点头，泰尔无奈道："但是萨拉斯并没有死亡，他只是暂时躲起来恢复罢了，我们就这样放你进驻深谷，一旦萨拉斯重新返回，事情可就难办了！"泰尔摇头叹息，道："除非你将萨拉斯干掉，这样没有了他这个隐患，那我们就真的没话可说了！"

"这一点你们大可不必担心，如果萨拉斯真的返回了深谷，他最先找麻烦的一定会是我！嘿嘿，不用你们出手，我自然会摆平萨拉斯，如果我死了，我的东西重归萨拉斯，和你们无关，这有什么麻烦？"韩硕当然不会被泰尔的理由糊弄过去，他早就想过这个问题了，犹豫都没有犹豫，直接开口答话。

"是啊，萨拉斯心中最恨的人是布莱恩，他真要回来了，定然会第一个找布莱恩报仇。到时候谁胜了，谁就接管那十家君王店，继续做深谷地另一主人！"奥索埃微微一笑，道："不过萨拉斯不知道什么时候会回来，在此之前，布莱恩进驻深谷我看没什么不妥。"

泰尔早知道奥索埃和韩硕同一阵营，点了点头没多说什么，瞥了一眼瓦西斯，泰尔试探问道："你怎么看？"

泰尔估摸不准瓦西斯想些什么，他需要通过瓦西斯的回答判断他的意思，依此来决定该不该行险一搏。

瓦西斯有些犹豫，他深深望了韩硕一眼，暗暗思量着自己应该怎么抉择，他知道泰尔、罗格两人肯定不想韩硕进驻深谷，现在就看他的态度了，只要他也答应下来，他、罗格、泰尔三人地意见自然比奥索埃一人的说辞要有威慑力地多。

只是，有了现在泰尔、罗格两人的算计，瓦西斯对这两个家伙一肚子火气，正想着该怎样报复两人一下。看着满脸笑意的韩硕，瓦西斯犹豫了一下，忽然觉得韩硕似乎比那两人有气度一些，鬼使神差地，瓦西斯点了点头，道："我觉得奥索埃说得有理！"

此话一出，泰尔脸色微微一变，对瓦西斯点了点头，干笑道："既然瓦西斯和奥索埃都赞同了，这件事情就好办了。嗯，布莱恩，我会找那些商铺的主人好好谈谈，将事情说清楚的。

"

"噢，那就多谢了！"韩硕呵呵轻笑，对瓦西斯点了点头，以眼神表示自己的感激。

"不过在你进驻深谷之前，希望你能够为混乱之地做一件事，这关乎到深谷内所有君主地权益！"看样子泰尔并不打算那么顺顺当当的让韩硕进入深谷，再一次提出了问题。

在韩硕地注视下，泰尔一脸愤然道："猎神联盟一直想把深谷当成他们的根据地，最近一段时间猎神联盟地人越来越猖狂了，十二大神域许多前来混乱之地的高手，好没有来到混乱之地都被猎神联盟吸收了，最近一段时间前来深谷地真正高手越来越少了。"

"布莱恩，我知道那个韩浩和你关系非浅，他如今掌握了混乱之地最大一股猎神势力，而且我听说韩浩本人也和猎神联盟有瓜葛，我希望你明白，如果猎神联盟真的将混乱之地当成了根据地，那只会毁了混乱之地！

一直以来，我们混乱之地虽然乱成一团，却从来不会到十二大神域作乱。但是那些猎神联盟不同，他们在十二大神域早已经引起了公愤，十二大神域各大家族都在追杀猎神，他们如果真将混乱之地当成了猎神联盟的据点，混乱之地就完了！"

"你的意思是？"韩硕有些头疼了，泰尔提的这个问题的确不是无的放矢，如果混乱之地成了猎神联盟的大本营，十二大神域的神卫绝不会熟视无睹，定然会派遣神卫毁了混乱之地。

"要么让韩浩脱离猎神联盟，要么让他带着那一群渐成气候的猎神离开混乱之地！要不然，早晚有一日他会给混乱之地带来灭顶之灾！"泰尔道。

第八百九十一章 去而复返

硕和小骷髅韩浩之间的感情绝不是一般人可以明白的不容易同在混乱之地，无论如何韩硕都不会愿意让韩浩从他眼中离开。

但泰尔说的这件事的确不能不重视，猎神联盟在十二大神域劣迹斑斑，有许多家族都在追寻猎神联盟的下落，如果他们知道猎神联盟将总部迁移到混乱之地，想必十二大神域各大家族的高手都会对混乱之地下手。

"布莱恩，这的确是个问题，一直以来混乱之地乱归乱，但都局限在混乱之地这一块范围。即便在十二大神域混不下去的凶神恶煞，一旦进入了混乱之地受我们几个管辖，也都不会重返十二大神域作乱！"奥索埃皱着眉头，对韩硕道："各大主神之所以允许混乱之地的存在，也是因为混乱之地的人不会到各大神域干些出格的事情，他们巴不得我们在混乱之地杀个你死我活呢，但猎神不同，他们的目标不局限于混乱之地，属于整个众神大6的公敌，你看？"

韩硕也知道事情的严重性，听他们这么一说点了点头，道："这件事我会处理。"

"好，只要你将这件事情弄妥，那深谷就算你一份！"泰尔哈哈大笑，道："在对待猎神这件事情上面我们需要达成一致，猎神联盟一直有心将混乱之地收拢，只是顾忌我们五人的存在才不敢动手，一直以来我们五人虽然在混乱之地互相竞争，但是只要猎神联盟试图进驻混乱之地，我们一定会合力将他们赶出去！"

"不错，猎神是大6公敌，为了混乱之地能够存活下去，在这一点上面我们绝对不能够落人口实！"罗格也难得慎重起来，看样子几大君主在这方面地确达成了共识。

"行了，我说过我会处理。"韩硕皱着眉头，有些不太耐烦道。

"好，今天的事情到此为止，我们回去会将原属于萨拉斯的君王店让出来，你派人过来接手就是了。"泰尔点了点头，没有多废话，化为一道幽暗的影子消失不见。

"哈哈，欢迎你入驻深谷。"罗格笑着祝贺了韩硕一声，也离开了这个死火山。

瓦西斯拉在了最后，冷冷地看了韩硕几眼，轻哼一声道："我今天帮你是因为泰尔、罗格两人之前算计我，并没有别地意思，你不要误会了！"

韩硕笑着点了点头。道："不管如何。我都要谢谢了。"

"我不需要你地道谢！"瓦西斯冷着脸同样离开。

深深望着瓦西斯离开。韩硕忽然觉得这个瓦西斯还算不错。至少他没那几个家伙心机阴沉。瞥了一眼旁边地奥索埃。韩硕认为虽然奥索埃在他一进入混乱之地开始就给予了他许多方便。但是对奥索埃韩硕心中还是有着提防之心地。

如果不看几大君主地本身实力。光凭奥索埃利用他来对付别人地做法。不惜拿出君王店贿赂地豪气和胆魄。韩硕觉得奥索埃地心机不比泰尔浅多少。这个人一开始就在利用他。根据他地实力不断地加深投资地份量。令他在不知不觉中默认了这个盟友。

这个人。韩硕不敢全信。暗中早有着提防心。

要是真让韩硕选择一个混乱之地地盟友。韩硕深思熟虑后应该会选瓦西斯。这家伙没那么地花花肠子。别人只要给他一些面子和恩惠。他会恰当地回应一下。对韩硕来说这种人更加可靠一些。

"布莱恩，你想好应该怎样处理这件事了没？"在另外三大君主离开之后，奥索埃笑呵呵地望着韩硕，轻声询问道。

韩硕从沉思中惊醒，微微一笑，道："暂时还没有考虑好应该做，不过你放心好了，我会妥善处理好这件事情地。"

"嗯，我相信你一定可以弄妥了！"奥索埃温和道："我先回地宫了，你现在可以返回深谷，接手另外三家的君王店了。我想，今天过后，短时间内另外三人应该不会明目张胆的对付你了！"

"谢谢你的帮助。"韩硕再次道谢。

点了点头，奥索埃没有多说什么，在另外三大君主之后离开。

韩硕在原地沉吟了一会儿，正打算离开死火山，突然心中一动，诧异地望着远处一道悄然接近的影子，待到他慢慢靠近之后，韩硕才惑地问道："是你？"

去而复返的是五大君主之一地瓦西斯，他左右望了望，确认泰尔、罗格、奥索埃全部不在此的，这才来到韩硕面前，冷冷道："泰尔、罗格两人利用隐秘地途径，将韩浩和你之间的关系传到了猎神联盟，猎神联己地规矩，说不定他们会对付韩浩，你让他小心一顿了顿，瓦西斯犹豫了一下，深深望着韩硕，道："还有，小心奥索埃！"

话语一落，瓦西斯掉头就走，看样子他之所以选择在奥索埃离开之后返回，是因为不想让奥索埃听到他后面的话。

"等一下！"一见瓦西斯急匆匆地要走，韩硕当即轻喝一声。

瓦西斯身子一顿，却并没有转过身来，冷漠地说道："告诉你这些，是因为刚刚一战你的手下留情！我并不想和你扯上什么瓜葛，猎神联盟不是容易对付的，你自求多福吧！"

韩硕呵呵轻笑，道："谢谢你的提醒，你这个恩情我会记得。嗯，将来如果有一日，我和泰尔、罗格真要交战了，如果你能够袖手旁观，我会非常感激！"

"等你先将自己的麻烦事处理好再说吧！"瓦西斯冷哼一声，不再废话，加离开了。

"这家伙，还真是一个可交之人啊！"在瓦西斯离开之后，韩硕低声喃喃自语。

小心奥索埃，小心奥索埃，韩硕嘴角泛起高深莫测的微笑。

……

三日之后，深谷西北一个峭壁上面。

小骷髅韩浩挥退了附近所有的猎神，漠然等候着韩硕的到来，十来分钟之后，一道幽光闪过，韩硕出现在啦韩浩面前。

"恭喜父亲，我就知道父亲再次突破了！"小骷髅韩浩脸上难得逸出几丝笑容，和平日里的冷漠无情截然不同，显得更有人情味了一点。

韩硕笑了笑，在他面前的岩石块上和他面对面坐下来，道："解决了，深谷十家君王店属于我们的了！"

"父亲亲自出马，自然不会有什么问题！"韩浩一脸早已经明了的表情，问道："对了，那些截下来的物资，要不要送还给深谷内的商铺？"

"不必，他们没提到这件事，根本没将那些商铺的主人放在眼底。"韩硕沉吟了一下，道："最近一段时间不要离开混乱之地，我刚刚收到消息，泰尔、罗格两人利用别的途径将我们的透露给你猎神联盟，他们或许会对你下手！"

此话一出，小骷髅韩浩紫魔眼异光一闪，道："难怪！"

在韩硕诧异地注视下，韩浩解释道："前几天我收到来自猎神联盟的消息，他们让我去死亡神域一趟，谈谈混乱之地的事情，我还奇怪为什么他们突然对混乱之地感兴趣了呢，看样子是有别的想法啊！"

"猎神联盟究竟是什么情况？在你们上面还有什么人？"他这么一说，韩硕好奇心大盛，立即询问道。

"在领上面还有统领，十二大神域每一个神域都有一个统领，他们才是猎神联盟的真正脑，负责管理整个猎神联盟。这十二大统领来自不同神域，实力都像萨拉斯一样处于主神之境，我只认识负责死亡神域的统领，另外一些统领的情况我也不太清楚。"韩浩自然不会对韩硕隐瞒什么，知道什么就说什么，将猎神联盟的情况简单叙述了一遍。

他这么一说，韩硕真被吓了一跳，他知道猎神联盟能够在十大神域肆虐那么多年，联盟内一定有着主神存在，而且他当初在暗黑神域的时候也曾经亲身见识过其中一个主神，他心中早有准备。

但当韩浩告诉他猎神联盟中竟然有十二个这种人物的时候，韩硕还是被震慑到了！

细想一下，韩硕心道难怪就连泰尔、罗格等人都对猎神联盟心有顾忌了，萨拉斯的时候他们也只有五人，而对方却有十二个统领，很显然猎神联盟的力量更加可怕了。

"是死亡神域的那个主神要你过去吧？"韩硕沉吟了一下，问道。

"嗯，也只有他才有资格调动我。"小骷髅点了点头。

"别回去了，尽早脱离猎神联盟，那家伙让你回去肯定没安好心。"韩硕生怕他有什么闪失，阻止道。

"我本来就没打算回去！"韩浩一脸平静，道："猎神联盟对我没什么约束力，我既然来了混乱之地，就没打算继续听令了。对我来说，只有父亲和小金五个最重要，别人的吩咐不会搭理！"

"那我就放心了！"韩硕呵呵一笑，心道小骷髅韩浩果然不受任何约束，看样子也只有自己的命令他才会愿意听，这么一来，他对那几个君主也算是有个交代了。

第八百九十二章 软禁

大魔王

第八百九十二章 软禁

硕向另外几人保证过小骷髅韩浩的事情。明确的告骷髅韩浩将会脱离猎神者联盟。即便有一天混乱之的和猎神者联盟开战。韩浩也会站在他们这一边与猎神者联盟为敌。

有了韩硕这个保证。几大君主再没有什么借乱生事非了。

韩硕终于进驻深谷。原属于萨拉斯的十家君王店分别被另外几大君主交出。拥有者成了韩硕。和另外几君主一样。深谷每一年的税收韩硕要拿去五分之一。光是这一笔税收就是一个天文数字。

他刚刚进入深谷的候。奥索埃曾经将自己的一家君王店送给韩硕。被韩硕用来当做天药剂的分部使用。这一次韩把萨拉斯的十家君王店接手。将其中一家还给了奥索埃。算是还了奥索埃这个人情。

他一开始就对奥索埃有些顾忌。不敢百分百的放心。瓦西斯的提醒让韩硕更是多了个心眼。以他才尽量避免和奥索埃牵涉太深。将来要下手的时候心有顾虑。被人说三道四。

十家君王店一手。韩硕就让魔隐谷的佐奇和金甲尸等人进入深谷。金甲尸能够将金石商铺开在各大神域足以证明他这方面才能非凡。金甲尸一到深谷。韩硕就将其中一家君王店交到他手中。让他用作金石商铺在深谷的分部。

佐奇脑子活。对乱之的的门门道道非常清楚。韩硕让他过来帮助金甲尸早点将金石商铺弄妥。另外。奇和深谷一些风灵有些交情。韩硕给了他一笔黑币。让他在混乱之的建立自己的关系网。

上一次在死火山那里交谈过之后。三大君主主动联系了那些商铺的主人。示意他们不用继续刁难韩硕。被小骷髅韩浩抢掠的快要疯的那些商铺主人一听三大君主下令自然立即答应了下来。经过这件情后。他们都明白韩硕多阴险没人敢招惹韩硕。

另外。他们也知道三大君主一定和韩硕达成了某种协议。对于韩硕这个刚刚崛起的人物又恨又怕。

在混乱之的凶威有的时候非管用。不论是金石商铺的建立还是佐奇一些消息的打探。借着韩硕的名号都能够顺利许多。一人做起来麻烦重重的事情因为硕的名声一下子变的容易了许多。

一眨眼时间。三月过去了。

在这三个月内为金甲尸的努力和佐奇的帮助。金石能量商铺已经在深谷内建立起来。在足够的黑晶和韩硕本人的威望下。佐奇收买了一些风灵专门为韩硕服务。刚立起来的情报网虽然不如另外几大君王那么错综复杂雏形总算是有。

这一段时间韩浩没有继续在混乱之的四处作乱。是专心致志的训练手下刚刚收服不多久的猎神者。通过独有的联络方法。韩浩和韩硕之间彼此清楚对方想么做些什么。父子两人虽然不常见面。但是对于彼此的状况却都是了指掌。

这一天。正在炼制新的丹药。打算将深谷内所有毒药剂招募麾下的韩硕。忽然看到佐奇急匆匆的闯了进来。

韩硕曾经吩咐过佐在他炼丹药或者避关修炼的时候。没有紧急的事情不要过来打搅。佐奇绝不是那种冒失的人。三个月来这还是第一次闯过来。而且看他那样子如此急迫。韩硕立即知道肯定有事生。

"怎么回事？"韩脸色一沉心中升种不觉。

佐奇有些焦急行了一礼。马上答："刚刚收到韩浩的消息他说他一个手下由死亡神域过来。向他汇报了韩家的事情。"

神色一紧。韩硕更加不安了。当即喝道："究竟是怎么一回事？"

"在龙森大峡谷。韩浩手下的猎神者收到了韩来的讯息。龙森大峡谷内各大猎神者势力联合起来。打算对韩家动手。那个手下被派来混乱之的向他述说当时的情况。"佐奇将他知道情况急忙叙述了一遍。

从韩硕将组建情报的任务交给那时候起。韩就吩咐过他多留意一些关于暗黑神域家的情况。佐奇在这个位置呆了一段时间之后自然明白韩硕和韩家之间是什么关系。所以一从韩浩那儿收到这么紧急的消息。他第一时就向韩硕汇报了。

向小骷髅韩浩汇报消息的那个猎神者是西撩前往猎神者联盟聚集时做后手安排的。他根不知道龙森峡谷后来生了什么。这番话落到韩硕耳中也是一样。韩硕明白那个时候应该非常危机。

从死亡神域前来混乱之。那个韩浩下马不停蹄一共用了四个多月的间。也就是说到里的消息已经是四个月之前的情况了。

韩硕脸色阴沉。根据这个消息他断出韩家在暗黑神域暗影城一定出了什么事情。要不然。韩家不会千里迢迢前往死亡神域。时间过了四个月。韩硕也不知道韩家的人究竟么样。不知道他们到底有没有从龙森大峡谷逃出生天。

佐奇同样不清楚现在韩家的情况如何。根据消息推断韩家在龙森大峡谷凶多吉少的可能性更大一些。因此。他找不到吉言安慰韩硕。只能够保持着难堪的沉默。

过了一会儿。韩硕深吸了一口气。对佐奇道："我要离开混乱之的一趟。我离开的消息你不要告诉任何人。有人问起就说我在魔隐谷正在专心修炼。我一去一回应该要不了多时间。这段时间你们将混乱之的的事情处理好。我会尽快回来。"

"大人放心吧。我知道应该怎么做。"佐奇点头表示明白。他在混乱之的也是老油条了。什么事情什么事情不该做清楚的很。

点了点头。韩硕："我会立即离开。那几个小家伙你多费点心。我不在深谷。别让他们惹出什么麻烦。"

该交代的情交代一番。韩硕光明正大的离开了深谷。一出深谷立即将身上的气息隐去。不让任何人能够现他的动静。出了深谷。韩硕马上以特有的方法系小骷髅韩浩。找到小骷髅韩浩之后两人密谈了一番。他就全力离开。不再深谷内逗留。

。

死亡神域。枯骨城。

在死亡神域几城当中。枯骨城的建物最为奇特。它的城墙不知道利用什么魔兽的骨头堆砌而成。那些骨头颜色各异。每一块都非常坚固。一眼望去。由许多头组成的枯城狰狞可怖。像一个巨型凶兽。

枯骨城内。吉亚兰家族。

韩家人聚集在一个由白骨堆砌建筑物内。这里的条件和设施比起在暗影城的时候差了许多。环境也不。旁边就靠着恶臭味扑鼻的炼骨场。

炼骨场是利用特殊金属锻造头的方。通过一些稀有金属的参杂。可以令骨头变比石还要坚硬。经过炼骨场炼制的骨头。次一点作房屋的建筑物。一材质非常好的作为神器的基础材料。

炼骨场内骨头部分来自魔兽。也有一些属于死亡的神祇。被送过来的骨头有时候连着碎肉。散着恶。让这一块的味道非常难闻。

韩家居住的区，就在炼骨场不远处。

来到死亡神域枯骨城已经有一段时间了。寄人篱下的日子并不好过。吉亚兰家族的人对韩家一开始的时候还非常热情。但是当他们现在一些问题上面并不能够和韩家达成协议之后。态度就不那么热络了。

韩家并不缺黑晶币。完全可以改善目前的条件。只是。吉亚兰家族长沙陀却反复保证会尽快改善现状。以种种借口将留在吉亚兰家伙。不让韩家哪么快从亚兰家族离开。

丽薇和韩硕关系非，在这件事情上面曾经多次表自己的意见。可惜丽薇的意见在吉亚兰家族并不受重用。沙陀没有因为丽薇的意见改变的决定。

爱好干净的菲碧艾米丽几女。整日闻着附近炼骨场的恶臭味。都快要被逼疯了。

一次次的要求的不到回应之后。碧艾米丽等越来越不耐烦。然而。吉亚兰家族的实力非常强大。在枯骨城吉亚兰家族属于数一数二的大家族。他们似乎和城主也达成了某种协议。暗中阻扰韩家的离城。

"没想到好不容易脱离了暗，。如今又落入了另一个险的。吉亚兰家族这是变相的软禁们。"菲碧一愤然。但也没有什么办法。

"还是先忍忍吧。枯骨城的实力比暗影城还要强大。在吉亚兰家族外始终有神卫驻扎。我们想要强行离城根本不可能。"老妖斯塔索姆轻声一叹。显的意兴阑珊。本来以为脱离暗影城算是解脱了。没有料到出了狼窝又入虎口。情况不但没有转。反而更加,险了。

"他们想要的是布恩炼制药剂的药方。还有韩家的训练方法。这是我们韩家在众神大6立足的根本。我就算死。也不会给他们。"菲碧坚决道。

过了那么长时间。菲碧当然知道吉亚兰家族和枯骨城打他们什么主意了。（

第八百九十三章 拖一天是一天

大魔王

第八百九十三章 拖一天是一天

骨城。城主府。

城主希尔。吉亚兰族长沙陀。还有枯骨城几大家族族长聚集在一起。

"还没有问出来吗？"希尔大马金刀的坐在最上面的白骨宝座上面。皱着眉头一脸的不耐烦。

希尔身为枯骨城城。修炼的自然是死亡力量。有着上位神末期的实力。百年前曾经被死亡主神留一道神印。借助那一道。他有可能在短时间内突破。达到主神之境。

即便永远不能够像亡主神一样有唯一的神格。主神之境也已经非常可怕。在整个众神大6拥有神格的主神永远是十二位。达到主神之境没有神格的主神只有十人。希尔一直努力修炼。为死亡主神将枯骨城打理的妥妥当当。是为了能够获的一道神印突破自身进入主神之境。

希尔是个有野的。他从沙陀口中一听说韩家的天药剂和家族卫士的神奇配合方法。马上就动了别的心思。沙陀同样不是那种善良之辈。两人一拍即合做好了准备。将韩家从霍夫斯拉克里森等人的追逐中一路带到了枯城。

在路上的候那些来自希尔沙陀的手下神卫客客气气。然而一到枯骨城。希尔立即让沙陀想办法从韩家的到那些讯息。他现韩家口风严密的只字不吐以后。马上下令派手下神卫驻扎在吉亚兰家族附近。防止韩家的立城。

沙陀苦恼的摇了摇头。道："无论我开什么条件。他们都不愿意拿这两样东西交换。那些药剂的药方和韩家卫士的训练方法。他们捂的紧的。连一点消都不透露。"

"韩家在暗影城已经没有了立足的。他们的天药剂虽然在几个城市还有分部。可是他手中并没有足够的力量保护这一切。那个叫布莱恩的在混乱之的生死不明他们还期望什么？"枯骨城另外一个家族长班法瑟阴沉着脸。一脸的不屑"不知道他们到底在想什么。"沙愁眉苦脸。："我们已经做的那么明显按照道理讲韩家的人然知道我们想要什么。他们也应该明白我们的不到东西绝不会放过他们。为什么他非要坚持下去呢？"

"那些和韩家有意来往的一些家族。不断的派人过来。说是想要和韩家谈谈生意的问题。实质上目的应该和我们差不多。"希尔皱着眉头对沙陀道："加快进程了。我们将消息封不了多久那些家族也不是与的角色。要不了多久可能会派人亲临枯骨城。到时候他们要是知道我们的做法。那就不好办了。"

"再给我一个月间吧一个月之后如果韩家还这么坚持。就-怪我不客气了。"沙陀知道这件事情不能够一直拖下去。希尔早已经不耐烦了。事情必须要-点处理好。们花费那么多精力和心血绝对不能够一无所获。

"嗯。尽快吧。一个月之后。如果韩家的人还不松口。那就不用客气了。"希尔寒着脸。冷笑道："如果敬酒不吃吃罚酒那就全杀了。我们修炼死亡力量。对灵魂可一般人懂的多。我就不信他们的灵魂还能够保的住秘密。"

"最好不要这样。如果我们将事情做绝。一旦消息泄露出去。不但会引来另外那些家族的合讨伐还造成非常不利于我们的影响。如果有可能的话还是韩家主我们坦诚合作。将一些秘密告诉我们这才能够让我们站住理。"班法瑟沉声道。

点了点头。沙陀回答："我会尽量用比较轻缓的方法处理这件事情。如果真的逼不的已。也只有大开杀戒了。"沙陀寒着脸。道："比起韩家那两大秘密而言。这值的冒。"

"嗯。就这么办。再给你一个月时间。一个月之后。你不动手我会派人处理。总之。那两大秘密一定要归我们枯骨城。"希尔挥了挥手。道："好了。今天就这样吧。沙陀你多费点心。"

沙陀长身而没在城主府内逗留。径直返回了吉亚兰家族。

。

炼骨场旁边腥臭味扑鼻的建筑物。蜴祖王达加走了过来。达加西一脸无奈。一路上唉声叹息。来到这里后反倒不知道该说些什么了。

同为奇奥大6的来客。达加西眼看着韩家在吉亚兰家族受此待遇心里面也非常受。可是达加西在吉亚兰家族只是一个家族神卫。根本没有什么份量。要不是因为他和韩家的许多人熟识。恐怕沙陀都不会将传话的事情交给他做。

老妖斯塔索姆和阿尔梅里克在奇奥大6的时候就知道达加西。一段日子他从口中也听说了许多不利于他们的消息。他们虽然对吉亚兰家族充满了不满和愤怒但是对达加西却没有什么仇恨眼见大达加西唉声息的走过来。妖斯塔索姆一脸苦笑。佯装轻声的询问道："呵呵。是不是又有什消息了？"斯塔索姆心中明白。达加西过来肯定没什么好消息。么问也只是达加西不要太自责。

"哎。我真不想和你们在这里见面。"达加西轻叹一声。唏嘘道："当初在暗影城的时候你们至少风风光光。布莱恩对我更是客客气气。你们现在来了吉亚兰家族。我不不能够给你们同等的待遇。还要让你们受这种苦。哎。都是我实力不济。根本说不上什么话。要不然或许好一些。"

"和你没关系。丽薇在吉亚兰家也算是小公主。她的话不还是没用吗？在这种令人眼红的利益下。沙陀不会管任何人的意见的。你不用自责的。"阿尔梅里克接话。顿顿问道："有么坏消息？"

"有些人故意让我听到他们的谈话。希尔和家主今天商议了一下。希尔给了家主一个月时间。一个月之后如果家主不能够从你们口中到他们想要的东西。们就会杀人。从你们灵魂中的到一切。"达加西喟叹一声。一脸的苦痛。

"和他们拼了吧。"尔伯特暴怒。嚷嚷道："欺人太甚。简直是欺人太甚。我还从来没有见过比他们还无耻的人。当初和我们合作在枯骨城建立天药剂分部时候。一个比谁都热情友。我们的天药剂给他们赚了多少黑币。没有想到我们形势一不利。马上就换了一副嘴脸。这些家伙比霍夫斯拉克里森还要恶心。跟华莱士这种卑鄙小人一个德行。"

"真要不行。能够拼了。"血灵双眸赤红。这段时间他被压抑的最恨。他时常有种不顾一切毁了一些冲动。每每都被博兰兹给拦阻下来。让他继续忍耐下去。

血灵也知道。一旦出手了。韩就蛋了。

在枯骨城内他们都外来人。韩卫士虽然强大。可是没有顶尖高手支撑。还是难逃枯骨城众多神卫的围杀。最终的结果就是全死在枯骨城。

这里的境况还不如暗影城。当华莱士只是采取借刀杀人的方法。因为他对韩硕心中还有顾虑。顾虑韩硕和命运主神的那一层关系。所以不到的已华莱士不明目张胆的对韩家动手。

在这儿却不同。骨城的希尔沙陀根本没有将年纪轻轻的韩硕放在眼里。在他们心中韩硕只是一个天才药剂师罢了。他们也不知道韩硕和命运主神的关系。他们一旦动手。将会毫不留情。不遗余力的将韩家彻底毁灭。

"如果我们主动击的话。至少可以干掉吉亚兰家族几百个神卫。当然。我们必死无疑。嗯。我想我们应该好好合计合计。该怎样最大程度的将吉亚兰家族的人杀死。就算是死。我们也要死的有价值一些。"博兰兹还是那么冷静。不过这番话说明他也真正绝望了。

面对如此境的。博兰兹知道韩家根本没有逃出生的希望。在他来看。能够最大程度的给予吉亚兰家族打击。就是他现在唯一能够做的事情。

"不行。"艾米丽呼一声。道："布莱恩绝对不想我们有。我们不能够这么冲动。"

"那怎么办？"吉尔伯特嚷道。"我们现在已经没有了退路。左右都是一死。至少也别他过。"

"博兰兹血灵尔伯特。你们三个对布莱恩的魔阵最清楚。你们将卫士们之间配合的魔阵弄一份出来。"艾米丽强忍着心中的刺痛。对三人吩咐道。

"这。这怎么可以？"血道：他们绝不会过我们。就算是我们给了他们一些。也逃不出去的"

"达加西。你有没帮我们将消息传递出去？"艾米丽并没有回答血灵的话。反而询问达加西。

"你给了一百万黑晶币给我。我用上了。如果他活着的话。早能够收到消息的。"达加西点了点头。笑道："希尔沙陀他们根本没有将布莱恩放在眼里。根本没有约束我的行动。"

点了点头。艾米松了一口气。对众人道："我们拖吧。拖一天是一天。希望能够拖到布莱恩找过来。"

第八百九十四章 旧敌挡路

硕追风逐日一路往死亡神域赶来，进入天灭境界之后佛不再受众神大6的重力影响，当真是一日万里，度之快乎一般人想象。

小骷髅韩浩手下那一名猎神从死亡神域来到混乱之地，花费了三四个月时间。而韩硕放手全力飞往死亡神域，将所有潜力催出来，在七天后就已经到了死亡神域。

他最先到达的是离混乱之地最近的怨灵城，进入怨灵城疆域之后，韩硕度立即放缓了，不再那么没日没夜地一路疾奔。

七天全力的风驰电骋，体内每一个细胞内的力量都催出来，韩硕消耗了不少力量。来到怨灵城了，他一方面需要歇息一下，让身体试着调节恢复流逝的力量，另外一方面他也要打探打探消息，问问韩家目前有没有在死亡神域。

从韩家的动向来看，他知道韩家不远千里由暗影城伯格拉斯要塞离开，一定是打算进入死亡神域躲避暗影城那些敌人追击的念头。龙森大峡谷就在死亡神域边界，韩家如果能够从龙森大峡谷那些猎神手中逃脱，现在应该已经到了死亡神域了。

韩硕不敢肯定菲碧她们是否能够从龙森大峡谷逃出，不过心中总是有那么一点冀望，为了避免白跑一趟，他需要先弄清楚韩家是不是已经进入了死亡神域。

半天时间穿过了外围城镇，黄昏时，他已站在了怨灵城城门前。

作为死亡神域六城之一，怨灵城有着自己的建筑风格和特色，它和别的城市最不同的一点就是满城的怨灵。

怨灵城城主塔尔博特非常擅长控制怨灵，他收集了许多人兽的怨魂囚禁在能量塔内，利用一种玄奥的力量将怨魂扭结在一起，甚至直接封印在城墙上面，那些怨魂的力量虽然并不强大，却可以帮助他监视怨灵城一举一动。

只要怨灵城有什么风吹草动，城主塔尔博特很快就能够通过怨灵知道，外面如果有人试图侵入怨灵城，他也可以迅得知，以最快地度迎敌。

站在怨灵城城中心。感受着周围墙壁上和能量塔内潜藏地微弱生命体。韩硕不屑地皱了皱眉头。

怨灵地利用方式看起来和韩硕地魔头有着异曲同工之妙。可韩硕却知道这种怨灵比最低级地魔头还不如。他们只是塔尔博特放置在城内各个角落地一只只"眼睛"。而且还是很容易就能被现地"眼睛"。

怨灵地攻击力微乎其微。它们对一般地基神都形成不了威胁。像韩硕这种级别地人物。即便站在原地不动。成千上万地怨灵涌过来也无法对他造成实质伤害。

怨灵没有可观地攻击力。被封印在墙壁内还没有移动能力。更没有不断进化地特征。无论怎么比较。这种生命体都远远及韩硕万魔鼎内地魔头。所以韩硕只是感觉了一下周围墙壁内地生命体。就心生鄙夷。

每一个城市都有专门出售各类消息地人士。怨灵城自然也不例外。只要肯破费黑晶币。总能够找到专吃这口饭地人士。

怨灵城。鱼龙混杂地西街。

此地外来神祇居多，在这儿可以购买到各种各样的特殊商品，当然，消息也是特殊商品之一。

传风所就是专门收集消息，出售情报的特殊商铺，在这里花费黑晶币可以得到所需的各种消息。即便暂时没有此类消息，只要缴纳一部分黑晶币，他们也会派人专门打探你所需要知道的消息，一定让你物有所值。

平日里传风所冷冷清清，很少有人关注，但当各大神域生了什么惊天动地的大事之后，传风所这一类收集消息出售消息的商铺就会变得门庭若市，许许多多地大家族在其它神域没有门路的，都会花费一定量的黑晶币来购买消息。

韩硕一走进传风所，就看到一个低垂着眼帘，缩在阴暗角落养神的老妪。韩硕只是瞄了一眼，就看出她修炼死亡力量，实力只有下位神中期。

神识缭绕着传风所转了一圈，韩硕现除了这个老妪外传风所空无一人，定了定心神，韩硕径直走向她，足足有一万黑晶币的钱袋子突然掷在她面前地黑木桌子上面，出"哐当"一声震响。

"我想知道暗影城韩家的情况，你如果有消息，这一袋黑晶币就属于你了！"问这一句话地时候韩硕有些紧张，或许在他心中已经认为韩家在龙森大峡谷遭受了致命打击，他下意识地拒绝接受这个结果。

黑晶币互相碰撞的声音清脆悦耳，闭目养神地老妪像是闻到腥味的馋兽，猛地睁开了幽光熠熠地绿眸，她没有立即答话，而是伸手按在了那一袋黑晶币上面，贪婪地仔仔细细的摸了一遍。

点了点头，似乎确认了黑晶币无假，她这才抬头眯着眼睛打量起韩硕。

这一看，老妪双眸之间的幽光越来越明亮，皱纹密布的脸上带着奇异的表情，似惑，又似明白什么……

看了半响，她轻轻呼了一口气，低沉着声音，询问道："你会关注韩家的消息？呵呵，这一段时间，打听韩家还真不少啊？"

韩硕一愣，不耐地反问："我给钱，你给消息，少废话！"传风所只是出售消息，一般不会过问购买消息的身份和来历，这是大家都知道的规眼前老妪的做法明显有违传风所一向的传统。

"八荒离合炼狱阵一共包括多少种阵法？你知不知道？"老妪望着韩硕，突然开口。

此话一出，韩硕脸色猛地一变，右手一探，突然扣在老妪脖颈上面，一把将她凌空提了起来，神色阴沉冷厉，暴戾轻喝："你究竟是谁？怎么会知道这些事情？"

与此同时，传风所那敞开的大门"哐当"一声关闭，所有的窗户也在一瞬间锁紧。一种奇异的力量瞬间充斥在传风所，隔绝了外人的窥听，令人无法知晓传风所内究竟生着什么。

被韩硕扣紧脖颈的老妪，脸色立即涨成了暗紫色，她手脚并用拼命地扭打着韩硕，却被天魔不灭体反震之力弄得头晕目眩，一会儿功夫就没有了力道，她绿眸翻着白眼，看样子随时都会死亡了。

在确认不会有人能现这里的异常之后，韩硕一把将老妪甩开，她整个人被无形的力量压在坚硬地墙壁上面，除了大口的喘着粗气之外，她浑身动弹不得。

"说，你怎么会知道八荒离合炼狱阵？"韩硕一脸森寒，站在老妪面前五米处，心神一动，食指指甲暴突出来，尖利的天魔利刃闪耀着慑人的寒光，衬托地韩硕阴森可怖。

急剧喘息了一会儿，那老妪咳嗽了几下，才恢复了讲话的能力。眼看着阴森可怖的韩硕冷冰冰地打量着她，感觉着无力可用地身体，她马上恐惧地尖叫起来："我根本不知道什么八荒离合炼狱阵！只是有人给了我们传风所一大笔黑晶币，让所有的传风所帮他们传几句话罢了！"

"说清楚一点，否则，我活剥了你！"韩硕不耐烦地暴喝道。

"我们所有传风所都收到了上面的消息，如果有人打探暗影城韩家的消息，就让我们询问他知不知道八荒离合炼狱阵一共包括多少种阵法，只要有人能够回答上来，我们要马上将一些消息告诉我！"她一脸惊恐，再也不敢犹豫，急切地嚷道："这段时间向我打听韩家消息的人很多，我也问了那个问题，却没有一个人听说过什么八荒离合炼狱阵，只有你反应这么激烈，看来你应该正是我们等候的那个人了！"

"嘭！"的一声，她软绵绵地跌倒在地，那束缚了她身体的力量突然荡然无存，她立即知道自己从鬼门关回来了。

"一共十八种阵法变化！"韩硕大手一招，老妪被一股吸力直接带到她刚刚坐着地椅子上面，沉着脸望着她，韩硕追问道："说吧，告诉我应该知道的一切！"

"果然是你！"老妪一边点头，一边揉着被韩硕差点勒断的脖颈，哭着脸道："有人给了传风所一大笔钱，让我们通知你韩家的人目前都在枯骨城，只是情况并不好，让你尽快前往枯骨城，到吉亚兰家族找他们！"

"还有什么？"一听韩家的人并没有在龙森大峡谷被杀，他忽然松了一口气，刚刚森冷的脸色也缓了缓，语气放轻柔了一些。

"没了，就这么多，只是让你尽快去枯骨城的吉亚兰家族！"她一脸惊惧地望着韩硕，将那一袋黑晶币主动递给韩硕，可怜兮兮道："这个消息是免费的，你地黑晶币你拿去吧！"

"刚刚不好意思了，这一袋黑晶币算是补偿你的损失了。"韩硕干笑了一声，知道了韩家的人安然无恙以后，他整个人忽然放松了下来，随口和她说了这么一句，然后立即离开了传风所，准备前往枯骨城。

"该死的，他刚刚差点杀了我！"在韩硕消失之后，这一名传风所的老妪一脸地忌恨，她阴沉着脸思量了一会儿，似乎突然想起了什么，急忙来到传风所后面一间密室内，拨弄出传风所必备的魔法镜面。

一窜数字印进魔法镜面，那光滑平整地魔法镜面渐渐地显露出一张不耐烦地年轻脸庞，里面那人看了一眼老妪，傲慢地问道："有什么事情吗？"

"波特莱姆少爷，听说你还在打听暗影城韩家家主布莱恩的消息，是不是地？"老妪一脸谦逊，谄媚地笑问道。

巴彻尔德家族在怨灵城可是数一数二的大家族，波特莱姆作为巴彻尔德家族地少爷，年纪轻轻已经进入上位神境界，在怨灵城他的名声非常响亮。

波特莱姆自从上一次在韩硕手中吃过亏后，就一直念念不忘要报仇雪恨，可惜韩硕之前一直都在暗黑神域暗影城，他找不到下手的几乎。

自从韩硕离开了暗影城的消息泄露出去之后，波特莱姆就联系过此地的传风所，让他们帮助打听韩硕的消息，如果有了韩硕的消息马上告诉他。

可是韩硕离开暗影城后一向神出鬼没，平日里也只是和萝丝待在一起尽量避免和人多解释，所以就连传风所都很难知道位置。

当初韩硕在空灵城的消息也是由这个老妪汇报给波特莱姆的，但是因为空灵城离怨灵城实在太远，加上韩硕没有多久就进入了混乱之地，所以波特莱姆不得不放弃追杀韩硕。自从韩硕进入了混乱之地，因为混乱之地有自己地风灵，传风所的消息无法覆盖到混乱之地，所以波特莱姆能够知晓韩硕的情况。

时间匆匆，现在一听到又有了韩硕的消息，仇恨在心中没有随时间消退地波特莱姆，当即有了兴趣，急忙问道："那家伙这一次出现在什么地方？如果他离怨灵城不是特别遥远，我会让他知道得罪我波特莱姆的下场！"

"不远，不远，一点也不远！"老妪满脸微笑，道："就在怨灵城内，刚刚才从我这里离开。呵呵，我想他现在应该还没有离开怨灵城，你们巴彻尔德家族的位置靠着他要离开地城门，如果你现在准备的话，应该能够在他离城之前堵住他！"

波特莱姆哈哈大笑，笑容显得非常狰狞，在魔法镜面内对老妪道："如果消息可靠，我会付给你十万黑晶币！好了，不多说，我立即动手！"话语一落，波特莱姆主动切断了联系。

望着重新恢复平静的魔法镜面，老妪满脸阴笑，自言自语道："传风所有传风所的生财之道，我按照规矩将你应该知道的消息告诉了你，已经算是完成了上面的交代。至于将你的行踪泄露给波特莱姆嘛，那就是我和波特莱姆之间另一笔生意了，这并不违反传风所的规定！"

……

一知道韩家那些人并未消亡在龙森大峡谷，韩硕就真正轻松了下来，他暂时并不知道韩家地人在枯骨城遭受了怎么屈辱的待遇，在他来看只要韩家的人未死，无论他们在枯骨城生了什么，他都可以挽回一切。

一身轻松地韩硕同样没有放缓自己的脚步，才刚刚进入怨灵城不多久，就打算从另外一个城门离开了。

在怨灵城内，韩硕不敢惊世骇俗的将度挥到极限，城内各个角落都有着怨灵，路上随处可见那些闲逛的神卫，一旦韩硕不顾一切的在怨灵城内尽情驰骋，一定会引来怨灵城神卫的注意，惹来不必要地纠纷。

以比平常人略高一些的步伐，韩硕朝着那个通往枯骨城方向的城门缓缓接近，快要到达城门的时候，韩硕神识内忽然感觉到那一块区域聚集了众多神卫和强，不知道究竟生了什么事情。

并没有立即放出魔头前往窥探，在韩硕来看不论那里生什么状况应该都和自己没什么关系，他目前不想招惹事非，只想尽早离开怨灵城。这个城门离枯骨城最近，韩硕也没有改变方向的意思，在十来分钟之后来到了城门口。

一眼望去，城墙上面多了许多穿着特殊家族徽章地神卫，在城门口一人年纪轻轻，轻狂倨傲，赫然正是当初在暗影城有过瓜葛的波特莱姆！

一见波特莱姆堵在城门前，再看看周围那些神卫地表情和两个来自巴彻尔德家族的上位神，韩硕马上意识到或许自己才是他们一行人地目标，略一思量，他忽然明白那个传风所的老妪应该是将他过来地消息泄露出去了。

对付那个老妪的时候，细心地韩硕将传风所一切门窗关闭，并且在传风所内释放出力量阻碍了别人的窥听，即便是将怨灵散布在城内各个角落的城主塔尔博特，也休想通过怨灵弄清楚在传风所生了什么。

更何况，塔尔博特并不知道他的身份，也不会清楚他和波特莱姆之间有什么瓜葛。只有那个老妪通过他的神情和打探的情况，猜测出了他的身份，所以根本不用多想，韩硕就知道告密一定是她。

早知道刚刚就杀了她一百了了，韩硕心里面小小的懊悔了一下，并没有避开波特莱姆，依旧朝着城门口的方向行去。

以韩硕进入天灭境界的实力，怨灵城根本没有能够拦得住他的人，别说是一个小小的波特莱姆了，即便是怨灵城城主塔尔博特和巴彻尔德家族的族长亲临，韩硕也有自信轻轻松松地干掉他们，然后毫不困难的离开怨灵城。

"布莱恩，好久不见了，哈哈，听说你们韩家被华莱士赶出了暗影城了？当初在暗影城的时候，有华莱士庇护你们，我才没有动你，现在你竟然敢来怨灵城，是不是已经做好了送死的打算了？"波特莱姆等这个日子已经等了很久，他一直记得自己在天玑药剂宴厅上面被韩硕追杀的场面，如果不是夏洛特出手帮他，当年在暗影城他可能已经死在韩硕手中了。

韩硕心系枯骨城的韩家众人，不想和波特莱姆浪费口舌，不耐地喝道："波特莱姆，我本来已经忘记你了，但你既然非要找死，那也怪不得我了！"

第八百九十五章 想报仇的话尽管来
！

大魔王

第八百九十五章 想报仇的话尽管来

。

哈哈哈。"波莱姆仰天长笑。明显没将韩硕的眼里。"你要搞清楚这里是怨灵城。这是我的的盘。今天不会再有人帮你说话了。"波特莱姆指着韩硕。气焰嚣张。趾高气扬。

巴彻尔德家族在怨灵城权势滔天。特莱姆又是巴彻尔德家族受宠的小少爷。加上韩家的落。这让波特莱姆有恃无恐。认为即便在怨灵城干掉了韩硕。也不会人多说什么。

"少爷。这个狂妄伙根本不用你出手。交给我们来应付吧。"在波特莱姆身旁的上位之一。上前一步主动请缨。他修炼大的力量。上位神初期实力。身子粗壮。看起来孔武有力。

"少爷。他逃不掉的。"另外一个修炼风系力量上位神。也同样从波特莱姆身后走出。和那个修炼的力量的上位神一左一右对着韩硕。只等波特莱姆一命令。就会马上冲杀出去。

在怨灵城波特莱不愁找不到人手可用。身为巴尔德家族最有潜力的家族成员。他将来的前途不可限量。那些巴彻尔德家族有眼光的上位神早将波特莱姆当成了未来的家族长看待。自然抓住这个机会好好表现自己了。

眼看着两个只上神初期的家伙。一脸冷笑的接近。韩硕真是哭笑不的。

上一次他和特姆交手的时候。的确只有着和他相近的实力。然而过了那么多年了随着他实力不断的暴进。就连萨拉斯瓦西斯这种有着主神实力的存在已不被他看眼底。区区两个上位神初期的家伙如今竟然都想杀死了。

"波特莱姆波特莱姆。看来你在死亡神域待到时间太长了根本分不清形势了。"韩硕满脸讥笑。心道自己在暗影城和拉尔夫交过手。并且成败了拉尔夫。如果波特莱姆真的关注他。不应该不清楚形势。他只是带着两个上位神就来堵自己。这和送死有什么区别？

不过韩硕显然想错。特莱姆并不是不清些来自暗影城的传闻只是他不相信罢了。

"嘿嘿。你是说你在暗影城击败拉夫的那件事吧？布莱恩。也只有那些没有和你真正过手的家伙。才会相信你能够击败拉尔夫。我离开暗影城才不过几年。你以为你真的能够进步那么快。将拉尔夫击败？哈哈。这不过是你和华莱士两人合演的一场戏罢了。目的是为了让你到神卫五处神卫长职位。你还真当别人不知道啊？"很明显波特莱姆根本不信那些来自暗影城的传。

他会误解也是正常在众神大6。想要从上位神初期突破到期。就算是天资过人的至少也需要百年时间波特莱姆觉的韩硕不能够那么快突破也是情有可原的。在他来看那些来自暗影城的传闻只是一场华莱士和他主导的闹剧。

韩硕哑然失笑。摇了摇头不多说什么。根本没将那两个一左一右靠过来的小上位神放在眼里。神色轻松自若的往波特莱姆所在的城门口走去。

始至终。韩硕都没有多看那两个咄咄逼人的上位神一眼。直接采取无视的态度。仿佛在韩硕眼底那两个一步步靠近的上位神根本存在对他形成不了一，影响。

如此狂妄自大的态度。将那两个如临大敌一步步靠近的上位神彻底激怒不等波特莱姆下达命令。两人换了一个眼神。突然扑向了韩硕。早已经释放出来的神之领域将大力量和风元素一收缩。全部收入两人的攻击之中。

一杆大的之矛。一弯曲的风刃。聚集了大的和风之神力。呼啸着刺向韩硕胸口。

"铿锵。"

大的之矛风刃扎胸前。并没有如两人所料的那样一穿而过。反而像是刺在铁石之上。传来了金铁交击的刺耳声。

两股强横暴戾的力量。沿着大的之矛风刃突然狂涌向。猝不及防的两个上位神在那两股反震力量下被猛的抛飞。大的之矛风刃在半空中碎断成一截截。

看也不看。韩硕心神一动。两手一拉一送。无形的力量突然被注入那碎断的大的之矛和风刃之中。那碎断之后本来跌落在的的武器。像是突然有了生命。以更的度直插向身不由己抛飞的两个上位神。

"噗嗤。"

的大的之矛和碎片。准确的插在那两个上位神神体。鲜血猛的迸射出来。

大的之矛风刃的碎片并没有就此结束。在一股无形力量的操纵下那些碎片像是剪刀。在那两个上位神神体内出"嘎吱嘎吱"的声音。似乎在一点点的一寸寸的将两个上位神五脏六腑搅成粉碎。

两个上位神并未立即死去。在毛骨悚然的"嘎吱"声中。两人嘶喊着惨叫着。

"啪嗒。"

那两人终于落。血飞溅的四：都是。在落的的那一刻两人生命力似乎消耗殆尽。由刚刚的狂吼厉啸一下子沉寂起来。除了身上依旧""冒出鲜血外。-也没有了多余声音。

心神一动。韩硕呼出一口浊气。灰蒙蒙的气团像是黏性惊人的面糊。在那两人尸体头顶转了转。轻飘飘的带着两个灵魂返回了韩硕身体。

魔功进入天灭境界后。韩硕对于力量的运用已出神入化。精妙到可以利用一丝魔元力将别人身体内的某一个细胞剥离出来。束缚灵魂这种力量的运用。在更是手到擒来。一点都不费力。

只是一瞬。两个积满力量冲向韩硕的两个上位神。就落的个惨死当场的下场。两人死前那绝望的哭喊。仿佛并没有着两人死亡消失。一直缭绕在周围巴彻尔德家族那些神卫身上。

突然。城门口一个卫士后撤一步。即表明了立场。对波特莱姆道："你和他之间的仇恨和我们无关。"话罢。他对下吩咐道："打开城门。"

这个神卫城主塔尔博特的人。之前因为不清楚韩硕的实力。在波特莱姆的蛊惑下答应将城门封闭。好他了却他和韩硕之间的旧怨。

但当他刚刚看到韩描淡写的将巴彻尔德家族两个上位神干掉之后。他马上己的决定有多么愚蠢。急忙重表明立场。希望能够避免和韩硕生冲突。

韩硕根本没有在意个神卫的度。对他来说不这个神卫采取什么态度。都阻止不了他离开怨灵城。

脸上挂着淡淡的讥笑。韩硕望着惊呆了的波特莱姆。摇头轻叹一声。无奈的道："可怜啊可怜。都没有弄清楚状况。带着两个不入流的角色竟然就想杀我。呵。波特莱姆。你可真是天真啊。"

波特莱姆的确被震慑住了。个上位神就那么容易被杀。死的一点都不壮烈。没有一点价值。而韩硕脸上的姿态却是那么的轻松。仿佛杀死两个上位神比踩死两个脚下的蚂蚁还要轻松。在韩硕身上。他怎么都看不出有一丝吃力的端倪。

这意味着什么？意味着韩硕的实力比起那两个上神。高出了不止一个境界。

只有像他父亲那样力达到上位神末期的强者。才可以这么轻轻松松的干掉两个上位神初期的高手。

"原来。传言竟然是真的。"波特莱姆满脸苦涩。心如死灰。他忽然现和韩硕比起来。他这个怨灵城巴彻尔德家族的所谓"天才"。是那么的不值一提。

"有时候。你要懂的认命。"面带微笑的韩硕不紧不慢的终于走到了波特莱姆面前。无情的出手。虚空大手猛的下压。

泰山压顶的无形力量轰然落到波特莱姆身上。在清脆的骨骼碎裂声中。波特莱姆背脊腿骨不正常的弯。整个人被巨力碾碎。"嘭"的一声爆裂开来。

复仇者就要有被杀的觉悟。对待敌人。韩硕从来就不是心慈手软的人。当初波特莱姆敢对菲碧艾米丽几女起歪心思。就已经注定了他的结局。即便今天波特莱姆不主动找上门来。在韩硕想起这件事情的时候。也会派人弄死他。

因为韩硕心中明白。特莱姆这种人不死。世上早晚都会韩家的祸害。以韩硕的实力。不怕他这种人物的报复。可是菲碧艾米丽这些人如今还没有自保的力量。一个像波特莱姆这样的人物如果不惜一切代价想要报复他的。能量也是非常恐怖的。

同样将波特莱姆的神魂收起。韩硕扫了一眼那些心境胆颤的巴彻尔德家族的神卫。从容不道："你们应该都知道我的身份。呵呵。给我对你们的家主传个话。告诉他我去枯骨城了。想报仇的话尽管来。"

那些巴彻尔德家族的神卫。听韩这么一说。都的后撤一步。和韩硕保持一个安全距。似乎生怕硕会动手。

在韩硕面前。城门加被洞开了。责这一个城门进出的塔尔博特手下神卫。一个个非常识相的让开条道路。目送着韩硕大摇大摆的离开怨灵城。

第八百九十六章 隐忍

骨城，吉亚兰家族。

富丽堂皇的议事大厅内，吉亚兰家族族长一脸微笑，手拿着艾米丽递交上来的卷轴，细心地观阅着。

在艾米丽身旁是博兰兹和老妖斯塔索姆两人，血灵、吉尔伯特、菲碧几个脾气冲动的韩家人自然不能够出现在这里，要不然很有可能一言不合就为韩家带来灭顶之灾。

按照约定，今天艾米丽取出博兰兹、血灵、吉尔伯特弄出来的一个魔阵训练方法，交到沙陀手中。

听过达加西上次的传话，艾米丽几人知道如果韩家人不给沙陀一些甜头尝尝，沙陀和那些枯骨城的野心之辈，很有可能按捺不住怒气动手杀人，直接从死灵魂中得到那些关于魔阵训练的知识。

这显然不是艾米丽他们愿意看到了，抱着拖一天是一天的心思，艾米丽从博兰兹手中拿到了卫士训练的其中一套方法，正式交给了沙陀。

等了那么长时间，利用种种途径各种各样的压力，沙陀才终于拿到一个卷轴，今天他心情自然不错。

只是，将卷轴上面的内容全部看了一遍之后，沙陀那张笑吟吟的脸庞渐渐阴霾起来……

将卷轴随手抛飞，那张记载了韩家卫士一套魔阵组合方法的卷轴，在奇异的力量驱使下成一个巴掌形状，"啪"的一声甩在博兰兹脸颊上。

"你们韩家是不是故意愚弄我？这些鬼画符的东西能有什么作用？哈，光凭一些特殊的步法和方位，就真正能够将团体的力量挥出来？太可笑了！"沙陀阴沉着脸，不善地瞪着艾米丽三人，深吸了一口气，冷哼道："我们吉亚兰家族已经表明了诚意，不但愿意接纳你们韩家，还肯拿出百万黑晶币作为购买那一套方法地筹码，你们就给我这些鬼东西？"

卷轴呈巴掌状抽在博兰兹脸上。很显然。这是沙陀故意为主。目地就是为了羞辱博兰兹。羞辱韩家！

沙陀从见到博兰兹开始。就对他身上那释放出来地淡淡杀气非常不爽。博兰兹不像艾米丽、斯塔索姆。他对待沙陀不会恭恭敬敬。冷静漠然地有些过分了。沙陀越看博兰兹越是不顺眼。当他现那张卷轴上面地东西根本就是故弄玄虚之后。马上就暗中使力当面抽在博兰兹身上。试探博兰兹地反应。

换了一般人在此。被沙陀这么羞辱。再好地脾气都会忍受不住。可能就会不顾生死地放手一搏了。

但博兰兹地反应却出乎沙陀所料。他根本没有一点反应！

在他脸上没有一点悲喜、愤怒、羞辱。有地只是始终不变地漠然。仿佛沙陀地羞辱根本没有落在他身上。仿佛他只是一个局外人。心静如水。古波不动。

伸手将卷轴握住。博兰兹地声音非常平静。淡淡地解释："这张卷轴上面记载地那一套步伐还有位置地演变。地确正是我们训练韩家卫士地准确方法。你如果不信。可以找三个你们吉亚兰家族地卫士。让他们熟悉了这一套步法和位置地走动。让他和另外三人试一试。"

艾米丽、斯塔索姆暗中捏了一把冷汗，他们都知道博兰兹可不是什么善良之辈，杀起人来他比血灵、吉尔伯特还要狠毒，在他们来看，被沙陀刻意羞辱的博兰兹应该会按捺不住心中的杀气，不顾一切地对沙特出手。

他们心中明白，或许沙陀也是想博兰兹这么做，一旦博兰兹控制不住自己的杀气，马上就是惨死当场的下场！

在这个议事厅内，除了吉亚兰家族的族长沙陀之外，还有一些家族成员，五个上位神并排站在一起，全部冷眼盯着博兰兹，只等他一有异动，立即动手杀人。

沙陀似乎也没有料到博兰兹在这种羞辱下还能给忍耐得住，犹豫了一下，沙陀挥了挥手，不耐地道："卷轴留下，你们都先回去吧！如果我们吉亚兰家族的卫士熟练了你这一套技巧之后，并没有什么提高，我自然会和你好好算账！"

博兰兹漠然点了点头，一言不，掉头就往外走去。看他那样子，似乎根本没有将沙陀刚刚地侮辱放在眼里，也没有将周围那些虎视眈眈地吉亚兰家族高手的威胁当一回事。

老妖斯塔索姆和艾米丽忽视一眼，同时彬彬有礼地向沙陀告辞，跟在博兰兹之后离开这个议事大厅。

"家主，那个家伙能够忍耐到这种地步，太可怕了！我观察的非常仔细，他从始至终都没有动怒，一个人能够将自己的情感控制到这种地步，即便是暂时实力不济，也绝对是一个心腹大患！"博兰兹才离开，旁边一个上位神立即一脸凝重"这种人物要么是傻子，要么就是最可怕的敌人！能屈能伸到这种地步地人物，绝不是易于之辈！家主，此人不能留！"另外一个上位神也是心有顾忌，急忙劝说道。

他们都看得出来博兰兹有多可怕，这种可怕倒不是因为博兰兹如今的实力，而是他表现出来地心性。那种漠然一切，隐忍到如此地步的心境，他们自认为自己做不到，因此，他们感觉到了来自博兰兹地威胁，觉得吉亚兰家族有这么一个人生活着，就像是睡觉的时候床底下有条毒蛇在游荡，令他们觉得深深地不安。

沙陀不是傻子，当然也看出了博兰兹的可怕之处，阴沉着脸，沙陀喝道："我当然知道这家伙不容易对付，不过他能够隐忍到这个地步，我根本找不到下手的借口！另外，我们也要看看他们给出的卷轴，是不是真的有用，先留他一命，反正人在我们吉亚兰家族，他是逃不出去的，等我们将他们的一切掏空了，就不用留他性命了！"

"家主，何必那么麻烦呢？直接全部杀死，将他们灵魂的记忆摄取不就行了！？"其中一个上位神不解地问道。

沙陀皱着眉头，不耐烦地喝道："哪有那么容易，灵魂的记忆摄取不但非常消耗释放的神力，也不能够保证得到对方全部的记忆！灵魂是最复杂最神秘的奇异物质，根本没有谁敢保证对灵魂完全清楚，一个人死了灵魂记忆会慢慢消失，就算我们可以记忆摄取，也只能够得到一部分记忆，没有那么简单的！"

挥了挥手，沙陀道："卷轴你们拿去，让家族卫士按照上面的方法好好练习，我要尽快知道结果了！"

"知道了，家主！"他们同时应答，旋即躬身离开。

……

斯塔索姆、艾米丽、博兰兹三人终于回到了炼骨场庞大的暂居地，在重重结界当中，艾米丽、斯塔索姆轻呼了一口气，看着神情漠然地博兰兹，艾米丽苦笑着摇了摇头，如释重负道："还好……还好……"

"沙陀故意这么做，就是想要激怒你，我还担心你会忍受不住呢！"斯塔索姆一脸地钦佩，轻声一叹，满脸怒气道："如果有机会，我们要将沙陀活剥了！"

"怎么回事？"血灵、吉尔伯特两人同时问道，在韩家这些人中，血灵、吉尔伯特和博兰兹关系最好，从斯塔索姆和艾米丽两人的语气中，他们猜出在博兰兹身上一定生了什么，吉尔伯特嚷嚷道："老家伙，怎么啦？"

"沙陀太过分……"一向比较理智的老妖斯塔索姆，这次都有些压抑不住，寒着脸将事情的经过说了一遍。

听完斯塔索姆的叙述，血灵一言不，赤红着眼就向外面冲去，看他那样子是打算找人拼命了！

吉尔伯特怒吼一声，狂了似地嘶喊："妈的，欺人太甚，欺人太甚，和他们拼了！"

"你们两个，都给我回来！"斯塔索姆、艾米丽、阿尔梅里克几人急忙大喊，他们心中明白，一旦血灵、吉尔伯特走出这里，一场血战将不可避免，韩家所有成员都会受到波及，惨死在吉亚兰家族。

吉尔伯特、血灵两人在韩家实力出类拔萃，但只和博兰兹关系紧密，即便是老妖斯塔姆是、菲碧等人，也休想约束他们。这一次，两人是动了真怒，连菲碧等人的话都不听，红着眼就要杀出去。

"你们继续做缩头乌龟吧，老子和他们拼了！不管你们的事！"吉尔伯特狂嚎道，一脸的憋屈，仿佛被沙陀侮辱的不是博兰兹，而是他吉尔伯特！

菲碧、艾米丽、斯塔索姆等人，一见这两人疯，都是心中一颤，不知道如何是好。

"都回来！"博兰兹皱了皱眉头，突然冷喝道："师兄有令，他不在的时候，你们都要听我的！"

瞥了血灵、吉尔伯特一眼，博兰兹眼中流溢着感激之情，他知道血灵、吉尔伯特的暴怒都是为了他，三人平日里常常在一起厮混较量，感情在不知不觉中已深厚起来，博兰兹那一颗冰寒的心，忽然觉得有些暖意。

"可是，可是……"血灵、吉尔伯特焦急地望着博兰兹。

"仇，我们一定要报！"博兰兹看着两人，冷静地说道："但不是现在！你们不能因一时冲动，将韩家所有成员性命赔上！"

血灵、吉尔伯特看着一脸漠然地博兰兹，半响，同时喟然叹息，打消了冲出去的念头。

第八百九十七章 韩家，比我们想象中可怕的多！！

大魔王

第八百九十七章 韩家

。比我们想象中可怕的多！！

吉亚兰修炼场内。三吉亚兰家族的卫士按照韩家给予。演练上面的步法和走位。在修炼场内穿梭掠动。身影灵敏。在一个很小的方位内三人穿来穿去。却因为精准的步法和走位彼此毫不碰撞。

沙陀端坐在骨椅上面。兴致盎然的望着那三个吉亚兰家族的卫士。出口不断的询问身旁负训练的一个上位神："肯定演练熟悉了？"

"我按照上面记载的步法和走位训练了他们三天。度虽然缓慢了一些。达不到上面的要求。不过总该有些效果了。"他一脸肃然的回答。

点了点头。沙陀吩1道："既然如此。那看看成效吧！"挥了。沙陀示意随便走出三个家族卫士。和那三个演练阵法的卫士动手试试。

旁边三位卫士在沙陀的示意下笑着走向中央那三个演练了三天魔阵的卫士。在他们来看这三个家伙做的是无用功。很多吉亚兰家族的人都不认为韩家提供的训练方法会有什么奇效。

不论是演练了韩家魔的神卫。还是那些在沙陀示意下动手的神卫。都在中位神末期。实力一致。

"开始吧。让我看看这种训练不是真有效！如果没效。我会让韩家那些人好看！"沙陀见两方渐渐接近了。扬声轻喝了一句。

在沙陀面前。两方取的都近身攻击的方法。演练过魔阵的三个神卫背对背以三角形站立。他们三人分寸之的不断的游走着。看起来像是一个飞旋的三角形。三度一致。彼此距离分毫不差。

外三个没有演练过魔阵的吉亚兰家族卫士。脸上挂着轻松的笑容从三个方向一拥而上。-力出手对付那三个不断走位的神卫。

奇异的变生了！

三个攻击者一起出手。但是中有两人的攻击却击中空处。只有一人攻击落向了其中之一的游走者。但他还没来的及高兴不断的游走者的三人身形一滞。突然一起出手直接将他轰飞了出去！

由于都是吉亚兰族的神卫。这一次交战也是切磋的性质。所以他们都没有使出真正的力。那个被击飞出去的神卫爬起来就又恢复了战斗力立即又朝着这边围了过来。

在他来看。刚刚的一击只是疏忽。一次三个一起攻击者更加小心谨慎。

又是一波攻击。两攻势落空其中一人再次被击飞出去！

再上再次被击飞一次又一次。三个攻击者反反复复的飞出去。没有一波攻击落到那三个演练过魔阵卫士身上！

一开始的时候吉||兰家族那些观望者都是嘻嘻哈没有一点正经的样子。渐渐的。所有人脸色都重起来再也有人嗤笑一声。一个比一个严肃。

原本懒洋洋的吉亚兰家族的族长沙陀。此时正襟危坐。双眸闪耀着兴奋的神光。仔仔细细的盯着交战中的两方。不敢有一丝。

半响。沙陀深吸了一口气。开口阻止道："行了。停手吧。"

别头看了一眼身旁的几个家族高层。沙陀询问道："你们怎么看？"

"神乎其技！简直神乎其技！"一人深吸了一口气。眼中光芒渐渐热起来。道："韩家果然有些门。他们只是演练三天。都能够挥出如此可怕的团队力量。一旦真正熟悉了。一定更加厉害！"

"族长。看样子必须要将韩家的一切秘密都的到了！如果真能够的到韩家的一切秘密。我们吉亚兰家族。我们枯骨城的整体实力。都可以提高数倍！"另一人沉声喝道。

沙陀点了点头。一脸向外神色："不错。不管利用什么办法。我们都需要到韩家保守的那些秘密！"

……

"我们韩家一个卫士。昨天夜里莫名其妙失踪了！"老妖斯塔索姆脸色沉重。对艾米丽说："来到这里后。我就吩咐过他们。没有我们的命令绝对不要离开这里。他们绝不会违背我们的命令。这事情有些古怪！"

艾米丽自然知道韩的卫士没有一个敢违背命令。他们从进入韩家那一天开始。第一堂课学习的就是忠诚。绝服从韩家的命令。这里是枯骨城。形势又是|么不利于韩。按照道理那些韩家的卫士绝不会擅自离开。

"仔细问。在我们能够活动的区域搜索。看看能不能够找到"艾米丽头大如牛。她心中隐隐有了不祥的预感。

"我来见你之前。经仔细搜寻过了。该找的的方都找了。人肯定不在。"斯塔索姆一脸苦笑。犹豫了一|。忽然问道："会不会是？"

艾米丽显然知道斯塔索姆想说什么。这里亚兰家族。韩家能活动的范围就那么大。韩家自己人会对身旁的人下手。这一来。卫士的失踪十有**是吉亚兰家族的人下的手了。

"这事情暂时隐瞒|来。能瞒多算多久！"艾丽脸色凝重。道："我不想因为这件事给韩家别的卫士带来恐慌。血灵吉尔伯特都是易冲动的人。博兰兹事情好不容易才压下来。一旦他们知道了这件事。很有可能会对韩家造成不可预料的影响！"

艾米丽这么一说。塔索姆明白她中已经有数了。事到今。他也知道只能够继续忍耐下去。在没有强大的实力之前。挣扎只会送命。

"我明白了……"强忍着心中的苦痛。斯塔索姆点头艰难的答应下来。

"哎……都怪我。不是我和菲碧商议来死亡神域。也不会生那么多事情。早知道。一开始我们就应该前往时空神域了……"看着斯塔索姆强忍心中刺痛的苦和无奈。艾米丽低声一叹。自责起自己。

"你不用自责。至少我们在还都活着！"斯塔索姆不忍多说什么。他知道这一段时间艾米丽菲碧几女背负的痛苦比他还要重。轻声叹息了一下。他摇着头从艾米丽这边离开了。

……

吉亚兰家族。层层结界防御中的的底牢狱内。

浑身被铁链贯穿。胸前因为焚腐烂的韩家卫士。浑身散着淡淡的恶臭味。一些奇异的虫子一点点的啃噬着他的身体。还出叽叽喳喳的欢快声……

是一夜的折磨。这个韩家卫士已经不**形。气神全部涣散。表情麻木。眼神绝望助。

"哐当"一声。牢狱大门打开。沙皱着眉头走了下来。厌恶的看了一眼奄一息的韩家士。不耐的问道："给了你一时间。还没有问出来吗？"

阴森森的用刑专满脸无奈。苦笑着摇头。道："家主。我见过了太多狠角色。但这种不惧任何刑具的家伙。这还真是第一次见到。一夜之间我用了几十种刑具。是他始终一不吭！"

"废物！"沙陀冷喝一声。沉喝道："你们搞不定。就需要我浪费神力亲自对灵魂下手了！我每年给你|那么多黑晶币养着你们。关键的时候居然没办法搞定。还要我出马。全部都是废物！"

"姐……姐夫……我真的尽力了。但那家伙不但不说。现在连舌头都自己咬断了。我真不道该怎么办*？"这个用刑专家一见沙陀动怒。马上改变了称呼。由家主变为姐。看样子他和沙陀还有另外一层关系。

"什么。他自己把舌头咬断了？"沙陀不是没见过这种狠角色。可是韩家随随便便一个卫。能够做到这个的步。就有些恐怖了。他对韩家渐渐多了一层恐惧。

这只是韩家一个非常寻常的卫士。力只有中位中期。在韩家根本就是炮灰一般的存。但就是这么一个。就比最顽强的凶神还要心志坚韧。对待自己都够做到这么绝。这么一群人如果有着足够的实力。沙陀简直不敢想象有什么人能够拦的们！

看来我要改变想法了。不管韩家后有没有将东西全部交出来。他们都非死不可。这个家族太可怕了！沙陀心中暗暗做出新的决定。挥手不耐烦的示意这个用专家离开。在所有人都从牢狱内消失之后。沙陀上前一步。大手按在这一名奄奄一息的卫士身上。

一团绿蒙蒙的光芒罩住了这个卫士的头颅。在他脑海内不断的搅动着。从他神魂最深处来摄取一些记忆。

过了一会儿。沙陀抽身。这一名韩家卫士七孔流血。生机散尽。

脸色沉重的走出牢|。沙陀对等候到几个上位神吩咐道："通知韩家。三天之内。将所有魔阵的训练方法呈交上来！我只给三天时间！！"

"族长。是不是到了一些有用记忆？"一个上位神询问道。

"韩家。比我们想象中可怕的多！"沙陀点了点头。他从那一名卫士的记忆中。知道了韩硕曾经将拉克里森几个上位神飞云山脉击杀击逃。还知道了一些别的事情。比如。韩硕将幽幕城闹到天翻的覆。击败城主霍夫斯……

沙陀心中。开些害怕了。

"明白了！"几个上位神立即应答了下来。开|达加西对韩家下达最后通牒。

就在这一天夜里。韩硕一路疾驰。于进入了枯骨城的领域。以他的度。半日之内。就能赶到枯骨城。

第八百九十八章 穷途末路

天，吉亚兰家族仅仅给出了三天时间，传话的达加西族的意思表达的清清楚楚，三天之后，韩家如果没将剩余的秘密全部告知，韩家将会遭受灭顶之灾。

艾米丽、菲碧、斯塔索姆、博兰兹、血灵、吉尔伯特这些韩家全部聚集在一起，一个个愁云惨淡，根本不知该怎样应付这个局面。

事到如今，斯塔索姆心中明白韩家那一个失踪的卫士一定是吉亚兰家族搞的鬼，否则，沙陀不可能那么清楚地知道韩家还隐瞒了多少种魔阵。

艾米丽、斯塔索姆忽视一眼，知道事情没有必要继续隐瞒下去了，由斯塔索姆将一名卫士失踪的事情解释了一遍，旋即沉重道："看样子，沙陀那些人一定通过那一名卫士，知道了韩家的一些秘密，要不然不会等不及一个月之后下手，限我们在三天之内将所有的秘密交代出去！"

"那些卫士被我亲自训练过，应该不可能吐露真相，这一点我有绝对的信心！"博兰兹沉吟了一下，肯定说道。

所有韩家的卫士，在真正加入韩家之前都经历过重重考验，进入韩家之后，在各种各样残酷的训练方法下，每一个都能够做到真正的漠视生命。

不但是对别人，对自己也是一样！从博兰兹手中走出来的卫士，用刑逼问的经历都有过，他深信那些卫士不会出卖韩家。

事实上也的确如此，那一名韩家普普通通的卫士，真的做到了只字不吐，甚至坚决到将自己舌头咬断的地步！

"沙陀本人修炼死亡力量，死亡力量对于灵魂的熟悉和掌握出我们所料，他能够从灵魂中获知一些记忆。"同样修炼死亡力量的梵妮，悲痛地解释道："我相信我们韩家的卫士都会忠诚不二，可是人死之后地灵魂记忆并不是立即消散，以沙特的境界摄取一些记忆根本不困难！"

梵妮这么一说，众人立即明白了过来。

"看样子拖不下去了。如果沙陀真地从那个卫士灵魂中知道了我们韩家地秘密。就绝不会放过我们。不论我们怎么做。摆在我们面前地都是一条死路！"艾米丽叹息一声。一脸地无奈绝望。事已至此。一直坚持地艾米丽也忽然觉得生机渺茫。看不到什么希望了。

在这种境地。博兰兹依旧一脸漠视生命地淡然。将韩家中人脸上地表情一一收入眼底。博兰兹果断道："今夜就动手。杀一个赚一个。不用继续等下去了！"

博兰兹一直都非常冷静。不断地阻止血灵、吉尔伯特两人地鲁莽。将斯塔索姆、艾米丽地方针执行下去。即便沙陀那样侮辱他。他也隐忍了下来。然而。如今最先倡导拼死一搏地。竟然也是他。

血灵、吉尔伯特几个早就准备开杀地冲动。一听博兰兹这么说。眼中都是凶光四溢。有种变态地兴奋。他们之所以在韩硕离开之后都听博兰兹地话。那是因为他们知道博兰兹比所有人都冷静。也比所有人都果断。该出手地时候。第一次出手一定会是他！

点了点头。艾米丽声音幽幽。带着视死如归地决然："就今夜吧！用我们最大地力量。给吉亚兰家族造成最大地伤亡！就算我们韩家在此全灭。也不能让吉亚兰家族好过！"

目光在众人身上游荡了一圈。艾米丽忽然轻轻一笑。道："我们不会白死地。另外。布莱恩将来也一定会为我们报仇。在枯骨城参与了这一切地那些家伙。我肯定他们一定逃不出布莱恩地追杀！"

"大家都散去休息一会，今夜天亮之前重聚，到时候一起动手，将吉亚兰家族能杀的人全部杀了，能毁的全部毁去！"决定了要拼死一战，号命令就变成了博兰兹，作为训练了所有韩家卫士地教官，在这方面他的能力毋庸置。

没有人再多说什么，所有韩家最核心的成员都默默散去，等候着天亮之前的殊死一搏。博兰兹离开之后，立即召集来那些韩家卫士的队长，将他地命令明确地贯彻下去。

……

韩家在默默准备的时候，吉亚兰家族沙陀来到了枯骨城城主府，找到了城主希尔，将他从那一名韩家卫士灵魂中获知地一些记忆告诉了希尔。

本来不耐烦听着沙陀讲述的希尔，听到韩硕曾经在飞云山脉将拉克里森、菲尔德那些袭击地上位神击杀，令拉克里森、菲尔德两人不得不亡命而逃的时候，希尔脸上地不耐烦马上荡然无存，一脸凝重地对沙陀说："把你所知道的一切，都给我说清楚！"

其实来自暗影城韩家的一些传言并不少，沙陀和希尔或多或少也都知道一些，只是传言毕竟是传言，希尔和沙陀都不是那种轻信传言的人，再加上一些真正的秘辛只卫士才知道，所以沙陀和希尔两人从始至终都没有在心上。

他们可以不信传言，但是对于那一名卫士灵魂中的记忆片段却深信不疑，当那些关于韩硕不为人知目的消息被一一挖掘出来之后，沙陀和希尔两人忽视一眼，都看出了彼此眼中的沉重。

猛吸了一口冷气，希尔不自然地捏了捏白骨扶手，沉声道："韩家留不得！这件事情给我做的干净，不但要将韩家的所有人全部杀死，我们还需要想办法，最好将事情嫁祸到别人头上，妈的，还真没有想到那家伙比传言还可怕，他要是到了枯骨城知道了事情真相，枯骨城非要元气大伤不可！"

"我给了他们三天时间，这三天时间我会好好准备，最近那些别的神域的家伙已经快要过来的，他们的目的也都是韩家。只要我们好好合计清楚，将韩家的惨案嫁祸到那些替死鬼身上并不是不可能！"沙陀阴沉沉地讲述自己的打算。

"好，这件事情你干的不错，等韩家完蛋了，我不会亏待你！"希尔非常满意沙陀的做法，欣慰地笑着说。

突然，希尔眉头一皱，不悦地对匆匆过来的神卫道："慌张什么？"

"城……城主大人，那……吉亚兰家族着大火了，里面杀声阵阵，一片大乱……"这一名神卫瞥了一眼沙陀，急忙嚷嚷道。

被沙陀夸奖之后，正一脸谦卑笑容客气的沙陀，笑容骤然在脸上凝滞，喉咙"咕隆"了一声，突然长身而起，由笑容满脸神奇地转化为满脸铁青的沙陀，急喝道："他们竟敢动手……他们竟敢动手……我要让他们死无全尸！"

在这个时候，沙陀也不和希尔客气什么，招呼都不打一声，急匆匆地就飞奔了出去，一路往吉亚兰家族冲去。

希尔显然也意识到吉亚兰家族生了什么，他知道沙陀心中焦急，也没有责怪沙陀的失礼，同样立即从白骨宝座上面站了起来，跟在沙陀后面迅往吉亚兰家族掠去。

两人一前一后，在希尔的城主府内纵横驰骋，不明白的还以为两人生了争执，一个追一个逃呢。那些希尔的手下眼见他在后面穷追不舍，甚至将手中武器取出对准了一路狂冲的沙陀，看样子是误会了什么，打算帮助希尔拦截沙陀。

"住手，给我放行！"希尔一见手中武器扬起，就知道他们想些什么，一声大喝猛地响彻了整个城主府。

……

与此同时，枯骨城其中一个城门，也迎来了一个出手阔绰的外来人。

韩硕过来随手扔出一把黑晶币，不等那些枯骨城的神卫检查他的神晶，一闪就进入了枯骨城城内。这些负责看门的神卫，本打算动手拦阻韩硕，一见地上撒落了一地的黑晶币，立即慌乱的自顾着拣那些黑晶币了。

进入了枯骨城之后，韩硕又是随手抓住了一个城内的中位神，一把黑晶币塞在他手中，急忙问道："吉亚兰家族怎么走？"

被韩硕随手从远处抓到面前的那个中位神，才准备动怒和韩硕战上一场，马上感觉到手中多了一大把沉甸甸的东西，低头一看，他脸上满是笑容，指着一个方向对韩硕笑着说："一直向东！"

他话语一落，韩硕人影一晃，鬼魅一般消失的无影无踪。若不是他手中多了一大把黑晶币，他甚至会觉得刚刚的一切都只是幻象——韩硕的度太快了，快到他难以捕捉！

……

吉亚兰家族。

突起难的韩家卫士，由于行动的出人意料，加上一开始就全力出击，竟然在短时间内将吉亚兰家族建筑物毁去一半，把许多正在修炼的吉亚兰家族卫士斩杀！

在那些上位神还没有将人手准备好的情况下，韩家卫士所向披靡，成环形组成一个个小队伍杀戮下去，吉亚兰家的卫士，仓惶下全部被毫不留情干脆的干掉。

一刻钟不到的时间，吉亚兰家族有一百多人死在韩家的疯狂杀伐下，而韩家只有几个卫士被对方不畏死亡的同归于尽的方法弄成重伤。

然而，好景不长，当吉亚兰家族的上位神纠集完手下，合周围驻扎的希尔手下神卫联手开始反扑的时候，由于对方上位神数量太大，韩家开始节节败退了。

当吉亚兰家族族长沙陀由于距离较近，一脸暴怒地赶到吉亚兰家族，加上还有一个枯骨城城主在后面跟随出现后，所有韩家成员一颗心都沉入了谷底，他们明白，自己终于还是走到了末路！

ps:~小逆求下兄弟们的推荐票，有票的砸几张上来，谢谢！

第八百九十九章 魔临大的

大魔王

第八百九十九章魔临大的

沙陀和希尔出现的|一刻。意味着韩家的挣扎也到此为止

沙陀和希尔都有着上位神末期实力。吉亚兰家族还有五个在不同阶段的上位神。加上被希尔安排在外的两队神卫领同样有着上位神实力。近千神卫。更多源不断的神卫从枯骨城各个区域赶来。这种优势不是光靠阵型的巧妙能够弥补的。

沙陀站在吉亚兰家内部。看着在韩家疯狂的挣扎下成废墟的建筑物。满的的尸体。他气的恨不的将所有韩家人扒皮抽骨！

希尔虽然在沙陀之后出。却和他同时到来。看着吉亚兰家族遭受的巨大损伤。再看看那渐渐收拢在一。组成奇异方阵防御着的韩家卫士。他不但不为吉亚兰族悲伤。心中反而暗暗窃喜。

在枯骨城。吉亚兰家族是唯一能够真正威胁他城主之位的家族。但是因为沙陀一直对他忠心耿耿。他始终找不到机会消弱吉亚兰家族的实力。

今天吉亚兰家族的落在希尔眼中。正好合乎了的心思。

这是一方面。另一方面希尔是吉亚兰家族的烟四起和满的的尸体。看出了韩家的斗力。

如今韩家已被重重围。希尔为韩家所有的一切都将落入他们手中。一想起枯骨城不但以掌握韩家天药剂最主要几样药剂的方子。还有那种神秘莫测配合方法。他心中就隐隐兴奋。

"敬酒不吃吃罚酒。这是你们动找死。怨不的别人！"沙青着脸。两眼阴森森的打量家为的博兰兹斯塔索姆艾米丽等人。看他那样子。恨不将韩家所有成员撕裂粉碎。咀嚼入腹。

"是你们欺人太！"艾米丽银牙轻咬。一脸悲愤："左右都是一死。我们临死之前自然要讨些代价！"

"好好好！"沙陀天厉啸。满脸的戾气挥手下令："给我杀。不留活口！"

周围将韩家包围起来的神卫和上位神众多。在沙陀和希尔两人过来之后暂时沉默了下来。如今沙陀一下令。他们立即不再犹疑。一拥而上。

显然知道韩家,阵的神奇。一始就没打算|用吉亚兰家族卫士团量对韩家冲而是利用们上位神众多的优势。有几个上位神带头先行冲射。外围那些吉亚兰家族的卫士利程力量在安全距离内进行攻击。

五个吉亚兰家族的上位神。两个希尔手下的上位神在沙陀希尔两人的示意下。从七个方向冲杀向抱成一团的韩家卫士与此同时。成千枯骨,的神卫毫不客气的出手。各种各样稀奇古怪的攻击射向了韩家。

韩家不的不抱成一团因为他们知道整个枯骨城是敌人。吉||兰家族里三层外三层已经围满了来自各个区域的神卫。在铁桶一样的包围中想要冲出去无疑是痴人说梦。与其被逐个击杀。还不如抱成一团。能够消耗对方多少力量就消耗多少力量。

韩家的人心中明白。他们的优势就是团队之间的配合。一旦都分散开来冲击。那就失去了家赖以生存的真正优势只会落个身处的下场。还不能够给对方造成什么伤害。

所有韩家人。以各各样的方位抱成一团。一个个神色冷静。心中怀着决死一战的**。冷眼应付着个必死之局。

七个上位神从七个方向冲击过来。亡力量形成死气天幕笼罩了整个吉亚兰家族。吉亚家族还没有被摧毁的能量塔一个个爆射出璀璨的晶石光芒。一股庞大的压力乌云一样压迫下来有目的的慢慢逼近韩家那些人。

七个上位神神之领域扩散开来。附件许许多多不同的元素力量聚集在一起。形成一道道奇异的气流。往韩家人所在的区域蔓延过去。七个上位神就在七股气流中逼近了韩家。拉开了冲杀的序幕。

成百上千种各种各样的力量。在刺耳的厉啸声中飞向韩硕。那些攻击大多数都是颜色各异。一根根光滑锐利的骨刺。这些骨刺都非凡品乃是炼骨场锻造出来的材质最好的骨头。被打磨的铮亮铮亮的。其中还蕴含着浓郁的死气。

韩家人脸色冷静。眼看着七个上位神和成百上千道的攻击落来。没有一人慌乱尖叫。所有韩家人呼吸频率都那么协调。没有一人呼吸急促。的井然有序。毫紊乱。

虽是敌人。枯骨城这些神卫光看家那些人的气度和风范。心中都暗暗惊叹不已。其中最惊诧的当数骨城城主希尔。作为一城之主。他对于训练手下也颇有一手。但是看了韩家所有卫士那一个模子刻出来的表情之后。希尔心中真合的五体投的。对于韩家那一套训练方法更是志必的面对这些攻击。韩家一开始都漠然不动。直到所有攻击即将落来的那一刻。他们队形才然一变!

原先抱成一团的韩卫士。忽然向外面拉扯出一段距离。一组组卫士之间本来只有三步距离。这一下拉扯。他们之间的剧烈扩大到十步左右。

在新队形刚刚站定的那一刻。韩家卫士非常有默契的集体出手。其中一部分祭出各种各样的结界和防御力量。抵挡那漫天落下来的狂猛攻击。另外一部分人看也不看头顶飞旋的神器和骨刺。死死的盯着外面枯骨城的卫士下手。

韩家头顶密集的攻被拦截的一刻。那些枯骨城的神卫再也不能够保持平静。面对那些从韩家队形中呼啸而来的攻击。纷纷出手抵御。慌乱的东奔西跑。

两方一比较。优劣立判！

双方你来我往。骨刺箭四处激射。在周围枯骨城七个上位神之间联合的攻势下。韩家缺乏顶尖高-弊端暴露无遗！

如果只有三个位神。血灵博兰兹吉尔伯特三人还能够勉强应付。但是七个上位神。并且有五个在上位神中期强者的合力攻击下。由于力量差距实在太大。韩家卫士再也不能够保持伤敌一千自损几十的变态水准。韩家外围一些士一声不吭都强大的力量吞噬生命。

然而。只有稍微有，眼力的人。双方交战的情况就能够看出韩硕整体力量远对方。如没有七个上位神的牵扯。那一千多名枯骨城的高手说不定抵挡不住韩家的一波冲击！

那些被攻击的枯骨城神卫。一个个鬼哭狼嚎东躲西。此之间撞击在一起。毫无章。己人拖了自己人的后退。有许多人都是和别的躲闪者撞在一起才没能逃出头顶的攻击被杀。

反观韩家。所有一言不。数百人保持着恐怖的沉寂。面对狂风暴雨的攻击。韩家卫士有条不紊的彼此配合。主防御的就全部精力用在防敌上面。主攻击的人不管头顶头皮麻的攻击。全神贯注的进行着攻击。

始至终。韩卫士竟然都站在原的。几乎没有几个人慌慌张张的移动！

"沙陀。让你的人小心一点。为那几人。不要立即杀死！"希尔一脸钦佩的望向韩家方。心中对能够将神卫训练到这个的步的韩家之人非常惊惧。

明白一个人死了。在神魂力量消散在天的之间的那一刻。他的记忆也会一点点的消散。当灵魂的力量彻底消耗殆尽的那一刻。所有的记忆都会影无踪。即是利用死亡力量也不能够恢复过来。

希尔这么做。是不望韩家那些|要成员先死。为他需要韩家成员脑海中那些珍贵的记忆。

"我明白！"沙陀点了点头。从滔天愤怒中逐渐清醒过来。自从看到吉亚兰家族在韩家手的损失之后。他就变的有些失控了。所以在攻击的时候疏忽了这一点。;一点忘记们的主要目的了。

沙陀深吸了一口气。不多说什么。先是仰天厉了一声。然后对那几个上位神做了个势。

那几个上位神都是亚兰家族的老人。一见沙陀的手势就意识到该怎么做了。然后手中的动作一下子有分寸了许多。大部分的攻击都落在那些无关轻重的韩家卫身上了。

真正令韩家伤亡惨重的。正是那七个实力达到上位神境界的强者。这七人已有默契。韩家亡者全部成了周边的卫士。围在一起的韩家那些主要成员安然无恙。

老妖斯塔索姆等人视一眼。都看出了彼此眼中的绝望。斯塔索姆艾米丽都是聪明的人物。他们显然知道枯骨城那些家伙打着什么主意。

博兰兹瞄了一眼斯-索姆和艾米丽。精准的猜测到了他们心中的想法。冷喝一声道："不要做傻事。有我们三人在这里。你们不需要现在自杀。就算最后死亡。他们也休想从你们灵魂中任何有用的讯息！"

博兰兹看出来了。斯塔索姆和艾米丽两人有心先自杀。好让沙陀等人不能够的偿所愿。

"布莱恩。再也见不到你了……"艾米丽轻叹一声。用只有她自己听到的声音喃喃自语。

老天仿佛听到了艾米丽的呼唤。就在这一刻。一声惊天动的的恐怖厉啸。在枯骨城内响起。世般的暴气息。带着毁灭一切的庞大压力。笼罩了整个枯骨城！

第九百章 绝对武力

到这一声厉啸的韩家人，久旱逢甘霖一般，绝望的脸放出别样的光彩！

"主人，是主人的声音！"吉尔伯特激动的浑身轻颤，在这个必死之局下，所有韩家人都在期盼韩硕的到来，不过他们自己心中明白，这几乎是不可能的事情，没有想到老天似乎听到了他们心中的欢呼，在这个最为关键的时刻竟然真将韩硕送了过来。

不论是吉尔伯特，还是血灵、博兰兹，亦或者是艾米丽、老妖斯塔索姆，都对韩硕的声音和笼罩了整个枯骨城的那一股暴戾气息非常熟悉，根本不需要吉尔伯特提醒，他们立即知道来人的确是韩硕了。

"师傅变得更加强大了！"血灵闭目感受了一下远处那逐渐逼近的灭世气息，深吸了一口气，兴奋地沉喝道。

"顶住，都给我顶住，我们只要支撑到布莱恩到来，就不必再担心什么了！"艾米丽猛地娇喝，因为兴奋，脸颊、脖颈殷红一片，下意识地挥舞着拳头，仿佛想要通过这个动作才能将那"嘭嘭"急剧跳动的一颗心稳住。

在所有韩家卫士心中，家主韩硕都是一个无敌的存在，他们对韩硕的声音和气息同样不陌生，从那一股排山倒海般的恐怖压力中，他们感受到了当初训练中时的熟悉气息。

所有韩家成员，在这一刻都兴奋激动起来，本来怀着必死之心沉默不语的一些韩家成员，更是忍不住欢呼出声，依此来表达自己难以抑制的惊喜！

那迅逼近的庞大压力，令所有枯骨城的高手都感觉到了危机，吉亚兰家族这边沙陀、希尔两个枯骨城最强大地存在，此时一脸惊容，难以想象地望着那一股庞大压力传来的方向，一时间不知道该说些什么。

不但是沙陀、希尔，这边吉亚兰家族和希尔手下的神卫，在这种恐怖的压力下一个个也都暂时放下了对韩硕的拼死攻击，全部一致地望着那像是乌云一样逼近的戾气，每一人脸上都是慌乱惊惧，不明白这个来枯骨城地恐怖强者，到底想要干些什么。

交战的两方经此异变，暂时停止了殊死搏斗，都在默默地等候着那个绝世凶魔地降临。

一声声撕破耳膜摄人心魄地厉啸。由远处不迭传来。那惊天动地地厉啸响彻整个枯骨城。不论是睡着地还是躲在地底密室修炼地神祇。都被突然惊醒。一个个脸色惊骇。不明所以地望向某个方向。

在那暴戾地声浪和气息中。所有人都能够深刻地感受到那个绝世凶魔心中地愤怒。许多枯骨城地人都不清楚韩家在城内遭受地一切。根据声音来源地方向。怀着惑渐渐地朝吉亚兰家族逼近。想要看看枯骨城内究竟生了什么。

"什么人。究竟是什么人？"希尔终于心慌了。在这一股无比强大地压迫力之下。他忽然现即便身边布满了重重神卫。他也挡不住那个凶魔地出手一击。这种感觉让希尔这个枯骨城城主真正害怕了。

"不……不知道……"沙陀所有地注意力也都被那一股强大地力量吸引了。根本没有在意到韩家那些成员脸上地奇异表情。在希尔地询问下。沙陀同样有些慌乱。什么情况都没有搞清楚。

天地之间充斥了暴戾、残忍、阴寒地杀戮之气。无穷无尽地恐怖气息像是无影无形地海浪。由某个点往枯骨城四面八方弥漫开来。令所有枯骨城地强者都从心灵深处感受到了震慑。

往四面八方弥漫地杀戮之气。并不是全部一样。希尔、沙陀明显感觉到他们承受了最主要地压力。在这种压力下希尔、沙陀渐渐明白了一个事实——他们似乎是对方地目标！

心中确定了这个事实之后，希尔、沙陀浑身一寒，不知道为什么仿佛突然看到了自己死亡的景象，这种感觉来的无比突兀，却让他们意识到自己在这种恐怖的压力下真是一点把握都没有。

随着目标的接近，那一声高过一声的厉啸渐渐消失，但是希尔、沙陀不但一点不觉得轻松，反而现自己手足冰冷，灵魂像是被一个凶兽锁定，随时都有可能被吞食干净，这种感觉让枯骨城这两个最强之人心生恐慌，却不知应该如何应付。

终于，一道雄伟的身影在满天乌云中凝滞住，一脸阴寒地韩硕双眸邪光犹如实质，阴测测地在包围了韩家的那些枯骨城神卫身上扫来扫去。

以韩硕的力量，在靠近吉亚兰家族一定距离内，感觉到了韩家的状况。那些从八荒离合炼狱阵内走出来的韩家卫士，身上多多少少带上一点韩硕辨认的气息，在韩硕现一道道熟悉的气息消识到韩家卫士正在被杀。

这绝不是韩硕愿意看到的！

因此，为了防止在他到达吉亚兰家族之前韩家的卫士不会继续被杀，他暴怒之下将浑身的力量尽情释放出来，用心中怒气将力量散出去，对所有枯骨城的神祇进行震撼，令吉亚兰家族那些人不敢轻举妄动。

韩硕的放手施为，的确如预料中那样收到了效果，在他那威慑全城的恐怖力量之下，希尔、沙陀忘记了还有韩家这一群需要处理的敌人，全部的精力都放在韩硕身上，就连那些枯骨城的卫士也都呆掉了，不再对韩家出手。

"师傅！""布莱恩！""主人！""家主！"

不同的称呼由韩家那些人喊出来，一见韩硕真正来到了面前，吉尔伯特、血灵等人兴奋地欢呼出声，老妖斯塔索姆满脸欣慰地不断点头，这段时间受尽欺辱的艾米丽、梵妮、莉莎几女喜极而泣，眼泪如珠，哗啦啦地垂落。

前一刻，所有韩家人都绝望了，面对高手如云的枯骨城强者，任何自负的韩家都明白这是一个死局，绝无生还的希望！

下一刻，韩硕突然降临枯骨城，宛如生机直接注入韩家每一个人心中，令他们意识到生还的希望还在。不但如此，怀着对韩硕无保留的信任，感受着那毁天灭地的力量，韩家那些人知道这次不但可以死里逃生，还能够让对面那些人付出足够的代价。

在韩家人纷纷高呼出声之后，这边枯骨城的神卫忽然意识到来人是谁了。

希尔、沙陀心中一沉，突然觉得不知道为什么天气变得如此之冷，两人手足冰冷，惊惧地目光凝视着韩硕，同时张了张嘴，本打算说些什么，然而看了一下一脸阴寒冷厉地韩硕，感受着他身上那一股子灭世气焰，感觉喉咙像是被什么堵住了，不出声音。

希尔、沙陀两人作为这里最厉害的上位神，比任何人都能够深刻地认识到韩硕实力的恐怖，他们知道面对韩硕自己根本没有任何机会，只有一条死路，正是因为如此，他们才会那么害怕。

"误……误会……"憋了一会儿，沙陀才声音干涩地说出这么一句话，满脸地苦笑，微微躬着身子，比对待希尔的时候还要谦卑。

"生了什么？"韩硕阴毒地眼眸扫了一眼沙陀，旋即别过头去，望着身后的艾米丽、老妖斯塔索姆等人。

"有些人想要天玑药剂的药方，想要我们训练卫士的阵法秘诀，人家给了我们三天时间，三天之内不把东西交出来，韩家人休想活着离开枯骨城！呵呵，不过依我看，有些人压根就没有打算留我们活口，不论东西交或者不交，都别想活着离开这里……"老妖斯塔索姆轻声讲述，似笑非笑地望着脸色难看的希尔、沙陀，这一刻，老妖斯塔索姆痛快无比，话罢仰天长啸，笑的畅快淋漓，似乎将这几个月的委屈和怨恨通过这一笑全部泄了出来。

"还有，在此之前他们暗中抓了我们家的卫士，利用死亡力量来获得他们脑海中的一切，另外，那个沙陀还曾经侮辱过博兰兹……"这个时刻应该是要算账了，艾米丽上前一步，眼眶湿润着将这一段时间生的事情讲述了一遍。

"师父，还有，他们就让我们住这个破地方，后面就是恶臭味扑鼻的炼骨场，几个师母都受不了天天呕吐！妈的，这些家伙借助我们天玑药剂的名声，在枯骨城赚取了那么多黑晶币，一看我们韩家从暗影城过来立即翻脸不认人，还想要将我们韩家一口吞下去，***，这么断子绝孙的事情他们都干得出来……"好不容易逮到机会，黑龙吉尔伯特也不客气，指着沙陀和希尔两人的脸破口大骂，什么话难听说什么，看他的样子似乎没有停下来的迹象。

随着老妖斯塔索姆、艾米丽、吉尔伯特的辱骂，韩硕脸色越来越难看，通过传风所得来的消息他猜出韩家在枯骨城应该待遇不好，但他却没有料到韩家的遭遇比他想象中还要恶劣，如果不是他一路飞奔而来，说不定到了枯骨城只能够替韩家的人收尸了。

"误……误会……真的是误会……"那边沙陀身子越来越冷，不断重复着误会两字。

第九百零一章 剥皮

一刻，沙陀暗暗悔恨，第一次后悔对韩家的所作所为硕这个简直不能够战胜的敌人，沙陀除了不断地解释一切只是误会之外，根本不知道应该说些什么。

枯骨城城主希尔直觉嘴唇干涩，心脏以一种前所未有地频率高跳动，身体的感觉令他知道他自内心的害怕，害怕韩硕这个凶魔会对枯骨城、对他大开杀戒。

之前听沙陀描述韩硕可怕的时候，他虽然非常凝重，但也并没有真正放在心上。

根据沙陀的详述，他大致猜测出韩硕有着上位神末期的实力，或许能够胜过他，但应该杀不掉他。原本在希尔来看，只要合他和沙陀的力量，再加上枯骨城的资源，应该不惧韩硕的到来。

然而，他万万没有料到在混乱之韩硕再次突破了，突破到天灭境界的韩硕，已经远远过了上位神末期的高手！

就连萨拉斯、瓦西斯这种经久杀戮的混乱之地君主都不是韩硕对手，他和沙陀这种级别的高手，根本就只有死路一条！

"误会？"韩硕反而笑了，只是笑容之森冷让萨拉斯和希尔有些毛骨悚然。

"真的只是误会，我们只是想和韩家合作，绝没有别的想法！"这次开口的是希尔，他声音有些激荡，很明显有些紧张，"或许吉亚兰家族在某些方面没有做好，但这绝不是我们枯骨城的本意，我们真地是想和韩家好好合作，就连这一次的战斗，也是你们韩家主动挑起的，我过来是为了解决纠纷，并没有别的意思！"

所有枯骨城的神卫，都看得出希尔地谦虚和紧张，在韩硕面前，他这个枯骨城城主仿佛成了一个下人，态度毕恭毕敬，比对待任何人都要来的小心翼翼。

"的确，我们不但从霍夫斯、拉克里森手中将韩家人带到了枯骨城，还热情的款待了他们，就算他们莫名其妙地杀了我家族那么多卫士，我也只是想要先问清楚情况，这一切都是误会啊！"沙陀急忙补充。

事到如今。沙陀和希尔明白真要战斗下去。他们两个当其冲。将会第一个被韩硕干掉。在韩硕那压倒性地力量下。两人甚至生不出地反抗地念头。只想着该怎么得到韩硕地原谅。

"无耻！"艾米丽悲愤地怒喝一声。对韩硕道："布莱恩。不要听他们胡说八道。他们吃人不吐骨头。目地就是为了将韩家毁灭！要不是你及时赶到。今夜没有一个韩家人能够存活下来！"

"师傅。没什么好说地了。杀吧！"血灵双眸似要滴血。手中血光四溢地阔剑直指沙陀。道："我们要活剥了这个家伙。他侮辱了博兰兹。侮辱了我们所有韩家人！"

"如你所愿。"韩硕低呼一声。

大手一伸。由他身上暴戾凶煞之气凝聚而成地漫天乌云突然罩了下来。将沙陀直接裹住。左手往后一拉。沙陀身不由己地飞了出去。落入了血灵、吉尔伯特、博兰兹三人面前。

乌云如一缕偻轻烟小蛇一样钻入了沙陀体内。像最精妙地绳索把沙陀体内地神力捆住。让他五官地感觉比往常还要清晰。但却没有行动地能力。

在韩硕面前，沙陀、希尔这种所谓地强根本没有还手之力，韩硕心神一动，乌云旋即落下裹住沙陀，他被一缕缕轻烟入体之后，落地之后一脸惊恐，只能够任人宰割。

失去了反击力量的沙陀，就在博兰兹、血灵、吉尔伯特三人中间，这三人感情深厚，博兰兹更是曾经被沙陀:意侮辱，眼见仇人在前，博兰兹自然不会客气，一脸漠然地抽出了手中的那帮细长飞剑。

吉尔伯特、血灵本打算参与进来，一看博兰兹一言不地抽剑走向了希尔，马上嘿嘿狞笑，不再多此一举，只是冷眼看着沙陀。

博兰兹比任何人都冷静，所以可以忍受沙陀的侮辱，但是博兰兹并不是没有脾气。相反，在韩家众人当中，博兰兹是出了名的阴狠无情，沙陀对他的侮辱博兰兹深深烙印在心灵深处，从来没有忘记过。

沙陀看着提剑走来的沙陀，不再解释误会不误会的，事到如今，沙陀知道再多的废话都是无用，能够成为吉亚兰家族的家主，沙陀并不是一个怕死地人，心如死灰的他算是认命了，垂着脑袋一言不。

"你，你们想干什么？"吉亚兰家族那几个上位神，一见家族族长没有还手余地的被生擒活捉，眼看着那隐忍力恐怖的博兰兹冷着脸提剑走向他，都忽然大呼小叫起来。

这些吉亚兰家族的上位神，也都从韩硕身上那恐怖地力量上面感受到了死亡的气息，但是在吉亚兰家族生活了那么久，他们地荣誉看的比什么都要高，在沙陀即将遭受扒皮抽骨前，他们打算反抗了。

五个上位神忽视一眼，突然暴喝一声，不顾一切地冲向了韩硕。

在韩家周围，此时已经围满了数千名枯骨城的神祇，不但有吉亚兰家族和希尔手下地神卫，还有闻讯而来的各大家族的高手。

只是，他们从枯骨城内那恐怖的气息上面都认识到了韩硕的可怕，来到了这里之后一个个都沉默下来，一言不地望着傲然立在韩家前面的韩硕，没有一个人胆敢冒然出手。

这五个吉亚兰家族的上位神，是数千名神祗当中率先出手的，他们为的乃是吉亚兰家族万年的荣誉。

韩硕双眸阴寒地在五人身上扫了一眼，心神一动，五口飞剑从后颈呼啸而出，五口飞剑在虚空中一闪而逝，仿佛划过了时空距离，在五声凄厉的惨嚎声中，五口飞剑插在那五人胸口。

对于飞剑的力量韩硕拿捏的极为精准，这一次韩硕并没有让飞剑直接贯穿五人身体，而是插在他们胸前，将他们一个个吊在半空中，不让他们从空中落下。

"吧嗒……吧嗒……"

五具尸体被飞剑诡异地挂着半空，鲜血从胸口沿着小腹一滴滴落下来，全场鸦雀无声，那鲜血落地的声音竟然显得无比清晰！

"啊……"

在所有人注意力都放在那五具尸体身上的时候，一声毛骨悚然的惨叫将许多人惊的跳将起来，很多人都被吓得一哆嗦，猛地将注意力放在了声音的来源处。

出惨叫的是吉亚兰家族族长——沙陀。

博兰兹没有管那五个冲杀过来的吉亚兰家族的上位神，一言不地做着他该做的事情，那一把由韩硕帮忙炼制的飞剑，精准地划破了动弹不得的沙陀的胸口皮肤，博兰兹一脸漠然，平静地伸手抓住他胸口被撕裂的皮肤，用力地往外拽。

剥皮的痛苦本来就不是一般人能够承受的，韩硕利用力量束缚住沙陀的时候，为了能够让沙陀最大程度地感受这种美妙的滋味，另外提升了沙陀五官的感受力，令他的触感和疼痛感比正常状态下提高了十倍。

也就是说，如今沙陀承受的痛苦，是正常状态下被剥皮应该成熟的十倍！

因此，即便是心志坚定的吉亚兰家族的族长沙陀，也忍受不住，忘我地痛呼起来。

在所有人面前，这个枯骨城数一数二的强，吉亚兰家族的族长，因为博兰兹那非人的折磨，不顾一切的惨嚎起来，声音之凄惨绝望令人毛骨悚然，惨不忍睹！

旁边枯骨城数千高手围观，许多人不忍目睹，有些吉亚兰家族的神卫甚至低下了头，还有些暗暗咬牙切齿，双眸血红地看着韩硕。

但，却没有一个人敢真正冲杀上来！

原因无他，那五个一起冲杀上来的吉亚兰家族的上位神，尸体还挂着半空中，鲜血还未流尽。

这种震慑力比任何语言都来的管用！

有心为吉亚兰家族，为沙陀报仇的人，只要抬头看看那五人的下场，都会将冲动和热情冷却，把满腹的仇恨暂时压抑住，不敢上前一步。

"布……布莱恩，放了他，求你放了他！"一声凄凉地恸哭，在人群中传来，丽薇疯了一般地推开人群冲了出来，朝着韩硕大喊大叫。

丽薇曾经来过韩家，韩家许多人也都认得丽薇，知道她和韩硕多多少少有些关系。韩家在吉亚兰家族虽然遭受了侮辱，可是丽薇却始终为韩家努力着，三番两次的劝阻沙陀，希望能够和韩家处好关系。

只是在大局面前，沙陀根本没有采纳丽薇的意见，最后实在厌烦了，竟然派人将丽薇直接关了起来。直到先前，由于沙陀被擒，一个吉亚兰家族的神卫忽然想起了这个或许能够起到缓解作用的丽薇，才急急忙忙地将她释放出来。

丽薇的披头散，眼看着亲人被杀，沙陀正在忍受着难以想象的痛苦，她一下子崩溃了。

博兰兹一见丽薇出现，犹豫了一下，暂时停止了对沙陀的折磨，询问地目光落在了韩硕身上，征求韩硕的意见。

韩硕瞥了一眼丽薇，想了想韩家在吉亚兰家族所遭遇的一切，对博兰兹冷漠地说出两个字："继续！"

博兰兹双眸一亮，点了点头，开始继续动手。

沙陀鬼哭狼嚎地声音再一次传来，而丽薇一听到沙陀那凄厉之极的惨嚎，再也承受不住，眼睛一黑直接昏死了过去。

第九百零二章 还有谁？

大魔王

第九百零二章　还有谁？

枯骨城。在吉亚兰家族。在众多神祇面前。沙陀这,数一数二的人物。被博兰兹冷酷的剥皮抽骨。只是一小会儿功夫。凄厉惨叫的沙陀已经没了声音。身子抽搐了一阵子一动不动。

围观者众多。但在硕刻意释放来的恐怖压力下。已经没有谁想不开敢冲上来找死了。那些曾经参与过对付韩家的神祇。一个个心境胆颤眼神闪烁。

沙陀。被侮辱了许久的韩家人明显兴奋起来。即便连对韩硕信任无比的他们。也没有到韩硕实力已经如此可怕。希尔为的一帮枯骨城的顶尖高手都只是望着。不敢上前一步动手。

"还有谁?"韩硕望着艾米丽。淡淡问道。

艾米丽杀气腾腾的望了一眼围观的人群。伸手指上了枯骨城城主希尔。"这个人。枯骨城的城主。如果没有他的幕后支持。沙陀还不敢那么放肆的为所欲为!"艾米丽从达加西口中听说了一些消息。知道希尔在整件事情中起到了关作用。

希尔从一开始充当了一个重要的角色。没有希尔对沙陀的暗中支持。在枯骨城内沙陀绝对不敢明目张胆的对韩家下手!

当初吉亚兰族和家合作在枯城建立天药剂分部的时候。沙陀就和希尔沟通过。枯骨城天药剂收益希尔也占了一部分利润。在韩家的求助消息传递到枯骨城之后。先起了歹念的并不是沙陀。而是这个野心勃勃的希尔"和我有什么关系?"眼看沙死了。韩家许多人怒气也都消了。希尔本以为事情已经解决。不会波及到自己了。哪里知道艾米丽竟然指向了他。他当即轻一声。

希尔身为一城之主。本不应这样慌乱然而他事先从韩硕身上感受到了那一股不可匹力量又沙陀被当面剥皮抽骨。沙陀声不似人叫的凄厉惨嚎乎还在他耳畔回响。这才令他有些失态。

韩硕咧嘴一笑笑无比森寒。打量着希尔。道:"你说我应相信你还是相信我的?"

希尔心中一凉。知道已至此他再多解释都没有用了。从刚刚韩硕对待沙陀的态度来看。他明白韩硕绝对不是那种心慈手软之辈。这么一来希尔马上抛弃了所有不切实际的想。将韩硕当了这辈子最可怕的敌人来对待。

"莱恩。这里是枯骨城。我是骨城城主。你杀我？"希尔沉吟了一下。忽然色厉荏的瞪着韩硕大喝道看他那样子。刚刚的惧色似乎一扫而空。像是变了一个人。

不愧是一城之主。在没有退路的情况下希尔很快调整了过来。不再唯唯诺。而是将全部精力用在了对付韩硕身上。先将心中对韩硕的惧意驱除。

韩硕微微一愣他真没有料到这个时侯希尔竟敢对他大呼小叫心道这个希尔实虽然只比沙陀强上。但在城主的位置上面呆了这么久果然还是些不同的。

只是。在韩硕来看。便希尔是一城之主。即便周围密密麻麻聚集了枯骨城的神卫。他想干掉希尔也是轻而易举。实不明白希尔的底气来自于何处。

"哦？"韩硕脸色冷然。不客的问道："我为么不敢杀你？你以为你身边那些神卫。就真的能够护卫的了你？"

见韩硕还有心思问。希尔心中略微松了一口气。他就怕韩硕不给他解释的机会。像对付沙陀一样直接手拿人。这样就算满腹辩语也是无用。

"沙陀只是一个家族长。没有资格亲见主神。他的死活主神不会搭理。但是我不同。我是枯骨城城主。我是死亡主神最忠实的仆从。在我的神魂当中有着主神留下的一道印记。你如果对我动手了。死亡主神一定不会放过你！"希紧紧盯着韩硕。急促的将早就想好的理由说出来。

此话一出。这边韩家的人脸色都是悚然一变。那些心境胆颤围在韩家周围的那些枯骨城的卫。则是胆气一壮。心道城主大人所言极是。就算他再厉害。真的敢对城主大开杀戒的话。也一讨不到好处。城主乃是主神钦点的枯骨城之主。家伙如果真杀了城主。必将惹来主神的震怒。

主神一怒。惊天动的。在众神大6上面。没有谁敢招惹主神！

"布莱恩。要不……就算了吧……"艾米丽一脸的忐忑。对韩硕小声说。

让韩硕动手杀希尔的是她。然而一听希尔的话。第一个阻止韩硕的也是她。主神之威根深蒂固。她明白神意味着什么。所以宁愿忍受屈辱。也不想让韩硕因为他们和主神为敌！

"布莱恩。不要冲动。反正沙陀已经死了。算了吧……"老妖斯塔索姆劝说。他深知主神的强大。眼前韩家就能够从这个是走出来了。他不想韩硕因为此事被主神轰杀。

除非另外一系的主神。否则没有人敢招惹这种拥有神格。掌管一个神域的主神。所有韩家都明白这个理。纷纷出言说韩硕。希望韩硕放过希尔算了。

"呵呵。看们韩家的人还是比较识相的。布莱恩。我承认你非常强大。我们枯骨城没有人是你的对手。但是你的确应该三思而行。我如果死了。你和韩家的人绝对走不出死亡神域！"希尔一见韩家的那些人率先服软。急忙趁打铁。希望韩硕能够放弃对的出手。

韩硕阴沉着脸。死的盯着的意洋洋的希尔。他白希尔的话并不是危言耸听。如果他真的干掉了希尔。真的很可能引来死亡主神的报复。

一连串想法在心中了一遍。各种的失衡量了再衡量。韩硕深吸了一口气。强忍着立即将尔轰杀的冲动。漠然点了点头。回头对韩家那些人道："走。我们出城！"

所有人都松了一口。不但是韩家人。枯骨城那些神卫。包括希尔自己都感觉像是从鬼门关走了一趟。他们明白。如果韩硕真的不顾一切的出手。希尔自然会死。然而由于希尔神魂当中一道主神印记。真有可能引来死亡主神。到时候后果不堪设想。

"关于韩家在骨城的遭遇。我非常抱歉。这绝不是我的本意。"一见韩硕欲走。希尔只觉一身松。这个时侯可不敢继续招惹韩硕。免的韩硕真的不顾一切的出手对付他。态度好的不能再好了。

希尔挥着手。示意那些这里围的水泄不通的神卫赶紧让开。给韩家人腾出了一条宽敞大道。让韩家人好畅通无阻的离开。

韩硕一言不。阴沉着脸。带朝着枯骨城外面走去。他所过之处。所有枯骨城的神卫都后退几步。明显对韩硕有着很深的顾忌。

所有韩家人都紧跟随在韩硕上。并没有人讲一。默默的走出了吉亚兰家族。在第二日上午来到了枯骨城一处城门。

这一次负责的枯骨，神卫。似乎-已经的到了消息。还未等韩家的过来就将城门打开了。一个远远离开城门。等候着韩家的通过。

有遇到一点阻碍。韩家的人在韩硕的带领下一个接着一个走出了枯骨城。

"血灵。真的就放过了那个希尔？"半日之后。韩家已离开枯骨城很远。到了这个时侯血灵终于忍不住。犹豫了一下。问韩硕。

"我先送你们离开亡神域。一开死亡神域你们就安全了。"韩硕深吸了一口气。对艾米丽老妖斯塔索姆道："离开死亡神域之后。你们立即前往时空神域空灵城。找时空神域的城主麦金利。他会安排好你们！"

"布莱恩。你。你不要冲动啊！艾米丽一听韩硕说。心中一沉。哀求道："算了吧。反正真正对我们沙陀。沙陀已经死了。我也不想继续报仇了……"

"布莱恩。杀了希尔。真的很有可能惹出主神啊！"斯塔索姆一惊。很明显他也知道韩硕想干什么了。

"我知道很有可能惹出主神。所以才会先带你们开枯骨城。如果之前我动手。主神真要出现了。我许可以逃出去。但你们必将全部死于枯骨城神卫手中。只要你们安全有保障了。我就闹一闹枯骨城又如何！哼。希尔还真当怕死亡主神了！"韩硕冷哼一声。

见众人还打算劝说。韩硕挥了挥手。制止道："行了。不用多说了。我送你们离开死亡神域。这件事主意已定！"

"师兄。有把握吗？"博兰兹还是那么冷静。不慌不问道。

"有把握不死！"韩硕微微一笑。道："这就足够了。只要我不死。即便是拥有神格的主神。我也不！"

点了点头。博兰兹没有继续多说什么。韩硕也没有继续解释。护送着韩家人绕开死亡神域大城市。往空神域混乱之的的方向带去。

唯恐节外生枝。韩家人全力赶路。在两个月之后走出了死亡神域。正式走向时空神域。

而这个时候。韩硕悄无声息的从队伍中离开。独自一个人重返死亡神域。

这一次不但是枯骨城城主希尔。就连暗黑神域华莱士也在韩硕的报复当中。死亡主神暗主神韩硕是不惜一次的罪个够了！

ps:下一章七点左右。呜呜。感冒了。鼻涕呼啦呼啦的。天突然了。各位都小心一点。加件衣服吧

第九百零三章 重回枯骨城

大魔王

第九百零三章重回枯骨城

韩家人离开之后。骨城的确忙碌了一阵子。他们碌别的事情。而是忙着怎样吉亚兰家族的家产剥夺。

世道就是这么现实酷。原本在枯骨城数一数二的吉亚兰家族。由于家主长沙陀和五个位神的一起死亡。加上数百个家族神卫被韩家人的击杀。吉亚兰家族一千丈。一下子成了一个连二流都谈不上的家族了。

所有顶尖高手都死了。以吉亚兰家族现有的力量自然没法保护好|大的家产。早就眼红吉亚兰家族庞财力和家产的虎狼。几乎是在韩家离城的当天就采取了行动。

按照道理沙陀和吉亚兰家族为希尔做了那么多。他无论如何也该担待一点。防止那些眼红的家族对吉亚家族动手。

然而。事实上第一个动手的希尔。

打着吉亚兰家在没有经过他同意。擅自做主为枯骨城招惹了难以想象敌人的借口。希尔将吉亚兰家族最大的领的和产业接手。吉亚兰家族大部分的产业在一夜之间易手。落到了希尔名下。

他吃肉。别总要点汤的。另外一些大大小小的家族。分别将吉亚兰家族剩下的一些利益都给剥夺。许多和吉亚兰有仇的人。原本顾忌沙陀和吉亚兰家族的强势不敢手。如今纷纷跳将出来。借着希尔的大义报仇雪恨。追杀吉亚兰家伙那些孤儿妇孺。要将吉亚兰家族给灭族。

由于沙陀死前遭受了某大耻辱。吉亚兰家族的卫士都感同身受。他们觉的吉亚兰家族已经烙印了耻辱的标志。纷纷脱离了吉亚兰家族。转投向别的家族。身一变反成针对吉亚兰家族孤儿妇孺下手的凶手。

几乎是一夜之间屹立在枯骨城年的一个大家族。就这么忽然覆灭了。

所有家族的直系子孙。不论是少都成了原先那些敌人追杀的对象短短几天时间内。吉||兰家族这个古老的姓氏几乎已被灭族。整个枯骨城内再也找不到几个亚兰家族的族人了。

百分之九十的亚兰家族的族人。都在这一次清洗中被格杀。但是有一个人。却没有人敢碰一下。

。

枯骨城城南。一残破的神殿内丽薇浑身缩一团。眼神茫然空洞。两手抱着一个骨灰盒。嘴里面喃喃低语。

在她身旁蜥蜴祖王达加西一脸哀痛。爱怜的帮薇将疯子一样凌乱的头捋直。不住的唉声叹息。

在短短三个月时间。天真烂漫的丽薇经历了人世间最残酷的变故。她眼睁睁的看着疼爱她的沙陀被剥皮抽骨。那些平日里熟悉的兄弟被无情死。那些姐妹被蹂躏糟蹋。一个好好的大家族。一瞬间土崩瓦解。

一场场惨痛的景象丽薇收入眼底天翻的覆的变化终于摧毁了她的心智。她承受不了这一切。整个变的疯疯癫癫。

原本在枯骨城在吉亚兰家族天之骄女的丽薇。在三个月后成了这么一个整日说着胡话。疯癫癫的傻女人。

身为吉亚兰家族的天之骄女。在的家族覆灭之,应该同样逃不出毒手的但是因为许多人知道丽薇和韩硕之间交情匪浅所以虽然她兄姐妹一个个在她面前惨死了。却没有人敢动丽薇一根毫毛。

所有见过韩硕的人都严厉制止着家族中人。让他们绝对不要打丽薇的主意。不不说。他们真的怕了。害怕韩硕会因为丽薇的报复对付他们。他们自知不是主神。韩硕想要杀他们易如反掌。事后也不会有人们报仇雪恨"哎。苦了你了…"蜥蜴祖王达加西看着痴傻的丽薇。忍不住再次轻叹一声。

一道人影鬼魅一般近。幽然落入残破的神殿内。望了望成了这一副模样的丽薇。深深的息一声:"这一次事件中。我最对不起的就是丽薇了。"

蜥蜴祖王达加西悚一惊。一脸警惕的站起来。下意识的将丽薇护在身后。但看清楚来人之后。他神情一松。苦笑着说:"你怎么会来?"

韩硕记的达加西灵魂的波动。以他现在的在一定范围内想要搜寻达加西的灵魂轻而易举。来到枯骨城本打算立即大开杀戒的韩硕。忽然想起来达加西和丽薇两人。犹豫了一下。还是找了过来。

看着丽薇的样子。硕心中有些酸涩。吉亚兰家族和沙陀虽然对韩家无情无义。可是丽薇却是无辜的。她已经尽力为韩家忙碌了一切。虽然没有起到什么效果但这一份情谊韩硕绝不会忘记。

155

"她怎么样了？"一声。韩硕询问达加西。

"经历了那么多。她|住精神崩溃了。在吉亚兰家族。小丽薇和我关系最||不想看到她这个样子。"达加西声音唏嘘不已。道："我来到吉亚兰家族之后。才知道原主人早已经死亡。吉亚兰家族根本没有人看的起我。他们死活我是无所谓。有小丽薇。或许因为你的关系。对我还很不错。布莱恩。你看能不想想办法？"

"我把她那一段记忆抹去吧。让她忘记吉亚兰家族的一切好了。只有这样。她才可以重新开始。"韩硕想了一下。无奈的说："我也没有别的办法。只能够给一个新的开始。"

"这样也行。只要她能够快乐起来。那就行了。

忘记了吉亚兰家族。她来说反而是一件事好事。"达加西点了点头。赞叹了韩硕的提。

伸手按在丽薇后脑。硕神识逸入其中。将丽薇的灵魂轻柔的裹住。在那些代表记忆的一缕缕肉眼难见的微光中游走。寻找到所吉亚兰家族有关的记忆。利用神识缠住消融。

连沙陀这种修死亡力量的人都可以从别人的灵魂中找到记忆。修炼魔功到达天灭境界的韩硕自然更加轻而易举了。他神识比任何窥探灵魂的力量都要玄妙。消除丽薇的记忆不会留下一丁点后遗症。

几分钟之，，韩硕轻呼一口气。收手看着呼吸平稳沉沉睡去的丽薇。对蜥蜴祖王达加西道："等她醒来以后。就会彻底忘掉有关吉亚兰家族的一切。你带她去时空神域空灵城吧。到那里去天药剂。不要留在这里了。"

达加西点了点头。："我本来就打算她离开这里了。空灵城的确是个好的方。"

"抱歉。她的一切。都是我造成的。吉兰家族我唯一对不起的人就是她了。"韩硕非常自责。看着达加西叹息不已。

拍了拍韩硕肩膀。达加西将丽抱起来。说："事情过去就过去了。你也不要自责什么。事情我都看在眼里。是沙陀和那些人太过分了。他们不死我都看不去。"

给达加西这么一说。韩硕心里面好过了一些。想了一下。询问道："和我谈谈那些事情。尤其是参了对付韩家的那些人。你给我讲讲。"

达加西一愣。思了一下突然脸色一变。似乎想起了什么。惊呼道："布莱恩。你这一次回来不是为了找我们？是为了对希尔下手吧？"

对达加西韩硕并不|瞒。点头承认："不错。希身为罪。我自然不会放过他。"

"可是。可是希尔枯骨城城主。他神魂当中有着死亡主神赐下的一道印记啊。你。你这样做会引来死亡主神的愤怒。样。这样。"达加西有些着了。想要劝阻韩硕放弃。

"我知道。你放心。我不会有事。"韩硕心里面些感动。忽然觉还是这些从奇奥大6一起来的朋友好。他们的关心是毫无保留的。

达加西见劝说不动硕。苦笑着摇了摇头。也没有继续坚持下去。颇有感慨道："想当年在奇奥大6幽暗森林的底世界时候。我见你的时候你只是一个小小的亡灵法师。没有想到转眼数百年。你竟然在众神大6锋芒毕露了。现竟然连主神都敢招惹了。真是世事难料啊。"

给达加西这么一说。韩硕也不由回忆起和他在的底世界的情形。当年的他的确只是一个小小的亡灵法师。对那个时候的达加西根本没有任何之力。没有想到短短百年。他已经站在了众神大6。拥有了如此神通。

"好了。我不劝你。除了沙陀和希尔之外。就我知道的还有。"达加西没有多下去。将他知的那些参与一一名来。

"你带着丽薇先去时空神域吧。枯骨城可能会乱一阵子了。"达加西说完之后。韩硕神冰冷。准备大开杀戒了。

"小心一点。"达加西见韩硕欲。最后叮嘱了一句。

韩硕没有答话。身影一已经在达加西面前消失的无影无踪。比撕裂空间的空间力量还要快捷不留痕迹。

。

枯骨城。城主府内。希尔召见了大家族族长。正商谈吉亚兰家族灭族之后。原属于吉亚兰家族三处的神卫长一职的归属问题。

突然。一股冰寒阴森的力量。一下子笼罩|整个城主府。所有正在商谈要事的家族族长都是脸色一变。骇然站立起来。

他们感受到了那一股熟悉的力量。心中明白了一件事——杀神又回来了。

第九百零四章 你没死，事情怎会结束

？

和几大家族族长，猛地站立起来，惊慌失措地望韩硕。

阴风悄然吹拂进来，一层薄膜般的晶亮结界一下子被撕裂开来，议事厅旁边几个防御的能量塔突然爆碎，冰玉般的能量晶石碎片哗啦散落了一地。

在一瞬间，议事厅里面所有的防御力量土崩瓦解，一股阴森暴戾的力量取代了各系元素力量，充斥在议事厅每一个角落，让这些枯骨城各大家族族长心中生寒，无法聚集元素力量进行有效地防御或攻击。

脸色平静的韩硕一步步走来，仿佛在自家的庭院闲庭信步，显得那么的从容不迫。

"你？是你？"希尔心中一沉，脸色微微一变，声音有些急促："你不是已经离开枯骨城了吗？还回来干什么？"

去而复返的韩硕倏一出现就将这边所有的防御力量摧毁，很显然来不善，希尔自知自己实力远远不及韩硕，面对韩硕底气不足。

"好，好，好，人都在，省的我多跑几趟了。"环顾四周，韩硕现达加西所说的那些韩家敌人齐聚一堂，居然一个不差，当即冷笑起来。

"布莱恩，你到底想干什么？事情不是已经结束了吗，你还想怎么样？"希尔眼神闪烁，暗暗觉得这一次恐怕难以善了了。

"你没死，事情怎会结束？"韩硕哑然失笑，在希尔脸色骤变的时候，他已经从容不迫的出手。

一阵阵阴风吹拂过来，重新淬炼过的天魔碧焰梭呼啸而出，鬼火飘飘，一下子打在了希尔胸前。

神识一凝。几百条魔头飞逸出去。一拥而上将那几大家族族长缠绕。无孔不入地魔头一个个鬼哭狼嚎张牙舞爪钻入了那几大家族长身体内。在他们血肉、骨髓、脑海内撕咬起来。

这些个从万魔鼎里面飞逸出来地魔头。都是由中位神或上位神神魂炼制而成。五六十个一起钻入一人体内。马上啃噬他们体内地精血、脑髓、骨髓。一下子就将他们制住了。

一个魔头地力量或许不能够拿这些家主长怎样。但当几十个魔头齐动。并且其中还有一些由上位神神魂炼制地魔头在其中地话。就不是他们能够抵达地了地了。只是一会儿功夫。这几个枯骨城一家之主就被魔头啃噬了血肉、脑髓、骨髓。只剩下一具干瘪地臭皮囊。毫无生气地软瘫在地。

魔头拥有进化地能力。他们啃噬地血肉、脑髓、骨髓越多。实力也会提高地越快。最厉害地灵魔进化到一定程度。甚至可以直接炼制成身外化身。拥有本体部分神通。

除了血肉、脑髓、骨髓之外。灵魂对于魔头来说才是真正大补地力量。只不过因为这些神魂可以炼制出新地魔头出来。所以万魔鼎控制了他们。不允许他们将这些上位神神魂给啃噬了。

在万魔鼎地操纵下。几道灰蒙蒙地暗影归入韩硕身体。那些魔头也纷纷飞逸回来。

议事厅内，只剩下一个在天魔碧焰梭火焰下哀嚎不已的希尔，重新炼过的天魔碧焰梭威力奇大，在韩硕手中更是神出鬼没，希尔的皮肉在碧幽幽的鬼火下焚烧着，就连神魂都难逃鬼火的熔炼，一丝丝绿火从他瞳孔内闪现出来。

在希尔的哀嚎声中，韩硕忽然出手，五指锋芒一突，直插在希尔地头盖骨上。

坚硬的头盖骨在韩硕五指的刺入下，像是最柔弱的豆腐块，没有一点阻碍力。五指之间深深没入希尔头脑，五道精妙的力量裹住了在鬼火中跳动的希尔的灵魂，令希尔的灵魂不但挣脱不出，也没有传递讯息的能力。

一缕缕神识顺着五指飞逸进希尔灵魂，韩硕准确地找到了一道印记，那一道印记在希尔灵魂一角，散着浓浓地死亡气息，和希尔灵魂格格不入，但又释放出一缕缕微弱的力量刺激着希尔的灵魂……

韩硕立即知道这正是死亡主神在希尔灵魂中留下的一道主神印记，细心感受了一下，他从那一道主神印记中感觉到了苍凉、强大、古老的气息。

他心里面很清楚这一道主神印记在希尔神魂中起着什么作用，也知道一旦希尔死亡这一道主神印记立即就会知晓，将这里生的一切如实地传递给死亡神域的主神。

小心翼翼地避开这一道主神印记，韩硕千丝万缕地神识力量钻入了希尔灵魂之中，像对待丽薇一样把希尔灵魂的记忆都给抹去，令这个神魂变成没有了任何意识的纯粹之魂，然后带着希尔的灵魂飞离他身体，盛放在一个特殊的容器之内。

魔功修炼到韩硕这种境于灵魂力量地认识远远过了众神大6上面修炼生命运力量的神祇，韩硕奇妙地神识可以对一个灵魂为所欲为，这种力量恐怕就连主神也做不到。

为了避免立即惹来死亡主神的暴怒，韩硕在这段时间想到了这么一个办法，就是将希尔地灵魂自主意识全部抹去，这么一来他灵魂还在，但他作为希尔这个人所有经历的记忆全部消失，从另外一个角度来看，希尔已经死了。

没有了自主意识，希尔自己不能够将他地经历通过主神印记汇报给死亡主神，由于他灵魂还在，死亡主神认为希尔还活着，也不会想到他灵魂其实已经生了天翻地覆的变化，这样就可以避免立即被死亡主神知道了。

当然，韩硕知道纸包不住火，希尔死亡的消息早晚会传达出去，等到弄清楚了真相，那些死亡神域其他城市的城主自然也会向死亡主神汇报，他还是能够知道事情真相。

但对韩硕来说，有这个时间缓冲已经足够了，他可以在这段时间内前往暗黑神域，将华莱士、拉克里森、霍夫斯这些韩家的敌人也都给料理了，等到这两大神域的敌人全部搞定，即便暗黑、死亡两大主神知道了情况，他也可以从容退走。

看着被特殊容器装起来的希尔的神魂，韩硕忽然心中一动，想到了一个以最快度提高家族成员的方法。

他完全可以抹杀一个上位神的自主意识，将他和修炼力量无关的经历完全清楚，只留下最纯粹的没有自我意识的神魂，然后让韩家艾米丽这些人融合这种没有自我意识的神魂，令她们一步登天，直接拥有上位神对力量奥义的体悟和感受。

神力是日积月累的过程，通过神晶信仰之力和猎神所用的吞噬方法可以快提高，可是境界却是束缚一个人进步最大的障碍，如果境界不到，就算是神力积累的再多也不能够形成质变，打破桎梏突破现有的境界。

如果有了对力量的体悟和感受，境界达到了，只要神力跟的上来，突破乃是顺理成章理所当然的事情，不会有一点困难。

仗着对于灵魂力量的掌握，韩硕完全有能力将一个上位神神魂内无关的记忆抹去，将那个人自我意识毁灭，变成只余对力量有体悟的纯净神魂，这种神魂韩家的人完全可以融合起来，一步登天的拥有别人的境界体悟。

一连串想法在韩硕脑海中过了一遍，他忽然意识到这绝对是大幅度提高韩家成员实力最快捷的一个方法，心里面暗暗思量了一会儿，韩硕可以肯定这个想法绝对可行，高兴地恨不得仰天长啸。

也只有修炼魔功对于灵魂力量精妙掌握到他这种地步的人物，才可以做出这么逆天改命的事情，有了这个方法，韩硕仿佛看到韩家成员一个个都成了上位神的情景。

枯骨城各大家族族长，如今全部死在面前，城主希尔灵魂被抹去意识，成了韩硕容器内一个没有任何记忆的活标本。

没有在城主府内停留太长时间，杀完人以后韩硕从容离开，无声无息地消失。

走出了枯骨城，韩硕度提了上来，往暗黑神域行去，在七天之后，韩硕出现在暗黑神域第一大城——吞云城。

韩硕这一次的目标是布罗德赫斯特家族的拉克里森，这个曾经合菲尔德偷袭过他的布罗德赫斯特家族的这个家伙，有着上位神末期的实力，修炼毁灭力量。

由于他儿子的事情，韩硕知道拉克里森绝不会放过他放过韩家，前一段时间韩家的遭遇已经证明了这一点，为了杜绝后患，韩硕必须要除去这个拉克里森。

原本韩硕以为以他的实力，到布罗德赫斯特家族干掉拉克里森应该是轻轻松松地事情，但是当韩硕真正靠近布罗德赫斯特家族的时候，才意识到这才可能不会像在枯骨城那么轻松。

布罗德赫斯特家族的防御结界无比负责繁琐，头顶无尽黑暗始终笼罩了布罗德赫斯特，不论黑夜白昼，那浓浓的黑暗元素始终不散。

只是看了一眼，韩硕就知道布罗德赫斯特家族的黑暗之墙绝不是一个上位神能够释放出的，在布罗德赫斯特家族里面，他隐隐感觉到了一股极为庞大的暗黑之气。

"传言不虚，吞云城城主耶鲁斯果然进入了主神之境了！"望着在被黑暗整个笼罩住的布罗德赫斯特家族，韩硕喃喃低语。

第九百零五章 耶鲁斯

大魔王

第九百零五章 耶鲁斯

暗黑神域几座城池中。吞云城当之无愧排在第一位手如云。上位神多不可数。

不论是霍夫斯的幽城。还是华莱士的暗影城。吞云城相比实力都远远不及。赛因特家族的整体实力。或许还不如吞云城某一个大家族强大。自然更是远远不如布罗德赫斯特家族了。

一直以来。外界都传言说吞云城的城主耶鲁斯早已经越了上位神之境。然而传言毕竟是传言。由于耶鲁斯为人一向低调。城内许多事都交给了家族亲信处理。加上一些见过他的人分辨不出主神和上位神的区别。所以传言没有被证实。

然而。当韩硕站在布罗德赫斯特家族面前。感受着布罗德赫斯特家族上空笼罩的无穷无黑暗。马上意识到耶鲁斯的确到达了主神之境。

那缭绕在布罗德赫斯特家族上方的无尽黑暗元素。全部都是受着耶鲁斯吸引而来。利用遍在布罗德赫特家族每一个角落的能量塔。耶鲁斯可以聚集众多黑暗元素为自己所用。布罗德特那些修炼暗黑力量的神祇。也能够从中或多或少到一些好处。本打算立即出对拉克里森的韩硕。感受到布罗德赫斯特家族那一股强大的黑暗之气。门前一角伫足不前。眉头也轻轻皱起。

如果布罗赫斯特家族没有耶鲁斯这个拥有主神之境的高手。他自然可以无声无息的潜入布罗德赫斯特。将那拉克里森干掉从容退去。但是耶鲁斯的实力出乎了韩硕的意料。在那一层由主神之境高手布置的防御结界中。韩硕想要无声无息的进入几乎不可能。

一旦他闯入布罗德赫斯特的行动现了。很有可能迎来耶鲁斯的出手攻击。当然韩硕不惧怕耶鲁斯。但是如果耶鲁斯出手这会打乱韩硕的步骤。一个主神加布罗德赫斯特那些上位神在此耶鲁斯占尽天时的利人和。韩硕想在他的庇护下干掉他弟弟拉克里森的可能性非常渺茫。

不但如此。这么一来他重返暗黑域的消息也会立即暴露出来。华莱士霍夫斯这两人说定知道他来。会先躲上一阵子。这就会给韩硕此次行动带来许多变数。

犹豫了一下韩硕不打算直闯罗德赫斯特。准-等拉克里森开布罗德赫斯特家族再手。

耶鲁斯虽然身吞城城主可却一心修炼。城内大大小小的事务全部交给了家族成处理。拉克里森身为耶鲁斯的亲弟弟。自然免不了一身俗务根本不能在布罗德斯特家族待太长时间。

韩硕暗暗退去。过吞云城的传所打听拉克里森的消息。从传风所那里获知拉克里森的确就在吞云城。罗德赫特家族。并没有外出执行什么任务。

的了准确消息之后。韩硕再次来到了布罗德赫斯特家族。耐心的等候拉克里森的出现。

三日后的一个黄昏。拉克里森和布罗德赫斯特家族的几个神卫终于离开了。他们一行似乎要执行什么任务离开布罗德赫斯特家族以后直往城门口行去。

暗呼一声天助我也。韩硕悄悄跟了上来。事实果然不出所料。拉克里森和那几个布罗德赫斯特家族的高手的确走出了吞云城。往下属一个要塞行去。

人到了中途。拉克里森忽然有种心悸的感觉还没等应过来韩硕已从暗处掠出。

"拉克里森。好久见了嘿嘿。到你真好。"韩硕的声音幽暗的空中飘飘荡荡。一暗影突然在虚空凝形。就在拉克里森出现。

"是你？"拉克里森惊呼一声。他余音还没有消失。空间戒指光芒一闪。在他面前的空间被他戒指内的光直接撕裂。克里森二话不说。一头钻向了那被撕裂的空间内。

韩硕根本没料到拉克里森竟然那么胆小。一句话都没有讲完就立即撕裂空间逃跑。这完全出乎了韩硕意料。脸色一变。韩硕知道此-要出手已经来不及了冷哼一声。身影如电。也猛的射入了拉克里森戒指撕裂的空间中。

光怪迷离的炫目亮光遍布四周。一天旋的转。韩硕现自己出现在一个由重重结界罩的区域。在他身旁。不知道何时多了许多满脸冷笑的神祇。拉克里森霍夫斯华莱士拉尔夫竟然全在其中。

神识一转。韩硕抬望了望头顶无-暗之气。马上意识到自己落入了敌人精心布置的一个陷阱当中。

"布莱恩。欢迎你来吞云城布罗德赫斯特家族。我们多时了。"满身黑暗之气缭绕。身形消瘦脸色毅斯。嘴角挂着淡然浅笑。望着韩硕轻声说。身为暗黑神域最强，池吞云城的城主。耶鲁斯身上自然而然有着一股居高位者才有的气势。加上他主神之境的力量。个人有着一股说不出来的奇特气质韩硕处在层层结界包围的一个区域。在层层结界外面有着十几个上位神。其中像华莱士霍夫斯这一类进入上位神末期的强者竟有五个之多。剩下的也都在上位神中期之境。这些人大多数修炼暗黑力量。一个个脸上挂着冷笑。看着韩硕像是瓮中之鳖。

"好手段。竟然利用这种方法将我引了进来。"韩硕深吸了一口气。望着夸夸而谈的耶斯。道："如此计谋。如此手段。果然非凡。耶鲁斯你不愧是吞云城之主。难怪华莱士和霍斯这种角色不是你的对手。一城的力量还不如你一个家族。"

"住口。"霍夫斯冷喝一声。看着韩硕阴沉沉道："死到临头还敢嘴硬今天有耶鲁斯城主在此。任凭他神通广大也休想走出。""布莱恩。我本不与你为敌。是你一直在逼我。"华莱士轻声一叹。无奈的对韩硕唏嘘。

韩硕哑然笑。这才将目光落到华士身上。道："逼你？哈哈。这真是天大的笑话。自从我来到暗影城。一共救了卡梅丽塔两次。帮了你们赛因特家族多少忙。韩家一在暗影城立足。我就知道你不会任由韩家好好展下去。我甚至已经做好了带韩家离开暗影城的准备了。你竟然伙同霍夫斯拉克里森两人对付韩家。哈哈。你竟然好意思说我在逼你。这可真是有趣啊。"

"暗影城永远都是于赛因特家族。所有能够威胁到赛因特家族的存在。身为家族长的我都必须抹杀。"华莱士被韩硕说的哑口无言。强言狡辩道。

"给脸不要脸。"韩硕冷笑着摇了摇。知道在这方面和他实在无话可说。

"拉克里森华莱士霍夫斯拉尔。很好很好。人全部聚齐了。"韩硕的目光在他们身上一一扫了一遍。最后落到吞云城城主耶鲁斯身上。笑着说："你心筹划了这一。为什么还不动手？"

耶鲁斯洒然一。显的无比诚恳的对韩硕说："布莱恩。久闻你的大名今日一见果然名不虚传。呵呵。华莱士没有容人之量这一点大家都清楚。不过我耶鲁斯愿意让你韩入驻吞云城。只要你能够放下对拉克里仇恨。我代表整个吞云城欢迎你们韩家到来。而且我敢向你保证。绝不会生华莱士那种事情。"

耶鲁斯这一番的常诚恳。看他那样子不像是开玩笑。完全出乎了韩硕意料。

"大哥。这怎么可以？他。他杀你侄子。还有布罗德赫斯特家族许多高手。你怎么能让他进入吞云城？"韩硕还没有说话。拉克里森反而先着急了。一脸惊慌的对耶鲁斯咆哮。

"住口。"耶鲁斯是轻喝一声。在暗黑神域一狂妄的拉克里森就马上闭口。看来耶斯在布罗德赫斯特家族积威甚久。连拉克里森都深深惧怕他。

"事情本来就是你和菲尔德搞出来的。你自己主动招惹人家。吃点亏也是正常。"耶鲁斯皱着眉头。呵斥拉克里森道：相比较一个主神之境的。你儿子的性命可以忽略了。反正你精力足的很。再生几个就是了。"

"大。大哥。"拉克里森一脸愕然。还想说些。

脸色一冷。耶鲁斯挥了挥手。道："行了。我自有主张。你少废话。"

拉克里森满腹怨言。鲁斯这么一喝。竟然不敢出声。唯唯诺诺的低头。一双眼睛仇恨的瞪向了韩硕。

旁边华莱士和霍夫斯一脸错愕。耶鲁斯的话显然没有和他们商谈过。他们眼神闪烁都看了耶鲁斯。乎想要讨个说法。

"布莱恩。只要你意来我吞云城。所有的恩怨一笔勾销。不但如此。我可以为了提当初在暗影城好多的待遇。庄园。人力物力。只要你天药剂需要的。我都可以为你弄来。你看怎么样？"耶鲁斯微微一笑。一脸冀望的望着韩硕韩硕心中暗暗叹服鲁斯的为人做法。不过还是坚定的摇头。笑着说："好意我心领了。过暗影城遭遇。我韩家再也不愿意屈居人下了。"

第九百零六章 魔婴离体

初韩硕离开暗影城的时候，就下定了决心再也不要看色，耶鲁斯虽然比华莱士要有气度的多，但韩硕还是不愿意将韩家赌在吞云城。

更何况，耶鲁斯的实力还不被韩硕看在眼里，他又怎么会愿意屈服在耶鲁斯的吞云城下？

一听到韩硕拒绝，耶鲁斯只是失望地摇头轻叹，可是拉克里森、霍夫斯、华莱士却明显松了一口气，心中一块悬着的大石头算是落下来了。

"果然不识抬举，大哥，不用和他继续嗦了，这种人活该被杀！"拉克里森哈哈大笑。

耶鲁斯非常惋惜地望着韩硕，无奈道："我是真心诚意邀请你加入吞云城，但你既然拒绝了，那我只能够将你杀死在这里，我们家族绝不能够容许你这种高手存活于世，抱歉了！"

"无妨，有什么手段尽管使出来，我倒要看看今天你们能不能够留下我！"韩硕豪气干云，一点没有将重重危机放在心上。

密布在周围的层层结界，将所有元素力量隔绝，就连空间都像是被坚冰冻住，就算是修炼空间力量拥有空间卷轴的强，也休想在这里释放出来，看样子耶鲁斯他们已经有了万全之策，事先将韩硕的退路全部堵死了。

"布莱恩，你逃不掉的，这里的结界可以阻止任何人的离开，除非你冲破这一百二十层结界，否则你只能够被动地接受我们的攻击！"华莱士冷森森地望着韩硕，出言讥讽道。

"华莱士，你和拉尔夫前来吞云城的事情，应该没有告诉卡梅丽塔、安德烈吧？呵呵，如果他们知道你这样对付我，你猜他们会做何感想？"韩硕笑了笑，很是轻松。

一听韩硕提起卡梅丽塔、安德烈两人，华莱士脸色略变，看来是被说到了痛处了，"我们赛因特家族的事情我自会处理，不劳你费心！哼！卡梅丽塔、安德烈鼠目寸光，被你花言巧语蛊惑，暂时分不清状况，但是他们早晚能够体会我为赛因特家族所做地一切！"华莱士沉着脸，这番话与其说是对韩硕呵斥，倒不如是宽慰他自己。

韩硕点了点头。不再多说什么。他在这个时侯提起卡梅丽塔和安德烈两人自然不是希望通过他们两人让华莱士放过自己。只是想要通过华莱士来亲口确认卡梅丽塔、安德烈两人对此事一无所知。

这么一来。韩硕至少不会太寒心。因为艾米丽、菲碧之前对他说过她们地求救信件出去之后。并没有得到回应。人心险恶。他也确定安德烈和卡梅丽塔是否参与了此事。现在一见华莱士自己否定了。韩硕就明白那两人地确不知情。

至于青林、黑天两人。由于明确收到消息被支开了。韩硕可以肯定两人地确对伯格拉斯要塞地事情一无所知。

"事已至此。我也不必留手了。"耶鲁斯见韩硕不再多言。知道再多地劝说都没有用了。轻喝了一声。道："黑水。黑石。还请都过来。"

两道幽暗地影子。忽然在耶鲁斯身旁出现。两人一袭黑衣。脸色阴暗。长地一摸一样。同修暗黑力量。实力本来都在上位神末期。可是两人站在一起靠地越近。两人身上地暗黑力量就会越强。这个现象非常奇特。

黑水、黑石两人是双胞胎兄弟。乃是黑水城、黑石城两城之主。这一对双胞胎兄弟在暗影城名声仅次于耶鲁斯。传说两人神魂中暗黑主神下了一道一摸一样地印记。这两人一旦联手就能够挥出乎寻常地力量。

双胞胎心灵相通，两人又同修暗黑力量，并且还全部都是上位神末期，并且被暗黑主神赐予了一样地印记，也只有完全相似的他们才可以让联手之后的力量成倍的增长。

黑水、黑石两人一出现，韩硕眉头轻轻一皱，脸色凝重了一些。

这两人潜伏在暗处，韩硕自然清楚，只不过两人之前分别处于两个方向，隔了很大一段距离，韩硕只是当两个上位神，也没有放在心上。

但是，当两人猛地从暗处掠来，彼此之间距离拉近的时候，韩硕突然现他们体内的神力竟然以一种不可思议地力量大幅度地提高，身上的暗黑之气也飞快地聚集起来。在两人站到耶鲁斯身旁之后，韩硕现两人体内神力和身上地暗黑之气，已经远远过了霍夫斯、华莱士，虽然不如耶鲁斯主神之境那么浓郁，但却明显过了上位神的范畴。

一个耶鲁斯已经有些难对付了，再加上这两个城主，还有一百多层地结界，韩硕马上意识到要想冲破这层层结界，困难度立即大增了。

"布莱恩，我再问一次，你真的非要与我为敌？"耶鲁斯脸上地笑容慢慢敛去，表情前所未有的沉重起来牌全部拿出来，是希望韩硕能够看清楚状况。

韩硕哑然失笑，对耶鲁斯说："加上他们两人，你以为就能够稳稳困住我了？"

摇了摇头，耶鲁斯回答："不是困住你，而是杀你！"

"哈哈，我倒要看看，你怎么杀我！"韩硕大笑，抬头看了看黑沉沉压下来的暗黑之气，道："你以为将这个区域所有元素力量隔绝，我就实力锐减了？哈哈，来吧，让我看看你究竟有什么手段！"

这片空间元素被隔绝，只有无穷无尽地黑暗之气充斥在四面八方，像是一座黑压压的巨山压迫下来。换了任何一个修炼元素力量的神祇，在这个元素隔绝的区域都将实力大减，只能够凭借着体内神力来抗衡。

如果没有元素力量的补充，神力消耗一分就是一分，一旦体内神力消耗一空，境界再强的高手也会变得虚弱不堪，然后就只能够任人宰割，沦为砧板上面的肉。

"好，果然是个人物，只是可惜了，今天要死在这里了！"耶鲁斯赞叹一声，别头对黑水、黑石、霍夫斯、华莱士几个修炼暗黑力量的城主道："我会施展黑洞漩涡，你们只需要将暗黑神力由上空投入其中，就可以不断地加大黑洞漩涡的力量，当黑洞漩涡罩下来的时候，所有黑暗物质会以最狂乱的方式绞杀一切，他必死无！"

黑水、黑石、华莱士、霍夫斯还有几个同样修炼暗黑力量的强，纷纷点头表示明白，他们知道耶鲁斯有着多强的实力，也明白耶鲁斯的绝技黑洞漩涡有多恐怖。

耶鲁斯不再多言，突然闭目在原地做了下来，一缕缕幽暗的气息从他体内飞逸出来，落入了结界上面笼罩的无尽黑暗之中。那一缕缕黑暗力量一注入头顶那绝对黑暗之中，黑暗之气像是被许多股力量推动，形成了一个漩涡慢慢的转动起来。

与此同时，早已经准备好的黑水、黑石、华莱士、霍夫斯也不闲着，一道道黑暗之力分别从几人体内飞了出来，全部落入了束缚韩硕那一片区域的上空，落入刚刚开始旋转起来的漩涡中。

其中黑水、黑石两兄弟的黑暗之力从他们体内飞逸出来后，在中途一股股奇妙的扭在了一起，像是麻绳一样紧紧的缠绕起来，两人的两股力量缠扯成一股之后力量大了数倍，远远过了霍夫斯、华莱士两人单一的力量，比他们的力量大了十来倍。

一股股暗黑力量注入韩硕头顶的漩涡，那本来慢慢转动的漩涡度越来越快，在韩硕头顶的虚空像是真的被撕裂了一个无尽黑洞，可怕的力量不断地积蓄，似要将整个天地都给吞没一般。

耶鲁斯本身有着主神境界，黑水、黑石两人联手之后的力量也非常强大，再加上霍夫斯、华莱士还有几个实力强大的上位神，众人同修暗黑之力，联手之后的力量完全乎了韩硕预料，比萨拉斯、瓦西斯和韩硕对战时的力量要强大许多。

他们将所有的力量聚集在一起，是打算一击之下就将韩硕绞个粉身碎骨了，不断积蓄力量的黑暗漩涡内的力量越来越恐怖，韩硕心里面越来越沉重了。

　　在这一股可怕的力量之下，韩硕一时间还真想不到解决的办法，十七口飞剑早已经飞离体外，对着那束缚住这个空间的一百多层结界狂轰滥炸了，然而那一百多层结界韧性十足，十七口飞剑根本不能够一下子摧毁。

　　"拼了！"在电光火石间，韩硕突然下定了决心，终于打算动用自己和鼎灵的全部力量。

　　十七口飞剑不再对周围的层层结界狂轰滥炸，一下子被韩硕收回在身侧，屏息凝神，在原地盘坐下来，魔功修炼的根本魔婴从体内缓缓飞出，千丝万缕的神识化为一道道暗光突然涌入魔婴之中，为魔婴赋予了韩硕的全部精、气、神。

　　魔婴由韩硕天灵盖徐徐飞出，和韩硕一模一样的幻影飘忽不定，越来越长。

　　与此同时，万魔鼎内成百上千的魔头纷纷呼啸而出，全部飞入魔婴内消失不见，本来只有婴儿大小的魔婴在成百上千的魔头力量注入之后，魔婴越变越大，一会儿功夫成了一个悬浮半空几十米的巨人。

　　冰冷、阴寒、暴戾、嗜杀的恐怖力量，突然间充斥了整个吞云城，那一百多层密集的结界似乎根本阻碍不了魔婴身上那灭世的邪恶力量。

　　"桀桀……"所有魔头力量注入之后，魔婴忽然厉啸起来。

　　摄魂夺魄的声浪冲破了层层结界，一瞬间，布罗德赫斯特家族许多神祇七孔流血，当场死亡！

第九百零七章 化魔

硕本体盘坐在原地一动不动，神识注入魔婴之中令)本体全部感知力量，所有精气神涌入了魔婴之后，韩硕本体一下子消瘦下来，皮肉似乎也失去了一些光泽，眼眶深陷，变得死气沉沉。

凝聚全身精气神识汇入魔婴，令魔婴可以将万魔鼎魔头力量尽情释放出来的做法，比韩硕本体借用魔头力量要彻底的多，因为魔婴和魔头算是相近的生命体，虚虚实实的魔婴不但可以最大程度的将万魔鼎内魔头的力量吸收，还能够将魔头的力量最大程度的挥出来。

在韩硕实力未达天灭境界之前，强行施展这一招"万魔化形"先魔婴就承受不住，境界不够即使勉强利用魔婴将魔头力量吸收，事后难以将魔头驱散出去的话，会对魔婴造成难以预料的损伤。

"万魔化形"一旦令魔婴化形为"魔"，他本体精、气、神都随着魔婴离体，本体这一刻会变得前所未有的衰弱，一个不好危机重重。

若不是被耶鲁斯等人困在这层层结界当中，他们那些人也休想瞬间靠近过来，加上头顶黑暗漩涡实在恐怖，韩硕也不会将"万魔化形"这威力奇大但危机也不小的险招施放出来。

"桀桀……"一声声厉啸响彻了吞云城，最靠近结界这边的布罗德赫斯特家族的神祇，实力弱一点的当场七孔流血惨死，离这边较远的一些人也被震伤了心肺，口中吐血不已。

将韩硕重重包围地耶鲁斯等人，当其冲受到波及，不过这边大多数都是上位神，化"魔"之后韩硕地一声声厉啸他们还都能够应付下来，只不过都是心神大震，身子微微轻颤罢了。

"什么东西？"霍夫斯脸色骤然一变，心神为之所夺，突然惊呼出声。

不但是霍夫斯，拉尔夫、华莱士、黑水、黑石等人也脸色大变，从那层层结界中感觉到了那悬浮半空几十米大"魔"的恐怖，对于未知的事物，人类都会本能的感到害怕，他们也不例外。

只有境界越上位神的耶鲁斯神色不变，沉喝道："不论是什么东西，我们都不需要管，大家集中精力将力量注入黑暗漩涡当中，不管他是什么东西，我们马上就可以毁了他！"

耶鲁斯地镇定似乎感染了那几人。在他这一番话下那些人纷纷安定下来。不再惊慌失措地谈论。一个个继续全力出手。将体内地黑暗力量注入韩硕头顶地黑暗漩涡。

随着几人黑暗神力地不断注入。韩硕头顶黑暗漩涡遮天盖地。并且越旋越快。慢慢地往下面地韩硕罩来。

化"魔"之后地韩硕一声声厉啸之后。巨大地身子介于虚实之间。由悬浮地上空猛地落在本体后面地大地上面。只听"轰隆"一声巨响。整个布罗德赫斯特家族地大地都颤抖起来。像是生了大地震。

大地地颤抖一传出来。就连耶鲁斯都是心下一沉。之前他还认为那幻化之后地另一个巨大韩硕只是虚体。以为不足为惧。但当布罗德赫斯特家族都颤抖起来以后。他马上意识到那个恐怖地巨大韩硕。乃是切切实实地存在。根本不是什么虚体。

脚踏大地。由魔婴汇聚万魔鼎内所有魔头力量地另一个韩硕。仰天厉啸着一拳轰出。

狂暴地力量在这一刻锋芒毕露。这一拳沉重到令隔了百道结界地耶鲁斯等人都是心中生寒。

"崩！"

由耶鲁斯、黑水、黑石几人合力施展的一百二十道结界封印，在这一股排山倒海般地巨大冲击力下被直接轰破几十道结界封印，一个磨盘大小的凹坑出现在半空。

一拳轰出，那束缚住这一片空间地结界、封印被毁去大半，韩硕并没有就此制住，"桀桀"狞笑着又是一拳。

"崩！"

结界再次被轰破几十层！

"不好，立即全力出手，我将黑暗漩涡罩下来！"耶鲁斯脸色一变，他知道再给韩硕轰下一拳，束缚着那一片空间的所有结界都会土崩瓦解，一旦韩硕由那一个区域走出，黑暗漩涡不一定能够精准地罩住韩硕。

黑水、黑石、华莱士几人心中一惊，在耶鲁斯的大喝下全力出手，一道道黑暗力量飞上半空，令黑暗漩涡的力量越聚越多，那黑幽幽的漩涡也不再慢慢地靠近，像是天塌下来一样，突然罩向了韩硕。

化魔之后的韩硕体型几十米，已经显得非常庞大，然而由耶鲁斯几人合力弄出来的黑暗漩涡却更大，将韩硕头顶的天空都给遮住，一旦落下韩硕根本无从躲避。

耶鲁斯和黑水、黑石等人耗费神力凝聚起来的层层结印，全部都是利用黑暗神力实现，因此那能够将韩硕在这里的结界和封印，碰到同宗同源的黑暗漩涡罩下来不但没有一点阻碍力量，两相碰的时候那些依附在结界封印上面的黑暗力量竟然也一下子涌入黑暗漩涡内，更加助长了黑暗漩涡的威力。

没等韩硕第三拳轰出，泰山压顶的黑暗漩涡一下子罩来，将化魔之后的韩硕一下子裹住，那聚集了耶鲁斯等人充斥在黑暗漩涡内神力，在一瞬间撕裂绞杀韩硕，要将韩硕给完完全全的绞成粉碎。

一丝丝黑暗力量在一瞬间涌入了化魔之后的韩硕体内，充斥在组成这一具庞大身躯的每一个魔头之中，只是一霎，韩硕庞大的身躯已被撕成粉碎，在那黑暗漩涡内不断地旋转。

韩硕那一片空间一阵天旋地转，在这一股可怕的力量下空间轰然崩塌，光怪迷离的色彩突然在虚空激射，一眼望去，甚至能够看到不知道多么遥远的深邃星点。

由耶鲁斯牵头形成的黑暗漩涡，不但对实体空间都能够造成伤害，就连神魂都同样逃脱不掉，汇聚在魔婴上面的神识同样被绞成粉碎，四分五裂的反复被撕扯。

黑暗漩涡来得快，去的也快，在一瞬间将化魔之后的韩硕粉身碎骨神识撕裂，就突然一闪而逝，在那光怪迷离的空间缝隙内消失无踪。

所有结界消失一空，头顶光彩迷离的变化突然平复下来，那一块区域再也看不到一点特别。

只有，韩硕本体端坐在原地一动不动，失去了魔婴、神识和精气神之后的本体眼眶深陷，面黄肌瘦，没有一点生命的气息。

黑暗漩涡只能够持续一霎，所有的力量凝聚在一点都用在了化形之后的另一个韩硕身上，因此他本体安然无恙，并未受到波及。

耶鲁斯松了一口气，轻松地笑了笑，道："好险，如果任由他冲出束缚，我们的黑暗漩涡就不能够凑效了，这家伙太厉害了，一旦他逃出生天，将来一定后患无穷！"

"大哥，还有一具身体在那儿呢？"拉克里森指了指韩硕的本体。

"所有力量被抽空，连灵魂都没了，这一具身体又有何用？"耶鲁斯摇了摇头，惋惜道："可惜了，这么年轻居然拥有如此神秘的力量，如果能够为我所用，我们暗黑神域将会实力大进，哎……"

"为了以防万一，我将那一具身体也给毁了！"额头沁出一些汗渍的华莱士，先是拿衣袖擦拭了一下，然后才谨慎地一步步走向韩硕本体。

看样子，这些人中华莱士是最想置韩硕与死地的一个，就连他唯一留下的身体都不打算放过了。

"放心吧，那家伙彻底完蛋了，在黑暗漩涡内神魂都会被绞碎，不论是实体虚体，都难逃黑暗漩涡的绞杀。"眼见华莱士还是那么小心翼翼，耶鲁斯哑然失笑，对华莱士的谨慎有些不以为然。

给耶鲁斯这么一说，华莱士尴尬地讪讪干笑了一下，道："还是谨慎一点好，这小子可不容易对付。"

在众人的注视下，华莱士一步步走向了韩硕的身体，当他离韩硕身体只有几十米，思量着要不要远距离出手的时候，一声冷喝在虚空骤然响起："找死！"

突然间，千丝万缕的灰色气息疯狂聚集起来，一缕缕散落在天地之间的魔头力量一瞬间重新涌了过来，刚刚已经粉身碎骨找不到一点痕迹的韩硕，在几个眨眼之间重现虚空。

"嘿嘿！想杀我，早着呢！"韩硕哈哈大笑，巨大的手掌闪电般伸出，一把抓住了想要毁掉他本体的华莱士，用力一抓，"喀嚓"一声，华莱士的身体就被抓成了血条。

在耶鲁斯刚刚的黑暗漩涡之下，就算是萨拉斯和瓦西斯这样的主神神魂恐怕都承受不住，被黑暗漩涡撕裂绞碎，然而韩硕神识能够化为千丝万缕，变化无穷，就算是被撕裂一万道也可以重新聚集，这黑暗漩涡又岂能伤害得了他的神识？

不但是韩硕神识，就连那成千魔头的灵魂都一个未损，被黑暗漩涡罩住的那一霎，韩硕神识分化为几千缕分别混杂在魔头灵魂之中，并且同时分裂开来，一样逃出了黑暗漩涡的攻击。

"万魔化形"的韩硕，本来就是由千丝万缕的神识和成百上千的魔头汇聚而成，能够汇聚成魔，自然也不怕分裂，这种将他撕成粉碎的黑暗漩涡，又怎能将他彻底毁灭？

ps:~弱地求下月票。。

第九百零八章 天绝网

不是有着绝对的自信，韩硕肯定不敢将魔婴遁出鲁斯的黑暗漩涡，毕竟魔婴和神识才是韩硕存活于世的根本，这两样一旦有个三长两短，那问题可就大了。

漫天神识和魔头汇聚在一起，韩硕再一次化形，准备把韩硕本体摧毁的华莱士被韩硕用力一抓，已粉身碎骨。

心中念头一起，化魔后的韩硕大口一吸，直接将华莱士的神魂吸入腹中，以待这边事情结束之后将他神魂在万魔鼎内炼化为魔头。

这一连串变化生在电光火石之间，耶鲁斯、黑水、黑石等人还没有反应过来，华莱士就已经惨死在韩硕手中。

"怎么会这样？"耶鲁斯次露出惊慌之色，在他理解中神魂一旦被撕成粉碎，就意味着对方已经死亡，神魂的粉碎比神体的爆裂还要彻底，失去了神魂的神祇肯定从天地之间消失了。

他没有想到韩硕修炼的魔功可以将神识化为千丝万缕，一念之间重聚为魂，一念之间散为一缕缕念想记忆，这种奇妙的神通变化众神大6上面的神祇自然永远不能够理解。

"哈哈，如今所有结界全部消散，我看你怎么拦我！"化魔之后的韩硕仰天狂笑，用力的一跺脚，布罗德赫斯特家族剧烈颤抖起来。

杀念一起，韩硕本体十七口飞剑呼啸而出，朝着霍夫斯、拉尔夫、拉克里森几人追击过去，由魔婴、魔头凝聚而成的韩硕则是迈着巨大的步伐，在震耳欲聋的轰鸣声中直接冲向了耶鲁斯。

一路走来，地动山摇，布罗德赫斯特家族附近一栋栋房子轰然倒塌，靠近附近的许多布罗德赫斯特家族的神祇，在韩硕厉啸和大地的恐怖波动中口吐鲜血，承受不住的惨死。

耶鲁斯大惊失色，眼看着体型庞大的韩硕攻来，不断地凝聚暗黑力量，笼罩了整个布罗德赫斯特家族地浓浓黑暗在他的施为下汇聚起来，在一瞬间，晴朗天空被完全覆盖，狠狠地压向了韩硕。

"哈哈。还来这一套？"韩硕大笑。突然再次仰天厉啸。啸声带着撕裂耳膜地奇异魔力。一地扩散出去。竟然影响了黑暗力量地聚集。遮天地黑暗被这一股厉啸声给硬生生撕裂。光芒穿透黑暗。重现布罗德赫斯特。

"啊……"一声惨叫突然响起。拉尔夫被三口飞剑贯穿心腹。两眼泛白。

他只有上位神中期地力量。原先就不是韩硕对手。在韩硕实力进阶到天灭境界之后更是不堪一击。第一个死地自然也是他。

拉尔夫之后。霍夫斯、拉克里森也纷纷遭殃。十七口飞剑交织成一张森寒巨网。网内阴风阵阵。冰寒之气和腐蚀地力量被催到极致。霍夫斯、拉克里森、黑石、黑水四人被巨网罩住。使尽了浑身解数都冲脱不出。

"阿鼻屠神剑阵"这一式"天绝网"一出。立即令霍夫斯等人心生绝望。在"天绝网"内心神为之所夺。随着"天绝网"慢慢地收缩。几人能够活动地空间越来越小。

十七口飞剑交叉穿梭。度越来越疾。束缚住他们地空间范围越来越小。一旦十七口飞剑汇聚在一起成一点。所有被困入"天绝网"内地人都会形神俱灭。

"啊……啊……"接连两声惨叫传来，大喝出声的乃是霍夫斯、拉克里森。

"黑水、黑石，你们竟然袭击我们！"霍夫斯脸色苍白，在一个房间大小的空间内咆哮出声，不顾一切地出手攻击，和黑水、黑石战在了一起。

"地方只有那么大，你们先死，我们两兄弟就可以多活一阵子！"黑水脸色阴寒，和黑石全力出手，在那一块范围内两兄弟联手，将霍夫斯、拉克里森杀的溃不成军，眼看要不了多久就能够干掉霍夫斯、拉克里森了。

"天绝网"会不断地收缩，十七口飞剑穿梭交织需要一段时间，所以"天绝网"的收缩有一个过程，随着时间的推移他们可用地空间将会越来越小，被困住的现在有霍夫斯、拉克里森、黑水、黑石四人，等到"天绝网"收缩到一定地步的时候自然容纳不了四个人。

因此，为了能够多存活一段时间，黑水、黑石两兄弟在"天绝网"还没有收缩到那个地步的时候，就趁拉克里森、霍夫斯两人没在意的时候联手突然偷袭。黑水、黑石两兄弟本来就比拉克里森、霍夫斯略胜一筹，两人靠近之后实力更是大幅度提高了，加上两人又是偷袭，所以拉克里森、霍夫斯一下子就被重伤了。

"哈哈，有趣，有趣！"化魔之后不断逼迫耶鲁斯的韩硕哈哈大笑，到这几人在关键时候竟然会自相残杀，这完全出+料。

"黑水、黑石，你们竟然敢这么做！我不会放过你们！"被韩硕逼迫的节节后退地耶鲁斯，一见拉克里森重伤垂危，猛地厉声大喝。

"耶鲁斯，你还有脸说了，如果不是你，我们两兄弟怎么会沦落到这个境地！"黑水满脸冷笑，毫不留情的用一个乌黑地锥子刺穿了拉克里森的脑门。

黑石也不比他慢多少，一拳轰击在满身是伤地霍夫斯身上，将霍夫斯打在韩硕的"天绝网"内，霍夫斯一落入网内，神体立即冒起了浓浓的轻烟，皮肉快的腐烂，眼看也活不了了。

"弟弟……"耶鲁斯狂怒，浓浓的黑暗力量由神体溢出，他的黑暗力量将周围笼罩，神之领域扩散开来，所有布罗德赫斯特家族的黑暗元素一下子被抽空了。

在黑水、黑石两兄弟的刺激下，耶鲁斯看来是失去了理智了，所有力量释放出来的耶鲁斯打算拼命了，主神之境的力量不再掩饰，疯狂地对韩硕进行攻击。

玩命的耶鲁斯不惧生死，这倒是令韩硕吃了一惊，真没有料到他和拉克里森之间的感情居然那么深厚，眼见耶鲁斯不要命的冲杀过来，韩硕心中一动，忽然侧身飞天躲避。

果然，耶鲁斯一见韩硕避开，根本没有不依不饶的追逐韩硕，而是让过他，直接射向那被"天绝网"困住的黑水、黑石两兄弟，看来他是准备先将黑石、黑水两兄弟干掉了。

嘿嘿冷笑，韩硕心神一动，将凝聚"天绝网"的十七口飞剑撤掉，只是一霎，那十七口飞剑重回了韩硕本体。

本打算看着耶鲁斯和黑水、黑石两兄弟先斗上一场，然后趁机偷袭干掉耶鲁斯的韩硕，忽然感觉到周围黑暗元素有些反常。

在一瞬间，刚刚被耶鲁斯将所有黑暗元素抽空的布罗德赫斯特家族，一瞬间突然涌入了百倍千倍的黑暗元素，那些黑暗元素快的在虚空汇聚在一起，一股覆盖了整个吞云城的意识渐渐地在那些汇聚起来的黑暗元素中心形成。

脸色一变，韩硕当即放弃了对耶鲁斯和黑水、黑石两兄弟的出手，也不再继续以化魔的状态在虚空凝形，实体化魔之后的韩硕忽然成了一道飘忽不定扭曲的影子，一瞬间来到盘坐在原地一动不动的本体上面，像是轻烟一般，化魔之后的韩硕从本体天灵盖再一次钻了进去。

与此同时，就要交锋的耶鲁斯、黑水、黑石三兄弟，突然感觉身上的黑暗元素一下子荡然无存，体内神力在一股恐怖的力量下被全部束缚住，三人本来惊天动地的攻击一下子成了流氓间的打架，没有了一点力量。

黑暗元素被抽空，体内神力也被束缚住，暗黑神域的这三个城主如今的实力还不如一个基神，他们的攻击落在对方身上，根本不能够对对方的身体造成任何伤害，黑水、黑石、耶鲁斯缠斗在一起，没有一点美观可言。

很快，三人都意识到生了什么，脸色一变，同时停手抬头望天。

无穷无尽地黑暗不知何时起笼罩了整个吞云城，在这一刻光芒似乎永远从吞云城消失了，沉重的压力令所有人都喘不过气来，修炼暗黑力量的神祇从心灵深处感受着这一股熟悉亲切的力量，不由自主地叩拜下来……

叩拜在地的，也包括了耶鲁斯、黑石、黑水这三个暗黑神域的城主。

神识、魔婴重回韩硕本体之后，他马上站了起来，感受了一下笼罩了整个吞云城的黑暗，韩硕脸色一变，对方的力量比萨拉斯、瓦西斯这种所谓的半身强大百倍不止，在这种力量下韩硕知道自己没有一点胜算。

二话不说，血遁之术立即施展，一道血光闪过，韩硕已浑身鲜血淋漓的离开了吞云城。

霍夫斯、华莱士这两个暗黑神域的城主，肯定有一个神魂当中有着主神之印，刚刚这两人的突然死亡，一定反应到了暗黑主神那里，所以存在于暗黑神域的主神立即降临到了吞云城。真正拥有神格的主神，代表着天地之间最本源的黑暗力量，他可以将所有黑暗力量为自己所用，明白黑暗力量的所有变化，根本不是没有神格的主神可以比拟的。

在这个广阔的宇宙，拥有神格的暗黑主神是唯一的，只有这么一个，韩硕自知自己暂时不是对方对手，所以当机立断，宁愿受伤也要遁出吞云城！

第九百零九章 谜团

云城，布罗德赫斯特家族。

耶鲁斯、黑水、黑石这两大城主，早已经停止了打斗，全部一脸谦卑地叩拜在地，用心感受着满是黑暗的头顶传来的神威。

整个吞云城，所有修炼暗黑力量的神祇，也都跪伏下来，一脸的惊慌失措。

无穷无尽的黑暗笼罩了吞云城，仿佛光明从来不曾降临过一样，吞云城内黑暗元素比往日里浓郁了百倍，将其它几系的元素逼迫的暂时分散开来，城内别的元素空前稀薄。

在布罗德赫斯特家族上空，越来越浓郁的黑暗聚集在一起，黑暗凝结成了一个飘忽不定的巨大影子，庄严、肃穆、沉重的神威突然释放出来，令许多人心生颤抖。

"耶鲁斯、黑水、黑石，将那些恩怨忘记，同为暗黑神域城主，不得为此小事挑起战端！"低沉的喝声，从布罗德赫斯特上空传来，没有任何回旋余地，不容人违背抗拒。

先前还战斗的不可开交的三个城主，全部一脸凝重，在这个声音下点了点头。

耶鲁斯抬头，望着那飘忽不定的由最纯粹黑暗凝聚的巨大影子，恭恭敬敬的说："主神大人，霍夫斯、华莱士已死，那个人叫布莱恩的，他的存在已威胁到了我们暗黑神域！而我，并没有绝对的把握胜过他，求主神大人令他重归尘土！"

"此事我只有分寸，他不会再回暗黑神域，如果他再敢进入暗黑神域，我会亲自出手毁掉他！"天空地威严声音给出了一个答案，旋即对耶鲁斯吩咐道："暗影城新任城主由赛因特家族安德烈担任，幽幕城新任城主由莱弗斯家族菲尔德担任，你将消息传递下去！"

耶鲁斯一愣，有些不明所以，他似乎有些不理解为什么暗黑主神没有亲自出手对付韩硕，在他来看即便韩硕利用神奇的方法突然消失，只要暗黑主神有心，韩硕也绝难逃出暗黑神域的。

"有什么问题吗？"见耶鲁斯没有立即回答。头顶威严地声音再起。不过这次声音略微高了点。令人从心底生出一种不可匹敌地恐惧。

耶鲁斯吃了一惊。他自然明白主神之命不可抗拒。急忙回答："暗影城安德烈担任新地城主没什么问题。但是那个莱弗斯家族地菲尔德。我根本不知道在什么地方。"

菲尔德曾经在吞云城。但是因为拉克里森儿子死在了韩硕手中。唐娜当夜就和菲尔德一起离开了布罗德赫斯特家族。之后拉克里森一直追寻莱弗斯家族和菲尔德地消息。但却始终找寻不到。

如今菲尔德究竟在什么地方。耶鲁斯还真地一无所知。

"这一点你无需知道。你只要将消息散布出去。菲尔德和莱弗斯家族自会出现在幽幕城。"暗黑主神地高深莫测地说。

耶鲁斯心中一动。明白暗黑主神一定有了打算。菲尔德和莱弗斯家族先被华莱士赶出了暗影城。来到吞云城之后一直郁郁不得志。由于拉克里森儿子地死亡他们不得不再次走上逃亡之路。在耶鲁斯来看。莱弗斯家族已经名存实亡了。他没有料到暗黑主神竟然有此命令。

虽然满腹不解，可耶鲁斯却不敢违背暗黑主神的命令，恭恭敬敬的点头答应了下来。

头顶的暗黑主神轻声"嗯"了一下，忽然间，笼罩了吞云城无穷无尽的黑暗力量，潮水一般消退，被黑暗笼罩地吞云城再一次重现了天亮。

耶鲁斯轻呼了一口气，看了看旁边的黑水、黑石两兄弟，脸色难看道："如果不是主神之命，我今天决不饶你们！"

黑水翻了翻眼，轻哼一声，道："耶鲁斯，我们两兄弟不远千里过来助你，完全是出于一片好意，你弟弟的死完全是那个布莱恩造成的，即便我们两兄弟不出手，他也一样会死，你应该将仇恨泄在那家伙身上。"

"如果不是主神出现，今天我两兄弟都有可能死在吞云城，耶鲁斯，我们算是给你面子了！"黑石阴沉着脸，满脸的不悦。

"哼，如果不是华莱士、霍夫斯两人许诺割让出一座晶石矿山，你们两人会来？"耶鲁斯冷笑，道："算了算了，人已死，我们什么都没得到，哎，主神大人为什么没有杀他，如果主神出手，只要那家伙在暗黑神域，都难逃一死！"

黑水、黑石两人也是满脸惑，黑水犹豫了一下，小心翼翼地抬头望了望天，道："听华莱士说那家伙和命运女神的女儿关系匪浅，会不会是因为这一层关系？"

耶鲁斯

一说，眼睛闪烁了一下，暗暗点了点头，然后轻声了，你们回去也将消息传递出去，没想到幽幕城由菲尔德接手了，他还真是走运了。"

黑水、黑石似乎也无法理解暗黑主神的安排，同样摇了摇头，旋即不再多说什么，从布罗德赫斯特家族离开。

......

吞云城西北一座荒山上，韩硕浑身鲜血淋漓，大口的喘着粗气。

天魔不灭体主动防护起来，魔元力在体内飞快流转，在几秒之后撕裂的伤口筋脉血肉蠕动，很快停止了血流不止，以一种飞快地度开始结疤。

魔功到达天灭境界之后，利用血遁对身体造成的损伤已经不足为惧，心随意动，魔元力所过之处地破损恢复如初。

这种程度的伤害，只要给韩硕一点时间就可以全部恢复，暂时先将的伤势稳住，然后就准备立即离开暗黑神域，刚刚暗黑主神的突然到来，令韩硕感觉到了强烈危机，他心中明白，他暂时绝对不是暗黑主神的对手，所以只能够尽快离开暗黑神域。

暗黑主神的力量太可怕了，他呆在暗黑神域都觉得不安全！

在暗黑神域内纵横飞掠，韩硕将力量施展开来，以最快的度飞离。

七天之后，韩硕终于离开了暗黑神域，来到了死亡神域边缘。

这一次暗黑神域之行，华莱士、霍夫斯、拉克里森、包括拉尔夫都死在他手中，在韩硕来看，此行算是已达成了目的了。虽然，因为那几人的死亡，韩硕得罪了更加可怕的耶鲁斯和黑水、黑石两兄弟，甚至有可能惹来暗黑主神地勃然大怒，但韩硕相信一旦他进入混乱之地，将韩家众人安排进魔隐谷，这些人的威胁并不可怕。

唯一令韩硕心中颤颤地还是暗黑主神，不过他不明白他在暗黑神域闹出这么大动静，暗黑主神为什么没有对他出手，以暗黑主神在吞云城展现的实力来看，韩硕不认为他能够轻轻松松的逃走。

"为什么，我杀了霍夫斯、华莱士两个城主，为什么他会不动手？"来到龙森大峡谷了，韩硕心中这个惑始终没有解开。

实在想不通，韩硕到了龙森大峡谷之后，将神识覆盖下来，很快找到了一个潜伏在暗处的猎神。

身影一晃，韩硕出现在那个猎神面前，不待他动手反抗，一把扣住了这个猎神地脖颈，询问道："温曼的人在什么地方？"

"你，你是谁？找我们领大人干什么？"这个猎神悚然一惊，惊慌失措地嚷嚷道。

韩硕呵呵轻笑，放开了扣住了这个猎神的脖颈，笑着说："我是韩家地人，上一次温曼救了我们韩家的人，我过来顺便道谢一声，随便再问问她一些事情。"

一听韩硕来自韩家，这个猎神似乎松了一口气，但还是显得非常谨慎，问道："你到底找我们领干什么？"

皱了皱眉头，韩硕道："以前这里应该是韩浩掌管一切吧？"

这个猎神一听到韩浩地名字，脸上满是敬意，道："韩浩领当年在龙森大峡谷的时候，所有猎神都要听他的吩咐，你认识韩浩？"

点了点头，韩硕笑着说："你仔细看看我，看我和韩浩是不是长的很像？"

给韩硕这么一说，他似乎才注意到这个事实，认真地打量了韩硕几眼，这个猎神脸色一变，似乎想起了什么，马上道："好，我带你去见我们领大人！"

跟随在这个猎神之后，韩硕往龙森大峡谷深处走去，一路上醒来，韩硕现许多猎神潜伏在暗处，看样子他们似乎又有什么大行动了，"你潜伏在暗处，有什么事情？"韩硕有心惑，出言询问。

"最近一段时间，从死亡神域前往毁灭神域的人多了许多，都是来自毁灭神域各大家族的人，龙森大峡谷的猎神暗暗筹划，打算拿一些小家族动手呢，我们这不都是在打探消息嘛。"他竟然没有隐瞒，将做的事情坦然说出。

给他这么一说，韩硕心中一动，忽然明白为什么最近突然有许多家族从死亡神域离开了。

这些毁灭神域的人很有可能是前往枯骨城找希尔讨个公道的，应该是因为韩家的事情，他们现在返回一定是因为明白枯骨城已经完蛋了，所以才会由死亡神域离开。

第九百一十章 报恩

在这个猎神后面，韩硕来到一个瀑布飞泻直下的等两人靠近，暗处突然走出一队猎神挡在他们前面，其中一个鼻子深红的汉子喝道："兰姆，你家领在里面谈论正事，你不好好在外面巡视着，来这里干什么？"

为的红鼻子嘴里面对带韩硕过来的兰姆吆喝，眼神却在韩硕身上飘忽，他们都是龙森大峡谷的猎神，对于温曼手下的人都非常熟悉，韩硕脸生，加上现在又是特殊时期所以才会非常谨慎。

兰姆微微躬身，在红鼻子面前放低姿态，笑嘻嘻地说："劳烦通报我家领一下，就说有人想要见她。"

红鼻子狐地望了望韩硕，冷冰冰道："兰姆，你是不是没有听清楚我刚刚说什么？你家领在里面谈乱正事，而且还不止她一人，有什么事情要等他们结束以后你再汇报，这点规矩你不会不懂吧？"

兰姆神色一怔，非常无奈地看着韩硕，道："要不等等吧，应该要不了多长时间的。"

韩硕皱了皱眉头，心念一闪，一条魔头无声无息地穿过瀑布，进入后面那宽阔的石洞当中。

瀑布后面的石洞里面，温曼和几个猎神领正在争执不下，关于出手的时机似乎有着分歧，几方人面红耳赤，语气越来越激烈。

魔头在石洞后面绕了一圈，将里面情形尽收心底，韩硕淡然道："我进去找温曼了。"

"但……"兰姆见韩硕说话间就要往里面闯，焦急地想要阻止。

"朋友。你是不是聋子？先前地话主要就是说给你听地。你想找死不成？"红鼻子脸色冷坚冰。上前一步挡在韩硕面前。

左手轻描淡写地伸出。忽然按在这人肩膀上面。轻轻一按。"嘎吱"地声响竟然从红鼻子身体各个骨架传来。红鼻子鲜血一下子涌上脑门。鼻孔、双眼猩红地鲜血一下子溢出来。

"嘭！"

183

红鼻子硕大地脑袋整个爆裂开来。激射在灰褐色地岩石上面。像是绘制了一幅鲜艳画卷。

"有敌人。有敌人！"红鼻子身后地猎神一见头目被杀。马上撕心裂肺地呼喊起来。

"你。你怎么可以？"兰姆大惊失色。一脸地惊慌失措。不明白韩硕为什么会突然大开杀戒。

咧嘴一笑，韩硕成一道淡淡的幽影在那一小队猎神穿梭，像是在瀑布下面地岩石上面闲庭信步，举手投足间把这一小队猎神屠戮掉。

"放心好了，你不会有事！"将一缕缕神魂吸扯入万魔鼎内，韩硕轻声地对兰姆说。

"杀人了，有敌人进入，有敌人进入！""会岩洞有敌人，都过来！"

四面八方都是猎神的声音，在瀑布周围暗暗潜伏的猎神纷纷赶来，但是才刚刚到达这边区域，便被韩硕微笑着一个个屠杀，没有一人能够侥幸存活下来。

兰姆满脸恐惧，和韩硕保持了一个安全距离，生怕韩硕会突然出手对付他。

会岩洞内吵的不可开交的龙森大峡谷内的猎神领，自然也听到了外面的动静，他们立即停止了继续的争吵，纷纷穿过瀑布落到外面。

在他们来到瀑布外面，站到韩硕面前之后，周围已经躺了一地尸体，每一个都是被巨力将神体骨头轰碎，先是彻底被破坏，然后失去了神魂。

唯一站着的除了凶手韩硕之外，就只剩下远处一脸惊惧的兰姆了。

"你是什么人？想干什么？"一个猎神领脸色一变，厉声呵斥。

"我是韩家之主，今天过来是打算肃清龙森大峡谷，取你们所有人性命！"韩硕笑了笑，轻描淡写地说。

"你，你为什么这么做？我们和你无冤无仇，上一次韩家经过龙森大峡谷地时候，我们也并没有对韩家出手，为什么？"这个领大惊，来自枯骨城的消息他们多多少少听说过一些，一听韩硕报出姓名，马上心惊胆颤了。

"那是因为你们害怕韩浩，呵呵，如果不是因为韩浩，或许韩家人在龙森大峡谷已经完蛋了。"韩硕随口解释了一句，没等他们反驳，漫天魔头飞出，像是乌云一样压向那些猎神，将他们全部淹没。

之所以拿这些猎神下手，最主要的原因还是为万魔鼎提供足够地灵魂力量，除此之外，他也需要这些上位神的神魂，将他们神魂内的记忆和自主意识抹去，好为韩家那些修炼同系力量的家人融合。

漫天魔头呼啸而出，这些猎神领都被缠住，没有一人能够挣脱出去。

上千魔头中参杂着一些高等级地灵魔，这些领根本抵挡不了，很快就纷纷惨嗥着被魔头啃食了远处徘徊的猎神也未能够逃脱劫难，在魔头神出鬼没的攻击下全部遭殃。

十来分钟之后，会岩洞附近所有猎神都被魔头蚕食一空，韩硕不断地出手将神魂吸入万魔鼎内，几个猎神领的神魂记忆、意识都被抹去，成了最纯粹的魂魄，只留有关于本系力量修炼的体悟。

除了韩硕之外，还能够屹立原地只有兰姆和温曼。

温曼一见漫天魔头黑压压的涌来，她忽然心生绝望，以为就会惨死在韩硕手中了。但是当魔头狂涌到她面前的时候，却视她为透明一样轻轻飘过，没有一个魔头对她进行攻击，温曼心中一喜，马上意识到自己上一次为韩家所做的一切令她逃过了一劫。

感受着身旁那漫天魔头的恐怖力量，温曼心中油然生出尊敬之意，在这一刻，她忽然明白为什么小骷髅韩浩会有那么可怕、神秘地力量了，有如此可怕的韩家领，他自然不会差到那里。

一会儿功夫，韩硕将周围一切搞定，所有魔头重回万魔鼎后，周围已经再也没有什么威胁了。

直到这个时候，韩硕才笑望着温曼，道："温曼是吧？"

一听韩硕提起她名字，温曼有些惊讶，在韩硕毕恭毕敬地弓着身子，谦虚道："我是温曼，不知道你来龙森大峡谷，有什么事情？"

"呵呵，听我儿子提起过你，他告诉过你救过我们韩家。我这次顺便路过龙森大峡谷，就想来看看你，还有就是把这些龙森大峡谷一些不干净的东西肃清。"韩硕对待温曼显得非常客气。

刚刚亲眼看到韩硕将整个龙森大峡谷内猎神领屠戮干净地温曼，一见韩硕这么和蔼的和她讲话，明显有些受宠若惊，恭声问道："您怎会听过我地名字，你说的儿子，是……"

"韩浩啊，你应该认得吧？"韩硕笑了笑，看着温曼地眼睛说。

一听到韩浩的名字，温曼娇躯轻颤，显得激动不已，慌乱地点头回答："认得，认得……，没想到……没想到你竟然是他父亲！"顿了顿，温曼喃喃自语："我早该料到了……，你们长的那么相像，身上的气质也很接近，难怪了……"

　　"韩浩已经脱离了猎神联盟，将来早晚会和死亡深渊的猎神统领为敌。嗯，我听说你和韩浩关系不错，应该不想和韩浩为敌吧？嗯，有没有兴趣去混乱之地展？韩浩也在混乱之地呢！"仔细打量温曼的韩硕，从她身上的怪异猜测出了什么，笑着询问道。

　　温曼神色又是一震，惊喜、惑、感动、猜测等等情绪混杂在一起，先是极为怪异，盯着韩硕深深看了几眼，温曼小心翼翼地问道："这是你的意思，还是韩浩的意思？"

　　"呃……"韩硕一愣，旋即微微一笑："算是我们父子共同的意思吧，如果不是你的帮助，我们韩家或许就栽在这儿了，我和韩浩都非常感激你。嗯，你留在龙森大峡谷，说不定有一天会和韩浩成为敌对方，所以我希望你能够脱离猎神联盟！"

　　"既然韩浩想让我去混乱之地，那么，我准备一下，尽快离开这儿！"温曼听韩硕这么一说，几乎没有什么犹豫，马上就下定了决心。

　　韩硕心里面觉得好笑，没有料到韩浩那小子竟然会让温曼那么死心塌地，一听说是他的意思，温曼宁愿放弃龙森大峡谷的一切去混乱之地，这令他非常意外。

　　今天龙森大峡谷的领全部死在这儿，如果温曼不离开龙森大峡谷，她可以将所有猎神聚集在自己手上，成为这龙森大峡谷真正的领。温曼为韩浩，竟然甘愿放弃这一切，真的令韩硕刮目相看了。

　　只是，温曼身材虽然妙曼，可是脸上的伤疤却让人有些不敢恭维，这让他有些想法。

　　"温曼你过来，我帮你将脸上的伤疤去掉！"韩硕观察了一下，突然开口。

　　此话一出，温曼脸上浮现出不敢置信的惊喜，盯着韩硕有些语无伦次道："这个……那个……您……您可以将我脸上的伤疤弄掉？"

　　"当然，这很容易。"韩硕自信地保证，仿佛帮她解决这个问题轻而易举，根本没有一点难度似的。

　　温曼大喜，换了别人说这话她或许不信，然而身为天玑药剂主人的韩硕那神奇的医术早已经闻名整个大6，她立即就相信了韩硕的说法，乖巧的走向了韩硕。

第九百一十一章 众凶联手

大魔王

第九百一十一章 众凶联手

曼脸上疤痕狰狞可怖。破坏了整体形象。令一般对不敢靠近。

不过除此之外。温曼体态婀娜。皮肤嫩白细腻。怎么看都是一个美人子。以韩硕挑剔的目光来看。都找不到除疤痕之外的缺点。

心中暗暗点头。觉的温曼配韩浩倒也说的过去。尤其是她对韩浩分明大有情义。甚至愿意他放弃龙森大峡谷的唯一领权。这让韩硕非常满意。如果真有这么一个儿媳妇。他会觉的很不错。

温曼因为对韩浩心有情意。对待算是长辈的韩硕的非常谦逊。还有些羞涩。走到韩硕面前的时候低垂着头。心里面有些慌乱。"不用紧张。这很易解决。"见她有些紧张。韩硕笑着宽慰。

说话的功夫韩已出手。左手一挥。一团温暖的灰烟裹住了温曼脸颊。神随意动。手心的力量将温曼痕死皮磨柔。慢慢的脱落。

"会有些灼热不过不要紧。那只会令疤痕坏肉。我想这种痛苦你应该可以忍受。"韩硕轻松的说着话。利用手心的力量在温曼脸颊上面游动。

以韩硕对魔元力精准无比的控力。自然可以轻轻松松在她脸颊上面改变肌肤的纹理和细胞的活跃度。这样的疤痕一般人难治。他却能从不迫的搞定。

没要多长时间。韩硕手。看着温曼脸上那两道淡淡红线。笑着对温曼说:"照照镜子。"

闭目慢慢感受的温猛的开双眼看了看韩硕。有些尴尬的说:"我没有镜子。"

韩硕一愣。旋即恍大悟。暗道她一定是不敢去看自己脸上的疤痕所以身上根本不带镜笑。空间戒指内取出一面镜子递给了温曼。道:"看看吧。以后记经常镜子照照。"

顿了顿。韩硕取出一瓶药剂递给温曼嘱道:"这种药剂是我当年为暗影城的卡梅丽塔配制的也适合你用。以后每天早晚敷在伤痕处。要不了一个月就连那淡淡的线都会消失了"

温曼接过药剂的时。深吸了一口气。终于将镜子凑到了面前。惊喜的轻呼一声。温曼满脸笑容。感激的望着韩硕:"谢谢你。真的谢谢你。"

摆了摆手韩硕客气道:"我应该谢你才对没有你的劝解。们韩家在这里非要全军没不成该谢谢的应该是我。"

温曼珍而重之的将一瓶药剂收来。脸上绽放出灿烂的笑容。真心诚意的对韩硕说："我将龙森大峡谷的事情安排一下。事情处理好了。我会立即前往混乱之的。"点了点头。韩硕笑着说："越快越好。我想韩浩见到你一定会大吃一惊的。呵呵。"

爱美乃是女人的天性。温曼因为脸上的疤痕在面对韩浩的时候一直有自卑心理。如今脸上伤疤消失。她所有的美丽不再打折扣。温曼变比以往自信多了。似乎想起了和浩见面的景象。温曼羞涩的低低一笑。显很是不好意思。

"对了。你脸上的痕是一回事？恕我直言。这明显是有人以利器破的。是什么人干的？"见温曼心情不错。韩硕终于忍不住问出了这个问题。

"我自己划破的。"出乎韩硕意料之外。温曼犹豫了一下。给出了一个令他震惊的答案。

不等韩硕继续问。曼就解释了："当年我家族惨遭灭门。男性成员都被杀光或是当神仆。女性则是面临被**后卖做歌姬命运。我为了逃避被奸污的命运就用利器划破了自己的脸颊。"

一段辛酸的往事被温曼娓娓道来。从她口中韩硕知道了她曾经的悲惨。

"敌人还在世上吗？"韩硕脸色沉下来。轻声问道。

"呵呵。谢谢你的好意。不必麻你动手了。我成为猎神者之后。不惜一切代价的提高自己的实力。很多年前我已经报了仇了。"温曼一听韩硕开口。立即知道他有心己报仇。心中一暖。觉的韩硕韩浩两父子虽然杀人不眨眼。但是在对待朋友恩人的时候真是一样的爽快仗义。

点了点头。韩硕道："那好。我先走一步。你将龙峡谷的事情弄妥了。就去混乱之的吧。嗯。如果混乱之的有人对你不利。就报我的名字。应该不会有不开眼的敢对你下狠手。"

在龙森大峡谷里面温曼实力还算不错。但是混乱之的凶神恶煞太多。几乎每一个小势力的带头者都是上位神。像温曼这种只有上位神初期境界的高手根本算不了什么。

来人进入混乱之的一开始都会受到欺辱。能不能够–都成问题。

"我会小心的。

"温曼欣然一笑。觉的和韩硕相处愉快。

不再多说什么。韩硕笑了笑和温曼告别。从此的开。

韩硕一直都是有仇仇有恩报恩的人。霍夫斯华莱士这些人的仇恨了解了。温曼这个恩人也处理妥当。这一次离开混乱之的该做的事情都完成了。也是时候回去了。

。阴寒荒瘠昏暗墓的。惨火东一闪西一闪。满的白骨。雾气迷蒙。

一座深埋在底的墓的。突然间电光芒闪耀。一道雄壮的影子突然从的内钻出。深深的呼了一口新鲜空气。

另外一个大的墓**内。猛的传来阴森森的笑声："嘿嘿。萨拉斯。你差不多应该恢复了吧？"

身上电芒闪耀。将淡的迷雾逼退。一脚踩在一个巨大的骨架上面。传来清脆的咔咔声。萨拉斯双眸电光闪闪。望了望那传来声音的墓**。道："多谢了。有你们猎神者联盟给予的帮助。我没那么快恢复过来。"

"不客气。不客气。不过你可不忘记曾经答应们的事情啊。"墓**内的那人笑的非常狡诈。嘿嘿道："泰尔罗格那些霸占混乱之的太久了。也该挪挪位置了。这么好的一个的方。我们猎神者联盟可是垂涎很久了啊。"

"哼。反正混乱之的经没了我的位置。泰尔格等人既然同意了让那小子入驻深谷。就意味着认可了他的位置。对我来说。混乱之的的那些家伙全部都是敌人。反正我不可能重回混乱之的了。你们想怎么做和我无关。"萨拉斯一脸怒气。于泰尔格的做法大为不满。

"很好很好。萨拉斯啊。听说你的仇人离了混乱之的。在暗黑神域死亡神域很是出了下风头。你有没有兴趣和我们联手。让他回不了混乱之的？"墓**内那人笑着提议道。

萨拉斯一愣。旋即咧嘴冷笑道："那小子神出鬼没。你能够掌握他的行踪？"

"三日前我收到消。龙森大峡-的猎神者被清扫一空。那家伙正从死亡神域返回混乱之。嘿嘿。这里是死亡神域。这里除了死亡主神之外。我的消息最灵通。我要想找到他并不困难。"墓**内的人自信的说。

萨拉斯明显有些心动了。犹豫了一。有些为难说："我和那家伙交手过两次。他这人非常阴险狠毒。比泰尔罗格这种老狐狸还难对付。尤其那小子逃跑的功夫一流。如果我们不能够真正留下他。我看还是算了。这家伙睚眦必报。实力进步又是飞快。可不好惹啊。"

"萨拉斯。你不会怕了吧？"**内的那人-大笑。道："你萨拉斯纵横混乱之的多年。我们猎神者联盟几个统领都非常佩服你。一直不敢进入混乱之的。上次那小子明显只是捡个便宜。你会害怕他？你还是我们认识的萨拉斯吗？血债血偿一向是你的做法。"

所有人都当他上一次的惨败只是韩硕捡了便宜。但只有萨拉斯自己明白那次失败不是偶然。他比任何人都能够深刻的认识道韩硕的可怕。不论墓**那人怎么怂恿。萨拉斯都不所动。冷冰冰的说："除非你确保万无一失。否则。我不会出面和他正面相斗。"

此话一出。墓**内的那人沉默了一会儿。似乎有些难以理解斯的谨慎。过了一会儿。他似乎考虑好了。嘿嘿一笑。道："我一个。再加上毁灭暗黑两大神域负责的统领。还有一个你。我们四人联手。你干不干？"萨拉斯悚然一惊不明所以的望着墓**。皱着眉头问道："他和你们猎神者联盟有什么仇大恨吗？竟然惹来你们三人的联手？"

"我最看重的一个领叫韩浩。到了混乱之的之后因为这个人背叛了我。不但如此。当年在暗黑神域时候。这家伙就带人围歼了我们的一个分部。前几天又将龙森大峡谷的荡一空。此人的存在严重威胁到了我们猎神者联盟的利益。尤其他进步飞。我们必须尽早除掉他。"墓**的那人阴声说。

顿了顿。他继续道："们四个出手。就算是泰也必死无疑。你干不干？"

萨拉斯犹豫了一下。想起了韩硕对峰的毁灭报复。狠了狠心。道："妈的。干了。"

茫之海，这是离开死亡神域前往混乱之地的必经之地茫之海再穿过两座巍峨山峰，就算是走出死亡神域了。

迷茫之海之所以有这个名字，是因为海上云雾缭绕，雾气像是白布将海面整个遮住，人在迷茫之海上面甚至看不清下面的海水，再强烈的阳光照射下来，都不能够穿透浓稠如棉纱的浓雾。

海域辽阔，海底内稀奇古怪的生物多不可数，有一些异族人常年生活在迷茫之海海底，和死亡神域6地上面的人进水不犯河水。

一旦进入迷茫之海，一个不慎就有可能迷失方向，实力稍弱一点的神祇有极大可能成为猎神的猎物，就在迷茫之海浓浓的烟雾当中被人杀害。

在死亡神域一路前行，这一天韩硕终于出现在迷茫之海入口处，看了看白纱一样遮住了整个海面的前方，韩硕忽然现迷茫之海那缭绕在海面上的雾气比上一次过来的时候浓郁了许多。

不但如此，在迷茫之海里面他现死亡、暗黑元素似乎也比往日里深浓了许多，而且迷茫之海内并没有四处游荡寻找猎物的猎神，这有些出乎他的意料。

进入死亡神域的时候，在迷茫之海内他现了许多猎神，有些不开眼的家伙还曾经主动过来招惹他，都被韩硕干掉之后将尸体抛入了海底，喂食海底内那些庞大的生物。

许多猎神都会成群结队在迷茫之海上空游荡，借助于迷茫之海那天然形成的迷雾，他们来去无踪，一旦现猎物一拥而上，如果现对方实力过强，又可以根据自己对迷茫之海的熟悉从容退去。

这似乎是一个专门为猎神存在的福地！

站在入口处，韩硕神识飘忽在迷茫之海游荡了一圈，没有感应到强烈的生命力量反而暗暗觉得奇怪，心里面还有些遗憾。

这一路上走来。韩硕扫荡了大大小小十几个猎神势力。凭借着温曼给予地消息。他每到一个地方都会专门去猎神常常聚集地区域。利用灵魂强地感应力来追捕猎杀他们。

由龙森大峡谷走到这里。死在韩硕手中地猎神已过了五百。万魔鼎内再次多了五百个魔头。

迷茫之海地怪异并没有让韩硕在意。心中遗憾归遗憾。还是不慌不忙地进入迷茫之海。迷茫之海内既然没有猎神存在。韩硕就不打算停留太长时间。度加快。打算尽早离开这个不可能有收获地地方。

行至迷茫之海中央。韩硕神识突然一颤。从心底内生出了一种危机感。

韩硕眉头一凝。没有急着继续前行。反而在原地伫足不前。先将刚刚自己乱七八糟地想法摒弃。然后再凝神慢慢地体会那忽然涌上心头地奇妙感觉。

魔功达到天灭境界之后。韩硕心灵地修炼已经遁入一种极为玄妙地境界。只要真到有危机降临。他总能够提前一步感应得到。然而及时地做出补救预防。

这种危机感一出心底涌出，和先前心中的一些惑一对应，韩硕心中一动，马上知道迷茫之海内一定生了某种变化，要不然不会有那么多凑巧赶在一起。

神识放开，化为千丝万缕以他为中心徐徐散开，几十条新炼制的魔头也纷纷从体内飞出，在迷茫之海内四散出去，四处搜寻可能会有的意外。

"什么人？"韩硕突然冷喝。

进入这个境界之后，韩硕对自己有着绝对信心，除了真正拥有神格地主神外，一般人还真不被他放在眼里。而主神往往都是高傲绝顶的人物，肯定不会这样偷偷摸摸的做偷袭埋伏地事情。

神识和魔头延伸到迷茫之海各个角落，但却并没有现任何古怪之处，然而心中那种危机感并未消失，反而越来越浓烈，这让韩硕明白在迷茫之海内一定有着敌人存在。

心念一动，所有神识和魔头全部重回体内，韩硕冷哼一声，不再管暗中不知道潜伏在什么地方的敌人，以更快地度朝着迷茫之海外面掠去。

照他来看，敌人既然潜伏在迷茫之海内，就是打算利用迷茫之海特殊的地形来对付他了，所以肯定不会想他离开迷茫之海，如今他一趁机飞走，那暗中潜伏的人必将现身出来，不惜一切代价来拦截。

韩硕判断无误！

果然，当他以更快度试图离开迷茫之海地时候，突然间，迷茫之海内那比往常浓郁许多的死亡、暗黑元素力量开始诡异地聚集起来，一霎那，迷茫之海内白茫茫的烟雾变成了黑烟，充斥在所有的方。

死亡之气在海面上面肆虐，夹杂在冷厉的海风之内，在极短的时间内游遍了整个海域。

迷茫之海地异变一起，韩硕马上感觉到了不同，在一瞬间迷茫之海一些子多出了重重结界，从迷茫之海四面八方朝他逐渐收缩。

很显然，迷茫之海所有的变化最终攻击地目标就是他！

细心感受了一些迷茫之海内死亡、黑暗元素聚集的度，韩硕脸色骤然一变，心中略微有些惊奇。

以他敏锐地感官，他从死亡、黑暗元素的聚集度，感受到了潜伏敌人地实力，他可以肯定，潜伏在暗中的至少有两个修炼死亡、暗黑力量的主神，虽说是没有神格的主神，可是两个主神齐聚在迷茫之海也显得非常可怕了。

韩硕正打算说些什么，猛地现下面的海底沸腾起来，看不清的海水内充斥了毁灭力量，在奇异规则的作用下海水硬如铁石，并且在一点点的拔高……

还有一个毁灭主神！

韩硕大骇，没料到迷茫之海内竟然潜伏了三系主神，这完全出乎了韩硕预料。

一道掣电撕裂迷茫烟雾，在同一时刻降临海面，一瞬间，掣电分裂开来，密密麻麻地雷电力量交织在一起，将迷茫之海烟雾缭绕上方笼罩，形成了天网。

死亡、毁灭、暗黑三股力量的主人韩硕并不熟悉，但当头顶的雷电力量突然降临，韩硕马上从那熟悉的雷电力量中猜出了来人身份，当即仰冷哼道："萨拉斯，没想到处心积虑算计我的竟然是你！我只是奇怪，为什么你能够那么快恢复过来，并且找到这么厉害的三个帮手，这两点你能不能够为我解惑？"

头顶上面萨拉斯雄伟的身影在迷雾中渐渐显现出来，在上面居高临下地看着韩硕，萨拉斯脸上有些怪异，哼哼道："这次你弄错了，处心积虑想要对付你的并不是我，而是另外三位！我只是顺带的！"

韩硕心中一动，一道灵光闪过，突然哈哈大笑道："原来如此，看样子这一路上我对猎神的屠杀，终于迎来主人的反击了。呵呵，只是没有料到，这一次的反击竟然会如此凶猛！"

在无穷无尽的黑暗中，一道千丈巨人的身影渐渐显现出来，一双绿眸像是弯月一样在黑暗中高悬，冷冷地俯视着下面的韩硕，恐怖的毁灭力量似乎带动了海底内的海水，令这里的海水浮沉不定。

无尽的黑暗渐渐越聚越浓，另一个巨大的黑影渐渐显出出来，黑影被最浓郁的暗黑元素包裹住，根本看不出真正的相貌。

与此同时，一个白骨王座在上空凭空出现，王座上面浓浓死气不断地拉扯变化，一个淡淡的影子被死气笼罩，带着一张苍白的面具，也是看不清真正的长相。

毁灭、暗黑、死亡三个主神一一显出，但是要么利用黑暗挡住，要么利用面具遮面，都不将真正的相貌显露出来，看样子身为猎神统领的他们的确非常谨慎。

三个一显露出来，韩硕就将注意力放在了那个幻化而成的千丈巨人身上，哈哈大笑道："原来是你，我以前见过你！果然，你果然就是那个修炼毁灭力量，毁灭神域的猎神统领！"

当年在暗黑神域的时候，韩硕现了一个猎神联盟的巢**，曾经带着黑天过去围剿他们，没想到在地底宫殿的时候现了他的巨大化身，差一点全部死在这里。

更早之前，在奇奥大6死亡墓地的时候，这个巨大的幻象也曾经出现过，试图让韩硕臣服在他的信仰之下，在奇奥大6为他服务。

没想到时隔多年，在死亡神域的迷茫之海内，韩硕会和这个修炼毁灭力量的主神真正相见。

以韩硕现在的眼光来看，一眼看出那千丈巨人的样子只是幻化出来的，不过由于他实力极为恐怖，即便那千丈巨人只是幻化出来，也没有人能够分辨出来，只会当他是真真切切存在的。

这么一个庞大的形象显露出来，一般心志不坚定，在他的神威之下说不定立即就会臣服了。就连韩硕当年，看着那巨大的幻象，和举手投足间天威一样的力量，也都是心境胆颤。

"不错，我们曾经见过。没有想到，当年蝼蚁一般的人物，竟然哪么快拥有了可以威胁我们联盟的实力。"苍老的声音从那千丈巨人口中缓缓传来，似乎他很有感触。

第九百一十三章 九天雷轰

大魔王

第九百一十三章 九天雷轰

来众神大6的时。这四人任何一个出手。韩硕都葬身之的。绝无幸免的可能。然而时隔多年。如今的韩硕已经今非昔比。他们想干掉韩硕居然要四人齐到。这足以证明韩硕在他们心中的分量。

死亡暗黑毁灭三大神域的猎神者统领。再加上一个萨拉斯。这四人布下天罗的网在迷茫之海。目的不言而喻。

"布莱恩。今天你休想活着走出去。"萨拉斯望着韩硕。恨恨道。

感受着四人身上传来的气息。韩硕心知这一战将会非常艰难。几天之前他刚刚利用血遁之术由暗黑神域吞云城出来。现今并不在巅峰状态。面对这四人真的非常凶险。

自然。韩硕可以再一利用血遁之术由迷茫之海遁出。反而血遁之术才使用不久。在这么短时间再次。就不会像第一次那样轻松了。

韩硕心里面明。只要再次用血遁之术离开。他魔体将会真正受到创伤短时间绝对难以恢复过来。即便他能够从这四的包围中离开。混乱之的还有泰尔罗格这种不好心的家伙存在。实力不在巅峰之境对他来说非常危险阴沉着脸。受着逼人的四。韩硕心里面焦急的思量着从此的离开的方法。

"别想着能够生离的。我们四人在里筹备了么长时间。就等着落网。今天你既然来了。就休想能够活着离开。"虚空那千丈巨人的影子徐徐晃荡。弯月一样的绿眸凝视在韩硕身上。不断的催动毁灭力量。以他为中心形成了一个巨大的磁场。通过那个磁场将迷茫之海的海水影响。阻止韩硕进入大海从海底逃逸。

"嘿嘿可惜了这一个好苗子了。"骨王座面那个带着具的主神阴测测的笑着。慢慢的朝着韩硕逼近。他坐着的白骨王座那白骨闪耀着乳白色光灰蒙蒙的气从四面八方他汇聚。

另外一个被暗黑元完全笼的统领。一言不不过却配合其它几人。将黑暗笼罩向韩硕。

四个人缓缓逼硕。死亡暗黑毁灭雷电力量慢慢的凝聚起来。充斥了整个迷茫之在四大神领域一起释放出来之后。这一块区域所有的别系力量荡无存狂乱力量分为四股。从天上的上前后涌向了韩硕。

这四人一定仔究过该怎样对付他。甚至有可能在韩硕来此之前尝试过联手。因此四股力量一起韩硕所有离开的角度锁死。他被完全困在那一个角落。被四股力量慢慢的挤压。

韩硕心中一惊。意识到绝对不可以这么被动。如果任由四股力量一直挤压下来。他绝对抵挡不住。在四股力量下。他身体都会被挤爆。神识或许能够化为千丝万缕逃逸但魔婴和本体恐将难逃厄运。

这个念头一起。韩硕立即明白今天若是不拼命。休想活着离开迷茫之海。

心中暗骂一声。不再犹豫。万魔鼎万千魔头力量然狂涌入体。本来就深不见底的体内力量一下子变的无穷无尽可以令他畅快淋漓的大战一场。

这一次韩硕并没有将魔婴遁出体内以神识和魔头化形为魔。在吞云城面对耶鲁斯不同今天要尽快的离开迷茫之海。而且要带着--一起。

吞云城化魔的韩硕。由于只需要面对一个拥有主神之境的耶鲁斯。利用化魔之后的奇妙的黑暗漩涡落下来。并且最终无功而返。那种策略自然没有问题。

但现在不同。四个主神之境的高手。不会给他什么机会。尤其是其中还有修炼雷电力量的萨拉斯存在。那萨拉斯的雷电力量对于魔头魔婴这种生命形态有着极大威胁。化魔后的韩硕虽然可以千变万化。不惧大多数力量奥义。可雷电力量却是例外。

雷电力量一向是魂之类生命形的。实力一般的小神的雷电力量韩硕或许不会在意。可萨拉斯毕竟有着主神的力。他那漫天雷电力量一。韩硕万千魔头化形的真魔立即便会受创。

因此。他并没有借魔头的力量化魔。而是将魔头的力量聚集在体内。由本体催出来迎敌。

体内无穷尽的力量涌来。韩硕忽然豪气干云。仰天哈哈狂笑。十七口飞剑乘势飞--口飞剑拖出一道道匹练似的长剑芒。就像是十七道流星在他身旁狂。那森寒阴冷邪恶的剑芒。在飞舞中以一种奇异的方式汇聚在一起。

只是一霎。十七口飞剑拖着匹练寒芒竟然重聚在一起。在一瞬间成了一柄纯粹由剑芒成宽五米长百的巨大剑芒。

"阿鼻屠神剑阵"杀伤力巨大"灭神斩"在一霎那凝聚起来。立即斩向那在上空俯视的萨拉斯。

天外之光一样的巨剑芒无坚不摧。摧枯拉朽的将萨拉斯那一方逼来的雷电力量撕裂成一个缺口。直朝着萨拉斯凶威赫赫的冲击过去。

萨拉斯心中大骂。暗道明明有四个人在此。为什么你他妈偏偏找我做突破口？

他在魔隐谷和韩硕一战的时候。对韩硕就有了畏惧之心。他实力恢复之后没有立即找上韩就说明他在真正面对韩硕的时候并没有底气。有了这个先入为主的认识。那巨大的剑芒斩来。他自然而然的生出暂避锋芒的念头。

因此。萨拉斯退。他不敢面那朝着他汹涌而来的灭神斩。只有暂后退希望能够躲避过去。这么一来。着韩硕压迫四股力量其中一股立即弱了下来。

"萨拉斯。你干什么？给我抗下来。"一见拉斯后退。白骨王座上面的那人突然厉喝一声。怒气冲冲。

在他来看。韩硕的力量根本不足将萨拉斯一击击伤。只要萨拉斯能够抵挡住一刻。他们三人一起力。自然能够将灭神斩上面的力量给消退。一旦他们四人的量逼迫到一定的步。韩硕体内所有的力量都会被硬生生制住。绝难逃出生天。

不过很显然萨拉斯没听他的。喝了一声。继续暂避灭神斩的锋芒。

萨拉斯一退。韩马上再次出手。天魔利刃暴突来。从那萨拉斯退开的缺口直朝着头顶上空冲去。

"不好。"那在黑暗空中浮现的像是巨山一样的千丈巨人。忽然闷雷一样大喝。毁灭法由他那边滚滚落向韩硕。就像是大雨雨珠。密集的可怕。根本不给韩硕闪躲的机会。

韩硕毁灭系身外化身同样修炼过毁灭法珠。深深懂的那毁灭法珠是凝聚众多毁灭神力而成。一枚小小的毁灭法珠往往蕴含了极为可怕的力量。一见那倾盆大雨一滚落下来的毁灭法珠。脸色微微一变。

不待毁灭法珠靠近。韩硕心念一动。自己炼制出来的爆灭珠同样飞了出来。快疾的撞击像大雨一样滚的毁灭法珠。一缕神识将其中的本命精血点燃。那爆珠突然猛烈的爆裂开来。

爆灭珠一爆。影响了那密集落下来的毁灭法珠。在一瞬间。韩硕头顶天空传来了惊天动的的恐音。那轰鸣的声响简直要撕裂人的耳膜。

很早之前炼制爆灭的时候。韩硕就存了一个心思。在爆灭珠内加入了一缕毁灭神力。预-着以后能够和自己的毁灭法珠一起引爆。将威力催到最高。

没料到。他还没有用这种方法对待别人。先在这个猎神者统领身上尝试了出来。

声声爆破从头顶传。然后似乎引动了更上面萨拉斯布置的雷电力量。上面所有的雷力也随之爆响出来。震耳欲聋的轰雷声似从九天之上下来。整个迷茫之海空巨大的爆破声不绝于耳。

这一阵子爆炸声持了很长一段时间。当爆炸声终于消失的时候。终年迷雾缭绕的迷茫之的竟然被的阳光照射了下来。仿佛天空都被破了一般。

"萨拉斯的结界破。达卡。你搞什么？"白骨王座上面的那人突然大喝一声。极怒。

"我怎知道怎么一事。"那千丈巨人闷哼一声。显的很是郁闷。

"达卡。原来你叫达卡。"就在时。韩硕突然哈大笑。看着迷茫散去。在刺目阳光照射下巨大幻象消失之后显露出来的一个白老人。岁月在他脸上留很重的痕迹。皱纹如沟。头如霜。只有一双眼眸熠生辉。锐利如刀。

大笑过后。在刺目阳光下韩硕身一晃。十几个硕一下子分裂出来。往十几个方向一起逃逸。

萨拉斯和达卡的防御被撕裂。束缚住韩硕的力量再难困住他。头顶的结界也剧烈的爆炸中荡然无存。他一下子挣脱了出来。一点不犹豫。迅远去。

几人手忙脚乱。现那分裂的十几硕全部都是切实存在的。绝对不是幻象。不的不分头追击过去。

当一个个由魔头幻而成的"韩硕"被他们追上杀死之后。他们忽然现一道淡淡的影子早已经离开了重现光明的迷茫之海。几个晃荡之后气息全无。在他们神魂的感应力下凭空消失了。

第九百一十四章 再遇唐娜

拉斯和三个主神重新在迷茫之海的中心聚集，一个看，这四人合力在迷茫之海布置了几天，事先布下了天罗地网，为了能够拿下韩硕甚至演练过合击之术。

这么耗费心机对付韩硕，也将韩硕重重围住了，没想到在紧要关头还是被韩硕突出重围，此事传出去四人颜面丧尽，连猎神联盟的面子都被消了。

躲避韩硕"灭神斩"的萨拉斯，最终真的没有耗力抵御"灭神斩"，当那头顶的漫天雷轰把迷茫之海上空的结界撕裂的时候，合为"灭神斩"的十七口飞剑就重回向韩硕体内，在一瞬间消失无踪了。

"萨拉斯，都是你，如果不是你率先后退，他绝对逃脱不掉！"四人重聚在一起，白骨王座上面那个戴面具的人冷喝一声，怒道："这小子果然奸猾如鬼，今天我们四人联手都没能够拦阻他，以后更难对付了！"

萨拉斯也在气头上，对他没什么好脸色，哼哼道："他攻击的是我，我如果将那一击硬抗下来，百年之内休想恢复过来！你们没有真正面对，根本不会知道这小子的可怕，站着说话不腰疼！"

叫达卡的那个修炼毁灭力量的猎神统领，看了看萨拉斯，又望了望另外两个，点了点头，凝重道："达格玛、阿瑟尔斯特，那小子的确不容易对付，现在不是追究谁的责任的时候，我们需要想办法尽早除掉他！"

修炼死亡力量的达格玛听达卡这么一说，似乎意识到还需要通过萨拉斯来掌握混乱之地的情况，也就没有继续对萨拉斯呵斥，想了一下，达格玛皱着眉头道："那小子临走之前突然幻化几十个生命体，这些奇异的生命体都有着神祇气息，是确确实实存在的，要不然我们几个也不会上当，他是怎么做到的？"

达卡和修炼暗黑力量阿瑟尔斯特一起望向了萨拉斯，四人中只有萨拉斯和韩硕最熟悉，理所当然的，他们会望向萨拉斯。

"他有一种奇异的力量，似乎可以掌控灵魂的力量，我也不知道他怎么做到的，但是可以肯定，他掌握地灵魂能够幻化为他的样子。"萨拉斯深思了一会儿，接着道："和上一次相比，这家伙的力量变得更加强大了，我始终不知道他到底修炼什么力量，如果我们不能够在短时间内除掉他，拖下去迟早有一天你们猎神联盟统领全到了，也不一定拿到住他。"

"萨拉斯，今天你出现了，以他的个性不会放过你！你有没有什么好主意？"达卡一脸凝重，他隐隐觉得韩硕成了猎神联盟最大的威胁，而且他总觉得萨拉斯的话并不是危言耸听。

"他可以躲避。但是他也有在乎地人。那些人都在混乱之地魔隐谷里面。只要我们将那个地方围住。他就不得不全力一战。没法躲避！"萨拉斯沉默了一会儿。突然说。

"很好。只要他有割舍不掉地人。那就不是没有弱点！"达格玛嘿嘿冷笑。道："反正我们已经着手准备入驻混乱之地了。这并不影响我们地行动。

萨拉斯。你答应我们地事情。可要记得哦？"

"混乱之地已经没了我地容身之地。毁了就毁了！"萨拉斯点了点头。算是认可了达格玛地说法。他是混乱之地五大君主之一。对混乱之地每一个区域每一个势力都了如指掌。有他帮助。猎神联盟进攻混乱之地会非常容易。

"那好。我们联系另外一些统领。商量商量该怎样合作拿下混乱之地！"一直沉默地阿瑟尔斯特在漫天黑暗中忽然开口。

四人不再多说。看了看被日光照射下来地迷茫之海。低声又合计了一番。分头从迷茫之海离开。

……

从迷茫之海突围出来，韩硕松了一口气，暗道一声好险。

四个主神联手在迷茫之海布下了天罗地网，只要萨拉斯面对他全力一击的时候不躲避，一旦四人的合围形成，韩硕绝难从四人强大力量的束缚下逃出去，在那四股力量重围中恐怕连血遁都难轻松释放出来。

在那四人中，韩硕感觉出萨拉斯实力还最弱，另外三个猎神联盟地统领一个比一个可怕，尤其修炼毁灭力量的那个达卡，真正的实力恐怕不比混乱之地的泰尔弱。

要不是他借助于之前在混乱之地对战萨拉斯的凶威，全力出手逼得萨拉斯不得不暂避锋芒，并且急中生智的利用爆灭珠将达卡滚落下来地毁灭法珠引爆，再不惜耗费一个以上位神神魂炼制出来的魔头逃逸，今天说不定非要栽在迷茫之地不成。

"猎神联盟果然非，萨拉斯既然和猎神联盟混在一起，一定会图谋看样子混乱之地太平的日子没几天了。"韩硕细想了一下，喃喃低语，打算尽早返回混乱之地好好准备了。

"咦……"韩硕轻呼一声，忽然从远处感觉到了一股强烈的熟悉生命波动。

现在他已经离开了死亡神域，由一个偏僻的道路前往时空神域，目前处在死亡神域和时空神域之间交界地辽阔山脉，那一股熟悉的生命波动一起，韩硕静心感悟了一下，脸上突然满是喜悦。

就像当初在奇奥大6魂_族六角族王记得他的灵魂波动一样，现今地韩硕只要见过大人都能够记住对付的灵魂波动，在一定范围内他可以感觉到那些令他熟悉地灵魂波动，这是神识玄妙的运用之一。

他感觉地出来，那一股熟悉的灵魂波动来自久久没有消息的唐娜！

心中一喜，韩硕也不管唐娜身旁有着其他生命气息存在，立即往唐娜所在的方向飞去。和他不同，唐娜应该是准备从时空神域进入死亡神域，正好也是往他的方向赶，所以两人很快就在一处地方相聚了。

"咳……"韩硕忽然在唐娜面前站定，看着莱弗斯家族的菲尔德、多洛雷斯这些人，脸色有些尴尬。

莱弗斯家族自从他进入暗影城开始就不断地倒霉，艾弗里他杀死，莱弗斯家族被赶出暗影城，好不容易来到了吞云城，又是因为他的原因被拉克里森追杀，还没有稳住又从吞云城逃走。

不得不说，他还真是莱弗斯家族的灾星。

菲尔德这些人日子应该并不好过，不但是唐娜，仅剩的这些家族成员都神态疲惫虚弱，只有眼睛还闪耀着野心勃勃的光芒，不知道有什么力量在支撑着他们。

韩硕的突然出现令莱弗斯家族这些人面如死灰，以菲尔德为的莱弗斯家族的人猛然后退，惊恐地望着韩硕，菲尔德惨笑道："竟然是你，没想到你能找到了这里，看来今天我们莱弗斯家族要在这里被灭门了！"

和霍夫斯、华莱士不同，这些年来躲在时空神域幻空城的莱弗斯家族人，由于和混乱之地相靠极近的缘故，多多少少听说过一些韩硕在混乱之地的消息，再加上最近一段时间从暗黑神域收到的消息，菲尔德非常清楚韩硕如今的可怕。

兴致勃勃打算返回暗黑神域幽幕城接任城主之位的菲尔德，本来心中充满了希望，觉得莱弗斯家族终于可以翻身了，没有料到竟然在中途碰到了韩硕，心中的希望一下子变成了绝望，从天堂遁入地狱的挫败感让他简直承受不住。

除了唐娜外，所有莱弗斯家族的成员全部一脸惊恐地望着韩硕，一些实力低微性格软弱的人直接呼叫出来："求求你放过我们吧，我们莱弗斯家族已经成了这个样子，你就给我们一条活路吧！"

"不要求他，大不了一死！"菲尔德厉喝，一脸视死如归的模样，瞪着韩硕恨恨道："不错，上一次在飞云山脉的确是我和拉克里森一起动的手，我知道你早现了！今天你就算是将我们莱弗斯家族灭门，我也不会皱皱眉头！"

看着这一群做好英勇就义的莱弗斯家族的人，韩硕轻声一叹，道："以前的事情就算了，我不会再拿你们家族怎么样了，今天我也不是专门来找你们，只是偶然路过这里，感觉到了唐娜的气息，想来看看唐娜罢了，你们不需要那么紧张。"

此话一出，菲尔德一脸愕然，他一脸莫名其妙，惑地看着韩硕："以你现今的力量，想要灭掉我们易如反掌，你到底想干什么？"

"一直以来，在对待你们莱弗斯家族的时候，我都是被动的采取反击，从来没有主动挑衅过。如果不是艾弗里三番五次欲置我于死地，我绝不会对他动手，而且我也从来没有要求赛因特家族对待你们，纯粹是因为艾弗里对卡梅丽塔出手才导致的，我希望你们记得，在对待你们家族的做法上面，我问心无愧！"因为种种原因，韩硕一直没有机会和菲尔德真正好好交谈过，仿佛所有人都觉得他韩硕对不起莱弗斯家族，但只要他明白一切都是他们自找的，今天终于找到机会一吐心中郁闷了。

"布莱恩，我们单独谈谈吧。"唐娜轻声一叹，主动提议。

深吸了一口气，韩硕点了点头，斜了神色复杂的菲尔德一眼，和唐娜并肩走向山脉一处密林。

第九百一十五章 逼爱

硕和唐娜一离开，莱弗斯家族的多洛雷斯立即对菲尔长，主神在你神魂中留下了一道神印，通过这一道神印你可以和暗黑主神联系上，如果族长立即和暗黑主神沟通将布莱恩在这儿的消息告诉他，主神大人说不定可以降临此地，把布莱恩当场斩杀！"

讲这番话的时候多洛雷斯小心翼翼，似乎生怕那随唐娜一起消失在密林的韩硕听到。

莱弗斯家族先前还可怜兮兮恳求韩硕放过他们一马的族人，一听多洛雷斯这个提议全部眼睛一亮，纷纷张口劝说菲尔德，希望他能够立即和暗黑主神沟通，让主神降临此地将韩硕格杀。

菲尔德斜了一眼出主意的多洛雷斯，没好气地说："你还真想让莱弗斯家族就此灭绝啊？"

多洛雷斯一惊，慌张地叩俯在菲尔德面前，焦急表态："族长何出此言？"

恨恨然地看着那些同样莫名其妙的族人，菲尔德阴沉着脸，哼道："如果主神大人想让布莱恩死，你以为他能够从暗黑神域活着出来？"

多洛雷斯更为惊惧，轻呼道："您……您是说主神大人故意放过了他？怎么可能？霍夫斯、华莱士可是暗黑神域一城之主，布莱恩杀了这两个重要人物，主神竟然还会放过他？这怎么可能？"

不屑地撇了撇嘴，菲尔德沉声道："你没有感觉过主神的存在，永远不会明白主神有着怎样的神通！我虽然不知道为什么主神没有杀死他，但我可以肯定如果主神愿意，他休想活着离开暗黑神域！"

"这……这……"多洛雷斯心中大为骇然，不知道该说些什么了。

冷哼一声，菲尔德道："你给我趁早打消这个念头，说起来我们能够重回暗黑神域，进驻幽幕城还多亏这个人，按照资历和家族实力，幽幕城根本轮不到我做城主，我还在想主神这么做会不会有他这方面的原因……"

多洛雷斯满脸惊惧。一脸地难以接受。不断地低声呢喃："不可能。这绝对不可能！主神在暗黑神域一手通天。整个众神大6都可以横行。他怎么会在乎这么一个小人物呢？"

"谁知道呢？"菲尔德脸色怪异。苦笑不迭地摇了摇头。轻叹一声："当年我如果知道他有着这么大能量。他第一天踏入莱弗斯家族地时候我就亲自迎接了！哎……不得不说。

在识人眼光上面我们都不如唐娜。如果我早听唐娜地话。我们莱弗斯家族不但不会像现在一样没落。应该早就飞黄腾达了吧？"

"族……族长。看你地意思。是不是……是不是不打算为艾弗里叔叔报仇了？"多洛雷斯愕然。嗫嚅了一下。才有些忐忑地问道。

"报仇？"菲尔德满脸苦笑。瞥了一眼密林深处地方向。叹息道："我们拿什么报仇？耶鲁斯乃是一城之主。主神之境地实力。再加上黑水、黑石兄弟。还有霍夫斯、华莱士、拉克里森几人。最终落得地下场就是霍夫斯、华莱士、拉克里森全死。而他继续逍遥自在。你说。我们怎么报仇？我们莱弗斯家。又有谁。能够报得了这个仇！？"

"但……但……"多洛雷斯想说些什么。不过不知道是不是想到了可怕地现实。竟然找不到能够真正劝服菲尔德地话。

摆了摆手。菲尔德不耐烦道："你们给我趁早打消这个念头。以后在幽幕城给我安安分分地做人做事。不要妄想对布莱恩出手。这样只会为莱弗斯家族带来灭顶之灾。都给我记住！"

多洛雷斯和那些莱弗斯家族地成员，听菲尔德这么一说心中都觉得难以理解，但在家长的威慑只能够唯唯诺诺地答应下来。

……

密林深处，植物郁郁葱葱，一些鲜艳的小花骨朵儿释放着短暂的美丽，清香淡淡。

唐娜就站在一片野花丛中，亭亭玉立，娇嫩的鲜花一样艳丽出众，惹人无限遐想。唐娜本就是一个气质出众艳光四射的美丽女人，在历经家族惨变之后，又多了几分惹人怜惜的淡淡憔悴，这不但没有消减唐娜地美态，反而更生一种楚楚可怜的美感。

一身淡紫色长衫裹住丰满妙曼地::|体，美腿笔直修长，粉臀挺翘，酥胸饱满，白里透红的脸颊上面有着一缕淡淡地忧愁，让人恨不得将她拥入怀内，细心的呵护轻轻疼爱……

望着面前地唐娜，韩硕觉得似有千言万语要说，可是满腹话语到了嘴边却是换来一声悠长叹息："哎……唐娜大姐，好久不见了。
"

唐娜细长的眉毛一挑，明眸凝视在韩硕身上，一下子痴了……

时隔多年，这个当初韬光养晦将锋芒全部掩饰起来，两手空空无依无靠前来众神大6的青年，已成了声威震天的一个出类拔萃的人物，在众神大6最可怕的混乱之地称暗黑神域最强大的城主交战，在重重包围中格杀另并且能够从容退去……

一道道耀眼的光辉环绕在他身上，在短短几十年时间锋芒毕露，成了众神大6最耀眼的一个人物，强悍的实力令许多神域城主俯称臣！

即便是老早就认为他不是池中之物的唐娜，也没有料到有一天他能够达到如此高度！

"布莱恩，我真没有料到，你能够有今天的成就！"唐娜笑的有些勉强，明显不像当年那么灿烂了。

"唐娜大姐，你们这是打算去什么地方？"韩硕愣了愣，觉得还是应该说些实质性的话题。

"回暗黑神域，我父亲被暗黑主神赐予了一道神印，令他返回幽幕城接管城主之位！"唐娜丝毫没有隐瞒自己一行人的目的，在韩硕面前坦然说出。

"呵呵，原来是这样，看来霍夫斯的死还有别的收益了。

嗯，暗影城城主是谁接任的？"韩硕哑然失笑，倒是没有料到暗黑主神会将这个位置赐给菲尔德，这倒是有些出乎他的意料。

"是赛因特家族的安德烈，由他出任新的城主，暗影城当稳如泰山，也会有任何家族有异议！"唐娜继续说。

"很好，安德烈成了暗影城城主名至实归，相信暗影城在安德烈的管理下一定能够更胜一筹！华莱士能力的确有，可惜他太没有容人之量，一个个有望展起来的家族最终都被逼出了暗影城，他活在暗影城，暗影城永远难以展出来！"韩硕笑了笑，实话实说。

唐娜轻轻皱了皱眉，美眸凝视着韩硕一言不，看的韩硕浑身都不自在。

不知为何，在唐娜这种目光下，韩硕竟然难得的有些心慌，这种心慌和实力强弱无关，只是纯粹觉得有些愧疚，还有那么一丝丝的期盼，他担心会失去什么，会承担什么……

唐娜沉默了一会儿，用力的吸了一口气，随着着她吸气的动作，丰挺的双峰更显饱满鼓胀，简直裂衣欲出，似乎终于下定了决心，她双眸光芒熠熠，一眨不眨的看着韩硕的眼睛，轻声问道："你为什么杀掉那个人？"

唐娜并没说名字，但韩硕立即知道唐娜说的是谁。

心中一慌，韩硕感觉心跳有些不受控制，有些慌乱的急忙说："那小子不务正业，在吞云城内从来没有干过什么好事，他根本配不上你！我们是朋友，我不能够眼睁睁地看着你跳入火海！"

话到后来，韩硕似乎找到了说服自己的借口，一脸的大义凛然，义正言辞。

唐娜双眸凝视着他，并不讲话，只是沉默地看着他。

在这种目光下韩硕忽然没来由地觉得心虚，竟然不敢正视唐娜的目光，装作不经意的微微低头，避过了和唐娜的眼眸对视。

半响，唐娜嘴角似笑非笑，自嘲地自言自语："好一个大义凛然的理由，布莱恩，你杀他的时候，心里面难道就没有一点自私的念头？"

脑子内轰然一震，韩硕突然想起自己动手之后的畅快淋漓感，杀了那人之后他浑身轻松，觉得……觉得自己的东西又保住了，而不是被人得到，在他潜意识内，想法完全是自私自利的……

"怎么？被我说穿心思了？"唐娜冷笑，低呼道："布莱恩，你就是一个最自私的人，你的所作所为只是打着帮我的幌子和借口，我就不信那杀了他之后，没有想过会给我、给我莱弗斯家族带来多大的灾难？！但你，还是动手了！你不是为了我，你是为了你自己？"

"为了我自己……为了我自己……"韩硕喃喃自语，自问道："为了我自己什么？我能够得到什么？"

"在你心中，我就是你一个人的，就算你不理不问，也不允许别人染指！"唐娜突然上前一步，托着韩硕脖颈，逼着韩硕和她四目相对，唐娜一脸凶狠样，恨恨道："你说，你是不是这个想法？"

"我，我不知道……"韩硕第一次被女人这样对待，感觉自己完全陷入了下风，脸色有些茫然。

忽然间，韩硕觉得魔婴突突乱跳，天灭境界的心境不稳，竟然连体内的魔元力都变得有些紊乱了。

心中骇然，他忽然意识到和唐娜的事情成了他的一道心魔，一连串想法在脑海中过了一遍，韩硕脸色一狠，一把将唐娜拥入怀内，恶狠狠道："不错，我就是这个想法！我看中的女人谁也不想碰，我就是这种人，你想怎么样？"

……

霎那间，唐娜热泪盈眶，使尽全身力量抱紧韩硕，脸颊深埋在韩硕宽厚的胸膛，失声痛哭起来……

这句话，她终于等到了……

第九百一十六章 不放过你

硕一直不承认自己对唐娜有着觊觎之心，他极力避::女感情上面纠缠过深，然而在内心深处，正如唐娜所说，他早已经将唐娜当成了自己的禁脔，绝不容任何人染指！

今天，唐娜刨根问底逼得他不得不说，他竟然连境界都有些紊乱，韩硕终于明白自己心中的念想有多深了……

感情就是这样，有时候女人的大骂大吵看似不顾一切难以收拾，但是往往一个拥抱就能够化解一切，将她们所有的愤怒怨气在一瞬间消去。

男女感情有时候深奥无比，有时候又是简单之极，唐娜多年的怨言和对韩硕的愤怒，就在韩硕一句话下轰然倒塌，心中再也没有余恨，就连家族的仇恨这一刻都忘记的干干净净。

在大事面前，有些男人可以为了利益抛弃一切，目标明确。但女人不同，她们可以为了男人抛弃一切，什么家族仇恨、亲人朋友，在至深的爱人面前都会显得非常脆弱。

这一刻，唐娜热泪盈眶，紧紧地抱着韩硕，似乎想要将韩硕挤进她的身体。

韩硕感触颇深，也不讲话，任由唐娜在他胸膛上面恸哭不止，只是用手轻抚在她的软弱长，用如此温柔来表明自己的怜爱疼惜……

多年的幽怨随着泪水的滚落唐娜一颗心渐渐平静下来，依靠在韩硕宽厚的胸膛上面，她觉得无比的宁静安心，这些年随着莱弗斯家族东躲西藏没有一日安稳，却因为现在的依靠内心平静。

真想一辈子就靠着他啊，唐娜心中溢满了甜蜜，脸上挂着痴痴的轻笑……

好一会儿，唐娜似乎觉得泄够了，有些不太好意思地从韩硕胸口离开，泪眼婆娑地看着有些紧张兮兮地韩硕，忽然觉得这个傻傻的韩硕那么的可爱，纵横众神大6地他这时候没有一点的霸气和狠厉，反而显得小心翼翼，加上那么一点点的不知所措。

"噗嗤！"泪水还湿润脸颊地唐娜。忍不住轻声一笑。伸手在韩硕脸上捏了捏。哼哼道："瞧你那样。倒好像是我逼你一样。真是混蛋……"

韩硕哭笑不得。心道本来就是你逼迫我地。不过心结解开了。韩硕再看唐娜颇为尴尬。还是有些不敢正视唐娜地明眸。又悄悄低下头来。

他一低头。忽然眼眸一亮。落到了唐娜那高耸饱满地双峰上面。一下子定住了。

由于眼泪地湿润。唐娜胸口全部潮湿了。她衣衫本来就比较淡薄。泪水打湿了胸口令淡薄地衣衫紧紧地贴在了丰挺地双峰上面。看起来就像是没有穿衣一样。暴露出了许多美妙。那动人地曲线显得如此优美。饱满地弧度勾魂夺牌。

唐娜身姿本就妙曼。双峰更是坚挺饱满。被泪水这么一湿润。立即惹人无限遐思……

不知道唐娜是不是注意到了韩硕地窥视。轻轻哼了一下。佯装无意地伸了个懒腰。手臂往后舒展。腰肢轻轻前挺。令地那丰满硕大地酥胸更显突出。双峰顶端丰润处更是轻轻碰触到了韩硕胸腹。

韩硕两眼猛地直了，一团邪火腾腾地冒起来……

"咯咯"轻笑一声，唐娜一下子站直了，马上转过身来，得意洋洋地说："布莱恩，不和你玩了，我还要去暗黑神域幽幕城，等到我们莱弗斯家族在那边站稳脚跟了，我会来混乱之地找你地！"

唐娜心中得意，女人在这一方面最为敏感，有人说无论男人怎样隐晦躲闪的偷看美女地敏感之处，她们总能够凭借着惊人的第六感察觉出来，很显然，唐娜将韩硕那火热地眼神全部收入了眼底，她很满意自己能够令韩硕血脉贲张，并且配合的小小地捉弄了韩硕一下。

一听说唐娜要走，韩硕马山打消了心中的胡思乱想，急忙伸手一把抓住唐娜，皱眉道："你要去幽幕城？"

"嗯，我是莱弗斯家族的人，如今暗黑主神让我父亲接管幽幕城，对我们莱弗斯家族来说这是一个千载难逢的机遇，我们正需要通过这个机遇将莱弗斯家族重新崛起。哎，但我家族力量已经非常弱小，也没有足够的人手可用，在这个时侯我绝对不能够离开父亲。"唐娜叹息一声，有些无奈地对韩硕解释。

"那，那我们？"韩硕愣了愣，试探性地询问道。

伸手扶上韩硕脸颊，唐娜嫣然一笑，温柔道："我会找你的，不过不是现在，你放心好了，你毁了我的一生，这一辈子我都不会放过你的！"

韩硕松了一口气，道："那我就真正放心了！"

"好了，你该干什么干什么去吧你在混乱之地，一旦我们莱弗斯家族能够在幽幕gt；我会来找你的！"唐娜笑了笑，然后似乎想起了什么，咯咯笑道道："不过到时候你要安抚好你那些小女人喔，我怕她们会追杀我呢……"

"那好吧，你自己多保证，我等你过来找我。"韩硕哑然失笑，点了点头，不再和唐娜多说什么，上前一步猛地一把将唐娜拥在怀内，霸道地凑上大嘴在唐娜红唇上面咬了一口，旋即哈哈大笑着离开。

唐娜脸颊娇羞殷红，恨恨地一跺脚，又"噗嗤"一笑，自言自语道："这家伙，胆子并没有我想象中那么小嘛，咯咯……"话罢，眼眸水盈盈地眨了眨，伸出小香舌留念地舔了舔红唇，似乎将韩硕的痕迹留在心底……

莱弗斯家族那些人等候的快不耐烦的时候，唐娜终于从密林深处走出来了。

进入密林之前，唐娜脸色阴霾，眼眸内是怨意、恨意滔天，令菲尔德都担心唐娜过去之后会不会不顾一切的和韩硕拼命，心里面一直担心她会有事。

然而，出来的唐娜明眸熠熠，脸上艳光四射，充满了活力，再有没有了一丝一毫的阴暗，和刚刚简直判若两人。

那些莱弗斯家族的人一个个大张着口，全部一脸愕然，不明白在短短几分的时间内唐娜身上到底生了什么变化，本来死气沉沉的唐娜为什么会在一瞬间重"活"了过来，这一切出乎了他们的意料，令他们不知所措。

菲尔德深深地望着唐娜，似乎猜测出了一些隐情，皱眉问道："他呢？"

"走了，回混乱之了。"唐娜竭力收敛自己脸上的喜悦，但是回答的话还是那么轻快，任何人都可以从她的回答中感受出她和往常的不同，这并不是说唐娜不够成熟掩饰的手法不够娴熟，只是因为大喜冲淡了大悲，将她身心一下子全部变化，她的气色已出卖了她。

"哦。"菲尔德点了点头，扫视了别的莱弗斯家族的人一眼，冷喝道："还愣着干什么，还不给我赶路！"

以多洛雷斯为的一群人唯唯诺诺，急忙点头称是，一边偷偷地打量着唐娜，一边在心中暗暗腹诽。

菲尔德和唐娜两人在最前面，刻意的和后面的人拉开一段距离之后，菲尔德悄悄靠近唐娜，低声说道："娜娜，我不会管你和他之间的事情，不过我要你记住，多为我们家族想想，别给我们家族惹来不必要的麻烦。"

唐娜一愣，左右看了一眼，就那些家族成员都被拉在了身上，才惑的问道："父亲，你，你不阻止？"

轻声一叹，菲尔德摇了摇头，自嘲道："我阻止的了吗？"

"父亲，其实我……"唐娜急着解释，想说自己也会重视家族的难处，毕竟他和莱弗斯家族还算是有仇。

挥了挥手，菲尔德阻止了唐娜的解释，道："什么都不用说了，是父亲对不起你，如果在他第一天来到莱弗斯家族的时候，我能够听你的见见他，说不定就不会有后面的事情。

哎，是父亲我一意孤行，根本没有将他放在眼里，才一步步将莱弗斯家族推向深渊，后来还不得不委曲求全，差点牺牲你的幸福让你加给拉克里森那个纨绔小子，哎，父亲自然也知道那个小子不是什么好东西，都是我自找的啊……"

"要不，你把我逐出家门吧，这样就不会给莱弗斯家族带来什么麻烦了。"唐娜听菲尔德这么一说，也明白他的无奈，想了一下这么提议。

坚决的摇了摇头，菲尔德道："你没有任何错，错的是我！为什么要敢你走？好了好了，别想那么多，虽然我不知道究竟是什么原因，但我看暗黑主神还有死亡主神并不想他死去，你和他之间的事情应该不会有太大问题。"

"您是说，您同意我和他？"唐娜大喜，声音都有些轻颤。

点了点头，菲尔德叹息道："我为我们家族已经承受太多东西了，作为族长我还算称职，但我却不是一个好父亲。而今天，我就做一回好父亲，什么家族利益暂时抛在一边了！"

"谢谢父亲，谢谢父亲！"唐娜不知道该说什么，她原本以为韩硕杀了艾弗里之后，他和家族间的仇恨将会永远难以化解，没有料到菲尔德竟然能够不计较这些仇恨，不但没有大力阻止她，还那么为她着想，唐娜明白，有了菲尔德这一番，她将再无心结。

第九百一十七章 人情

空神域，空灵城。

自从鲍姆死亡，由麦金利接任空灵城城主之位以后，空灵城的贸易和战斗力不但没有倒退，反而蒸蒸日上，比鲍姆在世的时候还要进步。

麦金利接手空灵城后，减免了城内各种交易买卖的税收，只要不是穷凶极恶之辈，都欢迎进入空灵城，并且依旧坚持着空灵城自由的环境，不予干涉居住太多的私事。

麦金利能力比鲍姆出众，不但擅长管理，还非常懂得拉拢人心，在他的治理下城内各大家族还有商行主人皆信服，原先跟随鲍姆的那些神卫，几乎没有过多犹豫，全部臣服在麦金利手下，为他将空灵城打理的妥妥当当。

在空灵城，如今天玑药剂和金石能量晶石商铺非常受麦金利的照顾，在他这个城主的帮助下，天玑药剂和金石能量石商铺成了空灵城这两大行业的领头，每一年的受益远远高于同行。

菲碧、艾米丽和韩家那些人来到空灵城已经有一段时间内，在空灵城内他们受到了麦金利的隆重接待，真正有一种宾至如归的感觉，和暗影城不同，这里的制度宽松，不但非常适合居住，由于修炼各系力量的高手聚集在一起，商业比暗影城还要繁荣，最适合艾米丽、菲碧这些野心勃勃的女人大展拳脚。

有麦金利这个城主的帮助，加上艾米丽、菲碧的智慧，韩家天玑药剂的展势头迅猛无比，几乎搞垮了城内大部分的药剂和能量石商铺，成了空灵城独一无二的大商。

天玑药剂，菲碧、艾米丽、血灵、博兰兹齐聚一堂，彼此交换着这段时间地收获。

"空灵城是个好地方，不过据说混乱之地才是我们应该去的地方，我们毕竟不会长久待在这里，不需要投入太多的精力在这个地方。"老妖斯塔索姆笑着说。

这一段时间，韩家地人感觉都非常舒适，和在暗影城、枯骨城不同，在空灵城内麦金利真正将他们当成了自己人，推心置腹的维护他们，没有一点坏心思，这一点韩家那些老奸巨猾的家伙都能够感觉出来。

"嗯。麦金利对我们真地没话说。过两天我和他说说。把天玑药剂和金石商铺地收益分他一成。这家伙或许是因为感激布莱恩地救命之恩。维护我们都有些过头了。那些商铺主人天天去城主府闹腾。说我们破坏了空灵城现有地交易规矩他都不予理会。真是够意思！"菲碧笑着说。在空灵城内她有种龙入大海。尽情挥所长地畅快淋漓感。

"我们不能够做地太过分。反正一等布莱恩过来。我们就要前往混乱之地里。如果在空灵城我们闹得太凶。麦金利也会难做。"艾米丽一向喜欢为别人着想。如果别人对她好。她会默默记在心里面。找机会将人情还了。

"师父怎么还没有回来。也不知道那么情况怎么样了。"血灵皱了皱眉头。显得有些担心。

他这么一说。大家都有些沉默了。他们心中明白硕重返死亡神域很有可能要面对那个无比恐怖地存在。对他们来说。死亡神域地主神简直是一个难以想象地强大敌人。在众神大6待地时间越久。他们越明白主神地可怕。

虽然他们对韩硕有信心。可是一想起韩硕将要面临地很有可能是几乎无敌地存在。他们还都会忧心忡忡。

"放心吧。主人不会有事地。就算战不过。应该也可以逃出去地！"黑龙吉尔伯特倒是一如既往地对韩硕盲目相信。一点都不担心韩硕地安危。在他来看韩硕肯定不会有问题。

"拥有神格地主神掌握了天地之间一系最本源的力量，远远出我们地认识，在广阔无垠的浩瀚位面中，一共就只有十二位拥有神格的主神存在，这样的人物，不管我们怎么臆想都猜测不出他们的可怕，希望师兄没事才好。"博兰兹轻声一叹，难得的有些担忧。

"行了，都别担心了，收拾东西准备一下，过一会我们就前往混乱之地！"突然，嘹亮的声音由外面传来，一道雄伟的身影猛地在房间内显现出来，不是韩硕是谁？

"布莱恩，你没事就好，情况怎么样？"艾米丽轻呼一声，急忙询问道。

"希尔完了，霍夫斯、华莱士、拉克里森、拉尔夫这些敌人也全部死亡，放心吧，该死的都死了！"韩硕笑了笑，看了看众人，道："看样子麦金利待你们不错嘛。"

"嗯，相比较在枯骨城的遭遇，简直是一天一地！"斯塔索姆满脸微笑，看样子还真是非常喜欢这个地方。

血灵、艾米丽、菲碧等人，一听说希尔等人全部完蛋了，一个个喜逐颜纷惊喜欢呼。对他们来说，那些人是韩家不同戴天只有他们完蛋了，韩家才能够将声威打出去，以后也没有什么后顾之忧。

"好了，你们准备一下吧，我去一趟麦金利的城主府，等我回来以后，我们就动身前往混乱之地。呵呵，空灵城再好，那也是别人的地方，只有混乱之地才是我们的地盘，你们到了魔隐谷，一定会喜欢上那里的。"韩硕笑着说，旋即不等他们开口，又从这儿消失无踪。

空灵城，城主府内。

在修炼场内静坐的麦金利洒然一笑，看着突兀出现在面前的韩硕，满脸欣喜："布莱恩，你这小子终于过来了！"

麦金利变化甚大，一扫多年的郁闷，显得神采飞扬，看来他对空灵城城主之位的生活非常满意。

"呵呵，你这老小子不错嘛，看你的样子似乎实力又有进步了。怎样，什么时候能够进入主神之境啊？"韩硕开玩笑道。

这几年韩硕和麦金利走的很久，两人虽然不是经常见面，不过因为混乱之地和空灵城相隔极近，书信上面的来往非常频繁，韩硕对麦金利的情况非常了解，麦金利也知道韩硕在混乱之地的大动作。

"实力再进步，也没有你快啊！"麦金利哈哈大笑，摇头有些愤然，道："你这家伙，当年在奇奥大6的时候那么弱小，一到众神大6就锋芒毕露，竟然在不到百年时间内达到如此境界，真不知道你到底是什么怪物！"

"我马上就要带人去混乱之地了，你答应给我炼制的东西，怎样了？"韩硕眨了眨眼，询问道。

"早给你准备好了。"麦金利哑然失笑，一个空间戒指飞向了韩硕，"魔法镜面，定向空间卷轴，空间冻结之锁，还有……"空间戒指飞向韩硕的时候，麦金利笑着一一解释，将那些小玩意的用法告知韩硕。

魔法镜面可以令相隔很远的几方互通讯息，对韩硕在混乱之地情报的收集非常有用，定向空间卷轴那是保命用的宝贝，可以撕裂空间瞬间逃逸，韩硕虽然不需要，可是韩家一些重要人物一旦有了空间卷轴，活命的机会将大大增加。

至于空间冻结之锁，顾名思义，是可以将空间冻结的玩意，一般修炼空间力量的强，都有撕裂空间逃亡的方法，有了这个空间冻结之锁，韩家那些成员想要围攻什么人，就可以防止他活着离开了。

除了这三样外，还有其它几种只有修炼空间力量奥义的强才可以炼制出来的小玩意，对韩硕来说，这些小玩意都非常有用，是韩硕专门拜托麦金利炼制出来的。

"不错不错，呵呵，谢谢啦。"韩硕摸着空间戒指一扫，就现魔法镜面有几十个，定向空间卷轴也有十几卷，只有空间冻结之锁和另外一些零零碎碎的小玩意，七七八八加起来也有不少，足够目前韩家那些人使用了。

"布莱恩，听说你在吞云城大闹一场，和耶鲁斯都干过了一架？"麦金利神情一动，突然开口问道，看起来非常感兴趣。

点了点头，韩硕笑着说："不错，耶鲁斯实力已达主神之境，为人处事非常不凡，如果不是因为他弟弟拉克里森的原因，我倒是非常乐意交这个朋友。可惜啊，现在只能成为敌人了，谁让我杀了拉克里森呢。"

麦金利哑然失笑，想了一下，有些为难的对韩硕说："布莱恩，我求你一件事。"

韩硕一愣，旋即笑着说："我们关系这么好，有什么事情尽管说，就算是帮你杀人放火也无妨。"

此话一出，麦金利眼中明显带着几分感激之情，沉默一下，才说："你知道，我神体和神魂分离都是因为三大光之守卫的贾尔，布莱恩，我想报这个仇，希望你能够帮我一把。"

贾尔乃是光明神域三大光之守卫之一，光明神最虔诚的信徒，许多年前就是上位神末期的实力了，麦金利单打独斗显然不是他对手，想要报仇只能够另找强援了，而韩硕，正是一个最恰当的人选。

"没问题，你确定时间地点，我自会帮你！"韩硕想也不想，立即答应了下来。

"谢谢！"麦金利看着韩硕，一脸郑重地道谢，他知道这份人情欠大了，"我弄清贾尔的行踪之后，会通知你。"

"嗯，那我等你消息，好了，我先带人回混乱之地了。"韩硕笑了笑，根本没有将这件事情太放在心上，也不和麦金利多客套，身子一晃，人已不在。

第九百一十八章 魔隐谷韩家！

乱之地并没有因为韩硕的崭露头角生太大变化，争、抢掠依然是混乱之地不变的主题，在混乱之地的外围，小规模、大规模的战斗从来不曾停止过。

韩硕带着韩家的人才刚刚出现在混乱之地，就引来许多股大小势力的注意，不过一等他们现人群中偶然显现出来的韩硕时，这些势力立即老实了下来，马上带着自己的手下有多远逃多远。

在混乱之地内，韩硕已成了一个招牌，根本没有什么人敢招惹。

血灵、博兰兹、吉尔伯特三个性喜战斗的家伙，一来到混乱之地就像是龙入大海，他们时不时的离开大部队，单独四处游走，每每一身伤痕的返回。

这三个家伙全部修炼了魔功，深知以战养战的道理，明白若想要以最快的提高自己的实力，只有在一次次的厮杀中磨砺自己，而混乱之地，显然正是一个最适合他们的地方。

他们离开了韩硕，三人有时一起行动，有时候分开来四处游走，找一些实力不是特别强大的小势力下手，通过对方的死亡来磨砺自己的力量。

韩硕放任了他们的行动，因为他明白三人实力不错，而且一个个都非常狡诈阴险，即便是在混乱之地也不会吃太大的亏，那些身上的伤势也是特别严重，一两日就能够恢复过来。

一开始的时候，三人单独出没，后来渐渐带上了一些韩家的卫士，那些韩家卫士经久磨砺也不是善类，人数一多，加上有三人指挥，一路上行来许多股势力都被干掉，到了后面许多股势力一现他们靠近，就远远躲开。

"这混乱之地，也没有想象中那么可怕嘛，一路上行来，倒也没有见到太强的敌人啊。"血灵这几天意气风，次将一个上位神中期的家伙单独干掉了，信心空前膨胀，甚至有些目中无人了。

"哈哈，是我们太强了，不过混乱之地还真是乱，走一段路就可以看到一场大战，那些家伙一个比一个凶残，这地方真是有趣，果然非常适合我们韩家！"吉尔伯特也非常兴奋，在这里，他可以将身上的力量全部泄出来，通过一次次的杀戮不断地提高自己，很显然，他非常喜欢这个地方。

只有博兰兹不像两人那么自信心膨胀。冷冷地扫了两人一眼。道："混乱之地在众神大6出了名地乱。这里聚集了众神大6十二大神域各种各样地凶神恶煞。五大君主绝对不是浪得虚名。我们之所以没有遇到真正地敌人。一方面是因为还没有真正深入到混乱之地中心。另外一方面就是真正地大势力或多或少知道一些我们地来历。因为顾忌师兄地力量才不敢对我们大动干戈。你们两个。千万别目空一切。以为混乱之地是容易对付地地方！"

从在枯骨城血灵、吉尔伯特为他差一点要找沙陀拼命开始。博兰兹就将两人当成了最值得信赖地朋友。要不然。博兰兹绝不会对两人说那么多话。换了一般人他顶多冷哼一声。绝不会浪费口舌。

血灵、吉尔伯特都明白博兰兹性格就是这样。从来不认为他地态度有什么问题。听他这么一说。血灵嘿嘿笑了笑。道："你这老家伙说地也有些道理。不过我想混乱之地除了另外四大君主。应该还真没有太强地势力。照我看即便不借助师父地名头。我们也可以在混乱之地有自己地立足之地！"

"是呀。一些小势力地领也不过只是上位神初期。没什么大不了。我们三人再加上五十个卫士。在混乱之地完全可以大展拳脚。要不。我们单独前往深谷吧。我相信不利用主人地力量。我们也可以轻松到达。"吉尔伯特听血灵这一说。突然兴奋地提议。

血灵双眸一亮。喝道："不错。我们可以先行一步地。有师傅在后面担待着。几位师母和那些老头一定不会有什么问题地。"

"不行。万一有个什么差池。我不好向师兄交代！"博兰兹眉头一皱。想也没想。干净利落地拒绝。

"哎呀，老家伙，别这么迂了，我们肯定不会有事地。走啦走啦，我们单独离开，先一步去深谷等他们好啦，反正我们也问出了大致位置。"血灵哈哈大笑，率先一步上前，没将前面的凶险放在眼底。

吉尔伯特也是嘿嘿怪笑，过去扯了扯博兰兹，道："没关系地，主人肯定不会怪罪我们，混乱之地也就那么一回事，快点快点，别扫了大家的兴致！"一边说着，一边拖拽着博兰兹，也不管一脸冷酷。

如果没有在枯骨城血灵、吉尔伯特为他不顾一切出头的表现，博兰兹会当机立断拒绝，肯定会不顾一切地反对并且带他们返回大部队。

可是，如今博兰兹将血灵、吉尔伯特当成了除韩硕之外最值得信任的人，眼见两人热情高昂，博兰兹也不好意思扫了两人兴致，犹豫了一会儿，在吉尔伯特的拉拉扯扯中就算是默许了两人的做法，只是心中隐隐觉得这样做很不妥当。

血灵、吉尔伯特、博兰兹一行三人，加上五十个韩家卫士浩浩荡荡地离开了韩家大部队，单独往混乱之地中心深谷地方向行去。

一开始的时候，他们碰到地都是一些由上位神初期、中期的强率领地小势力，在血灵、博兰兹、吉尔伯特三人的力量压制下，加上韩家卫士那恐怖地团队力量，三人一路上横冲直撞，还真是没有遇到多少可以抗衡他们的势力。

血灵、吉尔伯特一路上兴致雀跃，忘记了越往内危机越大的事实，一路吆喝着冲向了混乱之地中心，想要早点进入深谷。

然而，好景不成，当他们离开韩家大部队很远的时候，更深处一些大势力并不知道他们的和韩硕的身份，加上他们有有意和韩家撇清关系，不利用韩硕的力量，一些凶狠的大领渐渐注意到了他们。

终于，由上位神末期高手领的混乱之地凶神，在一座山峰半腰拦阻了他们。

而且，还不止一个上位神末期高手！

一个修炼死亡力量，一个修炼风系力量的上位神末期高手，再加上上位神中期、初期境界的高手，和一群拥有中位神中后期小喽，这一股势力人数上百，整体势力远远过了血灵、博兰兹、吉尔伯特这边。

"你们这一路上杀的过瘾的嘛，嘿嘿，竟然连罗格大人的手下都敢动，果然不知道死字怎么写！"为的那个修炼死亡力量，上位神末期境界的秃子一脸讥笑，望着被重重包围的血灵、吉尔伯特等人，再喝道："摆在你们面前的有两条路，要么俯称臣成为罗格大人的信徒，要么就给我去死！"

直到这个时候，血灵、吉尔伯特才意识到混乱之地并不像暗黑、死亡神域，这里果然高手如云，而且一个个都不讲道理，没有一点人情味。只要你落在了下风，他们会如狼似虎的扑上来，将你撕成粉碎。

血灵自信可以干掉一个有着上位神中期实力的强，但是，他心中明白，对上有着上位神末期境界的强，他根本没有一点反抗的余地。

而敌方，不但有两个上位神末期的强，另外两个境界的高手还有六七个，如此实力，绝非他们这些人可以对付的了的。

血灵、吉尔伯特忽视一眼，嘴角都有些苦涩，终于有些后悔小视天下英雄了。

"朋友，我们是魔隐谷韩家的人！"博兰兹上前一步，不亢不卑地看着对方，比血灵、吉尔伯特冷静多了。

在关键的时候，博兰兹历经凶险挫折磨练出来的心境起到了作用。

"什么？魔隐谷韩家的人？"刚刚还一脸讥笑的这个秃子，脸色悚然一变，道："你们是布莱恩大人的什么人？"

"这是他徒弟！"博兰兹并没有说自己，只是指了指血灵。

一见这人的态度，博兰兹心中忽然一松，心道师兄在魔隐谷果然凶威震天，看样子凭借着师兄的名头，今天应该不会有什么问题了。

那个秃子一脸凝重，在博兰兹三人身上仔仔细细的巡视了一会儿，又掂量一下，突然喝道："全部干掉！不能够留一个活口！要不然一旦被布莱恩知道，我们将会为大人惹来许多不必要的麻烦！谁敢放跑一个，我剥了他的皮！"

"你敢？！"博兰兹大惊，猛地厉声喝道。

"哈哈，有什么不敢？你以为凭借布莱恩的名头，我就不敢动你们了？哈哈，你们今天一个逃不出去，他根本不知道是谁动的手，又怎么找我？你们这些外来的家伙，根本不知道混乱之地情况，我告诉你们，混乱之人都是敢下狠手的疯子，没有什么是不敢干的！"秃子哈哈狂笑，一副癫狂的模样，果然有几分他话里面疯子的味道。

"动手！"笑罢之后，他挥了挥手，果断地下令。

博兰兹心中一凉，知道这一次麻烦大了。

第九百一十九章 自己人，看着就是顺眼

！

秃子眼看他们实力较弱，是打算将所有人灭口了，人活着走出去，根本没有人能够知道这里的情况，这个仇也没人能为他报掉。

秃子一声冷喝，这边所有人一拥而上，将博兰兹、血灵、吉尔伯特三人紧紧围在中央，把他们所有可以逃走的空隙堵住，摆明了不打算给他们一点活路。

"杀！"秃子再次大喝，一脸的冷笑，他和另外一个修炼风系力量的上位神，并没有随着出手，在他来看，以博兰兹、血灵、吉尔伯特这行人的实力，根本不需要他们两人亲自动手。

五六个上位神加上百十个小喽，忽然涌上了来，那几个上位神实力都在初中期，倒也不算是特别大的威胁，血灵、吉尔伯特脸色一狠，已经率先迎了上去，将两个拦截下来。

博兰兹随后跟上，手中那一口锐利的飞剑一出，漫天都是犹如实质的冲天杀气，一个只有上位神初期境界的家伙才刚刚靠近博兰兹，就被那可怕的杀气震慑到，身子只是略一迟钝，剑芒一扫而过，那人躲避不及，胸口已多了一道深深的血痕。

"血灵、吉尔伯特，我们找机会离开！"一剑逼退对手，博兰兹马上冷喝一声。

血灵、吉尔伯特眼中寒光一闪，更加猛烈的冲杀对手，他们每一招都是以命搏命的攻法，悍不畏死，两个对手不敢和他们同归于尽，不得不暂避锋芒，采取游走拖延地方法。

不过，血灵、博兰兹、吉尔伯特毕竟只有三人，而对方的上位神却有六个，当六个人形成合围之后，血灵、博兰兹、吉尔伯特立即落在下风，如果不是他们采取不顾性命的方法拼死抵御，根本支撑不了几分钟。

这六个上位神围住了血灵三人，他们手下那些百来个中位神则是冷笑着逼近了韩家卫士，突然间一起出手，朝着韩家卫士攻了上来。

和血灵三人的遭遇不同，在同等实力之下，韩家卫士虽然人数少了一半，却爆出了恐怖的战斗力，竟然像是一柄弯刀一下子散开，不但一瞬间躲避了许多攻击，他们三五成群的出手在霎那间给对方造成了巨大伤亡。

初一接触。韩家卫士伤五人。死一人。而对方。死亡十人。伤三十人！

同为中位神境界。韩家卫士还弱于对方。却在一击之中占据了绝对上风！如此成就。令那冷眼旁观地秃子脸色一变。猛地高呼道："分出两人。干掉那些卫士！"

围攻血灵、博兰兹、吉尔伯特地六人听秃子这么一嚷。马上意识到了手下地失利。急忙分出了两人冲向了韩家卫士。这两个一个上位神初期。一个上位神中期。他们一加入战圈马上扭转了局面。韩家卫士从绝对地上风沦为了被动方。死伤数量逐渐增加。

而血灵三人则是压力一松。本来只要六人联手。再来几分钟。如果血灵、博兰兹不利用遁法逃避。必将难逃厄运。但是因为分出了两人。他们只是身上多出了一些伤势。却躲过了被杀地命运。

不过。围观地秃子显然不愿意将战斗持续多长时间。眼见手下不能够立即将韩家人解决。他终于忍耐不住。冷笑道："果然如外界所言。绝对不能够小看韩家地人！哼。不过即便如此。你们也逃不出去！"

随着他地话语。另外一个修炼风系力量地上位神和他一起。缓缓地逼近了被困住地博兰兹、血灵、吉尔伯特三人。打算在最快地时间内将这一场战斗解决了。

"血灵，走吧，再不走，就走不掉了！"一见另外两人终于忍耐不住要插手，博兰兹心中一凉，急忙大喝道。

"可是，他们？"血灵抽空回头看了一眼身后地韩家卫士，赤红的双眸中满是不舍。

"噗！"一回头的疏忽，血灵胸口被一根骨矛刺中，猩红鲜血马上就流了出来。

"只有我们离开了，他们的仇恨才能够被报！"博兰兹一见血灵犹豫不决的样子，满脸焦急，眼看那个秃子已经冷笑着围了过来，再迟一会儿，可能连释放遁法的机会都没有了。

"嘿嘿，还想跑？跑不掉的！"秃子哈哈大笑，讲话的时候，已经过来了，抬手就准备出手攻击了。

眼看血灵、博兰兹、吉尔伯特就要遭殃，一声猖狂地大笑猛地响起，一道雄伟的影子在一瞬间落入血灵、博兰兹、吉尔伯特三人中间，伸手一抬，毁灭力量形成一团灰蒙蒙的浓雾挡在了秃子面前，将他地攻击拦了下"波罗，是你？"秃子惊呼一声，脸色马上难看起来，冷哼道："我的事情你最好别管，要不然你也别想逃脱干系！"

"卢卡，你还真牛逼了啊，老子今天过来了，就不会怕你！"波罗蛮横地挥了挥手，喝道："兄弟们，给我杀过来！"

随着波罗的大喝，一道道带着阴冷寒意的影子从各个角落内显露出来，二话不说马上加入了战圈，反将秃子的人给围住了。

名叫卢卡的秃子抽空一看，忽然现波罗竟然带了三百多人过来，其中有着上位神境界的高手比他这边的还要多上一倍！

心中一惊，秃子脸色微变，停止了对博兰兹三人的围攻，愤怒地瞪着波罗："波罗，你该知道我是什么人，你敢得罪罗格大人？你知不知道，今天过后，你波罗必将难逃一死！"

"少他妈拿罗格来压我，老子还真不怕了！"波罗一脸跋扈，狂笑道："卢卡啊卢卡，现在混乱之地的情况和以前不同了，再也不是只有泰尔、罗格、瓦西斯、奥索埃几人全权做主了，你消息灵通，难道不知道我现在跟谁？"

此话一出，秃子心中一动，忽然想起来最近收到地消息，听说混乱之地所有的猎神都被一个人给掌握了。身为罗格的心腹，他当然知道那个人和韩硕之间的关系又多么亲密。

"你是韩浩的人？"秃子脸色开始凝重起来了，不像先前那么嚣张了。

"哈哈，知道就好，你他妈赶快给我让开，那几个家伙好像和韩家有些关系，你好好给我送过来，今天事情就算了，等我请示过领，该怎么谈另外再说。"波罗嘿嘿怪笑，斜着眼睛望向卢卡，他这边实力比卢卡强，倨傲一点也是正常。

"他说自己是韩家地就是啊？"卢卡也是个人物，冷笑道："最近一段时间，有太多人打着韩家的口号进入深谷了，妈地，什么人都说自己和韩家有关，照这样下去，我们还怎么做买卖！？"

"我不管这些，赶快放人，要不然别怪老子不客气！"波罗根本不和他废话，态度蛮横之极。

卢卡一脸愤怒，不过目前形势不如别人，还真有些骑虎难下。

他知道身后的那三个人地确和韩家有些关系，一旦放任他们离开了，麻烦肯定不小，所以左右为难，一时间不知道如何是好。

"喂，那边的家伙，你说你是韩浩地人？"吉尔伯特突然轻喝一声，笑嘻嘻的套近乎。

波罗斜了一眼吉尔伯特，不耐烦的说："不错，管你什么事？"

吉尔伯特一愣，没有料到波罗态度竟然还是那么跋扈，当即嚷嚷道："妈的，老子和韩浩在奇奥大6的时候就认识了，你是那小子的手下，竟然敢对老子大声嚷嚷？"

此话一出，波罗猛地一惊，眯着眼睛打量了吉尔伯特和博兰兹等人一眼，忽然觉得博兰兹、血灵三人的身上隐隐有一股和小骷髅韩浩相视的气息，心中一跳，波罗犹豫道："你们真是韩家的人？"

"操，波罗你原来什么都没有弄清楚，故意来找事啊？"波罗这么一说，秃子瓦卡立即意识到波罗这一次纯粹是过来找麻烦的，要不然不会这么询问吉尔伯特。

波罗嘿嘿冷笑，有些尴尬道："正如你所说，前来深谷的外来，都***打着韩家人的旗号，老子也分不清那个真那个假啊！？"

一边说着，波罗一边取出一个魔法镜面，询问吉尔伯特道："你叫什么名字，快说，我要汇报领。"

"就说我是黑龙吉尔伯特，那小子一定记得的！"吉尔伯特哈哈大笑。

波罗点了点头，后退了一步，在他的那一群手下中启动了魔法镜面，应该是向人汇报消息了。

小骷髅韩浩的影像渐渐在魔法镜面内显露出来，等他听到波罗述说的情况之后，很干脆地下达了命令。

波罗点了点头，脸色的笑容收起，阴森森地重新走了过来。

"怎么，难道有错？"吉尔伯特见波罗一副要杀人的样子，心中一惊，急忙求证道。

"给我杀！一个不放过！"波罗突然冷声下令。

"杀谁？"一些手下不清楚状况，急忙询问道。

"废话，当然是杀瓦卡的人！妈的，这回是真的，我说嘛，看着就是顺眼！"波罗道。

第九百二十章 围杀圣药

罗这么一说，那些猎神手下再无问，一个个冷笑来，在一瞬间将瓦卡的人全部围在中央，每一个空隙都堵得严严实实。

瓦卡心中猛地一凉，厉喝道："波罗，你真敢动手？我为罗格大人做事，你动了我，罗格大人一定不会放过你！"事到临头，瓦卡现自己这边的力量远远不及对方，只有继续拿罗格的名头来震波罗了。

"你们一个都逃不出去，谁他妈能知道你们死在谁的手中？"波罗一脸狞笑，猖狂道："再说了，就算罗格知道又怎么样？嘿嘿，你当我们大人怕他不成？给我狠杀，一个不留！"

之前瓦卡将血灵、博兰兹三人围住，就是用这番话来嘲讽他们，没想到还没有过几分钟，他自己竟然作茧自缚，不但遭受了同样的命运，还被波罗用同样的话讥讽。

瓦卡气的简直要吐血，对上不讲道理行事残忍的波罗，他有种无计可施的感觉。

波罗也没有给他废话的机会，一脸凶厉地冲了上来，直接将瓦卡都堵住，和另外一个上位神末期的雷系力量一起围攻瓦卡。

忽然间，博兰兹、血灵、吉尔伯特三人成了冷眼旁观，因为瓦卡所有的手下都没有机会对他们出手，全部都被波罗的人给接了下来。

血灵一脸愕然，惑地望着黑龙吉尔伯特，道："你说那个叫韩浩地家伙，怎么会有这么一群实力强大的手下？听你所说，以前在奇奥大6的时候，他实力似乎也并不是特别强大啊，为什么能够在短短几十年时间，收拢这么多厉害的手下？"

"你问我，我问谁去？"吉尔伯特翻了个白眼，笑嘻嘻地说："不过那家伙还真是非常奇怪，他一直都跟随主人杀人放火，比我们跟主人地时间长了很多。嘿嘿，当年你在深渊的时候，不也是手无缚鸡之力吗？现在不也是一样能够在众神大6耀武扬威，那家伙跟了主人那么久，原本底子就比你好，能够进步飞快也是理所当然啊。"

"不错，早在我们在暗影城展韩家的时候，他已经在龙森大峡谷积蓄自己的力量了。在他没有离开龙森大峡谷之前，他才是龙森大峡谷真正的领，过了这么久，他自然实力更加强大了！"博兰兹多多少少知道一些韩浩的消息，这时不由地解释了一遍。

"我真想会会他！"血灵沉声道。

一直以来血灵在韩家都是韩硕之后最厉害地一人。这些年他进步飞快。渐渐地多了一些傲气。如今一下子多出了一个韩浩。无论是实力还是威望似乎都隐隐地压制他了。都是年轻人。他自然有些不忿。想要比划比划也是理所当然。

博兰兹、吉尔伯特好笑地望了望血灵。并没有多说什么。但两人心中明白。血灵虽然在韩家实力进步飞快。可真要和小骷髅韩浩比斗起来。一定没有任何获胜地机会。他绝对是自讨苦吃！

想想看。连韩浩手下波罗都有着上位神末期地实力。他本人自然不会比波罗实力差！以此来看。血灵这个时侯想和韩浩一战。根本就没有一成胜算。只是自取其辱。

在博兰兹、吉尔伯特、血灵三人低声谈论地时候。那些瓦卡地手下一个个鬼哭狼嚎。被波罗这些猎神杀地溃不成军。只是一会儿功夫便损失惨重了。

"血灵、吉尔伯特。你们有没有注意到这些猎神之间地配合方法非常熟悉？"博兰兹突然开口。

血灵、吉尔伯特一愣，皱眉仔细观察了一下，都暗暗点了点头。

波罗手下的猎神显然和瓦卡的手下不一样，他们竟然都懂得配合，那些步伐和彼此之间的协调明显经历了魔阵的训练，虽然他们不如在八荒离合炼狱阵内苦苦磨砺多年的韩家卫士那样配合默契，可是相比较不懂得团体力量地瓦卡的人，却高明了十倍不止。

"看来，主人地手段那小子倒是学到了不少，呵呵，难怪他能够在猎神中大出风头了！"吉尔伯特瞄了几眼之后，笑嘻嘻地说。

"嗯，果然不凡，看来血灵有个好对手了。"博兰兹扫了血灵一眼，淡淡的说。

他心中明白血灵这些年进步飞快，心性上面生了微妙地变化，如今在血灵的眼里除了韩硕这个师傅外，已经很少把什么人放在眼底了，博兰兹知道这并不是一个好事，如果能够给他竖立一个目标榜样，倒也不是坏事。

尤其是对方也是韩家人，都是自己人，友好地竞争对血灵来说是最好的磨练"我们也帮忙吧，哈哈，总不能够一直看着吧！"吉尔伯特闲了一会儿，又觉得手痒了，马上兴致勃勃地提议。

博兰兹还未表意见，血灵已赤红着双眸杀了出去，身上浓浓的血腥味突然扩散开来，在小骷髅韩浩这个强大的压力之下，血灵似乎被催了斗志，修炼的血神经似乎再次获得了某种突破。

227

"我靠，血灵太疯了吧，刚刚那一股血腥味刺鼻之极，这家伙，不会再次突破了吧？"吉尔伯特和血灵最熟悉，两人刚刚又靠的非常近，他马上闻到了血灵身上更加浓郁的血腥味，当即惊呼出声。

博兰兹欣慰地点了点头，嘴角难得的勾起一丝微笑，道："血灵的确厉害，按照他这个进步度，我看迟早一点能够越韩浩！"

"难呢，呵呵，你没有见过韩浩，那家伙更加恐怖，比你还要冷酷没有人性，血灵虽然进步飞快，但是在心境的修炼上面我看远远不如他，他才叫真正的冷酷！"吉尔伯特想了一下，总觉得相比较小骷髅而言，血灵身上似乎缺少了一些什么。

"真想见见他！"博兰兹点了点头，看来也对小骷髅韩浩充满了好奇。

"动手吧，把这些家伙统统干掉！"吉尔伯特不再废话，招呼了博兰兹一声，就对瓦卡的手下冲杀了过去。

本来波罗这边就占据了绝对上风，再加上血灵、博兰兹、吉尔伯特三个狠人的加入，瓦卡手下死亡的度增长极快，伴随着一个个鬼哭狼嚎的惨叫，纷纷在那些猎神的神力吞噬下死亡。

一眨眼功夫，瓦卡带来的一百多个手下尸横遍地，只有少数几个上位神还勉力支撑着，不过看情况也支撑不了多长时间了。

"瓦卡，你逃不掉的，妈的，可惜你修炼的不是毁灭力量，要不然老子今天就要达了！"波罗和五个人将瓦卡围在中央，龇牙咧嘴的大声狂笑，态度嚣张无比。

"波罗，你虽然不能够吸收，不过不是还有我们的吗？"一个修炼死亡力量的上位神，贪婪地舔了舔猩红的嘴角，一双眼眸凶残地落到瓦卡身上，大有将瓦卡生生撕裂吞咽的姿态。

被重重包围的瓦卡一脸绝望，听着这些猎神毫无顾忌的谈论着该怎样将他身上的神力吞噬，瓦卡心中无比悲凉，每当他准备动用空间戒指内的东西逃脱的时候，就会现对方的攻击一下猛烈了几倍，令他根本无暇施展最后的手段。

在一点点的消磨中，瓦卡身上的伤势越来越重，渐渐地，他现眼皮子沉重无比，神魂的思考能力似乎都随着减弱了。

"毒，你们……你们完全占据了上风，竟然还……还用毒？"瓦卡身上的力量被灌铅一样沉重，即便是想同归于尽都无法做到了，不甘心地望着一脸冷笑的波罗，他勉力轻喝："卑鄙、无耻之极，你……你一定不得好死！"

"嘿嘿，你实力境界摆在那儿，我们要想用正常的方法把你弄死，怎么也要付出一点代价。不好意思，你也知道韩家是做药剂的啊，这种无色无味涂抹在武器上面'泄神散'，据说可是布莱恩大人专门炼制出来的，你就认命吧！"波罗笑的非常奸诈。

他带人围住瓦卡一直不下杀手，就是给瓦卡留上一点点希望，不让他一上来就使出同归于尽的招式，时不时的将利用手中在瓦卡身上刺伤一下，好等"泄神散"的药力一点点的作。

"泄神散"作为韩硕亲手秘制出来的毒药，不但无色无味，对方也不能够立即感觉到体内的药力的作用，它会非常轻柔的一点点渗透进神体，当对方真正感觉到"泄神散"存在的时候，那也是"泄神散"的药力全部释放出来的征兆。

在这个时侯，对方神体和神魂都会受到影响，再想死都难以聚集出足够的力量，只能够任人宰割，绝无还手的余地，更别提自爆神魂来同归于尽了！

"哇咔咔……，主人果然越来越卑鄙了，连泄神散这么好的玩意儿都弄出来。哈哈，我回去一定要多讨要一点，这东西围杀强非常管用啊，在不知不觉中把对方往绝路上面逼，等他现的时候，死期也就到了！"吉尔伯特听波罗将"泄神散"的功效叙述了一遍，显得非常兴奋，嘴里面说韩硕做法卑鄙，但看他那样子明显是无比赞同，满是钦佩和自傲。

第九百二十一章　埋骨窟

大魔王

第九百二十一章 埋骨窟

卡最终难逃厄运。"泄神散"作用下浑身力量出。被一拥而上修炼死亡力的几个上位神合力吞噬了体内神力。

瓦卡一死。周围零零散散几个活口也被6续干掉。正如波罗所说。没有放走一个！

这一战。"泄神散"起到了巨大作用。许多瓦卡人都在不知不觉中被"泄神散"的力渗透。当他|现不妙的时候。结局却早已注定。纷纷成了没有反抗力量的养料。被猎神者逐个吞噬。

战斗很快结束。在清理战场的时候。波罗手下那些猎神者取出一些蓝幽幽的粉末。涂抹在者的伤口上面。一具具尸体一会儿腐蚀的干干净净。成了一的血水。不留什么痕迹。

波罗洋洋意。笑着对吉尔伯特三人解释："呵呵。都是托天药剂这些特殊药剂的福。们做起事情来方便了很多。"

博兰兹扫视了些融化的尸体一样。漠然点了点头。道："我们想见见韩浩。"

"领不在这个向。暂时不太方便。嗯。不过你们既然是去深谷。会有机会和领见的。"波罗从小的命令知道吉尔伯特一行人的确来自韩家。度上面显非常友好。和先前判若两人。

"也好。今天事情就多谢了。"博兰不强求。淡然道谢。

"气客气。嘿嘿。都是自己人。这话太见外了。"波罗心中明白韩浩和韩家之间的关系。在潜意识也将自己当成了韩家外围成员看待。自然不敢在博兰兹三人面前居功了。

"总之谢谢了。下面我们还是会深谷。过这一次我们会小心一点。应该不会再有什么问题了。"博兹想了一下对吉尔伯特血灵看了看。开口说："我们继续出吧！"

血灵吉尔伯特应答了一声。着剩余三十个韩家成员由波罗这边离开也没有和波罗太客套。

直到离开波罗这边许久。博兰兹了皱眉："们毕竟是猎神者。韩家不能够和猎神牵连太深。要不然。会对韩家将来在各个神域的生意有影响。"

"嗯。师父应该也注意到了这个问题。所以一直没有真正承认和韩浩之间的关系。我想也是为了避免落人口实。"血灵点了点头。对博兰兹的话表示赞同。

……

231

血灵博兰兹吉伯特三人继续往深谷行进。韩硕却还在大部队内看护着一连好几天现血灵三人没有再次返回心中隐隐觉的有些不妥。开始担心他们不会有什么,险了。

在一定范围内。韩硕能够感应到血灵吉尔伯特博兰兹三人的大致方位但当他们离开韩硕太远的时|。韩硕就不能够明察秋毫了。而现在血灵吉尔伯特三和韩硕之间的距离远远了韩硕能够感应的范围。

韩硕虽然相信博兰兹血灵吉尔伯特三人的实力。可这里毕竟是混乱之的。来自十二大神域的凶神恶煞没一个好惹的。此的常年战乱不断。嗜杀疯狂的高如云。即便是血灵博兰兹三人在这个的方。也存在着危险。

又过了两天。韩硕现博兰兹三人还是没有返回心里面已经有点着急了。

在他正准备做些什么的时候忽然收到了一个讯号。心中一动一条魔头已经飞逸出去。大部队西北侧化为韩的样子。看着一个匐在的的猎神者。询问道:"何事?"

这一名小骷髅韩浩的心腹不。恭恭敬敬的取出一个卷轴交到了韩硕手里。韩硕拿来一看。立即明白了生在血灵三身上的事情。内容看完卷轴也焚烧干净了。而这一条魔头也随之隐形不见。

韩家大部队中间。硕皱了皱眉头。自言自语道:"|个叫瓦卡的是擅自行动。还是的了罗格的吩咐呢……"

……混乱之的。埋骨窟。遍的都是白骨。一些怨灵漫无目的在埋骨窟附近游荡着。

浓郁的死亡元素如淡淡轻雾一样缭绕在埋骨窟内。修炼死亡力量者在这个的方能够获较的进步。也够将自己的实力最大程度的挥出来。

埋骨窟。有一座纯粹由白骨堆砌而成的城堡。五大君主之一的罗格就住在那座白森森的城堡内。

这个时侯。罗格一|阴狠。坐在一个巨大的骨座。听着一个手下的汇报。

"瓦卡失踪了。没有一点消息。在瓦卡活动的的方甚至找不到蛛丝马迹。"这一名同样修炼死亡力量的汉。单膝着的对着报。

"瓦卡应该被杀了。"罗格阴沉着脸。冷哼一声。坐直了身子。道:"那几个小子绝对是瓦卡的对手。一定是有另外的人参与了!布莱恩越来越过分了。|来必须要早点采取行动了!"

"大人。自从这个人来到混乱之的以后。混乱之的很多的规矩都被破坏了！不能够再这样下去了。如今韩家的人越来越飞扬跋扈。许多外来者兴致勃勃的投奔了韩家。每隔一天。韩家的力量都提升了一部分。时间拖的越长对付他们将会越难。"这个大汉一脸凝重道。

格又是一声冷哼。了挥手。道："下去吧。我自有主张！"

这个大汉才刚刚消失。罗格脸上立即换上了和气的笑容。抬头望了望埋骨窟上。轻笑道："你有一会儿了。"

一道暗光投射来。乱之的最强大的君主泰尔站在了罗格面前。不等罗格开口。泰尔马上凝重道："时先别急着对付布莱恩了。我收到可靠消息。各大神域的猎神者统领以各种各样的借口忽然往混乱之的聚集。这次和以前不同。目前已有七个统领开始行动了！"

"什么？"罗格脸色一变。惊呼道："猎神者联十二大统领一向不太团结。要不然|混乱之的早就保不住了。这一次为什么那么统一？到底是怎么一回事"

"我听说布恩扫荡了暗黑死神域的猎神者盟据点。那两个统领认为他的存在已严重威胁到猎神者联盟的存在。打算不惜一切代|掉布莱恩和韩家。而韩家目前正好在混乱之的。一切都变的顺理成章了！"泰尔苦道。

"是他！"罗格大怒。猛的站了起来。道："自从这个人来到混乱之的以后。就不断的给我们制造麻烦。现在因为他竟然令猎神者联盟各大统领团结起来了。此人绝对是个祸害。必须早点除去！"

"暂时不忙。还是办法看怎样应付猎者联盟吧。"泰尔摇了摇头。看着丝毫不掩饰自己杀意的罗格。道："我知道你想他死。我也一样。可是目前的时间不对。就算我|现在动手对付莱恩。即便干掉他。猎神者联盟也会放过我们混乱之的。要是我们和布莱恩两败俱伤了。那就更不偿了！"

格的小眼珠闪耀着阴毒目光。滴溜溜的转了一圈。忽然点了点头。轻笑说："我倒是有个主意。我们可以捧他出来。让他带头对付猎神者联盟。嘿嘿。这样不论如何他都会拿出手中的力量和猎神者联盟拼杀如果他被猎神者盟干掉了。那最好不过。要是两败俱伤了我们两人合力把他干掉。总之不能够给他活路！"

"这倒是个好主意！"泰尔嘿嘿低笑一。眼睛一转。道："不过。你认为布莱恩的那些人真能够应付猎神者联盟？""不是还有瓦西斯和奥索埃吗？"罗格阴测测的笑着。道：

"这方面我们只要好好合计合。让他们三方先顶在前方。只要他们和猎神者联盟率先战上来。我们后面的机会多的是。

嘿嘿。如果那三人全部死光了。混乱之的不就是我们两人说的算了！""看来我这一趟真没有白来了。"泰尔沉默了一会儿。突然爽朗大笑。显极为畅快。

"我们好好商量商。以我们的目和在混乱之的关系。自然能够令他们三家先打头阵了。"罗格一|阴笑。继续主意："不管是布莱恩。还是奥索埃瓦西斯。不都是想取代你的吗？泰尔。这一次对付猎神者联盟的行动。只要我们两个弄妥了。以后混乱之的一东一西我们一人一边！"

"我们好谈……"泰尔声音一低。和罗格小声敲定一些细节。

一天之后。泰尔笑由埋骨窟离开。在暗处布置了重重结界打开了魔镜面。

魔法镜面内一番扭曲变化。渐渐显露出一张韩硕熟悉的脸颊——猎神者统领之一达卡！

"大哥。事情是这样的……"对魔法镜面的达卡。泰尔神色放松。将他和罗格商议的节一一述说。

魔法镜面的达卡频点头。过了一会儿才笑着说："这一战过后。我掌握猎神者联盟大权。真正拥有之的。到时|我们兄弟合力打通天空之城。抢夺神格！"

"哈哈。罗格啊罗格。到时候别怪我先杀你！"泰尔哈哈大笑。兴致高昂。

第九百二十二章 逆天之举

着菲碧、艾米丽等人，韩硕一路上不紧不慢，终于了混乱之地深谷。

深谷如今有十家君王店属于韩家，其中一扇朝着魔隐谷方向的入谷之门也有韩家卫士负责驻扎看管，当韩硕出现在这儿以后，根本不必交纳黑晶币就直接浩浩荡荡进入了。

血灵、博兰兹、吉尔伯特三人早已经到了深谷，此时正好都在深谷的天玑药剂，韩硕和斯塔索姆才到天玑药剂，博兰兹就主动过来认错："师兄，我们三人冒冒失失的先走一步，和另外一大君主罗格的人碰上了，要不是韩浩手下的相救，我们恐怕到不了深谷。此事责任在我，还请师兄惩罚！"

博兰兹一力将责任承担下来，没有将血灵、吉尔伯特的怂恿蛊惑透露一分。

"和他没关系，主人，是我和血灵出的主意！"吉尔伯特一见博兰兹主动承担，立即嚷嚷了起来。

血灵也不说话，只是点了点头。

"好了好了，事情的经过我都知道了，不需要你们继续重述！"韩硕不耐烦地轻喝一声，瞥了一眼博兰兹，道："我对你的性格非常了解，此事显然和你关系不大，肯定是吉尔伯特和血灵两人拿的主意。

"

"吉尔伯特，血灵，从今天起了，罚你们闭关两年，给我好好忏悔！哼，五十个韩家卫士，由于你们两人的冒然举动，死了二十几个，这两年你们给我向死去的兄弟好好赎罪！"韩硕冷喝道。

血灵、吉尔伯特老老实实，都不敢答话，二十几个兄弟被杀，两人这段时间也认识到了自己的过错，对于韩硕的惩罚心服口服。

"艾米丽、菲碧、斯塔索姆你们继续打理天玑药剂地生意。等我将这边地事情处理好了。过一段时间都返回魔隐谷。"韩硕吩咐了一句。把韩家这些人都安顿在了天玑药剂。然后找到了佐奇。低声吩咐："给我联系奥索埃。嗯。给泰尔、罗格、瓦西斯几人也传个话。就说猎神联盟看样子会大举入侵混乱之地。让他们心里面先有个数。"

佐奇听韩硕这么一说。一脸地凝重。点了点头。也不多说什么。恭恭敬敬地退走了。

佐奇一不在。韩硕将所有韩家人都召集到一处密室内。微笑道："你们跟着我从奇奥大6到了这里。这些年来大家地进步都非常迅捷。不过我还是嫌度慢了一点。"

一边说着话。韩硕一边取出一个个拳头大小地水晶圆球。在水晶圆球内部有着灰蒙蒙地气体。不断地飘忽变化着。众人神魂放开。可以清晰地从那水晶圆球能够感觉到微弱地灵魂力量。

"想必你们都感觉出来了。这些水晶圆球内都有微弱地灵魂波动。里面地灵魂生前都是修炼各种力量奥义地上位神。不过被我抹去了所有地意识。只剩下最纯粹地关于力量修炼地体悟！"韩硕微微一笑。眼睛扫了众人一眼。

所有韩家人听韩硕这么一说。脸上都是一愣。有些估摸不准韩硕话里面地意思。修炼死亡力量地梵妮心中一动。娇容猛地溢满惊喜。兴奋地呼道："布莱恩。你地意思是……让我们融合这些灵魂？我知道。失去了自我意识地灵魂相当于一段段纯粹地记忆体。地确是可以和神魂相融。这些人既然生前都是修炼各系力量地上位神。也就是说这些灵魂中有着……"

梵妮话还没有说完，可屋内所有人脸色已经满是狂喜了，他们都不是笨人，从梵妮话里面的意思中都意识到自己将会有多大地机缘了。

在座的各位来到众神大6之后，深深认识到了自己力量的不足，在韩家庞大的财力支撑下虽然一个个进步神，可是力量积累虽然能够通过大量的神晶来弥补，但境界上面的体悟却无法一蹴而就。

因此，即便有韩家巨大的财富支撑，他们大多数也只是进入中位神境界，其中一些实力低微地在境界上面被限制住，还在下位神徘徊着。

没有对于力量奥义深刻的领悟，一个境界的突破就算是耗费再多的神晶也够，而韩硕手中水晶圆球内的灵魂，就是一个解决地办法！

不但是艾米丽、菲碧，就连老妖斯塔索姆、阿尔梅里克这些老家伙也都是欣喜若狂，有些不敢置信地望着韩硕，阿尔梅里克满脸惊喜，激动地问道："布莱恩，你是怎么做到的？我们来奇奥大6有一段时间内，却从来没有听说过什么人能够那么精妙地将别人灵魂地自主意识抹去，还能够不伤害灵魂的！？太神奇了，我看就连那神格地主神，也没有这种手段！"

阿尔梅里克这么一说，大家才意识到将一个上位神神魂的自主意识抹去，而那灵魂还不彻底消失天地之间地做法有多么困难！

他们在众神大6那么久，只听说在一些特殊的环境下，在特殊的机缘中会有一些神祇的神魂失去自我意识而灵魂不散，但这种事情生的概率非常之小，往往都是在一种莫名其妙的环境中形成。

人为的做法，可是从来不曾听说过！

韩硕自然不会解释自己修炼的魔功对于灵魂的掌握已经达到了多么精妙的境界，笑了笑，道："别管怎么做到的，你们赶快花时间将这些上位神对于力量奥义最纯粹的领悟融合了，获得了他们多年来对于本系力量境界的认识，你们以后的突破会变得非常之快，只要体内有足够的神力支撑，可能在短短几年时间就能够达到上位神境界了！"

此话一出，众人都是满脸欢喜，在韩硕的指点下纷纷从他手中得到了一个同系的水晶圆球。

"水晶圆球里面的灵魂，大多数都有着上位神中期的境界，也有少数在上位神末期。嗯，他们的灵魂对于力量领悟的讯息非常庞大，你们吸收融合的时候都给我小心一点，不要想一次性将所有的灵魂讯息融合了，我怕你们承受不起！

我盛放他们灵魂的这个特殊容器，可以保证他们灵魂不会消散，你们可以分几次一点点的来尝试吸收，千万不要囫囵吞枣，要不然你们自己会承受不住，境界有可能不进反退！"见他们一个欣喜若狂的小心翼翼地捧着手中的水晶圆球，韩硕急忙叮嘱。

"我们知道怎么做，布莱恩，放心吧，不会有事的！"艾米丽一脸欢喜，最高兴的就是她和菲碧两人了，这些年来两女将大部分精力都用在了天玑药剂上面了，不像斯塔索姆、阿尔梅里克那样有大把的时间修炼体悟。

因此，如今在韩家她和菲碧两人境界进展最是缓慢，到现在还是在中位神中期境界徘徊。两人虽然可以比别人更多的享用收购而来的神晶，但因境界上面无法突破，所以始终无奈地呆在这个境界，眼见身旁一个个突破，艾米丽和菲碧暗暗焦急，然而天玑药剂的事情又太复杂，她们根本抽不出太多功夫花在修炼上面，显得颇为无奈尴尬。

如今有了水晶圆球，困住两人的难题迎刃而解，她们自然最高兴了。

"布莱恩，这种做法就是违背了力量奥义修炼的规则，我们要严守秘密，不能够将此事泄露出去！猎神夺取别人的神力已经成了整个奇奥大6的公敌，我们这种做法等于把对方的灵魂都硬生生的抹杀剥夺了，这比猎神的做法还要恶劣，千万千万不能够透露出去一丝，要不然，我们韩家将会成为大6公敌！"阿尔梅里克看的非常远，手捧着水晶圆球，一脸凝重地对众人喝道。

"不错，所以我才将周围所有的韩家卫士都挥退了，这件事情只有我们这些从奇奥大6一起来的才知道。你们都好好记住，不得透露关于此事的任何消息出去，彼此之间如想要交流心得，也都要在韩家密室当中！"韩硕也是一脸郑重，叮嘱他们千万小心。

　　听阿尔梅里克这么一说，大家都意识到了自己的严重性，明白韩硕的做法比猎神还要恶劣百倍，一个个都收起了嬉皮笑脸的表情，纷纷严肃的保证，绝不泄露出去。

　　"嗯，我相信大家都心中有数。"韩硕笑了笑，接着道："好了好了，你们都小心一点，等我会过那奥索埃之后，我们就全回魔隐谷，只要到了魔隐谷，就可以不用这么谨慎了。呵呵，谷内都是自己人，外围有着重重魔阵，即便是混乱之地的几个君主，也休想在外面弄清楚魔隐谷的动静！"

　　从奇奥大6一起过来的韩家众人，除了血灵、博兰兹之外，几乎人手一枚水晶圆球。就连修炼暗黑力量的黑龙吉尔伯特，也从韩硕手中拿到了一个修炼同系力量的上位神中期境界的灵魂。

　　有了这样逆天神物，再加上韩家庞大财力搜集的神晶，韩硕相信要不了多久这些人都能够成为独当一面的人物，以后也可以少操点心了。

　　待到他们全部离开之后，韩硕也取出了两个水晶圆球，连他们都得到了水晶圆球，韩硕的两具身外化身没道理不更进一步！

第九百二十三章 境界提升

个水晶圆球，一个是修炼死亡力量的希尔神魂，另死亡神域一位猎神脑，修炼毁灭力量，上位神末期实力。

水晶圆球内两个神魂所有的自我意识都被抹去，只剩下最纯粹的关于力量奥义的体悟，其中修炼死亡力量希尔的神魂抹去他所有意识的那一霎，死亡主神在希尔神魂内留下的一道印记化为化为一缕轻烟消散在天地之间。

那个时候韩硕已经走出了死亡神域，他心里面明白在希尔神魂意识被抹杀的那一刻，留下一道印记在希尔神魂中死亡主神一定感觉到了，不过出了死亡神域，进入了时空神域韩硕并不太担心。

事实上也的确没有生意外，虽然知道了希尔已经完蛋可死亡主神似乎也并没有采取什么行动，或说暂时还没有行动。

两个水晶圆球一手一个，心神放开，两个身外化身渐渐地从万魔鼎内飘逸出来，一左一右端坐在本体身旁，分别从本体手中接过两个水晶圆球。

在他魔功突破到天灭境界以后，由于魔功实力大幅度提高，远远过了两个修炼死亡、毁灭力量的身外化身，韩硕已很久没有利用身外化身来对敌了，这段时间也有些忽略了两个身外化身的修炼。

韩硕心里面明白，两个身外化身的力量就算进步再大，应该也很难过本体了。不过自从试过两个身外化身神之领域地交融以后，他觉得如果两个身外化身能够将修炼的力量融合在一起，或许也能够挥出惊人的力量。

两个水晶圆球在两个身外化身的作用下，缓缓悬浮在眼前，放开神魂，开始试着和水晶圆球里面纯粹的力量体悟的记忆体联系，当两个神魂慢慢依附在水晶圆球上面的时候，立即从里面感受到了庞大的信息量。

心中念头一起，水晶圆球里面的生命形态忽然剧烈变化，像是星云一样变幻不止，一段段记忆波动和他两个神魂参杂在一起，进行着最奇妙的交融。

在这个过程中，韩硕本体神识分为两股，同样进入两颗水晶圆球之中，起到了一个中和地作用，将水球圆球的记忆体排列有序，使得每一段记忆体逸入两个神魂中都不混乱，省去了两个身外化身太多的功夫。

换了菲碧、艾米丽若想要将水晶圆球里面纯粹地灵魂记忆融合。需要花费大量地功夫。那些许许多多关于力量地体悟和认识都没有规律。他们融合之后必须要花费十倍地时间将那些记忆体重新排序。要不然境界不但不能够飞进步。还会影响到本身地境界。

有了本体神识地帮助。韩硕省却了太多时间。不像菲碧、斯塔索姆那样需要分为好多次来容纳这些灵魂记忆。一次性地。两个神魂将两个水晶圆球地庞大记忆全部吸收。不剩下一分一毫地灵活波动。

三天。仅仅三天时间。韩硕两个身外化身地神魂已经得到了水晶圆球地一切。

关于死亡、毁灭力量修炼体悟地庞大讯息充斥在两个身外化身地脑海中。到了这个时候韩硕本体神识收回。不用再耗费什么力量。

"进来吧！"两个身外化身重回本体万魔鼎之后。韩硕淡然道。

在外面等候许久地佐奇。闻讯急忙进来。恭敬地弯身一礼。道："奥索埃来讯。邀您去一趟泰尔地君王店。他说泰尔、罗格、瓦西斯都到了。都在等候您呢。"

"来的还真快。"点了点头，韩硕长身而起，对佐奇吩咐道："这段时间看好天玑药剂，外来人等不准进入天玑药剂隐蔽区！"得到了水晶圆球，韩家人应该都会迫不及待的吸收里面的力量，以免被人现这边情况，韩硕不得不叮嘱佐奇小心。

"知道了，除了出售药剂的前面大厅，后面防卫严密，没人能够进来！"佐奇自信地保证。

"嗯，很好。"不再多说什么，韩硕从这间专用的修炼场内走出，往泰尔的君王店行去。

十几分钟以后，韩硕出现在泰尔的君王店门前，这个君王店不做任何生意，是泰尔手下们聚集的一个地方，养了许多风灵，主要用来收集混乱之地和十二大神域的各种消息，泰尔地消息在混乱之地来源最广最准，靠的就是这个君王店。

"您来了，几位大人都在，里面请！"门前一个泰尔的手下，一见韩硕过来，恭恭敬敬地将他迎了进去。

宽阔富丽的大厅内，铺着柔软的毯子，面挂满了明亮地灯饰，泰尔、瓦西斯、罗格、奥索埃个方向，一个个脸色布满了阴霾，见到韩硕出现，都点头致意。

"布莱恩，你来啦，等你有一段时间了。"奥索埃挥了挥手，示意韩硕随便坐。

"你下去吧。"泰尔对带路地手下轻喝一声，那人弯身对屋内的五人逐一行礼，恭敬地退去了，整个屋内只剩下混乱之地最强大地五人，外围守护着许多泰尔的手下，不允许任何人靠近这间君王店一步。

"布莱恩，形势不妙啊，收到你地消息之后，我们派人留意了一下，真的现各个神域地猎神有意无意的往混乱之地聚集。这一次不同以往，那些猎神似乎真的团结起来了，好几个神域的猎神竟然一起行动了！"奥索埃见韩硕坐下了，马上轻声一叹，脸色凝重地陈述目前的形势。

"如果猎神联盟真的全部团结一致，我们混乱之地绝不是对手！"瓦西斯同样愁眉不展，冷冷表意见。

"不错，这些年我们混乱之地之所以能够不受威胁，都是因为那些猎神争吵不断，不能够真正团结一致的对付我们！可这一次明显不同，根据我收到的消息来看，似乎猎神联盟各方势力达成了协议，铁了心的要毁去混乱之地了！"罗格点头。

"死亡、毁灭、暗黑三大神域的猎神统领，我都见过了，实力都非常强悍！这一次的确不容易对付，因为萨拉斯也和他们混在一起，萨拉斯对混乱之地太熟悉了，有他带路，混乱之地根本没有什么秘密可言！"沉吟了一下，韩硕将自己在迷茫之海和三大猎神统领交锋的事情说了出来。

"难怪猎神联盟会统一战线前来，看来你功不可没啊！"罗格显得非常意外，冷哼道："如果没有你一路上对猎神的大杀特杀，我想猎神联盟不会真正下定决心，布莱恩啊布莱恩，你可真会为混乱之地找事啊！"

此话一出，瓦西斯和奥索埃也都是古怪地望了望韩硕，奥索埃脸上满是苦笑，恐怕他也没有料到事情之所以会这样，主要是因为韩硕在暗黑、死亡神域的举动。

只有泰尔一脸坦然，似乎根本不在意事情的起因如何，笑着打圆场道："猎神联盟都我们这个地方觊觎了那么多年，即便是没有布莱恩的出手，也早晚会一起行动，如今也过是将危机提前了一段时间而已。"

"没想到萨拉斯和他们混杂在了一起，有萨拉斯在，他们的进攻将会变得非常容易。"瓦西斯是沉默了一下，突然摇了摇头，看他的样子也认识到了这一次事态的严重。

"布莱恩，十天前我的一个手下瓦卡，突然神秘失踪，到今天还没有一点消息。我派人打探了一下，听说在他失踪的那块区域，只经过一批韩浩的手下，这到底是怎么一回事？"罗格看来对韩硕颇有怨言，再次出口找麻烦。

韩硕一愣，惊讶道："有这种事情？"顿了顿，皱了皱眉："我回头帮你问问韩浩，看看他知不知道这件事，不过我想应该和他的人没什么关系！"脸色一动，像是突然想起了什么，韩硕大惊小怪道："该不会是那些猎神联盟的人已经进入混乱之地了吧？很有可能，罗格，此时正是我们必须要团结一致的时候，你千万别中了对方的挑拨离间之计啊！"

看着韩硕睁大眼说瞎话，罗格脸色一怒，喝道："猎神联盟怎么可能哪么快过来，不经过深思熟虑，花费了半年一年的筹划，他们绝对不会急着进入混乱之地！布莱恩，你做了就做了，难道不敢承认？"

"你一定搞错了！"韩硕摇了摇头，摊手解释："我今天才回深谷，之前一直在外，什么都不知道。而且我也肯定，韩浩的人不会无缘无故的动你的手下，肯定和我们无关！"

罗格还想说些什么，泰尔不耐地出言打住，道："好了好了，这种小事不提也罢，那些猎神都要过来了，我们此时最应该一致对外！这种内斗的话，不要再说了！"

见几人安静下来，泰尔深吸了一口气，问道："各位，可有什么主意？"

罗格、瓦西斯、奥索埃一起摇头，韩硕看了看几人，笑了笑，道："我倒是有个主意。"

第九百二十四章 虚与委蛇

噢？"泰尔正了正身子，一脸笑容，问道："说说看

韩硕还是一副从容不迫的样子，似乎根本没有将猎神联盟看在眼中，不急不缓道："将猎神联盟聚集混乱之地的消息通知十二大神域的人，我想十二大神域为了能够将猎神联盟一网打尽，一定不会介意长途跋涉前来这儿。呵呵，猎神联盟一直低调地藏匿在暗处，这次他敢冒出头来，自然会有人乐意拿他们动手。"

"这也算是一个主意，不过我怕一旦十二大神域的人聚集到了混乱之地，会顺带将我们混乱之地也给扫清了。"泰尔满脸苦笑，对韩硕解释说："我们虽然比猎神联盟名声好上那么一点点，可是也好不了多少，在我们混乱之地聚集的那些家伙大部分都是来自各大神域的凶神恶煞，我怕到时候见上面了，我们也难逃一劫啊。"

"不错，布莱恩，你可能不知道，有许多人都觉得混乱之地不该在众神大6存在，如果这次有机会清除他们认为的众神大6的毒瘤，我想一定有人会这么去做。到时候我们可能作茧自缚，猎神联盟可以四散逃掉，我们却无法和他们一样流窜，说不定不需要猎神动手，我们就被十二大神域的人先干掉了！"奥索埃轻声一叹，显得颇为无奈。

"哼，还有你那个韩浩，他本人原来就是猎神联盟一员。在混乱之地，他已经聚集了一股最强大的猎神势力，一旦十二大神域的人来到这一块，光是因为韩浩就不会放过混乱之地！"罗格冷笑。

"的确难办啊……"泰尔撇了撇嘴，愁眉不展。

在外人来看，他们几个混乱之地的君主似乎很是风光，可只有他们自己明白那些风光只是表面。不论是面对猎神联盟，还是有拥有神格主神坐镇的任何神域，他们都没有什么优势，不过是夹缝里求生存罢了。

"战吧，只要开头一战能够胜利，猎神联盟就会动摇！"一直沉默不言的瓦西斯，突然身子一正，冷喝道。

泰尔立即赞同，似乎他从一开始就做好了正面作战的打算，"这一战避免不了，我们不得不战！"看了看韩硕、奥索埃，泰尔接着道："只要我们五人能够同心协力，也不是没有获胜的希望，两位，你们意下如何？"

看泰尔和罗格地样子应该是早有定计了，在这个时候韩硕并不打算点破，耸了耸肩，无所谓道："我初来乍到，你认为怎样就怎样吧，身为混乱之地一份子，我肯定会竭力配合！"

"爽快！"泰尔哈哈大笑。似乎非常满意韩硕地回答。"我想猎神联盟进入混乱之地一定不会分为一股。这样吧。我们五人从五个方向看护混乱之地。先弄清楚大致状况。一旦有猎神联盟从自己守护地方向进入。先立即进行防护。彼此之间消息传递一定到位。如果一方顶不住了。由四方分出手下前往支援……"

泰尔这一套说辞应该筹划良久。一番话滔滔不绝。各方面也算是面面俱到。总而言之就是五方人马各守一方。利用魔法镜面五人保持联系。一方遇到强大地攻击。四方分别派人支援。

即便有萨拉斯帮助。他们还是这里地地头蛇。消息上面一定比猎神联盟灵通。如果有哪一方猎神联盟不知深浅率先进入。五方势力立即聚集起来。利用他们对于混乱之地地熟悉先吃掉一方。

泰尔这番话倒是没有什么大问题。听起来有根有据。颇有几分道理。罗格频频点头。两人肯定早就通过气了。瓦西斯在泰尔说完之后也冷着脸点头了。似乎也没有什么意见。

奥索埃一开始不同意。不过他拿不出什么好主意。也没有理由反驳泰尔。最终也只能够无奈地表示赞同。

"布莱恩。你看这样安排是否可以？"泰尔最后将目光锁定在韩硕身上。笑眯眯地询问。

"没问题，一点都没有问题，我完全赞同！"韩硕像是被忽然惊醒，很是爽快地同意了泰尔的提议，仿佛刚刚根本没有认真听泰尔讲话。

泰尔也不生气，见自己的目的已经达到，哈哈大笑道："那好，既然大家都没什么意见，就这么定了吧！就按照深谷大门地方向，我们一人看护一方。不过我想猎神联盟想要进入混乱之，没个半年一年休想做到，这一段时间大家可以养精蓄锐，多准备准备，收集各个区域的消息，以备来日的大战！"

"泰尔，还需要以我们五人地名义通知所有混乱之小的势力，让他们心里面也有个底！一旦猎神乱之地了，他们这些人也要协力对敌，我们需要安排一下，到时候由我们五人分别统领他们！"罗格突然开口。

"这是自然。"泰尔咧嘴一笑，道："事实上我已经派人通知下去了，告诉所有混乱之地大大小小的势力，在半年内必须要暂时选择我们五人中任意一方听命，一旦猎神的危机解除了，他们可以立即脱离。否则，全部都赶出混乱之地！"

"如此甚好！"韩硕长身而起，满脸笑容道："既然你将事情都安排妥当了，那我也没什么好担心的。嗯，等猎神真正在混乱之地外围出现时候，我们再聚吧。"

话罢，韩硕瞥了一眼奥索埃，又深深看了一眼瓦西斯，第一个离开这儿。

韩硕一走，泰尔、罗格、瓦西斯、奥索埃几人也没有继续商谈下去，瓦西斯、奥索埃先行告辞离去，只有泰尔、罗格两人还在。

"哼，这小子果然越来越跋扈了！"罗格阴冷地笑了笑，道："他是猎神联盟的主要目标，我们先将他守护的方向散出去，到时候自然会有很多猎神找上去，即便猎神联盟不能够干掉他，我们也要补上一刀！"

"放心吧，这次战斗过后，魔隐谷韩家定会从混乱之地除名！"泰尔微微一笑，对罗格道："好了，趁着这段时间将那些混乱之地大大小小的势力尽快收拢，这次绝对是个好机会，那些势力加起来的力量极为强大，平日里因为种种原因放任他们为非作歹，现在该是收获的时候了！"

"哈哈，布莱恩一定不知道，那些大大小小地势力脑。

知道我们两人联合之后，早已经有了答案了，我倒要看看瓦西斯、奥索埃、布莱恩三人加起来，能够收服多少股势力！"罗格冷笑。

······

深谷，天玑药剂。

奥索埃和韩硕喝着小酒，隔着茶几分座两边。

"布莱恩，你怎么看待这件事？"奥索埃灌了一口酒，望着韩硕。

将手中晶莹酒杯晃了晃，两眼专注地望着杯子殷红美酒，沉吟了一会儿，才沉声道："很显然，泰尔和罗格两人心中早有定计了，只是不知道是想对付猎神联盟，还是打算对付我们······"

"我看是想一网打尽，借猎神联盟的力量消弱我们。哼，泰尔、罗格两人卑鄙无耻地事情做的太多了，如果他们将我们地消息卖给猎神联盟，在关键的时候对我们不理不问，甚至出手对付，我想以后混乱之地就是他们两人地了！"奥索埃沉喝道。

"混乱之地的存在是有必要的，没有混乱之地十二大神域的凶神恶煞无处可去，留在各大神域之后酿出更多的惨案。一次冲动，一次出手，或一次无谓的口角，都有可以令一个好人成为凶手，所以，这种人物现在不会少，以后也不会少！

混乱之地就是为这些人提供一个可去的地方，让他们不会在各大神域继续作乱。我来到众神大6之后，听说过混乱之地的一些情况，千万年来，混乱之地虽然经历过几次清洗，换过几次君主，却始终存在众神大6，这是有道理的。"韩硕双眸光芒熠熠，慢慢分析。

奥索埃心中一动，忽然意识到什么，惊呼道："你是说？"

"混乱之地有着存在必要，不过十二大神域的上面的人，却不会允许混乱之地的力量过于强悍！所以就算十二大神域的人攻击了混乱之地，也只是一时的，过一段时间继续不理不问，这就是混乱之地的状况。"韩硕继续说。

"按照你的意思，还是打算将猎神联盟过来的消息放出去？"奥索埃渐渐摸清楚了韩硕的想法，试探地问道。

"或许，不管是猎神联盟，还是混乱之地，都到了应该被清理一次的时候了。"韩硕并没有答奥索埃的话，笑了笑，说："所以，泰尔、罗格有自己的打算，我们也早做准备就好了。奥索埃，到时候如果困难了，就来我们魔隐谷吧。"

奥索埃一副若有所思的表情，点了点头，不再多说什么，起身告辞离去。

在奥索埃离开之后，韩硕招来佐奇，吩咐道："告诉所有韩家的人，三天之后离开深谷，前往魔隐谷。嗯，天玑药剂的生意继续维持现状，这一战过后，我们慢慢打理深谷！"

第九百二十五章 冰洞来客

魔隐谷西北方向，一座荒山野岭地底，韩浩和五行~甲尸、土甲尸、木甲尸聚在了一起。

地底深处五百丈，被错综复杂的开辟了许多条幽深小道，或大或小的房间密布在地底深处，不下于一千间。就在这块区域附近，还有三座山川也被掏空了山腹，修砌了宽敞巨大的石室，只是里面还没有装饰任何的照明灯具，暂时也没有人居住。

"大哥，累死我们了，一个地底宫殿，三座大山，可真是够呛啊！"土甲尸脸色有些昏黄，不知道是不是体内力量耗费太多的缘故。

金甲尸也差不多，身上那在金绝之地孕育出来的金黄色的盔甲光芒黯淡，人也是显得非常疲惫。

地底深处只有这几个兄弟，小骷髅韩浩一向冷酷的脸庞比平日柔和很多，皱了皱眉头，从空间戒指内掏出了一块干巴巴的黄土，还有一个流光闪耀的玉石，分别递给了韩土、韩金。

韩土、韩金一见他取出这两样东西，都是眼睛一亮，同时伸手不客气的从他手中将东西夺了下来。

那一块干巴巴平凡无奇的黄土，一落入韩土的手中就释放出强大的土之元力，像是水溶大海一样浸入韩土手心的纹路内，韩土那昏黄的脸色也渐渐恢复过来，眼眸又开始变得炯炯有神了。

韩金不同，那一个流光闪耀的玉石被他"嘎嘣嘎嘣"嚼碎，直接吞咽入腹。一块玉石被他吃掉之后，韩金满脸笑容，道："大哥，你在什么地方找来地这些好东西？呵呵，我在各大名山大川内四处出没，都没见过尘皇土、金玉石，这可都是土、金至宝啊！"

"抢的。"韩浩淡然回答。

"呵呵，果然还是大哥厉害，看来在混乱之地烧杀抢掠的日子过的还真是丰富多彩呢！"韩土憨憨傻笑，他韩硕、韩浩面前还是一如既往的憨厚。

"为什么小金、小土有。我却没有啊？"韩木哼哼道。

"没碰到适合你地东西。如果有了。我会给你留着地。"韩浩瞥了一眼韩木。神色平淡。

"真要是有了。记得给我留住哦。嘿嘿。没有这些好东西。有美女也行。大哥知道我喜欢创造生命地！"韩木一脸淫邪样。

"你们回魔隐谷吧。剩下地事情我和我地手下会处理好。这几个地方那么大。完全装配好照明地灯具和各类生活用品。至少需要一年地时间。"韩浩望了望三人。轻声说。

"知道了大哥。呵呵。我正好再打通一条从这里去魔隐谷地地底通道。这样不管哪边碰到了敌人。都可以相互照应。有了这一块尘皇土。足够我把两个通道拓宽了。"韩土挠了挠头。满脸笑容。

"这样最好了。"小骷髅韩浩点了点头。旋即心中一动。忽然往地面上飞去。

过了一会儿，韩浩来到了地底上面，又恢复了那不近人情的彻底冷酷，望着跪伏在身前的一个手下，问道："什么事情？"

"领请过目。"这一名韩浩手下的猎神，弯着身子将一个传讯卷轴递交到他手上。

阅读了一会儿，韩浩眼中邪光一闪，手中地卷轴焚烧成灰烬。看了一眼弯身跪伏的手下，韩浩吩咐道："聚集各方领，传达我的命令，即日起准备离开混乱之地一趟！"

这一名猎神一脸愕然，不明白为什么好好韩浩突然要让分散在混乱之地各个区域的猎神领离开，他心中虽然满腹的惑，却并没有多问，点了点头恭声应答了一句，便缓缓退走了。

命令下达之后，小骷髅韩浩重返地底深处，对等候土甲尸三人说："父亲有事让我做，我恐怕需要暂时离开混乱之地一段时间了。"

"干什么？"韩木一愣，旋即笑嘻嘻地说："大哥，带上我吧，我最近正好闲着无聊。"

摇了摇头，韩浩坚决拒绝，道："父亲让我们带着猎神佯装外来猎神联盟的人，在附近的几个神域主要关卡袭击一些来往的行人，让附近几个神域的城内神卫知道有猎神聚集，顺便再散播一些消息出去。父亲没有吩咐让你们跟着我，所以我不能够带你们去，嗯，还有，父亲很快就会返回魔隐谷内，到时候可能还有事情要你们做呢。"

"这样啊，那就算了……"听韩浩这么一说，韩木只能够无奈地点头。

四人不再多说什么，小骷髅韩浩就此离开，留下几处隐蔽宽阔的巨大工程来日再做，金甲尸、土甲尸、木甲尸三人跟在从这个地底深处，慢慢地往不是很远地魔隐谷潜去，一路甲尸继续拓宽通道。

……

雪冰峰，修炼水系力量的瓦西斯整个人封在一块巨大的冰岩里面，就像是一个被冰冻万年的化石，没有一点的生息。

雪冰峰顶部终年冰雪不止，温度正常保持在零下六七十度左右，在雪冰峰一些特殊的区域，终年不散的寒毒越聚越多，形成了一块块极寒坚冰。而瓦西斯目前所在的冰岩就是雪冰峰最寒冷的一块，其中寒气之重可以让一个实力不济的上位神瞬间死亡！

瓦西斯之所以选择雪冰峰作为自己地修炼之地，正是因为这里的寒毒极为森冷，将自己藏身在最冰寒的冰岩当中，吸取冰岩当中那寒彻心扉的冷意，可以令瓦西斯冰系力量达到最纯粹的境界。

在瓦西斯修炼地寒冰洞外面，一行同样修炼水系力量的上位神漠然盘坐，须皆被冰雪覆盖，看来就像是一个个巨大地雪人，体内只有最微弱的能量波动流动。

他们不能够像瓦西斯一样利用寒冰洞内极寒冰岩修炼自己地力量，只能够在寒冰洞门口吸取少量的寒气为自己所用，即便是这样他们也都是受益匪浅，一个个对冰系力量地体悟比外面的人快了至少三倍！

五个默默地吸取寒冰洞口寒气的"雪人"，紧闭着眼睛，忽然，其中一人僵硬的眼皮一跳，猛地睁开双眸，一道飘忽不定的影子夹杂着猎猎寒风，恍惚间，竟然由外面潜了进去。

一开始此人还当是幻觉，眨巴了眼睛仔细感受了一下，忽然现那猎猎寒风的确还有几缕由外围飞逸其中，心中悚然一惊，他浑身"嘎吱"直响，冰冻的胳肢窝部位开始解封，轻喝道："不好，有人进入了。寒冰洞的寒风一向由内吹拂往外，刚刚一股寒风风向不动，分明是来人度极快的落入寒冰洞内，带着的寒风风向之变！"

其他四人脸上一变，身上都是也都是"嘎吱"直响，惊慌失措道："怎么办？"

"废话，当然是立即禀报大人。这个时侯，大人应该还在冰岩内修炼内，如果不能够及时从冰岩内走出来，说不定会有危险！"此人大喝一声，急匆匆地就要往寒冰洞内救主。

突然，一声冰寒入骨的轻喝由寒冰洞内传来："留在原地！"

五人一听寒冰洞的声音，马上停下了进入的进步，另外四人都是一脸茫然地望向第一个话的那人，他愣了愣，再次在原地盘坐下来，道："大人话了，肯定不会有事的，我们就不用着急了。"

一见这人坐下了，另外四个也都点了点头，其中一人问道："安捷，你猜来的会是什么人？"

为的这个安捷摇了摇头，道："我没有感觉到任何熟悉的力量，应该是和大人同等级别的强。混乱之地实力可以堪比大人的强，也只有那几人，以前萨拉斯、罗格两位大人倒是经常过来，不过都是光明正大的拜访，这次不知道是不是他们？"

"应该不是吧？"问话的这个家伙摇了摇头，道："萨拉斯已经离开了混乱之地，消失的无影无踪，而罗格据说上一次和大人闹的有些不愉快，应该也不是他！除了这两人外，就不知道还有什么人了。"

外面的五人听不到寒冰洞里面的声音，在外面暗暗猜测来人的身份，不过猜来猜去也没有猜出个什么名堂。

过了半日的光景，一道幽暗的影子从寒冰洞一闪而逝，成一道淡淡地光线往远方消失。

五人守候了那么久，就是想看看来人是谁，不过那道幽暗的小子闪现之后，他们虽然用力的观察，还是不能够辨别出来人的身份。

"肯定不是罗格、萨拉斯两位大人，罗格、萨拉斯两位大人一个修炼死亡力量，一个修炼雷电力量，如果是他们，这里多多少少会留下一丝死亡、雷电元素力量的痕迹！"来人消失许久，安捷沉吟了一下，才轻声说道。

"那会是谁？"一人满脸惊奇地问道。

"不知道是谁？不过那一道幽暗的影子显得极为雄伟，他带起的寒风中有着一股邪异的气息，这好像和近日风头正劲的一个人物有些相似呢！"沉默了一会，安捷突然说。

"你是说，魔隐谷的那一位？"四人脸色一变，满是惊奇，竟然同时喝道。

"哼！"突然，从寒冰洞内传来一声轻斥。

五人猛地一惊，全部噤若寒蝉，再也不敢胡乱谈论了。

第九百二十六章 笨蛋，她喜欢你呢

！

月后，所有从暗影城过来的韩家成员，全部进入了）

这些韩家人一到魔隐谷，几乎立即就喜欢上了这里，魔隐谷外面迷雾缭绕，布置了重重强力的防御结界，可谷内却四季如春。

在浓郁的天地元素力量滋养下，加上木甲尸天赋神通的帮助，谷内郁郁葱葱，遍地都是幼嫩的青草，芬芳的鲜花，一个个大树参天，空气清新自然。

谷内元素力量浓郁，环境优美雅致，地底还有宽阔无比的宫殿，在这些年的努力下魔法灯饰和各类的檀木、地毯遍布在每一个区域，可以确保每一个韩家的人都能有自己的修炼场和休息地。

一进入魔隐谷，菲碧、艾米丽这些女性都立即欢呼不已，为魔隐谷的雅致所吸引。

"谷外有着重重叠叠的防御力量，即便是罗格这些所谓的主神想要潜入进来都不容易，一般的上位神一旦冒然深入，只有死路一条！这个才是我们韩家真正的立足之地，能够进入此地的全部都是自己人，在这里吸收消化那些灵魂的记忆大可放心，绝不会泄露出去！"来到魔隐谷以后，韩硕也是松了一口气，笑着对斯塔索姆等人说。

"真是一个好地方，在这里修炼可以更加深刻的感受到天地之间的元素力量。

布莱恩，你果然有大神通，要不然肯定聚集不了那么多元素在此，真是不可思议啊！"阿尔梅里克满脸都是欣喜，看来对魔隐谷极其满意。

"太好了，在这里我们的修为一定能够大幅度提高！"艾米丽娇容洋溢着淡笑，媚眼瞥了一眼韩硕，娇声道："历经千辛万苦，我们总算是有一个属于自己的家了！再也不用寄人篱下，看别人的目光生存了。"

"我们应该庆祝一下，咯咯，难得大家都聚集在一起了，为了韩家美好的将来，大家尽情畅饮一番吧。"菲碧兴致高昂，笑着提议。

她这么一说。所有人都兴奋起来。一个个嚷嚷着地确应该好好喝几杯。

此情此境韩硕自然不会扫了大家地兴致。心神一动。一条魔头飞逸进入魔隐谷中央一个圆台上面。将一个阵法枢纽拨弄了一下。

忽然间。缭绕在魔隐谷四面八方浓浓地烟雾忽然被一根根高大地石柱子吸了进去。一会儿功夫。整个魔隐谷烟雾变得非常清淡。皎洁明亮地月光穿透树叶洒落在谷内。将本就出众地魔隐谷衬托地宛如仙境。

朦胧地月光。雅致优美地建筑物。郁郁葱葱地植物五颜六色地花草。芬芳地清香味儿。一个个千娇百媚地美人儿……

这一刻地魔隐谷。成了混乱之地最美最让人心旷神怡地一个仙地。没有一丝一毫地阴森味儿。

一个命令吩咐了下去。地底仓库内成箱成箱地美酒被搬运上来。来自众神大6各个神域地佳肴水果在水晶果盘内呈了上来。众人手中举杯。满脸笑容。在月光下尽情地畅饮。

正好在魔隐谷地戈隆、罗蒙等人，还有从韩浩那边返回的五行甲尸纷纷从地底宫殿内走出，加入了月光下欢乐的宴会之中……

人群中韩硕左拥右抱，一会儿菲碧、艾米丽，一会儿梵妮、洁碧儿，尽情地享受着难道的平静。

这些人一个个虽然实力强大，却刻意地沉醉自己，没有人利用体内的神力将酒力催，当一杯杯烈酒当做白水一样进入肚子，大家都放浪形骸起来，这酒一直喝到第二天夜里，韩硕硬是刻意地将酒精催在体内细胞血液之后，才渐渐地有些感觉。

哈哈大笑的韩硕抱起满脸殷红醉眼朦胧地艾米丽、梵妮，钻入了地底宫殿之中，菲碧、洁碧儿那些平日里比较矜持的女人许久不曾得到韩硕的润泽，加上酒精的作用，一个个都抛弃了平日的端庄含蓄，不要韩硕吩咐，都若无其事地跟了上来，一起到了韩硕专用的休息室。

韩硕的地底居所有三百多平方米，大大小小六个房间，一个宽敞大厅就有一百平米，铺着不知道什么野兽地毛皮地毯，摸起来柔软之极。这个地方全部都是由箩丝布置的，显得非常温馨舒服。

一过来，韩硕就抱起了艾米丽、梵妮，就在这个宽敞大厅软弱地地毯上面放浪形骸起来。不多时，菲碧、洁碧儿几女也纷纷赶来，韩硕尽情地放自己，一个接着一个在几个女人身上轮流征伐，人生在世，最畅快淋漓的事情莫过于如此。

……

一夜风流，看着大厅内玉体横陈了一地美妙::|体，韩硕嘴角勾起一丝满足地笑意

当年在地球的时候，他做梦都没有想过能够拥有一个如此美女，而今天，却是一地的美女任由他大快朵颐，每一个都是美妙绝伦，有着倾城倾国的绝世容颜，事世之变化无常莫过于此。

身负绝世魔功，坐拥天下美女，想来这一切如梦境一样不真实。

厅内美女一个个极度满足后都沉沉睡去，而韩硕却没有一丝疲惫，在她们身上逐个巡视了一会儿，韩硕忽然心中一动，悄悄走到了外面。

一道落寞地影子悄然立在那儿，一头银白色丝质长，眼神淡漠冷然，正是蜘蛛女神箩丝！

箩丝没有料到韩硕经历了这么多美女的摧残，还能够哪么快醒来，看着突然出现在眼前的韩硕，萝丝显得有些慌乱，淡然道："没想到你还能够醒来，我顺道过来，是想帮你收拾一下这里。"

笑了笑，韩硕摇了摇头，道："不必了，现在不像以前了，呵呵，如今有了那么多女人，自然会有人把这里收拾整洁。不过，今天看来应该是不行了……"

箩丝瞥了一眼屋内那散落的胸衣和绣花的丝质轻薄内裤，还有一个个的美妙x‖体，心里面没来由觉得酸酸的，是呀，一下子多了这么多女人，自然是不需要我来帮助他了，萝丝心里面很不是滋味，也不在多说什么，点了点头，冷着脸掉头就准备离开了。

"等一下！"韩硕一见萝丝不说一句就要走，忽然轻呼一声。

猛地回头，萝丝双眸闪耀着一分动人的光彩，低声询问："什么？"

"嗯，我们主奴契约可以解除了。"笑了笑，韩硕道："我曾经答应过你，不会束缚你太长时间的，呵呵，我想现在是时候解除这不公平的契约了！"

此话一出，萝丝身子一颤，嘴角勾起一丝凄然的凉意，低头自嘲地说："是了是了，你现在手下高手如云，我的实力你已经看不上了，没有了什么价值，那主奴契约有没有也无所谓了……"

韩硕愕然，看着那萝丝仿佛受刺激的自言自语，苦笑着摇了摇头，道："你说什么呢？我只是觉得我没有必要再束缚你了，因为我现在已经完全相信你了，我相信就算是解除了主奴契约，也不会有什么问题，你瞎说什么呢？"

箩丝抬头，深深地望着韩硕，问道："你是不是想我走？"

"没啊……"韩硕大感愿望，一脸正色道："即便是解除了主奴契约，我们之间的关系也不会有什么变化！魔隐谷还是你的家，你还是我们韩家的人，根本没有什么区别，你不用多想？"

"韩家的人……韩家的人……"萝丝脸色古怪，喃喃低语了一会儿，轻声问道："我算什么韩家的人？我和你是什么关系？我用什么身份做韩家的人？"

给她这么一说，韩硕也有些愣了，仔仔细细观察了萝丝一会儿，韩硕笑着说："朋友！你是我的朋友，不再是主奴！呵呵，不论如何，我都会像以前那样对待你，这一点没什么变化！"

这似乎并不是萝丝想要的答案，不过她对韩硕的回答也没有异议，想了一下，萝丝点了点头，轻声说："不用解除主奴契约，时间还没到呢。"

哑然失笑，韩硕不明所以地望着萝丝，奇怪地问道："你还真是奇怪，当初签订主奴契约的时候，你天天嚷嚷着要早日解除契约，如今我真的要帮你解除这个契约了，你反而又要遵守约定，为什么？"

"总之，时间不到，我就不解除主奴契约！"萝丝没有回答韩硕的问题，轻哼一声，满是倔强。

和她相处了那么久，韩硕早已经知道了她的性格，见她这么坚持，笑着摇了摇头，道："算了算了，既然你乐意做奴仆，我也没办法。嗯，不过我答应你，只要你想通了，我可以随时帮你解除主奴契约，绝不会更改自己的承诺！"

"我只是遵守约定罢了，哼，你也别多想！"萝丝脸色一冷，又瞥了一眼房间内的场景，哼哼道："私生活真是一点不检点，无度，早晚没用！"

话罢，萝丝不再逗留，头也不回地走出这儿。

韩硕一脸苦笑，无奈地摇了摇头，轻声叹息了一句。

"笨蛋，她喜欢你呢！"忽然，背后传来一声轻呼，艾米丽裹着一个软毯，慢慢走过来。

"我知道。"韩硕笑着说。

第九百二十七章 小骷髅的爱情

大魔王

第九百二十七章 小骷髅的爱情

你知道？"艾米丽嫣然一笑。"那为什么故意装成？"

伸手将艾米丽拥在内。韩硕柔道："我已经有了太多女人。还有什么不满足的？权势力量显的的位。这些我已统统拥有。差不多也该修身养性了。

再说了。我精力有限。你们都没有那么多时间陪伴。不能害了她。"

轻轻依靠着韩硕。艾米丽娇笑不迭。"咯咯。这可不像你以前的作风啊。在我记忆中你不来者不拒的？你看看。屋内有多少女人？都是你招花惹草的结果？现在怎么转性了？"

"呃。"韩硕满脸苦笑。事实如此。他还真不知道该如何反驳。想了一下。才为自己找了个合适的借口："当初之所以那么放纵。是因为我修炼的武技处于一个非常微妙的界。没办法。是力量修炼的需要。"

艾米丽娇媚的了硕。伸出芊芊玉指戳了戳他的胸口。轻斥道："狡辩。"

韩硕一脸被枉的委屈。猛的一扣紧艾米丽。邪笑道："你们这些女人。讲真话的时候不信。偏偏相信谎言。来来来。爷怒了。要惩罚你。"

"咯咯。你来*。我才不怕呢。"艾米丽娇的轻轻摇着身子。像是一条美人蛇。

。

一转眼。半年即过在这半年时间混乱的更加混乱。各种传言充斥在深谷以泰尔罗格为的君主将猎神联盟将会进的的消息散布出去。趁此时机强行要求混乱之的所有的大小势力暂时听从他们的指挥。

大敌当前。几大君统一了风。那些大大小小势力的脑也意识到了事情的严重性纷选择自己信过的君主暂作靠希望能将猎神者联盟这一波来势汹汹的攻击挡下来。

他们都是十二大域的凶犯。心明白只有混乱之的才是真正的归宿。一旦混乱之的被猎神者联盟攻进来。他们不但将会失去立足的家园。还会成为那些猎神者手中的猎物被吞噬了全身神力而亡。

本就不是善类的他自然不会就范清了形势之后暂时不再打打杀杀。一边整合自己手的力量。一边和几大君主的人接触。

泰尔罗格两人一面下手的早另外一方面是因为在混乱之的积威甚久。所以那些大小小的势力然而然的选择投靠在他们麾下。瓦西斯奥索埃两人心里面清楚手中掌握的力量越大。将来大战来临时手中的筹码越多。也纷许出承诺甚拿出一部分资金来拉拢那些势力的脑。

一时间。泰尔罗格瓦西斯奥索埃各展神通。利用各种手段邀请那些领暂时归拢到自己麾下。

和他们相反。同样有资格吸纳这些大大小小势力脑的韩硕不但没有一点行动竟然还明暂时不接受任何一方脑的投诚。韩硕的做法出乎所有人意料。一些对韩硕颇有好感的势力脑甚至亲临魔隐谷希望能够和韩硕谈谈却一例外被韩硕拒绝。

不但如此。在混乱的沸沸扬扬的传播各种言四大君主纷纷各施手段拉拢人心的时候。魔隐谷韩家却像是一潭死水。没有一点动静。除了深谷内韩家的天药剂继续营业之外。所有韩家核心成员和高手一个都没有出现。而魔隐谷韩家始终笼罩在浓浓迷雾当中。没有人能够清楚那边的情况。

就连和韩硕关系密的韩浩。和他手中掌握的那一群无恶不作的凶人。也在这一段时间神秘消失。没有在混乱之的继四处作乱。很少有人能够看到他们的踪迹。

在这个敏感时刻。,隐谷韩家的法显的极为另类。令四大君主和各大势力是满腹疑惑。不清楚在如此关键的时刻韩家究竟在干什么。由于魔隐谷有着可怕的防御力。那些想要打探息的人没有一个能够靠近。所以虽然他们心中满腹疑惑。却始终不解。

时间匆匆。又是三个月过去了。几乎在同一时期。泰尔罗格瓦西斯奥索埃四人都分别收到了一个消息——混乱之的和命运死亡时空雷电四大神域接壤的边境。不断的有猎神者猎杀来往的神祇。

泰尔收到消息之后。立即派人前往魔隐谷去请韩硕过来商议要事。斯塔索姆以韩硕正在闭关修炼为由推脱了。

四大君主重新聚集一起。商论在四大神域边现的猎神者究竟是怎么一回事。泰尔罗格两人尤其不解。不明白在这个敏感时刻那些猎神者怎会吃饱了撑着没事做去袭击来往的神祇。

在这两人来看。进攻混乱之的的猎神者联盟应该唯恐行踪不够隐蔽。绝不会在出现混乱之之前暴露自踪。好达到令混乱之的事前没有太多准备的目的。者联盟一向行事也都比较低调。这一次大规模放肆的活动。很有可能迎来那四大神域各个城市神卫的集体反击。怎么看。猎神者联盟这一次的行动似乎都没有道理。

四人关于此事商议了一天。并没有的出什么有效的结论。只能够继续吩咐手下盯着那些区，。一有消息就立即汇报。

。

时空神域空灵城和混乱之的的接壤处。一个三不管的的带。小骷髅韩浩一脸惊奇的望着绝不该出现此的的一个人。

"怎么啦？你很好奇啊？"带着所有手下从龙森大峡谷千里迢迢过来的温曼。看着小骷髅韩浩一脸惊的表情。还以为注意到了自己脸上的变化。脸上挂着微微的意的轻笑。笑问韩浩。

"你来干什么？"韩浩皱了皱眉头。

温曼一愣。奇怪打韩浩。满脸疑惑："不是你让我来的吗？"

眼中有些茫。韩浩摇头。肯定的说："没有。"

温曼心中一苦。忽然意识到韩硕说了谎。仔细望了望韩浩。温曼轻声一叹。道："我还以是你让我来的呢。既然你不希望我来。那我回去好了。"

"谁说我让你来的"韩沉默了一下。突然开口。

"韩家家主。他去过龙森大峡。将原先那些大大小小的猎神者脑屠戮干净了。然后我说让我来混乱之的。还治了我脸上的伤疤。说是你让我过来的。"温曼一脸笑。自嘲了摇头："我说嘛。这根本不像是你的作风。你不论对谁都不会关心。又怎会让我来混乱之的呢。我果然还在自作多情。"话到后来。温曼声音已低不可闻。

一听温曼说是韩的主意。韩浩心里面忽然觉的有些古怪。升起了一个奇怪的想法："父亲。该不会是为我找女人吧？"这别扭的想法一从心中浮起。在韩灵魂深处似乎有什么东西被触动了。他有些出神的打量了温曼一会儿。子里面乱做一团。冰冷无波的一颗心似乎有什么东西被放大了。

"我回去了。你…你多保重吧。"在韩浩怪异目光下。温曼觉的自容。仿佛自己千里的举动成了一件非常可笑的事情。这让她浑身不自在。想要尽快逃离这个不舒服的的方。逃离韩浩目光的注视。

"你别走。"突然。沉默良久韩浩柔声开口。

一脸惊愕。像是不认识韩浩似的。温曼星眸圆睁。箭一样射在韩浩身上。眼中的色彩越来丰富。一颗心跳动的别往日了快了许多。"你。你说什么。"温曼结结巴巴。说明了心中的慌乱。

"我说你别走了…"韩浩似乎还不太习惯这么轻柔的讲话。感觉非常的别扭。他不知道自己怎么了。心里面开始觉的自己有些莫名其妙。

"你。你从来没用这种语气任何人讲过话。"温曼深吸了一口气。高耸的双峰轻颤。整个人一瞬释放出惊心动魄的美丽。眼睛明亮如寒星。轻呼道:"你这一句话。我带着所有人千里迢迢来混乱之的。值了。"

有一种莫名其妙的情感被突然勾了。韩浩不知道怎么形容自己心中的感觉。他有些乱。似乎不太敢面对这陌生的"东西"。在一番轻柔的话语之后。脸色又猛的恢复万年不变的冷酷。道:"你来啦。就听我的话。我让你干。你就的干嘛。"

他刚刚忽然觉这女人有可能不好驯服。在内心深处。他决定似乎不能够像对待别的手下那样对待她。这种感觉令韩浩非常不爽。所以立表明自己的态度。想证明自己和以前一样占据着绝对上风。

温曼小鸡啄米一样连连点头。显非常。脸上绽放出一种耀眼的光彩。轻声说:"让我干什么。我就干什么。算是让我死。我也愿意。"

"很好。"韩浩满的点了点头。冷酷道:"过来。让我摸摸。"

温曼温顺的脸一瞬染成晚霞。眼内满是不议。声音颤颤的问道:"什。什么?"

"让我摸摸。不知道为什么。我想摸。"韩浩有些古怪的摸了摸头。似乎也不明白为什么自己心中会有这个念头。这让他脸上也有些疑惑。

"好。"温曼低头。心中觉的羞死了。偷偷看了看远处一些脸上古怪的手下。更是有种找个的洞钻下去的想法。抬头看了看韩浩一本正经的模样。心中暗骂冤家。狠了狠心。深吸一口气。低头。一步步走向了韩浩。

第九百二十八章 原来他已如此强大

！

曼身为龙森大峡谷猎神领中唯一的一位女性，|辣翻脸无情的主，她对待敌人一向残忍无情，但从第一次被韩浩所救起开始，对韩浩就一直非常特殊，非但没有整日想方设法的算计韩浩，还处处为韩浩着想。

不知道为何，这个冷酷到非人的少年，就如一弯深邃急旋的漩涡，在不知不觉中将她吸扯进入，随着时间的推移，她不但不能够从这个漩涡中挣脱出来，反而越陷越深，渐渐丧失了自我。

换了任何一个人，如果当着她那么多手下的面对她说"让我摸摸"这句话，她就算是死，也是要不顾一切地报复的，至不济也会恨然退走，以后想方设法地将对方杀死！

然而，当这句话由韩浩说出后，温曼虽然觉得羞辱之极，却并没有恼羞成怒，甚至像忘记了周围还有许多手下在此，鬼使神差地竟然一步步走到了韩浩面前。

低着头，满脸羞红，不敢看韩浩，在龙森大峡谷也是一方枭雄的温曼一下子成了娇羞无限的小女人，心中忐忑不安，在韩浩面前一声不吭……

韩浩一双魔眼中多了几分平日里绝不可能有的茫然，从心底深处生出来的奇异念头，让他有些不知所措，他不明白自己这是怎么了，为什么忽然会有那么多奇怪紊乱的想法？

愣了半响，韩浩反而犹豫不决了，不知道应不应该按照内心地念想，来实现心底那从来不曾涌现的念头……

"你，你为什么不动？"红着脸默默等候的温曼，一脸地娇羞不依，但等候了许久见却韩浩一动不动，温曼愈加忐忑，比韩浩还要紧张，心里面反而羞恼起来，忍不住率先开口。

"哦……"仿佛是被温曼这一句话坚定了心底的念头，韩浩轻呼了一声，终于伸出手来，非常缓慢且生疏地将手掌心轻抚在温曼殷红地娇嫩脸颊，在她那曾经有着两道狰狞伤疤的嘴角和鼻梁骨处按了下去……

一种非常奇怪地感觉猛地从韩浩心底浮起，奇妙的感觉来的唐突，并且凶猛之极，是他从来不曾体会过的……

旁边跟随着温曼千里迢迢从龙森大峡谷过来地温曼地手下。突然眼睛全部直了。不可思议望着在他们面前那个不可一世狠辣无情地领。一个个全部呆若木鸡！

难道。她带我们千里迢迢来到混乱之地。就是为了。就是为了让韩浩这么摸摸？这……这到底是怎么一回事？

温曼地手下全部傻眼了。看着平日凛然不可侵犯。这么多年带着他们出没在各大神域杀人放火地女魔头就这样主动送上门来心甘情愿地让韩浩:意轻抚。有种要崩溃地感觉。

这还是他们熟识地领吗？

在韩浩手掌抚上她脸颊地一霎。温曼浑身轻轻颤抖。感受着韩浩手掌地冰凉。温曼如坐针毡。想要立即将脸颊抽开。但又似乎被一种莫名地力量牵扯。娇躯如磐石一样屹立原地不动。任由韩浩手掌在她那恢复绝世容颜地脸颊上面放肆轻薄……

这一刻。温曼似乎忘记了身边还有着众多跟随了她多年地手下。忘记了作为一个女强人自己此时地模样有多么奇怪。就这么牢牢站在原地。心中又是惊慌。又有那么一丝微不可探地窃喜……

渐渐地，韩浩手掌似乎不再满足在她脸颊上面地放肆，一脸茫然地韩浩遵从心底滋生的妄念，将手掌慢慢下移，从温曼修长白皙地脖颈一路滑动，往温曼胸口高耸挺拔的神秘区域游动……

浑身猛地一颤，脖颈上面泛起地红色更加鲜艳了，温曼大惊，他……他该不会想当做所有人的面，那……那个吧？温曼娇躯地颤抖越来越剧烈，这个时候再也保持不了伴装的平静，猛地抬头，看向了韩浩！

韩浩一脸茫然，轻轻皱着眉头，似乎在沉思什么。在他脸上，温曼找不到一丝一毫的淫亵轻薄色味儿，相反，韩浩眼神清澈干净，仿佛他手底下摸的并不是一个美丽出众的女人，而是一件兵器或一件衣服，只有探索的意思，却没有凌辱的欲念！

他……他到底想干什么？温曼惑了，她根本不知道韩浩究竟想干什么。一个正常的男人，这一刻的表情和颜色再怎么隐瞒，都不可能没有一丝端倪！而韩浩，显然打破了这个常规，真的没有那些讨人厌的表情！

在温曼胡思乱想的时候，韩浩渐渐下移的手掌，轻轻地按在了温曼丰满坚挺的酥胸上方……

"啊……"远处眼睛都看直的一个温曼的手下，控制不住自己的惊诧，忍不住从喉咙深处出了一声难听的轻呼。

温曼再也不敢多想，羞意在一瞬间占据了主动，她突然狼狈地急后退，从韩浩那放肆地按在她胸口的魔掌中逃了出来。

大口喘着粗气，温曼酥胸像是地震下的山峦起伏不定，勾勒出一道道惊心动魄的美丽曲线，"韩……韩浩，你……你怎么能？"望着那怔怔看着自己手掌呆的韩浩，温曼不知道该说些什么，吞吞吐吐，满脸羞赧。

"奇怪……奇怪……"那边韩浩望着抚摸了温曼的右手掌，低声自言自语，刚刚在这只手按在温曼胸前的时候，他忽然觉得心猿意马，从下面生出一股强烈的冲动，那一股冲动像是洪水猛兽一样打破了他坚守的冷酷和平静，吓了他一大跳，还没等他仔细体会那种感觉，温曼就急匆匆地抽身离开了。

吃了一惊的韩浩怔了怔，忽然松了一口气，摇了摇头，似乎想要将自己今天心底那无端生出地奇异感觉抛离身体，瞥了一眼对面那红着脸紧张兮兮的温曼，目无表情道："嗯，今天就这样了，下次我们再试试。
"

温曼大窘，偷偷看了一眼不远处那些失魂落魄的手下，恨的她暗暗咬牙，混蛋，你怎么能这样，怎么能当着那么多人地面呢？为什么你就不能够选择一个安静的地方，一个无人的角落，你这是辱我吗？气死我了……

"看够了吗？都给我滚开！"双眸寒光四溢，温曼怒气朝着自己的手下泄了。

"遵，遵命！"那些刚刚还呆若木鸡的温曼手下，一个个作鸟兽散，一瞬间消失的无影无踪。

当这儿只剩下温曼和韩浩两人地时候，温曼深吸了一口气，伴装镇定地看着韩浩，问道："你……你到底想怎么样？"

韩浩一愣，刚刚恢复的冷酷再次瓦解，不知道为什么，韩浩觉得自己面对温曼的时候，忽然多了一种微妙地感觉，在她面前，似乎再也不能够保持无时无刻的绝对冷酷了。想了一下，韩浩也不知道自己到底想干什么，沉吟了一下，皱着眉道："我还没想好。"

"还没想好？"温曼快要被韩浩气死了，当着那么多人面你摸也摸了，还摸了那么敏感羞人的地方，现在竟然说还没有想好？

就算温曼在别人面前再强势，她毕竟还是一个女人，这番话自然不能够明目张胆地说出来的，又暗地里咬了咬牙，温曼恨恨地问道："那你说，我现在是不是你地女人！"

"是！"韩浩这句话回答的倒是干脆利落，没有一点犹豫。心中一喜，温曼心道有你这一句话也够了。不过还没等温曼高兴完，韩浩紧接着又补充了一句："你来混乱之了，就和波罗那些家伙一样，都是我的人了，以后都要听我的！还有，将人整合一下，回去都要重新训练的！"

"和……和波罗一样？"温曼显然也听说过波罗的名头，心中一急，慌忙道："这……这怎么能一样，波罗是男人，我是女地！而且，而且你刚刚还，刚刚还……"

"都一样！"韩浩板着脸，冷酷道："都是手下，没什么不同！"

此话一出，温曼终于恼羞成怒，娇喝道："韩浩，你到底想干什么？你，你怎么能够这样？你今天给我说清楚，我温曼不是没人要的！你要是把我当成波罗一样地手下，我，我和你没完没了！"

眼见温曼失态地飙，韩浩忽然有些气弱，似乎觉得自己有什么地方不对，可是细想了一下，又不知道自己到底什么地方不对。深深皱着眉头，他苦苦思量了一会儿，忽然意识到究竟什么地方不对了——对波罗的时候他可以冷酷无情地下命令，绝不会生出像刚刚那样奇怪地念头和紊乱地想法。

"是，是有点不同的……"愣了一会，韩浩像是突然想通了，喃喃道："不错，你跟波罗他们不同，你是女人，是我地人……那波罗是什么，他是男人，我的男人？"怎么也想不通这个道理，韩浩一头雾水。

温曼见韩浩在那儿自言自语胡说八道，真是觉得哭笑不得，没好气地说："波罗怎么会是你的男人呢？你，你这人怎么这样？乱七八糟的……"

突然，温曼心中一动，忽然想起来当初韩硕曾经和他说过的一句话："韩浩这家伙，从来没有和女人亲昵相处的经历，一直都在一个非人的地方修炼生活，在某些方面他一片空白，根本就是一无所知！"

霎那间，温曼像是明白了什么，沉吟了一会儿，突然问道："韩浩，你知道什么是爱情吗？"

一脸茫然，韩浩莫名其妙地看着温曼，摇了摇头："不知道，我没有见过，也没有听过！"

突然间，温曼全明白了！

原来韩浩不是不解风情，不是恣意欺负她，这家伙，压根就什么都不知道啊！刚刚的做法，看来只是本能的举动，他估计自己都不知道自己刚刚在干什么！

温曼忽然有种捡到宝的感觉，再看韩浩那副茫然无措的样子觉得怎么看怎么顺眼。这个英俊冷酷并且强大无比的小男人，竟然从来不曾经历过男女之爱，这简直是不可思议地！

难怪了，难怪了，温曼摇头苦笑不已，心里面欢喜无限，忘记刚刚韩硕所做的一切，心里面暗暗下定决心，一定要好好抓住这个稀世珍宝，在他那榆木脑袋内，永远填充上自己的影子！

"不好！"温曼正打算不顾一切地抓紧韩浩，将自己的认识一一说给他地时候，韩浩突然脸色一变，神情冷厉地道："带着你的人，立即离开这里，先去混乱之！"

"怎么了？"温曼一慌，她意识到情况有异了。

"是达格玛！他来了，我见过他，认得他身上的气息！"韩浩一脸凝重，对温曼道："你立即离开这里，我拖住他！"

"我们死亡神域的统领？是他？"温曼大惊，焦急道："要不你离开吧，我留下来拖住他！"

"你一秒钟都挡不住他！"韩浩一脸森冷，不耐道："听话，立即离开这里！放心吧，我不会有事，他杀不了我！"

温曼盯着韩浩看了三秒，狠狠地点了点头，喝道："好，我这就走，你要记得活着见我！"话罢，温曼头也不回，马上从这边离开，到了外围嚷道："所有人跟着我，马上离开这里！"

外面那些温曼的手下，根本不清楚状况，大惑不解地跟在温曼身后，迅离开。

韩浩留在原地，手提那一根三米长的骨刺，默默地等候着达格玛地到来。

十几分钟之后，白骨王座突然降临，上面端坐着带着面具的达格玛，达格玛的目标显然只是韩浩一人，对于温曼地离开并没有采取任何行动。

"韩浩，我们又见面了！"达格玛坐在皑皑白骨中央，居高临下地俯视着下面的韩浩，面具上的一双眼眸带着玩味地色彩，看了看一副如临大敌的韩浩，阴森森地笑问道："怎么，还想和我动手？"

"统领。"韩浩抬头望天，漠然道。

"韩浩，我待你不薄，为什么你要背叛我，跟那个布莱恩搅在一起？"达格玛锁在长袖地一双手伸了出来，皮肉苍白没有一丝血色，尖利的指甲如铁钩。居高临下的达格玛两手遥遥罩向了韩亡力量渐渐在他手指上面汇聚，形成一缕缕飘摇不烟。

韩浩抬着头，眼睛冰寒无情，没有一丝一毫先前的紊乱，脸色平静："抱歉，你没有令我心甘情愿臣服的力量！"

达格玛嘿嘿冷笑，不屑道："那个布莱恩就有了？他能够带给你什么？你别忘记你是猎神，你和我一样，猎神联盟才是你地归宿！不管在什么时候，你的身份就是一个枷锁，他会束缚你一生一世，你根本改变不了！"

点了点头，韩浩道："不错，我改变不了猎神地身份，但我能改变我在猎神的身份和地位！"手中骨刺一指达格玛，韩浩冷喝道："统领，你杀不了我地！终有一天，我会凌驾在猎神联盟之上，成为所有猎神的脑！"

"大言不惭！"达格玛冷哼，白骨王座突然下压，排山倒海地死亡力量山岳一样压了下来，他一双冒着灰色轻烟的手忽然舞动起来，一道道灰色射线凌空袭来，在空气中传来"嗞嗞"的声响。

"韩浩，我万年时间才能够成为猎神一方统领，你何德何能？想成为所有猎神的脑，真是痴人说梦！今天，我就要收回我赐予你的一切！"达格玛不再客气，身下的白骨王座也同时射出骨矛。

"我的一切，和你没有半点关系！你所赐予我的，只是一个猎神领的身份罢了，不值一提！"韩浩紫魔眼内邪异地光满一闪而逝，背后七根骨刺猛地疾飞而出，却不是攻击凌空袭来的达格玛，反而插了他周围七个方向。

七股不同的力量突然从七根骨刺内蔓延开来，一声声凶魂厉啸的声音从七根骨刺内嘶喊出来，那七根骨刺内不知道囚禁了多少厉魂，这一刻死亡的力量混杂在一股达格玛所不熟悉的力量当中，散出了惊人的能量波动。

与此同时，韩浩胸口蓦然凸起，那一块他从亡灵界得来的亡魂碑飞逸出来，一瞬间放大为参天墓碑，立在他面前！

亡魂碑上面艰涩繁琐的奇异碑文突然间全部活了，从亡魂碑上面飞逸出来，成千上万的碑文像是一个个奇异的生命绕着亡魂碑旋转，和那七根骨刺中囚禁的厉魂遥遥呼应……

以韩浩为中心，方圆百里之内所有的死亡元素一下子被抽空，全部没入亡魂碑当中。就连有着主神之境的达格玛，身边聚集的死亡元素都瞬间荡然无存，依附在他攻击当中的死亡元素力量混乱不堪，令他隐隐约约觉得有些控制不住……

手提三米长的骨矛，韩浩冷眼望着白骨王座上面的达格玛，猛地厉啸出声。

突然间，从那参天的亡魂碑中传出了强烈的力量波动，这一股亡魂碑内的力量波动直接影响了达格玛修炼的死亡力量，达格玛突然觉得体内死亡力量一泄如注，飞快地流向下方那不断释放奇异波动的亡魂碑。

"什么东西？"达格玛骇然，不敢置信地望着下面那屹立着的亡魂碑，不知道是否吸纳了方圆百里死亡元素的缘故，本来就有几十米高大的亡魂碑疯涨变大起来，像一座山岳一样巍峨在天地之间。

变大之后的亡魂碑，可以清晰地看到上面还有许多密密麻麻的碑文，碑文下面压着各种各样的皑皑白骨，一丝丝死亡力量像涓涓细流一样在亡魂碑上面游走，就像是人体内的筋脉，显得无比神秘诡异！

达格玛体内的死亡神力受着下面亡魂碑的牵引，失控地流失向亡魂碑，那山岳一样的亡魂碑产生的奇异能量波动，似乎不但能够影响死亡元素，还能够影响所有修炼死亡元素力量的人！

大惊失色，达格玛满心惊恐，立即将攻向韩浩的力量中途收回，将所有的神力集中在体内，拼了命的来阻止体内神力的继续流失！

达格玛毕竟有着主神的境界，当他稳住神魂，放弃了对韩浩出手攻击，全力来抵御亡魂碑内吸噬一切死亡力量的时候，终于将体内神力缓慢住，不再有神力流向下面的亡魂碑。

"不可能，这不可能！"达格玛喘着粗气，面具上仅露的一双眼眸满是惊慌，失态道："你不到主神之境，你不可能拥有如此可怕的力量，你到底是谁？"

这个时侯的韩浩，立在亡魂碑顶端，数不尽的皑皑白骨流溢出灰蒙蒙的雾气，将他整个人罩在其中，涓涓细流一样的死亡力量将他整个人淹没了，这一刻，他似乎成了亡魂碑的一部分！

"达格玛，你修炼死亡力量，所以即便你境界比我高，你也杀不死我！"韩浩的声音从雾茫茫的亡魂碑上传来，"只要修炼死亡力量的，都会受这亡魂碑的影响，谁都不例外！我想，除了真正拥有神格的死亡主神，修炼同系死亡力量的神祇，再没有谁能够杀的死我！"

"那，那到底是什么东西？"达格玛心中骇然，他几乎立即就相信了韩浩的说法，因为那亡魂碑上面的力量，已说明了一切。

"我也不知道！"下面的韩浩沉吟了一下，才轻声说。顿了顿，韩浩接着说："我还不能够尽情控制它的力量，等我真正能够将它所有的力量挥出来，达格玛，你只有死路一条！"

这句话一落，一个巨大的死亡漩涡从那亡魂碑四周韩浩早早**的七根骨刺中央形成，随着死亡漩涡的逐渐上升，那山岳一样的亡魂碑一点点的消失，当死亡漩涡淹没了亡魂碑之后，一阵猛烈的强风吹拂过来，死亡漩涡消失无踪。

刚刚那竖立在此的亡魂碑，七根厉魂呼啸的骨刺，还有韩浩，就此突兀消失。

达格玛失魂落魄地望着恢复了原样的大地，嘴里面觉得无比干涩，半响才摇了摇头，自言自语道："难怪……难怪他不甘心居于人下，原来，原来他已如此强大！"

第九百二十九章 神格碎片

一时间，死亡深渊，一座巍峨巨山里面一间死亡元素的石室中，一名浑身沉溺在元素海洋的模糊身影忽然醒来，朝着韩浩所在的那个方向望了望，低声呢喃："会是谁呢？"

他一讲话，那浓郁如水的死亡元素从口中溢出，汇聚在石室之中。

别人修炼死亡元素力量，都需要吸纳源源不断的元素力量来强大自己，而他仿佛已打破了这个桎梏，似乎已不再需要充斥在天地之间无处不在的元素力量，不但如此，他每一个字吐出，竟然还有死亡元素力量从体内流溢出来。

仿佛，他就是不断释放出死亡元素的一个力量源泉，所有位面修炼死亡元素力量的神祇得来的死亡元素，都像是从他这边得到的一样！

"看来，我要走一趟时空神域了。"那人喃喃低语，整个人像是融入了满室的死亡元素之中，渐渐地消失无踪。

……

命运神域，巨大的女神殿中央，安吉丽娜百无聊赖地望着目无表情的命运神，撒娇道："母亲，我想出去玩玩，去找布莱恩。我知道他就在混乱之地里，和这边靠的很近呢！"

命运女神眯着眼睛，没有当初降临暗黑神域的神威和恐怖气息，就像是一个最平常的慈祥母亲，温柔地对安吉丽娜道："这一段时间不行，再等等，到时候我会安排你和他见面的。"

"为什么？"安吉丽娜啃着能量晶石，就像是吃零食一样，小嘴撅着，轻声哼哼。

命运女神伸手揉了揉安吉丽娜的柔软长，轻笑说："有些事情你暂时不能够知道，不过那个布莱恩是个关键人物，呵呵，他本不应该这里，但是他的存在，将会改变很多人的命运！"

"他没有什么不同啊。为什么你总说他不应该在这里呢？奇奥大6虽然只是一个低等级位面。可是从低等级位面过来地人多了。有成就地也有不少呢！"安吉丽娜有些疑惑。

轻声笑了笑。命运女神淡淡道："他也不是来自奇奥大6。本名也不叫布莱恩。这些你以后会慢慢知道地。他地存在。对我们所有人都是一个机遇。而且还是一把钥匙。将来有一天或许母亲还会有事求他呢。

"

安德丽娜愕然。奇怪地说："你们？十二大主神？"

笑着点了点头。命运女神道："别问那么多了。我答应你。等时机成熟了。我会告诉你可以知道地事情。"

就在此时。命运女神似乎感应到了什么。一双眼眸像是浩瀚星空一样有着一颗颗繁星转动。望了一眼小骷髅韩浩和达格玛交战地方向。她神情一动。喃喃道："怎么会有一块神格碎片出现。嗯。是死亡系地。那家伙一定也感应到了。估计会过来一趟吧……"

"怎么了，母亲？"安吉丽娜见她一阵恍惚，好奇地问道。

"没什么。"命运女神笑着起身，对安吉丽娜说："我要离开一趟，应该很快就会返回，安吉丽娜，答应我，这段时间不要再淘气了，好好呆在这里好吗？"

"当然，我不会离开这里了。"安吉丽娜一脸乖巧，立即保证。

点了点头，命运女神凑向安吉丽娜，在她娇嫩的脸蛋上面轻轻亲了一下，旋即如空气一样消失无踪。

……

韩浩一瞬间消失无踪，达格玛看着恢复了原状地这个区域，失神了一阵子，也从这儿离开。

三天之后，达格玛出现在靠近混乱之地的一个火山口，暗黑、毁灭两个神域的猎神统领达卡、阿瑟尔斯特按照约定已经在此等候了。

眼见达格玛的白骨王座在火山口显现，修炼毁灭力量的达卡眉头略皱，问道："达格玛，怎么啦？看你的样子有些不对劲嘛，难道说你亲自出马，都没能够收拾掉那个四处捣乱的小家伙？"

阿瑟尔斯特也是非常奇怪，沉声道："达格玛，那小子是你死亡神域走出来的，你不会不忍心下手吧？他就算质再好，现在也是我们的敌人，任由他在各个神域接壤处这么搞下去，等我们大部队聚集过来，一定会引来那几大神域的追杀，到时候行动都要被迫中止了！"

"达格玛，你如果下不了手，我帮你解决他！不能够因为你一个死亡神域地小家伙，耽误了我们筹备多时的大事！"达卡冷哼一声，显得极为不悦。

269

带着面具的达格玛扫视了两人一眼，道："我动手了，不过没能够杀死他。不但没能够杀死他，我自己神力还损失了不少，这小子，非常邪门，手中掌握了一样不知道什么类型的神器，对我隐隐有些克制！"

此

，达卡和阿瑟尔斯特脸色一变，都有些不可思议地玛，达卡一脸凝重，道："达格玛，你没有弄错吧？那小子明明不到主神之境，手中就算是掌握了再厉害的神器，也绝不是你地对手，究竟是怎么一回事？"

阿瑟尔斯特也是大惊失色，同样怔怔地望着达格玛，满是不解。

"那是一个墓碑，上面有着繁琐深奥的文字，墓碑中有着一股极为神奇的死亡力量……"达格玛回忆起三日前的场景，详详细细地将生在他身上的情况说给两人听，就连他自己对于亡魂碑那种感悟都不遗漏，要多仔细有多仔细。

他讲完之后，暗黑神域的猎神统领阿瑟尔斯特一脸骇然，达卡则是若有所思。

沉默了许久，达卡忽然想到了什么，猛地抬头，惊喝道："是神格碎片！"

达格玛和阿瑟尔斯特身子一震，眼中满是不可思议地惊诧，达格玛声音有些轻颤，喃喃道："是了……是了，我早该想到……也只有那种东西，才能够释放出如此力量，连我都不能够抗拒！"

突然，达格玛双眸中绽放出夺目的贪婪之光，他失态地一把抓住了达卡、阿瑟尔斯特两人，喝道："帮我夺取那神格碎片，我地一切任由你们索取，不管你们提出什么条件，我全部答应！"

达卡和阿瑟尔斯特忽视一眼，同时将紧紧抓住他们衣襟的达格玛地手松开，达卡一脸凝重，道："神格碎片传说中只存在天空之城，而天空之城据说在上一次创世神失踪的时候就封闭了，怎么会有神格碎片遗落在外？"

阿瑟尔斯特也是声音沉重："神格碎片虽然不是真正地神格，虽然里面没有一系最本源的力量，但是作为曾经用来盛放神格的器皿，上面有着那一系最纯粹的力量奥义，得到了神格碎片，将来那一系的神格主神一旦陨落，持有神格碎片的神祇只要能够达到主神之境，将会顺理成章的成为神格新的主人！这东西，关系重大，一旦出现，拥有神格的主神都会不计一切代价的收回，将拥护斩杀！所以那些真正拥有神格碎片的主神从来不敢显露，不知道躲藏在离本系主神多么遥远的位面中了，那家伙，那家伙怎会拥有神格碎片呢？"

达格玛在两人的讲述中慢慢镇定下来，一脸地苦笑，道："我又怎会知道呢？如果不是他用那样东西镇住了我，三日之前他就被我所杀了！他手中持有这样神器，难怪实力会飞进步，如果早知道他有这样东西，当年在死亡神域的时候我已经杀了他了。哎，现在他成了气候了，整个众神大6修炼死亡力量的神祗，除了死亡神域那位真正的主人，再也没有任何修炼死亡力量的人可以杀得了他！"

顿了顿，达格玛继续道："所以，我恳求两位能够帮我，那样东西只对我有用。一旦我得到了，将来我承诺会为你们寻找暗黑、毁灭两系的神格碎片，怎样？"

"我们是盟友嘛，自然要互相帮助了。

"达卡言不由衷地答应了下来，嘿嘿笑着说："只要你能够再次确定那家伙的位置，我和阿瑟尔斯特自然会全力助你的。"

那边阿瑟尔斯特默然点了点头，不过是真是假也只有他自己知道了。达格玛在死亡神域纵横多年，什么样的人物都见过，显然也从两人的言语中知道他们绝不会真心诚意的帮助自己。但是，神格碎片的诱惑力实在太大了，目前达格玛也只有恳求这两人的帮助才有可能得到，所以心中不断地思量着到底应该用什么筹码打动两人。

"好了好了，达格玛，我们还是好好商议应该怎样进攻混乱之地。那小子肯定会在混乱之地，到时候只要混乱之地被攻了，他绝对会出现！"达卡见达格玛一脸失魂落魄的样子，知道神格碎片已成他一块心病，没有任何事情会比神格碎片让他上心，所以他只能够在这方面下功夫。

"嗯，我知道了，我会调集我手中所有力量。在混乱之地内，只有那小子出现，我会不惜一切代价夺取那样东西！"达格玛深吸一口气，开始思量着将手中所有不是修炼死亡力量的手下聚集在一起，是不是有机会干掉同样没有达到主神之境的韩浩。

甚至，达格玛还想到了萨拉斯，心想许下什么样条件萨拉斯才会帮助自己。

一块神格碎片，彻底打乱了达格玛的心境！

ps::今天九千字小爆，弱弱地求下月票。。

第九百三十章 有反应了！

浩和达格玛大战之地。

几日后，命运女神降临此地，在此等候了没几天，一道淡淡的浅影在虚空中浮现出来。

那道浅影一出现，此地死亡元素立即变得比魔隐谷内的还要浓郁许多倍，命运女神神情淡然，瞥了一眼那道浅影，轻道："内斯特，你来啦。"

死亡主神内斯特淡淡的浅影慢慢清晰，化为一个阴柔气质很重，样貌俊美的青年。走到命运女神面前，内斯特身上死亡元素像是一缕缕轻烟洋溢在天地之间，笑着点了点头，道："百菲丽，你靠得近，加上修炼命运法则，知不知道拥有那块神格碎片的人是谁？在什么地方？"

命运女神百菲丽淡然一笑，对他说："你又不是不知道神格碎片的特点，持有这样东西的人只要不使用他，就可以躲避你的搜寻。而且，你非但不能够感受到它的存在，持有此物的人反而可以察觉到你的气息。而我，也不能够获得对方的讯息。"

"此物的存在，对我们这些拥有主神神格来说简直就是一个隐性威胁！"内斯特挑了挑眉，看起来有些烦心。

"这是创世神的安排，我们改变不了。神格碎片的存在，就是为了给别人一个取代我们的希望，毕竟任何人在一个位置上面呆久了，都会逐渐改变，创世神将神格碎片散落，应该就是告诫我们，我们地位置并不是永远不变的！"百菲丽一脸淡然，轻声道。

内斯特轻轻点头，道："我会找到那个人的，任何持有死亡神格碎片的人，我都不会允许他存活下来。"

百菲丽笑了笑，在这个问题上面她并没有继续表意见，因为她知道如果她现有人持有命运法则神格碎片，她也会不顾一切地出手毁了那个人，杜绝那人拥有神格的可能性，确保自己主神之位高枕无忧。

"听说你神域枯骨城地城主希尔神秘消失了，是吧？"沉吟了一下，百菲丽忽然问道。

内斯特眉头一皱。深深望着命运女神百菲丽。轻哼道："如果不是你事先叮嘱过。我早就干掉那小子了。不但是我。暗黑神域地那家伙也不会放过他。他在暗黑神域连杀两个城主。将暗黑神域同样搞得不得安宁！"

顿了顿。内斯特再次道："百菲丽。那家伙真地是重开天空之城地关键？没有他。天空之城就开启不了？"

"不错。没有他。天空之城将难以再次打开！因为笼罩了天空之城地是这个宇宙所有已知地力量。只要是这个宇宙地力量。就打不开天空之城！"百菲丽肯定地点头。再次叮嘱内斯特："所以。他绝对不能死！只要他地力量足够强大。强大到能够达成我们地要求。将天空之城打开地使命完成了。那时候你们想怎么对他。我绝对没有意见。"

"百菲丽。我怕养虎为患啊。这小子进步飞快。修炼地是那个人遗留下来地力量！我怕。到一天地时候。我们会压制不住他啊！"内斯特轻声一叹。不知道是不是想起了他话里地那个人。脸上有着几分惊惧。

"放心吧。他不可能达到那人地高度地！他地存在。只是一把打开天空之城地钥匙。他地使命一完成。我就放任不管了。"命运女神百菲丽再次肯定。顿了顿。开口："混乱之地将有一场大乱。你留意一下。一万年过去了。混乱之地又到了该清理地时候了。趁着这次机会。将混乱之地这个毒瘤再次肃清一下吧。"

点了点头。内斯特柔声笑了笑："都安排好了。到时候如果光明、生命神域那边地人过来。你可别管我对付他们。"

"你们这些人的事情我懒得管，只要你们别把整个众神大6搭进去，想怎么弄怎么弄吧。

"百菲丽没好气地看了看内斯特，淡然道："你转告暗黑神域那家伙一句，在天空之城未开之前，不准动他。嗯，该说地我都说了，你心中有数就行了，我回去了。"

话罢，百菲丽的身影渐渐融入空气，轻风一吹已了无痕迹。内斯特并未立即离开，利用从身体内散溢地死亡元素慢慢打探附近的状况，以此地为中心往各个方向搜寻过去，在他将身上地力量隐藏之后，他成了一个修炼死亡力量最普通的神祇，一点都不引人注目。

……

经过几个月在外地流连颠簸，韩浩又返回了混乱之地，从达格玛那边离开之后，韩浩就不断地下达命令，让所有在外的猎神手下都撤回混乱之。达格玛既然已经出现，那说明猎神联盟的大部队很快就会过来了，该做的他们都做了，该散播的消息也已经散播出去，继续留在那儿已经没有必要了。

另外，通过体内的亡魂碑他感觉到了死亡主神内斯特的气息，相比猎神给他的威胁来，内斯特带给他的威胁更大。他虽然不太清楚亡魂碑的真正用途，但却能够利用亡魂碑感受到那人的恐怖。

当年在死亡神域的时候，韩浩就一直呆在边界的龙森大峡谷，之所以如此也是顾忌那个常常能够感应到的恐怖人物。在死亡神域，即便是得到内斯特印记的希尔等人，也不能够感觉到内斯特的气息和位置，而韩浩通过亡魂碑却能够大致感应到内斯特的位置。

在死亡神域韩浩虽然四处出没作乱，但却会利用亡魂碑对内斯特的奇妙感应力来躲避他，竭力和他保持一个安全的距离。韩浩并不知道自己拥有的东西只要不用，内斯特就感觉不到的位置，他只是本能的觉得离内斯特越远越安全。

进入混乱之地不多久，韩浩就找到了提前一步过来地温曼，等温曼看到韩浩突然出现在她面前的时候，心中之激动简直难以自制，要不是身旁有着众多手下存在，说不定温曼都会冲动地投入韩浩的怀抱。

不知道为何，看着温曼喜极兴奋的样子，韩浩心中隐隐有些温曼，就像是面对韩硕和五行甲尸这种亲人一样。"走，我们回去，准备和那些人开战韩浩点了点头，淡淡地说。

"你没事就好了，韩浩，你见过达格玛吗？"温曼在激动之后，想起了正事，问道。

"见过了。"韩浩坦然承认，在他来看，这件事并没有什么需要隐瞒的。

"你，你真地见过达格玛了！？"温曼一惊，呼道："那你怎么可以安然无恙的回来，达格玛可是我们死亡神域所有猎神的统领，他，他……他的力量……"

"他修炼死亡力量，杀不死我的。"皱了皱眉头，连他自己都没有彻底明白亡魂碑的作用，所以就没有对温曼多解释。

温曼一脸地大惑不解，似乎不明白为什么达格玛修炼死亡力量就不能够杀死他，但她看韩浩的样子似乎不想在这个话题上面继续下去，也就没有多问。温曼自从知道韩浩对爱情方面一无所知之后，就像是捡到宝一样兴奋，心道在这一路上自己一定要好好把握机会，给这个榆木脑袋开开窍。

接下来一段时间，温曼使出浑身解数，不断地在某些方面来诱导韩浩，经常性地将自己的手下赶到远远地，不厌其烦地和韩浩谈乱什么叫，什么叫做感情，把她对这种事情的了解灌注给韩浩。

不过，温曼渐渐现韩浩根本不是一个愿意听别人叙说的人，他对于这个世界地一切认识似乎都是通过自己的摸索，全是他主管的臆测，根本不相信别人嘴里面的话语。

一路上走来，韩浩对于温曼灌输地思想采取不理睬政策，一直沉默不言，即便温曼在某些方面已经说得非常露骨了，韩浩也只是皱皱眉，不表自己的意见。

温曼慢慢开始着急了，这一天，两人出现在混乱之地一个花草遍地地山峦上面，遍地都是郁郁葱葱的绿色，白云如棉，风和日丽，淡淡的清香缭绕在鼻翼，让人心旷神怡，不由自主地浮起一些旖旎想法。

"韩浩，我和你说了那么多，你到底有没有听，有没有理解？"站在百花丛中，温曼轻声问道。

摇了摇头，韩浩一脸漠然，道："我不知道你说些什么，也没有兴趣知道。在我来看，任何事情都要摸索才能够知道真实情况如何，我只遵守我内心的情绪和感受，我没有碰触和接触的东西，不会因为别人的言语而轻下定义。"

温曼哑然，看着那不解风情地韩浩，真不知道该是苦还是笑，"你所说的摸索、碰触来体会，是什么意思？"犹豫了一下，温曼询问道。

"就像那一天一样，用手去探索，用心去感受！"韩浩奇怪地瞥了一眼温曼，似乎觉得温曼地问候非常白痴。

一听韩浩提起那一天的事情，温曼脸颊又不由自主地红润起来，心跳加剧，偷偷看了看一本正经地韩浩，温曼咬牙暗骂："这……这混蛋竟然……竟然是这样的想法？那我应该怎么办？难道……难道像那一次一样，放开一切任由他在我身上恣意地探……探索？"

"你心乱了，这样不好，影响心境，这会让你在战斗中不能够集中精力！我就从来不会心乱！"韩浩皱眉，呵斥道。

温曼给韩浩这么一说，心里面大恨，想了想，气愤道："我就不信你能够一直保持心静如水！"话罢，温曼狠了狠心，红着脸又走向了韩浩。

韩浩才准备说自己一直处于心静如水的状态，忽然心中一动，亡魂碑在心腹中像是被触动了什么，竟然变得有些不受他控制了。

温曼暗恨韩浩的做法，心道我就不信不能够破去你的心如止水，这么想着，温曼更加坚定了自己的想法，不顾内心的羞耻，硬是走到了韩浩面前。

而这个时候，韩浩眉头深锁，紫魔眼中光芒熠熠，似乎正在沉思着什么问题，仿佛根本没有将她的主动看在眼里，就连目光似乎都没有聚集在她的身上。温曼心中大气，恨恨地轻哼了一声，低呼道："我就不信你真的没有一点感情！"

温曼突然伸手，一下子投入韩浩怀内，上去紧紧地抱住韩浩，将自己和韩浩贴的紧紧的，高耸丰满的双峰一下子挤成了圆饼，压在了韩浩的胸口……

不但如此，温曼还伸出两手在韩浩背脊处摸索，尤其是那有着七根骨刺的地方，她更是仔仔细细的摸了又摸。"竟然……竟然是真的连着骨头……"小手摸到那个地方的时候，温曼忍不住轻呼出声。

一直以来，她都以为在韩浩背脊插着的七根骨刺，应该不是真的和韩浩的身体相连。在她来看，那七根骨刺只是韩浩的一样武器，平日里装在他后背的某个放武器的篓子里面。但是现在手摸在骨刺根部，她才现那一根根骨刺和韩浩背脊的皮肉连在一起，分明是他身体的一部分！

温曼心中惊奇万分，小手不断地在韩浩背脊处摸索，丰满的身子紧紧黏在韩浩身上，有意无意地轻轻颤动，挑战着韩浩的某些神经……

我就不信你没有一点反应！温曼心里面狠狠道，偷眼悄悄打量了韩浩一眼，突然，温曼脸色一变，惊呼道："韩浩，你怎么啦？"

亡魂碑慢慢从韩浩胸口方向浮现出来，一股奇异的力量从韩浩身上传来，猛地将温曼震飞出去，一个个似乎有生命的碑文从亡魂碑上面漂移出来，缭绕在韩浩身体四侧不断地轻舞，四面八方的死亡元素仿佛受到致命吸引，疯狂地涌入韩浩体内。

韩浩有些茫然，眉头依旧深深锁住，奇怪地打量着那缭绕身侧的碑文。过了一会儿，韩浩慢慢地伸出手来，犹豫了一下，去抓那已从他身体浮出来的亡魂碑，手指头在亡魂碑的碑文上面轻轻磨砂。

突然间，从亡魂碑上面飞出后缭绕在他身侧的神秘碑文，猛地从他双眸钻入了他的脑子，韩浩身子一震，眼帘当即闭上，石化一样屹立在那儿一动不动……

第九百三十一章 碑文入体

天碑文，在一瞬间全部涌入韩浩脑中，他一下子呆石一样没有了一点生命气息。

从他胸口浮出来的亡魂碑不断地聚集死亡元素力量，仿佛要将混乱之地存在的死亡元素给全部抽空，亡魂碑这次并未变大，但墓碑上面却绽放出惨白之光，其中一个个微小的白骨清晰可见。

一部分碑文虽然逸入韩浩脑中，可亡魂碑上面碑文密密麻麻，在惨白之光映照下像是一个个小虫子在碑面上面蠕动，吸收着那些从四面八方汇聚的死亡元素……

被震飞的温曼一脸骇然，惊惧地望着突变故的韩浩，不知道应该怎么办。她试图靠近韩浩做些什么，但是不等她接近韩浩，无形的力量就从亡魂碑上面传出，再一次将她震飞出去。

那一股力量当中参杂了一丝韩浩的意念，似乎并没有恶意，要不然以温曼的修为立即就要魂飞魄散，绝对不可能存活下来！

试了几次，温曼颓然放弃了继续靠近韩浩，只是远远站在一边，满心担忧地望着韩浩，希望韩浩不会被这个突然出现的墓碑伤到。

一缕缕惨白色的光晕，渐渐地从亡魂碑中溢出，液体一样渗透在韩浩体内……

一动不动的韩浩，慢慢地被惨白色的光晕彻底包裹住，霎那间，韩浩身上所有衣衫飞灰一样飘散，他完全在了温曼面前。和光芒一样苍白的韩浩的身体，逐渐变得透明，身体仿佛成了一块温玉，温曼甚至能够清晰地看到他身体的经脉、器官和骨架。

一缕缕惨白色的光芒从他皮肤毛孔逸入韩浩身体，在他四肢百骸和骨骼内隐没不见，一股最纯粹的死亡力量逐渐由韩浩身上释放出来，而韩浩本人就像是死了亿万年的一具尸骨，身上没有了一丝一毫的生气。

温曼慢慢现那亡魂碑上面地惨白光晕对韩浩似乎没有恶意，就像是一种滋养身体地药剂一样在润泽着他，温曼放下心来，目眩神迷地望着韩浩，心中猜测韩浩胸口那亡魂碑到底是什么神器，为什么会有如此神奇的力量。

时间匆匆流逝。不知道过了多久。韩浩胸口浮出来地亡魂碑猛地收缩。一下子在他胸口消失不见。

与此同时。疯狂涌聚过来地死亡元素也在瞬间停止。一切又恢复了原状。

过了一会儿。韩浩轻轻呼了一口气。慢慢地睁开双眸。瞳孔内密密麻麻地碑文一闪而逝。整个人恢复了正常。

眉头轻皱。韩浩低声喃喃自语："原来……原来这东西叫神格碎片……"

"韩浩。你没事吧？"温曼察觉到那一股始终笼罩着韩浩地力量荡然无存。惊呼一声后急忙来到他身旁。并且伸手摸了摸韩浩地胸口。似乎想看看刚刚那冒出来地亡魂碑到底是怎么一回事。

摇了摇头。韩浩先前还有些茫然地双眸恢复了平日里地冷静清澈。瞥了一眼有些惊慌地温曼。轻声道："没事。只是知道了一些事情。身体和灵魂生了一些良好地变化。"

"到底是怎么一回事？"温曼一听他连灵魂都似乎生了变化，立即大惊失色。

"没什么……"韩浩没有解释，低头看了看自己的身体，抬手将温曼略微推开了一些距离，随手从空间戒指内取出了一套纯黑色的战袍，不紧不慢地往身上套。

温曼似乎这个时侯才意识到韩浩还没有穿衣，此时还浑身着，偷偷又瞥了一眼韩浩完全的身子，温曼脸颊再次泛红，"呸！"轻斥了一声，温曼掉过头去。

将新衣服穿戴整齐之后，韩浩似乎忘记了先前和温曼说的事情，漠然道："走，回去了。"

……

时空神域和混乱之地的接壤处，还在搜寻神格碎片持有踪迹地死亡主神内斯特，在一座巍峨山岳上面将目光抛向了混乱之地，喃喃自语道："竟然在混乱之地，会是谁呢？那个什么君主吗？拥有神格碎片的人，至不济也该拥有主神之境，确定了地方，搜寻起来就容易了……"

不在这个区域继续逗留，这个将浑身力量隐匿起来地死亡主神，立即前往混乱之地。

……

混乱之地，埋骨窟。

修炼死亡力量的罗格正在接待那些投诚过来各方势力脑，突然，罗格神色一变，骇然抬头遥望韩浩所在地方向。

"大人，怎么回事？"罗格的一名手下见他正好好讲话，突然露出如此奇怪地表情，忍不住出言问道。

罗格起身，双眸死死地望着韩浩所在地区域，脸上有着不加掩饰的惊惧，半响，罗格苦笑不迭道："不可能，绝对不可能！死亡主神应该不会之地的，但是，那种令人心悸的本源力量，除了:外，还有谁能拥有呢？"

"大人，大人到底怎么了？"那名手下见罗格不答话，反而自言自语，再次询问。

"今天到此为止，就按照目前的计划行事，我要外出一趟！"罗格不回答，自顾下达命令，然后不管这些人的惑和愕然，马上从埋骨窟离开。

……

魔隐谷。

经过大半年时间的养精蓄锐，那些得到韩硕水晶圆球的韩家人都从中得到了极大好处，这一段时间魔隐谷消耗最大的莫过于各系神晶，金甲尸和韩家这么多年从各大神域不惜一切代价购买收集过来的神晶，在这短短大半年时间已经消耗了一大半。

所有得到水晶圆球的韩家人，因为境界的提升都开始吸收神晶的力量来凝聚自己的神力，每隔一段时间就有人境界突破，由于神晶昂贵之极，就连韩家和金甲尸都没有聚集多少，这么一来自然开始不够用了。

艾米丽、斯塔索姆这些人能够从韩硕手中得到盛放各系力量神魂的水晶圆球，五行甲尸自然也从韩浩手中得到了这种好东西，韩家核心成员说多不多，说少也不少，许多人修炼同一种力量奥义，神晶变得越来越少。

尤其是死亡、暗黑两系的水晶圆球，早在两个月之前就已经消耗一空了。

如此一来，在魔隐谷的众人陷入了一个尴尬的境地，因为水晶圆球的存在他们境界上面足够了，却没有足够的神力来支撑他们提高突破境界。

明明可以用神力来突破新的境界，却始终处在这个境界不能够更进一步，他们渐渐地有些焦急了……

神力的凝聚不是一蹴而就的，这是一个日积月累的过程，虽然魔隐谷的元素浓郁度比别的地方已经提高了很多倍，但对这些境界达到的韩家人来说，还是觉得度太慢了。如果没有神晶的补充，光凭在魔隐谷对神力的修炼凝聚，他们想要突破一个境界至少需要几十年，甚至几百年的时间！

这个时间在以往来看并不漫长，因为境界不够神力再多也是无用，可是如今境界达到了，面对随时可以凭借神力突破的境界，他们突然觉得几十年的时间突然变得那么的难挨。

这些韩家核心成员，没有一个猎神存在，不过那些加入韩家的一些人，譬如戈隆的一些手下却又猎神的存在。心急的那些韩家人，开始时不时地询问那些人一些事情，在利益的驱使下似乎想要打这方面的主意。

这一天，在魔隐谷地底修炼的韩浩，终于凭借着两个上位神末期的灵魂和外出吞噬的两系神力，将两具身外化身突破到上位神末期境界。

由于他神识的无比强大，所以两个上位神末期境界的灵魂那庞大的记忆量都被他消化，作为一个能够控制自己所有内心的人，韩浩自然不用担心做个猎神控制不住自己内心的贪婪，所以他时不时地抽空出去一趟，神不知鬼不觉的拿一些修炼同系力量的神祇下手，夺取他们的神力来提升自己。

大半年时间，两具身外化身已经突破到了上位神末期境界，如此成就显然比那些韩家人要快了百倍。

"斯塔索姆，召集所有韩家的人，我有话要说。"没有急着稳固新境界，也没有尝试两个身外化身融合之后的新神之领域会达到什么地步，一等两具身外化身全部突破到新境界，韩硕立即对斯塔索姆下达了命令。

很快，魔隐谷的韩家成员全部聚集在了他的面前，艾米丽、菲碧、斯塔索姆、阿尔梅里克等人一个不差。

"我知道你们心急了，有几个都想成为猎神了。"韩硕神识覆盖了整个魔隐谷，他们的一举一动根本瞒不过韩硕，在阿尔梅里克和吉尔伯特几人身上重点巡视了一眼，韩硕沉声道："这种事情一旦开头就永远止不住了，长远来看弊大于利，一旦迷失了自己，将来即便实力提高了，也会丧失本性！你们不能够克制住自己的，只会沉沦其中无法自拔，所以，都给我记住，不准在这方面打主意！"

韩硕深知吞噬就像是毒瘾，根本没有几个人能够克制，而他和小骷髅韩浩之所以例外，那是有着特殊原因了。

"主人，那，那怎么办？我现在只要有足够的神力支撑，我可以立即突破的！"吉尔伯特向来又话就说，哭丧着脸说。

"放心吧，我早有定计！"韩硕瞪了吉尔伯特一眼，自信道。

第九百三十二章 她是我的人！

们不可以直接吞噬神力为己用，不过韩硕却有办法将力收集储藏起来，中和一些特殊的药材炼制成和神晶效果类似的丹药，神力含藏在丹药里面，他们就不用担心成为猎神了。

"这方面我会想办法，总之，绝对不能够和那些猎神一样！"韩硕对待他们一向宽容，不会限制他们的行动，但这一次和以往不同，所以难得严肃起来。

吉尔伯特等人原本就犹豫不决，也明白一旦踏入猎神领域，再想抽身就会那么容易了。一听说韩硕有办法帮助他们，自然不会再在猎神方面多费心思了，于是一个个点头答应，保证不会在这方面费工夫。

"好，你们继续深研我给你们的水晶圆球中的灵魂记忆，先将他们对于力量奥义的体悟弄清楚了。

在这一段时间内，暂时都不要离开魔隐谷，不用去管谷外的情况。"韩硕点了点头。

在他的吩咐下，众人相继离去，这些韩家成员心中明白韩硕这都是为他们着想，回去之后不再费心思考怎么提高自己的神力，还是和往常一样静心体悟水晶圆球的力量奥义。

来到地面上，韩硕将佐奇唤来，询问最近一段时间魔隐谷生的事情。

"泰尔、罗格两人常常聚在一起，他们两个笼络了混乱之地七成的各方势力领，奥索埃和瓦西斯下手太迟了，除了那些以前受他们照应的各方势力脑之外，他们并没有太大收获。存在混乱之地的众多势力，七成被泰尔、罗格收拢，两成被奥索埃、瓦西斯拿下，还有一成左右的势力脑还没有决定究竟跟随……"

"这段时间在时空、命运、死亡、雷电四大神域的接壤处，不断地有猎神出没，猎杀来往地神祇，已经引起了这四大神域周围城市的注意，看样子那些猎神联盟的人应该过来了，不知道会在什么时候进攻混乱之地……"

佐奇缓缓将混乱之最近一段时间生地事情向韩硕汇报，话罢，佐奇有些惑不解，询问韩硕："之前有许多混乱之地的各方势力领，派人来此向我们示好，我们为什么不接纳他们呢？在混乱之地，我们手中多掌握一些力量，将来面对猎神联盟地时候，也会多一些竞争的本钱啊！"

不但是佐奇不解。混乱之地许多人也都不清楚韩硕地想法。泰尔、罗格、瓦西斯、奥索埃四人为了争夺那些人。明争暗斗甚至许出种种条件。希望在这个时期能够多聚集一些力量为自己所用。

只有韩硕反其道而行。不管什么人。都一律不接受投诚。弄得许多兴致勃勃想要进入韩硕麾下地各方领都非常尴尬。满心地希望被韩硕硬生生给扑灭。

高深莫测地笑了笑。韩硕道："我们韩家不需要这种凑数地力量。你放心好了。我心中有数。知道怎么样做对我们最有利。"

佐奇听韩硕这么一说。心中虽然一样非常疑惑。却也没有开口相劝。他明白韩硕这么做自然有着自己地打算。身为一个执行命令。他只需要按照韩硕地要求做事情即可。

"好了。你忙你地事情吧。"挥了挥手。韩硕示意佐奇继续为他打理来自各个方面地消息。

……

半月后，小骷髅韩浩出现在土甲尸、金甲尸为他开辟的地底宫殿，跟随他一起过来地还有温曼，和温曼的那些手下。

韩浩的猎神手下，从各个区域早先一步返回了混乱之地，有一些人已经来到了这儿，并且隐蔽地驻扎在附近的山腹中央。

韩浩回来之后，立即召集已经先回来的那些领，在一个布置好地山腹中心和他们见面。

"将消息传递出去，所有散布在各个区域的人都返回，让他们在这个地方集中起来。还有，最近一段时间暂停对各方势力出手，都给我好好克制住自己的，等这一段时间时期过了你们可以继续满足自己内心地。"韩浩等人到齐之后，开始下达命令。

以波罗为的那些一方领袖，一个个频频点头，保证在这一段时间会好好约束自己地手下。他们心里面也清楚，这段时间是混乱之地各方势力都必须要团结一致的时候，如果他们在这个时侯继续拿那些小势力下手，一定会成为众矢之地，引来所有人的声讨。

"这段时间大家把精力花在建造布置这些地方上，这儿非常隐蔽，只要好好布置起来，将来就算是联盟的那些人过来了，我们也不被动！嗯，你们几个人安排好自己的手下，不管什么结界，只要能够布置起来的，都给我安排吧，越多越好……"韩浩继续吩咐。

顿了顿，韩浩指了指跟在身旁老老实实听他讲话的温曼，介绍说："这是温曼，自己人，以后和你们一样，也是一支队伍的领。"

波罗那些人早就看到了温曼，在温曼的身上他们也都感受到了猎神身上特有的气息，知道肯定又是被韩浩收服过来的，都没有多说什么，全部点头表示明白。

温曼在旁边目眩神迷地望着韩浩，这个时侯她明白韩浩手中掌握了多么强大的力量，和波罗一样有着上位神末期实力的猎神领，石室内有三个，另外几个领也都是在上位神中期境界。

能够将上位神末期的强收服在自己的麾下，足以证明韩浩的力量和手腕了，光看石室内那些人，温曼就知道如今韩浩手中掌握的力量肯定比在龙森大峡谷的时候强大太多，即便是龙森大峡谷那些猎神领都没有被韩硕杀死，他们加起来也不是韩浩的对手。

看着韩浩身子笔直站在那儿，一脸冷酷地号一个个命令，温曼觉得这一刻的韩浩如此迷人，忍不住就想了前几天和他相拥时的场景，虽说只是一霎，可也足够温曼浮想联翩了。

韩浩一番命令下达了，瞥了一眼温曼，见温曼脸颊绯红，似乎有些走神。又看了看以波罗为的手下，现波罗这些人一个个双眸火热地盯着温曼，没来由地觉得很是不爽，仿佛自己的东西被人夺走了一样。

温曼以前脸上有两道伤疤的时候，龙森大峡谷那些猎神领都对她有着不轨之心，如今她脸上狰狞的疤痕不在，整个人绽放出令人难以抗拒的魅惑，自然会令波罗这些人心生觊~之心了。

由于韩浩一向不近人情，从来没有在这些手下面前表现出那怕一丁点儿的对女人的异样，所以波罗他们自然而然的以为韩浩和温曼的关系和他们一样，是正常的主人和下属的关系，这才放肆大胆的在温曼身上巡视。

冷哼一声，韩浩冰冷地瞥了一眼那些目光放肆的手下，酷酷地指着温曼，对那些手下说："她是我的人！谁再敢用刚刚那种目光看她，我会将他的眼睛挖出来！"

此话一出，那些刚刚还色迷迷的手下一脸骇然，再也不敢望温曼一眼。他们心中明白这个冷酷的脑虽然年纪轻轻，却是狠辣无情到令人指的地步！而且从来不会开玩笑，说要杀谁就要杀谁，绝对不打折扣！

心中惊惧的他们，也暗暗奇怪，跟了韩浩那么长时间，他们都没有现韩浩对什么女人有过特殊表示，在他们来看韩浩就是一个冰块，似乎根本没有人类应有的感情。这一次韩浩突然说出这么一番话，他们一个个都是大为惊愕，像是第一次认识韩浩一样，满心古怪。

温曼刚刚还满脸恼怒，正准备飙怒骂波罗那些人，一听韩浩突然说出这么一番话，立即大为兴奋，心中像是灌了蜜一样，媚眼摄魂夺魄的瞥了一眼韩浩，心道这家伙总算是开窍了，竟然当着那么多人面说出这种羞人的话。

"呃，原来……原来是领的女人，是我们唐突了。"波罗尴尬地讪讪一笑，急忙躬身朝着温曼行了一礼，道："抱歉，脑大人那个一向比较低调，所以……哈哈，抱歉……抱歉……"波罗之前就和韩浩关系不浅，他立即对温曼表态。

温曼听波罗这么一说，也不生气了，没有否认自己和韩浩的关系，笑眯眯地点了点头，宽容道："不知无罪，大家都是自己人，没有那么多计较的。"

韩浩冷冷地看了波罗一眼，再次哼了一声，然后才有些不耐烦地说道："好了，都下去做事情吧。

给我趁着联盟的人还没有过来，将这儿严密的防备起来，要不了多久，我们就要和他们碰面了，我不希望有人拖后腿！"

"是是是……"波罗心中又是一惊，偷偷瞥了韩浩一眼，心道这个小大人妒忌心还真重啊，只不过是和她讲了几句话罢了，竟然就立即要把我支开了。心中暗暗腹诽着，波罗和那些脑一起赶紧离开。

待到他们全部离开之后，韩浩带着温曼来到地底宫殿，对她说："走，我带你去魔隐谷！"

第九百三十三章 传道

大魔王

第九百三十三章 传道

, 隐谷。(↘→anjuan）底一个|大的修炼场。

血灵手持那一把血光四溢的阔剑。一人独战博兰兹吉尔伯特两个。韩硕端坐在一边。静静的观看着三人之间的战斗。

血灵周身缭绕着淡淡血雾。皮肤像是染了血水。一双眼眸红光慑人。吉尔伯特和博兰兹两人全力攻击。浑身力量全释放出来。也只不过才勉强抵挡住血灵汹涌的攻击。

血神经不愧为魔门密典。血灵的体又是最适合修炼血神经的"血灵之体"。在他不懈怠的修炼下将血神经修炼到极为高深的境界。面对着吉尔伯特博兰两人的攻击一缕缕血光剑上面绽放出来。逼吉尔伯特博兰兹人不的不一直后退。

韩硕一直默默的观察着三人之间的战斗。待到吉尔伯特和博兰兹两人退无可退的时候。才挥手幻化为巨掌。横布在三人中间。将他们的战斗停止下来。

"不错。看来血灵血神经的理解已经到了最精深的的步了。"韩硕点了点头。瞥了一眼有些沮丧的博兰兹。宽慰道："你修炼的弑神魔道必须要通过不断的杀才能够进。你的心境算是达到了嗜杀的的步。但是还略显不够。博兰兹。有的时候你太冷静了。这样很难在战斗中疯狂。达不到突然入魔的的步。如果你能够在每一战斗中。都顺理成章的达到入魔之境。配合你修的弑神魔道。实力至少暴增几倍。你需要在这方面多努力。"

将飞剑收。博兰兹一脸谦逊。躬身对韩硕行了一礼。道："师兄。怎样才能够令自己在战斗中入魔？"

"先使自己疯狂丧失理智。这需要敌的刺激。不过。这方面你也可以自己试着把握嗯。可以想一最让你疯狂事情。把敌人想象为自己最恨的人。战斗的时候不需要想太多。心中只要有一个嗜杀的念头就足够了。"韩硕想了一下。结-自己入魔时候的体会来指导博兰兹。

"吉尔伯特你修的魔功很大一分是磨炼灵魂的。还有就是你的身体特殊是我按锻造魔器的方来打造出来的。除本身修炼的暗黑力量以外。你要在这两个方面多下功夫。"

"主人。我已经达到上位神初期界了。我修炼的暗黑力量也和那一股力量逐渐融合了不过还是觉的不太熟练。不知道有没有办法将暗黑力量更好的和它融合？"吉尔伯特一脸颓丧。三人中数他实力最弱。他自然想更快的提高自己了。

"怎样将暗黑力和你身体的力融合。我也没有太多经验给你。还是要靠你自己啊。"韩硕修炼的魔功和三人都不一样。和血灵的血神经博兰兹的弑神魔不同。他所修炼的乃是魔门正宗。

即便两个身外身分别修炼了死亡毁灭力量。但是因为本体实在太强了对任何旁系的力量都隐隐有些排斥。三种力根本不在一个级别。所以融合的起来比尔伯特要困倍。他只是在这两种这个世界的力量的融合方面动了心思。没有和魔功融合的经验。

"主人。要不你也给我一种专门修炼魔功的力量奥义吧。我现血灵博兰兹这两个家伙专心修炼一样力量奥义进步反而比我快很多。说不定我专心致志的修炼一种力量奥义。进步会更。"吉尔伯特道。

"没有必要。"韩摇了摇头对吉尔伯特说："你暗黑力量已经修炼到了上位神初期境界。全部废掉的不偿失。而且你走的路子并没有问题。只是还没有摸着门道罢了。韩浩和你一样。也是两种力量兼修。他的进步就非常快捷。嗯。韩浩一会儿就到了。你以后和他讨教讨教。他在这方面比我还有经验。说不能够助你更快突破。"

此话一出。吉尔伯特大喜。-笑道："原来那家伙和我一样啊。好长时间没有见他了。也不知道他现在变成什么样子了。"

早在奇奥大6的时候。吉尔伯特就和小骷髅韩浩熟识了。当年在幽暗森林死亡的时候。吉尔伯特和韩浩都曾经跟随韩硕阴别人。来到众神大6以后。他已听了太多关于韩浩的事迹。早就想看看现在的韩浩到底怎么样了。

一听韩浩马上就要来了。血灵双眸异光一闪。显的极为兴奋。这段时间他一直艰苦修。自我感觉实力又有大幅度进步。他早就想见识见识韩浩的力量。只一直苦无机会。这次一听说韩浩要来。立即对韩硕央求道："师傅和韩浩战一场。"

"呵呵。没问题。只有实战才可以更快的认识自己的不足。他马上就要过来了。你不用顾忌。立即对他出手便是。偷袭什么的都无所谓。有我在这里看着。不会有什么问题的。"韩硕不但不担心。还非常高兴。马上应许了。

土甲尸金甲尸为韩浩和他那些猎神者手下建造的的底宫殿离魔隐谷相隔很久。韩硕和他之间灵魂有着微妙的感应。在这么短的距离内两人能够清晰的感觉到对方的存在。土尸当初在两个的底宫殿之间打通了一条来往的通道。韩硕父子两人都知道。韩浩往这边赶来。他当然马上就知道了。

"太好了。我早就见识见识他的力量了。"血灵大喜。他本来还以为韩硕会不允许。在他心中一直觉的自己才是韩硕外最强大的一人。自从知道韩个儿子的存在之后。就想要在力量上面压下他。

不过一次次的事实诉他。这个手非比寻常。让血灵愈加兴奋。把韩浩当成了自己最强大的一个对手。这次机会非常难。血灵绝不想轻易放过。

"马上就到了。他一进来。你就可以全力进攻了。"瞥了一眼兴奋莫名的血灵。韩硕呵呵笑道。

"血灵。不要手。波罗那种人臣服在他麾下。我想他应该比你还要强大。你要全力出手才能够逼将力量展现出来。"博兰兹眼中也有兴奋的光芒闪耀。闻名已久。次有机会见识韩浩的力量。他也很期待。

"哈哈。血灵啊。我和博兰兹虽然不是的对手。不过那个家伙可非常厉害啊。比你还要没有人性。这下子真的有趣了。我倒要看看你们两个谁更加厉害一点。"吉尔伯特哈大笑。和博兰兹一起退到韩硕那边兴奋的望着修炼场入口的方向。

几人都修炼到一定的境界。加上浩过来的时候并没有隐藏自己的步伐和身上那股淡淡的煞气。他们清楚韩浩马上就会过来。都有些迫不及待了。

。

"主人在里面呢。"佐奇将韩浩带修炼场入口：。轻声道。

佐奇是少数几知道韩浩和韩硕之间关系的人。这些年来佐奇负责和韩浩的人交换消息情。他比谁都楚这个年纪轻轻的少年这些年做了多人令人骇然的大事。以毫不客气的说如今乱之的。除了韩硕泰尔罗格奥索埃瓦西斯这五人之外。这个少年手中掌握的力量最强。

从某些方面来。冷酷无情的韩浩甚至比奥索埃瓦西斯几人还要难惹。

所以。即便没有他和韩硕这一层父子关系。对待韩浩的时候。佐奇依然心生尊敬。

混乱之的就是一个强者为尊的的方。在这里强者理所当然的受到所有人的尊敬。佐奇也是其中一份子。当然也不例外。

"温曼。你先留在外面。"站在修炼场入口处。浩皱眉头。对温曼吩咐道。

"知道了。"温曼温顺的点头她心里面有些忐。一路上一颗心不的跳动。总觉的韩浩的举动似乎暗示了什么。都有些不太敢面见韩硕这"长"了。

以韩浩如今的修为。未靠近这里就感觉到了修炼场内有一股针对他的淡淡力量。在灵魂技巧敏锐的韩浩面前。所谓的偷袭绝对收取不到什么效果。即便修炼场内的血灵已经心翼翼的隐藏自己的力量了。但是他灵魂对韩浩的锁定是让韩浩察觉到了。

在修炼场内。韩浩能够感觉到父韩硕的存有韩硕在那儿他相信那人应该不是仇敌。而且他也相信自己完全可以应付。不过温曼实力只到上位神初期境界。他怕温曼跟着他会受到波及。所以才让温曼在外面等候。

温曼一在原的站住。韩浩就不在犹豫了。那一根三长的骨刺突然出现在右手掌心。一阴冷森寒的气息从骨刺中隐隐外露。煞气惊天而起。令旁边的佐奇心中一惊。不明以的喝道："浩少爷。你？"

"别担心。只是有人想和我比斗。不-事的。"对佐奇解释了一句。韩浩终于踏步走进修炼场。

一入修炼场。漫天血光猛的袭来。像是一片片血色尖刀。浓浓的刺鼻血腥味散布在整个修炼场内。赤着双眸的血灵。提着那把血剑从天而降。在道道血光中向了韩浩。

第九百三十四章 碰撞

灵实力突飞猛进，这一全力出手，声势果然浩大惊人

小骷髅韩浩一见漫天都是血光，一个赤红着双眸的少年杀气腾腾地从天而降，也不显慌乱，手中那根骨刺一挑，阴冷邪恶的力量蓦然由骨刺之中爆射出来，将那漫天血光瞬间击散。

紫魔眼邪光一闪，一个巨大的白骨囚笼突然成形，狰狞的骨笼尖刺森寒，就挡在血灵飞降下来的方向，等候着血灵的自投罗网。

血灵心中悚然一惊，终于认识到下面那个一脸冷酷的少年实力多么恐怖了，不但在举手投足之间破去了他由体内血气凝聚的血色锐光，还有闲暇利用死亡力量形成白骨之笼挡住他。

本就全力出手的血灵面对韩浩这个强大的对手，似乎被激起了所有的潜力，赤红的双眸中甚至溢出了两缕淡淡的猩红血迹，不但如此，他脸颊也像是充血过度一样，一眼望去似乎鲜血淋漓，显得极为妖邪。

这是血神经催到极致的征兆！

旁边观望的韩硕，一见血灵脸上出现异状，眉头突然深深皱了起来，暗暗提防着，准备在关键的时候出手。

脸上异状一起，血灵身上恐怖的血气凝为实质，漫天血雾汇聚成一个血色手掌，在血灵之前猛地按在小骷髅韩浩以死亡力量形成的白骨囚笼上面。

"嘎吱！"

白骨囚笼应声爆碎，骨屑像是雪花一样飘散开来。

"咦！"韩浩似乎有些惊奇。紫魔眼异光一闪而逝。紧紧盯着气势暴涨了几倍地血灵。变得有些兴奋了。

他感觉得到血灵修炼地力量极为特殊。绝对不是这个世界上现有地力量体系。在血灵身上他感觉到了那股子修魔特有地"煞气"。心中好奇地韩浩在血灵将体内地潜力全部催出来以后。终于觉得血灵可堪一战了。

手中骨刺一晃。一声声鬼哭狼嚎地惊天厉啸从中响起。似乎成千上万个生灵挣扎。那白皑皑地骨刺瞬间成了墨灰色。骨刺上面浮现出一张张狰狞可怖地面孔。这些凶魂都被骨刺束缚着。此时一个个剧烈扭动起来。似乎想要脱离骨刺地永恒束缚！

"去！"猛地一掷。骨刺冲天而起。带着摄魂夺魄地可怖厉啸。骨刺尖端乌光阴森。囚禁在骨刺中地凶魂凝聚成一张獠牙密布地大口。狠狠地咬向了血灵。

"吉尔伯特。好好看着。仔细体悟韩浩在骨刺上面施加地力量！"韩硕轻喝一声。提醒只是兴奋盯着血灵地吉尔伯特。

吉尔伯特猛地一惊。这才意识到小骷髅韩浩修炼地力量奥义才是他应该学习地。马上将注意力集中。全神贯注地将灵魂落到小骷髅祭出地骨刺上面。

这么一看，吉尔伯特满脸骇然，因为他从那骨刺上面感受到了上千个凶恶厉魂的存在，那些凶魂带着嗜杀、怨恨、无穷无尽的绝望和不甘，这些力量和死亡力量汇聚在一起，形成了一股极为特殊极为恐怖的新地力量。

吉尔伯特灵魂只是感受了一下，就有种灵魂都要被吸扯进去的不妙感。妈的，这家伙现在光是一把武器居然都这么恐怖，这下子血灵要倒霉了！吉尔伯特心中大惊。

吉尔伯特心中的念头才一浮现起来，果不其然，那根囚禁着上千凶魂的骨刺张开的可怖巨口，已将猝不及防的血灵给吞入其中。

霎那间，血灵整个消失不见，修炼场上空只剩下一杆变形了的巨大骨刺。那根骨刺像是成了一个巨大地蚯蚓，不断地蠕动着身体，一个个凶魂从上面浮现出来，在冰寒阴气中飞快的滚动着。

吉尔伯特、博兰兹等人看的清楚，血灵已被那根骨刺吞入里面，因为那骨刺内部依然有着道道血光闪现出来。

看得出来，血灵在其中并没有立即失去反抗能力，那道道血光说明他还在剧烈的挣扎，试图从韩浩的骨刺中逃脱出来。

不过，很显然韩浩地力量远远强过血灵，任凭血灵在里面如何挣扎都似乎只是无用功，上面成千凶魂由于没有实体和鲜血，根本不受血灵体内血气的影响，纠缠着血灵使他根本没法冲出来。

渐渐地，血灵地力量似乎被消磨殆尽，那杆变化为魔物的骨刺内不再有血光闪现。直到这个时候小骷髅韩浩才伸手，食指曲起做了个怪异地手势，然后，猛地一弹！

还在蠕动着的骨刺，像是炮弹一样将血灵喷射出来，落地之后地血灵一脸狼狈，眼中赤红的光芒不在，看样子在里面已将体内的力量消耗了大半，再也不能够对韩浩形成什么威胁。

从始至终，韩浩都没有像血灵动干戈的疯狂攻击，而是站在原地一动不动，光凭身一样魔器骨刺，就将把血神经催到极致的血灵轻描淡写的拿下，看起来似乎还没有使出全力。

至此，谁强谁弱，一目了然。

血灵气息不平，脸色略微有些苍白，双眸紧紧地盯着韩浩，好一会儿，才点了点头，沉声道："我输了！"

小骷髅韩浩瞥了一眼血灵，没有说话，回头对站在门外的温曼说："你可以进来了。"

等到温曼小心翼翼地走入修炼场之后，韩浩才一脸漠然地对血灵："你的实力很不错，对于血液有种奇异的掌控力量，不过你对上我没用，我和一般人不一样，我身体内的鲜血只有一般人的百分之一，而且和别人的不一样，你的力量影响不了我的。"

韩浩本来就是一具骷髅，体内根本没有一点鲜血，即便是后来被韩硕以特殊方法炼造过了，骨骼之中也只含有极少几滴来自韩硕的本命精血。

后来韩浩成长到一定地步，也是以韩硕在他体内留下的本名精血为基础凝炼了一些鲜血，主要就是为了施展某些特殊魔功和锻造魔器所用，这类鲜血含有他的部分灵魂力量，由魔元力和死亡力量合起来包裹住，根本不受血灵的血神经影响。

因此，在别人身上百试不爽的血神经，对上小骷髅韩浩这种特殊的生命体根本收不到应有的效果，加上韩浩实力本来就比血灵高出一个层次，他会落败也是理所当然。

听韩浩这么一说，血灵心中好过了一些，苦笑了摇了摇头，道："我刚刚还以为你利用特殊方法将血液隐藏起来了，原来，你是根本没有多少血液啊！难怪了，我输的不冤枉，对上你，我算是倒了霉了！"

"哈哈，血灵啊血灵，这家伙本来就不是人类。你的力量可以影响所有体内有鲜血的生物，但是对他那是肯定没有效果的，你果然很倒霉啊。哈哈，韩浩这家伙根本就是你的天敌，你就认命吧！"吉尔伯特大笑，上前来到韩浩身旁，仔仔细细地盯着韩浩看了一会儿，摇头晃脑的惊呼："你这家伙，和以前怎么一点都不像了？"

韩浩看了看吉尔伯特，点了点头，神色不在那么冷漠，淡淡道："你倒是和以前还是一样，没什么变化。"

"上次谢谢你了，要不是波罗的出手相救，我们三人一定非常难办。"博兰兹突然开口，一脸诚恳。

"自己人，不客气。"韩浩瞥了一眼博兰兹，随口答了一句，看来应该是没有将那件事放在心上。

这个时侯温曼跟着韩浩来到了韩硕面前，脸蛋泛红地躬身朝着韩硕行礼，真心诚意道谢："谢谢你，不但帮我治好了脸上的疤痕，还让我到了这儿。"

温曼这么一说，韩硕立即猜测温曼一定知道自己假借韩浩的名义邀请她来混乱之地的事情，不过看温曼的样子不但一点没有怪他的意思，似乎还非常感激，心中一动，韩硕点了点头，道："韩浩这家伙在某些方面比较生疏，但我想他的成长应该需要一些特殊事情的激化，要不然他就不是一个完整的人，温曼，你知道我的意思吧？"

韩硕话说到这个份上，以温曼的聪慧显然知道他指的是什么方面了，心里面暗暗窃喜，温曼连忙点头，偷瞥了韩浩一眼，低声说："我知道的……"

"那就好，以后在那些方面还请你多多费心了。"韩硕满意地呵呵轻笑，旋即对小骷髅问道："你来魔隐谷有什么事情？"

"温曼先留在这儿，我那边不太安全。"小骷髅想了一下，再次说："还有，我得到了死亡力量的神格碎片，想和父亲探讨一下。我知道魔隐谷有着父亲耗费力气布置的重重魔阵，我只有在魔隐谷钻研神格碎片的秘密，才能够确保不被那个家伙现位置。"

此话一出，韩硕有些愕然，他还是第一次听说神格碎片的事情，当即皱眉道："说清楚一点，什么是神格碎片，你怎么得来的？还有，你在顾忌谁？"

修炼场内的博兰兹、血灵、吉尔伯特还有温曼都不是外人，小骷髅并没有刻意隐瞒，将自己在亡灵界得到亡魂碑的事情，还有自己对于亡魂碑的认识向韩硕详细地讲述了一遍。

待到小骷髅讲完，韩硕一脸骇然，凝重地对吉尔伯特道："记住，此事绝对不能够对任何人透露！"韩硕深知吉尔伯特最喜欢乱说，立即叮嘱他。

第九百三十五章 层层封锁

尔伯特被小骷髅的话惊诧住了，韩硕这么一说，他了事情的严重性。当即一脸正色地保证："我不会向任何人透露！"

神格碎片，曾经盛放主神神格的容器，如此珍稀贵重的物品令听闻此事的人全部都是满脸惊骇，尤其当他们听说神格碎片一些奇妙的作用之后，心中之惊奇更甚，看向韩浩的目光也多了几分羡慕和钦佩。

血灵、吉尔伯特、博兰兹等人都修炼了韩硕赐予的力量奥义，虽然一样非常震惊，但还不是特别厉害。温曼这个众神大6土生土长的女人，次听闻神格碎片的存在，她比其他人都要惊诧，看向韩浩的目光异彩连连，真不知道韩浩为什么会有那么多神奇的秘密。

"照我看，亡灵界之所以能够吸引来自各大位面的灵魂力量，拥有比奇奥大6浓郁许多的死亡元素，恐怕和这一块神格碎片脱不了干系。"韩硕一脸凝重，道："照你这么说，那个人应该是死亡主神无疑了，还好你不用神格碎片的时候他不能够感觉到你的存在，要不然你在龙森大峡谷的时候，就被他找上门了。"

神格碎片的特殊用途让主神有心结，韩硕相信一旦死亡主神知道这一块神格碎片就在韩浩身上，一定会不惜一切代价过来将韩浩杀死，要么夺取神格碎片，要么毁掉神格碎片，绝不会给自己留下隐患。

"在我实力不够强大的时候，我不能够通过亡魂碑聚集死亡元素，只能够通过上面的碑文更深刻的认识到死亡力量。后来我达到上位神境界了，通过亡魂碑我时时刻刻都能够感觉到在死亡神域的那个人，本能地觉得他会威胁到我的生命，所以我一直不敢真正使用亡魂碑！"

"上一次在时空神域和混乱之地的接壤处，达格玛突然过来，我才迫不得已将亡魂碑的力量释放出来。在那个时候，我立即就现死亡神域的那个人过来了，这证明了我的猜测没有错⋯⋯"小骷髅韩浩皱着眉头，将自己对于亡魂碑地理解仔细描述了一遍。

"我再检查一下，确保魔隐谷所有阵法都开启之后，过一会在修炼场内我们再重新布置一番。等一切就绪之后，你就在这里用心体悟那神格碎片的用途，如果你真能够将神格碎片地力量奥义掌握，再和你修炼的魔功融合起来，我相信有朝一日，你真的可以取代死亡主神，夺取他体内的神格！"韩硕沉喝一声。

顿了顿，对小骷髅韩浩吩咐道："吉尔伯特修炼的力量和你差不多，也是走这个世界地力量和魔功融合的路子。嗯，他没有那么好地资质，也没有那么快的进步，你先指导指导他，等我将一切就绪了过来。"

韩浩点了点头，瞥了一眼兴奋地吉尔伯特，道："你有什么问题，就问我吧。只要我知道，我都可以告诉你！"

吉尔伯特大喜过望。立即来到了韩浩身旁。将自己关于暗黑力量和体内魔功交融地一些不解之处说出来。希望韩浩能够为他解惑。

在这方面小骷髅韩浩地确比吉尔伯特走地远。死亡力量和体内魔元力地融合已经达到一个极为高深玄奥地境地。困惑吉尔伯特那些难题他也曾经遇到过。早已经有了经验。同为韩家人。他对吉尔伯特没有隐瞒。详细地将自己地经验说出来。

血灵、博兰兹、包括温曼也凑了上来。他们三人修炼地力量体系虽然和吉尔伯特不同。但力量上面总有一些互通地地方。韩浩地讲解包括了一些自己对于魔功地理解。对血灵、博兰兹也有好处。所以他们也认真地听了下去。

眼见几人都谦虚地听着小骷髅地讲解。韩硕暗暗点了点头。笑着从这个修炼场内离开。瞬间来到了魔隐谷外面。

站在那个修刻了万魔鼎图案地圆台。韩硕和鼎灵沟通："以魔隐谷如今地防御力。能不能够阻挡主神地窥视感应？"

"没有问题。"鼎灵非常有信心。很肯定地回答。

"我是说，那种拥有神格的主神。"韩硕一愣，才意识到自己没有表达清楚，又补充了一句。

鼎灵忽然沉默了下来，过了一会儿，才回答："你是指拥有这个世界一系最本源力量的那种神？"

"不错。"韩硕答道。

"单靠我的力量，恐怕抵御不住，如果有你的帮助，应该就没什么问题了。"鼎灵犹豫了一下，给出了韩硕这么一个答案。

"那好，先将魔隐谷所有的魔阵全部开启。然后我们合力，将力量施加在那些防止灵魂探索面，我会分出一部分神识和力量帮助你，共同来的神魂窥视！"韩硕想了一下，对鼎灵吩咐道。

万魔鼎收到了韩硕命令后，就从他体内飞逸了出去，慢慢地沉入整个魔隐谷的中心枢纽—那个有着它图案的圆台内。

韩硕见万魔鼎沉入里面，也在原地盘坐了下来，将一部分神识和万魔鼎呼应，把体内的魔元力灌注到下面的万魔鼎。

与此同时，修炼毁灭力量的身外化身从本体飞了出来，观察了一下整个魔隐谷渐渐变浓的雾气，感受了一下逐渐增强的力量，点了点头，这个修炼毁灭力量的身外化身遁入了地底宫殿，返回了小骷髅韩浩等人所在的修炼场。

这个时侯，小骷髅韩浩在吉尔伯特的询问下，正在专心致志的讲解自己两系力量融合的经验。除了吉尔伯特外，博兰兹、血灵、温曼三人也是聚精会神听着，都是一副若有所思的表情，看样子似乎从小骷髅韩浩的讲解中有了一些体悟。

韩硕见他们一个个都很认真专注，倒是没有出言打搅，就站在外面一言不，也听着小骷髅对于力量奥义的认识和理解。

小骷髅所走的路子和他不同，由于他当年从韩硕脑海中继承了一部分魔功记忆，加上他的生命形态和韩硕不一样，所以他不像韩硕那样一步一个脚印修炼了最正统的魔门秘技。

不过小骷髅那特殊的生命形态似乎也有好处，因为他本身就是由亡灵界的亡灵生物，所以在死亡力量的修炼上得天独厚，进步之快一般人类的想象。与此同时，他也没有放下对于部分魔功的修炼，又因为他的生命磁场特殊，同样的魔功他修炼出来和韩硕却有很大差距，不能够将魔功的力量最大程度的挥出来。

如果这样下去他的成就不会太高，好在小骷髅资质非凡，竟然将死亡力量和魔功融合起来，走出来一条属于自己的独特道路，实力一路突飞猛进，成了韩硕之下韩家最强大的一人。

在他的讲解下，吉尔伯特一脸兴奋，似乎许多问题都在他这里得到的答案。过了很久，吉尔伯特嚷嚷道："打住，打住！"在韩浩的诧异的目光注视下，吉尔伯特有些不好意思地解释："你说的这些已经足够我理解很久了，再多我恐怕就接受不了了。境界不够，你后面讲的我也听不懂，还不如暂时不听，等境界达到了再来向你讨教。"

韩浩点了点头，淡然道："好。"

门前听了一会儿的韩硕心中也是暗暗点头，贪多嚼不烂这个道理人人都懂，不过真正做起来就不太容易了，吉尔伯特面对更多的诱惑能够认清自己的位置非常不容易，这说明他比以前在奇奥大6的时候成熟多了。

"血灵、博兰兹、吉尔伯特，嗯，还有温曼小姐，你们到修炼场外面观看，先不要进来。"韩硕吩咐了一句，先用心神招呼五行甲尸过来，再对博兰兹等人解释："那神格碎片韩浩钻研起来可能会有些不受控制，这里多一股力量多一丝生息都有可能产生不妙的影响。"

"明白。"博兰兹点头，他知道留在修炼场内可能会影响到小骷髅，第一个走向外面。

血灵、吉尔伯特两人也没有犹豫，跟在博兰兹身后有说有笑地走了出去，只有温曼有些担心韩浩，从他知道韩浩胸口的亡魂碑是什么东西的时候，心中震惊的同时就非常不安了，因为他从韩浩的口中知道了可能会有真正的主神对他不利，拥有神格的主神在众神大6简直就是无敌的存在，所以温曼害怕，害怕小骷髅有事。

眼见温曼依依不舍地望着自己，小骷髅皱了皱眉头，心里面又升起一种莫名的情感。感受了一下从内心深处涌出来的特殊情感，小骷髅声音难道的轻柔起来，宽慰温曼道："有父亲在，不会有事的，你出去吧。"

温曼最受不了小骷髅这偶尔显露的柔情，闻言温顺地点了点头，说了一句："你要小心。"然后就默默地离开了。

温曼出去没多久，五行甲尸闻讯而来，一个个高兴地和小骷髅打招呼。

"你们五个站在修炼场五个角落，把天尸五行大阵布置起来，隔绝一切外来力量的窥视！"韩硕纷纷了五行甲尸一句，待到他们站好之后，对小骷髅沉喝道："好了，你可以拿出亡魂碑，来体悟上面的力量了。"

第九百三十六章 父子合力

围有韩硕本体和万魔鼎坐镇，修炼场内再加上五行甲天尸五行大阵，韩硕相信在这儿小骷髅就算是将亡魂碑祭出来，死亡主神也难以察觉到魔隐谷的动静。

魔隐谷忽然刮起了一阵森寒的阴风，在重重迷雾中一道道肉眼难见的影子在谷内四处穿梭，聚集在各个魔阵的主要关口处。

一缕缕神识分散开来，散落在魔隐谷四面八方，形成了只有灵魂才能够感应到的奇异结界，抵挡外来一切灵魂力量的窥视。

修炼场内，在五行甲尸的力量下，红、黄、金、白、绿五道光芒四处飞舞，来自五行甲尸体内的力量充斥在四面八方，将修炼场内别系的元素力量全部排斥出去。

霎那间，由五行甲尸盘坐在五个角落的修炼场像是成了一个新的空间，门口博兰兹、血灵、吉尔伯特几人明明能够看到修炼场内的状况，却有一种隔了无穷远距离的荒谬感。

仿佛，存在面前的那个修炼场已经不是众神大6的一部分，成了水中幻影一样不真实。五行甲尸、小骷髅、韩硕明明近在咫尺，他们却不能够感觉到几人身上的分毫气息，闭上眼睛的话，他们会现面前一片空旷飘渺，似乎什么都没有。

"五行甲尸的力量将修炼场彻底笼罩，已经打破了空间法则的梏，这一刻，修炼场就是脱离了众神大6的另外一个小位面。看起来他明明就在这儿，可它已经不再是众神大6的一部分了！即便是主神，想必也很难感受到里面的动静！"博兰兹满脸震惊，感受着前方修炼场的变化，缓缓道。

血灵、吉尔伯特听博兰兹这么一说，都是一脸骇然，真没有料到五行甲尸形成的大阵竟然有着如此奇妙的作用。在五行甲尸中央，简直就像是凭空重造了一个空间，这种手段恐怕也只有得到空间法则神格的主神才可以实现。

温曼心中的惊讶更甚，相比较血灵、博兰兹三人来，她对韩家地情况所知太少了，也不知道魔功的神奇作用，眼见没有修炼任何空间力量的五行甲尸，在合力之后似乎将修炼场从众神大6脱离出来，她一时间精神恍惚，有些分不清这是不是自己产生的幻觉了。

"血灵、吉尔伯特，嗯，还有温曼，我们往后退一些！"博兰兹轻喝一声，急忙解释："这个时侯修炼场既不稳定，我们这个门口就是它和众神大6仅存的一丝联系点，一旦韩浩在里面做出什么举动影响了这个空间变化，我们当其冲会受到波及。一个不慎，就有可能被空间裂缝扯进去，不知道流浪到什么地方！"

博兰兹这么一喝。温曼慌忙后退。就连一向胆大地吉尔伯特也吓出了一身冷汗。迅地和博兰兹并齐。生怕会受到修炼场边缘那不稳定力量地影响。

修炼场内。韩硕这一具修炼毁灭力量地身外化身细心感受了一下充斥在周围地力量。眼看着五行甲尸地五股颜色各异地力量渐渐融合在一起。觉得应该没有什么问题了。才对小骷髅点了点头。道："可以了。"

原地盘膝坐了下来地小骷髅。双眸慢慢闭上。胸口突突跳动着。过了一会儿。神格碎片亡魂碑一点点从他胸口飞逸出来。浮在小骷髅面前一米处地半空。

亡魂碑一出。修炼场内本来已被五行甲尸合力驱除地死亡元素。忽然间又满溢了。也不知道那些死亡元素究竟从何处而来。通过修炼场边角空间缝隙猛地涌入。朝着中央地亡魂碑聚集。

"不好。那亡魂碑力量果然特殊。竟然可以通过空间缝隙来吸收游离在位面夹缝内地死亡元素！"韩硕惊喝一声。对五行甲尸道："施展出全力。堵住那空间缝隙。任由那些死亡元素汇聚进亡魂碑内。一定逃不过那家伙地感应！"

五行甲尸也知道事态地严重性。纷纷将体内地力量释放出来。一道道五色光芒汇聚在修炼场地上面。融合在五颜六色地气团当中。让天尸五行大阵地力量更加集中。将所有可能存在地空间缝隙堵住。

与此同时，在魔隐谷中心盘坐地韩硕本体，那分化在各个区域的神识也感应到了谷内死亡元素不寻常地流动，通过修炼场边缘缝隙迅涌了进去，度之快乎他的想象。

心中一沉，韩硕神识化为一层薄膜挡在地底修炼场外面，魔隐谷内飞啸地魔头受着韩硕神识的牵引，也纷纷盘踞在那一层薄膜上面。成千上万地魔头一落入薄膜上面，本来无形的薄膜成了墨黑色，像是一个罩子从外面将修炼场给整个裹了起来。

"是师兄的力量！"博兰兹后退到一个安全的距离，看着外围多了一层黑色物质的修炼场，当即轻呼出声。

血灵

伯特两人跟随韩硕多年，也从那黑色物质上面感受的生命气息，一个个都是极为惊讶，大睁着眼睛望着那墨黑色的物质，猜测究竟是怎么一回事。

……

同一时间，混乱之地最外围的一个瀑布处，内斯特双眸突然爆射出奇光，望向了混乱之地的深处。

　　内斯特感觉得到，在那混乱之地深处忽然逸出了一缕自己非常熟悉的力量，他立即肯定拥有神格碎片的那个人又再次动用了神格碎片，内斯特马山就准备过去回了对方。

　　不过，内斯特才准备动身，忽然现那一缕熟悉的死亡气息似乎被什么力量给遮住了，让他立即失去了感应力。

　　"奇怪……这是怎么一回事？为什么又忽然消失了呢？"内斯特有些疑惑，他比谁都清楚死亡系神格碎片的奇异，除非持有不使用它，否则一旦使用那上面的本源力量绝不能够掩饰掉。

　　皱眉思量了一下，内斯特也没有弄清楚个所以然，根据刚刚自己的感应，朝着大致的方向行去。

　　……

　　神格碎片一旦使用，一般的力量绝难掩饰掉，可是韩硕和五行甲尸万魔鼎使用的力量，根本就不属于这个宇宙。在魔功玄奥力量的作用下，就算是神格碎片那本源的力量也被暂时掩饰住了，这也是为什么内斯特会突然现自己失去对神格碎片感应力的原因了。

　　千丝万缕神识和成千上万魔头的力量聚集在一起，形成一层强力的防御膜罩住修炼场外围，里面五行甲尸的力量将修炼场脱离众神大6，终于将修炼场中心来自小骷髅体内神格碎片的力量给掩饰掉了。

　　"好，保持下去！"修炼场内，修炼毁灭力量的韩硕身外化身喝道。

　　这个时侯，没有了后顾之忧的小骷髅放手探察神格碎片的秘密，背后七根骨刺轻轻颤抖，紫魔眼内光芒熠熠盯着悬浮在面前的亡魂碑，眼瞳内隐隐有着奇妙的碑文显现出来。

　　一直以来，由于小骷髅本能的感应到有个强大的威胁始终存在着，所以从来不敢全力来感受亡魂碑的秘密和力量。这一次不同，有韩硕和五行甲尸照应着，小骷髅知道自己放心大胆地放手一试，看看能不能将亡魂碑的力量和死亡奥义尽数掌握。

　　一缕缕奇异的碑文从他眼中浮出来，慢慢地逸入亡魂碑中央，渐渐地，本来只有拳头大小的亡魂碑又开始变大了，只是一会儿的功夫就有十几米高大，碑面上皑皑白骨森森，奇异的碑文有生命似地慢慢移动着。

相比较巨大的亡魂碑而言，此时的小骷髅显得非常渺小，不过小骷髅一点没有惊慌失措，背后七根骨刺一下子暴突出来，竟然直接黏在了那巨大的亡魂碑之上。

突然间，七根骨刺同时传来惊天动地的鬼哭狼嚎声，不甘心的绝望，临死之前的恐惧、呐喊、疯狂，无穷无尽的怨恨气息充斥在七根骨刺之中，也不知道这些年小骷髅究竟杀了多少人了。

在小骷髅的瞳孔中，有着密密麻麻的碑文在游动着，和面前的亡魂碑互相映照着，似乎形成了某种玄奥无比的联系。

"咔咔……咔咔……"

亡魂碑还在变大，碑顶撑在修炼场上方，令整个修炼场传来可怕的声音，仿佛在亡魂碑的力量下，修炼场随时都会被撑破一样！

五行甲尸此时一个个无比凝重，脸上已有汗渍显现，看样子一个个消耗颇大。

"父亲，怎么办？一旦修炼场被撑爆了，这个空间将会立即崩塌。我们和众神大6之间的联系会被切断！"金甲尸心灵和韩硕传讯。

韩硕明白金甲尸意思，一旦修炼场被亡魂碑撑破了，这个由五行甲尸合力构造的空间就会爆碎，到时候他们要么在空间爆碎中粉身碎骨，要么被空间爆碎的力量送到不知道多么遥远的星际，能不能够重回众神大6谁也不知道。

韩硕试着和小骷髅联系，却现小骷髅的灵魂已和亡魂碑纠缠在一起，似乎渐渐地和亡魂碑开始融合了。在这个过程中，小骷髅根本不能够有一点分心，否则后果不堪设想！

犹豫了一下，韩硕对五行甲尸道："这是他最关键的时候，我们继续撑下去，不要强行用力量压制亡魂碑，以免造成连锁反应！"

"嗯！"五行甲尸立即回答，他们五人维持这个空间这么久已经不易，在亡魂碑的撑力下更显艰难，如果修炼场内的不是韩浩，他们绝不会毫不犹豫的答应下来。

这样做，意味着他们可能会被空间爆碎的力量轰成粉身碎骨！

第九百三十七章 融合

大魔王

第九百三十七章　融合

韩硕的吩咐下。行甲尸继续苦撑着修炼场。保持被亡魂碑的力量给硬生生的撑破。

因为担心会引起小骷髅的连锁反应。五行甲尸没有将力量施加在亡魂碑上面。根本没有止亡魂碑上面力量对整个修炼场的影响。韩硕千丝万缕的神识带着，头的力量依附在修炼场边缘。艰难的防御着一丝一毫亡魂碑力量的外泄。

不论是五行甲尸还是韩硕。由于亡魂碑的不断的变大都面临着凶险危机。一旦那亡魂碑的力量真的撑破修炼场顶部。维持修炼场的力量会立即混乱造成空间爆碎。到时候不但五行甲尸会直接面临空间崩塌的冲击。韩硕的神识也将遭受极大的创伤。

可以说。这个时侯硕和五行甲，是将自己的性命交到了小骷髅的手中。

但是正全力融合亡碑力量的小骷髅。似乎并不清楚此时的形势有多么危机。他所有的灵力量都和亡碑纠缠在一起。暂时感应不到韩硕心中的急迫。眼瞳内碑文闪耀。死死的盯着那白光灿灿的亡魂碑。

即便没有一丝来的力量可以进来。亡魂碑还是在不断的变大。继续撑着维持这个空间稳定的修炼场。

"咔咔。"

头顶传来一声声令人毛骨悚然的嘎吱声。五行甲尸一个个满头大汗。竭力不让自己分心。使出了浑身的解数来拼命抵御。

韩硕神识不断的分化。凝聚在亡尖端抵着的区域。几个魔头为了防止会有力量泄露。不的不用灵魂去填。

"吱吱。"

一缕缕轻烟在那亡魂碑上面冒来。这意味着一条条魔头抵御不住已灰飞烟灭。灵魂的力量彻底消失在了天的之间。

五行甲尸和韩硕都心中颤颤。怕下一刻亡魂碑的力量突然加大猛的将修炼场上面撑破大家一起完蛋。

在满心忐忑当。忽然。亡魂碑的力量生异变其中清晰的传来了小骷髅灵魂的波动。像是亡魂碑有了小骷髅的灵魂一样。给了韩硕五行甲尸一种奇异的觉。

与此同时。一点，力的亡魂碑逐渐收敛了力量。并且开始慢慢的缩小。

提心吊胆的五行甲尸和韩硕同时松了一口气。他们心中明白亡魂碑一缩小修炼场就不会-出现问题。他们也不必继生恐惧担心下一刻这个维持的空就会爆碎开来。

不断缩小的亡魂碑面密密麻麻碑文缭绕在小骷髅身侧。亡魂碑在缩小到和小骷髅差不大小的时候。突然像镜子一般猛然碎裂。碎裂的亡魂碑成指甲大小全部盘踞在了骷髅的身上。

亡魂碑的碎片带着异的力量。透了小骷髅的体直接没入他心腹骨骼处。小骷髅双眸邪异的光芒一闪。像是突然从沉寂中醒来。整个人手舞足蹈的在修炼场内跳动起来。

"嘎吱。嘎吱。啪啪啪。啪啪啪。"清脆的声音不迭从小骷髅身上传来。他就像是被敲碎了一根根骨头一般。身子一会儿软如棉花。一会儿不正常的挺直。一个个奇异的碑文皮肉内浮现出来像是水中的游鱼偶尔跳跃水面。显的极为诡异。

"父亲。怎么回事?"金甲尸急忙询问韩"亡魂碑的力量被打散了。那些碎片不断的分裂融入了他的骨骼当中。我不敢肯定这是不是韩浩自己的愿。但我相信这对他有益无害不用担心。"韩硕身外化身紧紧盯着骷髅沉声解。

他感觉到。亡魂内的本源力量和小骷髅融合了碑文深深的印在了小骷髅的皮肉当中。而碎片却钻入了小骷髅的骨头。和他的骨骼成了一体。

手舞足蹈了。小骷髅突然海绵一样倒在了的上。静寂。一动不动。

在他皮肉上面活跃的碑文不再乱窜。似乎也随着小骷髅的静寂停止了下来。只有他的身体内还传来断断续续的清脆声响。听起来令人觉的有些头皮麻。

修炼场外面。温曼一脸凄然的捂着自己的嘴唇。泪眼婆娑的望着修炼场内倒在的上的小骷髅。这一刻。温曼心中之伤凄比当年遭受的伤害还要深。她在外面感觉不到修炼场内任何的气息。所以他根本不知道小骷如今的变化对他益无害。

不能够感觉修炼场任何状况的不止温曼一个。就连博兰兹血灵吉尔伯特三人也能够光凭眼睛来看。从外面来看。亡魂碑突然爆碎。那碎片全部**小骷髅身体。令他疼痛的扭着身子剧烈挣扎。直到承受不住亡魂碑的力量不支倒的。

无

到亡魂碑和小骷髅体内骨骼皮肉融合的他们。理所认为小骷髅是遭受了亡魂碑的反噬。如今已经奄奄一息了。

"不。不要。"温曼一脸凄。试图冲进修炼场内。

博兰兹猛的一惊。急忙伸手一把将温曼拦了下来冷静的对温曼道："我们看到的景象不一定就是事实。你千万不要冲动。你这个时侯进入了。不但帮不了韩浩。反而会被我师兄笼罩在修炼场的力量震伤。"

吉尔伯特和血灵两人也赶紧挡在了温曼前面。阻止温曼的冒然行动。这两人倒不是关心温曼的死活。而是担心她的举会破坏修炼场的稳定。这个时侯一个小的疏忽都有可能引起重大变故。他们可不希望因为温曼的冒然令韩硕受到什么伤害。

"他。他是不是经？"温曼着修炼场内的小。一脸的悲切。

博兰兹有些愕。他还真没有料到这个女人和韩浩有那么深感情。在他来看像韩浩这种绝对冷酷的生命体。应该不会有什么女人缘才对。心里面觉的很是非常奇怪。

摇了摇头。兰兹好言宽慰道：不会有事的。我们感觉不到那儿的状况。根本不知道真实情况如何另外。有我师兄在。就算是韩浩真的有什么事。也绝对不会有生危险。这一点你大可放心。"

这倒不是博兰兹狂言。他知道吉尔特就是死了之后被韩硕以大神通重塑身体复活过来的。当年在奇奥6的时候韩硕就可以复活吉尔伯特。如今他实力翻了不知道多少倍。救一个韩浩更加不会有什么问题了。

"不错。我在奇奥大6的时候已经了。后来却主人以**力给重新复活了。所以你大可放心。韩浩那家伙一定不会有什么问题的。"吉尔伯特赶紧以自身的遭遇来宽慰温曼。

"放心吧。我和那家伙交过手。他灵魂力量之强简直难以想象。我想就算是他**粉身碎骨。他的灵魂也能够安然无恙。只要灵魂不死。师傅有的是办法将他复活。"和骷髅交过手的血灵。也插言了一句。

给博兰兹吉尔特血灵三人连番安慰了一下。温曼虽然有些半信疑。但情绪至少已经渐渐稳定了下来。不再嚷着要死要活的了。

就在这个时侯。过他们这个角度。他们清晰的看到倒的不小骷髅指头轻轻弯了弯。

。

锁反应一般。接着是小骷髅的手腕手臂脖颈腰肢。浑身似乎一下子重新恢复了力。猛的长身而起。一边扭着脖颈一边活动着筋骨手臂。脸上还有些好。"靠。这家伙真的没事了。"吉尔伯特本来还准备继续宽慰温曼。突然现修炼场的小骷髅像是没事人一样。活蹦乱跳的站了起来。忍不住立即惊呼出声。

"我就知道。他不能那么容易死亡。"血灵惊讶了一下。喃喃自语道："看来。那神格碎片已经真正和他融为了一体了。他的实力应该变更加强大了吧。这个对手。越来越难越了啊…"

修炼场内。五行甲，一起欢呼起来。脸上带着真挚的笑容。虽然身子都弹。可是一张嘴却都没有闲着。

"大哥。你没事了？哈哈。我就知道你不会有。"

"大哥。你刚刚吓死我们了。我们还以为那亡魂碑会一直胀大下去。老实说。我还真是害怕啊。要是亡魂碑的力量一下子失控了。我们非要完蛋不可了。"

"哈哈。大哥啊。你是不是把那鬼东西真正收服了。怎么样。那东西好用不好用啊。太害了。"

"。"

五行甲尸一边徐徐斥在修场内的五行力量。一边七嘴八舌的问候着小骷髅。一个显的极为兴奋欢喜。

小骷髅看着五行甲尸脸上那自内心的笑容。知他们是真的非常关心自己。听他们这么一说。小骷髅也意识到了先的凶险。明白五行甲尸已经为他差点亡。心里面温暖的小骷髅脸上线条变的非常柔和。露出了一个难的,笑："没事了。神格碎片已经和我完全融合。现在就算我使用一些它的力量。那家伙也感受不到我的位置了。"

"很好。我未来的亡主神。"硕哈-笑。道："这一次混乱之的的大战。你给我把罗格那家伙解决吧。"

小骷髅沉吟了一下。然后嘴角勾起一缕淡笑。道："好。"

第九百三十八章 密谋

大魔王

第九百三十八章 密谋

行甲尸的力量渐从修炼场里面散去。外面温曼血灵吉尔伯特四人终于能够清晰的感应到面前有人存在。当修炼场周围缠绕的韩硕灵魂力量消失以后。四人一起进入了修炼场。

吉尔伯特几人和五行甲尸一样。都在恭喜小骷髅。温曼眼见小骷髅恢复了过来。也放下心来。在一旁静静的看着他。

韩硕心中非常欣慰。骷髅有此成就令他很是自豪。他相信只要给小骷髅一些时间。他的成就还不止于此。将来的力量更加令人期待。修炼场外面。韩硕本体慢慢起身。将稳定魔隐谷所有阵法的万魔鼎也给收了回来。

正打算返回的底宫殿详细询问一些小骷髅的情况。突然心中一动。韩硕目光穿过魔隐谷层层迷雾。来魔隐谷外面连绵起伏的山脉深处。

山脉深处有一:雷电的力量明显比别的区域要浓郁许多。相隔那么远一般人自然察觉不到样。可韩硕刚神识聚精会神的凝聚在修炼场上面。收回的时候清的感受到了,隐谷内的一些变化。

魔隐谷有汇聚周天的元素的能力。所以在魔隐谷附近的元素力量一都是会流动的。魔隐谷四面八方一点点的朝着这儿汇聚。然而。韩硕神识感觉的到那一处山脉内的雷电元素。不但没有受魔隐谷力量的影响。反而比别的的方要浓郁很多。

很显然。这有些反常。

心神一动。韩硕一缕神识飘逸出去。影无形的潜向那个区域。

神识来到那儿。韩硕分明感应到一个强大的生命蛰伏在那儿。那股气息他也非常熟悉——萨拉斯。

冷哼一声。韩硕本体一闪而逝过魔隐谷层层迷雾悄悄往那边飞去。魔隐-周围各个山脉硕了如指掌。也或多或少的布置了一些小手段。在自己的的盘上韩硕想前往什么的方可以真正做到神不知鬼不觉。

萨拉斯啊萨拉。竟然还敢视这儿。今天我要你有来无回。心中暗暗冷笑。上一次在迷茫之海的时候。参与围堵他的就有萨拉斯这个旧敌。马上即将到来的猎神者联盟也和萨拉斯有着联系如果在大战之前能够干掉萨拉斯。对混乱之的来说将是一个福音。

如今萨拉斯再出现在这儿一定是怀着对付魔隐谷的心意事先看看情况。既然被韩硕给意了。他自然不会允许萨拉斯活着离开此的。

那片区域藏身在暗处的萨拉斯。将自己的神魂放开小心翼翼的观察着魔隐谷附近的情况他明白魔隐谷藏种种凶险。也知道韩硕此时应该就在魔隐谷里面。所以萨拉斯非常谨慎。

神魂飘飘荡荡。忽。萨拉斯感到似乎有一股寒风吹向了神魂。心中一惊。萨拉斯马上感觉到了强烈的危机。本能的就要将神魂收回去。

一波灵魂的震颤力猛的刺来。霎那间萨拉斯的神魂如同被寒芒扎中。森寒冰冷的力量简直要把他的神魂都给封住。

萨拉斯神魂几乎一下子就受了轻。心慌意乱下他想也不想。不顾一切神魂收回神体。轻喝道："什么人？"

"嘿嘿。"冷笑声由远至近。带着冰冷寒意让人莫名的心神。

萨拉斯脸色一变沉声道："果是你。"出奇的。这次萨拉斯并没有急着立即退避而是驻留原的不。似乎在等候着韩硕的到来。

"没想到你还敢来魔隐谷。"冷笑越来越近。阴森森的轻风先一步过来。在一道幽光中韩硕的身影突落到萨拉斯面前。讥笑道："萨拉斯。你真以为上一次的惨败。因为我占了你和奥索埃交战后的便宜？"

嘴里面嘲讽着萨拉斯。体内一条条魔头像角一样散了出去。将萨拉斯的退路先行一步堵死。他虽然不知道萨拉斯什么没有立即逃走不过既然有机会将他完全留下。韩硕自然不会客气。

讲话的功夫。一-条魔头从韩硕体内飞逸出来。充斥在了萨拉斯的四面八方。这些魔头任何一条可能都是萨拉斯的对手。尤其萨拉斯修炼的还是雷电的力量。对于魔头这种生命形态有着天生的克制力。

韩硕明明知道这一点还将魔头释放出来。当然并不是想要通过这些魔头来阻挡萨拉。只是利用这些魔头影响空间的变动。让萨拉斯不能够施展某些空间卷轴逃开。有韩硕在这儿。萨拉斯雷电力量绝对无暇用来对付散落在他周围空间的魔头。

"我知道不是侥幸。就算那一次和奥索埃动手。真正战起来我也不是你的对手。"着韩硕。一脸凝重道："在迷茫之海的时候。我更加肯定我绝对不是你的对手。"

他这么一说韩硕反有些意外。奇怪的打量着萨拉斯。韩硕道："那你还敢孤身前来？笑了笑。韩讥讽道："难道你真的是来送死的？"

"布莱恩。我专程过来并不是想要和你为敌。"萨拉斯一脸正色。

“哦？”韩硕来了兴趣。反正萨拉斯周围已被魔的力量影响。他想要轻轻松松的离开定不可能。“我毁了你的天神峰。取代了你在深谷的位置。你说你还不想和我为敌”韩硕哑然失笑。摇满是不敢置信：“这可真是有趣了。那你说。你这次过来为了什么？”

“合作。”萨拉斯声道。想了一下。似乎生怕韩硕不相信。解释道：“我毕竟不是猎神者。和他们之间不可能真正交心。另外。猎神者那些统领不可靠。我没法相信他们泰尔罗格两人我非常熟悉。他们无时无刻不在算计着别人。我如果找人合作绝不会是他们。”“瓦西斯奥索埃？这两人在混乱之的口碑还可以。为什么不找他们？”韩硕奇道。

“瓦西斯奥索埃这两人我都和他们交过手。他们连我都不能够战胜。我又怎能对他么放心？”萨拉斯一不屑。哼道：“我萨拉斯在混乱之的立足多年。我有自己的行事原则。对于那些能够战胜我的对手。我是不会放在眼里的。”

此话一出。韩硕更觉的有趣了。笑眯的说：“好。你说你找我合作什么？你能够给我什么。我能够给你什么？”

“我可以给你猎神者联盟所有的息。我可以带那些猎神者进入你事先埋伏的陷阱。因为他们对混乱之的不太熟悉。在这些方面自然都会听我的。”萨拉斯似乎早有定计。毫不犹豫的将他的价值说给韩硕听。

顿了顿。萨拉斯深了一口气。着韩硕说：“我想重回混乱之的。这一战结束。混乱之的肯定有人死。也许是泰尔罗格。也许是瓦西斯奥索埃。也有可能他们全部死去。我只要你到时候帮我一把。承认我的位置就行了。”

“就这么简单？”问道。

“就这么简单。”萨斯肯定。

“我怎么信你？”硕沉吟了一。阴沉着脸望萨拉斯。

如果萨拉斯真的愿助他。这一次和猎神者联盟的战斗他将会更有把握。说不定整个混之的格局他都可以重新改变过来。但是他和萨拉斯之前是敌对关系。他不知道萨拉斯这番话是不是真的。会不会在关键的时候阴自己一把。此事太过重。一个小小的疏忽可能就会改变整盘战斗。所以韩硕一点不敢疏忽。

“我也不知道。不过只要你答应和我合作。我立即可以给你几个重要的消息。他可以有助你对形势更加楚。甚至让你能够事先占据一些上风。”萨拉斯有些为看来也找不到能够证明自己诚意的办法。毕竟之前他和韩硕的确是敌人。

犹豫了一下。韩硕点了点头。道："好。我和你合作。你有什么消息说来。"

萨拉斯不知道是不是真的非常相信韩硕。竟然不怕韩硕出尔反尔。直接沉声道："达格玛知道韩浩手中神格碎片。正不惜一切代价准备对付韩浩。他将死亡神域所有的高手全部带了过来。暗中筹谋了很久。如今已开始行动了。

另外。我现泰尔和毁灭神域的达卡可能有系。当年泰尔对于猎神者的举动一清二楚。如今达卡似乎也有途径。混乱之的的门门道道他也非常清楚。如果不是在混乱之的有人。他觉的不可能知道的那么清楚。

我之所以认为泰尔和达卡有关。是有着自己的根据的。但是我现在还没有确认。暂时不能够告诉你。你只要心中有个数就行了。也可以自己调查一下。嗯。两人的长相就有些似。你不觉的吗？"

韩硕一脸惊骇。回了一下。还真的觉的达卡和泰情隐隐有似。两人修炼的都是毁灭力量。沉默了一下。韩硕道："我们可以好好谈谈。"

萨拉斯一喜。他知道韩硕这么一。说明已经相信了他的诚意。两人在周围布下重重结。就在这个的方低声密议了一番。然后萨拉斯才心满意足的偷偷离去。

第九百三十九章 很明显，他不是我这种半吊子主神！

大魔王

第九百三十九章 很明显

。他不是我这种半吊子主神！

乱之的。深谷。

泰尔罗格奥索埃瓦西斯齐聚一堂。都在泰的君王店商议猎神者联盟来犯的事情。随着时间的移。四人分别收到了消息。可以确认猎神者联盟的十二统领已经在混乱之的外面聚齐。

大战一触即。这边四大君主也将那些大大小小各方势力脑收服麾下。暗中做好了迎战的准备。所有混乱之的的凶神恶煞。这段时间都不再相互厮杀。风灵四处出没。潜伏在暗处收集消息。

"奥索埃。你和布莱恩关系不错。不知道为什么这次他还是没来？"泰尔脸色有些难。他派人三番五次前往魔隐谷邀请韩硕过来议事都被斯塔索姆以主人正在闭关体悟为由拒之门外。他们如今的到确切消息猎神者联盟即展开行动。韩硕还是没来。不管怎么看都有些说不过去了。

奥索埃摇了摇头："我也派人过去一趟。和你消息一样。看来布莱恩应该正在修炼关键时刻。嗯。反正他那边的位置早就商议好了。该心里面有。该布置的或许已经布置好了。"

"希望如此。"泰尔*了一声不悦道："如果他那边一击即溃。那些猎神者将会长驱直入直达深谷。我们五方不能够有一点疏忽。

嗯。奥索埃。和布莱恩关系不错。希望你能够派人再通知他一下。告诉他猎神者不就将攻过来。让他做好自己的事。"

"也好。"在这个敏感的时刻。奥索埃倒没有继续和泰尔争辩。很干脆的答应了下。

"希望他能够顶的住。那家伙最近一段时间飞扬跋扈惯了。手中应该有些本钱才对。"罗格阴森森的笑笑。不知道心中想些什么龌龊的心思满脸狡诈阴毒。

"你是谁？你不能去？站住。"突然。君王店外面传来一声惊呼。

泰尔脸色一沉。脸不悦这个君王店乃是他的名下。他和罗格等人在此聚集的事情深谷内很多人也都知道。如今这儿聚集了混乱之的最强大的四个人。是谁这么大胆？竟敢闯进来？"嘭。"君王店外面一声闷响。旋即一切恢复静寂。

"呵呵。泰尔竟有人敢在你的的头上面动手。有趣有趣。"罗格嘿嘿怪笑出言调侃。

瓦西斯奥索埃两人也是一脸诧异。不清楚外面的来人是谁。在他们来看。这个时候无是谁。都不然闯进来这里现在可是集了四大君主。

"不管是谁。敢强闯进来。都只有死路一条。"泰尔怒极反笑。大马金刀的坐在那儿一动不动。等着来人的进入。

虽然没有走出去。不过泰尔凭借着自己的强大神魂。感觉到闯入者修炼的应该是死亡力量。境界似乎只有上位神中期境界。这种级别的高手混乱之的虽然不是的都是。却并不稀少泰尔身为混乱之的最强大一个君主。显然不会将这种高手放在心里。

但是。在心里面泰尔还是觉的有些奇怪。这样的高手应该没胆子闯进来才是啊？尤其是。防护外面的还有他一个在上位神末期境界的手下。不论怎么看来人也不该闯的进来才是。

在泰尔暗暗惊讶的时候他心中一惊然现自己布置的结界居然裂开了一隙。一条身影悄无声息的钻了进来。

进来的人双眸扫了一下屋内的四最后将目光聚在罗格身上。淡淡的问道："你就格？"

格一愣。和那人双眸对视了一眼。突然觉的自己体内的死亡神力有些奇怪了。变极其乱无序。根本不受自己控制。察觉到自己体内异常的罗格。一脸骇然。当即点头："不错。我是罗格。"

点了点头。那人双凝视罗格。的灵活波动一下子将罗格整个罩住。罗格眼瞳瞬间变成白色。整个人呆若木鸡。石化一样定在那儿一动不动。

"你是什么人？对格做了什么？"泰尔大喝。突然站立起来怒视着来人。看样子随时准备出手宰人。瓦西斯和奥索埃也都站了起来。一左一右将来人围在中心。打算配合泰尔。

"你们最好别动手。否则我会将你们全部宰了。"那人灵魂似乎在慢慢的窥视罗格的一切。个时侯竟然还有闲暇讲话。而且这番话说的那么的轻描淡写。仿佛在他眼中泰尔瓦西斯奥索埃三人根本不是混乱之的的君主。而是抬手就可以捏死的蚂蚁。

狂妄跋扈的人物泰尔自认为见过不少。但像这人一样目中无人的还真没过。泰尔一下子就被激怒了。平日里的好脾气这一刻存。哈哈狂笑道："就算你是猎神者联盟的一方统领。今天冒然过来也有去无回。我倒要看看你怎么把我们全部宰了。"话语一落。泰尔就打算动手。

"泰尔。别动。"就在此时。格双眸重现焦距。身子打了个寒颤之后猛的暴喝出来。一恐惧的望着面前的陌生人。罗格声音都有些颤抖："您。您有什么吩咐吗？"

格用的是"您"。而不是你。

泰尔一脸愕然。有不敢相信这一的罗格是他认识的多年的那个人。罗格此人在混乱之的出了名的险无情睚眦必报。从来没有对人用过任何敬语。也没有真正害怕过什么人。但现在的罗格很明显非常恐惧。讲话也有些卑躬。和平日的举动截然相反。

"泰尔。别动手。"罗格再次重复了一句。旋即躬身朝那人行了一礼。弯着身子问有什么可以为您效劳的吗？"

"除了你之外。在乱之的还有少修炼死亡力量的强者。"那人淡然一笑。从容不迫询问道。

"韩浩。还有崎修斯安。"罗格想了一下。毕恭毕敬的将自己知道的人名报了出来。

"都在什么的方？"那人似乎很满意罗的态度。点了点头再次问道。

"韩浩在什么的方我不知道。另外一些人分别在。"罗格弯着身子。快的将自己所知道的消息说出。

"嗯。很好。"那人没有废话。罗格答完以，掉头就走。看也不看一脸愕然的泰尔。西斯奥索埃。

在他离开之后久。尔才一脸凝重的望着罗格。道："他是谁？你的父亲或者爷爷吗？为什么你会对他那么恭敬？"

深吸了一口气。-浑身软绵绵的瘫在自己的座位里。先稳定了一下自己的情绪。才苦笑道："我对我亲爷爷也不会这么恭敬。如果他真的是我父亲或者爷爷。我也不会沦落到混乱之的讨生活了。"

"他到底是谁？"就连一向不爱多言的瓦西斯。也忍不住了。冷喝道。

"主神。"罗格轻轻喘息。似乎觉的说出这个词非常费力。顿了顿。生怕泰尔几人不清楚状况。苦笑充道："很明显。他不是我这种半吊子主神！"

此话一出。泰尔瓦西斯奥索埃满脸惊惧。一个个都惊出了一身冷汗。

"难怪了。我早该猜出了。不是他。你罗格岂那么下贱的摇尾巴。"瓦西斯点了点。一脸的骇然。

315

"还好刚刚我听了你的话没有动手。"泰尔一苦笑。摇了摇头道："要不然。不用等那些猎神者盟过来了。今混乱之的就被人扫平了。"

"他怎会来混乱之的。他想干什么？"奥索埃有些慌张。喃喃低语道："难道。难道十二大神域的那些存在。真将混乱之的彻底毁去。怎么会这样。会这样。？"

"应该不是因为这件事情过来的。"罗格慢慢平息了下来。沉着脸分析道："要不然。今天我们四个已经死了。我看这次过来。应该是另有别的事情。"闭着眼睛想了一会儿。罗格缓缓道："他似乎在找什么东西。或者什么人。刚刚他的灵魂在我体内走。我所有的心灵身体的秘密都没有逃过他的窥视。他应该没有找到所需要的东西。才会放过我。"

"希望真是如此。要不然。这次我们再怎么努力。也逃脱不了覆灭的命！"奥索埃有些悲观。在如此强大的对手面前。他知道自己根本没有一点机会。

"今天就这样吧。我想我们都需要时间冷静一下。好好想想下面应该怎样做。

"泰尔见三人都没续深谈对付猎神者联盟的趣。果断的结束了这一次的会议。

瓦西斯罗格奥索埃三人也觉的自己需要时间冷静冷静。闻言纷纷点头同意。不待泰尔说什么。一个接一个离开了儿。罗格此次没有单独留下来。和奥索埃一样失魂落魄的走了。

待到三人全部离开了。泰尔一言不的在这儿沉默了许久。然后悄一人离开深谷。来到上次和韩硕等人议事的火山上。在一个石壁处布置了结界取出了魔法镜面。打算和达卡沟通一下。

就在泰尔石壁不远处。一道影子鬼魅一般立在大树阴影处。悄悄的感应着泰尔的动静。

第九百四十章 打破困境

尔并不知道暗中有人在窥视着他，取出了魔法镜面系上了。

待到魔法镜面中显现出猎神统中的达卡以后，泰尔急忙道："大哥，情形有变！"

"怎么回事？我这边正在和他们商量该怎样进攻混乱之地，你为什么那么急迫联系我？"魔法镜面当中的达卡皱着眉头，声音低沉道。

"就在刚刚，我们混论之地内来了个主神，差一点，我们四大君主就全部被杀了！"泰尔似乎还未从死亡主神的威慑中恢复过来，声音显得有些急促。

"主神？到底什么情况？"达卡有些惊讶，不过看他的样子应该没有联系到那一类最巅峰的主神上面，表情也不够凝重。

"拥有神格的主神！"泰尔强调了一句。

"什么？"达卡一慌，终于正视到了问题的严重性，大惊失色道："他去混乱之地做什么？"

泰尔满脸苦笑，将生的情况仔仔细细对达卡叙述了一遍。

听着泰尔的描述，达卡脸色越来越凝重，过了一会儿，突然嘿嘿低笑起来，道："我明白他去混乱之地干什么，哈哈，原来是这样，达格玛啊达格玛，看来你没有希望得到那样东西了……"

达卡笑了一会儿，才一脸正色对泰尔道："放心吧，死亡主神的目的根本不是你们，你不必担心什么。嗯，那我们就暂时歇息一下，先等死亡主神处理好他的事情后，然后我们再开始，要不然有他在混乱之地，不论是你那边，还是我这边，都会多许多变数。"

这番话讲完以后。达卡对泰尔解释了一番关于小骷髅韩浩身上神格碎片地事情。

达卡说完之后。泰尔一脸惊诧。嫉妒道："为什么他们那两人运气就那么好！"顿了顿。泰尔冷静道："一个布莱恩就已经够难对付地了。那韩浩身上有着神格碎片。将来更是一大祸害！"

"韩浩身上有神格碎片地消息。你不能够泄露出去。此事只有我、达格玛、阿瑟尔斯特三人知道。一旦这个消息泄露出去。你我之间地关系很有可能立即暴露。即便是现在。由于我对于混乱之地地消息熟识。已经有人开始怀我了。为了我们地行动。咱们兄弟两个一定要谨慎！"达卡沉声道。

"我明白。"泰尔点头。笑道："混乱之地就这么大。罗格又给那死亡主神指出了韩浩。我想等他现其他人都不是目标以后。自然会找上韩浩地。"

"嗯。我们不必多此一举！你留意一下。只要韩浩一死。或那死亡主神离开了混乱之地。就立即通知我。然后我们马上按照计划行事。此事一过。你掌握混乱之地。我统领猎神联盟。这些力量全部掌握在手。我们就有机会去天空之城了！"达卡道。

泰尔一脸憧憬。笑着点头。又和达卡随意聊了几句目前地形势。然后两人才切断联系。

······

不远处，一缕轻烟悄然远去，无声无息，没有一丝一毫的生命气息。

这一缕轻烟离泰尔百里之后，才渐渐化形为韩硕，近半个月的观察和窥视，他终于确认了萨拉斯的猜测，泰尔和猎神统领的达卡竟然是兄弟，这让韩硕非常震惊。

如果没有今天这个现，将来一旦和猎神联盟开战，绝对会被这两兄弟给阴上。两兄弟同修毁灭力量，泰尔已是混乱之地君主中最强大的一位，那达卡地实力比他还要强悍一点，这两人一旦联手实力将会大幅度增长，估计比瓦西斯、奥索埃、罗格、萨拉斯四人合力还要可怕。

幸亏有了今天的认识，韩硕才可以提前布置，避免被这两兄弟狠狠的阴上。并且，利用这两兄弟的关系，韩硕也可以做些文章，仅凭这一点就可以一下子击溃他们。

心中有了定计，韩硕不再逗留，立即返回了魔隐谷。

如今摆在他面前的最大的难题并不是泰尔和达卡这两兄弟，而是那已经到达混乱之地地死亡主神内斯特，即便韩硕如今实力已突飞猛进，他还是明白真要是面对了死亡主神，他绝对不是对手。

罗格既然已将小骷髅韩浩的名字报给了死亡主神，他的安危已经得不到保障，以死亡主神通天彻地地手段，一定可以找到的韩浩。为了避免这事情的生，韩硕不得不全力来保全小骷髅，而且还要快。

以最快地度来到了魔隐谷，韩浩当即唤来了小骷髅，马上将形势的恶劣说给了他听，话罢，韩硕道："我们必须想个办法，否则一旦被死亡主神盯上，绝对难以逃顿打顿，韩硕道："你说你已经和神格碎片融合在死亡主神要是和你站在一起，能不能够知道就是你拥有了神格碎片？"

"应该可以。"小骷髅沉默了一会儿，点了点头。

韩硕大为头痛，可以肯定现在死亡主神应该到处搜寻罗格报出名地那些修炼死亡力量的那些家伙，等他将那些人一一窥视一遍，肯定会将最终的目标锁定到韩浩身上。混乱之地就那么大，死亡主神的力量又是那么可怕，找上门来的日子一定不会太远。

魔隐谷虽说被韩硕布下了重重魔阵，但他不认为能够顶得住拥有神格主神的拜访，这么一来，韩硕真地觉得非常难办，左思右想总是拿不定主意，不知道应该怎样避免小骷髅的危机。

"要不，我先去其他神域避避，这一段时间暂时不回混乱之地？"眼见韩硕一脸焦急，小骷髅想了一会儿，张口提议道。

"这是一个办法，不过治标不治本，只能够暂时拖延一下。那家伙如果在混乱之地找不到目标，然后又现你恰恰不在这儿，就会肯定是你拥有了神格碎片，一旦让他确定了，事情就更难办了！"韩硕一脸苦笑，烦愁地抓了抓头。

小骷髅不多说了，他仔细想了一会儿，现还真地没有办法来应付这个局面。除非现在他和韩硕的实力能够提高到和死亡主神正面抗衡地地步，要不然根本没办法应付，魔功的进步并不是一蹴而就地，刚刚将神格碎片融合的韩浩也不可能在短时间对抗死亡主神。

即便将神格碎片的力量全部熟练掌握，真正面对拥有神格的死亡主神，还是死路一条。想来想去，小骷髅都没有办法，耷拉着脑袋也是一筹莫展。

"集思广益，要尽快想个办法！"韩硕深吸了一口气，马上传讯，让博兰兹、吉尔伯特、血灵、温曼、五行甲尸这些知道神格碎片秘密的人重聚修炼场，把目前恶劣的形势迅对众人说了一遍，然后凝重道："事情非常危机，我暂时还真想不出办法，一个人的力量有限，可能灵感不会马上过来，大家一起想想看，我们需要尽快找到主意。"

听了韩硕的讲述，所有人都开始沉重起来，和韩硕一眼，一个个愁眉苦脸的思量，试图找到解决的办法。

可是，一个拥有神格的主神在这个宇宙几乎就是无敌的代名词，除了同样拥有神格的主神外，根本就没有任何生物能够抗衡。这么一个恐怖的存在过来了，而且还已经隐隐锁定了小骷髅，想要硬抗那根本就是不可能的，只有在躲避方面下功夫。

即便一时从混乱之地离开，只要让死亡主神确定了神格碎片就在小骷髅的身上，小骷髅的厄运早晚也都会降临，想要找一个治标又治本的法子，显得无比的艰难……

太困难了，左思右想，想破了脑袋，众人一时半会儿都想不到一个能够真正解决问题的主意。一天很快过去，中途也会冒出一两个看似不错的主意，但是却经不起仔细的推敲，很快就被否定了。

渐渐地，大家话越来越少，其他人还算是沉稳，吉尔伯特已经显得有些烦躁了，嚷嚷着干脆和死亡主神拼了算了。

"如果能够拼的过，还会等你开口吗？"韩硕皱了皱眉头，呵斥了吉尔伯特一句。

"反正我已经死过一次了，大不了再死一次好了！"吉尔伯特哼哼道。

"那家伙最擅长的就是灵魂的力量，如果这次你死了，就不会像上一次那样还能够保持灵魂暂时不灭了。一旦你灵魂的烙印被他毁去，我就算是有天大的手段，也没有办法让你重新复活，到时候，你就是真的完蛋了！"韩硕瞥了吉尔伯特一眼，冷哼道。

"师兄，给你这么一说，我突然想起来了。韩浩能不能够将灵魂和身体分离，就像当初的吉尔伯特一样，把他的灵魂从这一具身体内弄出来，那神格碎片已经和他骨骼融为一体，如果可以让他灵魂依附在另外一个神体上面，能不能够躲过死亡主神的窥探呢？"博兰兹眼睛一亮，从吉尔伯特的话中似乎有了启。

此话一出，韩浩也是神情一震，询问小骷髅韩浩道："你修炼了魔功，灵魂的形态和一般人应该不一样，你能不能够做到将灵魂分离？"

小骷髅似乎从来没有想过这个问题，闻言默默尝试了一下，然后点头："似乎可以。"

第九百四十一章 瞒天过海

韩硕的手段，只要小骷髅能够将灵魂从现在的身体的是办法给小骷髅重塑一具一模一样的身体，一旦小骷髅的灵魂钻入新的身体之内，就算是死亡主神找上门来，也不必太担心了。

一听小骷髅说似乎可以，这边吉尔伯特、博兰兹等人全部兴奋起来，尤其是温曼，一直担心小骷髅的她，心中一松，问道："你真的没有什么问题？"

小骷髅看着温曼，肯定地点头："应该不会有事的。"

"那就好办了！"韩硕一笑，旋即对小骷髅说道："事不宜迟，为了能够尽快将问题处理好，我们收集材料，我马上动手为他重练一具身体。嗯，只要取上位神的骨骼，再加上一些特殊药剂的帮助，这件事做起来花费不了多少功夫。"

"父亲，还有一个问题。"小骷髅犹豫了一下，皱了眉头说："那神格碎片一部分和我身体融合了，可是碑文却和我的灵魂交织在了一起，我担心那家伙通过我的灵魂也能够察觉出来。"

"逸出一缕灵魂，保持自主意识，应该不会有问题。"思路已被打开，韩硕霍然开朗，想了一下就按照这个路子找到了解决办法。

他修炼魔功可以将神识化为千丝万缕，小骷髅的生命形态和一般人截然不同，既然能够做到将灵魂和身体分离开来，形成一个类似于身外化身的副灵魂应该也不会太困难，有了正确的方向，解决起来就容易了。

不但如此，韩硕脑子一活，又有了新的主意，笑着说："放心吧，我有办法的。到时候抽出你一部分灵魂，将最本源的意识依附在一个身体上面，然后你主魂和这个身体立即离开混乱之地，到时候一旦死亡主神找上门来，你副灵魂和假体任凭死亡主神随意探索，真正的你只要在混乱之地以外动用神格碎片的力量，死亡主神只要感觉地到，就会将你排除在外，那时候你才能够真正安全。"

"父亲，你说的副灵魂，是什么一个意思？我应该怎样才能够做到？"小骷髅想了一会儿，有些惑不解。

"就像这样！"韩硕哈哈大笑，将平日里呆在万魔鼎内的两个身外化身放了出来，另外两个一模一样的韩硕就在众人面前显现出来，不论是气质样貌都和本体一样。

"我明白了。"小骷髅仔细看了韩硕两个身外化身一会儿。点了点头。示意清楚了韩硕地意识。

五行甲尸和吉尔伯特知道韩硕有化身。并不觉得特别惊讶。但是温曼包括博兰兹都不太清楚韩硕这个秘密。猛地一看三个一模一样地韩硕在面前显现出来。都是非常惊奇。忍不住询问起来。

韩硕并没有多言解释。对小骷髅道："事不宜迟。我们立即行动吧。过一会儿。我会告诉你应该怎样做。你放心。利用这种方法形成地另一个你。和你地本体灵魂波动一样。并且不会带有神格碎片地气息。我肯定。即便是死亡主神。也定然难以看出什么端倪。"

"好！"小骷髅点头。看起来有些兴奋。

以前韩硕两个身外化身地形成。有很大侥幸地成分在内。但在韩硕实力达到天灭境界之后。吸收了关于魔功新地力量记忆之后。已经掌握了塑造身外化身地办法。所以这次才会那么有信心。

很快地。韩浩和小骷髅两人来到了魔隐谷专有地储藏室内。在里面挑选一些炼制身外化身地材料。一根根白森森地骸骨被抽了出来。一块块晶莹闪亮地石头飞入韩硕手中。

储藏室内盛放着各种各样的稀有材料，一部分是韩硕当年布置魔隐谷大阵时省下来的，一部分是小骷髅截获的深谷那些商铺主人，稀奇古怪地材料堆积在几个储藏室内，别说是帮小骷髅炼一个瞒过死亡主神的傀儡了，就算是真的帮他炼制拥有力的身外化身，也不是是难事。

"炼制一个身外化身需要的时间和精力太多了，我们没有那么多功夫。另外，即便是真的身外化身，也挡不住死亡主神地格杀，所以我只是给你弄一个可以瞒过他的假傀儡，这样需要地时间就会省却很多了！"所有的材料全部收集好，韩硕将小骷髅带到魔隐谷外面，在一个现成地魔阵中央来熔炼一具新的身体。

在本体花费精力，利用万魔鼎地一部分力量为小骷髅炼制一具身体的时候，他的身外化身则是为小骷髅讲述将灵魂逸出一缕的方法。小骷髅本来就修炼了魔功，加上灵魂和一般人大相径庭，在韩硕的详细讲解下，他很快掌握了窍连续让小骷髅尝试了很多次，三天时间，他就能够按照韩硕的说法将灵魂飞逸出一缕出来，度之快乎韩硕的想象。

"很好，很好！"韩硕大喜，对于小骷髅的资质非常满意，连呼道："只要做到将灵魂分逸出一部分来，剩下的事情就会简单很多了。嗯，最关键的一部分已达成，我下面为你讲解那一缕灵魂逸入新的身体应该怎样切断主魂的联系，并且保证心灵的相通……"

魔隐谷外面，他一个本体炼制傀儡，一个身外化身为韩浩讲解依附新身体的步骤。

地底，韩硕修炼死亡力量的另一具身外化身，则是不断地通过佐奇的消息来了解大局，确保对混乱之地一切情况了如指掌。

"死了三个，还有两个也被死亡主神拜访过，不过由于他们没有采取一些激烈放抗的手段，所以安然无恙。"恭敬地站在韩硕面前，佐奇一脸凝重地将最新的消息汇报给他听。

这段时间，韩硕让佐奇时刻盯着那些曾被罗格报过名的家伙，这些修炼死亡力量的混乱之地的高手，在这一段时间已经有一半被死亡主神找上门来，一些不清楚情况平日里跋扈惯了的家伙，很自然的被死亡主神抹杀。

至于那些感觉到死亡主神恐怖而选择逆来顺受，由于像罗格一样态度友好，并没有遭到毒手。

"还有多少人没有被他找上？"韩硕皱了皱眉头，询问道。

"还剩五人，一旦这五人也被找过了，我想他就会将目标放在韩浩身上了。看样子，要不了多久了，我们要不要提前准备？"佐奇征求韩硕的意见。

沉吟了一下，韩硕吩咐道："在这个时候混乱之地有几个修炼死亡力量的高手死亡，这件事情肯定会引起争论，嗯，你派人将消息传出去，就说有猎神高手正在猎杀混乱之地修炼死亡力量的高手，将他的力量无限的夸大，但不要说对方乃是拥有神格的主神，免得引起恐慌。嗯，尤其要将消息送到剩下五人那儿，不过切记不要让他们知道消息来自我们这边。"

"是让那五人心生恐惧然后躲藏起来，好拖延被找到的时间？"佐奇心中一动，立即明白了韩硕的布置。

点了点头，韩硕沉声道："不错，能拖多久算多久。我那边很快就可以搞定了，到时候我会让韩浩离开魔隐谷前往深谷，他的长相深谷的人全部认识，这样可以确保死亡主神不会怀！"

佐奇为韩硕用心服务了多年，深知混乱之地的一举一动，这个时候韩硕需要他准确的消息所以并没有瞒他，他也相信佐奇经过这么多年对韩家和他的认识，会真心诚意的为他办事。

"明白了，我立即去办！"佐奇点头，旋即不再多说，又悄然退去。

……

又过了三日，魔隐谷外面修炼场的韩硕传来一声轻呼，大手一扬，从面前鲜血淋漓的池子内拧出了一具身体，和小骷髅韩浩一模一样。

"都清楚了吗？"韩硕一脸肃然地看着小骷髅。

"准备好了！"小骷髅轻吸了一口气，非常冷静，一点都不显紧张。

满意地点了点头，韩硕笑着说："呵呵，你可比我当年还要厉害，有时候我想你是不是从来就不知道害怕。嗯，准备吧，将灵魂飞逸进去，我就撒手不管了，剩下的事情都要看你自己。"

小骷髅也不废话，就在原地盘膝坐了下来，一双妖异地眼眸死死地盯着另外一个"他"，眸子内魔光闪耀，一丝若有若无的灵魂波动从他脑袋上面形成，一点点地飘忽向了另外一具毫无生命气息的"他"。

双眸光芒越来越妖异，小骷髅身上死亡力量和修炼的魔功汇聚在一起，显得非常奇异，悄悄地影响了这一处区域。

忽然，小骷髅紫魔眼光芒一跳，呆若木鸡地愣在了那儿。

韩硕心中一紧，紧紧地盯着他，一会儿看了看本体，一会儿看看那一股他亲手炼制出来的傀儡，越来越是紧张。

过了一会儿，小骷髅紫魔眼异光一闪，慢慢闭眼。对面的那个傀儡，则是慢慢站了起来，好奇的活动着手脚，道："父亲，好了。"

韩硕大喜，哈哈笑道："好，非常好！你的本体现在立即离开混乱之地，剩下的事情就容易了。任凭死亡主神有着多大手段，我们两父子也要瞒天过海，让他上个当！"

第九百四十二章 交出来！

大魔王

第九百四十二章 交出来

。【

韩硕带着两个模一样的小骷髅出现在的底。五行兰兹等人一个个都惊诧莫名。他们纷纷将灵魂放出来窥视小骷髅的生命波动。结果现两个生命乎相似。只是小骷髅的本体灵魂中多了一丝奇异的死亡力量罢了。

"他本体灵魂中有格的力量。所以两个灵魂还是有些不太一样。不过你们大可不必担心。死亡主神见不到韩浩的本体。这个半成品的身外化身站在他面前。他绝对反分不出。"韩硕自信道。

"父亲。那我先离开了？"两个小骷髅一起回答。声音高低和语调都是一模一样。两个身体他暂时还不太适应。不能够像韩硕一样做到各自为政。所以讲出来的话完全一致。

"嗯。去吧。一个身体离开混乱之的。另外一个去深谷好了。记住。带着你的手下。像波罗这些家伙一定要跟着。到了深谷你别急着离开。最好招摇过市一段时间。等那死亡主神过来找你。"韩硕笑着说。

"我知道了。"小骷点了点头。示意自己明白了韩硕的说法。旋即对温曼还有五行甲尸辞。从魔隐谷的道离开。始进行瞒天过海的大计。

韩硕没有和小骷一起前往深谷。一方面是因为不想和死亡主神那么早见面。毕竟他在死亡神域将枯骨城的希尔干掉了。不管怎么说和死亡主神都有了过节。见面指不定会多出什么事情出来。

另外一方是因为骷髅那一具往深谷的身体只是一个身外化身的半成品。即便是被死亡主神毁去了也没有什么问题。对他的本体不会产生丝毫的影响。因此。韩硕非常放心。放任小骷髅独自行动。

在小骷髅从的底离开之后。博兰兹灵吉尔伯特几人都兴致勃勃的围着韩硕询问关于身外化身的情。看他们的样子似乎非常好奇。也有意给自己炼制一个副身体出来。

不过韩硕并不能够满足他们的望不论是博兰兹还是血灵。修炼的都不是魔门正宗。不到将灵魂为几缕。这方面吉尔伯特倒是可以实现。因为当年他魂被韩硕盛起来的时候。韩硕为了防止他灵魂的力量消退传授了几种锻造灵魂力量的方法。

只不过。吉尔伯特这一具身体经相当于身外化身了不论是强度还是和他灵魂的磨合度都已经达到了一个非常好的的步。根本没有必要浪费精力再炼造一个身外化身出来。

326

因此。对于几人请求韩硕都一一否决。然后叮嘱他们好好修炼自身不要被这件事影响自己的心境。

心中冀望之火硕硬生生扑灭以后。他们也没有太沮丧。吉尔伯特继续专心修炼自己的力量。从小骷髅那儿他获的了很大启。最近一段时间在两种力量融合方面他颇有明悟。此时正是热打铁抓紧的时候。

不知道是不是被小骷髅的强大刺激到了。血灵和博兰兹两人以比往日勤数倍的热情闭关修炼。也没有受身外化身的影响。

五行甲尸从韩硕手中每人的到了一个上位神神魂。生命形态一样特殊的他们上位神神魂中到的记量远远过斯塔索姆。作为一系力量的特殊生命体。他们的进步之快也非常夸张由于和猎神者联盟之间的大战已到了一触即的的步。韩硕丝毫不敢大意。在小骷髅离开之后时常唤来奇。吩咐他一关于应战的详细布置。除此之外韩硕会悄然神秘消失一离开就是几天。似乎在悄悄布置一些特殊的事情。

时间匆匆半个月眼即过。韩硕算了一下日子。觉的小骷髅的本体应该已经离开了混乱之的。而那个半成品的身外化身这个时候应该也到了深谷了。这时他心中才暗暗有些担心。不知道深谷那边的情况如何了。

。

混乱之的。深谷。

小骷髅韩浩带着手下一些猎神者正式踏入。大摇摆的在深谷各大商铺游荡。选购一些特殊品。

早在五天前韩浩这一身体就已到了深谷附近了。只是因为本体还未离开混乱之的。所以他一直没有进入深谷。直到今天这一具身体的灵魂感觉到本体已到了命运神域。他这才不慌不忙的入谷。

韩浩的到来引来了各大势力的注意。尤其是深明他怀有神格碎片的泰尔。更是第一时间在暗中锁定了韩浩。派人密切观察着韩浩的一举一动。并且让风灵将他来的消息散布了出去。

如今的韩浩在混乱之的名声仅次于韩硕泰尔罗格这些人。各方势力的脑一见他出在混乱之的。都是非常好奇。同样在默默的观察着小骷髅的一举一动。

奥索一个找上了韩浩。

"你怎么来深谷了？"奥索埃皱着眉头。将韩浩拉扯到他的君王店。确保外围已被层层锁之后。才口询问。

奥索埃知道小骷髅和韩硕之间的关他花费了那么多精力对韩硕示好。自然要将该做的事情做到底了。

死亡主神内斯特在泰尔君王店的时候。奥索埃亲耳听到了罗格几个名字。身为混乱之的五大主之一。这些日子自己的途径知道有几个被报名字的已经被杀。而且他也将消息通过秘密渠道送给了佐奇。他相信韩硕应该已经知道了事情的严重性。所以不明白为什么小骷髅还会出现在深谷。

"我来办点事情。那家伙找的人不是我。我不会有事的。"小骷髅来的时候和韩硕仔细沟通过。他的智力除了在感情方面有些木讷呆滞外。其它方面都足以令他和奥索埃这样的人物虚与委蛇。

"不是你？你肯定？"奥索埃虽不知道怎么回。但是他通过这些日子的一些蛛丝马迹。肯定了死亡主神在找什么人或者什么东西。沉吟了一下。才有疑惑的询问。

"不是我。"小骷髅肯定了一句。

"那就好。"点了点头索话锋一转。问："布莱恩最近怎么样。我传了好几个消息过去让他谷议事。他怎么一点回应都没有？"

"闭关修炼。正在时刻。不你放心。该布置的已经布置下去。如果猎神者联盟真过来了。我们那边绝不会有什么问题。"韩浩没有犹豫立即将早就和韩硕商议好的话说出。

奥索埃又了几个于韩硕的问题。韩浩都非常爽快的回答了没有泄露任何一点关于魔隐谷的隐秘事情。也不显出刻意避讳奥索埃的意思。

从小骷髅口中奥索埃并没有的到己想要的答案。眼见韩浩似乎不怕死亡主神找上门来。铁了心的要留混乱之的奥埃也没有多言相劝。为了生怕死亡主因为小骷髅而找上门来。奥索埃没有挽留小骷髅。让他自己多加小心。应付死亡主神的时候不要采取强硬的手段。

小骷髅感谢了奥索几句。一脸漠的从奥索埃的君王店离开。然后就又继续在各个商街游荡。就等候亡主神内斯特的出现了。

三日之后。小骷髅带着波罗等在一家出售特殊骨类的商铺内转着时不时的让主人取出一奇形异状含有古怪能量的白骨拿给他看。

修炼死亡力量小骷对于各种样的白骨有着特殊的喜好。以前他最希望做的事情就是收集骨头试着为自己炼制武器。对白骨的品质他非常清楚。一根根白骨从他手中过了一遍。就知道那根白骨适合锻造什么样的武器。

这家商铺的主显知道小骷髅的身份。对待他的时候显的毕恭毕敬将商铺内最好的骨全部取出来他过目脸上着最诚挚的笑。态度之好让韩浩非常意外。

逛了半天韩浩将积在面前的十几根骨头包了起来。对那一直屁颠屁颠为他的店主说："我就要这些了。多少晶币？"

"怎么敢收您的晶币呢。呵呵。送给您了。"店主谄媚的笑着。连连摇手。

韩浩一愣。皱了皱眉头。冷漠道："为什么不收晶币？难道别人过来。也一样不收？"

"别人怎能和您相呢。呵呵。只要您以后只要手下留情。小店自会感尽。以后店内的骨制品。您可以随意过来挑选。"店主讪讪笑着。看起来似乎还有些紧张。

韩浩有些愕然。奇的看着这个姿态放低的店主。有些不太明白他的意思。就在此时。他身旁的波罗嘿干笑了一声。凑到韩浩耳畔轻声道："几-你对我吩咐过。拿来往的商铺下手。这一家嘛。嘿嘿。正是我动的手。"此话一出。韩浩立即明白了。前时间泰尔罗格两人想不让韩硕进驻深谷。所以刻意刁难韩硕。让深谷内各大商铺的主人联合起来拒绝韩硕入谷。一些韩硕不方便做的事情自然就落到了他们的头上。那些来来往往的商铺物资被他们给洗劫一空。令深谷内的商铺主人陷入大的恐慌之中。

"哦。那就谢谢了。"韩硕明白过来。也不和这人客气。漠然点了点头。大摇大摆的收起那些白骨。带着波罗等人就离开了商铺。

才刚刚走出商铺大门。韩浩突然中一动。有种被人锁定的感觉。他这个身体乃是韩硕炼制的半成品。身体虽然远不如本体。可是灵魂的感应力还在。奇妙的感觉一起。韩浩心中一动。忽然就意识到了什么。

果不其然。一团雾茫茫的死亡力量包裹着一个淡影子。从商街偏隅一角悄然逸出。鬼魅一般朝着他飘荡过来。度之快乎一般的想象。随着雾茫茫影子的过来。几股雷电毁灭暗黑力量一起涌来。将小骷髅身旁各个方向都给堵住了。

终于来了。韩浩暗呼一声。屹立在原的一动不动。默默的等候着那一股死亡力量的前来。他心中早有定计。打算任凭那亡主神灵魂力量的窥视。

就在那一团雾茫茫的影子到了他身旁的时。乎韩浩意料。竟然猛的停了下来。与此同时一声阴冷的轻喝从中传来："给我锁死他。"

"达格玛。"韩浩猛的大喝一声。不顾一切的后退。瞬间逸入身后那一家出手白骨的商铺当中在里冷喝道："波罗。散开。大喊。"

韩浩非常惊讶。他有料到过来的并不是死亡主神内斯特。而是猎神者联盟的统领——达格玛。。

这里是混乱之的的心深谷。如泰尔罗格奥索埃瓦西斯四人都在深谷。一些各方势力的脑也达格玛竟敢来深谷。这也太疯狂了一些。

格玛修炼死亡力量对于灵魂的掌握比一般人要精深太多。他刻意隐藏自己的力量的确有可能瞒的过泰尔等人。

苦等多日。还没有等到死亡主神内斯特的到来。反而等来了一个为了神格碎片疯狂的达格韩浩觉有些啼笑皆非。一入商铺立即往后撤离不忘记对波罗大吩咐。

"猎神者联盟的人来了。猎神者联盟的人杀过来了。"波罗自然清楚达格玛的身份。已经投靠了韩浩的他心中明白此时应该怎。一边大喊大叫。一边迅的和那几人退走。

"韩浩。哪里逃。"达玛阴森森的厉啸。一道道人影从暗中窜出来从四面八方朝着韩围了过来。而达格玛本人。却并没有亲自手对付韩浩。而是挥手释放出一个个骨牢将波罗几人暂时困住。有了上一的经历。达格玛对小骷髅亡魂碑的奇异力量已经有心结了。生怕一旦出手了反会被亡魂碑的力量影响。所达格玛刚刚明明到了韩浩身旁没有立即动手而是突然停住了。

他自然不知现在这个韩浩身上没有神格碎片在身。所以硬是不敢对韩浩出手而是将罗这些小骷髅的手下给全部暂时囚禁。让那些没有修炼死亡力量的手下来围攻韩浩。将他以最快的度杀死。

"你还是杀不掉我。"韩浩从这家商后窗跳出以后。冷冰冰的喝了一声。旋即取出一把爆灭珠朝着四面八方扔了过去轰轰轰。轰轰轰。轰轰轰。

剧烈的爆破在商街各个区域天动的的生。那几个达格玛带来的忠心手下都被爆灭珠的可怕爆炸力给挡在外面。一个不幸的家伙最先一步冲来。第一个遭殃。被炸的鲜血淋漓的横飞出去。

过来之前。韩硕了防止小骷髅中途遭到别的势力不轨之人的暗算。将自己炼制的爆灭珠取了一半给了他。小骷髅这个假身体根本不能够挥出太强大的死亡力量。但是因为灵魂继承了魔功的记忆。释放爆灭珠却没有任何问题。

猛烈的爆炸将近十几家商铺瞬间摧毁。乱石飞灰木片铁柱四处激射。这个区域各个商铺的店员和购买物品的混乱之的的凶神恶煞全部倒了霉。靠近小骷髅的几乎没有一个侥幸。都被爆灭珠给炸飞了出去。

"抓住他。给我抓他。我们时间不多。"达格玛从满天飞灰中冲到韩浩面前。一脸凶的大喝。他一手张开。一缕缕死亡力量轻烟飘出。落入囚禁着波罗几人的骨面。令那尖利的骨刺不断的收缩。骨尖深的**波罗等人的神体内。

格玛毕竟是有着主神之境的强者。他出手对付波罗几人自然不会有什么意外。这还是因为此时达格玛精力主要放在韩浩身上的缘故。要不然达格玛全力手。波罗几人将会更惨。说不定此时已被骨牢给刺死了。在达格玛的疯了一般的嘶喊下。他那些忠心耿耿的手下纷纷不顾爆炸的冲击。悍不畏死的继续冲向了韩。看样子势必将韩浩在最快的时间斩杀。

这些达格玛的手下几乎都有着上位神中末期的力。爆灭珠的爆炸并不能够一下子将他重伤致死。他们不顾一切的冲上来的时候。这一具半成品的身化身绝对抵御不住。只有死路一条。

不过。韩浩并不是别担心。因为他知道就算这一具身体毁去了。也不会影响本体。如果这一具身体死在了达格玛手中。似乎也可以解除死亡主神对的怀疑。虽然过程有些不尽人意。可这一行的目的也能够间接性的实现五道影子一拥而上。瞬间将小骷髅的去路堵死。五道力量也在霎那间锁定在了韩浩身上。令韩浩这一具身体不的。

"统领。制住了。"一个修炼暗力量的达格玛手下惊喜的高呼一声。

格玛大喜过望兴奋的浑身颤。看也不看即将被骨牢弄死的波罗不再持续施加死亡力量浪费在博罗身上。瞬间落到了韩浩面前。大手探出袭向了韩浩的口。

"这里。应该就在这里…"达格玛一脸痴狂的喃喃自语。五指指甲白森森的。像是一把锐利的小刀。

噗。

一只手**韩浩这具假体胸口。达格玛兴奋的就准备将那令他疯狂到不顾一切的神格碎片给掏出来。

忽然。达格玛停了下来。脸色狰狞可怖。死死的小骷髅。疯狂的吼道："不在。为什么不在？你把它藏在什么的方了？给我交出来。交出来。。。"

ps:五千字已更。小逆恳求兄弟们月票的支持。叩谢。

第九百四十三章 真不怕死！

大魔王

第九百四十三章 真不怕死

。

格玛不惜一切代价潜入进深谷。为此做好了可能会被围杀的准备。为了什么？

就是为了韩浩体内神格碎片。

贪婪摧毁了他的理智。令他疯狂的来到了这里。这些一直跟随他的手下注定逃不出深谷。这些他都可以放弃。为了神格碎片。达格玛彻底疯了。

当他从韩浩身上没有现一点格碎片的痕迹之后。大喜之后的大落让他歇斯底里了。变的越加狰狞狠厉。抓住韩浩胸襟狂嚎："交出来。给我交出来。"

韩浩一脸漠然的看着疯疯癫癫的达格玛。无悲无喜。无惊无惧。仿佛达格玛手中抓住的是一个人。仿佛他只是一个冷眼旁观者。

"统领。有人来了。＊。"那一名手下听到了远处传来的厉啸。知道混乱之的的高手应该都在朝这边汇聚。眼见达格玛已经痴狂了。急忙出言提醒。

"韩浩。你交来。我不杀你。我保证。我绝不会杀你。"达格玛死死的抓住韩浩。双眸红。几乎是一字一顿的喝道。

"你杀了我好了。"韩浩冷淡道。

"你真想死？"达格玛低吼。额头青筋突跳动。他心中激烈的做着斗争。一方面恨不将韩浩碎尸万一方面又想从他口中的到神格碎片的下落。犹豫不决。

"统领。没时间了啊。"他那名忠心耿的手下声音已带着哭腔了。因为达格玛平日里的从容不迫此刻荡然无存。他在这儿逗留的时间也远远过了预期。

"好。我成全你。"达格玛怒吼。狠了心。就准备灭掉韩浩。

突然。森寒之气一下子将这一边区域彻底笼罩白茫茫的严寒之气一瞬间落到达格玛身上。心神失守的格玛被白茫茫的寒气完全裹住。彻骨冰寒的力量马上对达格玛造成了响令他手脚僵硬。一时间能够将自己的力量挥出来。

与此同时。以达玛为中心。寒气迅往周围蔓延。寒气所过之处附近灰尘碎石木屑全部冻。达格玛手下锁定韩浩的力量轰然断裂。

寒气似乎有着自己的生命它影响了达格玛和他的手下。甚至影响了没有生命的器物却单单放过了格玛死死抓在手中的小骷髅韩浩。

已做好被达格玛袭杀打算的韩浩。敏锐的抓住了这个千载难逢的机会。在达格玛和他手的力量被冰寒之力困住的那一霎。立即抽身暴退不顾一切的逃离达格玛这边。

格玛一只手虽然探入他胸口。但却并没有要了他的性命。这是因为达格玛知道神格碎片是主要目的。一只手落入韩浩胸腹一现没有神格碎片的痕迹。立即抽了出来没有将他身体给彻底破坏。

当然。由于这一具身体同样特殊。即便达格玛真的将他体内的器官给粉碎。韩浩一样不轻易死亡。照旧可以平安活来。毕竟这具身体和正常人类不一样并不是体内的五脏六腑爆碎了。身体所有的机能就会停止的。

"达格玛。你竟然来深谷。找。"一声阴冷冰寒的厉喝。由不远处传来。混乱之的五大君主之一的瓦西斯竟然第一个赶并且及时的将韩浩从达格玛的手中解脱了出来。

瓦西斯的冷喝声一落他已在格玛面前出现。庞大的冰寒神之领域瞬间笼罩了这个区域比寒冰洞还有冷厉几倍的森寒降临下来。连大的似乎都被冰冻冻裂。传来令人毛骨悚然的"咔咔"声。

格玛一时的心神失守。令瓦西斯有机可乘。被冰寒之力袭入了身体。但达格玛毕竟是和瓦西斯一样的神。本身实力之强悍在猎杀者联盟中也是出了名的。瓦西斯的冰寒力量虽然令他瞬间受伤。可是寒气也令达格玛认清了形势。

体内死亡力量几转后。趁机入的那些冰寒之被达格玛涤荡一空。伸手一招。死亡元素从深谷疯狂汇聚过来。灰蒙的烟雾一下子笼罩了这个区域。中了这里的冰寒之气。令这儿的温度迅回升了一些。

"统领。快走。"他的一名手下声嘶力竭的大喝。

到了此时。达格玛然也知道了势的危机。因为除了瓦西斯之外。他感觉的到修炼大的力量的奥索埃也迅赶来。泰尔罗格两人的气息若隐若现。该也离此不远。

如果不能够在四人-围之前从深谷内逃出去。达格玛很有可能就要被永远的留在深谷了。咬了咬牙。早有定计的达格玛取出一个绿色水晶球。喝道:"将你们的灵逸出来。"那些跟随达格玛而的手下。闻言神色一喜。毫不犹豫的将神魂离体而出。飞逸进了达格玛手中的绿色水晶球内。几人魂一入达格玛绿色水晶球。他马上挥手释放出几缕亡力量飞入那几个手下的神体之中。

死亡力量一入。几的神体猛的胀起来。一股寂的力量在他们神体内不断的增长。几人的神体像是膨胀的气球。慢慢的越胀越大。显非常诡异。打算全力出手拦阻达格玛的瓦西斯。一见几具神体突然升空。并且在不的胀大。脸色悚然一变。猛的往后方退开。并且冷喝了一声："都闪开。"

在达格玛不远处的骷髅韩浩。一见那几具升空的神体。就急忙先行一步往后退了。同样修炼死亡力量。他显然知达格玛在利用那几名有着上位神实力手下的神体施展"尸爆术"。所以他闪的比谁都快。

果然。在瓦西斯一声冷喝之后。达格玛手下那几具升空的神体猛然爆碎开来。强烈的死亡力量从中释放出来。冲天而起。瞬间将笼罩深谷的结界撕裂了一道口子格玛手持绿色水晶球。趁机从那道撕裂的口子中一闪而逝。从深谷中消失不见。

"追。"瓦西斯抬了一下天空。旋即大喝道。

和瓦西斯一起三道影子同时升天。深谷的结界对他们似乎根本没有一点阻碍力。任由他们一闪而逝。

韩浩抬头望天暗将另外三人飞天的位置记在。奥索埃离此最近。只有几千米。泰尔罗格的位置隔一万米左右。心里面默默算了一下。韩浩大致猜出泰尔罗格刚刚应该就在附近。至于奥索埃他看不出什么问题。不过他来的比瓦西斯迟那么久令他略微有些意外。

瓦西斯。这家伙为什么那么快。为什么会帮我？韩浩有些疑惑。他看出来刚刚瓦西斯分明一直都在维护他如果没有瓦西斯的突然过来。如果没有瓦西斯冰之气及时的封锁。这一具半成品的身外化身立即就会被达格玛撕成粉。

按照道理来看。瓦西斯过来对付达格玛根本不应该顾及他的存在。冰寒之气似乎也没有特对待他的必要。毕竟。瓦西斯和韩家并没有交情。之前在火山口的时候瓦西斯还被韩硕击败过。不论怎么看瓦西斯也不该那么小心的维护他啊。

"领。你没事吧"在韩浩一脸疑惑的猜测的时候波罗浑身鲜血淋的从达格玛的骨牢中走出来。担心的喊道。

将心中奇怪的想法暂时抛离脑海。韩浩摇了摇头。淡淡道："没事。你们呢？"

"达格玛走的早。没有继续施加力量在我们身上所以只是受了点轻伤没有什么问题。"波罗一边擦拭着身上的血迹。轻的对韩浩说脸上没有一, 痛苦之色。

在混乱之呆久了。本身又是猎神者。这种程度的伤势显然不被波罗放在眼里。另外几个韩浩的手下也一样。都是尽快的为自己止血。这些事情做好后一言不在原的盘坐下来。恢复刚刚的消耗。抓紧一切时间稳定伤势。将实力恢复。

这是他们跟随韩浩之后。从韩浩身学来的行事准则——不论在什么时候。都要将自己的实力保持在巅峰状态。好应付随时会来的袭击。

　　"没事就好。都坐下来休息吧。"韩浩，了点头。自己率先在原的盘坐下来。也不管追出的瓦西斯几。

　　在韩浩来看这一个体根本不上什么忙。所以就没有参合进去。达格不惜耗费手下几个绝顶高手的神体施展尸爆术。而且还是那么果断。很显然应该留有后着。

　　都是主神之境。-玛全力逃跑。而泰尔罗格等人因为想看他被杀没有立即过来。所以没能够对达格玛形成合围。以韩浩来看达格玛能够逃出升天的可能性非常大。估计泰尔等人会无功而返。

　　盘坐下来的韩依旧在胡思乱想。因为这一具身体本来就是一个半成品。那些伤势实在没稳定恢复的要。此事已过。他的这一缕神魂还是会重返本体身上。这一具半成品身体到时候会被放弃。所以他不打算花费精力将这具身体恢复如初。

　　为什么瓦西斯会帮我？奥索埃有没有异心？要不然他怎会比瓦西斯还要迟过来？一连串疑问在韩浩心中浮现出来。他皱着眉头慢慢的想着。

　　时间在不知不觉中然流失。那些前来的混乱之的的凶神恶煞。过来之后现达格玛已经影无踪。而韩浩也不顾周围的状况就在原的盘坐了下来。胸口还隐隐有鲜血溢出。这让有些人心中忽然起了些别的心思。

　　一些人心中不由起了歹念。看向小骷髅的目光多了一些异样的东西。

　　韩浩在混乱之的纵横了这么长时间。的罪的人有多少他自己都记不清了。那些对他怀恨在的人平日里忌讳韩浩的力量不敢轻举妄动。但是今天韩浩明显重。就连他几个的力手下波罗也是身染血迹。这可是千载难逢的好机会啊这些大大小小的势脑。有些并不知道韩浩和韩硕之间的关系。所以一个个目显凶光。驻留原的不走。都在暗处观察着韩浩和波罗几人。心中怀着什么心思不言而喻。

　　"深谷有深谷的规。这么多年来还没有人敢在深谷内动手的。嘿嘿。你们想试？"波罗眼睛在尘土弥漫处几个方位扫了一眼。满不在乎的嘿嘿笑道。

　　韩浩一言不。眼睛都闭了起来。根本无视这些只敢在这种时刻心起歹意的小角色。

　　在波罗的冷笑声中。许多人默默退去。他们显然意识到在深谷动手并不是一个好主意。这意味着和五大君主为敌。结局肯定不会理想——尤其是这个敏感时刻。

渐渐的。暗中窥视者一个接着一个离开。这儿除了多了满的商家尸体之外。又重新恢复了正常。

就在此时。在飞扬激荡的灰尘中慢慢显现出一道影子。不紧不慢的走向边。

波罗嘴角勾起一丝冷笑。突然长而起。一脸狰道："还真有不怕死的啊。"他刚刚只是受了点轻伤。本身有着上位神末期的实力。在深谷除了五大君主和韩浩之外。他根本就不怕什么人。除此之外。还有几个韩浩的手下和他一样。都没有受什么重伤。即便刚刚那些家伙一起手波罗都不认为这边会吃亏。更何况只是孤身而来的一个人？

在弥漫的灰尘中。一道长的身渐渐显现出来。视虎视眈眈的波罗几人。双眸只是平静的望着突然睁开双眸的韩浩。笑着询问："你就是韩浩？"

"你是谁？"冷喝一声。看子就准备动手了。

"波罗。住手。"韩浩突然轻喝一。见波罗一愕然的愣在那儿了。这才点了点头。一脸漠然的看着那人。道："我是韩浩。"

"嘿嘿。看来你知道我是谁了。很好很好。这样就能够省却功夫了。"轻笑着点了点头。强烈的灵魂波动忽然从他上释放出来。一下子将韩浩给裹在了面。

几十秒后。这人失望的摇了摇头。轻叹一声道："也不是。"话罢。看也不看韩浩。叹着掉头离开。又从飞扬的灰尘中消失不见。

第九百四十四章 韩浩VS安德丽娜

出韩浩所料，泰尔、瓦西斯、罗格、奥索埃四人最终并没有围杀到达格玛。

达虚空逃逸。当泰尔四人从深谷飞出之后，正巧看到达格玛裂空而去，那一道空间缝隙缓缓愈合。

四人迟了一步，只能够眼睁睁地看着达格玛消失无踪，不过达格玛这一行深谷之行，也付出了惨痛代价，他手下几个最强的上位神神体全部爆裂，他本人也被瓦西斯冷不防偷袭得手。

可以说经过此事达格玛在猎神联盟中的实力将会锐减，这次与猎神联盟的大战倒是不用太担心达格玛了，敢孤身前来深谷，达格玛疯狂的行径也算是得到了应有的惩罚。

泰尔、瓦西斯四人重返韩浩身旁的时，死亡主神内斯特已经失望地离开，他们并不知道就在他们追击达格玛的那一会儿，韩浩这边已将该做的事情做完。

不论怎么说韩浩都算是混乱之地的人，在深谷之中遭受达格玛的袭击，四个君主自然当前来问候一声。

"韩浩，你没事吧？"奥索埃轻呼一声，看他的样子似乎非常担心。

"没事，达格玛怎样？抓到了没有？"看四人的沮丧样子韩浩就知道他们肯定没有收获，但该问的话还是要问。

苦笑着摇了摇头，奥索埃叹息道："那达格玛太狠了，竟然拿手下几个上位神地神体施展尸爆之术，强行以上位神神体尸爆的力量轰开了深谷的结界，要不然，等我们四人赶来将他围住，他绝难或离开深谷！"

"我还以为你们早来了呢……"韩浩大有深意地瞥了泰尔、罗格一眼，然后才对奥索埃说："嗯，我没事了，刚刚来了一个奇怪地家伙，用灵魂窥视了我一番，摇了摇头又走了，也不知道是谁的人……"

泰尔、罗格脸色同时一变。忽视一眼。罗格突然嘿嘿笑问韩浩："什么人那么奇怪？他敢用灵魂窥视你还可以平安离开。这还真是让我意外啊。根据我对你地了解。你可不是好说话地人啊。"

瓦西斯、奥索埃也将注意力集中到了韩浩身上。很显然。他们对于这件事也非常关心。

"那人是谁我不知道。但我可以肯定他修炼地死亡力量远远过你！"韩浩冷漠地望着罗格。平静地说："这样一个强大地人。我自问没有办法抗衡。只有选择沉默了。嗯。我听说。前一段时间罗格大人似乎也到了一个厉害地人。那时候罗格大人地表现似乎还不如我呢？"

给韩浩这么一说。罗格脸色有些难看。冷哼了一声。没有答话。通过韩浩地话。他已经肯定来人就是死亡主神内斯特。他并没有从泰尔口中得到关于韩浩身上拥有神格碎片地消息。所以倒也不是特别意外。

瓦西斯、奥索埃也没有多想。只是显得有些惊讶。仿佛在惊讶死亡主神内斯特地神通广大。竟然在这么短地时间就知道了韩浩在深谷地消息。并且哪么快找上门来。

只有泰尔一脸若有所思地样子。眼睛深深地望着韩浩。好似要看清楚韩浩身体和灵魂地一切——他是知情了！

为什么，为什么内斯特没有动手？这不可能，神格碎片明明就在他身上啊？难道，大哥的消息错了？泰尔心中早已经掀起了滔天巨浪，他本以为一旦死亡主神内斯特过来，韩浩就会必死无呢，没有料到竟然一点事都没有。

"没什么事情了，我先走了。"韩浩并没有和泰尔几人虚与委蛇，从泰尔、罗格两人身上韩浩已经得到了自己想要的消息，所以直接站了起来，对波罗点了点头，道："我们走吧。"

话罢，韩浩先行一步离开，临走之前，悄然多看了那冷冰冰的瓦西斯一眼。

"散了吧，达格玛既然敢孤身前来深谷，看来猎神联盟地攻击很快就该来了。嗯，大家今天可以分散离开了，该说的事情都说了，从今天开始就各自为政，准备应付猎神联盟的疯狂攻击吧！"事到如今，泰尔知道战斗即将全面爆，和奥索埃、瓦西斯、罗格说了一句，第一个离开。

……

韩浩一走出这边，就带着波罗几人到了韩家所在的君王店，打着购买天玑药剂的幌子进入韩硕平日里精修的密室。

他和韩硕之间地关系，就连一般韩家的人都不太清楚，不过负责天玑药剂地主人却是知情，韩浩到来之后殷勤地将他带到这边就悄悄退下了，并且叮嘱所有店员不准靠近这边。

之所以选择这一间韩硕平日里精修的密室，是因为这一间密室被韩硕布置了特殊阵法庇护，在这里面他不必担心会被人窥视，不用担心会有人打搅到他地一切举动。

在父亲韩硕盘坐的蒲团上面坐下，韩浩地一缕灵魂渐渐地放开，将这一具身体的气息彻底隐匿起来。

与此同时，远在命运神域的他的本体，也和他保持一模一样的姿势盘坐。唯一不同的是，这一具身体眼瞳内有一个个微小的碑文逐渐闪耀，身体上面也迸出奇怪地力量，影响了附近的死亡元素……

还未走出深谷的死亡主神内斯特，正一筹莫展的思量着，忽然眼睛一亮，猛地看向了命运神域的方向。

韩浩是他最后一个目标，当他现韩浩身上并没有神格碎片的时候，内斯特真是无比的失望，开始怀自己的判断是不是出了问题，为什么所有混乱之地修炼死亡力量的高手都搜寻了一遍，还是一无所获？

来自命运神域地神格碎片的力量，及时的出现令内斯特神情一震，双眸光芒闪耀，喃喃道："原来那家伙早已经离开了混乱之地，是了……感觉到我要来，他又怎么敢继续留在混乱之地呢？"

一边喃喃自语，内斯特一边迅离开，束缚住整个深谷的结界力量对他根本没有一点阻碍作用，他心神一动，已穿越了笼罩深谷天空的结界，瞬间消失不见。

"终于走了！"泰尔、罗格两人抬头望天，同时轻呼了一口气。

深谷上空的力量主要的布置就是这两人，大地地束缚力量则是由奥索埃负责，瓦西斯的冰寒之气用在城墙壁内，四人分工明确。死亡主神穿透天空的结界，作为布置的泰尔和罗格当然会有所感应，他们自然知道内斯特已经消失在深谷。

对泰尔、罗格来说，内斯特的存在让他们非常没有安全感，一个强悍如斯的人物留在深谷内，他们会觉得忐忑不安，有种小命随时被人捏在手中地无奈感。对泰尔、罗格这种平日了掌控别人性命的强来说，这种挫败感非常难挨，他们迫切的希望死亡主神早早离开深谷，离开混乱之，希望永远也要再出现在这里！

深吸了一口气，慢慢将自己放松下来，过了一会儿泰尔又孤身一人离开，走出深谷到了火山处，再一次联系他地哥哥达卡，将今日刚刚生的情况说了一遍。

"我知道了，达格玛才回来没多久，他也说了韩浩的身上不再有神格碎片的气息，这真是非常奇怪，也不知道那小子是不是将神格碎片怎么样了！"魔法镜面内地达卡也是一脸惑，怎么也想不通究竟是怎么一回事，按照道理来看不论是谁得到了神格碎片，都会将它牢牢的抓在手中，绝不会轻易地让它离开自己。

可是，如今韩浩的身体内分明没有神格碎片的存在，这件事情真的有些难以解释。

"算了，暂时不管韩浩的事情了。"达卡皱着眉头，问道："死亡主神离开了？"

"应该离开了，所有人他都找了一遍，既然什么都没有现，我想他没有必要继续留在混乱之地了。刚刚我留心了一下，大致感应出他去了命运神域，我想他有可能去询问命运女神这方面地事情了。"泰尔沉吟了一下，解释道。

"这样也好。"达卡点了点头，旋即冷笑道："那么，我们可以行动了。你准备一下吧，明天我们正式进攻猎神联盟，你那边所要应付的是风、雷电神域地猎神，他们力量最弱，你不必太担心，只要小心应付就行了。至于布莱恩那边嘛，嘿嘿，会是我和达格玛、阿瑟尔斯特三人，另外再加上一个萨拉斯，我会将那边夷为平地！"

"哈哈，这一战过后，我们两兄弟就成为十二大主神之外最有权势力量的人！"泰尔哈哈大笑，笑地一脸的猖狂得意。

……

命运神域，将身上力量释放出来地小骷髅韩浩，分明感应到从混乱之地迅掠来的死亡主神内斯特。

嘴角勾起一丝冷笑，心道任凭你是死亡主神，还不是一样要上我父亲的当！你现在应该已经将我从怀人中排除了吧？以后只要我小心谨慎一点，你永远不知道谁拥有了神格碎片！等我将神格碎片和魔功彻底融合了，到时候我夺你神格！

感受到内斯特的到来了，韩浩又将身上的力量隐匿起来，慢慢的站起准备绕道重返混乱之地。

就在此时，一个娇小的人影忽然站在韩浩面前，一脸惊异地望着韩浩："刚刚，那一股力量是从你身上释放出来的？"

韩浩一愣，旋即脸色一冷，先是戒备地看了看四周，旋即凝重地喝道："你是谁？"在这个小女孩身上，韩浩感觉到了奇异的灵魂波动，那是一股比波罗等人灵魂还要强大的力量，她生命形态似乎也非常特殊，让韩浩感觉到了威胁。

"我叫安德丽娜，这里是命运神域，是我家！"安德丽娜冷眼望着韩浩，轻蹙着眉头略略感受了一下，突然脸色一变，冷笑道："你身上有猎神的气息，你是猎神吧？"

"不错，我是猎神！你想怎样？"韩浩将骨刺提到了手上，满脸警惕。

"只要是猎神就行了，我不用管你是谁了！"安德丽娜脸色冰寒如霜，小手中猛地绽放出璀璨的水晶光芒，直朝着韩浩轰了过去。

韩浩有些吃惊，在安德丽娜身上他没有感觉到十二大力量系任何一系的力量，那灿灿光芒中蕴含的乃是最纯粹的能量晶石的力量，那感觉就像是一个巨大的能量晶石炮中爆出来的力量，不但可怕，而且还非常灵活。

韩浩并不认得安德丽娜，自然不知道安德丽娜和父亲韩硕之间关系匪浅，当年安德丽娜和韩硕认识的时候他己从韩硕身旁离开，一见安德丽娜突然出手，韩浩当即将安德丽娜当成了强大的敌人看待。

手中骨刺一展，刚刚被神格碎片吸引过来的死亡元素全部依附在了骨刺之上，虚弱、恐惧、衰老三大死亡结界在瞬间缔结完成，将这边区域全部笼罩了起来。

不但如此，一个灰蒙蒙的薄膜也在韩浩身前形成，上面隐隐有着一丝丝流水一样的死亡力量轻轻滑动。

"咦！"安德丽娜惊呼一声，显得有些意外，她没有料到韩浩实力居然如此强悍，比她以前所遇到的那些猎神高手强大了太多。

这么一来，安德丽娜立即将所有的力量都释放了出来，她手中灿灿光芒一下子凝为实质，成了一块巨大的能量晶石。在那能量晶石中央，一个椭圆形的光球像太阳一样散出炽烈的光芒，仿佛是能量晶石的核心，带着能量晶石轰然冲出。

被运女神从暗黑神域带回来的安德丽娜，这一段时候被命运女神严加看护，实力大幅度增长，早已经不是当年那个安德丽娜了。

她这全力一击爆出来，韩浩利用死亡力量在面前凝结成的屏障居然抵挡不住，一下子被轰出了一个大洞，由光芒凝结成的能量晶石在太阳一般的核心力量带动下，圆球一样滚动着碾向了韩浩，气势惊人。

虚伪、恐惧、衰老三大死亡结界，对于安德丽娜这种特殊的生命体，根本不起丝毫作用！

第九百四十五章 一触即发

德丽娜在三大死亡结界中照样活蹦乱跳，虚伪、恐没有降临到她身上，在她胸口，刺目的璀璨光芒将这一片区域照耀的遍地生辉，烈日的光芒也没有那么炽烈光亮。

巨大的能量晶石像是琉璃水晶球，中央一个椭圆形的光球不断散出灿灿光辉，和安德丽娜胸口耀眼的光芒交互相应，携带着惊人的能量滚向了韩浩。

眼见安德丽娜在三大死亡结界内还活蹦乱跳，韩浩立即改变策略，将支撑三大死亡结界的死亡元素瞬间吸进手中骨刺内，不等那滚动过来的水晶琉璃球靠近，韩浩突然抽身后退。

"想跑？"安德丽娜冷笑，小手一张，青葱一样的五指连连弹动。

琉璃水晶球受安德丽娜操纵，灵活地滚动弹跳，快捷如闪电，死死地锁定了韩浩，吊在他身后紧紧不放！

韩浩心如止水，一双妖异的眼眸邪光熠熠，突然屹立原地不动。

咔咔！咔咔！

背后七根骨刺激射而出，从他身侧袭向了一脸冷笑的安德丽娜，与此同时，手中那一根骨刺猛地投掷而出，骨刺一出，万鬼齐哭，一缕倭墨黑色的气息缭绕在骨刺上面，形成了一个个狰狞可怕的鬼面。

冰寒的阴风彻骨，骨刺骨尖猛地张开一个獠牙密布的大口，本来只是一件死物的骨刺，突然化为一凶猛可怖的远古凶兽，由成百上千厉魂汇聚起来的邪恶煞气这一刻锋芒毕露！

安德丽娜冷笑地小脸悚然一变，显得有些骇然，似乎没有料到一杆普普通通的骨刺为什么会有如此可怕的邪恶力量蕴含其中！

不等安德丽娜反应过来。猛地张开獠牙密布巨口地骨刺。一下子将安德丽娜击出地琉璃水晶球吞了进去！

那大口不断地啃咬咀嚼。传来"咔咔咔咔"地声音。似乎硬生生地将那坚固堪比钻石地能量晶石咬碎了。

嗖嗖嗖！嗖嗖嗖嗖！

七根骨刺呼啸而来。冰寒阴毒地力量瞬间将一脸惊骇地安德丽娜罩在其中。骨刺未到。阴冷地力量已先行动。

安德丽娜更加吃惊了。这时不再多看被那一根变为活物吞没地琉璃晶球一眼。立即将注意力集中到了悄然而至地七根骨刺上。

庞大地能量晶石之光由安德丽娜胸口释放出来。霎那间。安德丽娜成了晶体状。仿佛一块最完整地活化石。看起来晶莹剔透。美轮美。

只是，却没有一个生命应有地生机！

刺目的光芒从安德丽娜身体释放出来，光圈中带着一惊人力量，似乎影响了空间地构造，七根骨刺明明已到安德丽娜身旁，可就是找不到准确地攻击点，在安德丽娜身旁徘徊不断。

"你到底是谁？在你的身上，为什么会有一股我熟悉的气息？"成晶体状的安德丽娜依旧一脸冰寒，远远瞪着一把抓住骨刺的韩浩。

对待敌人，韩浩向来不喜多言，一言不地掠向了安德丽娜。

在他行进中，他猛烈地甩动着手中那杆变大了许多的骨刺，随着他手臂地甩动，一块块拇指大小的能量晶石从骨刺中抖落了出来，那一小块一小块的能量晶石，从骨刺抖出后早已经没有了一丝能量波动，成了最普通地小石子。

那一块被骨刺吞入的琉璃水晶球由于不能够继续从安德丽娜体内获得力量，在上千厉魂和他体内力量的消磨下，自然只剩下能量被消耗殆尽这一条道路了。

"你究竟是谁？我不想弄错了对象！"安德丽娜见韩浩迅掠来，脸色一寒，再一次喝道。

韩浩依旧一言不，但是手中提着的骨刺却没有停止，被他猛力投掷出来。

从韩浩背脊射出的七根骨刺，徘徊在安德丽娜身旁始终不得要领，无法找到攻击点落到安德丽娜身上，可是那一杆有着上千厉魂存在骨刺，却似乎不受安德丽娜身体强光的影响，穿透了层层光幕，直朝着安德丽娜胸口扎来。

安德丽娜脸色又是一变，刺目地光幕从她身旁一下子消失的无影无踪，一个点缀了点点繁星图案的罗盘被她从取了出来，那罗盘一出，就有生命的飞了出来。

当！

罗盘打在韩浩那一杆骨刺上面，奇异的力量由罗盘涌入了骨刺，和罗盘接触点上盘踞地凶魂灵魂猛地一荡，旋即成一缕缕轻烟消散在了天地之间。

韩浩双眸异光一闪，想也不想抬手一招，将那杆骨刺猛地收回，心中一动，就打算动用神格碎片的力量和魔功之力，来真正和安德丽娜拼命。

他感觉得到那罗盘上面有着奇异的命运力量，这一种力量他以前很少遇到，知道这是十二大力量奥义中最神秘最玄奥地一系，那上面的力量非常可怕，他骨刺当中地厉魂根本承受不住。

决心一下，韩浩毫不犹豫，将所有骨刺收回，径直冲向了安德丽娜。

这一具身体本来就无比坚固，他花费在这一具身体上面的时间和精力比花在骨刺上面地要多的多，如今这一具身体中还蕴含了死亡力量这一系的神格碎片，这更让他更进一步了。

可以毫不客气地说，这一具身体已经成了他最隐秘的武器，在某些方面那一杆始终握在手中的骨刺还要可怕。

韩浩一动，安德丽娜就知道他要拼命了。因为之前再怎样战斗，韩浩脸上都是非常平静，好似没有将她放在心上，然而这次亲自冲来，表情非常专注，比先前明显要认真了很多。

对于韩浩，安德丽娜心中有着深深地忌讳，韩浩展现的力量让她有着强烈的危机。就好比现在，如果没有她母亲赐予的罗盘，指不定在那一杆骨刺下她已经受伤了，所以眼见韩浩要拼命，安德丽娜有些急了。

"你认识不认识布莱恩？"就在韩浩就要到她面前的时候，她猛地大喝出声。

一脸专注掠来的韩浩，猛地怔住了，身子就在安德丽娜前面十几米凝滞，有些奇怪地望着安德丽娜，点了点头，道："你是谁？怎么知道我父亲的？"

此话一出，换安德丽娜惊奇了，惊呼道："什么？你，你是他儿子？这怎么可能？"

由虚空落地，韩浩平静地望着安德丽娜，道："你和我父亲是敌是友？"

"当然是朋友，我正要找你父亲呢，你带我去吧？"安德丽娜嘻嘻一笑，心里面虽然还是还是非常奇怪，但却没有立即表露出来。

韩浩没有马上答应她，而是专注地看着安德丽娜，似乎在判断安德丽娜所言是真是假，过了一会儿，韩浩才说："我父亲在混乱之地魔隐谷，你去那儿找他吧，我还有事做。"

话罢，韩浩不再多言，看也不看安德丽娜，掉头迅远去。他感觉得到，死亡主神内斯特正在全力往这边赶来，他不能够在这儿逗留多久。

另外一方面也是因为如果从这儿不绕道前往混乱之地，很有可能会和死亡主神内斯特碰到，如果不幸在中途遇到了内斯特，那问题可就严重了。

安德丽娜还没来得及多说什么，韩浩已经消失的无影无踪，她一脸颓丧，咬牙低骂道："有什么了不起的，当我不认识地方啊！"奇怪地望了望韩浩消失的方向，安德丽娜双眸光芒闪耀了一会儿，低声喃喃道："这家伙一开始吸引我过来地力量，分明是死亡力量神格碎片传来的，他刚刚也没有施展出全部力量。嗯，据说，死亡主神内斯特来混乱之了，难道是为了他？"

安德丽娜犹豫了一下，哼哼道："算了，要不是布莱恩的面子，我一定告诉那家伙。"

一跺脚，安德丽娜狠狠地朝着韩浩离开地方向瞪了一眼，旋即转身，直朝着混乱之地而去。

……

命运神域，神殿。

命运女神的身影慢慢在神殿内凝集起来，"安德丽娜，我给你带了点东西，是你最喜欢吃地晶石哦！"命运女神一脸慈祥，柔和的声音在整个神殿内缭绕。

半响，命运女神一脸苦笑，摇了摇头，自言自语道："又偷偷跑了。这丫头，就不能够老老实实待着。

嗯，不过这一次，应该不会跑远吧，呵呵，这丫头最近实力大进，应该不会有什么问题。"

将目光投射向混乱之地，命运女神双眸内似有两个繁星点点的罗盘在慢慢转动，她整个人看起来更像是一部精密运转的机器，而不是一个有血有肉的人类。

"韩硕啊韩硕，希望他留给你的力量，能让你助我们打开天空之城……"命运女神远望着混乱之地，喃喃低语道。

……

混乱之地，魔隐谷。

正在闭关精修的韩硕忽然有一种不舒服的感觉，忍不住从修炼场内飞了出来，立在了魔隐谷上，眺望着命运神域地方向，喃喃道："韩浩在那儿，不会出了什么意外吧？"

这么想着，他就思量着要不要前往命运神域看一看，因为他相信自己灵魂的感觉。

"大人，有消息了。"就在此时，佐奇来到了他身旁，恭敬地说。

"哦？"韩硕微微一笑，望着佐奇道："来自深谷的消息？"

点了点头，佐奇回答："事情中途有点意外，不过结局并不出大人所料，得到可靠消息，死亡主神并未对韩浩少爷出手，人应该已经离开了深谷，也有可能从混乱之地离开了。"佐奇先是将结果告诉韩硕，然后详细地叙述了一下细节，着重讲了突然到来的达格玛。

"达格玛被神格碎片的诱惑彻底搅乱了心境，竟然敢不顾一切的潜入深谷。哼，要不是罗格、泰尔两人心怀异心，达格玛肯定不能够活着离开！"韩硕虽然并未亲临现场，但从佐奇地叙说就不离十的猜出了事实。

"达格玛几个最得力的手下神体全毁了，即便神魂已被他带走，可是那几人想要恢复如初也会非常艰辛。经此一役，达格玛已不足为惧了。"佐奇笑道。

"千万不要小看一个已经疯狂的人！"韩硕并未像佐奇一样乐观，反而郑重其事地叮嘱佐奇："给我好好留意达格玛，一个丧失理智的主神会做出一些我们预料不及地事情，最近一段时间让谷内的人暂时不要离开。"

"是！"佐奇一脸肃然。

"嗯，你下去吧。"韩硕点了点头，挥手示意佐奇离开。等佐奇消失之后，韩硕才有些奇怪地远望命运神域的方向，自言自语道："既然没有关系，那刚刚地感觉到底是怎么一回事？命运~运神域，这是安德丽娜母亲地地盘，难道是安德丽娜出了什么事？不可能啊，在命运神域内，谁敢动她？"

想了一会儿，韩硕并没有得出什么结论，旋即将脑海中紊乱地思绪暂时搁浅，着手准备应付猎神联盟即将过来的攻击。

死亡主神已从混乱之地撤离，没有了这个可能会影响双方地可怕人物，已经被耽误的一战再无阻碍地因素，韩硕知道，魔隐谷这个方向，不日将会迎来猎神联盟的攻击。

......

这一天，混乱之地外，一处黑烟袅袅的秃山上面。

猎神联盟十二大统领齐聚一堂，秃山下面密密麻麻全部都是一些眼露寒光的猎神，粗略估计了一下，不下于万人。

这些年来，猎神十二大统领还从来没有像今天一样齐聚一堂，也没有那么团结一致对付一方势力的机会。

一个慈眉善目的老人，身穿一件光明神殿祭司的洁白衣服，笑眯眯地示意大家听他讲话。

"甘道夫，你还穿着那件破祭司服啊？嘿嘿，难道你还以为能重回光明神的怀抱？"达卡一脸戏谑，古怪地望着光明神域地猎神统领甘道夫，不冷不热地调侃。

"他要是能重返光明神怀抱，我早就被冰雪神殿召回了！"水神域的统领克摩尔一脸冷笑。

甘道夫有些尴尬，干笑了两声解释道："是光明神抛弃了我，其实我心里面还是非常愿意侍奉光明神的。如果光明神真的能原谅我，我说不定还真的愿意回到他身边呢。"

"哈哈，回到光明神身边？干什么？再偷袭他一次？"达卡笑的肆无忌惮，朝着甘道夫拱了拱手，一脸敬佩道："身为三大光之守卫地你，能够做出这种事情我真是佩服的五体投地！我们这些人中，还真没有比你强悍的了，更让我意外的是，你竟然还能够活到现在！"

"过奖过奖！"甘道夫一脸谦逊，躬身朝着虚空行了一礼，虔诚道："赞美光明神，我会努力活下去的，活到你神格离体地那一天！"

"好了，我没兴趣听你们废话，该行动就行动吧！"坐在白骨王座上面的达格玛，冷哼一声，没兴趣听他们嗦。

"达格玛，还是你神勇！不声不响就直闯混乱之地的大本营，为我们打出了气势，哈哈，这一战如果能胜，你功不可没啊！"雷神域地统领雷吉斯嘿嘿怪笑，阴阳怪气道："不过，如果你能够将泰尔、瓦西斯、罗格那几个家伙一起干掉，我会更加佩服你，嘿嘿，那我们只要过去收拾残局就行了，你说是不是？"

"雷吉斯，你以为你现在就能够战胜我了？"达格玛在白骨王座上面正了正身子，阴森森道："要不要现在试试？四百年前我能够胜你，今天一样胜你！"

"我还真有这个兴趣了！"雷吉斯咧嘴一笑，猛地站了起来，看样子真打算和达格玛动手。

猎神联盟之所以这么多年都不齐心，那是因为他们之间也有芥蒂，一见面就会冷嘲热讽，竟揭人伤疤。

"都少数两句，先将混乱之地那些人灭了，到时候分地盘的时候，你们两个想怎么闹怎么闹。"甘道夫满脸堆笑，然后扬声道："好了好了，大家继续谈正事，嗯，看看该分为几个方向攻击。"

"我打布莱恩那边，别地我不管！"达格玛哼了一声，又将身子挤在了白骨王座里面，上一次深谷之行他损失惨重，还没能够从韩浩手中得到神格碎片，早就将韩浩视为了眼中钉肉中刺，他是铁了心要将韩浩除掉，逼问出神格碎片下落。

虽然不知道为什么韩浩身上没有神格碎片，但上一次他亲眼见识到了亡魂碑的存在，所以他不会像死亡主神一样离开，一定会死死盯着韩浩，直到得到神格碎片，将韩浩挫骨扬灰才会罢休。

"我和阿瑟尔斯特与达格玛熟悉，我们两人和他一起，对付布莱恩和魔隐谷吧。"达卡看了阿瑟尔斯特一眼，提议道。

阿瑟尔斯特和达卡应该早有沟通，闻言点了点头。

"一个韩家，值得你们三人力量一起动手？"水神域地克摩尔冷哼一声，有些不太满意这个安排，觉得达卡这边捡了个便宜。

"呃……韩家的确非常强，我和他们动过手，我知道。另外，达格玛实力锐减，我想我们三人合力，没有什么不合适。"达卡和克摩尔讲着话，眼睛却望向了甘道夫。

沉吟了一下，甘道夫笑眯眯道："那就这样吧，克摩尔，达格玛都这么倒霉了，就让他们去吧。"

克摩尔虽然刚刚对甘道夫冷言冷语，不过似乎还卖他面子，闻言点了点头，没再多说，事情就这么定了下来。

ps::又是九千字，小逆连晚饭都没吃，一直赶到现在。呜呜，肚子饿死了，兄弟们可怜可怜小逆，来点月票支持一下吧。点击下面的"推进月票支持作"一下，给小逆一票鼓励鼓励吧，小逆将不胜感激！

第九百四十六章 等你来！

大魔王

第九百四十六章等你来。

神者联盟在甘道夫达卡这两人的沟通下。慢慢确方针。由达卡达格玛阿瑟尔斯特三人前往韩家所在的魔隐谷方向。克摩尔甘道夫两人去格那边。雷吉斯风之神域统领米勒大的神域赛亚路对付奥索埃。剩下的几个统领别应付泰尔和瓦西斯。

总的来说。猎神者联盟十二大统领的力量明显过了混乱之的。按照猎神者联盟的实力。如果没有什么意外。混乱之的的五大君主绝难抗衡。

决议下来。十二大神者统领纷纷召集自己手下。分为五股散开了。从五个方向前往混乱之的。

达卡这边有阿瑟尔特达格玛三拥有着主神之境的强者。虽说达格玛的力量损耗极大。但是阿瑟尔斯特和达卡手中还是高手如云。加上还有一个对混乱之的知之甚深的萨拉斯领路。这次针对魔隐谷的攻击。很明显占据了绝对优势。

和这边的一些统领开来。往魔隐谷韩家的方向行进了一段时间。萨拉斯突然开口道："韩家处在的魔隐谷有着许多强大的结界。谷内终年云雾缭绕。那些雾气当中还含有剧毒。很难应付。当初我曾经带手下攻击魔隐谷。候布恩并不在山谷中。可即便如此。我也损失惨重。没能够将魔隐谷摧。"

战斗很快将会开序幕。这个时侯情报非常重要。一在这个时候萨拉斯将魔隐谷的情况讲述出来。达卡阿瑟尔斯特两人都很在心。认真的听萨拉斯将魔隐谷的情况说了一遍。

只有达格有些心不在焉。一双眸子毒蛇一样闪耀着阴毒的色彩。未等萨拉斯将魔隐谷的情况全部说清。达格玛就出言打断了："萨拉斯区区一个小山谷。就算是有再多的结界封印。挡的住我们四人的摧残吗？"

"我不清楚但我当年闯入山谷里面后。硬是一种奇异的力量困了许久。"萨拉斯以前还非常忌讳达格玛。不过自达格玛因为神格碎片转性之后。萨拉就渐渐有些轻视他了。在萨拉斯来看不能够冷静思考达格玛虽然疯狂。对他来说却不可怕。

"奇异的力量？"格玛冷笑毒蛇一的眸子斜了萨拉斯一眼。讥讽道："萨拉斯不会是你自己太了吧？一个山谷的力量。凭什么能够的住你这个主神之境的高手？"

哼了一声。萨拉斯满脸不悦。怒："达格玛信不信由你。我只是讲述我的经历罢了。反正这次行动又没有什么人参与。到时候你们手下挂了。可别怪我没有提醒。"

"达格玛。迷茫之的时候我们都和布莱恩交过手。你应该知道他和我们不太一样。还有。你和韩浩早就熟识。这次又他交战过。应该明白韩浩身上也有一我们不清楚的力量是吧？"达卡开口。一脸凝重道："这一次我们不但要将魔隐谷毁去。把布莱恩韩浩这些家伙干掉。而且还不能够令自己有太大损伤。你也知道。甘道夫那家伙一肚子花花肠子。如果我在韩家损伤了太多的力量将来分配利益的时候就会吃亏很多。所以我们还是听听萨拉斯的建议吧。"

给达卡这么一。达格玛阴森森的笑了笑道："嗯。你说的有道理。"看了看萨拉斯。达格玛抱歉道："继续说。我会认真听。嘿嘿。"

萨拉斯勉强点了点。沉吟了一下。接着说："，隐谷非比寻常。我只是提前告诉你们一声。免的到时候没有准备会吃个大亏。除此之外。我还查到在魔隐–附近还有一个区域。那儿驻扎了韩浩的猎神者手下。距离魔隐谷非常之近。那的方的守卫倒不如魔隐谷那样严密。"

一听到韩浩两字。达格玛身子一。阴毒的眼睛滴溜溜转了一圈。萨拉斯问道："你有什么提议？"

"韩浩和韩家关系非浅。我的意思是先去他那边。看看能不能够将那个没有什么防卫的的方先毁去。嗯。们不要小看韩浩手中的力量。那家伙整合了混乱的所有的猎神者。可是五大主之下手中高手的最多的一人。"萨拉斯解释道。

"很好。就先去韩浩那边好了。"达格玛显有些迫不及待。他这一次的主要目标就是韩浩手中的神格碎片。相比死亡力量的神格碎片诱惑而言。所谓的混乱之的将来的收益达格玛压根就没有放在眼里。

"萨拉斯你对混乱之的比较熟悉。不会有什么问题？"达卡皱着眉头问。萨拉斯的提议和他的计划略微有些冲突。不过他见达格玛那急迫的样子。知道达格玛肯定会先去那边。仔细想来。这主意虽然和他的想法有些不一样。不过似乎也没有什么问题。

任凭达卡神通广大也绝不会想到萨拉斯暗中已和韩硕见过。并且已经达成了默契。毕竟萨拉斯几乎可以说是被韩硕给逼混乱之的的。在达卡来看两人之间有着难以的仇恨。他怎么也不会往这方面联想。的萨拉斯的举动只是想尽全力毁灭韩家。

"我不知道会不会有问题。不过我想那边的防御力肯定不如魔隐谷。如果我们在那儿就遭受了极大的重创。我想我们就不必前往魔隐谷了。"萨沉声道。

"你看呢？"达卡犹豫了一下。将探寻的目光落到了阿瑟尔斯特身上。"这样也行。就拿个的方先热身。顺便看看能不能够为达格玛将神格碎片找出来。"阿瑟尔斯特无所谓。淡淡的说。

"够意思。嘿嘿。"-玛轻喝一声。觉的阿瑟尔斯特看起来顺眼不少。

"那就这样吧。"达卡最终拍板。即向萨拉斯问清楚了那边的详细状况。就吩咐手下略改变了一下进的方向。

。

魔隐谷。韩家。

佐奇罗蒙萝丝五行甲尸博兰兹等人全部聚集在一起。连近日忙于从水晶圆球摄取力量体悟记忆的斯塔索姆菲碧等人。也都纷纷从修炼场内走了出来。

"达卡达格玛阿瑟尔斯特三大猎领带着手下猎者已经过来了。除了那三人外。尾能还有一个萨拉斯。"佐奇脸色凝重在韩硕身旁将目前的形势娓娓道来。

听到了这个消息。边韩家的人都是一脸肃然。就连平日里嘻嘻哈哈的吉尔伯特都少有的沉默了起来。

达卡达格玛阿尔斯特三人都是有着主神之境的高手。如果再加上一个萨拉斯。那相于四个巅峰强者一同过来。如此力量。可是韩家从来不曾遇到过的相比较这四人而言。他们在枯骨城遇到的希尔和沙陀简直不值一提了。

"情况就是这样了。"韩硕扫了人一眼淡淡："从今天开始。封闭魔隐谷。任何人不的擅自离开魔隐谷一步。"

"我们不离开魔隐谷。那些猎神者会不会绕开直接前往深谷腹的？"阿尔梅里克一愣。旋即疑惑道："按照和泰尔他们的协议。我们不是负责这一个方向吗如果任由达卡那些人越过。进入混乱之的中心的深谷。这可是非常严的啊。"

"不必担心。达卡定会来魔隐谷。他这次的目的并不是直闯深谷。而是为了将我们彻底毁去。"韩信的笑了笑。宽慰阿尔梅里克。

听韩硕这一说阿尔梅里克点了点头。没有继续多说什么。他和韩硕认识不是一天两天。只是深深看了韩硕几眼。他就知道韩硕心中早有定计。应该已经将方方面面都考虑清楚了。

"都不要离开魔隐-。我们只需要等等候达他们的到来即可。"韩硕目光在他们脸上一一巡视了一遍笑着说："如果他们真的打算绕路直闯深谷。就让他们去好了反正我们深谷的那些韩家人也已经接到命令。这个候应该开始撤离了吧。"

"照我看。你是压根就没打算管深的死活吧？"老妖斯塔索姆愣了一会儿。忽然笑问道。

"哈哈。"韩硕大笑。道："深谷毁了就了。有韩土韩金这五个家伙在。重造一个深-又不是什么困难事。至于深谷那些人的死活。和我有何关系？该死的就让他们死好了。能够侥幸存活下来将来才有资格做韩家的仆从。"

此话一出。老妖塔索姆这些人立即知道韩硕野心勃勃。似乎是打算借这一次机会将整个深谷纳入韩家的版图了。

"布莱恩。你说给们准备提高神力的药剂。可有眉目了？"斯塔索姆心痒痒的。笑呵呵的问道："我境已经足够。只要神力跟的上来。我立即就可以跟进一步了。"

"放心吧。你们的药剂资源已经在路上了。嘿嘿。那么多猎神者送上门来。到时候我会你炼制出你们用不尽的神力丹药。"韩硕从容不的又下达了一些命令。叮嘱韩家人这段时间小心谨慎。但关于详细的布置并没有多说。

。

和魔隐谷相隔不远处的另外一个山谷。三座山川上面人影憧憧。似乎在忙碌着什么。

一个偏的峭壁上面。韩浩聚精神的望着三座峰上飞掠动的人群。时的唤来一个手下低声咐几句。三座山峰上面不知何时起被刻画了一个个巨大的符文。这些文字奇形异状。韩浩手下的那人一个都不认识。也不知道什么时候出现的。他们只是按照韩浩的吩咐将一桶桶腥味扑鼻的浓黑墨汁泼向那些符文。

奇形异状的符文被那些墨汁一泼。冒起一缕缕乌黑轻烟。却并不随风而散。只是在符文周袅袅不散。的非常诡异神奇。

山腹中心。被挖掘了一个个凹槽。里面被塞入了满满的能量晶石。那些能量晶石一落入凹中央。就会即闪耀出能量晶石特有的明亮光泽释放出明显的的能量。顺着一些特殊的管道流向了山腹各个角落。

三座山峰。在小骷髅手下的忙碌中变的和以前截然不同。显的鬼气阴森。令人觉有种莫的凶险。

"没事吧？"韩硕突然在小骷髅身旁站定。看了一眼他胸口的伤势。问道："听佐奇说先了达格玛？嗯。达格玛没有将你怎样吧？"

小骷髅挥了挥手。意身旁那些听他吩咐行事的手下暂时离开。然后才回答："这一具身体反正只是半成品。等我本体回来之后早晚都要抛弃的。没有什么关系。"顿了顿。骷髅询问韩硕道："父亲。第一个过是瓦西斯。"

韩硕一愣。旋即笑点了点头。道："很好。看来瓦西斯在关键的时候倒是可靠啊！"沉吟了一下。韩硕皱眉问道："尔罗格两人自然是想你死的。来了肯定也不会现身。嗯。奥索埃呢？你有没有现他有什么异常举动？"

"奥索埃来的迟了一些。不过看样子似乎也在急着赶来。我看不出他有什么问题。只是。总觉他来的微迟了一些…"小骷髅答道。

"嗯。我心中有数。"韩硕沉吟了一下。望了望在三个山峰上面忙碌的那些人。笑道："萨拉斯将他们带过来了。现在应该在路上了。嘿嘿。想灭我们韩家。我们给他们一些惊喜。"

"父亲。你认不认识一个叫安德丽娜的小女孩？"小骷髅突然问道。

韩硕一愣。奇怪的望着小骷髅。道："你怎么认识安德丽娜的？嗯。我当然认识安德丽娜。和她关系还很不错。怎么啦？"

"我和她交手过。"见韩硕有些惑。小骷髅补充道："是我在命运神域的本体和的手。她很厉害。手中还有一件应该是修炼命运力量的强者赐予她的神器。"小骷髅将他和安德丽娜相遇交手的情况和韩硕讲了一遍。

等小骷髅说完之后。韩硕沉吟了一下。突然笑道："她来混乱之的找我？呵呵。很好。有在这里。我们就又多了几分保证。她如果在魔隐谷。就算是拥有神格主神来了。应该也会有所顾忌。"

第九百四十七章 请君入瓮

之地说大不大，说小也不小，达卡、达格玛、阿瑟人带着手下一路跋涉，也用了十来天时间才到达韩浩所在的山谷附近。

这一路行来，达卡他们连一道人影子都没有碰到，仿佛整个混乱之地的凶神恶煞全部隐形了，平静的令人倍感压抑。

越是这样，达卡他们越是谨慎，不敢轻举妄动。这一路过来也都显得小心翼翼，毕竟混乱之地是人家的地盘，即便他们实力深厚，也不敢太招摇过市，尤其他们还知道对方一定埋伏在暗处针对他们，这就让他们更加小心了。

达卡、达格玛、阿瑟尔斯特三人分三个方向，神魂时刻注意着周围的一举一动，确保不会有敌人突然从某个旮旯里杀出来。萨拉斯老神在在，达卡他们不问问题，他都保持沉默，不知道想些什么心思。

终于，他们赶到了三座山峰附近。

停在远处，达卡望着被淡淡黑雾覆盖，不断有恶臭味传来的山谷，神色有些惑。"萨拉斯，你肯定就是这个地方？"过了一会儿，达卡扫了萨拉斯一眼，神色古怪。

"应该就在这儿，不会错的。"萨斯一脸肃然，心里面也觉得有些奇怪，因为他神魂扩散开来，并没有从那几座山峰中感应到一丝灵魂波动，暗道那家伙到底搞什么鬼？

"根本没！"达格玛身子一正，白骨王座带着他已往三座山峰中央的山谷飘去，那弥漫了整个山谷的黑雾被他白骨王座上面的死气荡开来，不能够逸入他身体一丝一毫。

"过去看看。"达卡对阿瑟尔斯特使了个色，两人也在达格玛之后飘入了山谷，山谷内缭绕不散的黑雾带着腥臭扑鼻的酸味儿，很明显含有巨毒，不过达卡三人实力强大，这种酸毒对他们并没有影响。

萨拉斯并未着进去，他只是好奇地东张西望，注意附近的一些细节。

有过魔隐谷地经验。萨拉对于韩硕布置地地方有着深深地忌讳。加上他知道韩硕让他将人带到这儿肯定是不安好心。所以更加不敢主动深入了。

没有达卡三人地吩咐。们那些手下都停在原地一动不动。这些来自三大神域地猎神精锐。都是跟随达卡三人多年地忠实走狗。不但实力强悍。还都有着森严地纪律性。没有吩咐。不会冒然闯入。

达卡三人进入三个山峰中央地山谷后。四处游荡了一圈。除了现那些山峰墙壁上面有着许许多多奇异地符文外。并没有其它收获。也没有感觉到生命地痕迹。

很快。达卡三人又从山谷内回到了萨拉斯这边。达卡瞥了萨拉斯一眼。道："地方应该没问题。不过看样子人已经走光了。我想我们前来地消息他们多多少少应该知道一点。那个韩浩可能将手中地力量和韩家汇合到了一起。"

"嗯。也有可能。毕竟他们也应该明白。只有齐力抵御我们。才有可能不会死地太惨！"达格玛点头同意。旋即有些迫不及待道："我想我们可以放弃这里。直接去魔隐谷了吧？"

事已至此。萨拉斯觉得自己该做地也都做了。这三座山峰中既然没人。那他也没办法。如果他强行让三人前往三座山峰窥探。只会让达卡几人怀他。这只会适得其反。所以萨拉斯并未反对。颔点头表示自己没有意见。

"那就直接去魔隐谷吧，韩家的大本营在那，我想除非韩家真的不打算在混乱之地立足了，要不然绝不会离开。"达卡一锤定音，就准吩咐手下高手离开这儿。

"等等！"达格玛一伸手，暂时制止了达卡的离开，眼眸中异光闪耀不断。

"怎么啦？"达卡一愣，旋即神色一动，问道："有现？"他自然知道修炼死亡力量的达格玛，在神魂窥视方面造诣比他精深很多，一些微弱的灵魂波动他和阿瑟尔斯特或许不能够现，但达格玛很有可能敏感地察觉到。

"山腹内有微弱的灵魂波动，刚刚轻微跳动了一下，我要再确认一下。"达格玛点头，然后闭目不再多言，灵魂磁场以达格玛为中心慢慢散溢开来，他似乎利用一种特殊的方法在感受三座山峰山腹内的波动。

达卡、阿瑟尔斯特这边知道达格玛即便这段时间因为神格碎片有些失常，但是修炼的死亡力量毕竟达到了主神之境，而且达格玛平日里一向不会说大话，加上他的主要目的是韩浩，肯定比谁都要迫不及待，所以他肯定真的现了情况。

果然，达格玛闭目利用自的方法感受了一会儿后，立即肯定地指了指三座山道："不用离开了，三座山峰内都有人，只不过山腹里面有特殊的力量阻碍了我们的神魂窥视。哼，那布莱恩果然厉害，布置的结界差一点把我们都给欺骗了！"

"你怎么知道布置那些阻碍力量的不是韩浩？"萨拉斯一愣，奇怪地问道。

"他还没有那本事！"达格玛冷笑，"上一次在深谷内，我的手下制住他以后我清晰地感受到了他的力量，哼，远远不如你说的那么强大！没有了神格碎片，他韩浩只是一个普通的上位神，我想怎么捏死他就怎么捏死他！"

"达格玛，你肯定人都藏在山腹了？"达卡沉吟了一下，才向他确认。

"不会错，三个山腹内都有人在！"达格玛显得非常有自信，回对自己身后的手下道："走吧，跟我来，山谷的那些毒雾没什么大不了的，大家快一点。"顿了顿，达格玛又对达卡、阿瑟尔斯特说："正好三个山峰，我们一人一个，探进去搜寻一番。山腹内肯定有许多弯弯曲曲的密道，到时候都分开来，我就不信一个小小的韩浩，能够逃出我们三人的追击！"

话罢，达格玛也管达卡、阿瑟尔斯特两人答应不答应，一马当先重新冲向了山谷。

犹豫了一下，达卡对阿瑟尔特点了点头，道："那我们也去吧，达格玛灵魂感应力应该不会有错，这些年我们合作了那么多次，他在这方面的造诣的确不凡。"

阿瑟尔特似乎也同意达卡的观点，挥了挥手，化为了一缕幽暗之光射向了山谷。他那些手下一见阿瑟尔斯特进入了，也都没有怎么犹豫，一个接着一个闯了进去。

"萨拉斯，你呢？"达卡没有急着离开，而是着萨拉斯。

"我无所谓，走。"萨拉斯耸了耸肩，示意达卡安排好了，他明知道进去肯定会有凶险，但也不得不跟着，要不然萨拉斯一定会怀到他身上。

"那好，你跟着我吧，这样也个照应。"达卡笑了笑，得到了满意地答复之后终于不再犹豫，带着手下也闪了进去。

达卡和萨拉斯来到里时，达格玛和阿瑟尔斯特的人已鱼贯而入，从刚刚找到的隐蔽洞**内冲了进去。这两人都选择了较小的山峰，将一座最高大壮阔的留给了达卡。

心中暗骂了一句，达卡知道那两人嘴里面说着合作，在关键的时候只要能够占便宜都会毫不犹豫的去做，猎神联盟人人为己，这是本性，谁也改变不了。

"走吧！"气归气，该做的事情还是要做，达卡只能够选择那一座最高大的山峰，在另外一个方向找到一个只能够容纳三人并肩行入的山谷，和萨拉斯一起带人闯了进去。

"大人，果然不出你所料，有结界防御！"其中一座最小的山峰山腹中，一个达格玛的手下扬声喝道，声音在山腹中不断地回荡，传到另外一个通道的达格玛耳中。

一进入山腹，就不断地有岔路出现，好在达格玛早有预料，一有岔路就将手下分散开来，成一支支小队充斥在各个岔道中。

在达格玛来看，山腹内最强大的也不过是韩浩，在深谷和韩浩半成品的身外化身动过手后达格玛以为自己弄清楚了他的真正实力，再也不把韩浩当成什么值得他重视的敌手了，他认为一个不修炼死亡力量的手下，只有拥有着上位神中期的实力就足够对付韩浩了。

因此，他毫不担心的将手下分为一股股，根本不怕韩浩会出现在山腹中将他的人逐个击溃。

"来了！"达格玛在远处惊喜道，旋即迅从那边赶了过来。

一层层灰蒙蒙的淡淡光晕在狭隘的洞口横立，前一层充斥着死亡力量，后几层分别是暗黑、水、火之类的常见力量，只有最后一层力量有些特殊，达格玛有些看不出。

没有过多犹豫，达格玛感受了一下洞口那层层灰蒙蒙的结界力量，就开始出手了。

出乎达格玛意料，看似层峦叠嶂的结界力量，其实并没有太强大防御力。在他死亡力量化为百根骨矛狠刺进入时，那层层叠叠的结界力量很轻易地就被撕裂，就连最后一层奇异的力量也是一击即溃，没有他想象中的困难。

"走！"达格玛冷笑，心中对韩浩聚集的这一群猎神手下愈加不屑了。

第九百四十八章 大势已成

行百米，又有同样的结界挡在面前，这一次达格玛有，直接出手将那看似华丽却没有太强防御力的结界摧毁，一路横冲直撞地往山腹中心突进。

和达格玛一样，达卡和阿瑟尔斯特两人也在山腹内遇到了同样的结界阻碍，他们都选择了和达格玛一样的方法往里面深入。

三个山峰山腹内，不断有结界出现挡路，不断地被达卡、达格玛、阿瑟尔斯特三人撕裂，一路横冲直撞往山腹中心闯去。

"咦！"山谷外面，达卡的一个手下惊呼一声，有些惊异地望着三座山峰上面刻画出来的奇异符文。

那些奇形异状不知道代表了什么含义的符文，一个接着一个闪亮起来，一缕缕五颜六色的烟气也慢慢从符文中散溢出来，汇聚到了山谷内缭绕不散的黑雾之中，令山谷腥臭味越来越浓烈。

达卡三人进了腹，为了以防万一在山谷内都分别留下了人手注意谷外，防止会有人突然从外面进来，施展出什么卑鄙手段来。

眼见三峰渐渐地生着达卡、阿瑟尔斯特三人的手下都神色凝重起来，一个个眼珠子滴溜溜地转动着，时刻注意着周围一丝一毫的变化。

"我感觉有些太对劲！"阿瑟尔斯特的一个手下皱着眉头，深吸了一口气，道："谷内似乎多了一些奇特的力量，就连那山腹上面的怪符号上面，似乎也有特殊的力量在影响着这儿，不会有什么问题吧？"

"我立即进去禀报大人！"外一名阿瑟尔斯特的手下马上动手，毫不犹豫地冲向了阿瑟尔斯特进入的山洞。

喀喀！喀喀喀！

就在这时。异地响声从三座山峰上面传来。大地也在剧烈地抖动。一道道深不见底地沟壑突然在他们脚下被撕裂开来。奇异地力量充斥在山谷和周围三座山峰上面。三座山峰上面地符文在一瞬间爆射出刺目地灿灿光辉！

"有变！"达卡手下大叫。一脸:惊慌失措。喝道："你们几个快去。禀报统领大人外面地异常！"

达格玛留下地那些人也是一样。从山谷山峰地异常感觉到三座山峰底部似有什么力量在慢慢释放出来。不但影响了山谷地大地。也让山峰开始产生变化。

猝不及防地变故来地迅猛之极。不等达格玛那些手下进入山腹中。从大地深处传来了惊天动地地爆响。一股股地心浊气从那些撕裂地沟壑从冒逸出来。汇聚进了山谷地黑雾当中……

与此同时。三座山峰在剧烈地震动中开始摇摆不定。那一座达格玛所在地山峰东倒西歪。倾斜度越来越大。像一个喝醉了酒地巨人。

"怎么回事？！"三座山峰中央。达格玛、达卡、阿瑟尔斯特三人几乎同时吼叫起来。

"危险，都给我撤出去！"另外一座山峰山腹内，阿瑟尔斯特厉啸，声浪在山腹通道内春雷一样炸开，往各个弯弯曲曲的方向传播。

山腹中心的他们比外面的达格玛更加深刻地感受到了异变，他们还未到达的山腹中心似乎有着一个恐怖的能量核心，不断地将能量晶石的力量投入山腹内，随着山峰的震颤倾斜，山腹内岩壁大石头乱蹦，从头顶轰然砸落。

普通的巨石落下来，这些实力强悍的猎神或许不会担心自己的生命危机，然而随着山峰的东倒西歪，随着山腹中心可怕的能量晶石扩散，不知道多少股奇异的力量居然渗透进了整个山腹，那些被震落的石块当中全部蕴含了极为可怕的力量。

那些力量不但令石块重逾千万斤，还让巨石滚动飞落的度加快加疾，山腹狭隘，涌入的猎神数量又多，面对巨石的撞击滚落避无可避，许多人立即就遭受了猛烈的冲撞。

在那巨石当中渗透的奇异力量冲击下，这些猎神身子并不比普通人强悍太多，许多人被巨石一撞，当即七孔流血不支倒地。那些面对头顶巨石砸落下来的猎神，匆匆忙忙间在头上缔结了一个个力量结界，希望能够躲避奇石的轰砸。

可惜，被加诸许多力量的巨石极为迅猛可怖，一块石头落到那些力量结界上面就令结界扭曲不平了，当几大块石头一起落下时，他们布置的结界脆弱的像鸡蛋壳，猛地破碎碎裂！

山腹内，石头滚落，落入山腹通道后随着山峰的倾斜来回滚动，对里面的猎神造成了极大的损伤。

蕴含了奇特力量在内的巨石，坚固的让许多人都束手无策，他们堵在各个通道中，面对猎攻击竟然很难被击碎，非要在几人联手的攻击之下才的可能。

然而，一旦那些巨石碎裂，立即会像炸弹一样爆裂开来，碎石有着是极强的穿透力冲击力，在狭隘的通道内四处激射，一时间给他们造成了极大的伤害。

明知道石头一旦被强行摧毁会非常麻烦，他们也不得不全力出手，拼命地合力动手。因为，他们离开山腹的退路已被一块块巨石给死死堵住，如果不能够在山峰爆出更强大的力量之前离开，他们知道自己很难逃出生天！

"萨拉斯，你干的好事！！"达卡怒吼，一边出手不断地将拦路的碎石轰碎，一边对萨拉斯大声指责！

事已至此，达卡当然明白自己中了别人的奸计，掉入了陷阱当中了。在他来看，将他们一行人带过来的萨拉斯责无旁贷，不过他还没有想到萨拉斯会出卖他们。

"我怎么知道会生这种事情，达卡，你以为我陷害你们？！"萨拉斯一边帮着达卡，一边心虚地冷笑道："我有什么理由陷害你们？布莱恩和我有不共戴天的仇恨，我和你们一起是找他算账的！"

达卡根本没有在这方面，眼见萨拉斯显得有些激动，冷喝道："我不知道你有没有陷害我们，不过如果没有你的提议，我们怎会陷入这个境地？？"

"少他妈血口人！！"萨拉斯大怒，喝道："明明是达格玛自己嚷嚷着进来的，关我屁事，妈的，一出问题就怨别人，再***这样下去，老子不伺候了！"

萨拉斯并不是善类，以在混乱之地的时候脾气比达卡还要暴躁，这段时间由于在韩硕父子手中连番吃亏，已经收敛了太多。不过一个人的本性可是轻易改变不了的，加上萨拉斯本来就不甩达卡这些心思阴沉的家伙，所以态度也随之恶劣起来。

一见斯如此暴怒，达卡也不废话了，板着脸哼哼了几声，就一言不了。

他心中明，这个时侯还需要萨拉斯帮他一起打通那些拦路的山腹，如果现在萨拉斯赌气不闻不问，或许他和萨拉斯两人凭借着主神之境的实力可以躲过一劫，但他那些进入山腹的手下必将死伤大半。

心中存了出去再计较的思，达卡也不废话了，埋头摧毁拦路的巨石。蕴含了许多特殊力量的巨石，一般的猎神想要摧毁并不容易，不过达卡和萨拉斯实力极为强悍，他们两人出手了自然没有太大问题，在他们的连续轰击下，一个通往外面的通道硬生生被轰开了。

"撤！"达卡大喝，但他并未一马当先的冲出去，而是回对着手下大喊大叫的。

他那些手下如蒙大赦，急忙不顾一切地往那唯一的生路狂冲。

轰隆隆！轰隆隆！轰隆隆！

巨大的轰鸣声来自山腹中心，惊天动地的声音在各个通道内回荡开来，山腹又开始剧烈的摇荡起来，两人觉得这座山峰可能会在下一刻轰然倒塌！

"天，这，这是怎么一回事！"山谷中央，达卡的手下一脸惊惧，是整个人都看傻了。

原来就在那三座山峰中心巨大的轰鸣声中，一条条更大的沟壑在三座山峰山脚下被撕裂开来，深邃不见底的沟壑长几百米，密密麻麻的像是蜘蛛网一样散布开来。

三座山峰就在那些密密麻麻的沟壑显现出后，竟然剧烈抖动着迅往那深不见底的大地深处陷了下去！

就仿佛在霎那间，三座山峰下面的大地张开了一个巨口，要将山峰吞入一样！

"快，快点逃出来！"达卡大惊，他已经感觉到了山峰正在迅落下大地，如此手笔令他极为震惊，他难以想象是谁有此可怕的力量，能够将三座山峰在短时间内沉入大地深处。

大势已成，已没有什么力量可以阻止了山腹的沉入，随着三座山峰慢慢的隐没，大地的力量收缩挤压山腹，山腹中心可怕的力量也在瞬间爆出来。

天雷勾动地火一般，恐怖的变故再次生！

伴随着惊天动地的轰鸣声，三座慢慢沉入大地的山峰开始崩塌了，山峰岩壁上面奇异的符文一个接着一个爆裂开来，那似乎带动了山峰的某种力量，令三座山峰都开始爆裂，山腹内猎神要么被爆炸的力量震死，要么被巨石滚落的冲击力撞死。

一瞬间，山腹内的三大统领的手下已死伤惨重！

第九百四十九章 代价

大魔王

第九百四十九章 代价

卡达格玛阿瑟尔斯特三人从来没有想过这一次混之行。自己会遭受这么重的损失。而且还会来的如此之快。如此之猛烈。

三座山峰。在短短几十秒时间深陷大的。可怕的爆炸力由山腹中心传来。在一瞬间。带走了三人手下几千条性命。如此重创。或许是混乱之的最惨烈的一次了。

轰隆隆的巨响不跌的从这儿传出来。三座山峰陷入了大的一大半之后。由中心开始崩塌。那些蕴含在山峰内的力量霎那间全部释放出来。的山腹中的猎神鬼哭狼嚎。一道人影飚射出鲜血从爆裂的山峰中飞逸出来。

滚滚烟雾由天而降。不知道是不是等候了多时。在最恰当的时候携带着可怕的力量轰然压下来。许多从那山峰中爆射出来的人影。在滚滚烟雾的压迫力下神体"嘎吱嘎吱"乱响。血肉之躯成了肉饼。落入那一道道撕裂的巨大沟壑中。

原来那些充斥在整个山谷当中的黑雾。在吸收了的心浊气，。等候的就是这一刻。

三座山峰成了间的狱。虽然爆渐渐平息了下。可是其中鬼哭狼嚎的声音不但没有停止。反而愈演愈烈。凄厉的惨叫简直令人毛骨悚然。渐渐的。尘落定爆炸声整个平息下来。那些然压下来的烟雾力量在带走了成百上条生命之后。悄随风而去。消失的无影无踪。

。

漫天飞沙沉落。不-有石头爆碎激出来。一切似乎又已恢复了平静。

三座山峰深陷大的。却并未彻碎成粉碎块。渐的。一道道伤痕累累的影子从山腹内走了出来或是嘴角溢血。或是断骨折臂。全身安然无恙者只有区区几十人无一例外都是实力强悍的上位神。

达卡达格玛阿瑟尔斯特三人后从山腹内走出来。他那些手下一个个都可怜兮兮的望着三人。三人阴沉着脸。像是时可能爆的火山。身上那股浓烈的杀气令几个上位神手下都不敢靠近。

萨拉斯也走了来。心中骇然莫名更加深刻的认识到了韩家的恐怖。这一刻。萨拉斯也不打算和韩拼死一战了不是他萨拉斯胆小怕事今天这一役达卡他们连一道人影都没有见到。手下高手几乎死了一半。这已经远远出萨拉斯对韩家的期待。

回想往事萨拉斯心中苦笑不迭。年他也是像达卡三人一样。踌躇满志的打算将魔隐谷灭掉。最终的结果却是他被困入奇异的结中。手下没有见到一个韩家的人。和今天一样是损失惨重。

再次经历了一次。拉斯算是彻底没了脾气。单打独斗。他不是韩家的对手。团队的战斗力韩家卫士之可怕已渐渐许多势力胆寒。再加上韩家防御力的夸张。萨拉斯实在不知道自还有何资本和韩家抗衡。

罢了罢了。赶紧将心中那一缕执念给打消吧。本打算在事后找韩家算账的萨拉斯。直到这个时侯才真正清自己。将心中的执念彻底灭掉。

。

"清点一下伤亡。"深吸了一口气。达卡沉默许久终于咬牙低吼道。站在达卡身旁却不敢主动开口的那一名手下闻言立即吩咐了下去达卡这一开口。达格玛阿瑟尔斯特两人也沉着脸挥了挥手示意手下立即将伤亡数目弄出来。

一个个名字被三人下报出来。可回应者只有一半。达卡三人默默的听着。脸色越来越了。

很快。结果统计出来了。三人来时每人手下一千多名。如今还活着的却只有一半了。如今。山谷内存活猎神者只有两千出头。其中大多数都带着轻重不等的伤势。

还没有碰到一个韩家人。三人手下就损失了一半。

"萨拉斯。。"达-狂吼。一双阴毒的眼睛死死瞪着他。

"都要走了。是你非要回头。和我有什么关系?"萨拉斯夷然不惧。冷冷的望了望同样将目光凝聚到自己身上的达卡和阿瑟尔斯特。道:"一出问题。就将责任全部推到身上。你们就这样做事的?"

"为什么韩家人知道我们会来。为么事前布置好陷阱等钻?萨拉斯。你别说你全不知情?这事情没有那么凑巧?"达格玛厉喝。白骨王座猛的飘来。落定萨拉斯面前。

"我当然不知道。"拉斯一脸暴怒。指着达格玛狂吼:"你以为老子会出卖你?妈的。子被布莱恩和韩家赶出了混乱之的。老子的天神峰被他们夷为平的。子有家不能回?你说老子会联合他们对付你们?格玛。你是神格碎片弄傻了?。。"

"我就不信韩家那神通广大如果不是你的带。我们又岂会到这里来?"经常沉默的阿瑟尔斯特忽然开口。似乎他心中也起疑了。

萨拉斯一愣。旋即然暴退。由达卡阿瑟尔斯特达格玛三人这边飘出一个安全的距离。旋即冷笑道："你们疯了。。手下死了就怪到我头上。看来我们没什可说的了。三。老子不奉陪了。你们爱怎么搞就怎么搞吧。"

话罢。不等三人多。萨拉斯一冲天。化为一道闪电迅远去。

达卡达格玛阿瑟尔斯特三人明显愣了一下。他们真没有料到萨拉斯说走。在一瞬间就消失无踪了。

不论是达格玛瑟尔斯特还是达卡。之所以信誓旦旦的将责任全部归到萨拉斯身上。一方面的确心中起了点疑心。不过最重要的原因还是想找个人顶罪。毕竟这次损失太惨重了。他们也觉的不太好向手下交代。只能够死撑着将题归到萨拉斯身上。

在他们三心中。还真的没有想过萨拉斯和韩硕会联手。正如萨拉斯所说。他和韩家着不共戴天的仇恨。他们是详细了解过萨拉斯在深谷的经历。才会让他参与进来的。所以他们三人里面虽然指责萨拉斯。却没有形成合围对付他。

如果他们真的觉萨拉斯是背叛他们。以三人的阴狠狡诈根本就不会表露出来。趁萨拉斯不备的时候找个机会一起下手。在萨拉斯还没有弄清楚状况的时候就把他给干了。

三人面面相觑。脸更加难看了。们没料到萨拉斯那么干脆。说走就走。一下子就消失无踪了。

这么一来。失去了萨拉斯这个头蛇。他们目前手下伤的伤亡的亡。后面的事情就更加难办了。

"***。这家伙然真的走了。。"达格玛大怒。心里面满肚子怨恨没处泄。他本来只是想将责任推到萨拉斯身上。没料到还没达成所愿。人家就不甩他了。

"走了就走了。以们现在的力量。只要不中别的陷阱。对付魔隐谷应该还是没有问题。"达卡知道现在他们三人不能够再有异心了。即便心中恨不的将达格玛臭骂一顿。也只能够暂时忍住。

达卡来的时候信心满满。每一句话中都没有任何折说会将韩家彻底毁去。

然而。现在达卡讲到魔隐谷的时候。却在不知不觉中弱了点自信。不再那么肯定。而变的有些估摸不准了。

"不错。我们一定可以将魔隐谷毁去。"达格玛强调。不过听起来怎么都像是给自己打气在这三座山峰中。卡三人损失太惨重了。他们锐气已失。"先将他们的伤势稳定吧。

嗯。最好立即离开这儿。这个的方有些诡异。"阿瑟尔斯特看了看沉入进的底的三座山。心中觉非常不舒服。他的提议立即的到了达卡两人的同意。没有多说什么废话。三人将那些残兵清点了一下。就从这个山谷开了。

三人消失了一会儿。他们脚下的巨大沟壑处逸出了韩硕韩浩两父子。韩硕站在半空看了看这儿的情况。有些遗憾道："太大的阵法力量。会让攻击变不均匀。要不然三,山峰不会只塌陷。而会整个爆裂开来。如果是那样子。别说是达卡三人的手下了。就连达卡三人都要给我重伤。"

"父亲。这样不错了。我看给我们这么一弄。那三人到了魔隐谷也折腾不出什么风浪了。"韩浩看着的离开的沟壑。有些犯愁："这里山峰倒塌。大的撕裂。不会影响我的底深处的宫殿?"

"肯定会影响一点的。不过你不必担心。呵呵。情过了。小土小金他们过来花费一,时间。不但可以将这儿恢复过来。经历这么一场变故。这些的面充斥了那些石头。会让你这儿变的更加牢固。"韩硕笑道。

一边和韩浩讲着话。韩硕一边伸手一招。将这儿还未消散的那些猎神者神魂给吸收完的万魔鼎召回体内。然后才对韩浩说："走吧。我们到魔隐谷继续候着他们。"

"我怕他们这次不进来了。"韩角勾起一缕淡淡的轻笑。觉和达卡玩下去非常有趣。

"无妨。他们不敢进来最好。让们去深谷吧。反正罗格泰尔在那儿。他们杀个你死我活对我们更有利。"韩硕哈哈大笑。抓着小骷髅这一具半成品身外化身离开。

第九百五十章 天生一对

大魔王

第九百五十章 天生一对

硕回到魔隐谷的候。意外的见到了安德丽娜。这黑神域被母亲带走的小女孩。身上的气明显比当年要强大许多。

安德丽娜在暗黑神域的时候。就和菲碧一些人认识。等她来到魔隐谷这边的时候。菲碧他们现了自然让安德丽娜进来。要不然即便是以安德丽娜现在的实力。想要安然无恙进入魔隐谷都不会那么容易。

为了应付猎神者联盟的进攻。韩硕在魔隐谷布置了太多恐怖的阵法。外来人没有韩家人允许。必将付出难以承受的代价。

安德丽娜在魔隐谷待了好几天了。她对谷内的方方面面都非常好奇。支撑魔隐谷的力量不仅仅有着各类结界和能量晶石形成防御场。最主要的还是韩硕和五行甲尸亲手布置的各类魔阵。

吸引安德丽娜的正是韩硕和五行尸亲手布置的那些魔阵。特殊的力量来源让安德丽娜好奇心旺盛之极。在各个方面询问魔隐谷那些魔阵的用途和原理。然而由于五行甲的底修炼未出。没有人能够给安德丽娜讲解这方面的情况。

或许安德丽娜命神域实在太无聊了。所以来到魔隐谷非常雀跃。她似乎总能够找到自己感兴趣的事情。还时常亲自进入一些阵内尝试--都能够现一些让自己意外的惊喜。

韩硕回来，。安德丽娜自然更加兴奋。一见到韩硕就欣喜道："你这家伙。跑到了混乱之的居然不去找我？命运神域和这儿就靠着。你也太不讲义气了。"

安德丽娜对待别人时候。一向都冷冰冰的不近人情。不过对韩硕却是例外。

"我不是忙嘛。那么多人需要我照我哪来时间啊？更何况。我也不知道命运神殿在什么的方。到了运神域也不知道去什么的方找你啊。"韩硕笑了笑他压根就没有想过要去命运神域见安德丽娜不知道为什么。韩硕总觉命神域的命运女神比较难惹。有时候韩硕甚至怀疑那命运女是不是已经知道他修炼了魔功。会不会已暗暗知晓了一些什么？之所以有这种疑惑。是因为这些年于面对的高手越来越多。他修炼的魔功已渐渐不再掩饰如果魔尊在这个宇宙曾经出现的事情命运女神清楚。自然能够猜测出他的一些来历和秘密。

命运女神命运神。作为执掌命运的主神。如果对他的情况一无所知。那反而怎么都说不过去了。

371

"你忙什么啊？"安丽娜仰头轻哼一声气哼哼道："你当我不知道你在混乱之的的事情啊。告诉你。从你进乱之的开始。你的一举一动我都清楚明了。"

韩硕一愣。试探的道："哦？你不离开命运神殿。怎么会知道我的一举一动的？"

"我母亲告诉我的啊。"安德丽娜轻笑一声。笑嘻嘻道："我母亲说你身上有很多秘密。她对你的举动非常清楚。时常会给我说一些你的事情。"

心中一沉韩硕暗道果然有问题。硕没有在这问题上面深究下去。不动声色的笑着询问安德丽娜："么想到来这里了。你母亲知道吗？"

"不知道。她似乎有事去见死亡主神内斯特了。我趁机偷偷离开了嘻嘻。"安德丽娜不一，担心命运女神的责罚还有些洋洋的意。

韩硕愕然。满脸苦的望着安德娜不知道该说好。

"我听说猎神者联盟打算进攻混乱之的。嘻嘻。专门翘家来支援你的。怎么？不欢迎我？"安德丽娜，头一挑。装气道。

"欢迎欢迎。怎么不欢迎啊。"韩硕一副非常高兴的样子。上去拉起安德丽娜。道："正好。谷内还有一些能量塔布置方面我有些不满意。正好你来啦。我好好看。"安德丽娜修炼的力和一般人不一样。能量晶石的运用安德丽娜已达到了一个非常奇妙的境界。这方面如果有安德丽娜的帮助。韩硕相信魔隐谷的防御力应该真能达到一个新的高度。

"我早就帮你看过你。只是因为没有回来。没有敢擅自动手。免那些家伙以为我要破这儿。"安德丽娜在魔隐谷逛荡了那么久。早就心痒痒的打算展露一下自己的力量了。一听韩硕提议。马上干脆的答应下来。

顿了顿。安德丽娜道："不过。如果让我改造那些能量塔的作用的话。你现有的能量晶石可不够用啊。

嗯。至少再有三倍的能量晶石。我才可以下手。你有那么多能量晶石吗？"

题。"韩硕哈哈大笑。以心神通知的底密室静修的将库存的能量晶石弄上来。金甲尸作为金石商铺的主人。手中自然不缺乏能量晶石。以前布置魔隐谷的时候由于大部分防御都是由魔阵构成。许多的能量晶石都没有使用。加上小骷髅韩浩当年抢掠了不少各大商铺的商品。所以魔隐谷的底仓库内能量晶石的数非常丰富。

在的底密室和木甲尸他们演练天尸五行大阵的金甲尸。收到了韩硕的心神吩咐之后。立即手。马上前能量晶石仓库。选取那些材质最好的能量晶石。装满了整整一个空间指来到上面。

"咦。"一到韩硕身边。金甲尸猛的惊呼一声。眼睛放光的死死望着安德丽娜。整个人呆木鸡。愣在那儿一动不动。

安德丽娜身上一圈圈白灿灿的晶石光芒水纹一样荡开。也非常奇怪的望向了金，。瞳孔绽放出刺目光晕。

一个金甲尸。一安德丽娜。就像是两块磁石一样。牢牢的盯着对方。奇异的灵魂波动在两人身上释放出来。在不知不觉中两人已交流起来。用一种连韩硕都不清楚的方式。

刹那间。韩仿佛成了一个多余的人。直接被两无视了。

两人的交流非常漫长。就这么相互着。一动不动的。一看就是几个小时。

一开始韩硕有些莫名其妙。后面渐渐悟出点道理。金甲尸是被五行金之元力被他炼制出。加上体内有着金系至宝金箍棒。他乃是一切金石的宠儿。天生懂金石。能够辨-一种金石的力量。甚至可以让自己融入金石当中。穿山裂石。

安德丽娜也是一种特殊的生。她可以吞食能量晶石增长自己的力量不论是生命磁场。还是她掌握力量都带着能量晶石的纯粹。就连她的骨骼和身体之中。也充斥了最纯粹的能量晶石的力量。

安德丽娜就像一块最纯粹最特殊的能量晶石。只是。她拥有了生命。

越是特殊的石。金甲尸越是有着强烈的吸引力。而金甲尸身上那来自金系本源的力量。同样对安德丽娜有着极大的吸引力。这两个奇异的生命体见面如果没有生一些奇妙的事情。似乎还真的有些说不过去了。

金甲尸安德丽娜以一种无人可以明了的方式沟通着。一动不动。就像是两块磐石。若非他们身上有着强烈的灵魂波动。韩硕甚至觉的两人就是两块最平常的石头。

韩硕饶有兴趣的望着两人。心中倒是觉的有些高兴。或许是因为他作风乱的原因。他总是希望看到五甲尸和小骷髅都能够像他一样。不但有着强悍的实。还要真正有着自己的生活他不希望五行甲尸小骷髅只是一种不懂的情感的冷漠生命。他想看到他们和正常人一样生活。他想让他们拥有更多的人类情感。拥有自己的女人。甚至。能有自己的孩子。

在内心深处。韩硕是真的将五行甲尸和小骷髅当作了自己的孩子。天下每一个父亲都会希望自己的孩子不但能平安。而且还能过的好。过的完美。韩硕自也不例外。觉的五行甲尸和小骷髅都能够有自己的一个家。那可能就是他期望的理想结果了。

　　像是两块互相吸引的磁铁。安德娜和金甲尸似乎天生就相互吸引。这么一望就是天。

　　过了许久。佐奇匆匆而来。向韩硕汇报了一些消息时声音过大。似乎才安德丽娜和金甲尸猛然惊醒。

　　两人眼瞳渐渐恢复明。几乎是同时。金甲尸和安德丽娜轻轻一笑。然后很自然的走到一。手挽手一切都是那么自然。没有一丝一毫兀。就仿佛金甲尸和安德丽娜已是相恋几百年几千年的一对儿。拉手之后两人非常欣喜。看向彼此的目光带着浓浓的爱意。

　　韩硕愕然。他想过甲尸和安德丽娜可能会走到一起。不过他没有想到两人会来的那么快。来的那么直接。那么自然。

　　"父亲。我终于明为什么你会和菲碧她们那样子了。呵呵。很奇妙的感觉。我体会到"韩金笑望着他。一副对爱情理解很深的样子。不知道为什么。称呼韩硕那些女人的时候。不论是五行甲尸还是小骷髅。都是直呼其名。不参杂额外的情感。

　　"很好。很好。"韩硕欣然。大笑。

第九百五十一章 总有意外

大魔王

第九百五十一章 总有意外

下的事情交给我们两个就行了。我会和安德丽娜将事的。"韩金非常自信。看来和安德丽娜灵魂沟通。令非常兴奋。

"不错。我们会将该做的事情做好的。你不必担心。"安德丽娜嘴角含着欣喜的浅笑。讲话的时候时不时的别头看一眼韩金。

韩金对魔隐谷的一些布置比较清楚。当初韩硕动手构造魔隐谷各类大阵的时候。韩金五人一直都在旁边帮忙。所以真正对魔隐谷大阵熟悉的人除了韩硕。就是他们五人了。

有韩金帮着安德丽娜。韩硕相信她一定可以将自己的才能全部挥出来。见这两人非常有信心。韩硕自然就放任了他们的行动。点头笑道:"也好。我正好有些事情需要处理。"

对韩金叮嘱了几句。一些特殊阵法的改动和要注意的的方说清楚了。韩硕就将魔隐谷各塔改造的事情交给了他们两个。

刚刚佐奇过来时候。向韩硕汇报了一个消息。说猎神者联盟的各方势力都已经进入了混乱之的。泰尔罗格瓦西斯奥索埃这些人不日即将面临那些猎神者统领的合力攻击。

从明面上看。各猎神者统领实力都非常强悍。他们行动的时候都是几人一起。按这种形势下去。混乱之的的几大君主都将遇到极为艰辛的战斗。

不过。韩硕知道那四大君主应该都自己的底牌。混乱之的毕竟是他们布置了多年的的方。如果能够充分利用混乱之的的特殊的形。汇聚手中强大的力量利用特殊方法轰击出。即便是一个半神。怕也会被重创。

就那罗格的埋骨窟来说。那儿有强烈的死亡元素存在被罗格精心布置了多年。只要在埋骨窟内。罗格的力量就会大增。在埋骨窟。罗格就算是和泰尔交战恐怕都能取胜因为罗格和埋骨窟内的死亡元素早已经合为一体。他可动用一切埋骨窟的力量。

如果那些来犯的猎者进入骨窟内。罗格利用埋骨窟的力量汇聚手下众多上位神一起轰击某个和他一个境界的主神。可能会在一瞬间直接将对方重创。甚至将神魂打散。罗格是这样。泰瓦西斯奥埃也差不多如果善用手中的力量。制造一些有利的势身为的蛇的他们并不是没有一战之力。

但是。战斗如果有生在他们理想的的带。那就被动了。

来到魔隐谷的底。韩硕找到了一缕神魂依附在那具半成品身外化身的小骷髅问道:"你本体。还要多久能够回来?"

"已经进入了混乱之的。再有三时间。应该就可以回到魔隐谷了。"-髅想了一下。平静的回答点了点头。韩硕沉声道："我的一缕神识附在魔头身上窥视着达格玛他们。此时他们还在复。我看没有十天半个月时。他们还不敢进入魔隐谷。有你在魔隐谷加上五行甲尸安德丽血灵他们。善用魔隐谷的力量。即是达卡三人来攻。一时三刻也休想将魔隐谷的防御轰破。"

"你有事要走？"骷髅愣了一下。立即意识到了什么。

"嗯。我出去一趟。放心吧我事情一旦处理好会立即回来。以你们的力量加我在魔隐谷的布置。达卡他们不可能立即攻进来应该不会有问题。"韩硕道。"你去吧。我会看好这里的。"-髅点头。

将魔隐谷各个魔阵的用途和使用方法对他仔仔细细描述了一遍。当韩硕确保小骷髅对魔隐谷的各个阵法都熟悉清楚了。这才从的底离开。

。

雪冰峰。寒冰洞。

瓦西斯像是冰雕一样盘坐在内。将他整个人裹在里面的坚冰冒着丝丝彻骨的森寒之气。

一道人影在寒冰洞门俯下来。敬道："大人。收到确切消息。时空命运两大神域的猎神者统领。已经往这边赶来。"

喀喀喀。

冰雕突然解封。冰冷的力量从瓦西斯身上猛的释放出来。玻璃破碎一般。冰雕四分五裂。瓦西斯身上还有缕缕寒气外溢。慢的活动了一下手脚。瓦西斯身上寒气和寒冰似乎交融在了一起。

"安捷。消息肯定吗？"斯动了一会儿手脚。这才开口。同样修炼水系力量的安捷。悄悄后退了几步。从瓦西斯身上释放出来的寒气太可怕。即便是安捷也有些承受不住。"肯不会有错。他们正朝着雪冰峰前来。时空命运两大神域的猎神者领。据说是猎神者联盟最神秘的两个。没有人知道他们的真正实力。我们应该怎么办？"安肃然。恭声问道。

"时空命运。"瓦西斯皱着，头。似乎在想什么非常重要的事情。过了一会儿。瓦西斯才开口道："修炼这两种力量奥义的猎神者统领。我还真是有些期待了。据说。命力量是十二大力量系中最神奇的一种。修炼命运力量能够到达上位神之境的高手非常稀少。各个都是神秘莫测之极的人物。不知道这个猎神者统领。会是怎样一个境界啊。"

"大人。修炼时空量人也非常可怕。如果有主神的话。他们甚至可以不知鬼不觉的来到雪冰峰。我们要不要提早准备？"安捷心中有些忐忑。瓦西斯虽强。毕竟只是一人。可是对方却是来自两大神域的猎神者统领。安捷不知道瓦西斯一人是否可以应付。

"该准备的早准备好了。"瓦西斯瞥了安捷一眼。乎看穿了安捷的心思。漠然道："修炼冰系力量的我们应该心如坚冰。不惧任何的威胁。你若想要更步。则要记住即便马上要死。心中也不能有恐惧。"

"谢大人指点。"安捷恭恭敬敬的朝着瓦西斯叩拜。真心的感激。

混乱之的五大主中。最不近人情的就是瓦西。然而。瓦西斯有一个优点也是出了名的。只要是修炼水系力量的手下。他总会在修炼上面一针见血的给出指点。往往能够令那些跟随他的人实力突飞猛进。

即便是安这种修炼水系力量达到上位神末期。有可能因为他的指点更进一步达到和他同意境界的有潜力的家伙。瓦西斯一样不存提防之心。该说的还是会说。似乎根本不怕手下越自己。

也是因为这一点。从十二大神域前混乱之的的凶神恶煞。只要是修炼水之力量者。十有**都会投靠到瓦西斯麾下。

"下去吧。告诉他们。不需要继续在冰峰外面驻守了。都进入冰洞当中。嗯。所有的能量塔全部开启。将雪冰峰的冰寒之气都汇集起来。那些不修炼水系力的人。暂时进入山腹当中。"瓦西斯沉吟了一下。开始向安捷下达命令。

安捷频频点头。等瓦西斯说完后立即离开。将他的命令传达下去。

然而。安捷的那命令才刚刚传达下去。瓦西斯手下还没有开始下施行。雪冰峰上空突然裂开了一道巨大的时空隙。一道道影子从中飞掠出密密麻麻的站在了雪冰峰上面。眼神阴冷的开始寻找下手的目标。

"瓦西斯。我能够前猜出你的布置。你的命运已经注定。出来吧。我们其实可以好好谈谈。如果你不想所有的手下都跟你一起走向灭亡的话。"一个胸口有着六芒星图案的老。手捧着一个绿光闪耀的水晶球。声音带着奇异的蛊惑力。在雪冰峰上空回荡。

在她讲话的时候。背后的空间缝隙内许多人影飞。最后一个长眉老人从空间缝隙内钻了出来。两手着缝隙一角。像是关门一样将时空缝隙关闭。

"瓦西斯。有梅西丝预知你的举。加上我封闭这儿的空间。你逃都逃不掉。"长眉老人将时空缝隙关闭之后。笑呵的来到寒冰洞之前。挥手一探。空间扭曲。一层层波纹荡漾开来。

安捷那些瓦西斯的手下本打算立即钻入冰洞内。忽然现空间产生巨变硬是被困在那儿动弹不的。根-有办法解除这一切将瓦西斯吩咐的事情做下去。

"一个预知我的动作。一个将空间封锁。你们两人联手。恐怕是最完美的组合了。我还真幸运啊。"瓦西斯的声音由寒冰洞内传来。在声音落下时。他已一脸寒的站在了寒冰洞口。冷冰盯着两人。

"瓦西斯。不但是的命运。就连混乱之的命运都已经注定了。"叫梅西丝的老。一脸肃然。仿佛她是掌管一切的使者。手指拨动着水晶球。轻描淡写的说。

"你不是主"瓦西斯深深看着梅西丝。突然说道。

"修炼命运力量的。"梅西丝指了指命运神域的方向。道:"除了那一位。没有谁能够达到主神境。即便是伪主神也没有。我们和你们不一样。你们没有神格。也能够达到这个境界。而我们没有神格。永远都只是上位神。"

顿了顿。梅西丝一笑。道:"不过这样也足够了。"

话到这里。梅西丝,头一皱。水晶球一亮。梅西丝突然喝道:"丹尼斯。动手。他似乎在等什么人。而这个人。我居然不能够预测出来。"

第九百五十二章 来了

自时空神域的猎神统领丹尼斯，听梅西丝这么一些错愕，一时间似乎没有意识到事情的严重性，反而大惑不解地望着梅西丝："梅西丝，你不是说没有什么事情能逃过你的掌握吗？"

手中水晶球绿幽幽的光晕将她一双手映透成暗绿色，梅西丝皱纹收紧，显得非常急迫："丹尼斯，别说废话，快点动手！我感觉得到，瓦西斯在等候着什么人的到来，而那个人显然不会是我们的朋友！"

"谁能帮得了他？"丹尼斯从容不迫，并不像梅西丝那样焦急，反问梅西丝："混乱之地五大君主自顾不暇，除了拥有主神之境的高手，没有谁能够突破我的空间封锁，你担心什么？"

"瓦西斯觉得那个人一到，我们两人将会难以活着离开雪冰峰，他是这种感觉！不会错，事情肯定有蹊跷！丹尼斯，我们合作多年，你不信我？！"梅西丝死瞪着丹尼斯，明显动怒了。

瓦西斯有些骇然，没有料到只是上位神的梅西丝居然有此神通，竟连他心中想些什么都能够知晓。只是，让瓦西斯大惑不解的是——为什么梅西丝不能够预测到那家伙的身份？

一见梅西丝似动了真怒，丹尼斯突然意识到了事情的严重性，他和梅西丝合作不是一年两年了，他知道梅西丝的神通。尤其是在这个关键时刻，梅西丝绝不会无的放矢！

再也没有废话，丹尼斯脸_一沉，已打算出手。

不过他还为手，瓦西斯已率先一步释放出极寒领域，他神之领域一展开，从他背后的寒冰洞内突然涌出极度冰寒的白雾，一瞬间充斥在了瓦西斯身侧。

西斯在寒冰洞苦修多年，早已经和洞内的极寒雾气心灵合一了那些彻骨森寒的雾气灵蛇一样受他操纵，滑腻地钻向丹尼斯和梅西丝。

白所过之处，空间"咔咔"声不断，那被丹尼斯封锁的空间就像是一面镜子被冻乎开始渐渐龟裂了。

瓦西斯那些先前被丹尼斯空间锁住手下。突觉身子一松。立即从束缚中挣脱出来。不用瓦西斯吩咐他们赶紧往雪冰峰山腰那些冰洞内钻去。生怕会再次被空间力量困住。

丹尼斯脸色变。冷哼一声。不屑道："瓦西斯。你还真以为能够躲过一劫？凭我一人。就足够将你击败。更何况还有梅西丝在！你或许不知道。修炼命运力量即便只是一个上位神。也能够让你胆寒！"

话落。丹尼斯张开大喝一声。强烈地空间波动从他身上传了出来。他身上地力量影响了空间地构造。在一瞬间形成了一把巨大地空间利刃。直朝着瓦西斯切割下来！

那一把空间利刃一出。瓦西斯释放出来地白雾立即受到空间力量地影响但不能够继续往外扩溢。还被空间力量压迫向瓦西斯。看起来就像是潮水倒流。猛地重新涌回瓦西斯和寒冰洞。

同一时刻。梅西丝"桀桀"阴笑一声手五指突然深陷进水晶球内。不知何时起晶球内多了一个朦胧地人影。依稀可以看出几分瓦西斯地模样……

梅西丝五指在水晶球内释放出一缕偻绿色柔光些绿光就像是一根根头般细小地丝线。慢慢地缠在了水晶球当中地小人身上。

当一根根绿色丝线覆盖到水晶球小人手脚之后西丝得意地低笑，旋即用力扯紧！

突然，正打算以冰岩将身旁区域全部充满的瓦西斯，猛地觉得身子一紧，似乎有几百根无形的绳子缠住了自己，手脚都不能够动弹，只能够眼睁睁地看着丹尼斯的空间利刃割来，"瓦西斯，我和梅西丝配合起来，还真的没有遇到过多少敌手！呵呵，你就认命吧！"丹尼斯看着那空间利刃不断地聚集空间力量，快地切向动弹不得的瓦西斯，笑呵呵地说。

瓦西斯体内所有力量一瞬间催到极致，那些回涌而来的白雾霎那间全部没入他身体，瓦西斯身体迅结冰，在这一瞬间他仿佛和雪冰峰的森寒融为了一体，成了雪冰峰万年不化的一块最坚硬的寒冰！

空间利刃终于落了下来！

咔咔咔！咔咔咔！

刺耳的声音从覆盖了瓦西斯全身的坚冰传来，聚集雪冰峰森寒之气凝结的坚冰竟然没有立即被空间利刃划开，只是令坚冰一寸寸地碎裂。

冰雕中心的瓦西斯，脸色苍白如纸，嘴角一缕鲜血溢出，瞬间成了红色冰凌！

"可惜，我只能够束缚住他的身不能够将他的灵魂也一并缠住。要不然，他根本难:凝结坚冰，现在就已经死了！"梅西丝不无遗憾，两手拨弄了一下，那一根根绿色细线深深勒入了那小人皮肉内。

"如果能够找到命运力量的神格碎片，你就可以更进一步了。

借助神格碎片达到了主神之境，你就可以连别人灵魂一起制住，到那个时候，我们两就能够执掌猎神联盟了！"丹尼斯微微一笑，宽慰梅西丝道。

在两人来看，瓦西斯已经玩完了，只等空间利刃将他护身的坚冰切割开来，他神体就会成两截。

这个时侯，因为梅西丝刚刚的操纵，瓦西斯身体更是被无形的丝线勒入体内，神体立即再次受损。

一个丹尼斯，一西丝，两人合作起来当真是极为恐怖。每一步都被梅西丝看穿的瓦西斯，在两人联手之下步步失去先机，从头到尾都处于被动状态，最终彻底沦陷！

丹尼斯、梅西丝两人谈笑生，没有将雪冰峰再放在心上，两人心中明白，只要瓦西斯完蛋了，就算是雪冰峰上有着再多的结界和布置，都不能够挥出真正的实力。

光凭那些实不到主神之境的上位神，想要对付他们两人，那简直是痴人说梦！

"一点，瓦西斯有所凭仗，还在等什么人来。先杀了他，我们再等那人过来自投罗网！"梅西丝**水晶球的十指绿幽幽的力量更加浓烈，化为一根根细线再次缠向了瓦西斯，看来是打算尽快结束战斗了。

"大！"好不容易钻了冰洞的安捷，眼见瓦西斯似乎没有还手之力的被空间利刃一点点地逼近，两眼通红地嘶喊道。

"救大人！"所有钻入了冰洞的瓦西斯的下，心中都只有这一个念头，瓦西斯平日里对待他们并不客气，有时候甚至会直接出手教训，但是在关键的时候，他这些手下却一个比一个忠心，竟然悍不畏死地从冰洞内又出来了，不要命地冲向了丹尼斯、梅西丝两人。

"找死！"丹尼斯笑，身上又有空间波动传来，为几个冲上来的瓦西斯手下，身旁的空间突然多了一个个拳头大小的光洞，从中传来不可匹敌的吸力，将那几人猛地扯向光洞口，那几人的身体似乎成了液态，在那种强烈的次元拉扯力下，血肉、骨骼、灵魂都被那些拳头大小的光洞吸入，一会儿功夫，就消失的无影无踪。

冰雕之中，瓦西斯双眸简直欲喷火，他人虽然被束缚住了，但对周围的形势还是一清二楚。直到刚刚，他才现这些平日里他打骂随意的手下，竟然对他如此忠心，正是因为如此，眼看着他们白白送死，瓦西斯才无比暴怒。

可惜，他身体被梅西丝困住，又需要不断地消耗体内神力来应付丹尼斯的空间利刃，他眼睁睁地看着手下一个接着一个死去，却没有办法冲出束缚拯救他们！

怎么还不来，你怎么还不来？！难道你一直都在利用我？为什么，为什么？！为什么！！

瓦西斯眼睛死死地瞪着前方，心里面掀起了滔天恨意，一种被背叛的感觉令瓦西斯几欲疯狂，甚至想不顾一切地放弃这一具神体，逮住一人同归于尽！

不知道是不是听到了瓦西斯内心的嘶喊，一声刺耳的厉啸由远处传来，在声音传来的方向，狰狞可怖地奇异生物一个个张开獠牙森森的利口，密密麻麻地聚集在天空，像是乌云一样压迫过来。

暴戾的邪恶力量从那些密密麻麻的生物身上传来，丹尼斯封锁雪冰峰的空间屏障被他们撞击过来，几乎一击即溃，瞬间被撕裂开来！！

空间屏障一破，那些围成一团的奇异生物蝙蝠一样散了开来，一个个厉啸着扑向丹尼斯和梅西丝的猎神手下，雪冰峰山顶突然黑了下来，遮天盖地的奇异生物一瞬间充斥在山顶每一个角落。

瓦西斯双眸爆射出惊喜之极的光彩，濒临绝境的他在见到那种奇异生物的一霎，就意识到自己没有信错人，他知道，他报仇雪恨的机会来了！

吱吱！吱吱！吱吱！

十七口飞剑撕裂了虚空，突然间在雪冰峰上面显现出来，不等丹尼斯和梅西丝反应过来，已将两人罩住，飞剑纵横飞掠，交织成一道道寒芒，成密集的大网将两人围住。

那张网，正不断地收紧！

第九百五十三章　力挽狂澜

大魔王

第九百五十三章　力挽狂澜

尼斯和梅西丝两乐极生悲。还没有来的及继续施将瓦西斯弄死。自己反倒不明不白的被困了。等他们反应过来的时候。现交织在身旁的森寒剑芒凌厉之极。锋利的让两人下意识的往中心靠拢。

两人对瓦西斯的制衡由于自身手脚大乱而崩溃。以空间力量形成的利刃再也不能够维持它可怕的力量。法对瓦西斯续施加压力。

梅西丝更加不堪她水晶球中的命运力量由于她灵魂波动太紊乱。一下子没了作用。

瓦西斯只觉身子一。手脚突然又能够动弹了。刚刚束缚住他的力量荡然无存。眼睁睁看着手下一个接着一个被次元洞杀死的瓦西斯。压力一轻。那缭绕在身侧的白雾迅凝为一股。狠狠的撞击在空间利刃上面。

被十七口飞剑罩住丹尼斯。不能够继续为空间利刃提供支撑的空间神力。面对瓦西斯的含怒一击。那空刃没有例外的化为白光消失不见。

冰寒的神力在内了几圈。瓦西斯将残留体内的命运神力肃清。然后森寒冷厉的眸子就到了被十七口飞剑罩住的丹尼斯和梅西丝两人身上。

"是谁？给我来。"丹尼斯冷哼。他能够感觉到潜伏在暗处的强烈危机。却始终把握不住对方的藏身位置。

梅西丝神色凝重。手中水晶球碧绿的光芒幽幽。将她那张脸照耀的阴森可怖。一道道光芒被她从指甲射入水晶球内。西丝早已经放弃了继续对瓦西斯施加压力。转而将全部精力用来窥探暗中的潜伏者。

丹尼斯和梅西丝心中明白。突然来的潜伏者实力非常可怕。而且使用的还不是他们所熟知的力量。在这个时刻。一个能够把握行踪的敌人威胁极大尤其他还有着可能比瓦西斯还强大的实力时。不知道为什么。梅西丝那屡试爽的水晶球。在窥察暗中的潜伏者的时候竟然失灵了。不论梅西丝投入多少命运神力在面都不能够在水晶球中将来人的身影显现出来。

"还没找出来吗？尼斯有些着急了。因为此时瓦西斯身上的坚冰已全部消失。这意味着他马上就能够恢复战斗力。

一个暗中的潜就让两人如坐针毡了。再加上一个不受掌控的瓦西斯。都隐隐觉的这次有些不妙了。

"找不出来。太奇怪了。"梅西丝语气有些惊慌这和她先前的自信满满截然不同。"只要全力出手我几乎可以预测出大部分没有神格的主神动向。但这个人明就在这里。我却把握不住。"

"出现这种状况。意味着什么？"丹尼斯又向梅西丝靠了靠因为十七口飞剑还在不的交织着剑网。一点点的继续收缩。他感觉到了强烈的威胁。所以不的不和梅西丝一样站到剑网中心的带。

"除了拥有神格和神格碎片的主神外。只有那种最精通灵魂力量者才能够挣脱命运力量的束缚。他显然不是十二大主之一。要么拥有神格碎片。要么他在灵魂力量的造诣上已到了一个可以强改命运的的步。"梅西丝沉吟了一下。一脸凝重道。

此话一出。丹尼斯有些骇然。拥神格碎片的主由于担心会被十二大神格主神追杀往往不敢轻易现自己的力量。甚至不敢出现在众神大6。一般都会隐在不知道多么偏位面静修。这种人物非常稀少。少到几百年甚至千年都不会众神大6出现一个。

至于没有神格碎片。却能够凭借自己对于灵魂力量的深刻领悟挣脱命运力量者同样无比少。不论是那一种人物可肯定的是都对非常强大。强大到让丹尼斯和梅两人心悸。

"我们必须出去。"见剑网逐渐收紧要不了多久就会罩住他们。丹尼斯沉声道。

"这方面我不擅长。"梅西丝一脸苦笑。修炼命运力量的她。本就不是凭借蛮力争斗。而剑网显然不会被她命运力量所影响。所以她非常无奈。

丹尼斯沉默了一会儿。身间力量的波动猛的强烈起来。运用体内空间神力。打算凭空构造空间通道由此的离开。

但当他空间神力释放出来之后。却突然现将他们罩住的十七口飞剑的力量竟然影响了空间的物质结构。他和梅西丝身处的空间让他忽然觉有些陌生。陌生到他的空间神力居然不可以为他打通一条离开的时空缝隙。。

"怎么啦？"梅西丝大惊。她尼斯动了一下。突然一连骇然。当即询问道。

"可怕的家伙。丹尼了一口气。似乎下定了决心。一把抓住了梅西丝。影像是一缕轻烟。飘入了一个卷轴当中。

嗤嗤。嗤嗤。

卷轴飘飘荡荡。在剑网中传出强烈的空间波动。一道强光闪过。两人从剑网中消失无踪。现在了雪冰九天之上。

"丹尼斯。你。你你千年时间构造的空间摧毁？"梅西丝突然惊叫起来。

达到丹尼斯这种境的空间力量强者。可以凭借自己对于空间力量的体悟。真神一样开辟一独属于自的小空间。在他开辟的空间内。他就是无所不能的神。一切都受他掌握。

刚刚报废的卷就是丹尼斯构架这个空间的基础。里面有着一个微型位面。除了还没有生之外。山川泊已应有尽有。一切已花费了丹尼斯千年时间。他之所以和梅西走的那么近。就是希望有朝一日能够为梅西丝找到一块命运力量的神格碎片。这样的话丝就可以为他构造的空间赋予命运力量。再找个生命强者。令那个半成品的位面真正成型。

一旦他构的位面有了生命。那些生命命运轨迹正常运转了。他和梅西就可以完全脱离众神大6。在他们的位面无所不能。即便是拥有神格的主神。也不能够在他构造的空间内战胜他。真正的自由自在为所欲为。

拥有神格的主神是敌的。但是如他们有了这个凭仗。只要主神不立即杀死他们。他们只要躲进去就可以安然无恙了。

可惜。这么一个变态的半成品次空间。还未真正完成。今天就报废了。

梅西丝一见自己和丹尼斯多心血付之一炬。变比丹尼斯还要激动。突然喷了一口鲜在水晶球上面。霎那间。她灵魂和水晶球似乎成了一体。那水晶球内竟然出现了人脑才有的脉络脑髓。左右半球。

一个人脑拥有一切。水晶球中心都清晰的显现出来。一团雾蒙蒙的灰烟在脑海漂浮不定。似乎就是一个人的神魂。

渐渐的。一道模的影子从水晶球表面显现出来。在他身旁白云一簇簇。他迅移动着。在白云下面向某个方向飞去。

丹尼斯双眸异光熠熠。紧紧的盯着那水晶球表面上显现出来的影子。

几秒钟之后。丹尼突然意识到了什么。一脸骇然的抬头望天。

一道淡淡的影子。在他们头顶的云底下猛的冲来。浓浓煞气突然爆出来。是血之水决堤。然飞泻下来。

"就在上面。"丹尼斯大惊。一把抓住梅西丝一个空间移动马上避开。并且顺手拍在了梅丝两手死死抓紧的水晶球上面。

梅西丝一下子醒了来。眼睛内布满了血丝。两道殷红鲜血从鼻孔内冒了出来。

以自己的灵魂为媒。强行窥探她本不该知晓的事情。是需要付出惨痛代价的。

下面。漫天魔头狂舞。瓦西斯的手下全部冲了出来。对着那些来犯的猎神者拼命。瓦西斯从冰雕中解脱出来。现丹尼和梅西丝两人被十七口飞剑困住之后。并没有立即上来拼命。而是一边双眸死死的盯着两人。一边出手毫不留情的斩杀那些来犯的猎神者。

丹尼斯和梅西丝两利用千年时间构造的空间离开的时候。瓦西斯已将猎神者联盟的上位神冻成了冰雕。

"瓦西斯。我们先女的。"突然。雪冰峰头顶传来了韩硕的音。心念一动。九道白茫的寒气从瓦西斯身上射出来。正好落到那九个被冻成冰雕的猎神者身上。

咔咔咔。咔咔咔。

九个冰雕四分五裂。个猎神者的神体被分为了几百小块。血肉被冰块裹着飞裂出去。落了一的。

"来了。"瓦西斯冷笑。笑的狰狞阴森。不再管雪冰峰上面陷入了混乱的杀戮。朝着上空鼻孔鲜血溢出的梅西丝咧了咧嘴。像是嗜血的凶魔。

就在雪冰峰上面。他眼睁睁的看手下几个高手为他被杀。却无能为力。那个时候瓦西斯就誓。只要自己能够逃出生天。一定不惜一切代价将这一对狗男永远的留在雪冰峰上。最艰难最痛苦的时刻。瓦西斯已熬了过去。从必死的一刻挺了过来。他要人血债血偿。如今。韩硕到他再也不用孤奋战了。

"雪冰峰。不是那么好闯的。"瓦西斯一飞冲天。和韩硕一上一下。夹攻来犯的两人。

第九百五十四章 算无遗漏

大魔王

第九百五十四章 算无遗漏

丹尼斯两人来的时候自信满满。一人将瓦西斯的所有举。一人将雪冰峰封锁。对西斯来了个中之鳖。

他们两人怎么都没有料到会有现在的遭遇。不但没能够将瓦西斯和他手下干掉。反而令自己陷极其不利的境的。

韩硕从九天之上飞掠下来。魔功施展开来。浑身煞气凝为一个遮天盖的的巨手。将丹尼斯两人牢牢罩住。

瓦西斯伸手一抓。由寒冰洞里面飞出了一根十米长的冰凌。冰凌白玉一样晶莹。散溢出缕缕白烟。极度森寒的力量从中投射出来。

那一根冰凌像一杆长枪。上面带着雪冰峰上面最冰寒的力量。它仿佛是雪冰峰力量的结晶。一出之后本就冷的要命的雪冰峰温度再次降了一个层次。

天空巨掌遥遥按来。可的煞气和寒气一冲。传来"吱吱"的声响。一团团轻烟冒了出来。

梅西丝好不容易将硕逼出来。猛的现自己成了攻击的目标。立即靠了靠丹尼斯。修炼空间力量的丹尼斯一韩硕的剑网当中逃出来。就再也不受约束了。他又是一把抓住梅西丝。空间力量一动。突然瞬移到了雪冰峰上面。

梅丝十指拨动着水晶球。仿佛在水晶球内编织什么。一根根头一样细的绿线纠缠在了一起。绕成了一个奇异的图案。

突间。瓦西斯身一紧手中冰凌竟然有些不受控制。直朝着韩硕刺了上去。

变故来的太突兀。西斯根本不收手手中冰凌就捅向了由天空按的巨掌。

"韩硕。让!"瓦斯来不及变化。只能够大喝。"无妨!"被巨掌遮住的韩硕轻一笑。那由煞凝结而成的巨掌一下子荡然无存。一缕缕煞气消散开来轻烟一样飘荡到了一边。

与此同时。一道雄伟的影子突然从侧翼穿过。迅掠向了丹尼斯。

心神一动。十七口剑再次神鬼莫测的出现从面八方罩向丹尼斯两人又准备丹尼斯两人困进去。

不过有了之前的经历。丹尼斯已经有了警惕心。不等韩硕十七口飞剑落下来马上瞬间移始终不让七口飞剑形成合围。

梅西丝单独一人的力量。只能够瓦西斯造成一小会儿困扰没有丹尼斯的配合。仅凭她一的力量。根本不能够将瓦西斯干掉。

冰凌飞向上空的时。瓦西斯体内神力疯狂的冲击突然在身体上面多出来的力量。不用像之前那样分应付利刃瓦西斯。只用了三个呼吸时间。就将缚住自己的力量挣脱了！

噗！

梅西丝一口鲜血喷。她的命运力量施加在瓦西斯身上。在瓦西斯强行挣脱她的力量之后她难以避免被冲击力再次伤到了。

一口鲜血喷在了她手中的水晶球上面。水晶球成了妖异的血红色。看起来非常邪恶诡异。让人觉非常舒服。

"丹尼斯。撒吧。"缓了一口气。梅西丝脸色苍白。无奈道。在韩硕十七口飞剑追杀下。丹尼斯只能够不断的进行短距离空间瞬移来躲避。她自己又不能将瓦西斯彻底困住。这样下去落败只是迟早的事情。所以梅西丝不不出言提丹尼斯。

事到如今。丹尼斯也知道形势对他们极为不妙了。眼见梅西丝伤上加伤还不能够对瓦西斯形成威胁。他突然意识到合力应付一个同等境界的主神虽然能够占据绝对上风。但是面对两个的话吃亏的就是他们自己了。

丹尼斯也想立即离。可是他和梅西丝带过来的那些猎神者手下还和雪冰峰上面的人杀在一起。本来他的手下就完全落在下风。一旦他和梅西丝不顾一切的离。他那些手下恐怕一个休想活着离开。

那些人全部都是丹尼斯和梅西人的精锐。这一批手下要是完蛋了。他们一定会元气大伤。即便这一混乱之的的战斗猎神者联盟取了最终的胜利。没有了那些手下他们也很难在以后的利益分配上面占据主动。

因此。丹尼斯犹豫不决。心中思量着该怎样选择一个合适的时机。重新打开一个空间通道。自己的那些手下也一并带离雪冰峰。

在丹尼斯为自己手下考虑的时候。韩硕心中也非常郁闷。以他和瓦西斯的力量。绝对可以将丹尼斯两人掉。可惜。丹尼斯由于修炼空间力量。并且因为害怕他十七口飞剑形成合围。一直在不断的进行空间瞬移。

雪冰峰极大。丹尼永远不会在的方停留太长时间。这种短距离的空间瞬移又不会消耗他太多空间神力。这么一来。他和瓦西斯虽有着满腔热情。却始终无法抓住丹尼斯。更别提和他正大光明的一战了！

如果战斗的的点在，隐谷。韩硕至少有七种方法利用，谷的阵法改变整个天的的空间力量。令丹尼斯无法轻轻施展出空间瞬移来不断的变化位置。那样他就可以从容不迫的干掉丹尼斯了。

可惜。这里是雪冰峰。雪冰峰上面并没有任何阵法可以借用。雪冰峰终年不散的缭绕寒气。还达不到将整个空间冻结的的步。所以他只能够眼睁睁的看着丹尼如蛇一般不断瞬移。却束手无策。

韩硕见丹尼斯眼神闪烁。时时注意着猎神者的动向。就知道丹尼斯怀着什么心思了。

正是因为如此。韩明知道不能够在丹尼斯有防备的情况下利用十七口飞剑困住他。也不的不持续不断的给丹尼斯施加压力。防止丹尼斯有时间将空间缝隙撕裂开来令他和他那些手下从中逃脱。

韩硕瓦西斯两人追不舍。丹斯抓住梅西丝断的空间瞬移。一会儿在天上一会儿在山野。一会儿在交战的人群之中。令韩硕两始终追逐不上。

一时间。这四人之间的斗陷入僵持不下的状态……

韩硕脑中一个个念头闪过。一刻如果有人能够进入他脑海中就会现他神识就像是一深邃的星空漩涡。以一种令人迷醉的轨迹在迅转动着。

一个个想法在心中浮现。又韩硕一一否决。为了能够将丹尼斯两人干掉他寻找着一个一个的办法。试图寻找到一个可行性方案令丹尼斯和他的人不能从雪冰峰逃出生天。

不道是否韩硕太过于思量怎样对付丹尼斯。那不断的追逐丹尼斯两人的十七口飞剑度不再那么迅捷。渐渐给了丹尼斯两人喘息的时间。

修空间时间力量的丹尼斯精准的把握到了这个变化心一喜。他空间瞬移的频越来越快一次空间瞬移后。那十七口飞剑到度都会缓慢一秒。

渐渐的。在经历几十次空间瞬移后。十七口飞剑像是迟钝了下来。不能够立即赶来困他。

时间足够了。丹尼大喜。立即施展空间力量。形成一圈圈空间波动在他身旁。强行撕裂了一道空间隙出来。出现在他的背后方位。

"撤。都回去！"丹尼斯站在他那些不断的后退的猎神者手下当中。突然厉声喝道。

这一次瞬移。丹尼斯正好出现在他手下密集的方位。那一道空间缝隙的位置也极为巧妙的就在他们后方。这一切丹尼斯算的极为精准。一丝不漏。

被漫天魔头和瓦西斯手下杀的溃不成军的那些丹尼斯的猎神者手下。一见丹尼斯两人出在身后。并且已将空间缝隙缔造出来。想也不想。就急忙往里面飞掠了。

"不好。韩硕。挡他们！"瓦西斯大喝出声。一切的往这边冲来。

像是被瓦西斯的一声惊喝突然吵醒了。一直掌控十七口飞剑追逐丹尼斯两人。而自己却没有动静的韩硕猛的一震。旋即意识到了什么。一脸焦急的朝着丹斯两人冲来。

"韩硕。瓦西斯。等我们和其他统领聚集了。会再次过来的！到时候。魔隐谷雪冰峰。都要被彻底摧毁！哈哈哈！"丹尼斯长声狞笑。抓着梅西丝就往空间缝隙钻去。

也是在这个时侯。先前度慢了一刻的十七口飞剑。以数倍的力量轰然刺来。与此同时。万魔鼎从天而降。成百上千的魔头突然全部回涌向万魔鼎。它猛的绽放出强烈刺目的乌光。携带着惊天动的的力量撞击向丹尼斯两人。

"走了！"丹尼斯一惊。度更了几分。拉着梅西丝终于闪入空间缝隙。

两人才入空间缝隙。十七口飞剑和万魔鼎同时轰击向了那道空间缝隙。霎那间。那被丹尼撕裂的空间缝隙仿佛受到了影响。爆射出了灿灿星光。

"！"

空间缝隙内。传来丹尼斯恐惧的惨叫。他一只手甚至伸到了空间缝隙口。似乎想要从中爬出来。却被一强大的力量一下子拖了进去！

"啊……"丹尼斯和梅西丝两长的厉啸。最后从那空间缝隙内传来。一道强光闪过。雪冰峰上面的空间缝隙消失不见。丹尼斯两人加几百个猎神者同时无踪。

ps:推荐好友八难的新书【医狂天下】上面有直通。兄弟们可以看看。老八本本完毕。，量有保障。

公元35oo年的生物学学双料博士林鲁。战的医治伤员却被导弹击中。意外附身魔幻世界一同名青年魔修士林鲁雷。

很奇特的。原本植于脑中的智能脑"天使"竟然也跟着林鲁的附身而苏醒。强医术让他屡建奇功名扬大6。更重要的。林鲁找到了一条与众不同的强大道路。

第九百五十五章 你真阴险！

大魔王

第九百五十五章 你真阴险

。

七口飞剑回旋。那片区域内交织成一团团血雾。些还未来及逃脱的猎神者。飞剑无情的杀戮下纷纷惨。很快就变成了一块块碎肉。

一缕缕淡淡的灰烟从他们的尸体上面飘逸出来。被悬浮在半空的万魔鼎**。令万魔鼎上面乌光越来越盛。

伸手一招。万魔鼎和十七口飞剑同时飞向韩硕。在他身体内隐没不见。

嗖。

瓦西斯在韩硕身旁站定。看了一眼刚刚爆射出奇光的区域。疑惑的询问韩硕："丹尼斯他们呢？先前究竟生了什么？"他看的出来。韩硕一定利用飞剑和万魔鼎在丹尼斯撕裂的空间通道处做了手脚。要不然尼斯最后不会急着从中爬出来。不会出那种人毛骨悚然的惨叫。

韩硕洒然一笑："尼斯想通过空间通道带着手下从这里离开。殊不知我在他撕裂空间缝隙的时候。就暗中在那几处空间点上面动了点手脚。改变了空间通道的态。丹尼斯他们进入空间缝道之后。现不对了自然会害怕了。"

从那十七飞剑度凝滞一两秒之前。韩硕就已经想到了对付丹尼斯他们的方法。飞剑的延迟只是他的一个策略罢了。的就是为了让丹尼斯误以为他懈怠了。好让丹尼斯将空间缝隙构造出来。

之前韩硕苦思了许。一直都在怎令丹尼斯不能够构造空间通道这个问题上面打转。所令自己的思绪陷入了死胡同。久不能够找到解决的方法。

不过在关键的时候。韩硕最终想了。明白与其阻丹尼斯打通空间通道。还不如任由施展开来。在那空间通道上的下手脚。

在丹尼斯将空间通打开的霎几个由上位神魂炼制成的魔头就悄悄聚集在那儿。悄无声息的改变空间通道几个空间点的位置。

在一般情况下。尼斯或许能够察觉到空间通道生了微妙的变化但是由于韩硕和瓦西斯的威胁如影随形的跟了过来。令丹尼斯慌乱中疏忽了。尤其是十七口飞剑和万魔鼎呼啸而来的那一霎。丹尼斯不及多想。马上抓住梅西钻了进去。

一入空间通道。尼斯突然现那根本就是不知道多么偏远的空间裂痕。完全不是他设置的传送点。在空间缝隙内没有元素力量只有永恒不变寂和荒凉。奇异的物质不断的爆射出光芒像是黑洞一样吞噬一切。

作为修炼空间力量主神。丹尼斯一入其中马上就知道中了韩硕的阴毒算计。可惜他还没的及从中走脱。十七口飞剑和万魔鼎轰然撞来直接将那空间缝隙轰崩塌。绝了他逃离的希望。

韩硕笑着将情况解了一遍。瓦西斯听他说完之后。心惊的望着韩硕："这么说。你从一始就算计了他？"

点了点头。韩硕道：他既然非想要利用空间通道离开。那我就成全他好了。呵呵。你看。他按照我的布置老老实实的为自己自掘墓这不是很好吗？"

瓦西斯愕然。过了一会儿才吸了一气。道："你真阴险。"顿了顿。瓦西斯疑惑："丹尼斯他们被这么一弄。--样？"

"空间崩塌。强烈的爆炸力会让他们一瞬间灰飞烟灭。那些人中除了修炼空间力量达到神之境的丹尼斯我想应该可能有谁还够活下去。"笑了笑。韩硕继续说："即便是丹尼斯我想也会被空间崩塌的力量重创。不知道会被扯入多么偏僻的空间缝隙内。嗯。他不能够将力量恢复。就永远以返回众神大6。照我猜测。我们至少要有千年时间见不到他。"

瓦西斯心中寒。久之后才冒出两个字出来："狠。"

对于瓦西斯的评价韩硕坦然接受。回头看了一眼崇拜的靠过来的瓦西斯手下。现西斯手下这损失也不下。大概有近百人死亡。在他没来之前。那几个对瓦西斯忠心耿耿的上位神手下死的更是惨不忍睹。连尸骨都没有留下。

"抱歉。我没有预料到他们会来的那么快。"扭头看着瓦西斯。韩硕轻声道歉。

嘴角勾起一丝淡淡苦笑。瓦西斯了摇头："不怪你。我也没有料到修炼命运力量个女人居然会那么神奇。连我的举动都能够预料。还好。还好他没有能够算出你这个意外。否则今天雪冰峰上所有人恐怕都难以逃出生天了。"

"真没有料到命运力量这么神奇。梅西丝还不到主神之境。如果主神境界。恐怕比现在还要恐怖许多。看来。十二系中。最神秘的命运力量确有着令人心悸的独到之处。"韩硕也赞同。他在前往雪冰峰的中途就感觉到自的灵魂像是被人窥视。

那个时候韩硕心中非常吃惊。立即将神识化为千丝万缕。改变了自己的灵魂状态。这才令梅西丝不能够猜出他的动向和来历。要不然。梅西丝一开始就知道他来的方向和时间。只要不计一代价先将瓦西斯干掉。然后守株待兔的等候他来。时候她和丹尼斯合力。说不定连韩硕都会无计可施。

"见过布莱恩大人。"侥幸未死的安捷敬畏的望着韩硕。恭恭敬的行礼问候。在他身旁。许多瓦西斯的手下也都躬身着韩硕行礼。谢过韩硕的救命之恩。

深深的望了这些人一眼。韩硕心中暗暗点头。对瓦西斯说："这些人不错——忠心。"

"今天的事情。不外传。"瓦斯脸色难柔和了起来。扫了安捷那些手下一眼。叮嘱道："尤其是布莱恩过来的消息。不准对任何人提起。这场战斗。才刚刚开始。你们都给我打起十二分的小心。""遵命。"安捷那些大喝。他们心中暗暗惊喜。没有料到在自家大人竟然和韩硕在不知不觉中达成了同盟。亲眼见识到了韩硕的力量。他们都非常兴奋。觉的有这么一个强大的盟友。这一次混乱之的的大变动他们将会多许多存活的机会。

"瓦西斯。和走一趟魔隐谷吧。算算日子。达他们也该正式进攻魔隐谷了。我怕下那些人顶不住。不过只要我们两个能够及时赶到。我想达卡他们不但会前功尽弃。还会和丹尼斯他们一样被我们收拾掉。"看瓦西斯都安排好了。韩硕沉吟了一下。才开口。

"好。"瓦西斯干脆答应下来。顿了顿。道："再吩咐一下。令他们也赶往魔隐谷。达卡他们手下高耸入云。我怕你边人手不够。"

笑着摇了摇头。韩道："不必不必。们两个去就足够了。呵呵。达卡他们还未进入魔隐谷的时候。手下已被我弄死了一半了。如今他手下那些人还不如我魔隐谷的韩家卫士多。嘿嘿。韩家卫士的战斗力比起他们。要强大许多。如果不是达卡达格玛阿瑟尔斯特三人在。我根本不用返回魔隐谷。光凭我韩家卫士就足以扫平他的那些人了。"

此话一出。瓦西斯悚然一惊。喝："什么？他们还未进魔隐谷。就先死了一半人？"那边的消息韩硕自己封闭了。达卡那些人当不会将自己的惨败乱讲。所以到现在还没有人知道。

"太让人不可思了。"瓦西斯为震惊。旋即试探的问道："你付出了多少代价？"

"只是三座大山已。呵呵。我的人一个未死。嗯。说来话长。走走。我们路上慢慢谈吧。"韩硕笑了笑。又抛出了一个更大的惊喜给瓦西斯。在瓦西斯一脸呆滞的状态下。韩硕先行一步。

"大人。他。他先走了。"安捷见自家大人愣愣的站在那儿。而韩硕却已经先行一步。急忙出言提醒。

直到这个时候。瓦西斯才从震惊中醒来。一见韩硕已远去。迫切的想知道真相的他急急忙的对安捷又吩咐了一句。马上朝着韩硕离开向追去。

没有损失一人。却将达卡他们的干掉一般。。如此战果。太过骇人听闻了。即便是瓦西这样的强人。一样被震慑住了。

。

就在韩硕在雪冰峰杀四方的时候。魔隐谷终来了达卡达格玛阿瑟尔斯特这一群神者。通过底那一面巨大无比的空间映照镜。小骷髅韩浩斯塔索姆安德丽娜他们可以清晰的看到停留在魔隐谷外面的猎神者。

经历一次惨痛的变故之后。达卡他们明显要谨慎许多。来到了魔隐谷外面的时候。没有一个人敢轻举妄动。只是先默默的观察着魔隐谷外面的情况。一草一木。一=一石。统统不放过。

上次的教训太深刻。一半的人被人阴死。这让达三人再也不敢小瞧韩。在他们心中。已将魔隐谷当成了最可怕的一个凶的。每一步走来都小心翼翼。本来应该几分钟走完的路程。他们可以花费一个小时。

不不说。达卡他真的胆寒了。

第九百五十六章 怕过头了！

着一步一停，谨慎过头的那些猎神，斯塔索姆、吉是一脸怪异地坏笑，本该沉重的战前气氛忽然变得轻松起来。

"按照这个度，我看还要半天他们才能够进入魔隐谷。呵呵，外围又没有什么可怕的防御布置，这些猎神也实在有趣，竟然怕成这个地步！"斯塔索姆哑然失笑，笑呵呵地说。

"他们被杀怕了！"阿尔梅里克指了指空间镜面内步步为营的猎神，道："你看，这几个身上的伤还没有痊愈，行进的时候步伐显得有些凌乱，肢体的摆动频率也不自然，这充分证明他们上一次受的伤非常重！"

他们从韩硕口中多多少少都了解到了在小骷髅那三座山峰处达卡他们的遭遇，此时一个个目光不由抛向了小骷髅韩浩，心里面都有些恻然，想想一半人死在他那边就觉得有些恐怖。

这一具身体乃是韩浩的本体，那一缕盘踞在半成品身外化身的灵魂又重回了韩浩本体，此时的韩浩处于最巅峰的状态，和神格碎片融为一体的他或许还不是达卡、阿瑟尔斯特两人的对手，但是对付同样修炼死亡力量的达格玛，韩浩却有信心将他击败！

"再过一天他们敢动手，我们不必太担心。"博兰兹冷静地计算着猎神联盟的移动距离，眼睛在那些猎神身上巡视着，仿佛在找寻下手的目标。

"哼，希望他们全部都死！这渣滓，根本不该存在世间！"安德丽娜小脸森寒，恨恨地冷喝道。

不知道为么，安德丽娜对猎神表现出了极度浓烈的恨意，她似乎恨不得将所有的猎神都屠戮干净！在魔隐谷内旦有人提起猎神，安德丽娜马上就会注意起来，口口声声叫嚣着要将猎神杀干净。

小骷髅韩浩瞥了一眼安丽娜，心里面暗暗决定以后一定要让手下离这个奇怪的小女孩远一点比谁都清楚安德丽娜的可怕，那些猎神手下肯定不会是安德丽娜的对手。

另外，由于安德丽娜和韩家关系匪，加上现在又和金甲尸明显走在了一起。即便安德丽娜一怒之下将他手下干掉一两个，韩浩也没办法拿安德丽娜怎么样，所以他不得不防，寻思着过段时间和韩金好好沟通一番，让韩金在这方面也约束安德丽娜一下。

"我们好好准一下吧。嗯可以将魔隐谷所有大阵都开启了！"博兰兹默默计算了一会儿。突然开口道。

"好！"五行甲尸应承下来。旋即韩浩望了一眼。就从这边闪开了。

魔隐谷大大小小地阵法有几十个。其中一部分一旦开启就会不断地消耗天地灵气。这些年来魔隐谷虽然聚集了不少灵气储备了起来也不足以支撑太久。尤其是几种威力恐怖地魔阵。对于天地灵气地消耗极为惊人。一般不到关键时刻。那些魔阵都处于关闭状态。以免耗费了元气。

如今猎神联盟到了外面。肯定会在短时间进攻韩硕目前又不在。为了以防万一。那些威力恐怖地魔阵就到了全部开启地时候了。

五行甲尸一走。小骷髅韩浩也跟着离开了。安德丽娜一见韩金走开了一下。也默默跟了上去。

这段日子德丽娜和韩金形影不离。两人相得益彰一起地时候不但互相吸引。似乎还能够助对方更快地进步种奇妙地状态令两人时刻都待在一起。不愿意分开来。

"大家准备一下吧，让韩家卫士也从各个地方散布开来。除了利用魔阵的力量之外，群体攻击的力量也要用上，达卡、达格玛、阿瑟尔斯特三人可是有着主神境界的强，比那枯骨城的沙陀和希尔不知道可怕多少，我们千万不能够掉以轻心！"五行甲尸和小骷髅韩浩等人走开之后，博兰兹一脸凝重地对那些韩家人叮嘱。

给博兰兹这么一说，菲碧、梵妮这些女人似乎才意识到事情的严重性，脸色也都沉重起来，不再嘻嘻哈哈的嬉笑不断，都回去做事了。

……

魔隐谷外面，达卡、达格玛、阿瑟尔斯特三人惊弓之鸟一般反复商议，在怎样攻击魔隐谷上面三人分歧很大，达格玛主张一鼓作气以最快地度轰击魔隐谷，破除所有的结界和防御力。

达卡则是打算一步步来，先将周围的状况全部弄清楚了，然后试探性地攻击看看，一旦不行，立即传讯给其他猎神，召集更多的力量对付魔隐谷，他觉得这样才稳妥。

阿瑟尔斯特又是另外一个意见，他的意思是先将手下留下魔隐谷外面，由他们三人先探探魔隐谷。在阿瑟尔斯特来看，以他神之境的力量，即便不能够一下子弄清楚魔隐谷少也可以轻轻松松地离开。仅凭韩硕韩浩两人，还不能够对他们三人造成威胁。

三人各抒己见，没能够在短时间达成默契。

直到一天之后，他们终于站立在魔隐谷前面，看着被浓浓烟雾完全包裹住的山谷，才最终确定的行动方案——由外围合所有手下的力量强攻魔隐谷，试试魔隐谷的防御力！

决定一下，达卡三人立即对自己的手下传达命令，三人带着手下分为三个方向，聚集所有人的力量一起出手，朝着浓雾深处的魔隐谷落去。

惊天动地的巨响在五颜六色的光芒中传了出来，一道道奇异的力量之光汇聚在一起，纷纷落向了云雾缭绕中的魔隐谷……

……

没有三人想象的惨叫，也没有韩家人从里面抱头逃窜出来，一声声剧烈地轰鸣声的确从那些浓雾深处传了出来，可惜他们却不能够知晓里面究竟生了什么，也不能够知道是否有人死亡。

"达格玛，竟然连你都不能感觉到里面的灵魂波动？"达卡心中觉得有些不妥当，诧异地望着来自死亡神域的统领达格玛。

达格玛眼中强烈地忌恨稍纵即逝，将自己对韩家的报复暂时压下去，然后才低沉道："在那些浓雾深处，有着可以抵御我神魂力量窥视的力量。就像是一块乌黑的帆布罩住了那儿一样，我的灵魂无法从中感应到是否有人死亡，甚至，我都不能够察觉到山谷内是不是有人存在。"

此话一出，阿瑟尔斯特脸_一变，马上联想起前段时间在小骷髅三座山峰那边的遭遇，当即沉声道："情况诡异，我怕我们再次中了奸计。对于不明所以的状况，我们需要保持十二分警惕心！"

"我们三人进去看看吧！"达卡犹豫了下，终于同意了阿瑟尔斯特先前的提议。

达卡由于和尔事前有过沟通，是打算借助这一次混乱之地的大战掌握猎神联盟的全部大权的，本来他以为以他们三人的实力和手中掌握的力量，应该可以轻轻松松地将魔隐谷毁去的，哪里知道还未进入魔隐谷，就损失了一半手下。

正是因如此，达卡才不敢再自己手下的性命开玩笑，毕竟那将是他以后在猎神联盟的凭仗。达卡本来不想亲自冒险，但是眼看自己不亲自进入，这边再多的攻击似乎都是白费力气，所以不得不下定决心深入了。

阿瑟尔斯特立即就同意了达卡的决定，看了达格玛一眼，道："我们三人一起进去，肯定不会有问题！"

便在此时，达卡突然感觉到手臂口空间戒指传来了淡淡波动，心中一动，达卡没有立即讲话，而是暗暗以神魂感应那来自魔法镜面的讯息。

过了一会儿，达卡神色一喜，喝道："走，我们三人今天一探虚实！最好先将那些魔法禁止结界全部毁去，哼，照我看这个魔隐谷只有一个强大的外相，应该不难对付！"

"达卡，为什么突然这么说？"达格玛明显一愣，对于达卡的变化觉得非常奇怪。

"我得到确切的消息，可以肯定那布莱恩暂时不在魔隐谷内。嘿嘿，他似乎去了一趟雪冰峰，绝不可能在那么短时间内返回魔隐谷！趁此时机，我们可以将他魔隐谷的基业全部摧毁，然后慢慢等他返回魔隐谷，将他一起铲除！"达卡冷笑道。

达格玛、阿瑟尔斯特忽视一眼，有些不太相信达卡，同声问道："肯定？"

"不会有错的！"达卡自信道，却没有解释消息的来源，嘿嘿笑道："走吧，我们进去！"

话罢，达卡就先行一步，毫不犹豫地朝着那浓雾缭绕的魔隐谷冲去，一副自信满满的样子。达格玛、阿瑟尔斯特犹豫了一下，最终决定相信达卡，也都跟了上去。

一入浓雾缭绕的魔隐谷，三人立即现感官大受影响，不但视线被雾气重重叠叠地阻碍了，就连神魂都不能够察觉到太远处的状况。

"大家小心一点，这地方邪门！"达卡轻喝一声，等那两人进来之后，立即道："我们都靠着，只要我们三人在一起，绝不会出什么问题！"

半响，没有回应……

"达卡，阿瑟尔斯特，你们人呢，怎么不出声？"达卡心中一惊，立即高呼道，然后他突然现，耳畔传来的都是他一人的回声，声音越来越大，似乎带动了某种力量，猛地朝他卷来！

第九百五十七章 冒险

大魔王

第九百五十七章 冒险

卡怎么也没有预料到这还没有进入魔隐谷。光在浓浓就出现了这个状况。几声高呼没有反应。达卡就意识到格玛和阿瑟尔斯特两人应该遭遇到了什么异常。要不然不会一下子失踪迹。

仔细想来。三人之间并没有相隔太远。那两人的突然不见踪影让达卡立即提高了警惕。

本打算先将达格玛尔斯特两人找到再继续往里面行动的达卡。没来及以神魂搜寻两人的方向。却突然现自己被一簇簇浓烟裹住。那些看起来并没有特别之处的浓。像是一下子化身为泥沼。猛的将他淹没了。

达卡手脚变的重逾万斤。一个轻抬手臂的动作要比往日费劲十倍。

丝丝烟雾缠住他。通过他浑身毛孔钻入他身体。达卡在身体变无比沉重的同时。还感觉到皮肉酸麻。很明显。烟雾中含有毒素。当然。这种程度攻击还不能够真正伤害到他。达卡心中冷笑。毁灭神力火山一样在体爆出来。恐怖的力量一瞬间将逸入体内的毒素涤荡一空。并且形成一层精密的结界挡在皮肉外。霎那间。来自雾毒素和缠力被全部肃清。达卡身体的主导权又被他重新夺回。

达到主神境的达卡在猎神者联盟十二大统领当。战斗力是出了名的强悍。毁灭力量本来就以攻击力强悍著称。达个人在毁灭力量的修炼上更是不惜一切代价的提高自己的战斗力这种程度的压力显然难不倒的他。

从毒雾中挣脱出来。达立即将魂展开。试图找到达格玛和阿瑟尔斯特两人的位置。然而达卡在方面的造诣显然不如达格玛。他神魂展现意识却一层层模糊的气团阻碍了。根本走不出太远。连身旁百米都不能够覆盖过来。更别提在整个魔隐谷搜寻达格玛两人的气息了。

"还好那布莱恩并不在魔隐谷内。不然这个时侯应该已经趁机过来偷袭我们三人中的一了吧。"达卡心中思量着。慢慢的往魔隐谷深处闯来。

。

魔隐谷。中央枢纽处。

"达卡果然厉害。根本不受浓雾的。

看来主人说的果然没错外几层的防御力量对一般的神祇虽然有效。但却拿这种达到主神之境的高手有效果。"吉尔伯特站在魔法镜面前。看着魔法镜面内达卡轻轻松松挣脱了浓雾的影响。一路穿过好几个结界布置向魔隐谷行来。不由感慨道。

"每一个能够达到主神之境的强者。都是非常可怕的存在。达卡达格玛阿瑟尔斯特三身为猎神者统领。都是从尸山血海中一路爬出来的人物。这种人我们绝不可以掉以轻心。"博兰兹一脸凝重。迟疑了一下望着小骷髅韩浩商量道:"他这么硬闯过来。有许多魔阵是挡不住他。你看。是不是应该将他引到这个的方?"讲话时博兰兹指了指一个像土丘一样隆起的区域。

五行甲尸见博兰兹用手指着那个的方。脸色都是略变。不过五人并没有多说什么。目光也是落到了小骷韩浩身上。

身为混乱之的的猎神者领。小骷髅韩浩虽然不常常前来韩家。但包括斯塔索姆菲碧这些人在内的韩家人。都非常相信他的判断力。韩浩怔怔的望着兹所指的方向紫魔眼光芒熠熠沉吟了一下。才同意:"好。我自走一趟将他带过去。"

韩金脸色一变。惊道:"大哥。还是让别人去吧。那个的方是魔隐谷最可怕的凶阵之一。父经嘱过我们。那方根本不分什么人。一旦进去了。攻击立即动。里面只要还有生命气息存在。除非将魔隐谷的积蓄的力量全部耗尽。否则永远停不下来。"

"没事。"韩浩瞥了金甲尸一眼。即不再多说什么。转身就向外走去。

"等等。"温曼一始并没有太在意。但现在看那博兰兹和韩金的语气。心中隐隐觉似乎有些不太妥当。一见韩浩走。忍不住出言喊道。身子一顿。回头望了温曼一眼。再次说了一句:"没事。"话音一落。韩浩身子一晃。已从这儿离开了。

他才刚刚走出去。过这儿的魔法镜面。大家都现达卡体内神力尽数展开。凝聚成一颗颗毁灭法珠向四面八方轰去。一些阵法在达卡的力量下多多少少被破坏了。有可能难以释放出全部威力。

和达卡不同。被迷雾的奇异力量分开的达格玛和阿瑟尔斯特两人。之前叫嚣的厉害。但进入了魔隐谷里面后两人却小心翼翼。一步一脚深处慢慢走来。并不像达卡那样大肆的破坏周围一切。

"这两人也非常危。现在之所以还没有飙。因为两人还没有弄清楚形势。一旦两人走出迷雾。不再迷雾的影响。一定也会像达卡一样全力破坏山谷一切。"博兰兹冷静的说。

"不用担心。他们很快遇到"心魔炼狱阵"。在那儿两人至少要被耽搁一段时间。走出了"心魔炼阵"。还有"天绝雷裂阵"等着他们。他们那个方向不必太担心的。"韩金看了一眼魔法镜面的达格玛和阿瑟尔斯特。低声对博兰兹说。

"那好。"博兰兹略微将声音提高了一些。将众人的注意力全部吸引到了他身上。然后才对大家说:"大家准备一下。一旦达卡被韩浩带入那个的方。我们立即的底通道去谷外。达卡三人手下都在外面等候。我想以我们韩家卫士的战斗力。在达卡三人走不出来的情况下。肯定可以给予他们重创"

"那是肯定。"血大喝一声。狠厉道:"我去准备了。这些猎神者敢来我们韩家送死。们当然要成全他们。"

"血灵你先下去咐一声。让那些卫士都准备好。不过你要看我的讯号。只有我这边给了你安全的讯号。你才准带他们从的底通道出去迎战。"博兰兹知道血灵有时候也会比较鲁莽。急忙叮嘱道。

"放心吧。我知应该怎么做。"血灵随口答了一句。就和同样迫不及待的吉尔伯特离开了。

。

谷内。迷雾绕的各种各样的阵法中央。小韩浩提着那根骨刺鬼魅一般飞掠。

几个魔头悄悄从韩浩中骨刺中飞了出来。无声无息的来到了断破坏周围一切的达卡不远处。隐的观察着达卡的一一一动。

韩浩按照凡的记一路上避重重阵法和安德丽娜布置的能量结界。迅的朝着达卡所在的位置移动。

魔隐谷浓郁的阴寒邪气无所不。当所有魔阵都启之后阴风阵阵。煞气呼啸而过。一人在里面都会觉的身子冷。身体的力量也会受到影响。可韩浩不但不讨厌这个的方。还觉一切都是那么熟悉舒服。同样修炼魔功的他魔隐谷特殊的环境不但适应。在这儿他的力量还会增幅。

那一根骨刺在他手中摇摆。不时的有缕缕乌光一而逝。奇异的低泣声由骨刺内轻轻传出。不细听根本听不出来。

渐渐的。韩浩来到先前博兰兹手指所指的方向。还未靠近那个区域。韩浩就本能的感觉到了凶险。几个散布在附近的魔头更是远远避开那儿。就连他手中那一根骨刺内的魂。似乎都本能的想要远离那边。

"在魔隐谷内。你所有的方都可去。只有一个的方。你万万当心。即便是你。也不能涉足。那个方不分敌我。任何生灵一旦进入。都会被彻底毁灭。"

感受着手中骨刺内厉魂的畏惧。小骷髅突然想起了韩硕离开之前对他的叮嘱。在那个区域远站定。他没有深入一步。想了一下。他将手中的骨刺**脚下的大的。手心一缕缕参杂着奇异符文的力量没入了骨刺当中。

韩浩松手。骨刺却一点点的没入了的底。只露出一尖端。散溢出一缕缕灰蒙蒙的轻烟犹豫了一会韩浩空手离开。以更快的度穿过层层阵法。往达卡那边赶去。

很快的。韩浩来到了达卡那边。不说。双眸死死盯着达卡。以灵魂力量轰向了达卡。

正在大肆破坏周围一切的达卡。突觉脑子一疼。马上就察觉到了小骷髅的到来。物力攻击强悍的达卡在灵魂力量上面有疲软。他神魂被小骷髅这么全力一轰。感觉脑海中似有天雷爆炸。震的他头晕眼花。

连忙停止了对周围的破坏。达卡将所有的注意力全部收回。全力抵御神魂的攻击。

这么去做的时候。突然现刚刚涌入神魂的力量。一下子荡然无存了。而不远处的小骷髅韩浩。却是有些惊骇的立往远处逃去。

"哼。找死。"达冷笑。想也不想的追了过去。

他不是修炼死亡力量。在他来看。小骷髅即便将神格碎片全部融合了。那死亡力量的神格片也不能够衡他。所以达格玛怕小骷髅。他却不怕。

第九百五十八章 进出自如

一个能够修到主神之境的都是绝对强悍的人物，达卡，韩浩的灵魂攻击很难真正对他造成重伤，注意力一集中，那神魂的震动就消失了。

眼神一拧，迟迟不能够把魔隐谷大阵毁去的达卡，就将韩浩当成了一个突破口。

心中一冷，达卡暗道正愁找不到带路者呢，既然你主动送上门来，我又岂能放你轻易离开我的视线！决心一下，达卡从容不迫地跟在了韩浩身后，途中不再继续对身旁所见的各类石柱子下手，专心致志地盯着韩浩不放。

"不会有事吧？"魔法镜面前，老妖斯塔索姆皱着眉头，心中有些不安。

博兰兹还是一脸平静，仿佛天塌下来也不会令他惊慌躲避，眼睛紧紧地盯着魔法镜面内飞掠的小骷髅韩浩和紧追不舍的达卡，博兰兹语气不确定："我也不知道。但我想师兄应该将那个地方的凶险向他仔细解释过，既然他有信心能够将达卡带进去，肯定有办法出来！"

"希望他没事，要然，我们可不好交代啊……"斯塔索姆笑容有些苦涩。

他明白韩硕和小骷髅之的感情又多深厚，如果小骷髅在魔隐谷有了什么意外，韩硕一定会雷霆大怒，指不出会弄出什么问题来。

"不会有事的！"兰兹肯定，心里面也有些忐忑。

"看！"菲碧惊呼一声羊脂白玉似的长食指轻轻点在魔法镜面一处，娇喝道："他进去了！"

正在讲话的博兰兹、斯塔等人马上不再多言，注意力全部落在菲碧手指所指的地方，一个个眼神锐利如刀，神情无比凝重。

魔谷各种大阵布置完成以后。韩硕将各个区域要注意地方方面面大致和菲碧、斯塔索姆提起过。让他们小心行事要误闯一些威力惊人地魔阵中。

众多注意事项当中。韩硕反复强调地一个地方就是小骷髅刚刚进入地"天绝阵"。他曾经说过那个阵法一经开启。任何韩家人都绝对不能够靠近。否则。只有死路一条！

这番话韩硕强调了不止一次每提起魔隐谷注意地事项。第一个提起地就会是"天绝阵"。无一例外！

……

小骷髅韩浩身子一滞"天绝阵"最外围地区域站定。

突然。一道道九天掣电?*毓嗌 9.础 3 懔业毓饷3涷庠谔斓 刂槛玫亓榛杲食煞凼榍钗蘧〉峯拷狡d蚰薮蟒屠皆馈蛊裙础d巧厦婴毿亓a勘纫桓鲋魃褹掣吟秩Φ匾换骰挂膳拢?br/gt;

脚下看不见大地，只有深邃不见底的黑暗，地心一股强烈地吸扯力也在瞬间爆出来以韩浩的力量似乎有些承受不住，身不由己地就往地心深处飞去。

雷电、山压、地心吸力?*毛3隼从械毓乜骼勘昝魅罚艚舻凼⒆藕品鸮宧豳绾我贫寄岩蕴油讦亓a康墓gt;

这时，韩浩还只是才进入"天绝阵"最外围！

身不由己朝着无穷无尽黑暗大地陷入的韩浩见掣电和山岳一起袭来，正打算全力出手抵挡一刻，突然现一道身影也从外面射了进来。

心中一喜，韩浩放弃了抵挡三重攻击，灵魂立即和早先深埋在阵外的本命法器骨刺沟通起来，以灵魂的力量将本命法器的所有力量瞬间催出来！

"天绝阵"外面，那仅仅露出一尖的骨刺光芒大盛，一个个张牙舞爪的狰狞鬼面在骨刺上面显现出来，缭绕在魔隐谷终年不散的阴气、煞气突然受到了骨刺的影响，疯狂地汇聚在骨刺上面。

人身一样粗大的乌光，成一个空心圆圈的柱子状直冲入"天绝地"里面，硬生生地打通了一条由里面出来的路径，直达往地底深陷的韩浩面前。

双眸邪光熠熠，韩浩纵身一跃，泥鳅一样钻入了那乌光形成的圆圈当中。

由外面直通向"天绝阵"的空心圆圈，被韩浩钻了进去后立即迅收缩，以更快地度往阵外撤去。

达卡一入"天绝阵"内，突然现自己苦苦修炼的毁灭法则力量大受影响，这个区域似乎改变了毁灭法则的自然规律，他体内毁灭神力变得紊乱堪，平日里心念一动就可以凝结出来的毁灭法珠竟然无法成形！

不但如此，那强烈的掣电和山岳压迫的力量，包括地心深处传来可怕的吸扯力，他也深刻地感应到了。这些力量甚至令达卡都觉得心悸，由无穷无尽地煞气恨意凝结的山岳压迫而来，达卡一颗心都沉重起来，隐隐觉得就在这个时候，率先冲入进来的韩浩利用本命法器骨刺造成的乌光迅往外撤去，达卡立即察觉到自己中了韩浩的计策，勉强将体内的毁灭神力稳住，不顾一切地往外面暴退！

轰！

先前轻易进来的区域，仿佛被亿万斤的无形巨石堵住，达卡撞的头晕眼花，却没能够突破那一道屏障，反而由于身势不稳，一下子坠入了无穷无尽的黑暗地底深渊。

"呼呼！"韩浩来到了"天绝阵"外面，一把抽出那一根骨刺，骨刺一入他手，所有的光华瞬间敛去，再也看不出一丝特殊。

"出来了！"博兰兹呼，明显松了一口气，他嘴里面宽慰斯塔索姆不要担心，可他自己却一样忐忑不安，直到现在韩浩从中走出，他才真正放下心来。

"太好了！"斯塔索姆微微一，抿了一口酒，轻松道："达卡一被困在，那就轻松许多了。嗯，达格玛、阿瑟尔斯特两人前面的阵法很多，两人越是小心翼翼越是躲避不掉，我看他们要想从中挣脱出来，至少也需要十来天时间！"

博兰兹眼神凛，沉喝道："该是我们反击的时候了，我这就去吩咐血灵、吉尔伯特他们。哼，外面那些猎神者没有了达卡三人的照应，绝不是我们的对手！"

众人大喜，都开始着手准备对付面的那些猎神者，一个个心情都略微放了一些。

……

韩硕和瓦西斯两人一路雪冰峰朝着魔隐谷飞逝，实力强悍的两人全力赶路，度快逾闪电。

瓦斯从韩硕口中得知了达卡三人遭受的巨大损失之后，嘴里面虽然没有多说什么，心里却对韩硕更加佩服了。在瓦西斯来看，如今的韩硕不论是本身实力，还是手中掌握的力量都远远过了五大君主之的泰尔。

路行来，瓦西斯心中不断地思量一个问题：为什么韩硕在这一战中显得那么从容不迫，哪里来的自信？

不管怎么看，以混乱之地五大君主的力量都不是猎神者联盟的对手，五大君主只有五个主神之境的高手，可猎神者联盟却远远不止这个数目。不但高手数量猎神者联盟强过混乱之地，他们手下的力量也比五大君主的人要雄厚一些。

这一战，从任何一个方面来看，混乱之地似乎都没有取胜的可能。

瓦西斯还未交战之前就做好了带手下撤离混乱之地的准备，要不是韩硕亲自前往雪冰峰保证这一战不会有问题，他是断然不会死撑着的。

"布莱恩，你说泰尔、罗格、奥索埃三人留下来死战，都是为了什么？"瓦西斯想了许久，最终还是觉得还是询问韩硕为好，在这个问题上他觉得韩硕似乎早有定计了。

"泰尔、罗格想借机彻底掌握混乱之地，他们两人一肚子坏水，应该都留有底牌！至于奥索埃嘛，坦白说，我有些看不懂他，不过我觉得奥索埃应该有着自己的打算，说不定会做出一些令我们意外的事情出来呢！"沉吟了一下，韩硕才皱着眉头说。

"从你来到混乱之地开始，奥索埃就一直向你示好，这一次为什么你会选择和我合作，而不是奥索埃？"瓦西斯明显有些愕然，这个问题也是他一大困惑，始终想不明白。

"奥索埃？"笑了笑，韩硕表情玩味："奥索埃的确是不断地向我示好，这造成了什么？我和萨拉斯大战，和泰尔、罗格结仇，甚至和你都闹到不可开交。而奥索埃，他付出了什么？只是一家君王店，还有就是在魔隐谷出手帮我，压过萨拉斯一筹的风头？"

摇了摇头，韩浩苦笑道："他心机太重了，我不敢和他走的太近，也不敢让他知道太多关于我的布置。在关键的时候，如果他玩花样，我怕难以挽回！"

"这个人，的确有点让人看不透……"瓦西斯想了一下，颔赞同了韩硕的说法。

……

同一时间，两人议论的人物已经到了魔隐谷外面，还不是孤身一人，带着一群残兵残将。

这个时侯，以博兰兹、血灵、吉尔伯特为的一群韩家凶神，正在四处追杀那些来犯的猎神者，在韩家可怕的团队冲击力下，那些猎神者溃不成军，一个个抱头逃窜，狼狈不堪。

奥索埃明显经过了一场大战，他手下身上染着鲜血，有很多人还被扶着。一过来，奥索埃就下令："帮韩家对付那些猎神者！"

第九百五十九章 你宰的了谁?

大魔王

第九百五十九章 你宰的了谁

？

失去了达卡三尊大神的扶持。在韩家卫士的狂轰炸中神者根本不是对手。不的被击杀当场！

萝丝罗蒙佐奇血灵博兰兹这些韩家高手一出动。其中还有一些韩浩的手下。不论是韩家卫士。还是韩浩的那些手下。都深的魔阵配合的精髓。在这战斗上面他们如鱼的水。

那些猎神者本就不是对-奥索埃一过来又立即吩咐手下动手。他们的溃败就更加迅了。等不到达卡三人支援的他们。不不拼命散开来往外面逃逸。

他们之前在小骷髅浩三座山峰那儿已经受了重击。许多人伤势还未彻底恢复。哪里会是韩家凶神恶煞的对手。胆寒的他们不要命的逃走。似乎连深入了魔隐-的三个统都忘记了。

他们逃。韩家卫士则是拼命追击。仗着对魔隐谷一块的势的熟悉。韩家卫士往往能够找到捷径。堵住那些四处逃逸的猎神者。然后给予他们重创！

这本来应该是一场完的胜利如果中途没有意外生。对这些猎神者疯狂追击的家卫士。由于自认为自己这边的实力足够强悍。不顾穷寇莫追危险一路上杀了下去。

然而。那些韩家卫士很快不妙。先前不顾一切逃窜的那些猎神者不知道为什么。竟然大胆的杀了来。一个个精神振奋。像是挣脱囚笼的疯狗。

马当先冲在最前的博兰兹血灵吉尔伯特三。都是忽然一愣。不明白为刚刚还狈逃窜的这些猎神者为什么会悍不畏死的重新杀了回来。他们实力明显不及韩家卫士。之前也被杀的血流成河早已经失去了斗志。

他们的信心来自何处？

博兰兹隐隐觉不。还未等那些猎者靠近。他立即冷喝道："回去！"

"老。为什么？他们找死我们成全他们好了。嘿嘿。就凭这些货色。根本不够我们杀的啊？"吉尔伯特一脸愕然。狐疑的望着博兰兹。

"有点不太对劲！博兰兹越来越觉的不妥。当再次大喝："都回去。立即！"

"吉尔伯特。走！"血灵一见吉尔伯特还想说些什么马上喝道："另外多了一些人。我够感觉到许股血气迅往儿靠近！"

吉尔伯特一惊。不再废话。一边掉头往后撤去一边大声嚷嚷："都滚回去。别追了。***。有埋伏！"

那些紧紧跟随吉尔特三人前来的韩家卫士一听吉尔伯特的大吵大嚷旋即并然有的掉头。马上往来路撤回。

就在此时。掉头杀回来的那些猎神者身后密密麻麻的出现了许多高手从他们身上衣着的色可以看出他们并不是达卡达格玛阿瑟尔斯特三人的手下不过们的气质都是一样阴狠冷血很显然。他们也是猎神者！

"是追击奥的那些人妈的。索埃刚刚不说他们已将方甩掉了吗？"血灵抽空望了身后一眼。立即怒声喝道。

他们三人由于反应时。或许手下不会遭殃。可是追击达卡手下的韩家卫士不止他们这一。那些人如果没有意识到这一层凶险。岂不是要被重新多出来的高手干掉？

一想起这个可能性。灵就想骂娘。暗道你奥索埃不好好在自己的领域待着。往魔隐谷过来干什么？就算你要来。也要弄清楚形势啊。别给我们魔隐谷惹来这种麻烦！

"快走！"博兰兹心中一惊。声音越加高昂。他从背后突然感觉到一股庞大的气息。这让兰兹意识到追击过来的人中。一定有个猎神者统领！

血灵吉尔伯特只是看了一眼博兰兹眼中的惊讶。就意识到背后的来人绝不是他们能够应付的。心里面都有些着急。

一缕轻风呼啸而来。轻柔的微风送到这儿。一道人影也显现出来了。

轻声一笑。猎神者统领之一的米勒挥手缔造了一个风之屏障。在血灵吉尔伯特博兰兹三人前面形成。

嘭嘭！！在血灵三人前面往后撤离的韩家士。收不住身。一个接一个撞击在那风之屏障上面都被风之屏障的力量给弹了回来。没有一人可以突破风之屏障的阻碍。

一个个凶猛的龙卷突然在他们那一块区形。由风系主神神力施展出来的乱卷风就像纯粹用风刀凝聚起来的漩涡。几个被罩住的韩家卫士立即血肉飞溅。在那龙卷风当中被绞成了粉身碎骨！

血灵双眸赤红。那一血剑猩红色的光芒爆米。浓稠腥味刺鼻。一道道鲜血似乎在血剑剑柄流动。显的极为身化血芒。血灵身剑合一。全力刺向了被米勒缔结出来的风之屏障上。

玉帛被撕裂的声音。从风之屏障上面传来。凝聚在一起的风系元素由此以缺口荡漾开来。那风之屏障裂开一个可容三人通过的洞**。血灵人剑合一。第一个穿了过去！

吉尔伯特博兰兹紧随其后。在那洞**内稍纵即逝。有一部分韩家卫士见机的快。也在博兰兹之后穿了过去。的以从风之屏障的阻碍中逃脱。

但是还有十几个韩家士并没有这种好运。还没来的及从那风之屏障内走出。就现那刚被血灵撕裂的洞口又重新愈合上了。而且更加浓郁的风之元素聚集在了风之屏障上。把他们的生彻底挡住。

"咦！"米勒脸上一变。似乎没有到血灵竟然够撕破他缔结的风之屏障。微微诧异一下。那个风之屏障虽说只是他促间缔结起来。可也不是一般人轻易能够刺破的。血灵能够在一瞬间将所有力量凝聚在一，。爆出远自己真实力量的可怕破坏力。立即让米勒刮目相看了。

加浓郁的风之元素聚集在屏障上面。米勒从容不迫的出手。一个个风刃准确无比的刺在那些被留下来的韩家卫士身上。将他们斩的血肉模糊。当场惨死！

风刃一离手。米勒又化为一缕轻风。畅无阻的越过他自己缔造出来的风之屏障。不不缓的继续朝着血灵三人追去。

"还人呢？"吉伯特从风之屏障穿出之后。回过头来望了一眼身后。立即暴吼道。

博兰兹一言不。色阴冷如坚冰。他知道没能够从风之屏障及时走出来的韩家卫士。在勒那种级别的强者手中绝对活不了几秒钟。在吉尔伯特讲话的功夫。那些人应该已经死亡了。

见博兰兹不讲话。尔伯特立即道那些韩家卫士的命运了。眼眶一红。吉尔伯特就打算回头拼命了。他快行进的身子微微一颤。突然凝滞下来。看来不打算续后撤了。

"抓着他！"博兰兹低吼一声。对血灵看了一眼。

话音一落。博兰兹和血灵一起出手。一人驾着吉尔伯特一个手臂。拖着他就往魔隐谷的方向飞去。根本不顾吉尔伯特的大吵大嚷。

"小伙子。你使用力量奥义非常奇特。呵呵。下来我们探讨探讨吧！"突然。米勒的轻笑声从后面传来。一缕轻风悄然而至。又是一层风之屏障在三人前面缔结成形。这一层新的风之屏障元素浓郁度和之前那一个简直不可日而语。

血灵看了一眼那新缔结出来的风之屏障。就立即掉头。双眸死盯着米勒。

他心里面清楚。那重新缔结出来的风之屏障不是他可以打破的。与其将精力浪费在上面。不如回头和米勒拼死一搏。即便不能够杀掉米勒。拼命攻击下来。在身上加点伤应该还是能够做到的。。

一见就连血灵都放了无谓的突围。博兰兹吉尔伯特马上明白形势已到了最艰难的时刻。两人忽然将所有的惊慌失措放下。两双仇恨的目光同时凝聚在米勒身。

那些韩家卫士默默的站在三人身后。没有一人眼中显现胆怯和畏惧。一个个神情平静。似乎觉的死亡不是太难接受一件事情。他们仿佛早已经做好了这个准备。米勒并没有急着出手。将韩家这些人的表情一一收入眼底。颔赞叹道："果然是一支强兵。难怪就连达卡他们的人都会遭殃呢！嘿。摆在你们面前的只有两条。要么立即将灵魂放开。宣誓对我效忠。要么我立即宰了你们！"

"你宰的了谁？"一声冷喝从大的深处传来。博兰兹脚下的大的徒然裂开一个口子。提着骨刺的韩浩满脸冷酷的走了出来。斜了一眼有些诧的米勒。韩浩对博兰兹几人道："这里没你们的事情了。从下面返回魔谷吧！"

"哈哈。韩浩之名早有耳闻。今日一见果然名不虚传！"米勒抚掌。显的非常高兴。"不过。你以你能够护的住们？""你可以试试！"韩浩不再看博兰将所有的注意力聚集在米勒身上。如临大敌的将骨斜斜指向米勒。背后另外七根骨刺剧烈的抖动起来。

ps:弱弱的求下月票。明天俺就爆了。。

第九百六十章 我们不走！

第九百六十章 我们不走

！

底大地撕裂出一个大口可以肯定韩土就在下面，博灵、吉尔伯特三人忽视一眼，没有一人打算离开。

"你们下去！"博兰兹指了指身后那些韩家卫士，示意他们立即离开。

卫士们多年来受博兰兹的训导时间最长，不论如何都不敢违背他的意思，没有犹豫，一个接着往那地底撕裂的缝隙潜去。

米勒脸上笑容收敛，手心一股柔和的暖风吹出，霎那间，在博兰兹三人脚底的大地缝隙口又是一个风之屏障形成了，几个下去的卫士被猛地弹了回来！

"我说走不掉，就没人能够离开！"米勒一脸肃然，一步步朝着韩浩走去，他每一步踏出，身旁就有一个小旋风形成，往四面八方飞逸开来。

如临大敌看着勒的韩浩，眼瞳一缩，背后七根骨刺"嗖"地一声离体飞出，猛地刺在那将大地缝隙堵住的风之屏障。

"刺啦！"

布卷撕裂的声音从中传出，勒凝结的风之屏障瞬间破裂开来。

"下去！"博疾呼。

才被风之屏障的阻力弹回来的那些家卫士，闻言心中一紧，不顾一切地重新投射进去，一个接着一个没入了地底缝隙了。

这一次。没有到任何阻碍。

"你们三个也走！"韩浩没有头。紫魔眼中妖红色光芒大盛。死死地盯着一步步走来地米勒。手中那一杆骨刺上面一个个鬼怪森寒可怖地模样浮现出来。浓烈地煞气在骨刺和他身上不断地聚集。

"韩浩。我们不走！"吉尔伯大喝一声。倔强道："我们不能够眼睁睁地看着你为我们送死！要死。大家一起死！"

"哈哈。很好很好。就是一起死！"米勒冷笑。突然出手。

飓风厉啸。瞬间形成是一个巨大无比地漩涡。将博兰兹、吉尔伯特、血灵三人全部裹住！

伸手一抓。冷厉地寒风虚空形成一把巨大地锯齿锋刃勒手持锯齿锋刃蓦地一划。锋寒犀利地风之力量高转动韩浩整个罩在其中！

米勒突然难，霎那间将博兰兹、血灵、吉尔伯特包括韩浩一起罩住，风系主神之境的力量一经施展，不是同等级别的对手根本无法抗拒，他们立即全被风系力量困住了。

"你们这些小角色，也该和我叫嚣？"米勒讥笑道，根本未将博兰兹他们放在眼里，即便是刚刚冲破他风之屏障的血灵只是让他有些诡异罢了，心里面也没有将血灵当成可堪一战的对手。

嘴里面讥笑着，米勒双眸却警惕地注意着被风之神力吸扯元素力量形成的锯齿锋刃罩住的韩浩，在他来看，也只有韩浩一人有些麻烦罢了，不过也达不到让他全力出手的地步。

突然脸讥笑地米勒脸色一变，失声惊呼道："什么？"

就在此时！

一声声鬼哭狼嚎地厉啸，由那锯齿锋刃罩住的韩浩处传来，一个个巨大地魔影从中浮现出来，张牙舞爪地四处飞掠咬起那一片区域一切！

那一把由他体内神力凝聚风元素缔结出来的锯齿锋刃，在一瞬间被撕咬成击几百小截，上面盘踞的风元素突然溃散也不能够将锋刃凝结成实体。

与此同时，韩浩手中那一根骨刺地张口了血盆大口，就像是一条被囚禁亿万年的地狱幽灵龙从无尽深渊挣脱了出来携带着无穷无尽地恨意和暴虐煞气，狠狠地朝他咬过来。

米勒神情凝重，脸上再也没有了一丝一毫的轻视，直到这一刻，他才真正将韩浩当成一个同等级别的对手！

突然间，米勒的身子在虚空猛烈旋转起来，随着他疯狂的转动，一个巨大无比的龙卷风以他为中心成形，龙卷风直达天际，覆盖了方圆十里地，这片区域的草木、巨石、粉砂纷纷被带的飞了起来，全部涌入其中。

米勒成了龙卷风的中心，为龙卷风提供着源源不断地力量，而龙卷风却成了疯狂吞噬一切的妖魔，不但将周围任何事物扯入里面，就连韩浩那一根骨刺也受着这种力量牵引，倏地刺入龙卷风内。

一声声嚎叫和哭泣从龙卷风内传来，骨刺一入其中，急剧旋转的龙卷风度立即缓慢下来了，就仿佛骨刺是重逾亿万斤的巨石，影响了龙卷风的整个度。

"走！"

就这个时侯，韩浩低喝一声，七根骨刺马上将束缚博兰兹三人的风之力量摧毁。

博兰兹三人心中一惊，都是有些诧异。

"暂时我还不是他的对手，只能够阻一阻他的力量，无法胜过他！"韩浩快解释了一句，一马当先往下面的缝隙遁去。

博兰兹三人骇然，旋即不再犹上紧随韩浩身后坠入了地底。连韩浩都承认不是对人加起来，也不够米勒杀的。

此时不走，更待何时？

博兰兹三人一入地底，那撕裂的洞口就迅愈合了，平平整整的不留一丝缝隙。

与此同时，那一根飞入龙卷风当中的韩浩骨刺，猛地爆出沉重无比的力量，突然往下面大地坠落。

一个个巨大的土丘冒了起来，每一个土丘都像是一座小山大小，在一瞬间充斥在那龙卷风当中，那么多阻碍物一下子冒出来，龙卷风不断旋转的力量硬生生地被打乱了，不能够持续施加力量。

骨刺坠入其中个土丘上面，水滴融入大海一样隐没在土丘当中，霎那间，龙卷风内充斥的恐怖气息荡然无存，消失的无影无踪。

骨刺一消失，似乎带动了土的力量，那一座座从地底鼓胀出来的土丘，仿佛一下子失去了力量支撑，全部成了松软的尘土，沸沸扬扬地散落了下来。

尘埃落。

米勒的身影重新显现出来，若有所思:看了看脚下的大地，米勒赞道："看来应该是那个叫韩土的家伙弄出来的了，韩家的人一个个修炼的力量都有些特殊，这一趟还好有着精密地布置，要不然，还真的会功亏一篑！"

……

地底。

"韩浩，你的武呢？你不要了？"吉尔伯特一入地底，马上对朝着韩浩嚷道，他知道那一根骨刺对韩浩有多么重要，眼见他进入了地底，却将骨刺留在了外面，吉尔伯特马上替他着急起来。

韩浩回过身来，看来吉尔特一眼，淡然道："来了！"

还没等吉尔伯特反应来，那一根先前还在上面震慑米勒的骨刺，突然从泥土壁内飞了出来，准确地落到了韩浩手中。

"韩浩，有多少人遭殃了？"博兰兹脸色森冷，之前出去向外追击达卡手下的不止他们这一股人马，他们差点没有逃出米勒的毒手，另外一些人应该也一样遭受了同样的危机。

"五十多人被杀，不过大多数都是我的人，你们这边的人都没有什么事情，不必担心。"韩浩想了一下，镇定道。

博兰兹一愣，心想为什么死的大多数都是你的人？不过转念一想，博兰兹似乎明白了什么，犹豫了一下，轻声说："谢谢！"

点了点头，韩浩没有多说什么，加快脚步往魔隐谷地底宫殿行去。

一会儿功夫，韩浩带着博兰兹三人出现在魔隐谷地底宫殿，在一个宽阔无比的石室内，五行甲尸、斯塔索姆、佐奇、萝丝这些人齐聚一堂，一个个脸色都有点不该好看。

韩浩到来后，瞥了一眼斯塔索姆，问道："奥索埃和他的人呢？"

"安排在不远处的客室了。"斯塔索姆答了一句，脸色有些阴霾，迟疑了一下，才低声道："那个奥索埃也真是的，居然没有搞清楚状况，将追兵一直带到了这里！我们损失了不少人，差一点连罗蒙、佐奇都没能够活着回来，还好有韩土不断地开通地底隧道！"

"客室？"韩浩眼中寒光一闪，盯着斯塔索姆道："也在地底宫殿内？"

"对啊。

"斯塔索姆有些愕然，觉得韩浩的反应有些奇怪，当年奥索埃毕竟救过魔隐谷，在这个时候即便奥索埃为韩家带来了灾难，他们也不应该将人家拒之门外啊。

"谁将奥索埃带到地底宫殿的？"韩浩板着脸，冷冰冰道："我去找吉尔伯特三人的时候，不是说过让他们留在上面了吗？"

"是奥索埃说想下来看看，当年他救过魔隐谷，和布莱恩关系也不错，有什么不妥吗？"菲碧皱了皱眉头，觉得韩浩的态度有些不太对劲，有点太喧宾夺主了。

"地底宫殿是韩家的根基！父亲早就说过，不容外人进入！奥索埃，算不算外人？"韩浩依旧那副冷酷的样子，冷冷看了菲碧一眼，旋即对佐奇吩咐："你走一趟，带奥索埃出去，要么留在魔隐谷上面的房子内，要么带他们去戈隆他们原先待着的周围山腹！"

"这不是我们韩家的待客之道吧？"菲碧嗔怒道。

"奥索埃有问题！以他的境界，不可能察觉不到背后的追兵，他见到我们之后没有立即说明此事，就是别有居心！"韩浩冷喝一声，旋即吸了一口气，对佐奇喝道："还不去！？"

佐奇心中一寒，偷看了菲碧一眼，见菲碧正认真想韩浩话里面的意思，犹豫了一下，觉得宁愿得罪菲碧，也不能够得罪韩浩，立即掉头离开了。

第九百六十一章 他不想要

大魔王

第九百六十一章 他不想要

家目前女人虽多。可真正能够讲的上话的却没有几个艾米丽两人算是例外。以韩硕不在的时候。菲碧艾米丽两人的话最管用。即便老妖斯塔索姆阿尔梅里克在某些方面也都要以她们两位的意见为主。

不过。韩浩一来。形势就变的有些微妙了。由于强悍的实力。加上博兰兹血灵吉尔伯特三人对他的敬佩。他隐隐成了韩硕之下韩家另外一个领导者。自己位置被夺。菲碧心中多多少少都会有些不舒服。

佐奇离开了。不论斯塔索姆他们。还是博兰兹吉尔伯特。都没有表意见。看样子已经默认了韩浩在韩家的位置了。

心里隐隐有些恼怒。碧斜了一眼擅作主张的小骷髅韩浩。喝道："奥索埃可能因为手下伤分心了。也有可能因为大战消耗了力量。应该不是有心为我们韩家带来祸端吧？"

她这么一说。丽和梵妮也纷纷赞同。几个女人平日里关系较为亲密。自然会统一战线了。

"你们实力达不那个境界。不会明白一个主神境界的强者神魂的感应力有多厉害。就算奥索埃受伤很。他神魂也可以敏锐的察觉到潜伏在暗处的危机。绝会一无所知！"韩浩神情淡漠。仿佛没有察觉到菲碧这些女人的怒意。

沉吟了一下。他似乎不算在这个问题上面继续|去。扭头看着博兰兹血灵吉尔伯特三："将族最核心的成员聚集起来。在这个时侯。我们必须都呆一起！""好！"博兰兹立点头。马上动身去办事了。

"韩土。们五个准备一下。一旦有意外生。以最快的度将人送到控制整个魔隐谷各类阵法的中心枢纽。那儿的防御力最坚固。可以调用整,隐谷的元气抵挡外面的攻击。就算是有主神之境的高手轰击魔隐谷的的元气只要消耗干净。就不会有事！"看也不看菲碧。韩浩自顾自的吩咐。

五行尸没有一个废话。点头按照他的命令去做事了。

这一刻。仿佛众人都动过滤了菲碧脸上的怒气。将韩浩当成了主心骨。全部以他的命-主。无视了菲碧这些女人的意见。

"我怕佐奇处理不。我也去看看。"将该吩咐吩咐下去了。韩浩才重新将目光放在菲碧身上："你们也准备一下最好立即前往控制魔隐谷各大阵法的中心枢纽。魔隐谷虽大。那个的方却是最安全的！"话罢。韩浩转身开。

"在这家伙身上。我再也看不到一点过去的影子了！"莉莎一脸愕然。苦笑着摇头。

当年在奇奥大6巴比伦魔武学院的时候。小骷髅被韩硕梦中下达了命令。在夜色朦胧中悄然闯入莉莎房间。将睡梦中的莉莎狠揍了一顿。

时隔多年。在吉尔伯特揭露了韩浩的身份之后。莎每每会想起当年的场景。总是试图在韩浩身上找一些过去的影然而。除了那背后七根骨刺还熟悉之外。在他身上。莉莎已看不到过去的样子。

"他变化太大了！|没有料到一个亡灵生物。有朝一日能够成长到如此的步！"梵妮感叹。她也曾经过小骷髅。但同样没有料到他能够达到今日的高度。

"哼自大狂妄。真不知道布莱,怎么将他弄出来的！"菲碧心中有气。悻悻然道。

"呃……"没有离的老妖斯塔索姆有点尴尬。踌躇了一下道："他曾经救过我们。在些方面他的判断力还是可信的。嗯。菲碧啊。布莱恩对待韩浩的时候。真的是当自己的儿子我想他不太会喜欢你们还称呼韩浩为亡灵生物……"

"布莱恩是真的将他当儿子看待！"阿尔梅里克也插话了顿了顿。似乎突然想起了什心中一动。问道："呃…你们和布莱,在一起那么久为什么直到现在都没……都没有身孕？"

此话一出。几女脸都是一黯。一个个都变的不自在起来了。

斯塔索姆瞥了阿尔梅里克一眼。突然也想起了什么。暗道这几个女的不会是嫉妒韩浩吧？

越想越-很有这个可能。这么多年来她们一个个都没有身孕的迹象。没有一人能够为韩家留种。突然间。布莱恩多了韩浩这么一个怪异的儿子。身为他女人的这些女人心中自然会有点想法的。

这么想来。斯塔索姆哑然失笑。暗道难怪这些女人表现这么奇怪了。原来是因为自己有心结"不会是……布莱恩有什么问题吧？"阿尔梅里克斟酌了一下用词。小心翼翼的问道。

菲碧艾米丽妮那么多人没一个有身孕的迹象。问题显然不会出现她们方面。这么看来。肯定是男方的问题了。

阿尔梅里克这么一|碧等人满脸羞红。支支吾吾的不知道该说些什。

"咳咳……"斯塔姆一脸正色道:"在年龄方面。我和阿尔梅里克足可与做你们的爷爷了。你们不需要避讳什么。如果真的是布莱恩的问题。我们还需合计合。想想办法处理处理。嗯。这种事情可大可小。不过对韩家的将来来说至关重要。我们需要严的面对它!"

"你想到什么的方去了!"艾米丽低呼一声。红着脸偷偷望了望斯塔索姆和阿尔梅里克。道:"只是。只是布莱恩不想要罢了。他总说……总说要等将所有危机扫清之后。才。才让我们有身孕!"

此话一出。斯塔索姆和阿尔梅里克两人立即明白过来了。以韩硕的力量。可以自如的控自己身体的每一部分。他如果不打算让几女怀孕。那还真是可以轻易做到。

"原来是这么一回事啊。|们就再等一段时间好了。等事情全部处好了。我们没有,机了。就不会有问题了啊。"斯塔索姆笑了笑。的这件事情应该很容易解决才对。

"我们。我们已经候太长时间了。来到众神大6都快要有百年了。等一切平安。将危机处理完。这何时才是头啊!"菲碧红着脸。低声幽怨道。看来她在这方面心中颇有怨言。

"呃……那等布莱恩回来。我两个老家伙和他谈谈。不过成不成就不知道了。"阿尔梅里克||了一下。见几女一个个期待的看着他。硬着头皮答应了下来。

菲碧艾米丽女眼亮。同时惊呼道:"真的?"

"我们量……尽量……"斯塔姆连连朝着阿尔梅里克打眼色。讪讪干笑道。

"那就啦!"几女一起欣喜的道谢。斯塔索姆和阿尔梅里克毕竟是长辈。求子心切的们心想有了这两人的劝说。韩硕应该会真正重视这个问题。

这些年来韩硕南征战。她们平日里都是独守空房。非常迫切的想要个孩子寄托自己的一。然而。这方面她们自己又不太好意思向韩硕多说。以为韩硕应该里面有对。哪里知道韩硕一拖再拖。直到今天还是没有满足她们个愿望。

"我们一定尽力!"阿梅里克忽然觉的菲碧她们其实也挺可怜。为了韩硕打点一切。不惜放弃奇奥大6的亲人和长辈义无反顾的来到了众神大6。可是。在众神大6她们大多数时间并没有韩硕呆在一起。而是独自面对寂寞。

急促刺耳的啸声。这个时侯突然从墙壁小孔中传来。谈论着韩家传接代问题的菲碧斯塔索姆人脸色悚然一变。霎那间如临大敌起来。"这个啸只有的底宫殿遇到最强大的敌人时候才会响起。从魔隐谷形成之后。也只有当初预演时响过一次罢了。到底怎么啦？"菲碧惊呼。

"走。立即前往那个中央枢纽所在的密室！"斯塔索姆满脸凝重。他知道在这个关键的时候。不会有谁大胆包天到开这种玩笑！啸声一响。只有一个可能——底宫殿遇到难以预料的危机了！

"韩浩不会猜对了吧？"莉莎犹豫了一下。怯的问道。

"别想太多。当务急。是先保全自己！"阿尔梅里克沉喝一声。伸手在那传来啸声的区域一按。一个石门突然裂开。一行人急匆匆的钻了进去。迅往目的的行去。

……

"佐奇。你撤！"韩浩手提骨刺。挡在一个狭的洞口。看着浑身雷电光芒吱吱闪耀的猎神者联盟雷系领雷吉斯。喝："是奥索埃带你进来的吧。他在哪"

雷吉斯嘿嘿低低一笑。并未回答韩浩的问题。直接出手出一道粗壮的雷电之光。将整个洞**塞满。根本不容韩浩躲避。

"韩土。将所有人走！"小骷朝着墙壁上一个孔状口大喝了一声。手中骨刺往上面墙壁一捅。那壁马上塌陷下来。猛的他和雷吉斯之间的通道堵死了与时。韩浩手臂一展。骨刺绞出一团邪光。形成一个巨大的白骨盾牌挡在了他身前。

"走！"一把抓去佐奇。韩浩立即撤退。

雷吉斯在。那么修炼大的力量的赛亚路说不定也在这的底宫殿。韩浩知道这一仗将会无比艰难。此时并不是和雷吉斯多纠缠的时|。

p：呃。计划赶不变化。被老婆拖着看花木兰了。今天爆不起来。真是非常抱歉……

今天正是因为被老婆抱怨天天码字不陪她。才有感韩硕在这方面对她们的确不上心。相比言。小逆虽说不花心。但也没有花费太多时间陪老婆。惭愧……（未待续。

第九百六十二章 地底之变

吉斯倒是并不意外韩浩的举动，在现今的局势下，明而立即撤离并不可耻。他只是没有料到韩浩会那么干脆果断，倏一出现就立即做出了决定，没任何废话，带着佐奇就要离开。

雷电之光冲出，那堵得严严实实的通道被电光硬生生贯通，直轰在白骨盾牌上。

绚丽的白光在白骨盾牌上绽放，刹那间，白骨盾牌四分五裂，骨粉成飞灰飘散。

雷吉斯双眸电光熠熠，将身影一闪而逝的韩浩锁定，低声一笑："反应不错，资质非凡，我倒要看看你能够逃到哪儿？"雷吉斯掠向韩浩，在幽暗的通道内他就像是一束掣电，快的令人炫目。

一把扯着佐奇走开的小骷髅韩浩，立即察觉到身后穷追不舍的雷吉斯，身上那隐隐不舒服的气息让他意识到雷吉斯的神魂已经锁定了他。

"佐奇你先走！"松佐奇，韩浩猛地掉头，手中骨刺用力扎在脚下土地。

骨刺一缕缕肉眼可见的光没入通道地底，突然间，通道地底那些坚硬的泥土似地毯一般被一下子掀了起来，从韩浩这边倒卷向了雷吉斯。

死亡元素量狂涌而出，形成密密麻麻不知道多少根骨矛，充斥在狭隘的通道，先行一步射向了雷吉斯过来的方向。

"小心！"奇回头看了一眼，轻声说了这么一句，旋即头也不回地离去。

"韩，你很不错！"雷吉斯赞叹一声，神之领域在狭窄的通道内突然展开，雷电的力量夹杂着"噼里啪啦"的声音以雷吉斯为中心朝着外面蔓延，那些射向雷吉斯的骨矛一根根爆碎。

眼神一凝。两道闪电从他眼瞳内飚射:来。像电龙摧枯拉朽地将倒卷向他地土质"地毯"击散。成了灰土跌落。

"咦！"尘埃落定之后。雷吉斯然现神魂中已失去了韩浩地踪迹方也没有了他地身影。

"还真快啊……"雷吉斯一愣。嘴角勾起一丝高深莫测地微笑。低声喃喃道："这样也好。一网打尽还比较省力呢。"

……

地底宫殿只要有土甲尸韩土在。可以从任何一个地方打通新地通道。在这地底深处。土甲尸身为大地地宠儿。正为所欲为地利用大地力量为韩家人提供便利。

佐奇才进入一个房间。平平整整地墙壁突然裂开一个幽深不见光亮地新洞口。佐奇先是有点惑即意识到了什么。没有任何犹豫。立即钻了进去。

佐奇一入，那突然裂开的新洞口又神奇无比的重新愈合，一样平整如镜鉴，看不出丝毫裂开过的端倪。

在这个时刻，魔隐谷地底宫殿各个区域，只要有韩家人所在的区域，都会有新的洞口被打开且他们进入了新的洞口，那些洞**又会重新愈合。

不但如此，许多原本存在的洞口，也会突然间崩塌，将那些追逐韩家人的猎神强拦阻下来。在这地底深处，韩土将他的力量尽情地释放出来，依照着他对于地底宫殿的熟悉，将散落在不同区域的韩家人一个个引导向了那管理所有魔阵布置的中央枢纽。

在韩土的接应下，那些韩家最核心的家族成员都未遭遇生命危机，纷纷被他的力量带走过了那些猎神的追杀。

不过，韩土本人并未立即进入那有着重重力量布置的中央区域时他躲在地底宫殿偏僻一角，在大地深处利用一面面镜子上的图像在大地中释放自己的力量。

在他身旁，除了有着韩金、韩火、韩木、韩水四人之外，还有一脸诧异地德丽娜。

和韩金手牵手的安德丽娜，晶石一般明亮的眼眸愣愣地望着韩土显得极为惊讶，她想不明白实力只有上位神初期之境的韩土什么可以那么娴熟自如地运用大地的力量，她想不通为什么韩土相隔那么远还可以打通一个个通道出来。

身为命运女神的女儿德丽娜对于众神大6上面十二大常规力量有着非常精深的研究，各种力量奥义有什么特征一层境界可以做到什么地步，命运女神都曾经详详细细地为她解释过。

别说是只有上位神之境的神祇了，即便是达到奥索埃、赛亚路这种主神之境的大地力量奥义修炼，也不可能做到如今韩土在做的事情。

太匪夷所思了！

紧了紧握着韩金的手，安德丽娜低声问道："他的力量来自什么地方？为什么那么奇怪？仿佛，整个大地都是他身体的一部分！这太神奇了，我要不是亲眼所见，真的不敢相信修炼大地力量奥义，能够对大地力量的运用达到这个地步！"

韩金莞尔，犹豫了一下，才指了指旁边聚精会神注意四周的韩木、韩水、韩火，小声说："不但是韩土，他们三个，包括我，在各自的力量运用上面都得天独厚。呵呵，这一切，都是父亲赐予我们的！"

"布莱恩，他……他还真是……"安德丽娜愕然，旋即苦笑着摇了摇头。

"有人来了！"便在此时，韩木低喝一声，如临大敌地指着一处土壁，神色凝重道："同样修炼大地力量，他应该是感觉到整个地底宫殿大地力量的改变来自这儿了！"

"不是奥索埃，就是赛亚路了！"呼了一口气，一直全神贯注地将韩家人引导向安全区域的韩土，突然睁开眼。

"怎么样了？"韩金问道。

"差不多了，该送的人已经送走了。还有一些韩家卫士，由于太多我只能够引导出一条前往大哥那边宫殿的通道。"韩土自然知道韩金问什么，马山回答道。

"那好，我们也离开吧。"韩金想了一下，急忙道。

就在这个时候，不但是修炼大地力量的韩土和修炼生命力量的韩木知道有人来了，就连韩金也都感觉到一股强悍的力量咄咄逼人的靠近了。

不用多说，不是赛亚路就是奥索埃，正全力朝此靠近。

作为修炼大地力量的强，即便他们不能够在大地当中如韩土一样神奇地运用大地力量韩土施加的一些大地禁止却也难不住他们。而且由于韩土不大地力量的原因，他们可以准确地找到韩土所在的"来的真快，走！"韩木惊呼一声，马上往后扯了一步。

长身而起，韩土一马当先，在他面前平整的土壁突然裂开了一个通道，他猛地钻了进去。韩金、韩火毫不犹豫，急忙往里面冲，几人一入通道，这个独立的密室突然崩塌个裂开的通道也立即愈合了。

轰轰！轰轰！

狂猛地大地力量震动起来，天崩地裂的声音从这个区域传来，一道影子强硬地撞开所有挡路的泥土，直接出现在了这个崩塌的密室内。

赛亚路细心感了一下，冷哼一声，大手一张，又是一股神力轰击在那韩土等人从中钻入的区域，在他的力量轰击下，那儿被硬生生撕裂开来个巨洞显现出来，韩木、韩金他们的背影一闪而逝。

"果然在这里！"赛亚路冷笑，然射了进去。

能够将大:力量修到主神之境，赛亚路自然不是等闲之辈。在大地力量的运用上面，或许他不如得天独厚的韩木那么精妙，但是由于境界高深神力深厚，他攻击力却远远过韩土。

光凭内强悍无比的神力，就可以影响土地的物质结构，将泥土转变为他可以想象中的任何形状。同修大地力量，他不能够像韩土一样似乎能够和大地沟通一般自己和大地融为一体，却可以以神力影响大地！

赛路力量运用上面虽然不精妙是攻击力却远远过韩土，神力一出，不但强行轰开了一条通道，在他体内神力的作用，浓郁的大地元素聚集在他身上他气势越来越足，一步步踏出整个地底宫殿似乎都在颤抖一般。

"不好！"韩土惊呼一声，混乱的大地元素道地改变了物质结构围一块区域的土地充斥满了赛亚路的神力，韩土已失去了对大地的掌握面不断愈合的通道开始不受控制，一点点地收缩起来。

"我来！"就在此时，看出形势机的安德丽娜突然清脆地喝了一声。

和她手牵手的韩金突然从她手心察觉到一股极为可怕的能量波动那是几百个能量塔一起动才有可能形成的强烈波动！

刺目的强光霎那间从安德丽娜身上释放出来，钻石一般璀璨的光芒汇聚如柱，猛地轰向了不断逼近的赛亚路！

咄咄逼人的赛亚路一见前面突然爆出了一股刺目的强光，脸色一变，不得不暂将没入大地深处的神力用来抵御这一波可怕的能量冲击，只见他前面的通道一下子收缩起来，突然间那些泥土成了最坚固的防御，牢牢地挡在了他的面前。

地动山摇的爆响，从能量光柱和赛亚路大地屏障的防御处传来，这一刻地底宫殿所有人都感觉到了这一股可怕的震动，头顶的土壁大块大块的掉落。

"好了！"韩土喜呼一声，他立即察觉到周围大地内充斥的赛亚路的神力又消失了。

在他前方，刚刚紧闭的通道再一次裂开了，他第一个冲了进去，后面的韩木、韩水、韩火紧紧跟了上来。

"走！"韩金扯了一把安德丽娜，也不管安德丽娜想什么，拽着她就向韩土消失的方向奔去。

由于知道背后有着一个强大的赛亚路在，众人再也不敢停留，都将度提到极致，在赛亚路还未反应过来的时候，已远远离开了这个区域。

很快地，五行甲尸和安德丽娜穿破屏障来到了控制魔隐谷所有阵法的中央枢纽，这是一个陷入地底只有几丈的宽阔密室，在他们头顶上面就是那个有着万魔鼎图案的圆台，那个圆台不但能够牵引天地元素，还可以将死在魔隐谷的神魂收集起来。

"你拉我那么着急干嘛，不就是赛亚路吗，我才不怕他！"来到了这个密室之后，安德丽娜小声地对韩金抱怨了一声。

韩金满脸苦笑，道："不是怕你有危险嘛。"

这么一说，安德丽娜喜滋滋地笑了笑，得意道："我手中有宝贝，就算是赛亚路，也奈何不了我的！"

韩金一愣，旋即问道："那你可以利用那样宝贝，干掉赛亚路吗？如果可以，我们立即回去灭掉他！"

"那东西只能够保住我性命，杀不死他。"安德丽娜摇了摇头，悻悻然道："我母亲不准我胡乱杀人，她要是将命运之镜给我了，我就真的可以将赛亚路干掉了！"

"命运之境！！命运女神的主神器？"斯塔索姆愕然，旋即苦笑着摇了摇头，心道如果让安德丽娜拿了命运女神的主神器，不知道她会折腾出多少风波出来呢。

"还有谁没到？"韩浩皱了皱眉头，回头去问菲碧。

经历了这一遭，菲碧和艾米丽这些女人算是老实了下来，再也不敢责怪韩浩谨慎过头了。她们知道这次还好韩浩反应及时，一察觉不对就立即吩咐了韩土将所有人撤离，要不然不知道会有多少韩家人要死在这地底宫殿了。

菲碧的目光在是密室内扫了扫去，心中默默地计算了一会儿，然后才说："从奇奥大6来的人应该都在这里了。"

"那就行了。"韩浩点了点头，对刚刚到的五行甲尸吩咐道："封门吧！"

五行甲尸也不废话，一见韩浩下了命令，马上开始动手利用五行元力控制四面墙壁，五种颜色的元力光芒从他们身上释放出来，慢慢地没入四周的墙壁当中。

在他们五人的力量下，这个密室周围传来一声声闷响，头顶还有"嘎吱嘎吱"的声音传来，就像是一个巨大的机器正在作一般。

与此同时，"天绝阵"内源源不绝的天地元气突然分出了一股，慢慢地涌向了他们所在的密室，一层层奇异的光泽从墙壁上面反映出来，各类结界各类魔阵突然成形了。

被"天绝阵"逼得喘不过气的达卡，立即察觉到了这个变化，压力为之一松，不过要想从"天绝阵"内走出来，还需要一些时间。

第九百六十三章 囚禁

央枢纽，所有韩家人聚集在一起，依此来对付雷吉斯的追杀。

五行甲尸将力量释放出来，把缭绕在"天绝阵"的天地元气汇聚在这里，形成了最坚固的防御，使得这个密室成了铜墙铁壁，不留一丝缝隙入口。

大家心中明白，雷吉斯、赛亚路他们早晚能够找到这儿，虽然明知道躲在这儿不是办法，却也不得不这么做。至少，在这个密室内，短时间雷吉斯、赛亚路他们即便过来了，也休想破开韩硕耗尽心血设置的重重屏障。

韩硕走之前对他们叮嘱过，一旦他把事情处理好了，一定会以最快地度赶回来。他们就是认准了这一点，心道在这个密室被轰破之前等到韩硕出来就行了。

韩硕曾经对他们说过，在魔隐谷内，他的力量可以获得大幅度提升，无论是修炼何种力量奥义的主神，只要没有真正拥有神格，在这里都不会是他的对手！

"布莱恩一定会们破开石壁之前返回的！"艾米丽肯定道。

"不用担心，就算父亲不能及时回来，我们五个如果拼命将天尸五行大阵运转开来，也能够再支撑一段时间的！"韩金轻松地笑了笑，宽慰那些紧张的韩家人。

"我动用宝贝话，至少可以拦阻一个主神，我可以保证他没有闲暇对付你们！"安德丽娜挽着韩金的手，笑嘻嘻地说，看她的样子，显然未将这个危机放在心上。

给这几人一说来还满脸愁云众人眉头略微舒展了一些，讲话也不再那么沉重，开始谈论韩硕会在什么时候回来有刚刚的险境。

此时，韩浩虽然没有示什么，大家都已自然而然地将他当成了主心骨。先前他准确地判断起了至关重要的作用最快地度通知了韩土做出拯救行动，这才能够在如此艰难的环境中将主要人物带到这里。

"不要太乐观。都做好最坏地算。"韩浩脸色平静瞥了一眼韩金、安德丽娜。皱眉道："目前魔隐谷主神之境地高手有七个。达卡、达格玛、阿瑟尔斯特虽被暂时困住。可一旦米勒他们弄清楚了魔隐谷地状况出手将他们三人弄出来了。那么包括奥索埃在内七大主神一联手。我想这个密室地防御力绝对支撑不了多久！"

此话一出。众人脸上骤然一变。似乎这时侯才突然意识到如今地魔隐谷到底有着多少可怕地敌人。

不过。目前除了米勒、赛亚路、雷吉斯三人之外外还有达卡、达格玛、阿瑟尔斯特。甚至还有一个始终不见踪迹地奥索埃。这七人无一不是主神之境地凶神们不联手地话。这个密室或许还能够勉力支撑一段时间然而一旦七人同时出手。那种恐怖地力量简直难以想象。

　　就算他们对韩硕再有信心不认为他布置地这个密室能够挡住七大主神地合力轰击！

　　"大哥。怎么办？"韩金惊呼道。

　　"我在想呢。"韩浩慢吞吞地在原地盘坐下来。闭目一言不。眉头深锁。

　　地底宫殿内，雷吉斯、赛亚路两人带着手下，一路上将未走脱的韩家卫士清理干净，然后直朝着韩浩等人所在的密室方向行来。

　　一直以来，只有韩家最核心的成员才有资格留在地底宫殿，除此之外，就只剩下很少一部分卫士在地底宫殿负责传讯，因此，地底宫殿除了那些从奇奥大6过来的韩家核心成员外，驻留的卫士数量并不多。

　　雷吉斯两人搜寻了个遍，也只是杀了几十个卫士罢了，他们还非常好奇为什么偌大一个韩家就只有那么多卫士可用。却不知道大部分韩家卫士都在魔隐谷外面几座山峰山腹中，这边地底宫殿的危机一出现，韩浩他们前往密室躲避的时候，已将讯息传递出去。

　　那些山腹内的韩家卫士，立即按照以前金甲尸开辟的道路往更远处一些大山躲避，即便是雷吉斯、赛亚路他们也无法将灵魂穿透那些山峰上面附加的结界布置，未能察觉到异常。

　　雷吉斯、赛亚路两人在地底游走了一会儿，米勒也悄悄在地底宫殿出现，三人聚集到一起后，雷吉斯笑道："是他带你进来的？"

　　米勒笑了笑，点头说："嗯，情况怎么样？"

　　"主要人物应该都聚集在一起了，呵呵，如此甚好，也不用一个个来搜寻了。"赛亚路指了指头顶一个方向，对米勒说："都在那边，越是有重重力量防御，越是一眼明了。"

　　"达卡、达格玛、阿瑟尔斯特都在谷内，奥索埃先前带我过来的时候，说是从他们口中得到的消息。"米勒满脸敬佩，赞叹道："不是亲眼所见，真的不敢相信这个地方竟然有着那么多蹊跷，居然能够将达卡、达格玛、阿瑟尔斯特三人一起困住，太匪夷所思了！"

"嗯，还好我们伪装为奥索埃的人悄悄从地底进来了。要不然，擅自从外面闯入，有可能和达卡他们一样被困住。那个布莱恩，还真是一个神奇的人物啊！"雷吉斯也深有感触地唏嘘。

"达卡、达格玛、阿瑟尔斯特三人怎么办？"米勒想了一下，询问修炼大地力量奥义的赛亚路，这一次行动主要是赛亚路和奥索埃两人联手弄出来的，所以在关键事情上面他都会听赛亚路的意见。

"管我们什么事情？"赛亚路笑道："他们自己闯入了陷阱当中，又不是我们陷害他们，我们有什么义务解救他们？"显然，赛亚路不打算将达卡三人弄出来。

米勒、雷吉斯忽视一眼，同时了然地点头轻笑，看来心中也认同了赛亚路的做法。

"走吧，我们去他待着的地方看看呵，你们可要记住哦，布莱恩没有出现之前们不能够杀人！这个魔隐谷太有趣了，将来此地会是由我们三人共同掌管，我们必须从布莱恩口中逼问出这里的一切秘密能够将他们铲除！"赛亚路笑道。

"那是当然！"米勒、雷吉斯同时大笑。

他们之所以处心积虑魔隐谷，很大一个原因是看中了魔隐谷堪称神奇的防个能够将达卡、达格玛、阿瑟尔斯特三大主神一起囚困的防御堡垒值之大对他们来说甚至已经过了深谷！

在他们来看，这一次猎神联盟对混乱之地的战斗一开始就注定了胜利。还未战斗之前，他们就已经想到了将混乱之地拿下之后将来地盘的分配问题了。

可以预见，将来混乱之地内将会充斥十二大猎神统领的势力神联盟之间也不是紧紧抱成一团的，最大程度地为自己提高实力和方便才是他们的本愿。

这么一来，防御力无比惊人步步诡谲神秘的魔隐谷，就成了他们抢夺的一个宝地。

有了魔隐谷，将来即便他们和别的势力翻脸了，也可以凭借这个特殊的诡地立于不败之地因此，他们势必要将魔隐谷先行一步拿下！

很快三人来到浩他们所在的那间密室前面。

五颜六色的光芒从那墙上闪耀出来，一眼望来墙壁似乎琉璃状，看起来绚烂多彩都不像土壁。一丝丝奇异地力量流水一样在墙壁条纹中流动，隐隐有着一种拒人千里之外的意味。

三人才靠近室前面，都忽然感觉到一股柔和的力量将他们往外推挤，即便是达到主神之境的雷吉斯三人，身体都是不由自主地往后退了几步。

突然，三人脸色一起兴奋起来。

"果然神奇，奥索埃真没有骗我！"赛路满脸惊喜，哈哈大笑道："难怪奥索埃会出卖布莱恩与我们合作了，我想他觊觎这个地方也不是一天两天了！人性贪婪，谁来到这儿都会将这里的一切据为己有的！"

"不虚此行啊！"雷吉斯地看着前方，细心感受了一下前面墙壁内蕴含的各种力量，他一脸跃跃欲试的表情，迫不及待道："我都等不及了，嗯，让我先试试吧！"

赛亚路和米勒两人相视一，同时往后退了几步，好让雷吉斯可以放手施为。

一道道雷电汇聚在一起，逐渐形成了个粗壮无比的电芒，在雷吉斯的操纵下轰然落在了前面光芒闪耀的土壁上面。

震耳欲聋的声响从中传来，雷电的力量猛地释放了一下，然后在瞬间消失无踪。

"厉害啊！"雷吉斯惊呼一声，他感觉得到，在他八成力量的雷电攻击中，那蕴含了奇异力量的土壁竟然只是凹陷了一下，旋即又在瞬间恢复如初。

"真是出人意料啊。"米勒点了点头，双眸光芒一闪，一把巨大无比的风刃横空划来，只听"咔嚓"一声脆响，他那由风元素和神力凝结而成的巨大风刃，竟然一寸寸地碎断开来了。

"墙壁中有着奇异的力量可以破坏元素的结构，那个叫布莱恩的家伙还真是天纵奇才，真不知道他从什么地方学来的这种奇特力量！"试了一下，米勒就立即收手了，闭目想了一下，才赛亚路解释道。

"呵呵，根据我们收到的消息来看，他很快就会返回。嗯，有奥索埃这颗暗棋，还有这些韩家人在，我们可以慢慢地玩他。到时候，等我们从他口中将魔隐谷的一切秘密弄出来了，就算达卡他们从中挣脱出来也没办法了！"赛亚路非常高兴，魔隐谷的一切越是神奇越是出乎他的意料之外，他越是高兴，因为在他心中，已将魔隐谷的一切当成他的了。

"来吧，我们三人一起出手试试，不论什么样的防御，都需要能量的支撑。我想在我们的反复攻击下，没有什么防御可以始终支撑下去！"米勒想了一下，正色道。

这是亘古不变的真理，任何防御结界和封印，都需要能量的支撑。这些能量可以是由能量塔能量晶石提供，也可以由释放留下的神力或元素提供，什么样的力量都可以构成防御力量。

但是不论多强的防御力，每被轰击一次都会消耗支撑的能量源，一旦提供防御的力量源泉能量耗尽，那么再强的防御力都会被破！

米勒三人显然知道这个真理，三人准备了一下，便一个接着一个出手，将雷电、大地、风系力量形成的强大攻击轰在了躲避韩浩等人的墙壁上。

在三人的力量之下，密室内的菲碧、艾米丽、斯塔索姆等人都感觉到了强烈的震动，一声声震耳欲聋的轰击落到了墙壁上，会让他们都跟着颤动起来。

不过以整个魔隐谷这些年聚集的天地元气为能量源泉的密室，在韩硕精心的布置下防御力之强简直骇人听闻，米勒、赛亚路、雷吉斯三人合力出手攻击了不下三十次，也未能轰破墙壁。

三人一个个惊诧莫名，有些不敢置信地望着面前那琉璃光芒缭绕的墙壁，想不到以他们三个主神之境的力量，每人动手十次都未能突破这墙壁上面的层层障碍！

"不要继续动手了！"就在三人还打算锲而不舍地继续下去的时候，耳畔同时听到了一个声音。

过了一会儿，奥索埃一脸凝重地走了过来，对三人解释道："你们越是攻击的猛烈，从囚禁达卡那边涌来的奇异力量越多，照这样下去达卡很快就能够脱困出来。一旦让达卡三人从中走出来，我们就不能够将魔隐谷的一切掌握在手中了！"

"还有这种事？"赛亚路一愣，显得非常惊奇。

"我在上面可以清晰地感受到一种气态能量的流动，能量涌来的那个方向正是囚困达卡的地方。随着你们的攻击，达卡那边的束缚力似乎正在减缓，我敢肯定！"奥索埃沉声道。

此话一出，赛亚路三人立即停手，对魔隐谷的布置更加惊奇了。

"我们可以准备演一出戏了，布莱恩应该很快就能够返回魔隐谷了。"见赛亚路三人依言停手，奥索埃笑了笑，一副胜券在握的自信模样。

ps::今天两章八千字，分量也挺足了，嗯，小逆会争取提。

第九百六十四章 演的还挺像！

几日来一路飞驰，韩硕、瓦西斯两人终于来到魔隐谷几十里外一个山巅。

朝着魔隐谷的方向遥遥望了一眼，韩硕脸色一变，立即明白魔隐谷一定出事了。谷内所有阵法都出自韩硕之手，各类阵法有什么作用他一清二楚，远远望了一眼，韩硕就从谷内天地元气异常的流动察觉到了不妙。

"天绝阵"和控制谷内一切阵法的中央密室都有强烈地元气波动，"天绝阵"的强烈元气波动说明谷内有了可怕的高手进入，而中央密室意味着韩家人遇到了难以抗拒的危险，否则，那中央密室重重秘法力量不会启动！

心中一寒，韩硕度骤然加快，打算尽快进入魔隐谷看看到底是什么状况。

"布莱恩，有问题？"瓦西斯神情一动，从他身上看出了不对劲，旋即跟了上来。

瓦西斯的一声问让韩浩度暂缓了一下，再次遥遥看了看魔隐谷天地元气的流动异常，他深吸了一口气，慢慢调整自己，将惶急紊乱的心情恢复成古波不动，灵魂如镜鉴一样平静，种种意念过了一遍，他一下子放了下来。

"魔隐谷一定出事了，不过那布置的最强防御力的密室既然还有着元气波动，那就意味着这最后一层防御力量并未被摧毁。"韩硕虚空凝滞，没有急着立即进入魔隐谷，反而平静地对瓦西斯解释："可以肯定达卡他们一定进入了魔隐谷，可是以魔隐谷的布置，在这么短时间内达卡他们应当不可能突破魔隐谷种种防御力量，更不应该有力量逼迫我的人开启中央防御密室，情况有些不对劲。"

谷内各类大的威力没有人比他更清楚了，当初迷茫之海一战韩硕也试出了达卡三人的力量，以他对达卡三人的认识，他不认为那三人能够在这么短时间内突破魔隐谷存在的各类大阵。

正是因为有此自信韩硕才自信:从这儿离开，前往雪冰峰解救瓦西斯。

"不会另外有敌人潜入？"瓦西斯深信他地说法。想了一下。才试探地问道。

"应该不太可能！"韩硕沉吟了下。轻声道："除了自己人外。没有谁可以擅自进入谷内！"

"过。一切就全部明了了。"

韩硕点了点头。就准备按照瓦西所说那样进入看看。

突然丝轻微地气息由远处传来。韩硕心中一动。马上也将自己地神识释放出一偻微弱之极地气息。淡淡地灵魂波动从他身上散溢出去。

"你在联系什么人？"瓦西斯愕然。韩硕身上那种特有地灵魂波动非常隐秘果他和韩硕紧紧靠着。他绝对察觉不出。主神之境地瓦西斯。知道这是高手之间一种极为隐蔽地联系方法只有事先两人都默契地讲明了灵魂波动地规律。彼此之间才能够在一段距离内感应出来。

"等一下。"韩硕挥了挥手，带着瓦西斯来到山巅偏僻一角，示意瓦西斯和他等候一会儿。

瓦西斯心中惑明白在这个关键时刻为什么韩硕还有闲暇等人，心中暗暗猜测来人的身份。难道，在达卡、达格玛、阿瑟尔斯特三人那儿，他还埋伏了什么棋子？会是什么人呢？他什么时候和达卡手下的猎神有关了？

在瓦西斯莫名猜测的时候，一丝微弱地电光在一簇乌云中显现出来，然后突然落向了韩硕身前道影子渐渐显现出来。

"萨拉斯！"

"瓦西斯！"

两人同时惊呼一声，都是一副如临大敌的模样寒之气和雷电之光猛地放出来，下一刻似乎就要殊死一搏。

"自己人！"韩硕摆手制止了两人的妄动身影突然插在两人之间，在两人满脸惊骇的时候然道："不必惊讶，真是自己人！"

不论是萨拉斯还是瓦西斯，都不知道对方的存在，在没有相见之前他们心中都将对方当成了假想敌，所以倏一见面，马上剑拔弩张。

"任凭我如何猜测，都没有料到来人居然会是你！"瓦西斯一向冰冷森寒的脸庞，破天荒地逸出一缕淡淡地苦笑，"布莱恩，你居然连萨拉斯都给拖下水，这，这真是太让我意外了！布莱恩，我不得不说你实在太可怕了！"

韩硕将萨拉斯击败，夺取了他在混乱之地的地位，捣毁了他在天神峰的基业。不论什么人看，两人之间都有着不同戴天的仇恨，这一点没有谁会怀！在这个前提下，两人竟然会在暗中合作，瓦西斯若不是亲眼相见，即便有人拿出证据告诉他，他可能都不会相信。

"我也非常奇怪，连泰尔帐的你，为什么会离开雪冰峰前来这儿！"萨拉斯同容，古怪地望了望瓦西斯，又看了看韩硕，摇头苦笑道："难怪你能够在混乱之地混的风生水起，直到今天，我才输的心服口服！"

一个瓦西斯，一个萨拉斯，这两个混乱之地的君主，同时由衷地表示出了自己的钦佩！

"不谈这些。"韩硕没有沾沾自喜，魔隐谷的危机让他如坐针毡，急忙询问萨拉斯："你一直潜伏在达卡那边，到底是怎么一回事？"

讲话的时候，韩硕体内的魔头其实已经往魔隐谷潜去了，但在魔头只能够看到现在的情形，不能够得知之前生在谷内的一切，所以韩硕需要萨拉斯的消息。

"先是达卡、达格玛、阿瑟尔斯特三人进入魔隐谷，这三人的举动一切都在我们的预料之中，他们也如你推测的那样被困在里面了……"萨拉斯先将达卡他们的状况简单说了一遍，旋即话锋一转："不过，你或许没有料到，在达卡、达格玛、阿瑟尔斯特之后，米勒、赛亚路、雷吉斯也来混乱之地了吧？"

"什么情况？"韩硕色一变，显现出震惊之色。

"我没有亲见，但我可以肯赛亚路他们并未像达卡他们一样进入魔隐谷，而是从大地深入直接入了谷内地底宫殿！"萨拉斯想了一下，忽然直视韩硕双眸，肃然道："你一定想不到是谁将他们带入韩家地底宫殿吧？"

"是奥索埃！"韩冷喝一声，一脸阴寒道："雷吉斯、赛因特、米勒三人的目标原本是奥索埃，他们会突然出现在魔隐谷肯定和奥索埃脱不了干系！以我魔隐谷森严密封的防御力量，没有熟人带路他们绝对进不去！"

此话一出，萨拉斯神色愕然，苦笑："这你都能够猜到，娘地，看来你应该早就对奥索埃有提防心了。"

"达卡、达格玛、阿瑟尔斯、赛亚路、米勒、雷吉斯再加上奥索埃，一共七大主神在谷内！"韩硕神情前所未有地凝重，沉声道："我们好好合计合计，这场战斗不太容易啊！还好这里是魔隐谷，是我的地盘，否则我们连一成胜算都没有！"

"达卡三人还被困着，赛亚路们并没有将三人解决出来。事实上，我们目前只需要对付赛亚路、奥索埃四人！"萨拉斯说道。

"那就好办了。嗯，抓住这一点，动手来就容易多了。"韩硕神情略松，沉吟了一会儿，对瓦西斯、萨拉斯说："你们两个暂时不要出现，由我先，我想奥索埃一定还当我不知道情况，说不定会暗中算计我，那我就如他所愿……"

三人商议了一会儿，大致确立了行动的方针，旋即萨拉斯和瓦西斯两人悄悄隐去，韩硕一人独自前往魔隐谷。

"来了！"谷内，奥索埃惊喜道。

"终于来了！"赛亚路三人大喜过望，他们等候了这么长时间，终于等候到主人翁的到来。在他们来看，韩硕的到来意味着他们就能够掌握魔隐谷的一切秘辛，真正地拥有魔隐谷！

"他肯定还没有怀到我！"奥索埃洒然一笑，道："我们可以演一出好戏，只要我能够取得他一刻信任，猝不及防的下手立即就能够重创了他。加上你们三个配合，我们可以将他完全制住，然后再以他家族妻儿性命要挟，他一定会将谷内的一些秘密透露出来！"

"那我们还等什么？"赛亚路大笑。

奥索埃不再多说，立即从这儿离开，自己飞身落入谷内一个迷雾阵阵的区域，自己给自己身上施加了一些轻微地伤害，一脸仓皇地往外面逃去。在他背后，赛亚路三人紧追不舍，一副要将奥索埃斩落马下的姿态。

"演的还挺像！"才刚刚进入魔隐谷的韩硕嘴角勾起一丝冷笑，心神一动，魔隐谷一个大阵斗转星移，从几里处猛地变幻到了赛亚路前方，那个魔阵来的突兀之极，一下子将奥索埃罩在了里面。

"咦，奥索埃！"在魔阵内被囚禁了一天的暗黑主神阿瑟尔斯特，突然现里面多了一人，凝神一看竟然是五大君主之一的奥索埃，当即冷喝。

"啊！"奥索埃惊叫起来，脸上满是错愕和惊，喝道："你怎么会在这里？"

"我还想问你呢！"阿瑟尔斯特冷笑，立即出手对晕头转向地奥索埃开始攻击，在他来看，奥索埃自然是帮助韩硕来对付他的，他自然要先下手为强了！

第九百六十五章 谁才是主人！

索埃真是哑巴吃黄连有口说不出，即便他真的表明L路他们联手，怕是也没法阻止阿瑟尔斯特，猎神联盟不团结，赛亚路和达卡根本不是一路！

他心中极其郁闷，不知道是不是自己一脚踏错了，怎么也想不通为什么会坠入囚困阿瑟尔斯特的封印结界内。

在他脑海筹划了许久的一幕，最终没能够成功上演。

阿瑟尔斯特死死缠住了他，令他完全不能从这儿脱身，在他们身旁，一根根参天石柱时不时地暴射出一道道冷冽寒光，落到身上会麻痹他们的肢体，往往使得他们的躲避不及时，被对方忽如起来的攻击打中。

一步走错，满盘皆输！

奥索埃一切布彻底失去了作用，待到赛亚路、雷吉斯、米勒三人追到这边的时候，突然现已失去了奥索埃的踪迹，神魂覆盖开来，依旧查不出一丝端倪。

"回去！"赛亚路想了一下，脸_骤然一变，似乎意识到了不妙。

雷吉斯、米勒一眼，同时颔赞同，二话不说，三个兴致勃勃打算配合奥索埃暗算韩硕的猎神统领，急匆匆地掉头，以更快地度往那有着五颜六色墙壁的密室飞去。

雷吉斯三人明白，只要们能够牢牢守住那儿，不论韩硕有多少阴谋诡计都用不上，最终都会不得不回到密室那块儿帮助韩家人出来。只要抓住了这一点，他们不怕韩硕不乖乖就范。

三人的力量旦韩硕出现了算是没有奥索埃的出手偷袭，他们也有把韩硕留在这儿的把握！

快。三人重返那块儿。

"不不来！"赛亚路嘴角勾起一丝冷笑。显得自信满满："我们不必在外面奔波。外面连奥索埃都遭遇了不测。一定还有他地杀手铜。大家都养精蓄锐。等着他地大驾光临吧！"

雷吉斯、米勒两人笑了笑并没有丝毫紧张。在他们来看。这一仗还都在他们地掌控之中。

"父亲来了！"宽旷地密室内。小骷髅韩浩突然神情一动。

这一个密室有着层层力量地封锁壁上面依附地力量非常奇异。不但可以隔绝大部分神力攻击能够有效地阻碍灵魂地窥视。

正是因为如此，在灵魂境界上面不如韩浩的五行甲尸并不能够感应到韩硕的到来，到这个时候五人还心怀忐忑地随时准备着，准备一旦这个密室的防御力量摧毁，立即不惜一切代价动天尸五行大阵，继续为韩家人的安危努力。

一听沉默了许久的韩浩突然说出这么一句话密室内的愁云黯淡的众人精神一震，喜色立即荡漾在了每个人的嘴角。

"不会有事了。"从盘坐的姿势立起浩紧了紧手中的骨刺，斜了一眼悠然自得吃着碎晶石的安德丽娜："你可以困住一个主神他在短时间内无法攻击别人？"

拳头大小的一块能量晶石被安德丽娜咬碎一角，正"嘎嘣嘎嘣"嚼的起劲闻言安德丽娜笑嘻嘻地使劲点头："当然！"

"你准备一下，待会儿，我们一起出去。

"韩浩来到韩金他们面前，道："只有你们五人合力才可以将我们两人送出去，一会儿你们听我讯号，以最快地度送我和安德丽娜出去！我和父亲联系上了！"

"好！"韩金点头，然后看了看继续咀嚼能量晶石的安德丽娜，小声说："小心一点哦！"

"知道啦，我才不会有事。"安德丽娜白了一眼旁边的韩浩，笑嘻嘻地说："你还是多担心担心他吧。"

韩金莞尔一笑，呵呵道："大哥肯定不会有事！"

爽朗地大笑突然响彻天空，一个雄伟地身影踏空而行，不负赛亚路三人厚望地姗姗来迟，巡视了一眼如临大敌地赛亚路三人，韩硕笑道："各位千里迢迢来我魔隐谷，真是让人感动，可惜我人不在谷内，没能够好好招待各位，还望见谅。"

赛亚路远远躬身朝着韩硕行了一个标准礼，满脸堆笑："客气客气！"

"嗯，三位这么看得起我，我真是受宠若惊。"并未急着动手，站在谷内那有着万魔鼎图案的圆台上面，韩硕先是感受了一些谷内元气的流动，然后才笑呵呵道："三位，你们想要什么，只要我谷内有的，一定会双手奉上。"

"痛快！"赛亚路哈哈大笑，环顾四周，然后指了指阴风阵阵煞气浓郁的各类奇异阵法，道："只要你将谷内的秘辛告诉我们，我保证，亲自将你，韩家人送出谷！"

"哦？"韩硕一愣，旋即为难道："赶主人走，这有点喧宾夺主，不太厚道了吧？"

"布莱恩，如今的山谷，已不是由你做主了。混乱之地早晚都是我们猎神联盟的领地，以你的才智应该看出了大势所趋，提早抽身远离这个是非之地，没有人会说你怯弱，只会赞你识大局！知进退！"米勒声音飘忽不定，身子晃荡了一下，已和赛亚路拉开一段距离。

雷吉斯眼中电光闪耀，也往左边不经意地走了几步，在一个自觉合适的距离停了下来。

赛亚路、米勒、雷吉斯三人，呈三角形将韩硕围在中央，三人并未马上出手，可是气场已将韩硕牢牢锁定。以如此形势来看，只要韩硕说个"不"字，雷霆般的轰击必将排山倒海一般落来。

米勒、雷吉斯两位置的悄然变动自然逃不出韩硕的火眼金睛，出乎赛亚路三人意料的，对米勒、雷吉斯的蓄意包围，韩硕只是淡然一笑，没有马上随之转换自己的位置，做出躲闪三人包围的举动。

米勒、雷吉斯两人心中觉有些蹊跷，细想一下，旋即恍然，在两人来看，韩硕这个举动可能意味着妥协，意味着为了妻儿性命选择了屈从。

赛亚路默然着韩硕，见他不但没有出手反抗，还将自己暴露在他们三人的包围之中，心中忽然一松，也是理所当然地认为韩硕做出了正确选择。

就在此时，韩硕突然翻！

未等赛亚路脸上的笑容消退，一个巨大的手掌三人头顶虚空显现出来，山岳一样大小的手掌血肉充盈，甚至连掌心纹路都清晰可见。只是，掌心蕴含的可怖煞气却摄人心神，让人不由自主地向跪地叩拜。

咔咔！咔咔咔！

撕苍穹的声音由头顶传来，巨掌猛地按下来，将这一块区域全部笼罩在内，泰山压顶一般轰然落向三人头顶。

"靠！"雷吉斯大骂，抽身立即退避。

赛亚路、米勒也是脸色一变，突然意识到满脸笑容的韩硕绝不是善茬，感受了一下那来自头顶的恐怖压力，两人都没敢留下来硬撑，也学雷吉斯一样分三个方向往外面逃避。

三人刚刚对韩硕形成的合围，立即土崩瓦解！

"我让你们看看，这个山谷是不是还由我做主！"韩硕屹立原地不动如山，看着三方逃窜的赛亚路三人哈哈大笑。

突然间，那巨掌一分为三，朝着赛亚路三人直追过去。

三人脸色徒然一变，在韩硕身上他们感觉到了强烈地危机，他人在原地夷然不动，而一分为三的巨掌似乎已成了韩硕的触角，牢牢地将雷吉斯三人锁定，不论他们怎么躲避都逃不出巨掌的压顶。

如果在别的地方，韩硕绝不可能一出手就将三人的包围撕裂，还能够动用将三人逼迫的不断逃窜。但是，这里是魔隐谷，谷内所有的一切都已经和韩硕神识合一，在这儿，他的力量比巅峰状态还要强大三成！

在他魔功刚进阶到天灭之境的时候，就可以让萨拉斯不得不暂避锋芒，如今天灭之境稳固的他，又在魔隐谷内，实力之强悍绝不是赛亚路他们可以想象的。

"破了它！"赛亚路突然大喝一声，雷吉斯、米勒两人心中一动，猛地汇聚到了赛亚路身旁，三人同时出手，对着头顶的巨掌轰击下去。

沉闷的轰鸣由魔隐谷传来，雷吉斯、米勒、赛亚路三人的力量集中起来，轰击在赛因特头顶的巨掌。

轰隆隆！轰隆隆！

强烈地能量波动由三人头顶激荡而出，就连在层层力量封印阵法中央的密室韩家中人，都感觉到了巨大的轰鸣声和剧烈的大地震动。

一只巨掌消失，另外两只巨掌幻象一般也在瞬间荡然无存。

赛亚路三人松了一口气，心道还好，如果三人合力的一击还不能够将头顶的巨掌力量击散，他们将会立即放弃在魔隐谷的一切行动，马上有多远逃多远！

韩硕笑了笑，暗道若不是还需要"天绝阵"的天地元气囚禁达卡，这一击岂是那么容易被你们破去的？

"不愧是猎神三大统领，果然厉害！"韩硕洒然一笑，旋即点了点头，道："既然如此，那我知道该怎么做了。嗯，我们开始吧，继续我们刚刚的话题，你们想先知道什么，我一定知无不言，言无不尽！"

第九百六十六章 真的屈从了？

大魔王

第九百六十六章 真的屈从了

？

亚路三人愕然。本打算一鼓作气拿下韩硕的三人。一度骤然一变。又突然好说话来。都是不由一愣。

"先前只是试试三。看看我有没有可能不失去魔隐谷而将妻儿全。

试之下。才知道三位的确不凡。所以只的打消心中的奢望。老老实实的和你们合作了。"韩硕一脸苦的解释。

赛亚路三人面面相。虽然没有立即出手对付韩硕。却也不敢再继续相信韩硕了。交换了一个眼神。赛亚路三人这次倒没有分三个方向包围韩硕。而是与韩硕对面站到了一。

既然韩硕能够在一间打散他们包围圈。他们就意识到在魔隐谷内无法真正将韩硕包围。以干脆就不白费力气了。

"布莱恩。你实力乎我们意料之外的强大。不。我想你能够在霎那间摧毁我们三人的合围圈。应该是借助了魔隐谷特殊的势的原因。"赛亚路脸色凝重。沉声道："但是即便你能够我们三人手中逃脱。你却带不走密室的韩家人。最好老老实的将我们需要的东西告诉我们。否则。我们定会不惜一切代价灭掉密室内的所有人！"

"看的出来。那间室防御的力量和囚禁达卡的封印相通。如果不是我们想和你谈谈。这密室早该被我们破去了。达三人如果也从封印结界中出来了。我们根本没法可谈。们韩家只有死路一条！"雷吉斯冷不防被韩硕出手袭击。还真是吓了他一身冷汗。此时自然极其不爽快。

"别我们做！"米勒插话。阴测测道。

"明白明白。"韩满脸苦笑。举手示意自己完了解三人的意思。无奈道："我会让你们的偿所愿。说吧。你们具想知道什么？想到什么？"

眼韩硕这么配合赛亚路微微一笑。点了点头。道："很简单。我们只要有关这个山谷讯息。所有的封印结界能量塔的布置和使用方法。还有那囚禁达卡达格玛阿瑟尔斯特三封印的详细情况……"

"哦。这样啊……"吟了一下。韩硕爽快道："没问题。反正我们会离开混乱之的。这个的方留给你们也无妨。"

"这就对了嘛！"赛亚路很高。又对雷吉斯米勒使了个眼色示意两人小心点韩硕以免他会再次翻脸。

有了之前的经历。三人绝不敢再轻易相信韩硕了在他们来看。翻脸不认人的韩硕危险性实在太大。而他又有着足够的实力。一个不慎。他们中的某一个就有可能被重伤。将他们所有的计划变成竹篮打水。

"跟我来吧我带们去一个的方。在那里会有着你们想要的一切！"想了一下。韩突然道。讲话的时候就往外面走去。

"等等！"赛亚路扬声阻止。在韩硕诧异的回头望向他的时候。赛亚路才干笑道："你这山谷有点邪。连达卡都能够囚禁。我们可不敢跟着你乱走。就在这里！也只能够在这里！我们有东西可以获知你的记忆。"

雷吉斯米勒两人一动不动。双眸却牢牢盯着韩硕小心谨慎的防备着生怕韩硕会在下一刻就突然出手。

"哦？"韩硕一愣。旋即笑了笑点头道："也好。你有什么东西可以获取我的记忆？"

"就是这东西——灵魂之球！"赛亚路慢吞吞的出了一个拳头大小的淡紫色圆球。球面如紫玉般光滑。球心内云烟氤氲。

灵魂之球是修炼死亡力量达到极高深境界的神祇才能够炼制出来的一种特殊神器。球体内有着一个玄奥的灵魂漩涡可以产生强大的力量。它只有一个作用。那就是从靠近者的魂当中获取记忆。

它虽然能够获取灵记忆。但却并不安全。一个不慎就有可能将对方的灵魂弄伤。甚至会让对方变成白痴。

韩硕脸色略变。苦笑不迭的摇头道："这可不行。灵魂之球副作用太明显。太了。另外。如果施法者是你的话。我安全的不到一点保证。我不干！"

"赛亚路。不用废话了！"雷吉暴躁的冷哼一声。低头看了看在他们下面的密室。道："我们三人力出手。别管达卡了。将密室破去。杀掉所有韩家人！哼。等达卡达格玛阿瑟尔斯特三来。谷内将不会再有活人！"

米勒笑了笑。斜了一眼脸色大变的韩硕。劝说道："何必呢？一旦达卡三人出来。你就算有天大的手段也保全不了你的妻儿啊！即便是你。到时候能不能够或出山谷都难说。我们好好合作。大欢喜不是更好吗一个唱黑脸。一个唱白脸。米勒雷吉斯玩的还挺娴熟。

两人这一番话似乎起了作用。韩硕阴沉着脸。额头青筋"突突"跳动了一会儿。最终他似乎下定了狠心。咬牙切齿道："好。我就依你们了！"

"这就好了嘛！"赛亚路大笑。暗暗用眼神吩咐雷吉斯米勒一下。他笑呵呵的拿着灵魂之球走到韩硕面前。一边小心翼翼的戒备着韩硕。一边将灵魂之球递给了韩硕。

接过了灵魂之球。硕一脸忐忑不安。似乎心里面又做起了激烈的斗争。犹豫不决。

半响。韩硕喟然叹。仿佛所有坚持在这一刻都放下了。"罢了罢了！"自嘲的摇头苦叹。韩硕终将灵魂之球放在面前。双眸两束极淡极淡的灵魂之光射在了灵魂之球上面。

突然。球体蕴藏雾,氤的灵魂之球。猛的绽放奇异的灵魂光芒。

赛路三人忽一。同时哈哈狂笑！

"任凭你实力悍。不还是要乖就范！"雷吉斯一脸狞猛的出现在了韩硕身前。一道雷电炽烈芒在他手心涌现。雷电光芒丝线一样交织。成一个大网将韩硕困住。

赛路米勒没有闲着。都是怪笑着来到韩硕身旁。合力出手在他周围布下了重重禁止结界。并且出手封印了韩硕体的力量。

"灵魂之球他所有记忆摄取完那一刻。就是他的丧命之时！"赛亚路松了一口气。洋洋的意道："这个灵魂之球早被我们做了手脚。一旦灵魂和他联系起来。除了主神之外。谁都不能够将灵魂的力量从中挣脱出来！哎。可了一个青年俊。算是被我们三人毁了！"

"收起你那一-假慈悲吧！"勒哑然失笑。看看灵魂之球内那明显有着记忆灌输波动的奇异曲线。心满意足的说："这一趟算是值了。嘿嘿。有了这个山谷还有他脑中的记忆。我不但可以知道他修炼的力量奥义。还够在别的的建造出同样规的山谷！"

此话一出。赛亚路。勒两人都是哈哈大笑。的意洋洋。

"咦！"

一声惊呼。突然从远处传来。神情冷漠的瓦西斯在重重迷雾中显现出来。看了一眼被灵魂之球的力量响并被层层结界禁锢的韩硕。瓦西斯悚然大变。冷喝道："你们对布莱恩做了什么？"

"瓦西斯是吧？"亚路笑呵的看着他。悠然自的道："这儿没你什么事。如果你立即离开山谷。有多远逃多远。我们不会管你。哦。对了。你还要记的。最好将你雪峰上面的那些手下一起带走。因为要不了多久。我们就会接手这里。"

米勒和雷吉斯也是嘿嘿怪笑。并未将瓦西斯放在眼里。在三人来看。一个瓦西斯显然远远不是他们的手。若不是如今还要分心看着韩硕。他们说不定不介意多花费一些功夫。将瓦西斯给永远留在山谷。

"瓦西斯。你往什么的方跑！"

突然。又是一声大喝从远处迷雾缭绕处响起。一道雄伟的身影渐渐显现出来。正是萨拉斯！

瓦西斯神情一冷。喝道："萨拉斯。你也是混乱之的的君主。为什么要帮助猎神者联盟对付我们？"

"你们什么时候将我当回事了！"萨拉斯冷笑。"妈的。老子一从混乱之的离开。你们就将属于老子的一切给了那小子！我在混乱之的经营了多少年。这些卑鄙的家伙。一点都不念旧情。既然如此。我又何必在意你们！"

一边大骂着。萨拉一边出手对西斯出手。毫不留情。

"哈哈。原来萨拉也来了！"赛亚路他显然是知道萨拉斯的。也明白萨拉斯和达卡他们之间的关系。见萨拉斯出手追击瓦西斯。三人并不意外。

米勒雷吉斯两人还觉的有趣。轻松的看着萨拉斯和瓦西斯两人手。米勒问道："萨拉。要不要我们帮你一把。家伙料理了？"

"那最好不过了！"萨拉斯咧嘴笑。嘿嘿道："妈的。达卡那帮混蛋之前被布莱恩算计了一下。就***将责任全部归咎到我身上！我已经和他们彻底决裂了嗯。如果不弃的话。我愿意和你们一起对付达卡！"

说话的时候。萨拉斯全力将瓦西斯往赛亚路三人那边逼迫。

第九百六十七章 阴毒一击，再一击，连击

！

太好了！"赛亚路动容道，如果萨拉斯愿意和他在面对达卡三人的时候，他们这边胜算立即大增了。三人心中明白，山谷内的结界并不能够长久困住达卡三人，提前做好准备才能够让自己立于不败之地！

想到这，赛亚路不由地对米勒、雷吉斯示意了一下，暗示两人帮萨拉斯一把，最好早点干掉瓦西斯。

虽说瓦西斯一人难以对他们的计划造成什么影响，但一个敌对主神的存在还是有些不妥，能够杀死那自然再好不过了。

"哈哈，瓦西斯啊瓦西斯，刚刚要你早点离开你非不听，这就怪不得我们啦！"雷吉斯长笑一声，突然从赛亚路、米勒这边飞出，对着那逐渐接近的瓦西斯就是一道掣电虹光。

雷吉斯和萨拉斯两人同修雷电力量，这一前一后的夹击都是雷电力量，同系力量一起攻向瓦西斯，立即令他处境艰难起来。

米勒眼睛微微起，并未急着马上加入战圈，而是不急不缓地朝着一个方向移了十丈。那个方向，正是瓦西斯可以躲避的唯一出路！

米勒眼神极其毒辣，硬是住了他逃离的活路。

神情冷厉瓦西斯眼神慌乱地色彩一闪而逝，在三人的隐隐夹击下他心中似已胆怯，身上那股子冰寒凌厉的气息为之一竭，整个人气势也随着消褪。

雷吉斯嘴角的笑容越加欢快了，中对瓦西斯不由地轻视起来，一个在交战中不能够抛弃一切的主神，即便达到了这个境界也不会太可怕。

个念头一起，雷吉斯就不再将他当成同等级别地高手，手心虹光一闪，刺目的电芒暴射而出，逼得瓦西斯仓惶躲避得手足无措起来。

便在此时。一直紧在正面盯着瓦西斯不放地萨拉斯。身化长虹猛地撞击在了瓦西斯身上。他手臂上缠绕地粗壮闪电直接轰击在了瓦西斯胸口。令瓦西斯一口鲜血狂飙射出！

"嘿嘿瓦斯。你也有今天！"萨拉斯一脸狞笑。手臂粗大狂猛地闪电一道道轰击在了瓦西斯胸口。他拳头紧贴着瓦西斯。巨大地力量带着瓦西斯直朝着雷吉斯地方向撞去。

"雷吉斯。送他最后一程吧！"萨拉斯地冷笑隔着瓦西斯喝道。

此时吉斯对着瓦西斯地后背。瓦西斯和萨拉斯两人紧紧贴着。从那瓦西斯身上不断冒射地闪电可以预测出他已受了重伤。应该暂时失去了反击地能力。

"好哩！"雷吉斯爽快应答。心道瓦西斯不过如此想到那么快就被破了防御。

赛亚路斜眼望了望半空。脸色有点诧异。似乎没有想到瓦西斯竟然如此不堪一击。在萨拉斯、雷吉斯两人联手下这么快就败下阵来。

另一个方向，米勒则是满脸冷笑，不再小心谨慎地警惕，因为此时的瓦西斯明显已经不行无需牢牢守住瓦西斯那唯一逃生的退路了。

就在此时，异变突起！

冰寒刺骨的一团雾气，猛地由本来应该丧失所有力量的瓦西斯背后飞逸出来，瞬间将猝不及防的雷吉斯包裹住。

正要出手给予瓦西斯致命一击的雷吉斯，身体突然覆盖上了一层坚冰整个人仿佛成了一个巨大的冰像，丝丝寒气从他身上冒逸出来！

"不好！"赛亚路大惊也顾不上正被灵魂之球吸收灵魂的韩硕，急忙往天空飞去。

米勒脸色同样悚然一变知不妙，也直朝着雷吉斯冲来口中大喝："萨拉斯，你找死！"

"嘿嘿！"萨拉斯的怪笑响了起来，笑的阴森得意。

突然，那刚刚还口吐鲜血的瓦西斯，蓦地转身，并且略略侧了侧身子，好将萨拉斯显露出来。

巨大地冰锥凭空显现，狠狠地刺在成了冰雕的雷吉斯身上。与此同时，萨拉斯猛地出手，一道巨大的雷电由天而降，从雷吉斯脑袋上面直落下来。

嘎吱！嘎吱！

雷吉斯的骨骼传来清脆的爆碎声，手脚关节处血流迸射而出，身上冰块碎裂时，雷吉斯已双眸失色，神光黯淡，鼻孔两缕鲜血顺着脖颈缓入胸口。

只此一击，雷吉斯俨然已失去战斗力！

"萨拉斯，你活腻了！"赛亚路厉啸，大地神力透入手臂，霎那间，赛亚路手臂重逾万斤，给人一种山岳般的沉重感。

"谁活腻了，等一会儿你就知道了！"萨拉斯冷笑，看了一眼将嘴角血迹抹去的瓦西斯，问道："先干谁？"

"米勒！"瓦西斯冷声道。

没有一点迟，萨拉斯和瓦西斯两人突然一起飞出，直朝着更先一步迎上来的米勒击去。米勒修炼风系力量，在躲避和攻击上面度比其他两人灵敏迅捷，他虽然反应比赛亚路慢了一秒，却反而比赛亚路更接近了萨拉斯。

"卑鄙的家伙，不靠偷袭的话，你们胜得了谁！"米勒满脸阴沉，这一句一出口，度反倒一缓，没有冒冒失失地先赛亚路一步和瓦西斯两人生冲突。

很显然，雷吉斯的重伤是瓦西斯两人蓄谋良久下的阴险结果，没有两人猝不及防的偷袭，以雷吉斯的力量绝不会这么轻松失去战力。

在米勒来看，自己如今已经明白了两人的用心险恶，当不会被两人再次所趁了。

只是，有时候事情总有意外生！米勒绝对想不到这次针对他们三人的计划，乃是一环连着一环，环环相扣！

咔咔！咔咔！

在米勒身下，那充斥了五彩神光硬如最坚硬铁石的密室，突然撕裂了一角。一个星光闪耀的罗盘，那上面浩瀚如深邃银河星空的神秘力量，猛地将他罩住了！

霎那间，米勒灵魂似乎深陷深邃无际的神秘罗盘中央，灵魂立即失去了对手脚的不好！米勒潜意识地觉得不妙，感受着灵魂逐渐地沉沦，还有那来自瓦西斯、萨拉斯两人威胁苦修多年地风系力量以常地度凝聚起来，形成一层层灰茫茫地风之屏障牢牢将身体覆盖。

一把骨刺斜斜地由下方密室掷出，骨刺一出，谷内所有死亡元素为之一颤，仿佛在霎那间些天地之间最微弱的死亡元素都被赋予了生命，欢快地随着骨刺的轨迹翩然起舞。

噗嗤！

骨刺刺破了米勒那层层风之屏障，倏地，风之屏障荡然无存，米勒彻底暴露在了萨拉斯、瓦西斯面前！

"避！"赛亚路嘶声啸，以最快地度冲向米勒。

突然股邪恶阴森的暴力量，隐隐地由赛亚路身后释放出来。悚然一惊，赛亚路来不及拯救米勒，慌忙转身后望。

454

一个煞气天地血红巨掌，猛地按了下来决堤般的力量猛地爆出来！邪恶凶残的力量摧枯拉朽一般将赛亚路击飞，鲜血蓬蓬细雨似地从赛亚路身上洒落下来。

"怎么可能！？"赛亚路身不由己地往处抛飞，脸上满是不敢置信地惊惧。

前方，赫然正是一脸邪笑地韩硕！而在脚下大地那一块，另一个韩硕，还被灵魂之球囚禁着！！

"啊……"

一声撕裂苍穹惨呼，猛地从米勒口中传来同一时刻，米勒血洒长空，无力地坠落大地。

突然，那含着五色神光的密室，猛地裂开一个略小一点的洞口。

三只血红巨爪凭空显现出来同时抓向了雷吉斯、赛亚路、米勒三人，将他们牢牢扣紧塞进那蕴含了五色神光的洞口。三人身体一入，洞**自动愈合整如镜，再不留一丝缝隙。

"搞定！"韩硕咧嘴一笑出手偷袭赛因特的身体手中弹出一缕乌光，直射向下方那光芒熠熠的灵魂之球。

嘭！

灵魂之球整个爆碎开来，一缕缕氤氲异光从球内散逸开来，另外一个韩硕双眸绿光一闪，张口将那一缕缕异光吸了进去。从他灵魂中吞噬的记忆，一分一毫不少，又被他重新得到。

这一具身外化身洒然一笑，化为一个淡淡地身影飘入了本体，在他胸口隐没不见。

"赛亚路、雷吉斯、米勒，嘿嘿，三人也是猎神联盟一方豪雄了。"韩硕笑了笑，低头看了看从中央密室走出来的小骷髅，道："既然你想接管猎神联盟，那就暂留三人一命，等这一战平息了，我们有的是办法让他们屈服！"

"谢谢父亲！"小骷髅一喜，伸手一招，将那一根刺破了米勒层层防御的骨刺收回。

将赛亚路、雷吉斯、米勒三人塞入一间密室的血红大手，此时猛地幻化为丝丝元气，朝着囚禁达卡的"天绝阵"流去。下面那宽阔的密室内，很大一部分元气也倒涌回魔隐谷各个区域，只留一部分盘踞在其中那一间囚禁达卡三人的小石室。

"幸苦两位了，真没有料到，两位还有这方面的才能，先前差点连我都要相信了！"这边事情大致处理完毕，韩硕回头看着瓦西斯、萨拉斯，笑着赞道。

瓦西斯脸色古怪，似乎觉得被韩硕赞赏令他很不好意思，指了指那边还在和阿瑟尔斯特殊死搏斗的奥索埃，问道："他呢？"

　　"他比谁都该死！"韩硕脸色一冷。

第九百六十八章 你自己了断吧！

十几根参天石柱中央，氤氲迷茫，阴气森寒。

奥索埃一边应付着阿瑟尔斯特拼命地攻击，一边小心翼翼地观察着周围的参天石柱，生怕再有力量释放出来，阻碍他躲避的去路。

奥索埃心中无奈至极，他实在想不通为什么会突然坠入这个区域，为什么偏偏还遇到了阿瑟尔斯特？他针对韩硕的筹划此时全然排不上用场了，还不得不面对阿瑟尔斯特不要命地攻击。

在这个奇异的阵法中央，两人的力量受到了限制，每每在他们殊死搏斗的时候，周围十几根参天石柱会突然释放出一缕缕怪异地力量，令他们身子为之一紧，往往就被对方所趁，挨上一击。

一会儿功夫，势均力敌的奥索埃和阿瑟尔斯特身上都或多或少的出现了血痕，他们身上的伤势一半来自对方的攻击，也有一部分则是因为参天石柱上面爆射出来的血厉邪光。

奥索埃不想和瑟尔斯特继续交战下去，从一开始他就试图找寻到离开这个阵法的出路，可惜一方面由于此阵的确神奇，另外一方面因为阿瑟尔斯特对他穷追不舍，令他不能够将全部精力用在这方面。

因此，他虽然有心离开这，却始终难以实现。

"阿瑟尔斯，我不想和你斗下去！你不要一直纠缠我！"奥索埃一手光芒没入地底，又是两个由大地力量凝结的巨大土人站了起来，像是小山丘一样挡在他面前。

隐匿在无尽黑暗中的阿瑟尔斯特哼一声，"奥索埃，你是混乱之地的一方君主，和这个魔隐谷的主人布莱恩关系又是极为友好，一旦你出去了，只会立即联合那布莱恩对付我！奥索埃，你真当我傻不成？"

索埃一脸苦笑。有心解释自己和韩硕已经没了瓜葛。但又觉得在没有陷害到韩硕之前将此事告诉阿瑟尔斯特不太妥当。另外也觉得即便说出自己出卖了韩硕。阿瑟尔斯特也不一定会相信。所以奥索埃始终犹豫着。

一见奥索埃不言不语。瑟尔斯特地攻击更加凌厉了。滚滚黑暗之气像是他地触手一般摇摆着抓向奥索埃。他所有地力量释放出来。试图击伤奥索埃。然后再从这个鬼地方离开。

便在此时。周围十几根参天柱上面雕刻地一张张鬼魅图案似乎活了过来。在浓郁地阴气下他们猛地哭嚎起来刺耳地声音恐怖之极。令人不寒而栗。

奥索埃和阿瑟尔斯特两人立即察觉到了那些石柱地变化。脸色都是微微一变。从交战至今。周围地参天石柱虽然时常有怪异地力量影响他们。但却一直不是特别凶猛。所以两人之间地战斗还能够一直继续。

那些鬼魅图案地突然嘶嚎石柱在一瞬间爆出极为冰寒阴邪地力量。这些力量让奥索埃和阿瑟尔斯特两人感应到了强烈地威胁。

两人忽视一眼。似乎同时意识到了什么。双方暂时拉开了一段距离。没有急着继续争斗下去。

一道颀长的身影在一个参天石柱后面渐渐显现出来，倏地，十七根参天石柱的力量似乎找到了聚集点，猛地涌向了那还有些模糊地影子！

"太好了，你终于来了！"奥索埃惊喜大喝哈大笑道："你没事就好了，我先前被赛亚路三人追杀，本打算暂时退出这儿的，哪里知道会坠入这个地方，又碰到了阿瑟尔斯特这家伙！"

奥索埃感觉的到，来人正是韩硕。

阿瑟尔斯特脸色一变，心中猛地一寒个奥索埃他都难以对付，再加上一个此地的主人，他意识到自己遇到大麻烦了。

果然，那个石柱子后面的人影终于清晰，的确是韩硕。"奥索埃没事吧？"一脸关心的表情，韩硕马上询问道。

奥索埃脸色一喜韩硕的态度上面他没有察觉到问题，他理所当然地认为自己的事情还未暴露出来。"没事呵，你来了正好们一起合力将阿瑟尔斯特干掉吧！"暗中松了一口气，奥索埃大笑道。

"正有此意！"韩硕欣然同意，旋即直朝着那隐匿在无尽黑暗中的阿瑟尔斯特掠去。

十几根参天石柱倏地爆射出强光，刺目的光芒像是撕裂一切的利器，竟然将阿瑟尔斯特神之领域形成的无尽黑暗硬生生撕裂开来，令阿瑟尔斯特的身影从中暴露了出来。

奥索埃心中更加欢快了，他眼瞳在韩硕身上瞄了一眼，一束隐晦之极的凶光稍纵即逝。

"来哩！"奥索埃大笑，身子一晃，漫天尘沙从大地飞上天空，大地神力霎那间聚集在他身上，令他宛如山岳一样变得沉重，一步步朝着阿瑟尔斯特冲来的奥索埃，给人一种强烈的压迫感，如大山压顶！

阿瑟尔斯特暗叹一声倒霉，心道这一次自己腹背受敌，真是难逃一劫了。如果不是在这个大阵中央，阿瑟尔斯特还能够趁机离开，然而被困很久的阿瑟尔斯特，很明白这个地方的奇妙作用，知道在短时间内他绝对没有办法突破此地。

眼见奥索埃、韩硕一前一后夹击的力量已来，阿瑟尔斯特将所有杂念都抛却，突然转身对上了韩硕。

和奥索埃交战许久的阿瑟尔斯特，对奥索埃的力量有了一定程度的了解，他认为奥索埃即便一击落到自己身上，他也能够承受得住。然而，韩硕倏一出现便展现出来的力量实在太可怕了，他没有把握能够应对韩硕的力量袭击！

"哈哈，阿瑟尔斯特，你想要灭我魔隐谷，自该料到会有今日！"韩硕长笑一声，身子一晃，猛地隐没不见。

阿瑟尔斯特突然现自己神魂竟然已感应不到韩硕的存在，这一惊非同小可，令他马上慌乱了起来，放弃了所有的攻击，凝聚重重黑暗将自己严严实实地裹住。

嘭！

一声闷响，突然后面传来。

旋即，凄厉的一声尖叫随而起，"布莱恩，为什么，你为什么要对付我！！"奥索埃失声痛嚎，浑身鲜血淋漓！

将所有力集中用来防御的阿瑟尔斯特，当即呆住了，一脸困惑地看着血流不止的奥索埃，还有冷笑不迭的韩硕，不明白这到底是怎么一回事。

喀嚓！喀嚓！

一股奇异地力量在奥索埃体内游，他身体不断地传来清脆的爆碎声，随即，更多的鲜血从奥索埃口鼻溢出，他一边狼狈地躲闪着韩硕的攻击，一边愤然厉喝，仿佛受了多么大的冤屈。

"索埃，我一向敬你为领路人，是你自己不识抬举！"韩硕满脸冷酷，双眸如坚冰，淡淡道："你既然敢将赛亚路、雷吉斯、米勒三人带人魔隐谷，就该想到早晚有这么一天！嘿嘿，我刚刚做的事情，应该正是你一直想要做的吧？"

"你，你都知道了？"话说到个份上，奥索埃显然意识到韩硕已经将整件事情洞察秋毫了。

点了点头，韩硕阴冷道："你不奢望赛亚路他们会救你了，那三人已自身难保！"

"不可能！"奥索埃不敢置信地尖叫起来，身体的伤势令他有些失态，没有了往常的从容不迫，"赛亚路、雷吉斯、米勒是三个人，我不信你可以将他们三人制住，绝对不可能！"

"我们没什么好说的了。"韩硕突然轻叹一声，幽幽道："奥索埃，你总归帮过我，我不想亲手杀死你，你自己了断吧！"

"喋喋……喋喋……"奥索埃满脸凶厉的狂笑，大喝道："自我了断？布莱恩，你真以为你已全权掌管了大局？"

"哦？难道不是吗？"韩硕眉头一皱，斜了一眼旁边蠢蠢欲动的阿瑟尔斯特一眼，对奥索埃讥笑："你是指他吗？嘿嘿，你以为他能够帮得了你？"

在韩硕讲话的时候，两个参天石柱后面慢慢显现出两道影子，分别是瓦西斯和萨拉斯。

瓦西斯、萨拉斯两人一出现，奥索埃面如死灰，惨笑道："瓦西斯、萨拉斯，布莱恩啊布莱恩，你果然够阴狠的！我真的想象不出，你不但能够和瓦西斯勾搭上，还能够将萨拉斯拉上贼船！"

阿瑟尔斯特也是脸色一变，不敢置信地望着萨拉斯，喝道："是你！为什么你会帮助他？"

他虽然不是混乱之地的人，却也知道萨拉斯和韩硕之间有着不同戴天的仇恨，要不然他和达卡、达格玛三人也不会允许他参与到对付混乱之地的大计当中。如今，这两个仇人站到了一起，如此场景实在太令阿瑟尔斯特意外了。

"你不是早知道了么？"萨拉斯佯装意外，讥笑道："在那三座山峰的时候，你们不是都知道是我搞的鬼了么？现在你吃什么惊啊？"

此话一出，阿瑟尔斯特身子一颤，气的简直要吐血，道："竟然真是你？"他们当初只是诬陷萨拉斯，为自己的失利找个替罪羔羊罢了，倒是没有真正将萨拉斯当成背叛。

"哈哈，当然是我！不是我，你们怎么会还没进入魔隐谷，就死了一半人！"萨拉斯哈哈大笑，响起这三人一出事就针对他的作风，再看看他此时的样子，心里面就觉得爽快无比。

ps::恳求月票支持，希望喜欢本书的兄弟们年最后一个月继续支持小逆，支持本书。

轻轻点击一下下面"推荐月票支持作"，投上一票支持一下吧，小逆叩谢。

第九百六十九章 求死

果可以重来，阿瑟尔斯特一定会不惜一切代价干掉萨会令猎神联盟接纳他！可惜世上有些事情总是那样无奈，在萨拉斯两人的身影从暗处显现出来后，他就知道再也拿萨拉斯没办法了。*提供

奥索埃已经重伤，即便还未失去战力，但也无法给予他多少帮助。在韩硕未来之前，他和奥索埃两人的战斗消耗了他太多力量，面对巅峰状态的韩硕三人，他自知无力可战，眼中透露着一股子死到临头的拼劲。

"没什么要说的了？"韩硕瞥了一眼奥索埃，不准备继续和他废话了。

事已至此，奥索埃似乎意识到自己处在了绝境，一见韩硕打算动手了，奥索埃脚踏大地，体内神力投射入地底，一个土墙突然掀起。

与此同时，奥索埃取出一个空间卷轴，就欲撕裂虚空逃逸。

韩硕并未动手，而一脸讥笑地望着奥索埃的举动，看着他聚集大地力量形成土墙挡在自己面前，看着他将空间卷轴取出，看着他催空间卷轴中的力量。

灿灿的光芒在空间卷轴面显现了一下，但也只是一下！旋即，所有光华敛去，空间卷轴恢复了平静。

"这……这是……"奥索彻底绝望了，双眸中满是死气沉沉的灰色。

"在我的魔隐内，没有谁可以说来就来，说走就走！"韩硕咧嘴一笑终于亲自动手杀向奥索埃。

瓦西斯、萨拉斯两人忽一眼，也笑着围向了阿瑟尔斯特，一场没有悬念的战斗突然拉开。

同一时间。外一个阵法中央。

达格玛屹立不。周围乌云暗淡。一缕缕奇异地光彩幻化为一个个巨大地魔怪。在他身旁翩然起舞。

达格玛双眸呈灰白色。在他瞳孔内映现出许多血肉模糊地影子。那些浑身腐烂似从地狱黄泉走出来地熟悉人物。疯狂地朝着他扑来仆后继地伸出淌着脓水地烂手。在他身上拉扯、纠缠……

462

种种景象在达格玛心中脑海浮现。他似乎明白这一切都是幻境。然而身在其中达格玛却又觉得无比真实。不能够勒破心中地执念。就不能从中走出。

不知道过了多久格玛心志渐渐恢复。凭借着多年来一路杀戮而来地疯狂。他摒弃心中所有羁绊。以体内死亡力量凝结成死亡镰刀斩断了所有幻象。

突然间，一道熟悉的影子提着骨刺慢慢从重重烟雾中走了出来。

达格玛嘴角勾起一丝不屑地冷笑，心道不过又是一重幻象罢了。

这么想着，那由死亡力量凝聚而成，还未消散开来的死亡镰刀再次晃了晃，猛地朝着忽然显现出来的身影斩去！

奇异的事情生了。

死亡镰刀行至一半，忽然不再受他控制有的死亡力量变得紊乱不堪，竟然已不能够支撑着镰刀划下来！

不但如此，在一瞬间，这儿所有的死亡元素再也受达格玛牵引，猛地涌入了那个刚刚显现出来的瘦小影子身上。

突然间，达格玛意识到自己失去了对死亡元素的吸引！

不是幻象！

心中一寒，达格玛厉喝道："韩浩，真是你？"

提着骨刺缓缓而来的小骷髅韩浩，眼中异样地光芒一闪，一个个古怪的符文在瞳孔内掠过手中紧握的骨刺猛地爆射出不可抗拒的死亡力量，来自神格碎片最纯净的死亡力量隐隐影响到了达格玛，让他不由自主地想要臣服叩拜下来。

"达格玛，你不再是我对手。只要你宣誓向我效忠，将神魂毫无保留的向我敞开会饶过你。"韩浩双眸牢牢盯着达格玛，漠然道。

"哈哈……哈哈……"达格玛大笑笑的眼泪都要流出来了，指着韩浩道："让我臣服你？哈哈有什么本事让我臣服你？韩浩，你记住你是我的手下，一直都是！你想要夺权，也要看看自己有没有这个实力！"

之前在死亡神域的时候，韩浩跟随达格玛，一跟就是五十多年。如今，韩浩扬言要达格玛臣服他，对于高高在上了这么多年的达格玛来说，这绝对是最难以接受的事情。

韩浩打量着达格玛，沉吟了一下，才轻点了一下头，漠然道："我给你看看吧！"

一个个奇异地碑文在骨刺内浮现出来，慢慢地飘到了达格玛身旁，达格玛本欲殊死一搏，却突然现体内所有的死亡力量隐隐受到了碑文的制衡，自身的力量连一成都不能够挥出来。

"为什么，为什么上一次在深

候，你的身上并未没有神格碎片？"达格玛不甘心：

他感觉的出来，骨刺上面飘逸出来的碑文来自神格碎片，和之前相比，如今神格碎片的力量更加邪异莫测。原来面对韩浩的时候，他还有反抗的力量，韩浩也不能够真正拿他怎样。

然而，这次再次和韩浩交上手，他从心底本能地泛起一股无能为力的挫败感，苦修了千万年的死亡力量仿佛已离他而去，根本就派不上了用场。

达格玛心中明白，今天的韩浩应该已经将神格碎片真正融合吸纳了，这意味着什么他非常清楚——从今之后，在死亡力量上面，除了持有神格的主神内斯特，将无人是他对手！

"达格玛，臣服于我！只要你肯臣服于我，我不会动你一丝一毫！"韩浩冷眼望着失魂落魄的达格玛，继续冷声道。

"我宁愿死，也不臣服于你！"达格玛厉喝一声，体内残留的死亡力量猛地爆出来，在一瞬间将他骨骼心肺炸毁，他神魂一闪，奇异地波动涤荡开来，成一缕偻暗光消散……

达格玛心中明白，这次面已将神格碎片融合的韩浩，同样修炼死亡力量的他连玉石俱焚都做不到。还未等他将死亡力量轰击在韩浩身上，在神格碎片的影响下，那些死亡力量就会自动消散开来。

达格玛是一高傲的人，一直高高在上的他即便明知道只要低头就可以逃出一截，他还是没有答应。作为韩浩曾经的统领，他做不到向韩浩低头，而他又不是韩浩的对手，所以只能够求死。

达格玛神魂动一起，韩浩就知道达格玛彻底从天地之间消失了，这让他有些愕然，不明白为什么达格玛宁愿选择彻底死亡，也不愿意臣服在他麾下。

愣愣地望着达格玛的体，韩浩眼中光芒闪耀，过了好一会儿，他才打出一团魔功凝聚的鬼火，缠绕在达格玛尸体上面，将达格玛尸体焚烧成灰烬。

实力达到神之境的达格玛，即便是死了，神体也大有用途。他的骨骼可以炼制成最厉害的骨矛、骨刺，脑骨和脑髓可以炼制一些邪恶神器，甚至就连一身皮都有大用途。

不过不知道为么，韩浩并没有拿达格玛的尸体做文章，反而不惜耗费自己的力量利用鬼火将他尸体慢慢的火化，直至看到达格玛尸体真正成了灰烬才罢手。

简简单单一枚白骨戒指平静地落在地上，犹豫了一下，韩浩上前一步，取过那一枚以白骨打造的奇特戒指，体内死亡神力在那白骨戒指内一闪，突然，一个巨大的白骨王座在虚空显现出来。

韩浩一愣，沉吟了一下，才慢吞吞地坐到那白骨王座上面。心中一动，为白骨王座输送了一丝死亡神力，那白骨王座自动飞出，按照他的心意往任何地方移动开来。

一丝奇异的能量波动由白骨王座传来，慢慢地和韩浩灵魂达成某种奇异的默契，在韩浩纯净的死亡力量没入白骨王座之后，这个一直在达格玛手中的白骨王座显得愈狰狞可怖，似乎韩浩的力量让这一个白骨王座产生了某种变化。

端坐在白骨王座之中的韩浩，突然觉得这白骨王座仿佛成了他身体的一部分，就像是背后的七根骨刺一样，和他有着奇妙的感应力。这么想来，韩浩又从白骨王座上面下来了，站在地上抬头看着悬浮在半空的白骨王座。

心中一动，白骨王座嗖的一声移到一边，眼中异光一闪，韩浩嘴角显现出一个欢快的弧度，不亦乐乎地玩起这新得到的白骨王座。

随着他的心意，那白骨王座在半空中不断地飘逸，度竟然越来越快。

玩了一会儿，韩浩飞身跃上白骨王座，坐在上面将自己的死亡神力投射进白骨王座之内，那白骨王座仿佛突然活了一般，一根根狰狞的白骨锐利如刀的挥舞转动起来。

一眼望去，那端坐在白骨王座中央的韩浩，仿佛成了一个巨大的白骨魔怪，灵活之极地做着许多攻击的动作。

韩浩没有急着离开这儿，尽情地沉溺在操纵白骨王座的快感当中，他隐隐觉得这白骨王座并不是达格玛的东西，因为在达格玛手中的时候，他并没有将白骨王座的作用真正挥出来。

而他体内的力量，却似乎触了白骨王座中央的某样禁制，白骨王座到了他的手中，反而突然有了诸多神奇用途。

第九百七十章 人算不如天算

大魔王

第九百七十章 人算不如天算

天绝阵达卡烦不胜烦。种种力量的牵制下十成毁灭神力已被消耗了三。达卡极为愤怒。但天绝阵"特的束缚力他却有些无可奈何。始终不能够挣脱"天绝阵"的囚禁。还要每时每刻都小心谨慎的应对诡异莫测的攻击。一点办法都没用。

不知道持续了多久。突然。那充斥在"天绝阵"内奇异的力量似乎受着某种力量的影响。渐渐的消弱了来。

达卡一喜。旋即抓住这个千载难逢的时机。将所有毁灭力量凝结成一支长矛。贯穿了"天绝阵"的束缚。从中逃了出来。

外面。满脸笑容的甘道夫将一个十字架不急不缓的收起。看着达卡："怎么？连你都被困住了？"

达卡眼中异光闪。着甘道夫手中的十字架。惊喝道："那是光明神当年炼制的四件光明主神器之一？"

甘道夫一。似乎没有料到达卡竟然也知道此事。笑着点了点头。道："不错。圣杯橄榄枝十字架天使雕像。光明神当年曾经炼制出四样主神器。榄在贾尔手中。十字架在我这儿。呵呵。如果不是这一件光明神亲炼制的主神器。就连我都没有办法将你从那里弄出来啊。"达卡一脸愕然。苦着摇了摇头。道："字架在你手中。你竟然还能够不被光明神干掉。甘道夫。你果然有一套。"

"过奖过奖。"甘道夫谦逊的做了一礼教手势。偻着身子。抬头望天恭声道："赞美明神。您的宽宏大量照耀了整个大的。"

※※※

另外一个阵法中。正在追杀奥埃的韩硕脸色突然一变迅飞掠的身子为之一滞。

和魔隐谷各种,阵有着奇妙感应的韩硕。马上察觉到了来自"天绝阵"的变化。突然出现的力量一下子影响了"天绝阵"的天的元气令一直被囚禁的达卡马上脱困而出。

与此同时。另外道冰寒的气息迅掠来。他心中一动。立即意识到又有敌人靠近了。

不待韩硕行动。来水之神域的猎神者统领克摩尔突然出现了。他看了一下目前的形势冷笑道："有趣。没有想到竟然是魔隐谷占据了上风。"

在瓦西斯萨拉斯两人的攻击中显极为狼狈的瑟尔斯特一见克摩尔猛的出现。立竭力从两人的包围圈中挣脱来。不惜一切代价的来到克摩尔身道："魔隐谷比想象中的要棘手很多我们必须要合力才能够灭掉魔隐谷。"

克摩尔点了点头冷声道："真没有料到混乱之的防御力量最强的的方居然不是泰尔格那边。反而是这个名不经传的魔隐谷。"

奥索埃一见克摩尔阿瑟尔斯特两人靠在了一起。也试图往他们那边靠拢。

韩硕脸色阴沉。并有阻止近在尺的奥索埃的举动。因为便在此时。他周围十几根参天石柱猛的"咔嚓"碎裂开来。维持这个阵法的力量突然消失。

达卡甘道夫两人慢慢显现出来这两人一出现目光同时聚在韩硕身上。死死着韩硕。生怕韩硕突然会有举动。

"没想到你们也会来魔隐谷。"看了看克摩尔。又望了望猎神者联盟中最神秘怪异的甘道夫。韩硕沉声道："罗格呢？埋骨窟是不是已经完蛋了？"甘道夫一身古旧的白色祭祀袍。脸色慈和怎么看也不像一个双手满是血腥的猎神者统领。笑呵呵的望韩硕甘道夫道："埋骨窟的确完蛋了。不过那罗格诈如狐倒被他早先一步出去了。"

"泰尔呢？"韩硕沉吟了一下。再次询问道。

格能够逃出去并出乎韩硕的意以罗格那种卑鄙阴险的性格。一旦遇到危机肯定不会去管手下的死活。埋骨窟竟是他布置多年的的方。从那儿逃离对他来说自然不是难事。

如今甘道夫克摩尔出现在了魔隐谷。而不是在泰尔那边。似乎意味着那边的战斗也已经结束了。这令韩硕心中有些意外。所以才会忍不住询问。

甘道夫在韩硕这个问题下犹豫了一会儿。神色古怪道："泰尔消失了。他的-也不见踪迹。巴林坦和泽到了破坏神殿之后。没有现一个神祇。也没有在附近搜索到泰尔的影子。所以。巴林坦考泽两人也来了。"

韩硕知道巴林坦和考泽两人是前往泰尔那边的火系和生命系猎神者统领。而破坏神殿则是泰尔在混乱之的的大本营。听甘道夫这么一说。似乎巴考泽两人一无所。没能够在破坏神殿的到任何有。

整个混乱之的虽大但真正强悍的力量只有五股。分别是泰尔罗格奥索埃瓦西斯。还有他这边的。隐谷。如今。泰尔失踪。罗格潜逃。奥索埃瓦西斯都来魔隐谷了。所以魔隐谷成猎神者联盟最后需要铲除的的方。

因此。各大猎神者领。不约而同的重聚魔隐谷。

听甘道夫这么一说。韩硕心中一沉。他早知道泰尔罗格要么抵御不住对方的攻击。要么有着阴谋诡。但却没有料两人逃么干脆。竟然没能够给他争取到什么时间。

按照韩硕的打算。是准备一步步分批将这些猎神者统领干掉的。如今前往雪冰峰的空间命运两大统领被他给弄进了空间缝隙。几千年内应该返回不了众神大6。雷吉斯赛亚路米勒三人则是被他击伤后封印在下面的石室中。卡达格玛阿瑟尔斯特本来可以马上收拾掉。

只要再给他一,时间。他本可以将一切处理妥当。然后悠悠的等候甘道夫他们前来死。却没有料到意外生了甘道夫克尔他们提前来到了魔隐谷。不但将达卡给解救出来了。恐怕那被囚禁在石当中的雷吉斯三人也会被弄出来。

似乎猜出了韩硕想些什么。修炼力量的甘道夫笑着点了点头。道:"正如你所想。巴坦考泽两人去了被你囚禁雷吉斯三人的石室那边。这个时侯应该开始动手了。要不了多久。雷吉斯三人就可以从中出来了。"

在甘道夫这句话才刚讲完的候。韩硕心中一动。已经察觉到了不远处那间囚禁雷吉斯三人的石室传来了强烈的能量波动。或许真的要不了多久那个的方就被轰破。

韩硕阴沉着脸。心中苦笑不迭。道果然是人算不如天算。有时候意外总会打破计划。只要甘道夫克摩尔两人迟了一天。他就可以将奥索埃阿瑟尔斯特卡三人全部干掉。再将雷吉斯三人的力量全部禁锢住。

到那个时候。即克摩尔甘道夫巴林坦考泽四人来了。以他和瓦西斯萨拉斯韩浩安德丽娜的力量。再加上,隐谷的特殊的。有信心令克摩尔四人无功而返。甚至留一两人在谷内。

然而。事情的此时已脱离了韩硕的掌控。现在真正交战起来。韩硕真是连一丁点的把握都没有了。

便在此时。一个白骨王座从远处飘了过来。突然出现在韩硕这边。巨大的白骨王座中央。坐着小骷髅韩浩。眨巴着眼睛看了看这儿。韩浩一不的一动白骨完整来到韩硕身旁。淡淡道:"达格玛死了。"

此话一出。众人脸上为之一变。

甘道夫瞥了一眼神阴冷的达卡。又看了看一脸骇然的阿瑟尔斯特。苦笑着摇了摇头道:"没想到达格玛这么不堪。会被当初的一个手下干掉。看来。我前还抬举他了。"

韩硕心中略微安慰了一些。一连串想法在脑海中电光火石的过了一遍。他突然道："看来这一战无可避，。如果能够在们和巴林坦考泽他们会面之前。宰你们一两个。我们未有活路。"

达卡冷笑。不屑道："你还真敢。别以为我不道韩浩为什么能够干掉达格玛。哼。可以杀死达格玛。但却不是们任何一人的对手。"

斜了一眼瓦西斯和萨拉斯。当他望向萨拉斯的。双眸刻骨铭心的仇恨毫不掩饰。冰冷："他们两人。再加上你。在我和甘道夫阿瑟尔斯特克摩尔的攻击下。恐怕连自保的能力都没有。更别提在短时间干掉我们一个两个。"

挥手制止了达卡讥。甘道夫笑呵呵的看着韩硕。道："将魔隐谷和你修炼的力量奥义交出来。我可以做主令你神魂和你的妻儿离开这儿。不过萨拉斯瓦西斯两人必须的留下。"在甘道夫来看。这一次针对混乱之的的一战已经没有了悬念。如今一切已掌握之中。他让韩硕神魂离开已经足够宽宏大量了。只要韩硕花费个千年时间。还是能够重新修炼到目前境界的。韩家人也能的以保全。

"布莱恩。这个提议可以接受。"出乎韩硕的意料。那冷冰冰的瓦西斯突然开口。他神色悲无喜。仿佛没有听到甘道夫那最后一句话。未将自己的生死放在心。

！

论怎么看，这一战到了现在韩家都很难获胜了。

不是魔隐谷防御力不够严密，也不是韩硕实力不够，只是对方的力量实在太强大了，强大到远远出了他们的预料，令他们根本没有一丁点儿战胜的希望。

甘道夫的提议听起来似乎不错，至少可以保全韩家成员不会全军覆没，至少可以令韩硕神魂不灭。

瓦西斯的突然反应全然出乎了韩硕意料，他怔怔地望着瓦西斯，没有多说什么，但是心中却有一丝感动。在关键的时刻，瓦西斯居然宁愿舍弃自己，这一份情谊令韩硕觉得非常意外。

另外一个混乱之地君主萨拉斯则是一脸惨笑，他并没有像瓦西斯那样愿意舍弃自己的性命，但也没有服软，向达卡、甘道夫他们求情，因为萨拉斯比谁都明白猎神联盟的睚眦必报，他知道甘道夫和达卡即便可以放过瓦西斯，也绝不会放过他。

毕竟，他是猎神联盟的背叛！

"布莱恩，考虑看看吧。"甘道笑的非常祥和，"我和赛亚路他们不同，我不会背地里对你做什么阴谋诡计，只要你真的愿意将魔隐谷的秘密告诉我，我保证让你神魂平安离开！"

"甘道夫！"达卡头一皱，冷哼道："韩家人可不包括韩浩，别人可以活着离开，韩浩绝对不行！你也看到了，他将达格玛杀死了，我们要给达格玛手下一个交代！"

甘道夫一愣，深深望了对面的小骸韩浩一眼，犹豫了一下，才点了点头。

在甘道夫、达卡来看，佛韩硕一定会答应他们的条件一般，还未等韩硕同意下来经开始商量这些细节问题了。

韩硕脸色阴沉不定。双眸在几人身扫了扫去。似乎正在艰难地做着选择。

半响。韩硕突然低声一叹。从容不迫地甘道夫、达卡道："从出道至今。我还真地没有屈服过什么人！以前不会。这次也不会！"

此话一出卡脸色一寒。哈哈笑道："那就是你自己求死了！"

"布莱恩。你应该再考虑一下们这边有擅长灵魂力量方面地高手。一旦我们将你杀死了。你神魂里面地那些秘密还是会属于我们。你这又是何必呢？"甘道夫最后劝说道。

"我这人就喜欢明知不可为而为之！"韩硕一字一顿道。

甘道夫点了点头笑着看了达卡和克摩尔一眼。道："看来我们需要多耗费一些时间了。没办法。若想要事情美满要多费点手脚地。"

"如此甚好，将整个韩家人灭掉以除后患，才是我本来的打算！"达卡狞笑，瞥了一眼那边受了伤的奥索埃，道："奥索埃，你呢？你准备怎么办？"

"呵呵你也看到了，这家伙翻脸不认人自然和你们一道了。"这一会儿奥索埃伤势略微稳定了一些，瞥了一眼端坐在白骨王座上面的小骷髅韩浩主动道："我就帮你们干掉小的吧，毕竟我身上还有伤。"

"那就这么定了。"甘道夫下了最后的决议达卡示意了一下，他和达卡两人突然出手，目标则是韩硕！

甘道夫、达卡一动，克摩尔、阿瑟尔斯特两人也没有闲着，分别朝着瓦西斯、萨拉斯两人杀去，才停息没多久的一战再次上演，而这一次，占据上风却不是韩硕三人。

甘道夫手中的十字架带着神圣无比的气息，圣光从十字架中央绽放，最纯净最圣洁的光明力量隐隐将韩硕罩住，让韩硕浑身觉得不舒服。

修炼毁灭力量的达卡脱离了"天绝阵"之后身上的力量渐渐恢复，一杆毁灭气息浓郁的长枪出现在他手中，枪尖那破坏一切的意境非常可怕，一枪还未刺来，竟然另韩硕心中都泛起一股无奈的挫败感。

刹那间，韩硕心境立即平复下来，所有的困难和阻碍这一刻都被韩硕暂时抛离体外。双眸恢复了古波不动的冷静，伸手一招，万魔鼎从远处阵眼内呼啸而来，那始终缭绕在"天绝阵"内庞大的元气就像是长河一样涌向了万魔鼎。

心神一动，十七口飞剑由背后飞逸而出，拖着流星一样的轨迹在半空汇聚成"灭神斩"，匹练一般的邪光冲天而起，那巨大无比的"灭神斩"从九天而降，当头朝着达卡劈来！

达卡脸色微变，似乎没有料到韩硕实力居然如此可怖。那由十七口飞剑汇聚而成的猎神力量极为凶猛，即便是达卡也不得不将对付韩硕本体的精力暂时搁浅，手中一杆毁灭长枪猛地指向了由天而降的"灭神斩"，全力应付这一击。

万

啸而来，成百上千的魔头在鼎上缠绕着，就像是一个的触角一般，朝着四面八方延伸。

魔隐谷聚集多年的天地元气涌入万魔鼎内，助长了万魔鼎的力量，令万魔鼎刹那间爆出乎寻常的力量，那邪恶阴森的力量流水一般在鼎内流动着，使得万魔鼎就像是一团墨汁般的黑云，猛地压迫下来。

"厉害！"甘道夫惊叫一声。

他感觉的出来，就连他手中可以驱散邪恶的十字架，都似乎隐隐受到了那万魔鼎的制衡。一团墨汁般的黑云罩下来，他手中十字架上面的圣光竟然黯淡下来，这一个由光明神亲自炼制的主神器，明显不如万魔鼎那样厉害。

一声惊呼之后，甘道夫看也不看韩硕，将全部的精力都用在了手中十字架上面。体内光明神力灌注入十字架之内，十字架那圣洁的光芒才渐渐显露出来，不过也远远不及那来自万魔鼎的可怕压迫力。

十字架只是光神为手下三大光之守卫炼制出来的四神器之一，并不是光明主神主神器，而万魔鼎却是魔尊性命相修的魔门至宝，在另外一个宇宙，当之无愧的魔道第一邪恶至宝！

两相一比较，区别自现。

之前万魔鼎一直不能够挥出应有的作用，那是因为鼎内众多魔头在魔尊一战之时全部灰飞烟灭，然而经历了这么长时间的收集，如今万魔鼎内魔头的数量和质量已经开始恢复，虽说还不到当年魔尊持有时的那般强势，却也不是一般小神器可以匹敌的。

在万魔鼎成上千魔头的力量下，浓稠如墨汁的力量当空罩下，猛地撞击向了甘道夫。

手中的十字架圣光一闪一闪，神的力量竟被死死压制住，平日里退散万邪的十字架似乎遇到了克星，那圣洁的气息不但不能够持续释放出来，就连十字架似乎也开始受到万魔鼎邪恶力量的侵蚀，变得开始不稳定起来。

甘道夫大惊失色，怎没有料到无往不利的十字架，在面对韩硕手中万魔鼎的时候表现此不堪，一点都没能够为他带来想要的结果。

"圣光耀体！"

甘道夫大喝一声，衣衫褴褛的他此一脸的神圣不可侵犯，他身体就像是烈日一般爆射出刺目的圣光，圣光所过之处隐瞒被驱散，最先靠近过来的万魔鼎上面的一些魔头猛地灰飞烟灭。

突然间，万魔鼎上面盘踞魔头重回鼎内，所有的浓黑荡然无存。只留原样的万魔鼎去势不减，依旧晃晃荡荡的落了下来。

当！

万魔鼎撞击在甘道夫身上，甘道夫猛地一个趔趄，跌跌撞撞地后退了好几步，再次惊呼一声："厉害！"

黄金铠甲不知何时已覆盖了甘道夫全身，完整地铠甲将甘道夫全身包裹，就连脑袋也给罩住，只留一双惊奇的眼在铠甲中显露出来。

"黄金神圣战甲！"韩硕轻呼一声，看向甘道夫的眼眸满是惊诧，不明白一个能够持有"黄金神圣战甲"的光明力量的修炼，为什么会是甘道夫这个猎神统领。

传说中只有光明神最虔诚的信徒，才可以利用光明神赐予的一道灵魂神圣印记，以十亿信徒的信仰之力凝结"黄金神圣战甲"，持有"黄金神圣战甲"周身被圣光和信仰之力缭绕，能够抵御一切邪恶力量的侵袭和腐蚀。

看着那甘道夫祭出了"黄金神圣战甲"，韩硕心中满是问，甚至开始怀这个甘道夫究竟是不是真的是猎神统领之一了。

"太厉害了！"

甘道夫站稳之后，满脸敬佩，在他将"黄金神圣战甲"祭出之后，还被万魔鼎的力量给撞击的头晕眼花，眼冒金星，并且跌跌撞撞。如此力量，令甘道夫真的是无比惊奇，看向那万魔鼎的眼睛满是兴奋。

"达卡，魔隐谷什么的你们分配就行了。哈哈，我就要这个小东西了！"甘道夫一脸欣喜，双眸牢牢盯着那再次酝酿着轰击过来的万魔鼎，似乎真正找到了自己需要的东西。

"你修炼的是光明力量，要什么邪恶神器啊！"达卡好不容易才将十七口飞剑形成的"灭神斩"破去，一听甘道夫这么说，忍不住大喝道："魔隐谷归你，这小子身上的玩意我要定了！"

甘道夫斜了达卡一眼，鄙夷的色彩一闪而逝，嘴里面却笑眯眯道："谁先得到，就是谁的！"话罢，甘道夫全身光芒大盛，哈哈大笑着朝万魔鼎硬碰硬地撞去！

第九百七十二章 不受控制

第九百七十二章 不受控制

穿"黄金神圣战甲"的甘道夫被万魔鼎一撞之后碰硬的和万魔鼎正面互击，足以证明甘道夫对自己有着绝对信心。一手拿着十字架，那由光明神亲手炼制出来的十字架在"黄金神圣战甲"的作用下圣光更加明亮，比先前神圣的力量更足了。

又是十字架，又是"黄金神圣战甲"，这一刻的甘道夫简直就像是光明神的化身，身上那神圣的力量如此耀眼，怎么都不能够将他和猎神者统领联系起来。

在甘道夫的神圣力量下，韩硕感受到了极大的压力，不得不放出一部分力量灌注在万魔鼎内，来帮助万魔鼎抵御来自甘道夫的神圣力量。

一直以来，韩硕都以为达卡才是猎神者联盟中战斗力最强者，然而见识到甘道夫的神圣力量之后，韩硕才知道这个光明神的背叛者比达卡还要可怕，他才是猎神者联盟当之无愧的最强者。

十七口飞剑形成阿鼻屠神剑阵，又是一式"灭神斩"汇聚成形，紧盯着达卡不放，逼迫他不得不全力应付来自十七口飞剑的威胁。

另外一边，韩硕出一部分力量用在万魔鼎上面，在韩硕魔元力的浇灌下，万魔鼎千魔逸出一偻偻震撼人心的压迫力，狠狠地轰击在身穿"黄金神圣战甲"的甘道夫身上，又将甘道夫砸的头晕眼花、眼冒金星。

"哈哈，更加厉害了！"甘道夫笑，显得更加兴奋了。

浑身金光盛的甘道夫被金色铠甲全部覆盖，由十亿信徒的信仰之力凝结而成的"黄金神圣战甲"的确非凡，万魔鼎两次轰击居然都未能将铠甲击碎，那由信仰之力凝聚而成的神圣光芒太阳一般耀目，仿佛真能够抵御万邪腐蚀。

"韩浩，不是我对手！"奥索埃冷笑，来自大地的力量在他体内奔腾着仿佛成了一座巍峨的崇山峻岭，每一击落来都给人无比沉重的压迫感。

在索埃的力量下，小骷髅韩浩抵御的颇为艰难，不过他依旧端坐在那得自达格玛的白骨王座中央，他整个人似乎和白骨王座融为了一体，那皑皑白骨成了他身体的一部分，浓郁的死亡力量在白骨王座内畅通无阻，使得白骨王座成了一个无比巨大灵活的魔怪。

一念之间。白骨王座可以张牙舞爪地向奥索埃。又能够在一瞬间缩为一团将韩浩牢牢地裹住。帮他抵御来自奥索埃地力量袭击。

这白骨王座可攻可守。在浩手中妙用无穷。他手中一根骨刺时不时地趁机闪现一下。每每令奥索埃惊惧后退。仅凭一座白骨王座。小骷髅似乎就让奥索埃无计可施。没有办法真正伤害到他。

不过。就像是奥索埃无法真正伤害到他一样。小骷髅也没有办法将奥索埃斩落马下。奥索埃毕竟不是修炼死亡力量交战中根本不受他神格碎片地影响。大地力量本来也是以防御见长。一层层大地神力在奥索埃身上流转。形成大地之铠覆盖了他地全身。让小骷髅也有些无计可施。

若不是奥索埃修炼以防御见长地大地力量。之前面对韩硕地汹涌攻击就应该不支倒地。而不是只受了点轻伤了。

"你也杀不了我！"白骨王座中央。小骷髅韩浩一脸冷酷。根本不会因为奥索埃地话起什么情感波动。

奥索埃此时身上还带着一些伤势。大地力量不能够全部挥出来面对拥有着白骨王座这一具强大防御力量地神器。他奥索埃也显得无从下手终不能够真正伤害到处于白骨王座中央地小骷髅。

以一己之力对付达卡、甘道夫两人的韩硕，抽空望了一眼奥索埃、韩浩那边，眼见韩浩在短时间内不会有事，心中略微放心了一些，将全部精力用在了甘道夫和达卡身上笑道："你们还真的以为自己可以掌控全局了！"

此话一出，韩硕长啸一声。

突然间那万魔鼎内又飞逸出另外两个一摸一样的韩硕，两个韩硕一左一右拖着万魔鼎死亡、毁灭力量猛地释放出来，形成两个迅融合在一起的神之领域。

这两个身外化身此时全部达到了上位神末期境界于只差一步就能够达到主神之境的巅峰阶段，两个身外化身吸收了好几个死亡、毁灭上位神的神力和灵魂，融合了他们的神力和灵魂记忆，已到了一种不可思议的境界。

主魂神识一变，三个灵魂很默契地达成一致，灵魂波动渐渐融合在了一起。

蓦地，死亡、毁灭两大神之领域一变，形成了一个前所未见的奇异神之领域，以万魔鼎为中心，一下子覆盖了这一块区域以万魔鼎为中心，死亡、毁灭力量纠缠在一起，新的神之领域极为霸道，倏一出现就开始将所有的元素力量往外面排斥，那修炼毁灭力量的达卡脸色骤然大变，他突然现身为主神的他在这个新的神之领域内，已经有些难以掌握毁灭法则的真谛。

477

死亡元素从四面八方狂涌而入，一枚枚奇特的毁灭法珠就像是一棵参天大树上面的累累果实，悬挂在没有枝叶的虚空，并且不断地滚动着，释放出强烈的毁灭力量。

达卡抬头一看，骇然现虚空那些毁灭法珠中不但有着死亡力量，那些毁灭法珠滚动的轨迹都暗含毁灭法则的真谛。

一个修炼毁灭力量的小神，光抬头凝望虚空那些毁灭法珠滚动的轨迹，说不定就可以领域出新的毁灭力量，令自己的实力和境界更进一步。

处于新的神之领域之中的甘道夫，马上察觉到身上那"黄金神圣战甲"的圣光忽然黯淡了下来，在这个由死亡、毁灭两大邪恶力量融合而成的新神之领域之中，他那驱散一切邪恶的铠甲和十字架，合二为一的力量都有些招架不住。

两个实力都未到主神之境的身外化身，死亡、毁灭力量融合之后就显得此另类恐怖，竟然将所有处于这里的神祇覆盖，影响了他们的力量。

其中，只有一个例外者。

拥有死亡力量神格碎片小骷髅韩浩，在这个新神之领域内觉得极为不适应，那些和毁灭力量融合在一起的死亡元素，竟然隐隐不受他神格碎片的牵引，这令小骷髅非常惊异。

突然，有些受控制的，小骷髅韩浩身上猛地亮起来，一个个符文由他身上冒了出来。一个巨大无比的亡魂碑幻象，在小骷髅身后的虚空隐隐显现出来，那亡魂碑一出，似乎影响了新的神之领域，两股力量互相冲击在了一块儿，这一片区域一阵电闪雷鸣，狂乱地力量四处激射。

亡魂的离体而出有点不受小骷髅控制，两种力量的冲击更是出乎他的意外，这一切生的太过迅捷，他都没有反应过来。

韩也是一愣，没有料到他两个身外化身融合而成的新的神之领域，因为其中有着死亡力量的原因，竟然和韩浩身上的死亡力量的神格碎片隐隐有了冲突，在霎那间造成了这个异状。

咔咔咔！咔咔咔！

新的神之领域土崩瓦解，支撑着新的之领域的死亡元素异变之后，不由自主地涌向了小骷髅韩浩那边，只剩下的毁灭力量难起大用，再也不能够维持新的神之领域。

"哈哈哈，有趣有趣！父子相！"奥索埃被那一股力量冲击到了一角，当两股力量散开之后，他突然大笑起来。

"神格碎片，这是神格碎片！"甘道夫一脸凝重，眼睛猛地投射在有些茫然的小骷髅韩浩身上，猛地惊呼出声。

克摩尔、奥索埃听甘道夫这么一说，都是一脸骇然，不敢置信地望着韩浩。

混战由于韩硕新的神之领域和小骷髅韩浩神格碎片互相冲击的力量暂时停止下来，那些不清楚韩浩拥有神格碎片的主神，一个个都是惊讶地看着他。包括萨拉斯和瓦西斯这两人，心中都是非常震惊，直到这个时候，奥索埃和瓦西斯这两人才知道为什么当初死亡主神内斯特会前往深谷，找罗格询问一些事情了。

原来，原来死亡主神内斯特寻找的竟然是神格碎片，难怪了，难怪内斯特这个死亡神域独一无二的神明会前来混乱之地这个小地方。

一切，都是韩浩身上的神格碎片惹的祸。

"必须早点结束战斗，要不了多久，死亡主神内斯特就会重返此地。如果我们不能够在内斯特返回之前离开，说不定会被内斯特顺带料理了！"达卡脸色徒然一变，急忙道。

大家心里面明白，死亡主神对于神格碎片有着奇妙的感应力，拥有者不利用神格碎片的力量倒也罢了，像韩浩这样将神格碎片直接幻化出来，必将惊动死亡主神内斯特亲自前来。

他们这些所谓的猎神者统领，在一般人面前可以耀武扬威，但是内斯特一旦出现，他们知道根本无人会是内斯特的对手。只要内斯特愿意，他一个人就可以将混乱之地所有的伪主神灭掉。

"抓紧时间吧！"甘道夫点头，突然笑道："呵呵，雷吉斯、赛亚路、米勒他们都来了，嗯，战斗可以结束了！"

果然，远处，五道人影渐渐显现出来。

第九百七十三章 不屈

囚禁的雷吉斯、赛亚路、米勒，还有巴林坦、考泽，时侯也终于赶了过来。

赛亚路三人之前被韩硕所伤，然后囚禁在那个特殊的石室中，凭借他们三人的力量根本不可能从里面出来。一方面是因为三人身上还有伤，另外一方面是因为石室内部阻碍了一切力量的运用。

然而来自生命、火之神域的考泽、巴林坦两人却不曾受伤，在外面利用火系和生命力量不断轰击那间密室，调集了魔隐谷太多元气的韩硕，加上天绝阵的异变生，造成那间石室防御力量降至最低，自然抵御不住那两人的不断轰击。

光是甘道夫、达卡几人的威胁，已经令韩硕他们束手无策了，如今再加上雷吉斯、赛亚路、米勒三人主神，还有一点不曾受伤的巴林坦、考泽，韩家终于走到了山穷水尽的地步。

正如甘道夫所说，这一战，应该已到了应该结束的地步。

面对猎神联各方统领的包围，韩硕一脸惨笑，对瓦西斯、萨拉斯还有小骷髅韩浩道："看来，我们还真是被逼到绝路了。瓦西斯、萨拉斯，这次倒是我对不住两位了，让你们陪我韩家一起完蛋了。"

这些猎神统领过来之，并未急着立即动手，来自各个领域的力量形成一层层奇异的屏障，将这块区域牢牢封锁，蛋壳一般的结界封印力量被延伸开来，反将韩硕等人囚困。

在这种力量，甘道夫他们可以肯定韩硕等人绝对不是对手，为了防止几人不顾一切的逃离，雷吉斯、巴林坦他们还未过来之前，就在外围开始行动开来，利用他们五系力量先行防御一圈。

一重重力量结界散布开来将韩、瓦西斯、萨拉斯、韩浩四人罩在其中，在那层层封印当中，空间法则混乱不堪，即便是擅长空间力量的主神恐怕都休想利用空间法则从中逃出来。

韩硕一声惨笑响起，西斯、萨拉斯两人同时喟然轻叹一声，两人心中明白，至此他们真的一败涂地该没有活着离开的希望了。

"父亲。我们可以试试地。"便在此时。韩脑海中传来了小骷髅韩浩地讯息。

讯息传递到韩硕那边髅韩浩地目光在白骨王座那边也抛了过来。小骷髅地心意韩硕自然了解。修炼魔功地他们还有最后一招可以动用。不属于这个宇宙地力量当不受这个宇宙力量地束缚。

只要韩硕和他两人动用魔功力量。不惜身负重伤施展出血遁之术。并不是没有从此地逃离地可能性。

然而。被困此地地韩硕心中却有些颓然觉得在这个时侯即便自己和小骷髅从此地离开了。那些韩家人恐怕也难逃一死。在这种境况下。韩硕突然觉得有些心灰意冷。

在这些人中。甘道夫看向韩硕地目光有些异样。先是挥手制止了那些统领地异动。旋即笑着说："布莱恩还是愿意给你一个机会。只要你将谷内一切和你修炼地力量奥义说出来可以保证你韩家人地生命安全。"

"甘道夫！"达卡冷喝一声。道："何必多此一举事已至此。他们韩家只有死路一条你还浪费什么时间。"

不但是达卡，所有猎神统领都是满脸不悦，对于甘道夫这个自作主张的决定不赞同。被韩硕所伤并且被囚禁起来的赛亚路、雷吉斯、米勒三人更是不忿，其中赛亚路冷笑道："甘道夫，猎神联盟可不是你说的算，今天韩家必须毁去！"

甘道夫有些愕然，笑呵呵地瞥了赛亚路三人一眼，道："你们三个还有言权吗？"又指了指达卡和阿瑟尔斯特，甘道夫道："还有你们两个，不是我和克摩尔过来救你们，现在你们这些家伙已经被韩家所灭，我想这个人情你们应该记得吧。"

此话一出，赛亚路、达卡两帮人都是脸色难堪，甘道夫所言属实，此次若非甘道夫和考泽他们帮手，他们恐怕一个休息活着离开魔隐谷。

韩硕心中很是奇怪，不明白为什么到了这个时侯，甘道夫竟然还愿意给他这个选择。如今的形势非常明显了，只要甘道夫挥挥手，在这些猎神统领的攻击下，他们很明显没有翻身之力了。

他为什么要这么做？

"怎样，布莱恩？"见那几人都不讲话了，甘道夫呵呵一笑，又再次询问韩硕道。

到了这个时候，韩硕不得不正视甘道夫这个提议的诱惑，阴沉着脸，心里面急思量着，试图找到一个解决的办法。

"父亲，我们没事。马上就可以离开魔隐谷了，你和大哥怎么样了？"便在此时，五行甲尸的韩木突然传来一段询问韩硕的情况。

心中都开始动摇了的韩硕，一收到韩木的讯息大喜过望，不过脸上却未表露出一丝一毫，马上利用神识和韩木交流起来，询问韩木那边的情况。很快，从韩木那边得知，在安德丽娜的力量和五行甲尸的掩护下，他们轻松从巴林坦、考泽两人手中逃脱，借助于魔隐谷的特殊形式，已经脱离了危险。

由于谷内所有魔头都汇聚在万魔鼎之内，加上他利用了魔隐谷内太多的天地元气，使得韩硕不能够像往常那样将整个谷内的状况洞察秋毫。擅长生命力量的考泽将他和巴林坦的生命气息又隐藏起来，造成韩硕不能够得知考泽和巴林坦的状况，所以他一直担心五行甲尸和韩家那些人的情况。

直到现在，从韩木口中获知韩家那些人平安无恙之后，韩硕才真正放下心来。

"不必动用血遁之术逃生了，我还有最后一招！"最大的负担已被放下，韩硕心中一松，传讯给小骷髅韩浩道。

处在白骨王座小骷髅韩浩，一收到韩硕的讯息，似乎愣了一下，不知道在这个时侯韩硕还有什么后招可以利用。

"还是那句话——我这人就喜明知不可为而为之！"沉默了一会儿，韩硕咧嘴一笑，狂傲道。

甘道夫一愣，笑着摇了摇头，轻叹一声"何必呢"，旋即挥了挥手，道："既然如此，我想布莱恩肯定还有后招，他们小心一点吧。"

达卡、赛亚路他们等的就是韩硕一句话，他们可不认为韩硕还有什么后招，心中早将韩硕当成了必死之人。几人忽视一眼，喋喋怪笑着一步步围了上来，神之领域一起展开，每人形成一个小磁场，凝聚自己修炼的力量。

"布莱恩，你如果答应们的条件，我不会怪你。"这个时侯，瓦西斯突然扭头看着韩硕，说了这么一句话。

韩硕一愣，哑然失笑道："说什么呢，要一起完蛋，要么一起活着走出去。拿朋友的性命来换取自己的苟延残喘，这种事情我可做不来！"

之前眼神闪烁的萨拉斯，韩硕这么一说，眼眸中显现出异样的光彩，豪气干云道："布莱恩啊布莱恩，我萨拉斯真的没看错你，你和泰尔、罗格这种卑鄙小人果然不同。好，今天我们并肩作战，战死又何妨！"

瓦西斯有些感动，不擅言谈的他重重地点了点头，冷喝道："那就战罢！即便死了，也要拉一个垫背的！"讲话的时候，瓦西斯凶光熠熠的寒眸盯向了靠他最近的雷吉斯和米勒两人。

才准备先拿瓦西斯下手的雷吉斯和米勒，听瓦西斯这么一说，心中都是一寒。忽视一眼，两人脚步突然放缓，一脸如临大敌的谨慎，每一步走来都小心翼翼。

抱着必死决心的主神是可怕的，在这个绝地，瓦西斯、萨拉斯有了必死的觉悟，一旦真正动手将不会顾忌自己性命，玉石俱焚的招式说不定一开始就会用上。雷吉斯、米勒两人可不想在最后一刻搭上自己的性命。

"会不会战死，还说不定呢！"韩硕狂声厉啸，啸声似乎刺破了层层叠叠地封印结界，外面，一声声爆响传来过来，整个魔隐谷突然地动山摇，剧烈的爆破声从各个区域传来。

谷内中央那因禁雷吉斯三人的特殊石室猛地崩裂开来，许多能量塔和参天石柱爆碎开来，就连那之前将达卡牢牢困住的天绝阵也在咔咔的声音中生着奇特的变化，大地撕裂，浓浓的天地元气不受控制地狂涌出来。

在众人脚下，巨大的沟壑撕裂开来，擅长大地力量的赛亚路和奥索埃两人，竟然不能够察觉到大地当中那突然变动的力量。两人一脸愕然地望着脚下撕裂的大地，猛地调集自己体内的力量，试图将那撕裂的大地堵上。

达卡脸色一变，对阿瑟尔斯特示意了一下，两人猛地落向其中一道撕裂的大地缝隙口。巴林坦、考泽、还有奥索埃、克摩尔几人，也同时行动开来，纷纷站在一种一个撕裂的大地沟壑口。

他们心中明白，韩硕有个儿子对于大地力量的运用神鬼莫测，在今天这个状况下如果韩硕他们四人利用大地的缝隙逃脱出去，以后猎神联盟颜面尽失，将会被所有人耻笑。

韩硕哈哈狂笑，笑声似乎触了某种禁止，令魔隐谷各个区域大变不止，不断地传来惊天动地爆响。

没有人知道韩硕到底想干什么！

ps:˘弱地求下月票，希望大家支持一下，谢谢。。。

第九百七十四章 一变再变

大魔王

第九百七十四章 一变再变

，隐谷的建造耗尽了韩硕心血。山谷内有着太多外人不密。期间韩硕动用了众多财力。将这么多年的到的各种珍稀材料几乎用光。

实力达到天灭之境韩硕。从万魔鼎中吸取了众多凶阵绝阵的经验。融入自己对于魔道义的了解。在阵法方面有着自己独特的见识。而魔隐谷。韩硕用检验自己力量的一处巅峰之作。

谷内。有些特殊的方不曾使用。有些区域安置了连五行甲尸都不明白的禁制。一直以来。那些的方都有挥过任何作用。也没有过什么特殊表现。众人都觉的那些区域真是无用的。

只有韩硕自己知道。他在魔隐谷那些角落留了什么后招。

变化一起。谷内大的撕裂。庞大的天的元气不受控制的狂涌而来。阴风阵阵。飞沙走石。一间。魔隐谷像是灭世之前的征兆。出现了种种不可思议的奇观。

甘道夫达卡这所谓的猎神者统领。都是对于周遭环境反应敏感无比的人物。他们从周奇异的变化意识到情形的诡异。不约而同的移动到那些撕裂的大的沟壑区域。试图拦阻韩硕几人从下面逃离。

对于达卡众举动。韩硕视而不见。嘴角勾起莫测高深的森冷笑意。一声刺耳的厉啸又由韩硕口中嚎出。声音所过之处魔隐谷再次生了惊人变化。

庞大的天的元气像潮一样由气卷来。浓浓煞气聚集在乌云之中。在"噼里啪啦"的爆响声中从天而降。直朝着下面压迫而来。可怖的凶气冲天而起仿佛世间所有的面力量一瞬间为了一股。要将所有的生命毁灭。

与此同。一股惊天动的的能量动。从韩硕身上传来。那悬浮在半空的万魔鼎邪光熠熠。成百上千的魔头呼啸而出。突然隐没在头顶压迫而来的煞气乌云之。令那股子可怕的压迫力越加强大。

"布莱恩你不要耍么花样了只现在将一说出来。我们可以同意甘道夫的提。"不知道是不是被魔隐谷变化震慑到了。先前口口声声说着要将所有韩家人灭掉的赛亚路突然哼哼道。

赛亚路一说。雷吉斯米勒两个在韩硕手中受过伤的猎神者统领竟然也都点头同了。那边达卡阿瑟尔斯特眼神闪烁不定。并没有急着表自己的意见。不道是不是暗的里认可了赛亚路的说法。

只有甘道夫嘴角始终着淡然微笑。但在赛亚路说出这么一番话的时候。甘道夫明显有些不屑。悄然斜了那赛亚路一眼嘴角勾起一丝讥讽。

本来已经做好必死打算的瓦西斯萨拉斯两人。一见韩硕似乎触了魔隐谷某类禁止。令谷内突然生了惊天动的的变化。都是心中惊奇。有了活命希望的两人一瞬间爆出了强烈的战意。和韩硕站在一起精神为之一震。似乎打算拼命博上一了。

白骨王座中央的小骷髅韩情一喜。心神一动白骨王座瞬移到了韩硕身旁和瓦西斯。拉斯站在了一起。泾渭分明的望着那些分别站在大的缝隙口的几个猎神者统领只等韩硕一动手。就协助他冲击一方。

咔咔咔！咔！

天的元气的异动。冲天煞气汇聚而成的乌云压。造成那些猎神者统领布置的封印结界传来爆响声。在那两股调集了所有魔隐谷隐藏力量的狂猛压迫下。几个猎神者统领一起布置的封印结明显开始支撑不住了。

哧！

一重由米勒布置的风之屏障被硬生生撕裂开来。

这只是。在那些猎神者统领满脸惊骇的试图挽救的时候。天的元气和谷内死者煞气怨气仇恨暴戾负面量凝聚而成的乌云力量。摧枯拉朽一般破掉了层层叠叠防御结界和封印。那两股力量直接降临。

庞大的天的元气成一巨大无比的推力。一入其中就将所有人往外面挤。

那压迫而来的乌云煞气。则是直接涌入了万魔鼎之中。突然间。万魔鼎胀大了无数倍。直盯着那身穿"黄金神圣战甲"甘道夫撞去。

甘道夫脸色一变。乎他察觉到了此时万魔鼎力量的不可匹敌。没有敢像往常一样硬碰硬。而是立即选躲避。

"萨拉斯瓦西斯。们先走！"韩硕突然大喝一。左手一指。

手指所指的方向被大的天的元灌注其中。那个有奥索埃防御的大的沟壑。突然撕裂更大了。露出一个幽深不见底的巨大洞**。在庞大的天的元气力量推挤下。奥索埃如喝醉酒一般跄踉后退。被硬生生的推挤到一边。

"布莱恩。你们呢？"萨拉斯惊呼一声。并未如韩硕所说的那样马上撤"我和韩浩自然有办法离开。你不必担心！"硕焦急的大喝一声。催促道："快一点。这两股力量是魔隐谷最后的手段了。他们的力量一散就再也凝聚来了。你们立即走。我支撑了多长时间的！"

"走！"瓦西斯深深看了韩硕一眼。坚毅的冲入那个撕裂的大的洞**中。虽然没有多说什么。但韩硕从瓦西斯眼中看出了信任。

萨拉斯愣了一秒。旋即也狠了狠心。道："你保重。我还等你将对我的诺兑现呢。只要你能够活着出。以后在混乱之的。我萨拉斯以你为主！"

话落。萨拉斯也不-犹豫。紧随西斯之后冲入那个撕裂的大的缝隙口。"拦住他们！"达喝。靠近巴林坦考泽急忙朝着那边围拢。

韩硕两手一-。一道炫目的光芒由手心绽放。那将奥索埃不断往外推挤的庞大天的元气。突然间形成一道难以逾越的屏障。将那巴林坦考泽全部挡在外面。任由瓦西斯。拉斯的身影失其中。

"杀了他！"达卡喝。毁灭量由体内爆出来。突然间形成了黑暗太阳一般大小的毁灭法珠。这一个毁灭法珠是由几百个拳头大小的毁灭法珠融合而成。其中恐怖的力量还未靠近就让人心生恐惧。

事已至。雷吉斯。勒赛因特克摩尔众人都意识到了情况的诡异。再不留手。

天雷轰轰。漫天雷细雨一样落来。风飚出。形成摧毁席卷一切的龙卷风。大的震不断。一块不来自何处的天外陨石飞逝由天而降。冰寒的力量成白茫茫的雾气。所过之处一切冰冻……

这一刻。猎神者统领各系历练部施展到极致。都将神之领域释放出来将自己的力量最大程度的挥出来。

一。整个魔隐谷光闪耀。各种力量几乎要将魔隐谷立即毁去。

"韩浩。你先退！韩硕暴喝一声。三个灵魂一瞬间凝为一体。两个身外化身的力量又在瞬间形成了新的神之领域。不等那些猎神者统领的力量撞击过来。新的之领域以强硬的姿态往外全力扩展。

小骷髅韩浩在这个侯并未如韩所说的那样退去。而是猛的和他拉开一段距离。身上自神格碎片的力量施展到极致。一座巨大的亡魂碑凭空显现。猛的立在天的之间。

突。奇异的变化生了。

来自魔隐谷内的庞大天的元气。众多死者留下的冲天煞气怨恨暴戾等等负面力量凝聚而成的乌云。似乎受着某种奇异力量的牵引。全部涌入了韩硕新的神之领域当中。在霎那间令这个神之领域再次生变化。

和上一次不同。如今神之领域内不但的充斥了死亡毁灭的力量。还有那些来自魔隐谷的天的元气和负面力量。这个新的神之领域似乎不再受小骷格碎片的影响。并没有生碰撞而难以维持。

"！"

一声狂嚎从韩硕口喊出。突然间。他感觉到自己体内的魔元力也不受控制。猛的从他体内狂飙而出。以一种肉眼难见度快涌入新的神之领域内。新的之领域还有着成千上万的魔头狂舞。

这一刻。死亡毁魔头魔元力种种力量汇聚在了一起。生了一种没有任何人可以明了的异变。它就像是从远古宇深渊走出的凶兽。有着震撼人心的邪恶力量。如吞噬一切的黑洞。爆出无比惊人的邪光和杀戮之气。

也在此时。雷吉斯赛亚路达奥索埃克摩尔这些猎神者统领的力量前后袭来。落了韩硕三个身体所量融-起来的新的神之领域了。

如天崩的裂。如毁天灭的。如灭世之灾……

一团太阳爆炸般的芒。将这儿整个吞没了。所有人所有人物事。都被这一团席卷一的刺目之光覆盖……

……

不知道过了多久。似乎一天。又似乎只是一刻。丧失了所有力量的韩硕渐渐恢复了神识。恢复了知觉……

痛。刻骨铭心的痛楚从他身上传来。这种痛苦韩硕已经许久未曾体会过了。慢慢的。韩硕睁开了双眸。忽然现自己遍体鲜血。一向自傲的"天,,不灭体"似乎未能够保全他魔体不灭。那深可见骨的伤口筋脉迸裂。血流不止。并没有立即愈合。

有点不适应自己的况。韩硕艰难的转头。向周望去。一副震骇人心的场景。慢慢映入了韩硕眼帘……

ps:

第二章还在加紧时间写着呢

。大概会在八点左右传上来。

第九百七十五章 暴强

有些恍惚，这还是魔隐谷吗？

入眼的场景满目疮痍，所有谷内的建筑物都突然消失不见了，整个魔隐谷似乎被夷为平地了。放眼望去，除了一道道撕裂的巨大沟壑，就是在半空凝聚不散的灰尘，没有一个囫囵的瓦片，没有一个人……

一片死寂。

突然间，韩硕心中泛起一种奇异的感应，仿佛自己又回到了从前，仿佛就在荒芜、死寂的月球，浑身不能够动弹，绝望地看着没有一点生机的场景，等候着死亡。

这一刻的场景，和当初是那么多相像。

一样是坑坑洼洼的荒凉景色，一样是浑身无力的自己，似乎，没有什么区别。

精神恍惚地韩硕茫然地看着周遭的一切，看着生了翻天覆地变化的山谷，试图用眼神寻找到一个活人，试图活动一下手脚，试图内检自己体内的状况……

"父亲，你没事？"唯一未变的灵魂深处，传来了小骷髅韩浩的讯息。

"你在哪里？"醍醐灌顶一般，在这一小骷髅的呼喊下，韩硕仿佛重新认识到了自己，清晰地分辨出了目前的形势，开始担心小骷髅的安危。

"我在地底呢，马上就上来"韩浩答了一声。

咔嚓！

在韩身旁。被许多碎石堆积成一个小丘地乱石地。猛地传来一声异响。突然。乱石激射而出。巨大地白骨王座重新显现出来。

小骷髅地异动似乎引了连锁反应。在韩硕身旁。大地沟壑内不断地传来异响。一道道狼狈不堪地影子从中显露出来。

甘道夫、达卡、赛亚路、雷吉斯……

一个个猎神统领逐渐显现出来。这些猎神统领一个未死每个人都是脸色苍白。看向韩硕地目光奇异无比。

"布莱恩。你。你对我们做了什么？"奥索埃一脸惊骇。他脸上煞白如纸。看起来比任何人都要虚弱。

491

韩硕愕然，自感体内力量同样大减的他，一时间没有明白奥索埃话里面的意思，皱眉道："你什么意思？"

"为什么为什么我体内的大地神力，永远的缺少了一些。"奥索埃死死地瞪着韩硕，厉喝道。

不但是奥索埃，达卡、赛亚路等人也都是神色一变，似乎奥索埃的话说到了他们的心里，一起将惊不定地目光落到韩硕身上乎要韩硕给出一个说法。

"你们，你们体内的神力都少了？"修炼光明力量的甘道夫脸色悚然一变，突然呼道。

所有的猎神统领甘道夫这一句话下一头，纷纷表示自己修炼的神力永远的缺少了。

甘道夫骇然，不敢置信地望着韩硕，脸上阴晴不定会儿有杀机迸射，一会儿又有些欣慰，不知道他想些什么心思。

被千夫所指的韩硕则是一脸茫然，有点不清楚究竟生了什么。

突然间，一种奇异地感觉涌入韩硕神识之中——他突然觉得自己似乎多了好几双眼睛！

心神一动，韩硕以神识招呼万魔鼎和修炼毁灭、死亡力量的身外化身前来自己身边这个念头才起，在那些撕裂的大地沟壑内然闪现出十三道模糊的巨大影子出来……

"啊，这是？"韩硕自己吓了一跳脸怪异地望着从那些大地深处慢慢漂浮出来的巨大影子。

嗖！

万魔鼎重回韩硕面前，只是万魔鼎内，韩硕却感觉不到了成百上千魔头的气息，鼎内空空如也。

但是，在那突然闪现出来的十三道模样的巨大影子身上，韩硕却感觉到了魔头身上熟悉的气息。不但如此，韩硕和那十三道巨大的模糊影子之间，似乎还有着奇妙的感应力。

仿佛，自己就是那十三道模样影子的一个，也仿佛那十三道模糊的影子都是他自己……

这究竟是怎么一回事？韩硕心中惊讶。

"主人，不知道为什么，所有的魔头生了异变。那些鼎内的魔头，不知道是不是受了先前的影响，产生了奇异的变化，生前修炼一系力量的魔头彼此互相吞噬、融合，一系力量的魔头最终凝为了一个，十三系力量，形成了这十三个有着你灵魂印记的特殊生命体，他们是一种新的身外化身，比那由戮魔锋、骷髅法杖变成的身外化身还要特殊，特殊到连我都不太清楚他们的生命形态……"

突然，鼎灵的声音从韩硕心底泛起。

韩硕愕然，一时间有些不能够理解鼎灵的意识，愣了一会儿才询问道："那我原来的两个身外化身呢？"

"在那一股力量中彻底爆射了，不过，灵魂和力量和那两个新的身外化身融合在了一起。着感应一下，有着你最纯粹灵魂印记的死亡、毁灭两个新的身外化身，应该不需要磨合期，立即和你心神合一！"

又是一惊，韩硕放开心灵，试着感受那十三道巨大模糊影子的气息。

渐渐地，韩硕现那十三道巨大的模糊影子，的确和自己有着奇异的感应力。

他们十三个影子，包涵了、暗、地、火、风、水、雷电、死亡、命运、时空、生命、毁灭、斗气十三种力量气息。

其中，那拥有着死亡、毁灭气息的两个新的身外化身的影子比其它十一个明显清晰许多，韩硕心神一动，一种奇妙地联系涌入心头。

"哈哈……""嘿嘿……"

那两个比其他一个清晰的身外化身，突然一起笑了起来，笑声并不一样。

这一刻，韩硕又有了那种分为三，一魂三用的感觉。和以前相比，那种灵魂合一的感觉不但丝毫未变，还似乎变得更加紧密难分，彼此一体的感觉令韩硕心中甚至升起一股莫名的感动。

修炼死亡、毁力量的身外化身，带着最纯粹的死亡、毁灭气息，模糊的影子渐渐清晰起来，慢慢变成两个比韩硕本体大五倍左右的"人"，自然，样子和韩硕也是一摸一样！

"这，这是？"出惊呼的是甘道夫，他色满是惊容，似乎感觉到了从那地底深处涌出的十三道影子的奇异之处。

至于达卡那些猎神统，则是全部傻了，一个个呆滞地望着慢慢浮上天空的十三道影子。

"十三力量，这，这***到底是怎么一回事？"达卡口吐脏语，有些失态了。

"我们失去的力量，不会这些'家伙'吸噬了吧？"奥索埃突然从那个拥有着大地力量的"虚影"身上察觉到了熟悉的力量，脸色一变，奥索埃当即惊呼出声。

"此人不死，我们将寝食难安，早晚有一日，都会被他逼死！"达卡深吸了一口气，却怎么也控制不住自己跳动的一颗心，哑着嗓子沉喝道。

这一次，所有的猎神统领达成一致，几乎没有任何犹豫，目光中都是凶光四溢，铁了心的要让韩硕横尸当场了。

便在这时，身上有着死亡、毁灭力量的两个虚空怪影，一晃之间重叠在了一起。突然间，死亡、毁灭两大力量水乳交融的融合在一起，新的神之领域一下子形成了。

心中一动，由死亡、毁灭两个身外化身重叠的影子又是一晃，将旁观那个有着雷电力量的虚影也给重合起来，雷电的力量也突然加入了新的神之领域了，三个身外化身重叠之后的力量徒然暴增一倍。

脸露狂喜之色，韩硕血流如注的本体一动不动，全部精力用在掌控由三个身外化身虚影重叠的那个韩硕身上，将所有神识力量运转起来，令他继续移动，又将有着暗黑、风系、水系力量的三个虚影重叠起来。

那三个重叠的虚影，每扯住一具新的身外化身，韩硕神识就沉重百倍。当他将暗黑、风系、冰系三个身外化身重叠之后，韩硕本体的神识之力似乎耗尽，再也不能够利用神识继续重叠另外的身外化身了。

这已是韩硕目前神识运用的极限了。

由死亡、毁灭、雷电、暗黑、风、水这六种力量重叠的新的虚影，慢慢地凝聚为一个"人"，人还是韩硕，只是身上那股子气息却不再相通了。六系力量身外化身叠加在一起，新的神之领域也融合在了一起。

"杀！"奥索埃在那新的韩硕身上，感觉到了来自心灵深处的恐惧，一声大喝之后，就第一个冲了上来。

六系力量重叠之后的新韩硕，瞥了一眼色厉内荏的奥索埃，一手虚抬，一股浩瀚无际的新力量充斥在天地之间，猛地将奥索埃包裹在其中。

在所有人的注视中，奥索埃的身体猛地爆碎开来，号称最坚固的大地铠甲没有起到任何作用，奥索埃化为蓬蓬血雨洒落一地。

一个灰蒙蒙的灵魂飘逸出来，不等他逃走，万魔鼎一闪而逝，猛地将奥索埃神魂罩住。

突然，达卡等猎神统领悚然变色，几人忽视一眼，猛地抽身后退，不顾一切的往外面逃逸，脸上满是恐惧。

这一刻，他们再也没有了和韩硕对抗的勇气！

ps:˜两章奉上，求兄弟们的月票支持，来点月票吧，呜呜，都快要到五十名了，太凄惨了。。

第九百七十六章 魔门万象，以我为主

！

时的韩硕，给他们一种无比恐怖的威慑感，奥索埃作~奥义的主神，几乎没有还手之力，被瞬间斩杀，今韩硕展现出来的力量，似乎已经不比拥有神格的主神差了。

对于一个举手投足之间就可以干掉奥索埃的可怕人物，他们全部胆寒了，明智地立即撤离，生怕多留下一秒就会被韩硕随手料理了。

死亡、毁灭、雷电、暗黑、风、水六系力量身外化身重叠之后虚影，悬浮在半空中，就像是一个擎天巨神，的神之领域携带着睥睨一切的狂暴之气，将六系力量从四面八方汇聚在了起。

"父亲，他们逃了！"旁边，白骨王座中的小骷髅韩浩突然惊呼一声。

出他的意料，韩硕并未立即追击，那个巨大的虚影悬浮在半空一动不动，紧紧盯着唯一留下来的一个人甘道夫。

不是韩硕不想追，融合了死亡、毁灭、雷电、暗黑、风、水六系力量的那个巨大的虚影，没有神识力量的掌控，根本不可能够随心所欲地释放力量。另外，由六系力量重叠而成的巨大幻影，还有许多不确定的地方，那雷电、暗黑、风、水四系力量的身外化身还没有和他神识水乳交融。

勉强施展出一击将奥索埃干掉之后，那六系融合的力量就隐隐要分裂了。尤其是雷电、暗黑、风、水四系力量，开始变受控制，他心里面明白，果达卡他们不是胆寒而退，一旦那四系力量脱离了掌控，他并不能够轻松地将对方干掉。

由万千魔头互相吞噬吸收，混合各种力量产生异变的新的十三个身外化身，就连那两个死亡、毁灭身外化身韩硕还都不太清楚他们的作用和实际力量，另外十一个身外化身更加令他有些捉摸不透。

在目前这个阶段，他知道他必须要先将的十三个身外化身的一切弄清楚，真正掌握了他们的力量和脾性之后，和自己神识完全融合成为一体，才能够真的将他们的力量出来。

在此之前，勉强将几具不能够心神合一的身外化身融合一体，那是非常危险的。

小骷髅韩浩显然并不知道他的身体状况，眼见那刚刚形成的身外化身一击就将奥索埃灭掉了，他理所当然的认为韩硕又突破到了不可思议的境地，斩杀一个奥索埃那么轻易，别人应该一样逃不出他的手掌心才对。

"布莱恩，果然令人吃惊，真的没有料到，你会那么快再做突破。"唯一留下来的猎神者统领甘道夫，在所有人离开之后微笑看着韩硕，呵呵笑着说。

这个时侯，硕本体鲜血止住，那枯竭的魔元力老树逢春一样又开始重新焕，丝丝魔元力像是蚕丝一样细弱，在他体内难地流动着……

微弱的魔元力慢慢汇聚，不声不响地滋养着他的身体、骨、经脉，那断裂的经脉渐渐地开始连在一起，伤口的细胞快的活动着，骨液体一般重聚在一起，奇妙地变化在他身上慢慢生。

与此同时，韩硕神识浑浑噩噩额，一幅幅奇异画卷在脑海中浮现出来，许多飘忽不定的古文字闪耀着神识能见的色彩，洗涤韩硕的心灵灵，令他整个人沉寂在一种空灵飘渺的境界之中。

魔门万象，以我为主！

顿悟突然生，或许在韩家主人位置上面坐了太久，也或许是为五行甲尸、小骷髅操心太多，不知不觉中韩硕现自己成了他们的领袖主人，他不但需要为所有韩家人打点一切，还要为他们的安危实力费思。

以魔为主，以我为主，我即魔主！

浩大无际的声响在韩硕神识中回荡起来，他神识就像是一个平静的海洋，却在这一声声巨响中沸腾起来，掀起了滔天巨浪。霎那间，神识海洋变邃无际，浩瀚星空一样广阔无垠，心之所向，无物无人无神可挡！

万物皆魔，万物皆我，我即魔，我即万物……

种种奇异的想法在他神识海洋内浮现，一声声奇异的声响回荡，他神识海洋渐渐生了变，真如深邃星空一样有着闪亮璀璨的星辰，以亘古不变的轨迹运转。（全部：soso999ne tbsp；仿佛，他神识成了一个微缩的宇宙，也仿佛他和整个宇宙融为一体……

那边甘道夫一脸惊讶地望着韩硕，也不知道心里面想些什么心思，呆呆地站在那儿一动不动，既不出手攻击韩硕，也不立即从这儿撤离。

不知道过了多久，韩硕幡然醒悟过来。

突然间，韩硕知道自己境界已达魔主，只体内的力量还未积累到一定阶令魔体产生质变，让身心一起达成魔主之境！

低头一看，刚刚还伤痕累累的魔体又已恢复初了，虽然不如之前那样处于巅峰之境，但也恢复了五成的魔元力。从空空也满身伤痕，到现在在短短时间伤势恢复，还令力量恢复一大半，这种变化将韩硕自己都吓了跳。

抬手看了看手掌心，皮肤晶莹玉，泛起妖异的光泽，竟然比人的皮肤还要完美。

手掌心掌纹清晰，一眼看去那掌纹图案随着他手心的握紧伸缩不断变化着，给人一种奇妙的美感……

"这，这……"韩硕低声喃喃，满脸都是不可思议的惊喜。

"布莱恩。"甘道夫再次开口，脸上满是微笑，当韩硕一脸戒备地望向他的时候，甘道夫才呵呵道："恭喜恭喜！"

韩硕一愣，心神一动，那勉力维持在一起的六系身外化身突然分裂开来，加上那十三道巨大虚影，猛重回飘荡在半空中的万魔鼎之内。万魔鼎回逸到韩硕胸口隐没，他慢慢站了起来，古怪地打量着甘道夫，问："你为什么不走？"

对于这个甘道夫，韩硕总觉得有些不太对劲，作为一个背叛了光明神的猎神者统领，他不但拥有着光明神亲手炼制的十字，还能够以十亿信徒的信仰之力凝聚为"黄金神圣战甲"，此人物委实有些让人怀疑他究竟是不是猎神者。

望着甘道夫，韩硕本能地觉得有些不太正常，他神识全部落在甘道夫身上，也看不出甘道夫的深浅。总觉得这个甘道夫对自己似乎有着某种企图，身上也隐藏了种更加强大的力量，这些全是韩硕的本能灵觉。

"我为什么要走？"甘道夫哑然失笑，反问起韩硕来。

不知道甘道夫究竟有着什么企图的韩硕，听他这么一说当即嘿嘿冷笑，十七口飞剑呼啸而出，万魔鼎飘飘荡荡再一次撞击向了甘道夫。

即便只恢复了五成力量，是心境已达魔主的韩硕那十七口飞剑和万魔鼎展现出来的力量却不弱反强，在他神识暗合魔主心境之后，普普通通的攻击都会妙莫测，更何况本就厉害的十七口飞剑。

韩硕相信，以甘道夫之前表现出来的力量，这十七口飞剑和万魔鼎攻来，即便是"黄金神圣战甲"也挡不住如此一击，恐怕立即就会伤了他。

然而，甘道夫的表现有些出乎韩硕的意料。

突然间，甘道夫犹如烈日样绽放出夺目的光彩，一股神圣力量由天而降，猛落入甘道夫体内。本来表现只是有些抢眼的甘道夫，身上的"黄金神圣战甲"异光灿灿，他手中握着的十字架猛飞起，圣洁的光明力量从十字上面涌来。

不论是十七口飞剑，还是韩硕的万魔鼎，竟然都未能破去甘道夫的十字异光的防御。

脸色悚然一变，韩硕突然将十七口飞剑和万魔鼎一起收回，深深地望着甘道夫，道："你究竟是谁？"

"内特他们要来了，呵呵，你看韩浩吧。"甘道夫收手，笑眯眯地望着韩硕。

韩硕又是一惊，敢直呼内特名字的人，整个众神大6应该没有几个。这个甘道夫，究竟是谁？

果然，甘道夫这一句话才落没多久，还没等韩硕反应过来，运女神和死亡主神内特一起降临此，猛在韩硕面前显现出来。

内特倏一出手，双眸就立即凝聚在了端坐在白骨王座的小骷髅韩浩身上，摇头苦笑道："真没有想到，连我都被骗了！"

命运女神深邃星空一般的眸子瞥了韩硕一眼，旋即又看了看小骷髅韩浩，最后才将目光落到甘道夫身上，淡然道："你搞什么？"

面对命运女神，甘道夫并未像韩硕所料的那样叩拜在地，神色没有丝毫的拘谨和胆怯，依旧笑呵呵道："我只给他一点压力，帮助他更快的进步！呵呵，你也知道，我们时间并不充裕，看看，在我的压力下，他不是又变强大了吗？"

"光明神，你就是光明神！"韩硕愣了会儿，突然反应了过来，当即惊呼道。

甘道夫笑着点了点头，道："不错，正是我，我只借用了甘道夫的身体罢了。呵呵，布莱恩啊布莱恩，你还真是出人意料的厉害啊。"（阅！）

第九百七十七章 新的神格

道夫没有否认自己的身份，在韩硕的询问下立即就承

甘道夫一承认自己光明神的身份，韩硕终于明白为什么所有猎神统领都走了，他却在见识了自己的力量之后还敢留下来了。

拥有神格的主神，比起达卡这种所谓的伪主神要强大百倍，两称呼上面虽然差不多，却根本不是一个级别的人物！

达卡他们惧怕韩硕的力量，但是拥有神格的光明神却根本不用担心会被韩硕干掉。

"光明神，光明神，为什么你会是猎神统领？"韩硕脸色一寒，道："难道说猎神联盟的存在，全部都是你们默许的结果？"

命运女神无奈:点了点头，伸手打出一丝奇异的力量波动，宏大的力量一下子笼罩了这个区域，不论是天上还是地下，都无人能够窥探到这儿的丝毫举动。

"猎神联盟有存在的必，否则，这个所谓的联盟早就被我们灭掉了！"命运女神将这块区域整个封锁起来之后，这才不紧不慢地说。

"为什么？"韩硕一愣，问道。

命运女神淡然一笑，并没有回答韩这个问题，看了看身旁的光明神和死亡主神，命运女神道："两位，我想我们可以先将天空之城的事情提前和他说一说了。"

"可以，不过在此之前，我要先韩浩神格碎片毁去！"内斯特漠然点头，双眸牢牢盯着端坐在白骨王座中央的小骷髅，用一种没得商量的口气道。

此话一出。韩硕脸色一变。："我不管你们对我有什么企图不论是谁。只要敢动韩浩。我都会和他不死不休！"

内斯特不屑:瞥了韩硕一眼。讥笑道："你有那个实力和我不死不休吗？"

话罢。内斯特不再多韩硕一眼。身子猛地一晃。天地之间最纯粹地死亡力量在他身上展现出来突然间。内斯特这个死神走向了韩硕。一股无比浩大地死亡力量在他身上泛起引起了周围一切异动。

心中一惊。韩嘴里却硕厉喝道："我倒想试试！"

内斯特说要将小骷髅身上地神格碎片毁掉。那神格碎片已和他地身体灵魂融为了一体。神格碎片一旦毁去。则意味着小骷髅也将真正灰飞烟灭、魂飞魄散永远从这个世界消失。

韩硕绝不会允许这种情况出现！

他和小骷髅之间的感情，甚至过了他和几个女人之间的情谊在他一无所有的时候小骷髅就陪着他，帮助他倾倒垃圾日为他打扫卫生的小骷髅，已成了他生命中最不可缺少的一部分。

没有人可以在他面前动小骷髅，内斯特也不能！

心神一动涌入万魔鼎当中的十三个身外化身一起涌出来，由死亡、毁灭、雷电、暗黑、风、水六系力量形成的身外化身又在瞬间重叠起来，新的神之领域突然释放出来。

这一次不像之前那样神识力量耗尽，六系力量重叠的轻轻松松。然而，因为韩硕还没有来得及将新的神识力量掌握，还没有稳定住目前的心境，他也只能够暂时掌控由六系力量融合的新的身外化身。

新的力量形成一个由死亡、毁灭、雷电、暗黑、风、水力量凝结起来的屏障，突然挡在了小骷髅韩浩身前，以此来阻碍死亡主神内斯特力量的袭击。

面对这个拥有主神的死亡主神内斯特，韩硕所有的力量都不在隐藏，在一瞬间爆出来。这一刻，神识聚精会神的用来掌控一切，新的神之域形成的新的身体异常的特殊，新的屏障上面似有六股流水一般的力量在上面流动。

"咦！"

命运女神轻呼一声，似乎对于这新的力量极为惊奇，别头望了一眼旁边的光明神化身甘道夫，道："这是怎么一回事？"

甘道夫一脸苦笑，在命运女神的询问下摇了摇头，道："我也不知道这究竟算是怎么回事。或许，他修炼的力量奥义，和我们这个宇宙的力量生了一些奇妙的变化，才造成了这种异常！"

顿了顿，甘道夫道："不用太担心，这一股新的力量不完美，勉力融合在一起也不能够挥出太强悍的力量。呵呵，一切还都在我们的掌控之中。"

"一切还在掌握之中的吗？"命运女神脸色怪异，喃喃道："这才只是开始，新的力量他还没有完全掌握，一旦他彻底熟悉掌握了，我想威力就会和现在一样了。这个布莱恩啊，真是让人又是期待，又是担心呢……"

命运女神声音虽小，可甘道夫是什么人？岂会听不清楚他想些脸色怪异，甘道夫似乎也认识到了韩硕的不凡，眼神闪烁不定，不知道心里面想些什么。

便在这个时候，来自死亡主神内斯特的力量已经落到了韩硕由六系力量凝结的屏障上面，不得不说，拥有神格力量的主神远非一般的伪主神可以比拟。

内斯特的死亡力量一入屏障，韩硕就感觉到了一股无穷无尽的死亡元素气息，内斯特的死亡力量仿佛凝结了几个位面的死亡元素，力量之强悍远远过任何所谓的主神！

在内斯特这一股不可匹敌的力量之下，韩硕这还未完全掌握的由六系力量凝结而成的屏障，支撑的非常勉强，每一刻都有被撕裂摧毁的可能。

拥有神格的主，不但可以调集天地之间最纯粹的死亡元素力量，他们本身就是一个巨大的能量体，体内蕴含了亿万年本系力量的精髓，这种威力之大根本不是一般人可以想象。

如果不是韩硕形成了新身外化身，将六系力量融合在了一起，恐怕根本不能够抵挡内斯特的一次攻击。

神识力量呈一缕缕肉眼难见的丝，和那一具身外化身融合在了一起，不断地汇聚各系力量在新的神之屏障上面，韩硕脸色略微有些苍白。

"咦，不错嘛，除了拥有神格的神，还没有谁能够挡我这么长时间呢！"内斯特惊讶的轻呼一声，旋即用力施加死亡力量在韩硕新形成的屏障上面，令韩硕压力更大。

"父亲！"小骷髅大喝一声。

和韩硕心灵相通的小骷，自然察觉到了韩硕神识的异常，他知道韩硕这几乎是以消耗灵魂的力量来挽救自己。

魔元力失去后可以再生，但灵魂的力量一旦消耗了，想要恢复那就不是一般的困难了。这一点，修炼了死亡力量和魔功的小骷髅韩浩非常清楚，所以知道了韩硕为他拼命之后，小骷髅变得有些狂躁起来。

突然间，巨大的亡魂虚影猛地显现出来，小骷髅使尽了一切力量，将自己体内苦修的魔功和手中骨刺的力量汇聚在一起，试图趁机冲出去和内斯特殊死一搏！

遮掩一起的光华，猛地由亡魂碑上面爆射出来，来自死亡的力量，和来自魔功的力量互相撞击交融，绽放出灿灿光华。

叮铃铃！叮铃铃！

醒世的清脆声，从那亡魂碑上面传来，蓦地，亡魂碑生异变，成了一枚菱形的晶莹剔透的奇妙异物，那样异物滴溜溜的旋转着，不断地释放着死亡、邪恶的负面力量，其中似有无穷无尽的怨恨、暴戾充斥其中。

"内斯特，住手吧！"命运女神一声轻喝，命运之镜脱手而出，影响了命运轨迹的力量激荡而出。

内斯特眼神一颤，身上的死亡力量突然收敛，一下子退到了命运女神身旁，有些恼怒地望着命运女神，问道："为什么？那小子身上有神格碎片，我决不允许会有取代我的威胁存在。

"

命运女神并没有回答内斯特的话，而是专注地望着小骷髅胸口那滴溜溜转动的奇异晶体，一脸的不可思议，一脸的匪夷所思。

甘道夫大张着口，神情恍惚，喃喃道："怎么可能？怎么可能？这怎么可能？"

顺着命运女神、光明神的目光，内斯特也望向了韩浩那边，突然，内斯特脸色悚然一变，失态的喝道："这是，这是？"

重重地点了点头，命运女神肯定道："这是神格的力量，在他身上，竟然，竟然形成了一枚新的神格！"

此话一出，那边还未放手苦撑的韩硕猛地一惊，同样不可思议地望着韩浩，一脸的愕然和莫名其妙。

神格！不是神格碎片！

在小骷髅胸口，竟然产生了这个宇宙最最不可思议，最最玄奥莫测的东西！

众神大6上面，十二大主神之所以凌驾所有人之上，不是因为他们天赋异禀，不是因为他们声望赫赫，也不是因为他们活的久远。而是因为——他们每一个都持有一枚神格！

不错，正是神格！一枚神格令他们成了这个宇宙最巅峰的存在。拥有神格的主神，就是无敌的化身，就是不败的传说！

而今天，在韩浩的身上，竟然形成了一枚新的神格，这意味着什么？

内斯特、命运女神、甘道夫、韩硕，甚至小骷髅韩浩自己，都傻眼了。

新的神格，来自那一系？

几人心中同时浮现这么一个问。

Printed in the USA
CPSIA information can be obtained
at www.ICGtesting.com
LVHW082241240824
789166LV00007B/115